御製

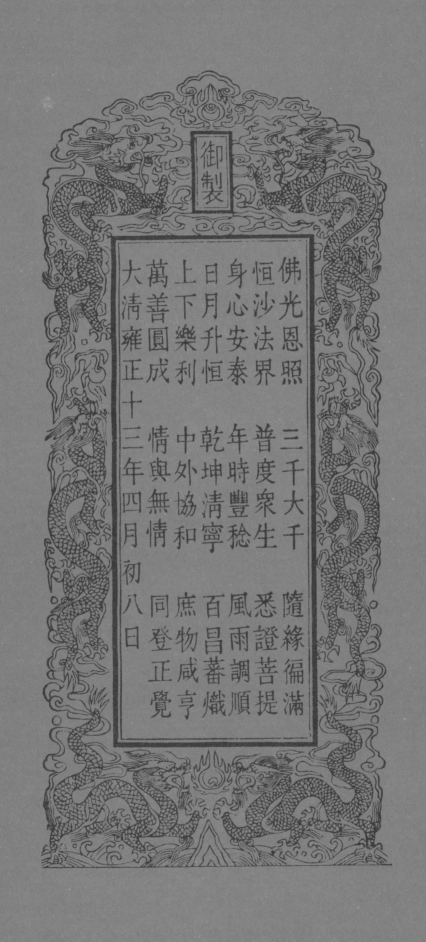

佛光恩照 三千大千 隨緣徧滿
恒沙法界 普度衆生 悉證菩提
身心安泰 年時豐稔 風雨調順
日月升恒 乾坤清寧 百昌蕃熾
上下樂利 中外協和 庶物咸亨
萬善圓成 情與無情 同登正覺
大清雍正十三年四月初八日

第五五册 小乘經 阿含部（七）

三歸五戒慈心猒離功德經　失譯人名今附東晉錄

佛說須達經　蕭齊天竺三藏求那毗地譯

佛爲黃竹園老婆羅門說學經　失譯人名今附宋錄

佛說梵摩喻經　吳月支優婆塞支謙譯

清刻龍藏佛說法變相圖

四經同卷

三歸五戒慈心猒離功德經

佛說須達經

佛爲黃竹園老婆羅門說學經

佛說梵魔喻經

三歸五戒慈心猒離功德經

失譯人名今附東晉録

聞如是一時佛在舍衛國祇樹給孤獨園佛爲阿那邠邸長者說過去久遠有梵志名毗羅摩饒財多寳若布施時用八萬四千金鉢盛滿碎銀八萬四千銀鉢盛滿碎金復以八萬四千金銀澡罐復以八萬四千牛皆以金銀覆角復以八萬四千玉女莊嚴具足復以八萬四千卧具衆綵自覆復以八萬四千衣裳復以八萬四千象馬皆以金銀鞍勒復以

八萬四千房舍布施復於四城門中布施隨其所欲皆悉與之復以一房舍施招提僧如上施福不如受三自歸所以然者受三歸者施一切衆生無畏是故歸佛法僧其福不可計量也如上布施及受三歸福復不如受五戒福受五戒者功德滿具其福勝也如上布施及受三歸五戒福復不如彈指頃慈念衆生福也如上布施及受三歸五戒慈念衆生福復不如起一切世間不可樂想福所以然者起一切世間不可樂想福能令行者滅生死苦終成佛道故其福最勝也爾時長者聞佛所説歡喜奉行

三歸五戒慈心猒離功德經

佛說須達經

蕭齊天竺三藏求那毗地譯

聞如是一時婆伽婆在舍衛城祇樹給孤獨園彼時須達居士至世尊所到已禮世尊足却坐一面須達居士却坐一面已世尊告曰頗有居士在家施與不唯世尊在家有施與者所有施不能妙食有雜麵麻子爲羹菫一枚以爲施此居士非妙施有妙施者二俱有報此居士爲非妙施者彼不信施亦不時施不自手施亦不就往而施不知不有信亦不知有報而行施當知有如是報意亦不在妙有屋舍意亦不在諸妙物意亦不在衣被亦不在妙食意亦不在妙五樂婬何以故此居士行非施報故居士行非施者當有信隨時施自手施往而施有知有信知有報因緣已而施與當知彼有此報意便在妙家業報極妙諸具極妙衣有極妙食意作妙五樂婬何以故此居士當知彼有施此居士行妙施不信施與不隨時與不自以手施與不往而施亦不知亦不信亦不知有因緣行果報而行施與當知彼受如是報意亦不在妙家業意亦不在好衣意亦不在好食意亦不在妙五樂婬何以故居士此非施故此居士妙好施者信樂施隨時施自手施往而施與有知有信知有行果報而行施與當知彼如是得報意在妙家業至妙五樂婬意在食何以故此居士當如是隨時施報何以故此居士昔有過去世有鞞藍大婆羅門大富極富多錢財多諸雜物彼如是作大施以八十四千金盋碎銀滿中彼如是行大施以八十四千銀盋

滿中碎金彼如是行大施以八十四千金盔滿中碎金彼如是行大施以八十四千銀盔滿中碎銀彼如是行大施彼以八十四千象諸具嚴飾象白如雪彼如是行大施以八十四千馬諸具嚴飾金爲交露如是行大施以八十四千牛以衣繫之犂之常滿器彼如是行大施以八十四千玉女端正姝妙一切諸交絡極嚴飾之如是行大施餘不可數餘食諸味謂彼居士鞞藍大富婆羅門作如是大施施與閻浮提凡夫人寧施與彼一仙人得福多雖居士鞞藍大富婆羅門作如是大施施與閻浮提仙人者不如施與一須陀洹此得福多雖彼居士鞞藍大富婆羅門施與閻浮提凡夫人及仙人謂百須陀洹不如施與一斯陀含此得福多雖居士鞞藍大富婆羅門作如是施與閻浮提凡夫人仙人百須陀洹百斯陀含不如施與一阿那含此得福多雖居士鞞藍大富婆羅門作如是施與閻浮提凡夫人至百阿那含不如施與一阿羅漢得福多謂居士雖鞞藍大富婆羅門作如是施與閻浮提凡夫人至百阿羅漢不如施一辟支佛得福多謂居士雖鞞藍大富婆羅門作如是施施與閻浮提凡夫人至百辟支佛不如施與如來無所著等正覺此得福多謂居士鞞藍大富婆羅門作如是施施與閻浮提凡夫人至百辟支佛作房舍以施與招提僧者得福多謂居士鞞藍大富婆羅門作如是施施與閻浮提凡夫人至作房舍已施與招提僧不如以清淨意作三自歸佛法及比丘僧受其戒此得福多謂居士鞞藍大富婆

羅門作如是大施施與閻浮提凡夫人至巳清淨行三自歸佛法及比丘僧受其戒不如於一切衆生行於慈至犂牛頃此得福多謂居士鞞藍大富婆羅門作如是施與閻浮提凡夫人至謂於一切衆生分別行慈下至犂牛頃謂一切行無常苦空無我思惟念者下至彈指頃此得福多汝居士作如是念彼居士鞞藍大富婆羅門異邪莫作是念我即是彼名鞞藍大富婆羅門如是居士自住於饒益及饒益他饒益多人愍於世間以義以樂安隱天及人如是爲說法未至竟盡未至竟無垢未至竟梵行未至竟行梵行彼故未脫生老病死憂慼不樂我說未脫苦此居士今如來出世間無所著等正覺明行成爲善逝世間解無上士道法御天人師佛世尊今自爲故爲他故爲多人故愍世間故以義以樂安隱天及人我今爲說法至竟盡至竟無垢至竟梵行至竟行梵行今以得脫生老病死憂慼不樂苦我說巳離苦佛如是說居士須達聞世尊所說歡喜而樂

佛說須達經

佛爲黄竹園老婆羅門說學經

失譯人名今附宋録

聞如是一時婆伽婆在鞞蘭若黄竹園彼時鞞蘭若婆羅門年老耆宿命趣後世生年百二十手執杖中食後行彷徉而行至世尊所到已共世尊面相慰勞世尊面相慰勞已拄杖世尊前立鞞蘭若却住一面已白世尊曰此瞿曇我聞沙門瞿曇年幼學亦初謂有大沙門婆羅門彼來到亦不隨時恭敬亦不從座起而不請坐此瞿曇我不然可汝此婆羅門我亦不見天及世間魔梵沙門婆羅門衆天及人令如來恭敬從座起而請者此婆羅門謂如來若恭敬從座起者彼人頭破爲七分此沙門瞿曇但懈怠慢此婆羅門有方便我可有慢不如汝所說此婆羅門有色之味聲之味香之味細滑之味是如來已盡已知斷除根本當來恐怖不復生法此婆羅門有是方便令我有慢不如汝所說沙門瞿曇無有恐怖此婆羅門復有方便令我無有恐怖不如汝所說謂婆羅門諸有色恐怖聲恐怖香恐怖味恐怖細滑恐怖彼如來已盡已知斷除根本當來恐怖不復生此婆羅門有是方便令我無有恐怖不如汝所說此沙門瞿曇不復入胎此婆羅門有方便令我不入胎不如汝所說此婆羅門諸有沙門婆羅門當還於有入於胎我已盡已知斷除根本當來恐怖不復生我說不入胎此婆羅門如來無所著等正覺不復還有入於胎已盡已知斷除根本當來恐怖不復生我不入胎此婆羅門有是方便令我不入胎不如汝所說復次

婆羅門我者於世皆有愚癡樂於愚癡爲愚癡所纒裹我初分別法我於衆生最在前說猶若婆羅門有鷄産或十或二十卵以時隨時在上伏以時隨時伏以時隨時轉側謂彼鷄有所行彼在卵中以觜以足破卵已安隱自出是彼初之行如是婆羅門爲愚癡所纒裹以愚癡爲陰覆我初分別法我於衆生最上說此婆羅門手抱草至道場樹下到已於道場樹下以草敷之依敷尼師壇結跏趺坐要不破坐至成有漏盡此婆羅門我不壞坐至有漏盡此婆羅門於婬解脫於諸惡不善法得解脫自覺自行得愛喜於初禪正受住此婆羅門我於彼時得初思惟見法安樂住有樂行不失安隱住乘於涅槃此婆羅門息自覺自行內有信樂意應一心無覺無行得定歡喜於二禪正受住此婆羅門於彼時得二思惟見法安樂住樂行不失安隱住乘於涅槃此婆羅門愛喜無染作於護意念等知身得安樂謂聖所觀所護念安樂住於三禪正受作此婆羅門我於彼時得三思惟見法安樂住樂行不失安樂住乘於涅槃此婆羅門止樂止苦棄前歡喜愛滅無苦無樂護意清淨於四禪正受住此婆羅門我於彼時得四思惟見汝安樂住樂行不失安樂住乘於涅槃此婆羅門以此三昧意清淨白無有結除諸結柔耎行常住不變異念宿命智爲證以自御意此婆羅門有行有說念無量宿所受若一生二生百生千生若一劫半劫無量諸劫彼衆生字是姓是食如是苦樂如是命長短此間終生彼間彼間終生此間在此間

字是姓是食如是食命如是長短此婆羅門我於彼時於夜半得初聖明本無放逸行令爲定行謂無智滅智得生闇冥除明得生無明盡明得成謂念宿命明智爲證此婆羅門以三昧意清淨白無有結除諸結柔耎行常住無變異得天眼智爲證以自御意此婆羅門我以天眼見清淨出過於人衆生生者終者有好有惡有妙有醜生善處惡處隨衆生所作行我知如真此衆生與身惡行俱口惡行俱意惡行俱聖所不美邪見與邪見俱彼因彼緣彼身壞死時生惡趣泥犁中有衆生身與善俱口善行意善行信有善行等見與等行俱彼因彼緣彼身壞死時生善處天上此婆羅門我於彼時於夜過半得二明本無放逸行令得定行謂棄無智得於智闇得除明得成無明盡得有明謂得天眼明智爲證此婆羅門我以此三昧意清淨白無有結除諸結柔耎行常住無變異有漏盡智爲證明以自御意此婆羅門有此苦知如真苦集苦盡苦盡住處知如真此有漏有漏集有漏盡有漏盡住處知如真彼知彼見漏有漏意解脫有漏有癡有漏意解脫解脫已得解脫智生已盡梵行已成所作已辦名色已有知如真此婆羅門我於彼時夜欲曉得於三明本無放逸行令得定行無智盡得有智無明盡得有明謂有漏盡智爲證得明此婆羅門謂有等說而說無愚癡人生世間於衆生尠得離苦樂此婆羅門有說我等而說何以故此婆羅門我非愚癡人出於世於此世間最爲妙無有苦樂於是鞞蘭若婆羅門放杖著地

頭面禮世尊足在世尊前讚世尊世尊爲最
世尊爲妙世尊爲最妙世尊無與等無有與
世尊等者世尊無有恚世尊於人亦無恚此
世尊我今自歸法及比丘僧惟世尊我今持
優婆塞從今日始盡命離於殺今日歸佛如
是說鞞蘭若婆羅門聞世尊所說歡喜而樂

佛爲黃竹園老婆羅門說學經

佛說梵摩喻經

吳月支優婆塞支謙譯

聞如是一時佛在隨提國與五百沙門俱行時有逝心名梵摩喻彌夷國人也年在耆艾百有二十博通衆經星宿圖書豫覩未萌一國師焉梵摩喻遥見佛王者之子出自釋姓去國尊榮行作沙門得道號佛清淨至尊與五百沙門處隨提國開化衆生梵摩喻深惟歎曰沙門瞿曇神聖巍巍爲如來應儀正眞覺道神通以是丈夫尊雄法御衆聖天人之師心垢以除諸惡以盡從自覺得無所不知沙門逝心釋梵龍鬼爲其説法上中下語清淨爲首玄妙卓遠衆聖所聞也梵摩喻爲門徒廣陳之期爲無上正覺眞衆聖之王吾等應爲稽首稟化之矣逝心弟子有亞聖者厥名摩納亦博經典明齊于師具覩秘讖知當有佛身相奇特三十有二至尊難雙貫心照焉師告摩納吾聞瞿曇神聖無上諸天共宗獨言隻步聖衆中雄爾往觀焉採其儀表眞正弘模誠如羣儒之所歎不乎假其爾者吾當馳就稽首奉禮摩納質曰吾當以何觀察摩納師曰經不云乎末世有王厥名白淨后名清妙明德純備其生聖子有天中天獨尊之表軀體丈六相有三十二處國當爲飛行皇帝捨國爲道行作沙門者必得爲佛摩納受教稽首師足至隨提國即詣佛所揖讓畢退就坐靜心熟視佛身相好不覩兩相一廣長舌二陰馬藏其意有疑佛知摩納心有疑望即以神足現陰馬藏出廣長舌以自覆面左右舐耳縮舌入口五色光繞身三帀滅於

頂上摩納心動喜怖交集欣然歎曰沙門瞿曇眞是佛也相好光明靡不備焉觀世希有眞可謂如來應供正覺者也吾當翼從觀尊楷式以化愚惑弁啓吾師即尋世尊處内禪定周旋教化拯濟衆生或宿或歸輒與僧俱未曾隻獨六月之日猶影追身具覩神化巍巍之德稽首佛足辭還本土到詣師所稽首如舊就座而坐師曰吾使爾行觀察瞿曇天尊之姿相好神化審如羣儒稱揚之不虚乎若其然者吾當馳詣稽首足下接足戴土之恭對曰其有相好神德踰天巍巍難稱釋梵所不能測度羣聖莫能籌筭衆聖所歎億載之分未獲其一非吾螢燭所能盡陳略説其要絶世之相三十有二一相足下安平正二相手足有輪輪有千輻三相鉤鎖骨四相長指五相足跟滿六相手足細軟掌内外握七相手足合中縵八相鹿蹲腸九相陰馬藏十相身色紫光輝弈弈十一相身猶金剛瑕穢寂淨十二相肌肉細軟塵水不著身十三相一一孔一毛生十四相毛紺青色右轉盤屈十五相方身十六相如師子上身十七相不曲身如梵身十八相肩滿具肉連著身十九相平住兩手摩膝二十相頰車如師子二十一相四十齒二十二相爲方齒二十三相齒間平二十四相齒白無喻二十五相廣長舌二十六相味味次第味二十七相聲如梵聲二十八相七合滿起二十九相眼中白紺青色三十相眼睫上下眴如牛王三十一相白毛眉中跱三十二相頂有肉髻光明煒煒過日絶月沙門瞿曇具有高雅三十二相無一

缺減神妙之德影則無量可奇可貴自古希有吾覩瞿曇踏步發足輒先舉右足步長短遲疾合儀行時踝膝不相切摩平身如進肩不動搖若欲還顧略不以力平住斯須忽然後向不迴身也不低不仰頭身正平平視而進未嘗顧眄躇步之儀其爲若斯矣瞿曇行路天施寶蓋華下如雪天龍飛鳥無敢歷上三界衆生無見頂者諸天作樂導從奉尊龍神地祇平治塗路高下若砥足不蹈地輪相印現光明輝輝煌煌七日乃滅樹木低仰若人跪拜之禮若行應請戶楣高下平身而入相不高舉瞿曇不伏坐正中牀不侵前後叉手而坐未嘗指擬不以拄頰下牀不曲忽然在地天魔含毒而來心不恐懼光顏更釋慈心愍之毒無不消以鉢受水鉢不傾昂水不多少澡鉢之時水鉢俱寂不有微聲未嘗以鉢下著于地於中澡手手鉢俱淨去鉢中水高下近遠適得其所也以鉢受飯飯不汙鉢摶飯入口嚼飯之時三轉即止飯粒皆碎無在齒間者若干種味味皆知足足以支形不以爲樂瞿曇受食以八因緣不以遊戲無邪行心無欲在志無巧僞行遠三界惱令志道家依福得度斷故痛痒十二海滅宿罪得道力守空寂不想定澡鉢如前法衣應器意無憎愛爲布施家呪願說經訖還精舍不向弟子說食好惡食自消化無大小便利之穢也入戶靜嘿深惟諸定須臾即出未嘗失時晝夜不眠亦無睡欠廣陳明法勸進弟子令入道堂不以財色穢道之行示諸弟子尊說高遠非仙聖衆書所可聞見也興起周處清淨

爲道經行之時不顧眄視頗䫜恣則拂衣披攞法服在身高下急緩於身雅好入園洗足亦不摩抆而足自淨身色煌煌喻于天金意不著愛志如虛空其坐禪定爠然無想三毒四痛五陰六入七結八瞢瞢以無上之明消滅定焉以空不願無相之定斷九神處以十善消十惡作十二部經掘十二因緣根六十二見諸弊惱瘡穢濁之念心寂然哉以四等大乘而度尊身又濟衆生欲說景模弟子未問而先自笑口中出光明繞身數帀以漸自滅阿難整服稽首而問即大說法聲有八種最好聲易了聲柔軟聲和調聲尊慧聲不誤聲深妙聲不女聲言無漏闕無得其短者每大說經二十四天梵釋四王日月星宿其中諸神帝王臣民地祇海龍皆來稽首各自聽經經聲入耳心各解了如其種語也佛之明慧猶崑崙河千川萬流皆仰之焉川流溢滿而河無消滴之減佛之爲明有踰之矣衆生受智各得滿足佛明不虧絲髮之間說經訖竟諸開士諸天帝王臣民龍鬼靡不欣懌稽首而退奉戴執行者也入裹靖默未嘗以無上天尊之德輕慢弟子逮于衆生吾尋瞿曇六月之間猶影追身具視起居經行入室澡漱飯食呪願說經勸勉弟子禪定之時摩納曰瞿曇景式容儀若兹余之所陳猶以一滴減于巨海非衆聖心想擬可知非諸天所能逮畢天地所論巍巍乎其無上法汪洋乎其無崖非測非度難可具陳矣梵摩喻從弟子聞天師之德愕然流淚曰吾年西垂殆至徒生徒死不覩天師之上明矣摩淚喜曰吾以

遇哉覩佛而死厥榮難云愚夫雖有天地之壽何異乎土石之類哉即興整服五體投地三頓首曰歸佛歸法歸命聖衆願吾殘命有餘得在覲見稽首稟化佛以六通之明覩彼自歸佛遥受之自隨提國到彌夷國坐一樹下國王臣民逝心理家展轉相命曰沙門瞿曇出自釋家帝王之子宜在奢麗而今清素志性憺怕無貪婬之垢恚怒之毒愚癡之冥處衆聖之上猶星中有月神德廣被諸天所宗爲如來應儀正真覺穢冥以盡慧明獨存神聖富足未有乾坤其中衆諸見在十方微著委曲當來未萌無事不明吐章施教言皆真誠也國王羣臣逝心高士僉然而曰我生時哉得覩天師可尊可戴應爲稽首沐浴神化因共會聚車馬步者家無遺人到有稽首佛者跪者揖讓者自名字者皆默而坐梵摩喻聞佛與聖衆俱到甚喜無量率其門徒俱詣佛所適至林際意寤念曰當先遣人表心之處直自進者爲不恪乎呼弟子曰爾持吾名稽首佛足下云梵摩喻逝心年百二十飢渴聖模樂仰清風欣懌瞿曇起居常安憺怕無欲今詣請見弟子禮師即至佛所稽首畢具陳師情向佛歎其師曰國師梵摩喻博通衆經貫綜祕讖靖居齋房豫知天文圖書吉凶靡不逆照豫明斯世當有天師貌容丈六天姿紫金相有三十二好有八十彰天中之天衆聖中王今故馳詣歸命三尊近在林樹之外未敢自進願欲覲見恭稟神化世尊即曰善哉進矣弟子返命以佛明教具啓師意師即稽首于地欣懌而進國內逝心長者理

家遥見其師征營竦竦拱手垂首梵摩喻曰復爾常座吾今自坐瞿曇世尊法御之側也即五體投地稽首佛足恭肅而坐靖默清心熟視佛相即見佛三十妙相兩相不現瞢瞢有疑稽首于地以偈問曰

吾梵志經典　秘讖記世要　濁世王名淨
后名曰清妙　太子名悉達　容色紫金耀
身有天尊相　忍穢以法御　無上正眞相
三十二具不　貞潔陰馬藏　無欲可别不
豈有廣長舌　覆面舐耳不　陳法喻衆聖
梵釋希聞不　明導天人師　能殄衆疑不
懷道處世康　來世獲仙不　仙度處泥洹
永離三界不　心意識寃靈　能滅衆苦不

梵志陳其心所疑佛具足知梵志心疑兩相即以神足現陰馬藏也出廣長舌還自覆面舐左右耳口中光明照彌夷國繞身三帀徐還入口即報之曰爾之所問大士三十二相吾相具足無減一焉吾自無數劫來行四等心布施持戒忍辱精進禪定智慧拯濟衆生猶自護身斷求念空守無想定心垢除盡無復微曀習斯行來諸殃悉滅萬善積著遂成佛身相好光明獨步三界永離五道之愚冥獲無上至尊之明故號曰佛也若有貪婬恚怒愚癡之毒五陰六衰之冥絲髮之大餘在心者佛道不成也未有人物逮于今日衆生所念方來未然無數劫中委曲深奥有所不知者即非佛也四無所畏八聲十力十八不共法三十二相八十種好不足一事者亦非佛矣吾今已具無一不足故號爲佛沙門得應儀道者能分一身爲十十爲百百爲千千

爲萬萬爲無數又能合無數身還爲一身以指按地三千大千皆爲震動以其心行得無欲定故能然也而況佛乎佛眉一相之德恒沙可筭眉間之相難可籌計豈況盡身之德乎重白梵志信佛三尊者現世安隱終生天上所欲從念所疑當問無嫌難也梵志念曰瞿曇所說玄妙深遠盡吾問也又念曰吾念當問現世事也來世事也意重寤曰三世之要唯佛明焉豈俗仙聖羣儒之所能照乎梵志曰何謂逝心何謂通達何謂爲淨何謂寂然何謂爲佛佛報梵志吾以眞言啓釋爾意諦聽著心得三神足謂之逝心明識往古分別生地道眼覩見山石所不能過決闇釋疑三世悉明謂之通達以得六通心垢除盡謂之寂然三毒以滅心如天金謂之清淨生死癡本集盡無餘清淨道行降于三界諸癡以索無窈不達得一切智尊號爲佛也梵志欣然起立五體投地頭面著佛足以口鳴佛足以手摩佛足復自名曰吾是梵摩喻逝心者歸命佛歸命法歸命僧流淚而云衆生曹曹六衰所蔽覩佛不奉見經不讀見沙門無虔愛之心不稟神化斯爲長衰乎其諸門徒覩師盡虔顫相謂曰吾等尊師明達經典無書不覩名被四國衆儒所宗今者屈尊體叉手稽首瞿曇足下何況吾等哉佛告梵志復坐吾明爾心有眞信慧向於世尊受教就坐佛復說持戒之德布施之福去家穢濁之垢歎于道志之上行也佛即知梵志有上士歡喜博解之心佛爲說至道之要諸苦萬端皆與乎身明人深照知樂者感返流求原逮于本

無斯謂上士慧明眞諦不知身苦之尤苦者皆由集生上士覺之斯明者眞諦三界若幻有合則離何盛不衰因緣合則禍生諸緣離則苦滅上士觀本乃知其空斯明者眞諦以知本無即建三界空其心淨其行不願諸欲得無想定在心所取三尊可得也梵志心解猶若白㲲潔無垢穢入染成色梵志心然宿命屢奉諸佛執行清戒今聞尊教具解無上正眞覺道心垢寂盡入三脫門長離衆苦復白佛言吾未見佛神聖之行爲盲冥所壞信狂愚之言以爲眞諦今始覩佛狂病瘳矣盲視聾聽瘖語傴伸囹圄因出矣痛夫愚惑徒生徒死不矆懷味天尊眞道長處焰火痛夫奈何吾生時哉值覩佛極靈爲吾演至奧之道令吾復本無爲長存自今之後歸佛歸法歸比丘僧願爲清信士守仁不殺知足不盜貞潔不婬執信不欺盡孝不醉天尊哀我明日晨早願與聖衆顧下薄食佛默受之梵志心喜稽首足下還家具設百味之食即以平旦於舍爲佛作禮長跪恭白願佛以時枉屈尊儀佛正法服與聖衆俱至梵志家皆就法座梵志自手肅心供養如斯七日佛說神化訖竟還隨提國未久之間梵志壽終諸比丘聞之共白佛以梵志喪意將趣何道世尊曰彼梵志者聖心博解通乎不還五蓋以盡淨若天金於彼清淨得應眞無爲而去佛說經竟比丘歡喜

佛説梵摩喻經

音釋

邠邸 邠音彬邸直飢切邠邸即給孤獨長者名 鑵 古玩切瓶屬 䵃 古猛切麥也 鞞 駢迷切 盇 北末切與鉢同 [illegible] 古候切取乳也 姝 春朱切美好也 尠 息淺切少也 跟 古痕切足踵也 [illegible] 市兗切腓腸也 睫 即葉切目旁毛也 眴 松閏切目動也 煒煒 于鬼切煒煒光盛貌 踖 資昔切踧踖也謂行而謹敬也 踝 胡瓦切足骨也 盼 普患切視也 躇 直魚切住足也 楣 靡爲切 胜 頰 胜直主切直貌古協切面旁也 頰䫄 音我頗䫄謂傾側不正也 攦 力結切捋也 抆 武粉切指拭也 㸌 虛郭切雲消貌 瞢 武登切不明也 懌 羊益切悅也 愕 五各切驚愕也 縶 徒協切 漯 音濕 瘳 丑鳩切病除也 喑 於金切喑啞也 僂 朧主切俯也 囹圄 囹力丁切圄魚巨切 囹圄獄名

五經同卷

清刻龍藏佛説法變相圖

五經同卷

佛説尊上經

佛説鸚鵡經

佛説兜調經

佛説意經

佛説應法經

佛説尊上經

西晉三藏竺法護譯

聞如是一時婆伽婆在舍衛城祇樹給孤獨園彼時尊者盧耶強耆在釋羈瘦阿練若窟中彼時尊者盧耶強耆晨起而起出窟已在

露地敷繩牀著尼師壇已依結跏趺坐於是有天形色極妙過夜已來詣尊者盧耶强耆所到已禮尊者盧耶强耆足却住一面已因彼天光明以妙光悉照窟彼天却住一面已白尊者盧耶强耆曰比丘比丘持賢善偈及解義不如是説已彼尊者盧耶强耆報彼天曰此天我不持賢善偈及解義汝天持此賢善偈及解義不如是説已彼天報尊者盧耶强耆曰此比丘我持賢善偈不解義云何汝天持賢善偈而不解義此比丘我一時世尊在羅閱祇迦蘭陀竹園彼爲諸比丘説賢善偈言

過去當不憶　當來無求念　過去已盡滅
當來無所得　謂現在之法　彼彼當思惟
所念非牢固　智者能自覺　得已能進行
何智憂命終　我必不離此　大衆不能脱
如是堅牢住　晝夜不捨之　是故賢善偈
人當作是觀

如是比丘我持賢善偈而不解義云何天誰持賢善偈及以義此比丘世尊在舍衛城祇樹給孤獨園彼持此賢善偈及以義是故汝比丘當從世尊受持賢善偈及以義善思惟念諷誦持之何以故此比丘彼賢善偈及以義是義是法行於梵行成神通至尊道與涅槃相應此族姓子信樂學道信樂出家棄家學道當持此賢善偈及以義善思惟念當奉持之彼天説已禮尊者盧耶强耆足繞尊者盧耶强耆已即其處忽然不現於是尊者盧耶强耆彼天還不久在釋羇瘦受歲受歲過二月已作衣已成衣與衣鉢俱行至舍衛城

次第而行至舍衛城住舍衛城祇樹給孤獨園於是尊者盧耶强耆至世尊所到已禮世尊足却坐一面尊者盧耶强耆却坐一面已白世尊曰唯世尊我一時在釋羇瘦寂靜窟中唯世尊晨起起已出窟於露地施繩牀敷尼師壇已結跏趺坐彼時有天形色極妙過夜已來至我所到已禮我足却住一面因彼天光明以妙光悉照窟彼天却住一面已語我曰比丘比丘汝持賢善偈及義不如是說已我報彼天曰此天我不持賢善偈及以義汝天持賢善偈及以義不如是說已彼天報我曰此比丘我持賢善偈不解義云何汝天持賢善偈而不解義此比丘我於一時世尊在羅閱祇迦蘭陀竹園彼爲比丘說賢善偈而不解義說此偈（如上故不重寫）如是比丘我持賢善偈而不解義云何天此誰持賢善偈及以義此比丘世尊在舍衛城祇樹給孤獨園彼持賢善偈及以義是故汝比丘當從世尊受持此賢善偈及以義思惟念當奉行之何以故此比丘彼賢善偈及以義是義是法行於梵行成神通至尊道與涅槃相應此族姓子信樂學道信樂出家棄家學道者當持此賢善偈及以義善思惟念當奉持之彼天說已禮我足繞我即其處忽然不現汝强耆知彼天名字不唯世尊我不知彼天之名字此强耆彼名般那末難天子是三十三天大將令是世尊時令是善逝時願世尊當爲諸比丘說此賢善偈及以義從世尊聞已比丘當奉持之是故强耆當善思聽之善思惟念我當爲說如是世尊尊者盧耶强耆受世尊教世

尊告說此偈(如上故不重寫)云何强耆比丘過去憶念此强耆或比丘色過去若樂若著於中住過去痛想行過去識若樂若著於中住如是强耆比丘憶念過去云何强耆比丘不憶念過去此强耆或比丘過去色不樂不著亦不而於中住過去痛想行識不樂不著不於中住如是强耆比丘不念過去云何强耆比丘當來求念此强耆或比丘當來色或樂或著於中住當來痛想行識於中樂或著於中住如是强耆比丘當來憶念云何强耆或比丘當來無求念此强耆或比丘色當來不有樂不有著不於中住當來痛想行識不有樂不有著不於中住如是强耆比丘當來無求念云何强耆比丘現在法思惟此强耆或比丘樂於現在色於中著於中住現在痛想行識於中樂於中著於中住如是强耆比丘現在法思惟念云何强耆比丘現在當不思惟念此强耆或比丘現在色不有樂不有著不有住痛想行識不有樂不有著不有住痛比丘現在法不思惟念佛如是說尊者盧耶强耆聞世尊所說歡喜而樂

佛說尊上經

佛説鸚鵡經

劉宋三藏求那跋陀羅譯

聞如是一時婆伽婆在舍衛城祇樹給孤獨園彼時世尊晨起著衣服與衣鉢俱詣舍衛城分衛遊舍衛分衛時到鸚鵡摩牢兜羅子家彼時鸚鵡摩牢兜羅子出行不在少有所爲彼時鸚鵡摩牢兜羅子家有狗名具坐好蓐上以金鉢食粳米肉白狗遥見世尊從遠而來見已便吠彼世尊便作是言止白狗不須作是聲汝本吟哦（梵志乞食音）於是白狗極大瞋恚不歡喜下牀蓐已至門閾下依而伏寂然住後摩牢兜羅子還舍已見白狗還下牀蓐依門閾寂然伏憂慼不樂見已問邊人曰誰觸嬈此白狗而令此白狗憂慼不樂下牀蓐已依門閾寂然伏此摩牢無有觸嬈此狗者而令此狗憂慼不樂下牀蓐已依門閾寂然伏此摩牢今日有沙門瞿曇來詣家乞食彼白狗便吠之彼沙門瞿曇作是言止白狗汝不應作是聲汝本吟哦是故摩牢令白狗瞋恚不樂下牀蓐已依門閾嘿然伏於是鸚鵡摩牢兜羅子於世尊便有瞋恚不樂遥罵世尊遥誹謗世尊遥恚世尊此沙門瞿曇乃如此虛妄言出舍衛已往詣祇樹給孤獨園彼時世尊無量百衆在前圍遶而爲說法世尊遥見鸚鵡摩牢兜羅子從遠而來見已世尊告諸比丘汝諸比丘遥見鸚鵡摩牢兜羅子從遠而來不唯然世尊若以此時鸚鵡摩牢兜羅子命終者屈伸臂頃如是生泥犂中何以故彼如是極向我瞋恚故因彼瞋恚身壞死時生惡趣泥犂中彼時鸚鵡摩牢兜羅

子來詣世尊所到已白世尊曰沙門瞿曇今日至我家乞食耶曰摩牢我今日至汝家乞食唯此沙門瞿曇彼白狗於汝有何咎而令我白狗瞋恚不樂下牀蓐已依門閾寂然伏答曰摩牢我晨起著衣服已與衣鉢俱詣舍衛城分衛遊舍衛城分衛時便至汝家汝白狗遥見我從遠而來見已而吠我便作是言止白狗汝不應作是聲汝本吟哦是故摩牢彼白狗則瞋恚不樂下牀蓐已依門閾嘿然伏此瞿曇此白狗本是我何等親屬止摩牢不須問汝或能聞憂慼不樂彼鸚鵡摩牢兜羅子再三白世尊曰此瞿曇白狗本是何等親屬汝摩牢已再三問當說之此摩牢白狗前所生是汝父名兜羅於是鸚鵡摩牢兜羅子於世尊倍增上瞋恚不樂罵世尊恚世尊誹謗世尊此沙門瞿曇虛妄語白世尊曰瞿曇我父兜羅常行施與常行幢施常事於火彼身壞死已生妙梵天上此何以故當生狗中此摩牢以汝增上慢彼父兜羅亦復爾是故生弊惡狗中說偈曰

梵志增上慢　此終生六趣　鷄猪狗野狐
驢騾地獄中

汝摩牢我所說若不信者汝摩牢便可還家到已語白狗作如是言實白狗汝本生時是我父兜羅者還上牀蓐汝摩牢彼白狗便當還上牀蓐上汝白狗本生時是我父兜羅者當於金鉢中食粳米肉此摩牢彼白狗當於金鉢中食粳米肉彼白狗本生時是我父兜羅者當示我父遺財汝本藏舉我今不知處此摩牢彼白狗當示汝本父遺財汝所不知

於是鸚鵡摩牢兜羅子聞世尊所說善思惟念習誦已繞世尊離世尊還至家到已語白狗作如是言此白狗若本生時是我父兜羅者當還上牀蓐坐彼白狗便還上牀蓐坐此白狗本生時若是我父兜羅者當於金鉢中食粳米肉彼白狗便於金鉢中食粳米肉此白狗本生時是我父兜羅者白狗當示我本父遺財汝本藏舉我今不知處於是彼白狗下牀蓐已至本卧處到已於本卧處牀四脚下以口足跑地令鸚鵡摩牢兜羅子大得錢財於是鸚鵡摩牢兜羅子大得錢財大得利極歡喜善心生以右膝著地叉手向祇樹給孤獨園三自稱名姓字眞實沙門瞿曇語實沙門瞿曇不妄言沙門瞿曇三自稱名姓已出舍衛城往詣祇樹給孤獨園彼時世尊無量百衆在前圍遶而爲說法世尊遥見鸚鵡摩牢兜羅子從遠而來見已世尊告諸比丘汝諸比丘見彼鸚鵡摩牢兜羅子從遠來不唯然世尊若以此時鸚鵡摩牢兜羅子命終者如屈伸臂頃生於善處何以故彼於我有善心故衆生因善心故身壞死時生善處天上彼時鸚鵡摩牢兜羅子往世尊所到已共世尊面相慰勞面相慰勞已却坐一面鸚鵡摩牢兜羅子却坐一面已世尊告曰此摩牢如我所說白狗者實如我所言不如如沙門瞿曇所說白狗者實如所言無有異此沙門瞿曇我更欲有所問當聽我所問此摩牢當問隨意所樂此瞿曇何因何縁俱受人身便有高下好惡清濁此瞿曇有長命短命者有無病者有病者有好者有醜者有貴者有賤

者有所能者無所能者有多錢財者無多錢財者有惡智者有智慧者此摩牢衆生因緣故因行故緣行故作行故隨衆生所作行令彼彼有好惡高下此沙門瞿曇略所說未廣分別我不解其義唯願沙門瞿曇當爲善說令我當從沙門瞿曇所略說法未廣分別當知其義是故摩牢當善聽之善思惟念我當爲說唯然瞿曇鸚鵡摩牢兜羅子受世尊教世尊告曰此摩牢何所因何所緣若男若女有命短者此摩牢或一若男若女極生血汙其手近於惡無有慈斷一切衆生命下至蟻子因此行故如是所因如是所行身壞死時生惡趣泥犂中來生此人間命便短何以故摩牢彼所行短是故令或一若男若女行殺生是爲摩牢當見是行報故此摩牢復何因復何緣令或一若男若女有命長者此摩牢或一若男若女棄於殺離於殺捨除刀杖常有羞恥於一切衆生欲令安隱淨於殺意彼因此行如是所因如是所行身壞死時生善處天上來生此人間命則長何以故摩牢彼爲命長行故而令或一若男若女離於殺棄於殺是爲摩牢當知是行報故此摩牢何所因何所緣而令或一若男若女多有病此摩牢或一若男若女觸嬈於衆生彼觸嬈衆生或以手或以石或以杖或以刀彼因此行如是所因如是所行身壞死時生惡趣泥犂中來生此人間多有病痛何以故此摩牢彼作病行故而令或一若男若女觸嬈衆生是故摩牢當知是行報故此摩牢復何因復何緣而令或一若男若女無有病此摩牢或一若

男若女不觸嬈衆生彼不觸嬈衆生不以手不以石不以刀不以杖彼因此行因此故因此行故身壞死時生善處天上來生人間無有病痛何以故此摩牢彼作無病行故而令或一若男若女不觸嬈衆生是故摩牢當知是行報故此摩牢復何因復何緣或一若男若女有醜者此摩牢或一若男若女多有瞋恚多有憂慼彼少有所言便有瞋恚憂慼不樂住於瞋恚生瞋恚廣說誹謗因此行因此故因此行故身壞死時生惡趣泥犂中來生人間形色弊惡何以故彼作弊惡行故而令或一若男若女瞋恚憂慼是爲摩牢當知是行報故此摩牢復何因復何緣而令或一若男若女形色好此摩牢或一若男若女不多瞋恚不多憂慼若有以麤獷言說者彼亦不恚亦不恨亦不憂慼不住於恚不生瞋恚不以恚恨彼因此行以此行因此行故身壞死時生善處天上來生此人間形色則妙何以故此摩牢彼行妙行故而令或一若男若女無有瞋恚亦無憂慼是故摩牢當知是行報故此摩牢復何因復何緣而令或一若男若女少有所能此摩牢或一若男若女有貪嫉發於貪嫉彼見他有恭敬施財物已便發於貪嫉他所有令我得彼因此行因行故緣行故身壞死時生惡趣泥犂中來生此人間少有所能何以故此摩牢彼作少有所能行故而令或一若男若女貪嫉發於貪嫉此摩牢當知是行報故此摩牢復何因復何緣而令或一若男若女極有所能此摩牢或一若男若女無有貪嫉不發貪嫉彼見他恭敬財物

施已不發於貪嫉他所有念我得彼以此行因此行緣此行身壞死時生善處天上來生人間極有所能何以故摩牢彼作極有所能行故而令或一若男若女無有貪嫉不發貪嫉是故摩牢當知是行報故此摩牢復何因復何緣而令或一若男若女生下賤家此摩牢或一若男若女自大憍慢應當恭敬而不恭敬應當承事而不承事應當禮事而不禮事應當供養而不供養應當施坐而不施坐應當示導而不示導應當禮事起恭敬叉手向而不禮事起恭敬叉手向因此行緣此行有此行故身壞死時生惡趣泥犂中來生人間在下賤家何以故此摩牢彼爲下賤行故而令或一若男若女自大憍慢是爲摩牢當知是行報故此摩牢復何因復何緣令或一

若男若女生豪貴家此摩牢或一若男若女不自大不憍慢應當恭敬而恭敬應當承事而承事應當禮事而禮事應當供養而供養應當施坐而施坐應當示導而示導應當禮事起恭敬叉手向而禮事起恭敬叉手向彼因此行緣此行以此行故身壞死時生善處天上來生此人間在豪貴家何以故此摩牢彼作豪貴行故而令或一若男若女不自大不憍慢此摩牢當知是行報故此摩牢復何因復何緣而令或一若男若女少有錢財此摩牢或一若男若女不施與非施主彼不行施沙門婆羅門貧窮下賤方來乞者飲食衣被花鬘塗香牀卧屋舍明燈給使彼因此行緣此行以此行故身壞死時生惡趣泥犂中來生此人間少有錢財何以故此摩牢彼作

少錢財行故令或一若男若女少有錢財此摩牢當知是行報故此摩牢復何因復何縁而令或一若男若女多有錢財此摩牢或一若男若女施與爲施主彼施與沙門婆羅門貧窮下賤方來乞者飲食衣被花鬘塗香牀卧屋舍明燈給使彼因此行縁此行以此行故身壞死時生善處天上來生此人間多有錢財何以故此摩牢彼作多錢財行故而令或一若男若女多有錢財此摩牢當知是行報故此摩牢復何因復何縁而令或一若男若女惡智此摩牢或一若男若女爲衆生不能往問謂彼有名稱沙門婆羅門往彼已不隨時問其義亦不論此諸賢何者是善不善何者是好不好何者是惡是醜何者是黒是白何者黒白報何者見法義何者後世戒義何者爲善非惡從彼聞已不如如學彼因此行縁此行以此行故身壞死時生惡趣泥犂中來生此人間有惡智何以故此摩牢彼作惡智行故而令或一若男若女爲衆生不能往問此摩牢當知是行報故此摩牢復何因復何縁而令或一若男若女有智慧此摩牢或一若男若女爲衆生能往問謂彼有名稱沙門婆羅門往彼已隨時問其義能論此諸賢何者是善不善何者是好不好何者是醜是妙何者是黒是白何者是黒白報何者見法義何者後世戒義何者爲善非惡從彼聞已如如學之彼因此行縁此行以此行故身壞死時生善處天上來生此人間則有智慧何以故此摩牢彼作智慧行故而令或一若男若女爲衆生能往問言是爲摩牢當知是

行報故此摩牢若作短命行行已則受短命報若作長命行行已則受長命若作病行行已則有多病若作非病行行已則無有病若作醜行行已則受其醜若作形色好行行已則受好形色若作少有所能行行已則受少有所能若作多有所能行行已則受多有所能若作下賤行行已則受下賤若作豪貴行行已則受豪貴若作少錢財行行已則受少錢財若作多錢財行行已則受多錢財若作惡智行行已則受惡智若作智慧行行已則受智慧是爲摩牢我本所説此摩牢隨衆生所作行因行緣行以此行衆生爲行故便於彼彼便有高下好惡己竟瞿曇已竟瞿曇唯此世尊我今自歸法及比丘僧唯世尊我今持優婆塞從今日始盡命離於殺今自歸唯此世尊從今日始如舍衛城入他優婆塞家入兜羅家亦當爾當令兜羅家於長夜以義饒益得安隱佛如是説鸚鵡摩牢兜羅子聞世尊所説歡喜而退

佛説鸚鵡經

佛說兜調經

失譯人名今附西晉錄

聞如是一時佛在舍衛國國中有一婆羅門名曰兜調有子名曰谷兜調爲人急弊常喜罵詈身死還自爲其家作狗子名曰騾其子谷者愛是狗子爲著金鎖牀卧常以氍毹毾㲪食以金盤美食谷出至市佛過谷門白狗吠佛佛即言汝平常時舉手言咆今反作狗吠不知慙愧狗便慙走持頭面揷牀下啼涙出佛去後狗不復上所卧牀便寢卧地飤之不食谷從外來見狗不食問家言狗何爲如是家言屬者有一沙門來過不審何言狗因走入牀下卧地飤之不食谷言沙門向何道去家言東去谷即隨而追及佛於樹下爲諸比丘說經佛遥見谷來佛告諸比丘谷來不至道死者便墮地獄中諸比丘問佛何爲墮地獄中佛言是人持惡意來欲害人故當墮地獄中谷至佛前因問屬者何沙門過我門罵我狗令不食不卧其處佛即報言我過汝門白狗吠我我即謂言汝平常時舉手言咆今反作狗吠不知慙愧狗便慙走持頭面揷牀下啼涙出谷問佛是狗於我何等耶佛言不須問聞者令汝不樂谷言聽爲我說之佛言說者令汝瞋怒谷言不敢瞋願欲聞之佛言是汝父兜調也谷言我父兜調在世時明經曉道終不作狗佛言但坐所知自貢高故作狗耳汝欲知審是汝父不還歸於家語狗言汝審是我父兜調者當於故器中食汝審是我父者當還於故處卧汝審是我父者先時所有珍寶藏物當示我處谷即還歸呼狗

言騾汝審是我父兜調者當食是食狗即食其食谷復言騾汝審是我父者當卧故處狗即卧故處谷復言騾汝審是我父者先時所有珍寶藏物當示我處狗即以口指牀右足下以前兩足爬地示之谷即掘騾所爬地得珍寶琦物甚衆多谷大歡喜因還到佛所佛遥見之告諸比丘今谷來不至道死者即生天上諸比丘問佛何因緣得生天上佛言是人持善意來故當生天上谷到佛所前爲佛作禮白佛言審如佛語谷復問佛言人居世間何故獨有壽者有不壽者何故獨有多病者有少病者何故面獨有好色者有惡者何故獨有尊者有卑者何故獨有媚者有不媚者何故獨有富者有貧者何故獨有明者有愚者佛告谷人於世間喜殺生無慈心者死入地獄中地獄中罪竟復爲人即不壽人於世間不殺生有慈心死上天從天來下生人間即長壽人於世間喜鬪亂持刀杖恐人死入地獄中地獄中罪竟復爲人即多病人於世間喜和合不持刀杖恐人死生天上從天來下生人間即少病人於世間喜瞋怒聞善語亦怒聞惡語亦怒見賢者亦怒見愚者亦怒不别善惡但欲瞋怒死入地獄中地獄中罪竟復爲人面無色萎黄熟人於世間不瞋不怒見賢者敬之見愚者忍之死上天從天來下生人間面色常好爲人和心賢善人於世間不媚者見老人不起不孝父母見父母不敬愛人有孝順敬愛父母及長老者常恚恨之死入地獄中地獄中罪竟復爲人即不媚爲衆人所憎惡人於世間孝父母敬長老

若有人不孝者不敬長老者輒往教之喜爲人說善言死上天從天來下生人間爲人所敬愛人於世間憍慢不敬尊者自用强梁死入地獄中地獄中罪竟復爲人因作下賤人於世間不憍慢常敬尊者用人不强梁死上天從天來下生人間因作尊者人於世間慳貪雖富不惠施貧人不視宗親不喜布施貪惜飲食不施與沙門道人復不敢自飽死入地獄中地獄中罪竟復爲人即貧賤乞匃人於世間無慳貪之心爲人無貧富好布施沙門道人施與貧者愛視宗親飯食常自飽滿死上天從天來下生世間富樂爲人所敬愛人於世間聞有明經高遠若沙門及道士不好往問度世之道心嫉高遠死入地獄中地獄中罪竟復爲人即愚癡無所識知與畜生同伍人於世間聞有明經高遠若沙門道士好往問度世之事心不嫉妬貪愛高遠死即上天從天來下生人間爲人即明經曉道爲衆人所尊用佛言人作善者得上天爲惡者下入地獄人求壽得壽求不壽得不壽求病得病求不病得不病求面色好得面好色求惡色得惡色求尊者得尊者求下賤得下賤求媚得媚求不媚得不媚求富得富求貧得貧求智得智求愚得愚人於世間作善惡譬如種穀得穀種麥得麥種稻得稻作善得善作惡得惡谷即却長跪言前頭來時見狗不食心懷瞋恚愚癡故耳今佛所語如盲得視如聾得聽如人墮深水得出如狂癡得愈如人行冥中得見日月願從佛求哀乞悔過惟加大恩即奉行五戒爲優婆塞佛言後世人

有諷誦是經者善聽聞音聲者心中惻然衣毛悉豎淚即爲出如是者其人皆當爲彌勒佛作弟子得度世去

佛說兜調經

佛說意經

西晉三藏法師竺法護譯

聞如是一時婆伽婆在舍衛城祇樹給孤獨園彼時有異比丘獨坐房中意作是念以何故世間牽以何故受於苦以何故生已生已人隨從於是彼比丘從下晡起起已往詣世尊所到已禮世尊足却坐一面彼比丘却坐一面已白世尊曰唯世尊我今日獨在房中意生是念以何故世間牽以何故受於苦以何故生已生已人隨從善哉善哉比丘有賢道有賢觀善辯才所念善以何故世間牽以何故受於苦以何故生已生已人隨從汝比丘作如是問不唯然世尊此比丘以意故世間牽以意故受於苦生意生意已人隨從比丘而令世間牽受於苦生已生已人隨從此比丘聖弟子無所著以彼牽以彼去彼生已生已則隨從此比丘聖弟子阿羅漢能自御意不自隨意善哉世尊彼比丘聞世尊所說善樂善然可已重問世尊曰唯世尊言多聞比丘言多聞比丘者唯世尊幾所故名多聞比丘如來說幾比丘多聞善哉善哉比丘賢道賢觀辯才所言善世尊多聞多聞比丘者唯世尊幾所故名多聞比丘如來說幾是多聞比丘汝比丘作是問不唯然世尊我多說比丘契一歌二記三偈四所因五法句六譬喻七所應八生九方等十未曾十一法說十二比丘族姓子四句偈向我說者則知義知法應法所行等與法俱如法行說如是比丘則是多聞如是比丘為多聞如是如來說比丘多聞善哉世尊彼比丘聞世尊所說善思惟念

善樂善然可已重問世尊曰唯世尊比丘聞已比丘聞已智慧捷疾唯世尊所幾名爲比丘聞已名爲捷疾智慧如來説幾比丘聞已智慧捷疾善哉善哉比丘賢道賢觀辯才所言善唯世尊比丘聞已比丘聞已智慧捷疾世尊説幾比丘聞已智慧捷疾汝比丘聞此不唯然世尊此比丘彼比丘聞苦已以智慧知如眞苦集苦盡苦盡住處此則爲聞彼以智慧知如眞苦集苦盡苦盡住處此則爲聞彼以智慧知如眞如是比丘彼比丘聞已智慧捷疾如來説比丘如是聞已智慧捷疾善哉世尊彼比丘聞世尊所説善樂善然可已重問世尊曰唯世尊比丘聰明辯才捷疾比丘聰明智慧捷疾者唯世尊幾所名爲比丘聰明智慧捷疾如來説幾比丘聰明智慧辯才捷疾善哉善哉比丘賢道賢觀辯才所言善唯世尊比丘聰明智慧捷疾比丘聰明辯才捷疾者世尊説幾所名爲比丘聰明智慧辯才捷疾如來説幾比丘聰明智慧辯才捷疾汝比丘聞此不唯然世尊此比丘謂比丘亦不自念不念他不二念比丘但念意已自饒益及饒益他饒益多人愍世間故以義饒益天及人如是比丘聰明智慧捷疾如來説比丘聰明辯才智慧捷疾善哉世尊彼比丘聞世尊所説善思惟念受持誦讀已從坐起禮世尊足遶世尊離世尊還彼世尊以此喻爲説之獨在靜處不亂志寂靜住彼獨在靜處不亂志寂靜住已謂族姓子所爲剃鬚髮已被著袈裟信樂出家棄家學道修無上行梵行見法成神通作證住生已盡梵行已成

所作已辨名色已有知如眞彼尊者已知法至成阿羅漢佛如是說彼比丘聞世尊所說歡喜而樂

佛說意經

佛說應法經

西晉三藏竺法護譯

聞如是一時婆伽婆在拘類法治處彼時佛告諸比丘謂今此世間如是婬如是欲如是愛如是樂如是喜但不愛不念法敗壞愛法念增彼如是婬如是欲如是愛如是樂如是喜而令令不善法轉增愛善法轉減我法甚深難見難覺難了難知如是我法甚深難見難覺難了難知而令令不愛善法減愛善法增與此四法相應世間有此云何爲四有與法相應現在樂後受苦報有法與相應現在苦後受樂報有法與相應現在苦後受苦報有法與相應現在樂後受樂報云何法相應現在樂後受苦報或有一自樂歡喜行於殺因殺以爲樂以爲喜彼喜彼歡喜不與取婬欲行妄言至邪見因邪見以爲喜以爲樂此如是身樂意樂不善爲不善亦不成神通不至等道不與涅槃相應此法相應現在樂後受苦報云何法與相應現在苦後受樂報或有一自苦行不樂行棄於殺因棄殺以爲苦以爲不喜彼自行苦不喜行不與取婬欲行妄言至邪見因棄捨邪見爲等見以爲苦以爲不喜如是身行苦意行苦善爲善成神通至等道與涅槃相應與此法相應現在苦後受樂報云何法相應現在苦後受苦報或有一自行苦自不喜行於殺因殺故以爲苦以爲不喜彼自苦自行不喜不與取婬欲行妄言至邪見因邪見有不樂有不喜如是身行苦意行苦不善受不善不成神通不至等道不與涅槃相應此法相應現在苦後受苦報

云何法相應現在樂後受樂報或有一自行樂自行喜棄於殺因棄殺以爲樂以爲喜彼喜彼樂不與取婬欲行妄言至邪見棄捨離因棄捨離邪以爲樂以爲喜如是身樂行意樂行行善爲善成神通至等道與涅槃相應此法相應現在樂後受樂報謂彼此法相應現在樂後受苦報非是慧慧者說不知如眞與此法相應現在樂後受苦報彼如是不知如眞彼行不棄彼行不棄故不愛不樂法轉增愛法樂法轉減猶若阿摩尼藥色具足香具足味具足彼雜於毒有人有患便飲之彼飲可口飲時不住咽飲已變爲非藥如是與此法相應現在樂後受苦報非智慧智慧故不知如眞與此法相應現在樂後受苦報彼不知如眞彼行彼不棄彼行不棄者不愛不樂法轉增愛法樂法轉減此法非智慧謂應此法現在苦後受樂報非智慧非智慧不知如眞與此法相應現在苦後受樂報彼不知如眞亦不行彼棄捨彼不行棄捨者不愛不樂法轉增愛喜法轉減此法非智慧彼法相應現在苦後受苦報非智慧非智慧與此法相應現在苦後受苦報不知如眞彼行不棄彼行不棄者不愛不樂法轉增愛法樂法轉減猶若大小便雜毒已有人有病而取飲之彼飲時咽苦不下及臭無味飲時壞咽飲已變爲非藥如是應此法現在苦後受苦報不知如眞謂應此法現在苦後受苦報彼不知如眞彼行不棄捨彼行不棄捨已不愛不喜法轉增愛喜法轉減此法非智慧謂應此法現在樂後受樂報非智慧慧者所說不知如

眞應此法現在樂後受樂報彼不知如眞彼不行棄捨離彼不棄不捨離不愛不喜法轉增愛喜法轉減法非智慧彼行法知如眞彼不行法知如眞彼行法知如眞彼不行法知如眞者未行法當行應行法當不行彼未行經當行應行法當不行者不善法轉增善法轉減此法非智慧謂彼應法現在樂後受苦報智慧慧者所說知如眞彼應此法現在樂後受苦報彼如是知如眞彼不行彼棄捨離不行棄捨離已彼更不行棄捨離不善法減善法轉增此法智慧謂彼應此法現在苦後受樂報是智慧慧者所說知如眞彼應此法現在苦後受樂報彼如是知如眞彼行彼不棄不行不棄捨已不愛不喜法轉減愛喜法轉增此法是智慧猶若大小便種種藥草雜有人有患取飲之彼飲時不佳咽飲時壞咽飲已應如藥法如是應此法現在苦後受樂報是智慧慧者所說知如眞謂應此法現在苦後受樂報彼如是知如眞彼行不棄捨彼行不棄捨已不愛不喜法轉減愛喜法轉增此法是智慧謂彼應此法現在苦後受苦報是智慧慧者所說知如眞謂應此法現在苦後受苦報彼如是知如眞彼不行棄捨離不行棄捨離已不愛不喜法轉減愛喜法轉增此法是智慧謂應此法現在樂後受樂報是智慧慧者所說謂應此法現在樂後受樂報彼如是知如眞彼行不捨離不行不捨離已不愛不喜法轉減愛喜法轉增此法是智慧猶若蘇蜜種種藥雜有人有病取便飲之彼飲利咽飲時不佳咽飲已應如藥法如是應

此法現在樂後受樂報是智慧慧者所說知如眞謂應此法現在樂後受樂報彼如是知如眞彼行不捨離彼行不捨離已不愛不念法轉減愛念法轉增此法是智慧慧者所說彼行法已知如眞不行法已知如眞彼行法知如眞不行法知如眞不行法便不行應行法當行彼不行法便不行應行法當行者不善法轉減善法轉增此法是智慧慧有應此四法世間有此說此者是所因說佛如是說彼諸比丘聞世尊所說歡喜而樂

佛說應法經

音釋

闞雨逼切門限也　跑蒲包切足爬也　鬘莫還切　氍氀氍其俱切氍毹毛席也氀力朱切氀毼毛布也　毾㲪毾吐盍切㲪都滕切毾㲪毛席也　咆蒲交切嘷也　飤夕恣切餧也　爬蒲巴切搔也　萎於爲切枯瘠也

佛説波斯匿王太后崩塵土坌身經

西晋三藏法師法炬譯

須摩提女經

吴月支優婆塞支謙譯

清刻龍藏佛說法變相圖

二經同卷

佛說波斯匿王太后崩塵土坌身經

須摩提女經

佛說波斯匿王太后崩塵土坌身經

西晉三藏法師法炬譯

聞如是一時婆伽婆在舍衛城祇樹給孤獨園爾時拘娑羅國波斯匿王太后崩時年百歲老無壯勢精進修善法時波斯匿王供殯送母日正中還塵土坌身步往詣園至世尊所頭面禮足在一面坐時世尊問王言今王何故塵土坌身步來至我所時波斯匿王便涕泣不能自勝揮淚白世尊言太后崩世尊太后無常如來年在期頤無少壯力積修善

法甚戀痛念夙夜孝養未曾違志命可贖者世殞身壽若象馬車乘贖命可得者盡當持贖以人民衆贖命可得者亦當持贖莫使我母命過若以金銀贖命可得者亦當持贖若以珍寶贖命可得者亦當持贖若以金銀珍寶贖命可得者亦當持金銀珍寶贖命若以奴贖命可得者亦當持奴贖命若以婢贖命可得者亦當持婢贖命若以奴婢贖命可得者亦當持奴婢贖命若以村落贖命可得者亦當以村落贖命若以城郭贖命可得者亦當以城郭贖命若以村落城郭贖命可得者亦當以城郭村落贖命若以一方贖命可得者亦當以一方贖命若以土地人民贖命可得者亦當以土地人民贖命若以人民一方贖命可得者亦當以人民一方贖命莫使我母命過爾時世尊告波斯匿王言如是大王如王所説若以白象贖命可得者便可以象贖母命若以馬車人民珍寶金銀奴婢村落城郭一方人民贖母命可得者便當以一方人民贖母命莫使我母命過是故大王當思惟無常想當廣布無常想當廣布是想爾時世尊便説偈言

一切人歸死　無有不死者　隨行種殃福
自獲善惡業　地獄爲惡行　善者必生天
明慧能分別　唯福能過惡

如是大王有四恐畏大恐畏無能避者亦不可以刀杖避呪術藥草象馬車乘人民珍寶金銀奴婢村落城郭一方人民珍寶金銀奴婢村落城郭一方人民云何爲四老爲大恐畏肌肉消盡不可以刀杖避乃至一方人民

皆無能避病爲大恐畏無强健志不可以刀杖避乃至一方人民死爲大恐畏盡無有壽不可以刀杖避乃至一方人民恩愛別離爲大恐畏不可以刀杖避乃至一方人民是謂大王有此四大恐畏不可以刀杖避呪術藥草象馬車乘人民珍寶金銀奴婢村落城郭一方人民珍寶金銀奴婢村落城郭一方人民譬如大王有大雲起雷電霹靂斯須還散亦不久停如是大王人命極短壽極百歲其中出者亦少少耳譬如大王有四大山石無有空缺四山皆等一時相磨樹木藥草不可以刀杖避如是大王有四大恐畏至不可得避云何爲四老爲大患肌肉消盡不可以刀杖避藥草呪術而得避者病爲大患無强健志死爲大患身心永滅恩愛別離為大患不可以刀杖避呪術藥草而得避者大王廣修無常想廣布無常想所以然者已修無常想當布無常想盡斷一切欲愛盡斷一切色愛盡斷一切無色愛一切無明盡斷此間所有愛亦斷譬如大王草葉積薪積以火往燒大叢林若臺閣舍此亦如是若修無常想廣布無常想盡斷欲愛盡斷色愛盡斷無色愛盡斷無明盡斷此間所有愛是故大王當以正法治化莫以非法治化如是大王當作是學爾時波斯匿王白世尊言此法名何等當云何奉持世尊告曰名除憂患經此法除去憂患時波斯匿王白世尊言如是世尊除憂患經如是世尊除憂患經所以然者我聞此法已世尊所有戀慕愁憂皆悉除盡自覺身體柔軟歡喜爾時世尊與王波斯匿具說微妙

法勸令歡喜時波斯匿王即從座起頭面禮足遶佛三帀而去爾時拘婆羅國波斯匿王聞佛所說歡喜奉行

佛說波斯匿王太后崩塵土坌身經

須摩提女經

吳月支優婆塞支謙譯

聞如是一時佛在舍衛國祇樹給孤獨園爾時世尊與大比丘衆千二百五十人俱爾時有長者名阿那邠邸饒財多寶金銀珍寶硨磲碼碯眞珠琥珀水精瑠璃象馬牛羊奴婢僕從不可稱計爾時滿富城中有長者名滿財亦饒財多寶硨磲碼碯眞珠琥珀水精瑠璃象馬牛羊奴婢僕從不可復稱是阿那邠邸長者少小舊好共相愛敬未曾忘捨然復阿那邠邸長者恒有數千萬珍寶財貨在彼滿富城中販賣使滿財長者經紀將護然滿財長者亦有數千萬珍寶財貨在舍衛城中販賣使阿那邠邸長者經紀將護是時阿那邠邸有女名修摩提顏貌端正如桃華色世之希有爾時滿財長者有少事緣到舍衛城往至阿那邠邸長者家到已就坐是時修摩提女從靜室出先拜跪父母後復拜跪滿財長者還入靜室爾時滿財長者見修摩提女顏貌端正如桃華色世之希有見已問阿那邠邸長者曰此是誰家女阿那邠邸報曰向見女者是我所生滿財長者曰我有小息未有婚對可得嫡貧家不是時阿那邠邸長者報曰事不宜爾滿財長者曰以何等故事不宜爾爲以姓望爲以財貨耶阿那邠邸長者報曰種姓財貨足相儔匹但所事神祠與我不同此女事佛釋迦弟子汝事外道異學以是之故不赴來意時滿財長者曰我等所事自當別祀此女所事別自供養阿那邠邸長者曰我女設當適汝家者所出珍寶不可稱

計長者亦當出財寶不可稱計滿財長者曰汝今責幾許財寶阿那邠邸長者曰我今須六萬兩金是時滿財長者即與六萬兩金時阿那邠邸長者復作是念我以方便前却猶不能使止語彼長者曰設我嫁女當往問佛若世尊有所教勑當奉行之是時阿那邠邸長者假設事務如似小行即出門往至世尊所頭面禮足在一面立爾時阿那邠邸長者白世尊曰修摩提女爲滿富城中滿財長者所求爲可與爲不可與乎世尊告曰若當修摩提女適彼國者多所饒益度脫民人不可稱量是時阿那邠邸長者復作是念世尊以方便知應適彼土是時長者頭面禮足繞佛三帀便退而去還至家中供辦種種甘饌飲食與滿財長者滿財長者曰我用此食爲但嫁女與我不耶阿那邠邸曰意欲爾者便可相從却後十五日使兒至此作此語已便退而去是時滿財長者辦具所須乘羽葆之車從八十由延內來阿那邠邸長者復莊飾已女沐浴香熏乘羽葆之車將此女往迎滿財長者男中道相遇時滿財長者得女便將去滿富城中爾時滿富城中人民之類各作制限若此城中有女出適他國者當重刑罰若復他國娶婦將入國者亦重刑罰爾時彼國有六千梵志國人所奉制限有言設犯制者當飯六千梵志爾時長者自知犯制即飯六千梵志然梵志所食炙食豬肉及豬肉羹重釀之酒又梵志所著衣服或被白氎或被毼衣然彼梵志之法入國之時以衣偏著右肩半身露見爾時長者即白時到飲食已具是

時六千梵志皆徧著衣裳半身露見入長者家時長者見梵志來膝行前迎恭敬作禮最大梵志舉手稱善前抱長者項徃詣坐所餘梵志者各隨次而坐爾時六千梵志坐已定訖時長者語修摩提女曰汝自莊嚴向我等師作禮修摩提女報曰止止大家我不堪任向裸人作禮長者曰此非裸人非不有慙但所著衣者是其法服修摩提女曰此無慙愧之人皆共露形體在外有何法服之用長者願聽世尊亦說有二事因緣世人所貴所謂有慙有愧若當無此二事者則父母兄弟宗族五親尊卑高下則不可分別如今鷄犬猪羊驢騾之屬皆共同類無有尊卑以有此二法在世故則有尊卑之序然此等之人離此二法以鷄犬猪羊驢騾同羣實不堪任向作禮拜時修摩提夫語其婦曰汝今可起向我等師作禮此諸人皆是我所事之天修摩提女報曰且止族姓子我不堪任向此無慙愧裸人作禮我今是人向驢犬作禮夫復語曰止止貴女勿作是言自護汝口勿有所犯此亦非驢非狂惑但所著之衣正是法衣是時修摩提涕零悲泣顏色變異並作是語我父母五親寧形五刖斷其命根終不墮邪見之中時六千梵志各共高聲而作是說止止長者何故使此婢罵詈乃爾若見請者時供辦飲食是時長者及修摩提夫即辦猪肉猪肉羮重釀之酒飯六千梵志皆使充足諸梵志食已少多論議便起而去是時滿財長者在高樓上煩寃愁悒獨坐思惟我今取此女來便爲破家無異辱我門戶是時有梵志名修

跋得五通亦得諸禪然滿財長者所見貴重時修跋梵志而作是念我與長者別來日久今可往相見是時梵志入滿富城往詣長者家門守門者曰長者今爲所在守門人報曰長者在樓上極爲愁憂大不可言時梵志經上樓與長者相見梵志問長者曰何故愁憂乃至於斯無縣官盜賊水火災變所侵枉乎有非家中不和順耶長者報曰無有縣官盜賊之變但小家中事緣不遂梵志問曰願聞其狀有何事緣長者報曰昨日爲兒娶婦又犯國限五親被辱請師在舍將兒婦往禮拜而不從命梵志修跋報曰此女家者爲在何國近遠娉娶長者曰此女舍衛城中阿那邠邸女時彼梵志修跋聞此語已憐然驚怪兩手掩耳而作是說咄咄長者甚奇甚特此女乃能故在又不自殺不投樓下甚是大幸所以然者此女所事之師皆是梵行之人今日現在甚奇甚特長者曰我聞汝語復欲嗤笑所以然者汝爲外道異學何故歎譽沙門釋種子行此女所事之師有何威德有何神變梵志報曰長者欲聞此女師神德乎我今粗說其源長者曰願聞其說梵志報曰我昔日詣雪山北人間乞食得食已飛來詣阿耨達泉時彼天龍鬼神遥見我來皆擭持刀劒而來向我並語我言修跋仙士莫來止此泉邊莫汙辱此泉設不隨我語者正爾命根斷壞我聞此語即離彼泉不遠而食長者當知此女所事之師最小弟子名均頭沙彌亦至雪山北乞食飛來詣阿耨達泉又手執塚間死人之衣血垢汙染是時阿耨達大神天龍鬼

神皆起前迎恭敬問訊善來人師可就此坐時均頭沙彌往至泉水之處又復長者當泉水中央有純金之案爾時沙彌以此死人之衣漬著水中却後坐食食竟盪鉢在金案上結跏趺坐正身正意繫念在前便入初禪從初禪起入第二禪從第二禪起入第三禪從第三禪起入第四禪從第四禪起入空處從空處起入識處從識處起入不用處從不用處起入有想無想處從有想無想處起入滅盡三昧從滅盡三昧起入燄光三昧從燄光三昧起入水氣三昧從水氣三昧起入燄光三昧次復入滅盡三昧次復入有想無想三昧次復入不用處三昧次復入識處三昧次復入空處三昧次復入四禪次復入三禪次復入二禪次復入初禪從初禪起而浣死人之衣是時天龍鬼神或與踊衣者或以水澆者或取水而飲者爾時浣衣已舉著空中而曝之爾時彼沙彌収攝衣已便飛在空中還歸所在長者當知我爾時遥見而不得近此女所事之師最小弟子有此神力況復最大弟子有何可及乎何況彼師如來至眞等正覺而可及乎觀此義已而作是說甚奇甚特此女乃能而不自殺不斷命根是時長者語梵志曰我等可得見此女所事師乎梵志報曰可還問此女是時長者問須摩提女曰吾今欲得見汝所事師能使來不乎時女聞已歡喜踊躍不能自勝而作是說願時辦具飲食明日如來當來至此及比丘僧長者報曰汝今自請吾不解法是時長者女沐浴身體手執香火上高樓上叉手向如來而作是說

唯願世尊當善觀察無能見頂者然世尊無事不知無事不察女今在此因厄唯世尊當善察又以此偈而頌曰

觀世靡不周　佛眼之所察　降鬼諸神王
及降鬼子母　如彼噉人鬼　取人指作鬘
後復欲害母　然佛取降之　又在羅閱城
暴象欲來害　且如自歸命　諸天歎善哉
復至烏持國　復值惡龍王　見密迹力士
而龍自歸命　諸變不可計　皆使立正道
我今復值厄　唯願尊屈神　爾時香如雲
懸在虛空中　遍滿祇洹舍　住在如來前
諸釋虛空中　歡喜而禮佛　又見香在前
須摩提所請　雨諸種種華　而不可稱量
悉滿祇洹林　如來笑放光

爾時阿難見祇洹中有此妙香見已至世尊所到已頭面禮足在一面立爾時阿難白世尊言唯願世尊此是何等香遍滿祇洹精舍中世尊告曰此香是佛使滿富城中須摩提女所請汝今呼諸比丘盡集一處而行籌作是告勑諸有比丘漏盡阿羅漢得神足者便取舍羅明日當詣滿富城中受須摩提請阿難白佛如是世尊是時阿難受佛教已即集諸比丘在普會講堂而作是念諸有得道阿羅漢者便取舍羅明當往受須摩提請當於爾時衆僧上座名曰君頭波歎得須陀洹結使未盡不得神足是時上座而作是念我今大衆之中最是上坐又結使未盡未得神足我明日不能得至滿富城中食然如來衆中最下坐者名均頭沙彌此有神足有大威力得至彼受請我今亦當往受彼請爾時上座

以心清淨居在學地而受舍羅爾時世尊以天眼清淨見君頭波歎居在學地而受舍羅得無學爾時世尊告諸比丘我弟子中第一受舍羅者君頭波歎比丘是爾時世尊告諸神足比丘大目揵連大迦葉阿那律離越須菩提優毗迦葉摩訶匹那尊者羅云均利半持均頭沙彌汝等以神足先往至彼城中諸比丘對曰如是世尊是時衆僧使人名曰乾茶明日清旦躬負大釜飛在空中往至彼城是時彼長者及諸人民上高樓上欲覲世尊遥見使人負釜而來時長者與女便說此偈

白衣而長髮　露身如疾風　又復負大釜

此是汝師耶

是時女復以偈報曰

此非尊弟子　如來之使人　三道具五通

此人名乾茶

爾時乾茶使人繞城三帀往詣長者家是時均頭沙彌化作五百華樹色若干種皆悉敷析其色甚好優鉢蓮華如是之華不可計限往詣彼城是時長者遥見沙彌來復以此偈問曰

此華若干種　盡在虚空中　又有神足人

爲是汝師乎

是時女復以偈報曰

須跋前所說　泉上沙彌者　師名舍利弗

是彼之弟子

是時均頭沙彌繞城三帀往詣長者家是時尊者般特化作五百頭牛衣毛皆青在牛上結跏趺坐往詣彼城是時長者遥見復以此偈問女曰

此諸大羣牛　衣毛皆青色　在上而獨坐
此是汝師耶
女復以偈報曰
能化千比丘　在耆城園中　心神極爲明
此名爲般特
爾時尊者周利般特繞彼城三帀已往詣長者家爾時羅云復化作五百孔雀色若干種在上結跏趺坐往詣彼城長者見已復以此偈問女曰
此五百孔雀　其色甚爲妙　如彼軍大將
此是汝師耶
時女復以此偈報曰
如來說禁戒　一切無所犯　於戒能護戒
佛子羅云者
是時羅云繞城三帀往詣長者家是時尊者迦匹那化作五百金翅鳥極爲勇猛在上結跏趺坐往詣彼城時長者遙見已復以此偈問女曰
五百金翅鳥　極爲盛勇猛　在上無所畏
此是汝師耶
時女以偈報曰
能行出入息　迴轉心善行　慧力極勇盛
此名迦匹那
時尊者迦匹那繞城三帀往詣長者家爾時優毗迦葉化作五百龍皆有七頭在上結跏趺坐往詣彼城長者遙見已復以此偈問女曰
今此七頭龍　威顏甚可畏　來者不可計
此是汝師耶
時女報曰

恒有千弟子　神足化毗沙　優毗迦葉者
可謂此人是
時優毗迦葉繞城三帀往詣長者家是時尊
者須菩提化作瑠璃山入中結跏趺坐往詣
彼城爾時長者遥見已以偈問女曰
此山極爲妙　盡作瑠璃色　今在窟中坐
此是汝師耶
時女復以此偈報曰
由本一施報　今獲此功德　已成良福田
解空須菩提
爾時須菩提繞城三帀往詣長者家時尊者
大迦旃延復化作五百鵠色皆純白往詣彼
城是時長者遥見已以此偈問女曰
今此五百鵠　諸色皆純白　盡滿虚空中
此是汝師耶

時女復以此偈報曰
佛經之所説　分別其義句　又演結使聚
此名迦旃延
是時尊者大迦旃延繞彼城三帀往詣長者
家是時離越化作五百虎在上坐而往詣彼
城長者見已以此偈問女曰
今此五百虎　衣毛甚悦懌　又在上坐者
此是汝師耶
時女以偈報曰
昔在祇洹樹　六年不移動　坐禪最第一
此名離越者
是時尊者離越繞城三帀往詣長者家是時
尊者阿那律化作五百師子極爲勇猛在上
坐往詣彼城是時長者見已以偈問女曰
此五百師子　勇猛甚可畏　在上而坐者

此是汝師耶
時女以偈報曰
生時地大動　珍寶出於地　清淨眼無垢
佛弟阿那律
是時阿那律繞城三帀往詣長者家是時尊者大迦葉化作五百匹馬皆朱毛尾金銀交飾在上坐並雨天華往詣彼城長者遥見已以偈問女曰
金馬朱毛尾　其數有五百　爲是轉輪王
爲是汝師耶
女復以偈報曰
頭陀行第一　恒愍貧窮者　如來與半坐
最大迦葉是
是時大迦葉繞城三帀往詣長者家是時尊者大目揵連化作五百象皆有六牙七處平整金銀交飾在上坐而來放大光明悉滿世界詣城在虛空之中作倡妓樂不可稱計雨種種雜華又虛空之中懸繒旛蓋極爲奇妙爾時長者遥見已以偈問女曰
白象有六牙　在上如天王　今聞妓樂音
是釋迦文耶
時女以偈報曰
在彼大山上　降伏難陀龍　神足第一者
名曰大目連　我師故未來　此是弟子衆
聖師今當來　光明靡不照
是時尊者大目揵連繞城三帀往詣長者家是時世尊已知時到披僧伽棃在虛空中去地七仞是時尊者阿若拘隣在如來右舍利弗在如來左爾時阿難承佛威神在如來後而在執拂千二百弟子前後圍繞如來最在

中央及諸神足弟子阿若拘隣化作月天子舍利弗化作日天子諸餘神足比丘或作釋提桓因或化作梵天者或化作提頭吒毗留勒形者毗留波叉或作毗沙門形者領諸鬼神或有作轉輪聖王形者或有入火光三昧或有入水精三昧或有放光者或有放煙作種種神足是時梵天王在如來右釋提桓因在如來左手執拂密迹金剛力士在如來後手執金剛杵毗沙門天王手執七寶之蓋處虛空中在如來上恐有塵土坌如來身是時般遮旬手執瑠璃琴歎如來功德及諸天神悉虛空之中作倡妓樂數千萬種雨天雜華散如來上是時波斯匿王阿那邠邸長者及舍衛城內人民之類皆見如來在虛空中去地七仞見已皆懷歡喜踊躍不能自勝是時阿那邠邸長者便說此偈

如來實神妙　愛民如赤子　快哉須摩提
當受如來法

爾時波斯匿王及阿那邠邸長者散種種名香雜華是時世尊將諸比丘衆前後圍遶及諸神天不可稱計如似鴈王在虛空中徃詣彼城是時般遮旬以偈歎佛

諸生結永盡　意念不錯亂　以無塵垢足
入彼舊邦土　心性極清淨　斷魔邪惡念
功德如大海　今入彼邦土　顏貌甚殊特
諸使永不起　爲彼不自處　今入彼邦土
以度四流淵　脫於生老死　以斷有根源
今入彼邦土

是時滿財長者遥見世尊從遠而來諸根憺怕世之希有淨如天金有三十二相八十種

好莊嚴其身猶須彌山出衆山上亦如金聚放大光明是時長者以偈問須摩提曰

此是日光耶　未曾見此容　數千萬億光
未敢能熟視

是時須摩提女長跪叉手向如來以此偈報長者曰

非日非有日　而放千種光　爲一切衆生
亦復是我師　皆共歎如來　如前之所説
今當獲大果　勤加供養之

是時滿財長者右膝著地復以偈歎如來曰

自歸十力尊　圓光金色體　天人所歎敬
今日自歸命　尊今是日王　如月星中明
以度不度者　今日自歸命　尊如天帝像
如梵行慈心　自脱脱衆生　今日自歸命
天世人中尊　諸鬼神王上　降伏諸外道
今日自歸命

是時須摩提女長跪叉手歎世尊曰

自降能降他　自止復止人　以度度人民
已解復脱人　度岸使度岸　自照照羣萌
靡不有度者　除鬪無鬪訟　極自淨潔住
心意不傾動　十力哀愍世　重自頂禮敬

有慈悲喜護之心具空無相願於欲界中最尊第一天中之上七財具足擁護天人自然梵生亦無與等亦可不像貌我今日歸命是時六千梵志見世尊作如此神變各各自相謂言我等可離此國更適他土此沙門瞿曇已降此國中人民是時六千梵志尋出國去更不復入國猶如師子獸王出於山谷而觀四方復三鳴吼方行而求諸有獸蟲之類各奔所趣莫知所如飛逝沉伏若復有力神象

聞師子聲各奔所趣不能自安所以然者由師子獸王極有威神故此亦如是彼六千梵志聞世尊音響之聲各各馳走不得自寧所以然者由沙門瞿曇有威力故是時世尊還捨神足如常法則入滿富城中是時世尊足蹈門閾上是時天地大動諸尊神天散華供養是時人民見世尊容貌諸根寂靜有三十二相八十種好而自莊嚴人民之類便說此偈

二足尊極妙　梵志不敢當　無故事梵志
失此人中尊

是時世尊往詣長者家就座而坐爾時彼國人民極爲熾盛時長者家有八萬四千人民之類皆悉雲集欲壞長者坊舍方見世尊及比丘僧爾時世尊便作是念此人民之類必有所損可作神力使舉國人民盡見我身及比丘僧爾時世尊化長者屋舍作瑠璃色內外相視如似觀掌中珠爾時須摩提女前至佛所頭面禮足悲喜交集便說此偈

一切智慧具　盡度一切法　復斷欲愛網
我今自歸命　寧使我父母　而毀我雙目
不來適此間　邪見五逆中　宿作何惡緣
得來至此處　如鳥入羅網　願斷此疑結

爾時世尊復以偈報女曰

汝今快勿慮　憺怕自開意　亦莫起想著
如來今當演　汝本無罪緣　得來至此間
願誓之果報　欲度此衆生　今當拔根源
不墮三惡趣　數千衆生類　汝前當得度
今日當淨除　使得智慧眼　使天人民類
汝見如觀珠

是時須摩提女聞此語已歡喜踊躍不能自勝是時長者將已僕從供給飲食種種甘饌見世尊食已訖行清淨水更取一小座在如來前坐及諸營從及八萬四千衆各各次第坐或有自稱姓名而坐爾時世尊漸與彼長者及八萬四千人民之類說於妙論所謂論者戒論施論生天之論欲不淨想漏爲穢惡出家爲要爾時世尊以見長者及須摩提女八萬四千人民之類心開意解諸佛世尊常所說法苦集盡道普與此衆生說之彼各於座上諸塵垢盡得法眼淨猶如極淨白氎易染爲色此亦如是滿財長者須摩提女及八萬四千人民之類諸塵垢盡得法眼淨無復狐疑得無所畏皆歸三尊受持五戒是時須摩提女即於佛前而說此偈

如來耳清徹　聞我遇此苦　降神至此化
諸人得法眼

爾時世尊已說法訖即從坐起還詣所在是時諸比丘白佛言須摩提女本作何因緣生富貴家復作何因緣墮此邪見之家復作何善功德令得法眼淨復作何功德使八萬四千人皆得法眼淨爾時世尊告諸比丘過去久遠此賢劫中有迦葉佛明行成爲善逝世間解無上士道法御天人師號佛衆祐在波羅㮏國界於中遊化與大比丘衆二萬人俱爾時有王名曰哀愍有女名須摩那是時此女極有敬心向迦葉如來奉持禁戒恒好布施又四事供養云何爲四一者施二者愛敬三者利人四者等利於迦葉如來所而誦法句在高樓上高聲誦習並作此願恒有此四

愛之法又於如來前而誦法句其中設有毫釐之福者所生之處不墮惡趣亦莫墮貧家當來之世亦當復值如此之尊使我莫轉女人身即於女身得法眼淨是時城中人民之類聞王女作如此誓願皆共聚集至王女所而作是說王女今日極爲篤信作諸功德四事不乏布施兼愛利人等利復作誓願使當來之世值如此之尊若爲我說法尋得法眼淨今日王女已作誓願并及我等國土人民同時得度時王女報曰我持此功德并施汝等設值如來說法者同時度汝等比丘豈有疑乎莫作是觀爾時哀愍王今須達長者是爾時王女者今須摩提女是也爾時國土人民之類今八萬四千衆是由彼誓願今值我身聞法得道及彼人民之類盡作法眼淨此是其義當念奉行所以然者此四事者最是福田若有比丘親近四事便獲四諦當求方便成四事法如是諸比丘當作是學爾時諸比丘聞佛所說歡喜奉行

須摩提女經

音釋

頤（盈之切人壽百年曰期頤）藁（古老切禾莖也）豬（陟魚切與猪同）釀（女亮切作酒也）氎（徒協切細毛布也）毳（充芮切細毛也）裸（郎果切赤體也）刖（魚厥切斷截也）惋（烏貫切驚歎也）嗤（赤脂切笑也）憺怕（憺徒覽切怕白各切憺怕恬靜無爲貌）

六經同卷

清刻龍藏佛説法變相圖

六經同卷

佛説三摩竭經
佛説婆羅門避死經
食施獲五福報經
頻毗娑羅王詣佛供養經
佛説長者子六過出家經
佛説鴦崛摩經

佛説三摩竭經

吳沙門竺律炎譯

聞如是一時佛在舍衛國祇樹給孤獨園與千二百五十比丘五百菩薩俱帝王人民及諸天龍鬼神無復央數爾時有難國王名分

陂檀不信佛法但好外道日於宮中飯諸尼揵萬餘人難國王常喜貢高自用智慧無雙以鐵鍱其腹常恐智慧從腹橫出王欲爲其太子娶婦即問左右羣臣天下寧有智慧如我者不若有者我欲爲子娶其女大臣便受王教即徧至國中求索了無有如王亦自知國中無有即更遣使者行到他國求索智士女爾時使者即受王教便至舍衛國使者便問國中人民是國中寧有好道賢者不乎人答言有使者言姓字何等人報言字爲佛使者言佛寧有女無人言佛者道人也無有女使者言次復有誰人答言復有人字阿難邠坻大賢善好道有好女國中第一使者言何用爲第一國中人言曾與太子祇共請買園田八十頃持上佛復以象負輦黃金數千萬億持雇園田不貪重寶但念爲善耳使者聞國中人言大歡喜自知以得消息即還本國白王言廼舍衛國中有賢善者大好道字阿難邠坻難國王聞使者言便作書即遣太子與羣臣百官嚴駕載珍寶俱相隨到舍衛國止頓太子著城外使人便入城至阿難邠坻舍時守門者便入白阿難邠坻外有使者來阿難邠坻即自出應門見使者黒醜如鬼阿難邠坻大驚言汝何等人乎即答言我是難國王使者阿難邠坻言卿來欲何等求索使者言我來宣傳教命難國王雖不相見遥相愛敬人每往來歌歎卿功德無有量聞君賢善大好道有女故來欲爲太子求君女王亦自有書相聞阿難邠坻即欲罵之便自忍而不言便呼前共坐相問訊談語使者便以書

示之阿難邠坻即讀書訖竟答使者言我有大人當往報之若聽我者我當還語卿消息便留坐使者阿難邠坻便到佛所即前爲佛作禮却長跪叉手白佛言今難國王遣使者來到我家其人狀類黑如鬼辭言欲爲王太子求我女三摩竭今當云何佛言與之阿難邠坻言使者黑如鬼其王太子當何類我復曾從佛聞難國王但事諸尼揵裸形無有衣被狀類醜黑驚怖我女佛言不也與之當知是因緣三摩竭應當於裸形國度脫八萬人阿難邠坻不敢復問佛心懷恨意即還歸謂使者言卿奉王教命故從遠來求索我女大善當相與使者聞阿難邠坻言即還到城外至太子所便與太子俱相隨來到阿難邠坻舍即從車上下金銀及禮娉與阿難邠坻便共請人客飲食相娛樂七日訖竟阿難邠坻遣送三摩竭奴婢衣服及與珍寶無復央數太子便載三摩竭去還歸本國爾時難國王見子婦來歸即大歡喜便請其師尼揵若陀弗及萬二千弟子悉入宮飯之難國王夫人及太子悉下飯具爾時呼三摩竭來出欲令下飯分共禮諸師三摩竭適至第三門中遥見諸尼揵悉羅坐裸形無有衣被三摩竭即大驚是爲狗畜生無有異便兩手覆面遥唾之即還入室不肯復出諸尼揵皆瞋恚三摩竭即告王言從何得此熒惑不吉利之人在王宮促遣令去若不遣去者當壞敗王國中諸尼揵不肯復飯食即欲起去王便辭謝諸師我當爲大師遣去明日不復令現於宮中諸尼揵及飯食訖便去即日太子自往至三

摩竭所三摩竭時大瞋恚教婢令閉門如是四五日太子不敢復往夫人即問太子何故不往太子默聲不言夫人已知之即自往到三摩竭所我爲子娶若今當承事我子何故折辱我子三摩竭答言夫人子所事師及國中人民皆如狗畜生無有異夫人聞之大慚愧即還白王言大王自用道智無雙國中無有可王意者王迺勞羣臣八千里求婦令婦無所畏難折辱我子復面罵我言比狗畜生王聞夫人言即自往到三摩竭所爾時三摩竭大憍慢不肯出爲王作禮王即遥問三摩竭我行八千里娶若以賢善故若間者既辱我師令復面罵夫人及太子豈有不可乎三摩竭報言然大王師及夫人太子并其國中人民皆如狗畜生無異王即驚言是小女子今折辱我如是我恐智從腹中横出以鐵鍱我腹我日飯諸道士萬餘人誰能及我者今汝交面相罵三摩竭言王國中人民所事師常無有衣裳裸形相視當有何等道設使有道尚不足以貴何況無道大王曰雖飯是輩萬餘人者皆是我所不恭敬輩常唾賤者爾時難國王大窮即自思惟當共誰議是事即自往到尼揵若陀弗所前爲師作禮白言我娶婦已於舍衛國得婦間者無狀既折辱大師今復憍慢面罵我及夫人太子比狗畜生雖是婦不以婦禮事我今當云何師告王復往問之言汝國中人民所事何如我國中人民所事知何等言王往愼勿得瞋恚徐問之自當有語王即受教如師所言便到三摩竭所問言汝國中人民所事何用勝我國中人

民所事三摩竭言我國中人民所事最尊男女皆有衣裳尊卑異路身體不相見現有大小名佛教授數千億萬人皆令得度世泥洹道八火不燒入水不溺能典攬三千大千日月萬二千億天地變化入無間出無孔知當來過去今現在事身有三十二相八十種好道德通達諸天帝王人民雜會稽首來謁王聞三摩竭語即大踊躍歡喜爾時難國王告三摩竭言汝所事佛寧可得見不三摩竭言我能爲大王遥請之即可致王言大善迺相去八千里請佛當云何三摩竭言不須大王遣人請但當至意遥燒香請也佛神通照知人心中所念王夫人及太子皆隨我後三摩竭即自上高臺上整服便向舍衛國長跪燒香持頭面著地作禮言今難國王不知天下有佛當用一切人民故哀悲諸勤苦願佛明旦與諸比丘僧勞屈尊神來到難國王所飯言適竟香煙便繞佛所遶佛三帀於佛上化作香蓋佛時適爲無數千人説法爾時阿難前長跪叉手白佛言是何等感應迺爾願佛解說其意佛告阿難難國王及三摩竭明旦當請佛及諸比丘僧三摩竭有至心欲令難國人民悉捨邪見令向正道香來至此請佛爾時即告摩訶目揵連勑諸比丘僧明旦當到難國三摩竭所食摩訶目連受佛教即宣語諸比丘明日當就請勿得他餘行於是三摩竭皆令王夫人太子及諸婇女齋戒燒香布坐席設飯食具悉辦三摩竭知佛當來與王夫人太子婇女及諸尼揵共住中庭三摩竭告王夫人太子皆隨我後今諸羅漢當先

來至佛最在後卿曹愼莫驚怖隨我所爲三摩竭於是復長跪燒香言飯具已辦願佛用時佛知三摩竭心所念即告諸比丘今日當到難國食汝曹各以道變化自在所爲諸比丘即受教中有化作龍虎鳥鳳凰孔雀牛鳩鴿百鳥梟獸交露帳者諸衆僧悉在其中坐各各皆不同爾時佛自坐師子交露帳中即與千二百五十比丘五百菩薩諸天鬼神龍俱從虛空中神足飛行適至難國佛便放光明天地大震動諸羅漢菩薩各悉作變化先來下難國人民見此變化皆大驚怖王問三摩竭言是佛不也答言非佛三摩竭告王勿恐是諸弟子也佛最在後身中有三十二相八十種好須臾之間佛俱從上來下釋梵四天王在前導諸天鼓琴作其倡伎而樂佛三摩竭與王夫人太子即持華香迎佛前爲佛作禮便相將入宮即就坐諸菩薩阿羅漢皆前坐大小相次三摩竭即令王夫人太子前行澡水便下飯食具國中人民來觀者甚衆多王令大臣閉宮門人民見王閉宮門大瞋恚王所各持斧欲破宮門佛遥知之言我所行化皆欲令作善令難國人民皆來觀王而閉宮門也佛爾時欲令一切人等見佛即使宮門牆壁悉化作水精色內外相見難國人民見佛及諸菩薩羅漢皆大歡喜爾時佛有一羅漢名賓頭盧時坐山上忽忘至難國賓頭盧坐來久適欲以鍼縷縫衣以鍼刺地縷與衣相連是時佛已應難國王宮中坐已賓頭盧即以神足飛行至難國山便隨賓頭盧後爾時國中有一女人懷軀見山來正黑恐

墮其上便大惶怖即墮軀佛以遥知之即令摩訶目連以神足飛行迎問賓頭盧汝後何等賓頭盧即還顧見山以手攬山擲故處八千里爾時賓頭盧即到前爲佛作禮却坐佛告賓頭盧我教天下人欲令悉度世今汝既失期復殺一人人命至重是我道所不喜汝從今已後不得復隨我食及與衆會若當留住後須彌勒佛出迺般泥洹去耳賓頭盧聞佛說如是即默然憂愁復自悔責食訖便起前爲作禮及諸菩薩阿羅漢共辭便入山中爾時難國王師尼揵若陀弗白佛言寧可共捔道不若不如者當投著井中佛言大善不須多言三問不如者當投著井中尼揵若陀弗言大善佛即問若誦經時云何尼揵若陀弗言我誦經時匍匐而行是爲狗狗迺匍匐而行尼揵若陀弗便不如佛諸弟子皆瞋恚語爲賜那正說是事也悉還恚其師所取師欲投著井中師即大惶怖以兩手拒地不肯入井佛言置之爾時中庭自然有大火出其焰上詣第七梵天其火中自然有千葉蓮華華上有五百梵天皆叉手長跪問佛飯何等人得福多者飯何等人得福少者佛荅梵天言譬如以五種穀散著火中爲生不梵天言不生佛言難國王前後所飯諸尼揵譬如五穀著火中終不復生今日飯佛及諸菩薩羅漢得福多無有量譬如人有好地有好種天復時雨何憂不生今佛是一切人福田隨人所種必得其願愚癡人喜教他爲外道是人命盡皆當墮太山地獄中甚勤苦悔無所復及前人坐之未出後人復教作之世間人愚

癡但更相欺調是故不知真道若有黠人當
學正道其道不生不老不病不死是爲泥洹
大道世間凡有九十六種道皆不及佛道佛
言以一天下樹枝及與鳥毛作筆書佛經樹
枝鳥毛悉皆可盡佛智不可盡大如須彌山
墨磨研四海水點筆須彌山墨四海水皆可
盡佛智終不可盡五百梵天聞佛語應時舉
聲言善哉審如佛所言於是五百梵天忽然
不見爾時難國王眷屬三百人千二百婇女
五百大臣見佛變化皆踊躍歡喜悉發阿耨
多羅三耶三菩心時二千婆羅門即除鬚髮
皆作比丘應時悉得阿羅漢道萬二千尼揵
應時悉解脱中有得須陀洹道者有得斯陀
含道者有得阿那含道者國中人民復有六
萬四千人皆信向佛法即受五戒悉爲優婆

塞佛説經已即與諸菩薩阿羅漢俱現神足
飛去爾時難國王及夫人太子羣臣人民皆
大歡喜悉持頭著地遥爲佛作禮

佛説三摩竭經

佛説婆羅門避死經

後漢三藏法師安世高譯

聞如是一時婆伽婆在舍衛城祇樹給孤獨園爾時世尊告諸比丘昔有四婆羅門仙人精進修善法五通常恐畏死時四婆羅門仙人精進修善法五通便作是念我等當住何處永存在世時彼有一婆羅門精進修善法有大神力五通便入空中於中則無有死彼入空者便命過第二婆羅門精進修善法五通畏死便入大海中我於海中則無有死彼即於海中命過第三婆羅門精進修善法有大威勢五通畏死便入山腹即於彼命終彼第四婆羅門精進修善法五通有大威勢畏死便入地我於彼當脫不死便於地命過時世尊以天眼見清淨無瑕觀彼四婆羅門精進修善法有大威勢五通畏死一人處虛空於彼命過一人入海亦於彼命過一人入山腹於彼命過一人入地於彼命過爾時世尊見彼四婆羅門精進修善法五通有大威勢便說偈言

非空非海中　非入山石間　無有地方所

脫之不受死

爾時比丘聞佛所說歡喜奉行

佛說婆羅門避死經

食施獲五福報經　亦名佛說施色力經

失譯人名今附東晋録

聞如是一時佛遊舍衛國祇樹給孤獨園是時佛告諸比丘衆當知食以節受而名損佛言人持飯食施人有五福德智者消息意度弘廓則有五福德道何謂爲五一曰施命二曰施色三曰施力四曰施安五曰施辯何謂施命一切衆生依食而立身命不得飯食不過七日奄忽壽終是故施食者則施命也其施命者世世長壽生天世間命不中夭衣食自然財富無量何謂施色得施食者顏色光澤不得食時忩無潤形面目燋悴不可顯示是故施食者則施顏色其施色者世世端正生天世間姿貌煒煒世之希有見莫不觀稽首爲禮何者施力人得飯食氣力强盛舉動進止不以爲難不得食者飢渴熱惱氣息虚羸是故施食則施力也其施力者世世多力生天世間力無等雙出入進止而不衰耗何謂施安人得飯食身爲安隱不以爲患不得食者心愁身危坐起無賴不能自定是故施食則施安也其施安者世世無患心安身强生天世間不受衆殃所可至到常遇賢良財富無數不中夭傷何謂施辯得施食者氣充意强言語通利不得食者身劣意弱不得説事口難發言是故施食則施辯才其施辯者世世聰明生天世間言辭辯慧口辯流利無一瑕穢聞者喜悅莫不戴仰是五福德施若發道意施於一切既得此福所生之處常見現在佛諮受深法四等四恩六度無極三十七品法身現相壽命無窮相好分明三十二

相致十種力以成佛道爲立大安普濟危厄智慧辯才出萬億音度脫十方佛說是經時諸比丘衆天龍鬼神四部弟子莫不歡喜作禮而去

食施獲五福報經

頻毗娑羅王詣佛供養經

西晉沙門釋法炬譯

聞如是一時婆伽婆在舍衛城祇樹給孤獨園與大比丘衆千二百人俱爲人敬仰悉來供養比丘比丘尼優婆塞優婆夷大王太子羣臣下至人民悉來供養具衣被飲食牀卧具病瘦醫藥爾時世尊名德遠聞如是世尊如來至眞等正覺明行成爲善逝世間解無上士道法御天人師佛世尊爲衆生說法初善中善竟善義甚深遠具諸梵行爾時摩竭王頻毗娑羅告諸羣臣汝等嚴駕羽葆之車所以然者我欲往迦尸拘薩羅國問訊世尊禮拜承事世尊出世甚難值亦甚難遇如來時時出世譬如優曇鉢華時乃出世世尊亦復如是亦甚難遇對曰如是天王爾時羣臣聞摩竭國王頻毗娑羅教便嚴駕羽葆車往詣王頻毗娑羅所便白王言車以嚴駕今正是時爾時摩竭王頻毗娑羅乘羽葆車羣臣人民前後圍遶從羅閱城出以王威力漸漸往詣迦尸拘薩羅至舍衛城祇樹給孤獨園乘車至城門從車下步往詣祇洹至如來所猶如剎利王捨五威儀頭面禮世尊足以手摩拭世尊足自稱姓名我是摩竭國頻毗娑羅王王中之王是頻毗娑羅王爾時世尊告頻毗娑羅王汝是大王剎利豪族我是釋子出家學道於此色身衆德具足乃屈大王至我所問訊起居康強叉手承事王白世尊曰蒙世尊恩我亦見剎利有智慧者多聞者婆羅門有智慧者長者有智慧者沙門有智慧者各共論議我以此論盡往問沙門瞿曇若

彼沙門瞿曇答以此論者我等以此論答若瞿曇沙門不答此論者亦當共論議便往至世尊所爾時世尊與說法從世尊聞法不復問論議況當有所難便歸命世尊法比丘僧是謂世尊身有功德說微妙法知時之行是時得第二歡喜於世尊所復有恭敬大聲聞衆行皆清白戒成就三昧成就智慧成就解脫成就解脫知見成就所謂四雙八輩是謂世尊聲聞衆可敬可貴爲第一尊是世間人民無上福田是謂第三歡喜於三耶三佛所爾時摩竭國王頻毗娑羅從佛聞微妙法聞微妙法已白世尊言願如來受我三月請遊羅閱城我當供養衣被飲食牀敷卧具病瘦醫藥及比丘僧爾時世尊默然受頻毗娑羅王請爾時摩竭國王頻毗娑羅王見世尊默然受請便歡喜踊躍不能自勝即從座起頭面禮世尊足右遶三帀便退而去出祇洹門乘羽葆車還詣羅閱祇城自宫殿所爾時摩竭國王頻毗娑羅勑諸大臣人民卿等善聽我欲請世尊於此三月及比丘僧供養衣被飲食牀敷卧具病瘦醫藥汝等各相勸率答曰如是天王爾時摩竭國王頻毗娑羅在獨處坐便作是念我有資財能有所辦欲盡形壽供養世尊衣被飲食牀敷卧具病瘦醫藥及比丘僧當率勸大臣人民爾時摩竭國王頻毗娑羅即日勸率諸大臣我向者在獨處坐便生是念我有資財能有所辦欲盡形壽供養世尊衣被飲食牀敷卧具病瘦醫藥及比丘僧我應勑羣臣人民卿等隨其種類請佛及比丘僧汝等長夜受報無窮答曰如是

天王羣臣人民從王聞教已爾時世尊遊在舍衛城便出人間遊行與大比丘衆千二百五十人俱漸往詣羅閱祇爾時世尊住竹林迦蘭陀園與大比丘衆千二百五十人俱爾時摩竭國王頻毗娑羅聞佛至羅閱祇城住竹園迦蘭陀所與大比丘衆千二百五十人俱爾時王頻毗娑羅勑諸羣臣速嚴駕羽葆車往詣迦蘭陀所問訊世尊爾時羣臣聞摩竭國頻毗娑羅勑便往嚴駕羽葆車白頻毗娑羅曰車以嚴駕今正是時爾時摩竭國王頻毗娑羅便乘羽葆車羣臣人民前後圍繞以王威勢出羅閱城往詣竹園迦蘭陀所便下車步入迦蘭陀詣世尊所猶如刹利王有五威儀謂劍金屐蓋天冠珠柄拂皆捨一面頭面禮世尊足在一面坐爾時摩竭國王頻毗娑羅白世尊言自還國以來在獨處坐便生是念我典此國界所有資財能有所辦欲盡形壽供養如來及比丘衆衣被飲食牀敷卧具病瘦醫藥亦當勸率臣人民使得蒙度使長夜得離三塗永處安隱爾時世尊告摩竭國王頻毗娑羅善哉善哉大王爲衆生故發弘誓意欲安隱衆生義理深遠天人得安爾時世尊爲摩竭國王頻毗娑羅說微妙法勸樂令聞皆令歡喜爾時摩竭國王頻毗娑羅從佛聞微妙法發歡喜心即從座起禮世尊足遶佛三帀即退而去出迦蘭陀門還自乘車詣羅閱城自入宮裏坐其殿上即其日辦具甘饌飲食若干種味即其日爲佛比丘僧敷衆坐具手執香爐昇高樓上東向叉手至心念世尊亦自思惟今時已到願世尊知

時見顧爾時世尊知時已到便著衣持鉢比丘僧前後圍遶入羅閱城往詣摩竭國王頻毗娑羅宮到已諸比丘僧各次第坐爾時摩竭國王頻毗娑羅見佛比丘僧坐已定自手執若干種甘饌飲食飯佛及比丘僧見世尊飯已攝鉢更敷小牀在如來前坐爾時世尊為摩竭國王頻毗娑羅說微妙法漸漸共議所謂論者施論戒論生天論知欲穢濁實為大苦出家為要爾時世尊知王心歡喜不能自勝皆悉柔和猶如諸如來所應說法苦集盡道爾時世尊具為王說微妙法爾時二百五十婇女即於座上逮法眼淨彼已見法得法選擇諸法奉持諸法無疑猶豫悕望已斷得無所畏及所應學法歸命佛法衆受持五戒爾時世尊見王頻毗娑羅聞微妙法歡喜奉持爾時世尊便說此偈

祠天最為首　詩頌亦為首　王為人中首
衆流海為首　衆星月為首　光明日為首
上下及四方　諸所生品物　天上及世間
佛最無有上　欲求種德者　當求於三佛

爾時世尊以此偈為王說即從座起便退還去

頻毗娑羅王詣佛供養經

佛說長者子六過出家經

宋三藏法師釋慧簡譯

聞如是一時婆伽婆在舍衛城祇樹給孤獨園爾時僧伽羅摩長者子乃至六過出家爲道便往至世尊所頭面禮足在一面立時僧伽羅摩長者子白世尊言願世尊聽出家學道時僧伽羅摩得出家學道時世尊告僧伽羅摩比丘汝當行二法云何爲二止觀是也僧伽羅摩比丘白佛言甚解世尊甚解如來世尊告曰我取要而說云何言甚解耶僧伽羅摩白佛言止者諸結永息觀者世尊觀一切諸法世尊告曰善哉善哉僧伽羅摩我取要說法能廣分別時僧伽羅摩比丘從佛受如此教在閑靜處而思惟此義在閑靜處思惟此義已族姓子剃除鬚髮著三法衣以信堅固出家學道修無上梵行盡生死源梵行已立所作已辦更不復受母胞胎時尊者僧伽羅摩便成阿羅漢果時僧伽羅摩未出家時有婦母在聞女夫出家僧伽羅摩長者子乃至七返於如來所出家學道更不習欲捨家業僕從時僧伽羅摩婦母便將女詣僧伽羅摩比丘所在前默然立再三歎息便作是語汝僧伽羅摩無義無禮不端思惟捨我女於如來所出家學道諸有舍衛城王及大臣長者婆羅門刹利見我女者悉皆迷惑莫知所在常懷敬念願與居止汝不思惟而棄我女時尊者僧伽羅摩便說偈言

此外更無要　此外亦無比　此外更無觀
善處無過此

爾時尊者僧伽羅摩婦母語僧伽羅摩言我

女意有何咎何過乃使汝捐棄於如來所出家學道時尊者僧伽羅摩便說偈曰

惡口常誹謗　嫉妬心懷奸　瞋恚喜妄語
如來說大惡

爾時尊者僧伽羅摩婦及婦母從頭至足皆悉觀此比丘從足至頭亦復悉觀我尊者僧伽羅摩足便作是言願尊者懺悔我愚癡所爲亦不別眞僧伽羅摩言願妹常安隱壽命延長時僧伽羅摩婦便語母言僧伽羅摩稱我爲妹此必不復樂欲便語僧伽羅摩言願尊者僧伽羅摩懺悔愚癡所爲然不別眞僧伽羅摩言願妹安隱受命延長時僧伽羅摩婦及婦母頭面禮足遶三帀再三歎息便退去時尊者阿難從舍衛城遥見尊者僧伽羅摩婦及婦母見巳便作是語諸妹見僧伽羅摩不耶僧伽羅摩婦對曰見僧伽羅摩亦與言語然我願不果時尊者阿難默然而行時尊者阿難還自詣房收攝衣鉢澡手洗足以尼師壇著肩上詣世尊所頭面禮足在一面坐須臾退坐以此因緣具白世尊爾時世尊便說偈言

腐樹求萌芽　火中求水滴　水中而求火
無欲而求欲

爾時世尊告諸比丘我聲聞中第一比丘能降伏魔所謂僧伽羅摩比丘是爾時諸比丘聞佛所說歡喜奉行

佛說長者子六過出家經

佛說鴦崛摩經

西晉三藏法師竺法護譯

聞如是一時佛遊舍衛國祇樹給孤獨園與大比丘五百衆俱舍衛城中有異梵志博綜三經無所疑滯具暢五典所問即對精生講肆莫不稟仰國老諮趣群儒宗焉門徒濟濟有五百人上首弟子名鴦崛摩儀幹剛猛力超壯士手能接飛走先奔馬聰慧才辯志性和雅安詳敏達一無疑礙色像第一師所嘉異室生欽敬候夫出處往造指鬘而謂之曰觀爾顏彩有堂堂之容推步年齒相覺不殊寧可同歡接所娛乎指鬘聞之憧惶怖懼毛衣起竪跪而答曰夫人比母師則當父猥垂斯教義不敢許心所不甘甚非法也師婦又曰飢者與食渴給水漿有何非法寒施温衣熱惠清涼有何非法裸露覆之危厄救之有何非法指鬘答曰赴趣患急救濟窮頓實無非法夫人母也師之所重隨婬著色慢犯非宜如蛇纒體服毒喪身師室聞之即壞媿恨歸自總摵摧裂衣裳鬱金黄面佯愁委卧時夫行還問曰何故有何不善誰相嬈觸室人譖曰君常所歎聰慧弟子柔仁貞潔履行無闕君旦不在來相牽掣欲肆逆慢妾不順從而被凌侮摧碎委頓是以受辱不能自起師聞悵然意懷盛怒欲加楚罰掠治奸暴慮之雄霸非力所伏退欲靜默深惟不道穢染閨閤上下失緒進退沉吟將如之何乃伊悒歎曰當微改常倒教而教教使殺人限至于百各貫一指以鬘其額殺人之罪罪莫大焉不加楚酷必就辜戮現受危没死墮地獄不可

釋縱使玆甚也於是師命指鬘而告之曰卿之聰慧所學周密計昇堂入室精生無首唯之一藝未施行耳指鬘進曰願聞所告師曰欲速成者宜執利劒晨於四衢躬殺百人人取一指以爲傅飾至于日中使百指滿設勤奉遵則道德備矣便以劒授指鬘受劒聞告愕懼心懷愁慼設違教旨非孝弟子順而行之畏陷失理奉劒而退垂淚言曰淨修梵行則梵志法孝養父母則梵志法修爲衆善則梵志志不矯正歸則梵志法柔和仁慧則梵志法弘慈四等則梵志法得五神通則梵志法超上梵天則梵志法今暴伐殺非法失理躊躇懊惱當如之何即詣叢樹四衢路側悲怒懒憒惡鬼助禍耗亂其心瞋目噴吒四顧遠視如鬼師子如虎猛獸跳騰馳踊色貌可畏行者四集悉當趣城即奮長劒多所殺害莫不迸怖值無遺脫去來往返而無覺者無數之衆稱怨悲叫入赴王宫告有逆賊遮截要路害人不少唯願大王爲民除患時諸比丘入城分衛見諸告者恐怖如是分衛還出飯食畢訖往詣佛所稽首足下白世尊曰見國人衆詣王宫門告有大逆賊名曰指鬘手執利劒多所危害體掌汙血路無行人爾時世尊告諸比丘汝等且止吾往救之佛從座起尋到其所道逢蒭牧荷負載乘佃居衆民白世尊曰大聖所湊無由斯路前有逆賊四徼道斷所殺狼藉唯改所從又且獨步無有侍衛故也世尊告曰設使三界盡爲寇虜吾不省録況一賊乎指鬘之母怪子不歸時至不食懼必當飢賫餉出城就如餉之日向欲

中百指未滿恐日移昳道業不具欲還害母以充其數佛念指鬘若害母者在不中止罪不可救佛便忽然住立其前時鴦崛摩見佛捨母如師子步往迎世尊心自念言十人百人見我馳逆莫敢當也吾常奮威縱横自恣況此沙門獨身如此今當覩圖必剿其命便執劒趣佛不能自前竭力奔走亦不能到則心念曰我跳度江河解諸繫縛捉捭勇猛曾無匹敵重關固塞無不開闢而此沙門徐步纔動我走不及殫盡威勢永不摩近指鬘謂佛沙門且止佛告逆賊吾止以來其日久矣但汝未止時鴦崛摩遥以偈頌曰

寂志語何謂　自云已停跱　斯言何所趣
以我爲不止　今佛云何立　謂身行不住
支以我若茲　願説解此義

於是世尊爲指鬘頌偈而告之曰

指鬘聽佛住　世尊降羣愚　汝走無知想
吾定爾不住　吾安住三脱　樂法修梵行
汝獨驅疑想　懷害今不止　大聖無極慧
講寂於四衢　尋聞所説罪　聽採訓法義

於是指鬘心自開悟棄劒稽首自投于地唯願世尊恕我迷謬與害集指念欲見道僥賴慈化乞原罪釁垂哀接濟得使出家受成就戒佛則授之即爲沙門爾時世尊威神巍巍智慧光光結跏趺坐賢者指鬘翼從左右還至祇樹給孤獨園指鬘蒙化衆祐所信諸賢弟子亦共攝持其族姓子下鬚髮者即被法服以家之信捨家爲道具足究竟無上梵行得六通證生死已斷稱舉清德所作已辦解名色本即得應真時王波斯匿與四部衆象

馬步騎嚴駕出征欲討穢逆王身疲弊而被塵土過詣佛所稽首足下佛問王曰從何所來身被塵土王白佛言唯然世尊有大逆賊名鴦崛摩兇暴懷害斷四徼道手執嚴刃傷殺人民今故總勒四部之衆欲出討捕是時指鬘在於會中去佛不遠佛告王曰指鬘在此已除鬚髮今爲比丘本舉云何王白佛言已志于道無如之何當盡形壽給其衣食卧起牀座病瘦醫藥又問世尊唯然大聖兇害逆人焉得至道履行寂義乎今爲安在佛告王曰近在斯坐王遥見之心即懷懼衣毛爲竪佛言大王莫恐莫懅今以仁賢無復逆意王造禮之謂曰賢者是指鬘乎答曰是也王又問曰仁姓爲何曰奇角氏也又問曰何謂奇角氏曰父本姓王曰唯奇角子受吾供養衣食牀卧病瘦醫藥各盡形壽即然所供王唯獲許稽首辭還歎世尊曰能調諸不調能成諸未成安住垂大慈無所不開導消伏患逆使充法會亦令黎庶逮斯調定我國多事意欲請退佛告便去從心所奉王禮佛足稽首而歸爾時賢者指鬘處於閑居服五納衣明旦持鉢入舍衛城普行分衛見有諸家懷妊女人月滿産難心歸怙之問指鬘曰欲何至趣唯蒙救濟指鬘得供出城食畢澡竟去器獨坐加敬詣佛稽首白世尊曰我朝晨旦著衣持鉢入城分衛見有女人臨月欲産産難恐懼求見擁護佛告指鬘汝便速往謂女人曰如指鬘言至誠不虚從生以來未曾殺生審如是者姊當尋産安隱無患指鬘白佛我作衆罪不可稱計殺九十九人一不滿百

而發此言豈非兩舌乎世尊告曰前生異世今生不同是則至誠不爲妄語汝斯用時救彼女厄即奉聖旨往到女所如佛言曰如我至誠所言不虛從生以來未曾殺生審如是者當令大姊安隱在產所言未竟女尋免軀兒亦獲安爾時指鬘入舍衛城羣小童戲見之分衛或瓦石擲或以箭射或刀斫刺或杖捶擊賢者指鬘破頭傷體衣服破碎往詣佛所稽首禮畢而歎頌曰

我前本爲賊　指鬘名普聞　大淵以枯竭
則歸命正覺　斯以戒忍辱　逮佛開化衆
聽經常以時　是故無躓礙　今以歸命佛
受真諦法戒　逮得三通達　則順諸佛教
昔暴懷兇毒　多傷衆類命　雖古多所危
吾今名無害　身口所犯過　志懷殺害心
其不危他餘　未曾遭諸厄　又復無過去
值母法寂然　應受兇暴名　自調成仁賢
以才一調定　如鉤調諸象　如來成就我
無劍亦無杖　其前爲放逸　然後能自制
彼明炤於世　猶日出於雲　假使犯衆惡
不斷衆菩提　彼明炤於世　猶雲消日出
若新學比丘　勤修於佛教　其明炤於世
如月盛滿時　其有犯衆罪　當歸於惡趣
不復離諸患　飲食無所著　亦不求於生
未曾貪惡死　唯須待時日　心常志於定
如是鴦崛摩　已得成羅漢　在佛世尊前
口自頌斯偈

佛說如是賢者指鬘及諸比丘衆聞經歡喜

佛說鴦崛摩經

音釋

鍱以輙切鏶腹謂以鐵鍱裹其腜也
梟古堯切土梟也
捔古岳切校也
鍘訇鍘蒲胡切訇蒲北切鍘訇伏地以手行也
頻毗梵語也此云顏色毗頻眉切
娑羅梵語也此云端正
鴦崛摩梵語也此云指鬘鴦於良切崛渠屈切
[illegible]音偃
譖側示切讒毀也
辜古胡切罪也
蹹躇蹹直由切躇直魚切蹹躇猶豫也
憿憤憿音擊憿切也憤房吻切憤懣也
噴吒噴普悶切吒陟嫁切賁吒怒也
跳田聊切躍也
湊倉奏切趣也
徼[illegible]弔切境也
餉式亮切饋也
眣徒結切日側也
剿子了切絶也
押補買切與攞同
殫都寒切極盡也
波斯匿梵語也此云和悅匿女力切
懅其據切懼也
黻音弗
躓陟利切跲也
炤之笑切與照同

佛說鴦崛髻經

佛說力士移山經

佛說四未曾有法經　西晉三藏法師竺法護譯

佛說舍利弗目揵連遊四衢經　後漢康孟詳譯

清刻龍藏佛說法變相圖

四經同卷

佛說鴦崛髻經

佛說力士移山經

佛說四未曾有法經

佛說舍利弗目揵連遊四衢經

佛說鴦崛髻經

西晉三藏法師竺法護譯

聞如是一時婆伽婆在舍衛城祇樹給孤獨園爾時衆多比丘到時著衣持鉢入舍衛城乞食時衆多比丘入舍衛城乞食聞王波斯匿宮門外有衆多人民各携手啼哭喚呼便作是說於此國土有大惡賊名鴦崛髻殺害人民暴虐無慈心村落居止不得寧息城郭亦不得寧息人民亦不得寧息殺害人民各取一指用作華鬘以是故名曰鴦崛髻願王

當降伏此人時衆多比丘從舍衛城乞食已過食後攝衣鉢澡手洗足以尼師壇著肩上詣世尊所頭面禮足在一面坐時諸比丘白世尊言我等衆多比丘到時著衣持鉢入舍衛城乞食便聞拘婆羅王在宮門外有衆多人民携手啼哭便作是説今境界中有大賊名鴦崛鬘殺害人民各取一指用作華鬘是故名曰鴦崛鬘願當降伏彼時世尊從彼比丘聞即從座起若鴦崛鬘居止處世尊便往彼所時有衆人擔薪負草及耕田人有行路人詣世尊所語世尊言沙門莫從此道行所以然者此道中有鴦崛鬘殺害人民無有慈心於衆生城郭村落皆爲彼人所害彼殺人以指作華鬘觸嬈世尊諸有沙門人民之類從此道行者十人共集然後得過或二十人或三十人四十人或五十人或百人或千人然後得過彼鴦崛鬘從意所欲皆取殺之時世尊遂更前行無退轉意時鴦崛鬘遥見世尊來見已便作是念諸有人民欲來過此道者十人共集至或千人然後得過隨意所欲而殺害人然此沙門獨來無伴我今當取殺之時鴦崛鬘即拔腰劒往至世尊所時世尊遥見鴦崛鬘來便復道還時鴦崛鬘走逐世尊盡其力勢欲及世尊然不能及時鴦崛鬘便作是念我走能逮象亦能及馬亦能及車亦能及暴惡牛亦能及人然此沙門行亦不疾然盡其力勢不能及時鴦崛鬘遥語世尊言住住沙門世尊告曰我久自住然汝不住時鴦崛鬘便説此偈

沙門行言住　謂我言不住　沙門説此義

自住我不住
爾時世尊語鴦崛髻言汝聽我所說我住汝不住義時便說偈言
世尊常自住　一切蒙其恩　汝自殺害心
亦不避惡行
爾時鴦崛髻便作是念我今作惡行耶時鴦崛髻便說偈言
於我發慈心　沙門說此偈　即時捨腰劒
五體歸命佛　頭面而禮足　求爲作沙門
佛言來比丘　即受具足戒
諸佛世尊常法如諸佛世尊作是言善來比丘即時鬚髮自墮猶如剃頭經七日中若彼所著袈裟極妙細滑若施布劫貝育越衣則化成袈裟世尊作是說已善來比丘當修梵行於我法中無憍慢意當盡苦源本時鴦崛髻鬚髮自墮身著袈裟在世尊後時世尊將鴦崛髻在後行從闍梨園詣祇洹便就座坐時鴦崛髻爲諸尊長比丘所教訓威儀禮節作是教訓已所以族姓子以信堅固出家學道修無上梵行盡生死源梵行已立所作已辦更不復受母胎時鴦崛髻成阿羅漢時尊者鴦崛髻修阿練若行無人之處常乞食不選擇家著五納衣人所不利時王波斯匿集四部兵集四部兵已出舍衛城欲往殺賊鴦崛髻時波斯匿王便作是念可先往至世尊所以此義具向世尊說若世尊教勑者我當奉行時波斯匿王詣祇洹步行至世尊所夫利利王種有五相云何爲五謂蓋天冠朱柄拂劒寶履屣盡捨著一面頭面禮足在一面坐時波斯匿王坐已世尊問曰王何故集四

部兵塵土坌衣來至我所時波斯匿王白世尊言於此舍衛城有賊名鴦崛髻殺害人民無有慈心城郭村落皆猒患之人民分離彼殺害人民已而取其指用作華鬘欲往殺彼人世尊告曰若今王見鴦崛髻剃除鬚髮著三法衣以信堅固出家學道王欲取云何王報言當取何爲當問訊禮敬承事供養無有害心向然世尊彼兇惡人無有慈心於衆生類能修沙門行耶時世尊鴦崛髻去世尊不遠結跏趺坐直身正意繫念在前時世尊舉右手示鴦崛髻處大王此是賊鴦崛髻時波斯匿王見鴦崛髻已便懷恐怖衣毛皆竪時世尊告王波斯匿言大王勿懷恐怖自到彼所自當與王語時波斯匿王便往至鴦崛髻所到已頭面禮足在一面立時波斯匿王問鴦崛髻言尊者鴦崛髻今名何等鴦崛髻答言大王我名伽瞿母名曼多耶尼王報言汝善自勉進我今盡形壽供養尊者伽瞿衣被飲食病瘦醫藥牀卧具無所悋惜當以法擁護時波斯匿王頭面禮足遶三帀詣世尊所頭面禮足在一面坐時波斯匿王白世尊言世尊不降伏者能降伏之如來皆使剛强者降伏乃能不加刀杖降伏衆生我有衆多事欲還國世尊告曰今正是時隨意所欲時波斯匿王即從座起頭面禮足繞三帀便退而去時鴦崛髻即其日著衣持鉢入舍衛城乞食時鴦崛髻乞食時見一女人懷妊欲産未得時産見已便作是念此衆生甚爲苦惱時鴦崛髻入舍衛城乞食食後攝衣鉢澡手洗足以尼師壇著肩上便至世尊所頭面禮

足在一面坐時指髻白世尊言我向者著衣持鉢入舍衛城乞食乞食時見一女人懷妊欲産然不得時産見已我便作是念此衆生類甚爲苦惱世尊告曰汝指髻往彼女人所便語彼女人言諸聖所告我從聖生已來不自憶殺害衆生命以至誠語使彼女人安隱得産爾時指髻白世尊言此非於彼我有妄語耶所以然者我於此身殺害無數百千衆生世尊告曰汝處俗時今處聖時不與本同汝指髻入舍衛城於街巷作是唱令諸賢當護五事以何爲五不殺生不與取不婬不妄語不飲酒所以然者殺生之報以刀施得刀報盜報增益貧窮婬報妻婦增益奸邪妄語報衆生口氣臭穢飲酒報增益衆亂往彼女人所到已語彼女人言我從聖生已來未曾憶殺害衆生以是眞誠語使女人安隱得産對曰如是世尊時指髻到時著衣持鉢入舍衛城乞食於街巷作是唱令諸賢當護五事至女人安隱得産漸往至彼女人所到已語女人言我自從聖生不自憶殺害一人命以是眞誠語使女人安隱得産時指髻説是語適竟彼女人即得産時指髻食後欲出舍衛城有一人以石打指髻身復有一人以杖打指髻身復有一人以刀斫指髻身體彼時指髻頭破身血出舍衛城到世尊所時世尊遥見指髻來頭破血流汙僧伽梨身體破見已語言忍勿發惡意此之行報無數百千劫當入地獄中今所受報亦不足言時指髻白言如是世尊如是如來時指髻以和悦心即於佛前説此偈言

我忍甚堅固　無有增減心　我今聞正法
是故不懈慢　聞法亦堅固　好信佛法僧
親近善知識　諸能分別法　我曾爲惡賊
名曰鴦崛髻　爲水所漂溺　自歸命三佛
當歸自歸命　於法分別法　已得三達智
逮得佛迹處　本爲放逸行　殺害衆生命
今名至誠諦　不復殺害人　身口之所行
意亦無所害　彼名爲殺者　不爲人所嫉
夫年少比丘　亦應佛戒律　此明照世間
如月雲霧銷　前爲婬逸行　後改不復犯
此明照世間　如月雲霧銷　爲水所漂没
亦如被鍊剛　巧匠解木理　知者自修身
或以加刀杖　或鞭韁靽調　無力亦無持
爲佛所降伏　亦不希望死　亦不希望生
自觀察時節　安詳不卒暴

爾時世尊觀樂指髻便告諸比丘汝等頗見比丘中如我弟子有捷疾智聞法便解所謂伽瞿比丘聞法便解諸比丘言不也世尊爾時世尊告諸比丘我聲聞中第一比丘有捷疾智所謂指髻比丘是爾時諸比丘聞佛所說歡喜奉行

佛說鴦崛髻經

佛說力士移山經

西晉三藏法師竺法護譯

聞如是一時佛遊拘夷那竭國力士所生地大叢樹間與比丘千二百五十人俱臨滅度時時國臣民皆出來會佛問阿難斯國大衆何故雲集賢者阿難白世尊曰有大石山去此不遠方六十丈高百二十丈妨塞門途行者迴礙五百力士同心議曰吾等膂力世稱希有徒自畜養無益時用當共徙之立功後代即便幷勢齊聲唱呌力盡自疲不得動揺音震遐邇是故黎民輻湊來觀佛告阿難攺正法服嚴行視之阿難受教即從座起稽首佛足獨坐拕侍在佛後翼從而進趣諸大衆五百力士遥覩佛臻金顔從容威耀巍巍端正殊妙色像清淨大士相好莊嚴其身降伏陰種無有衰入其心湛然諸根寂定和悦調隱爲天人最洪燄耀赫晃若寶山如大炬明炤燿幽冥如大山崗而有積雪如日之光昇于朝陽如秋月盛衆星特明如轉輪王與諸寶臣四部衆俱如樹華植煒曄繁茂英艷無量挑出聖躬五百力士無數之衆瞻戴神變莫不喜躍善心存發普而奉迎五體自歸稽首足下一心歸竦退住一面於是世尊問諸力士汝等何故體疲色顇答曰今此大石方六十丈高百二十丈欲共舉移始從一日勤身勠力至于一月永不可動慚恥無效取笑天下是以疲竭姿色憔悴此何所希冀力士答曰唯然大聖我之福力莫能踰者庶幾欲徙石光益於世著名垂勳銘譽來裔使王路平直荒域歸伏佛告力士明汝至愍意不堪

任吾爲爾移遂汝本願使汝戴功愼無愧懼力士歡喜啓曰敬從於時世尊更整法服以右足大指蹶舉山石挑至梵天手右掌受摶之三轉置於虛空去地四丈九尺還著掌中三指箴屑吹令銷澌應時三千大千世界六返震動時諸力士見佛神變威靈顯發即懷惶怖衣毛爲豎白世尊曰此之舉指爲是大聖父母恩養乳哺力耶神足智慧意行力乎答曰乳哺之勢非餘力也若吾建設神足之力則能移此三千大千佛之境界舉置殊異百千佛土都不使人有往來想不危衆生不害地蟲力士又問乳哺之力何所狀像世尊報曰凡牛之力百當水牛力一水牛力百當青牛力一青牛力百當犛牛力一犛牛力百當竹牛力一竹牛力百當草象力一草象力百當凡象力一凡象力百當黑象力一黑象力百當白象力一白象力百當龍力一龍力百當可畏力士力一可畏力士力百當段力士力一段力士力百當崩隋力士力一崩隋力士力百當大破壞力士力一大破壞力士力百當半人乘力士力一半人乘力士力百當人乘力士力一人乘力士力百當大人乘力士力一無央數不如如來至眞等正覺乳哺之力佛告諸力士汝等當知是爲如來乳哺之力也諸力士白世尊曰大聖已現乳哺之力神足之力爲云何乎佛告力士憶吾昔者與大目揵連俱遊諸國時穀飢饉諸比丘衆不得分衛目揵連白佛穀米湧貴人民餒餓令諸比丘分衛無獲氣力衰減不能講誦日日轉羸懼不全命往古天地始成之時地

出自然甘露之味食者康寧四大用安後人福薄味没于地今欲反地出古之味比丘國人普得救命令得飽滿誦經念道佛告目連且止假欲反地地有蟲蟻蠕動之類必被危害又衆人福薄不應服食古之地味目連又曰我將諸比丘及飢羸民詣鬱單曰土使就食自然粳米世尊告曰其有神足者能自致到未得輕舉安能往乎目連答曰無神力者我當扶接使往獲安目連之德威變若斯計閻浮提廣長二十八萬里其地上廣下陿瞿耶尼域廣長三十二萬里其地似半月形弗于逮域廣長三十六萬里其地正圓鬱單曰域廣長四十萬里其地正方周迴繞山爲四方域滿中人民令得神足如大目連一一充溢三千大千世界不及如來神力百倍千倍萬倍億倍巨億萬倍計空不比無以爲喻是爲如來神足力也力士又曰大聖已現乳哺神足之力願復示現智慧之力世尊告曰計大海深三百三十六萬里廣長難限須彌山王在大海中高三百三十六萬里根在海底亦三百三十六萬里壁方亦爾其大海水悉可飲盡令無有餘舍利弗智慧不可測量無能減者使四方域滿中人民皆令得智慧如舍利弗一一充溢三千大千世界不比如來智慧之力百倍千倍萬倍億倍巨億萬倍計空不比無以爲喻是爲如來智慧力也力士又曰大聖已現乳哺神足智慧之力願復示現意行之力世尊告曰假使興雲充徧四域及三千大千世界普大霖雨所由來所經歷處若莖節枝葉華實若器中水山石草蘆蚑

行喘息人物之類大大小小一一滴皆歸巨海悉能分别追而名之又皆識鍊旋而復之不差其本如來意力悉知悉了無所罣礙是爲如來意行力也力士又曰大聖已現乳哺神足智慧意行之力寧復有異超過此者乎世尊告曰如來乳哺之力摩訶目揵連神足之力舍利弗智慧之力聲聞緣覺意行之力不比如來十種之力廣遠難限力士問曰何謂十力世尊告曰悉見微妙遠近邪正處處非處處有限無限明審如有則悉知之是一力也過去來今諸所報應經歷之處明審如有則悉知之是二力也禪定正受三解脱門明審如有則悉知之是三力也覩見衆生諸力心本本淨無所不了明審如有則悉知之是四力也曉衆萌類若干種語心念不同形貌各異明審如有則悉知之是五力也分别羣黎雜種無量情態各異明審如有則悉知之是六力也智慧如海言善無量追識一切宿命所更明審如有則悉知之是七力也曉了欲縛解縛之要所在隨行應病授藥天眼見人善惡終始殃福所歸明審如有則悉知之是八力也道耳徹聽聞天人聲蚑行喘息蠕動之音無所不了明知如有則悉知之是九力也佛無諸漏終始永盡無復縛著神眞叡智自知見證究暢道行可作能作無餘生死覩十方人衆生根本無所不察明審如有則悉知之是爲十力也諸力士白世尊曰大聖已現乳哺神足智慧意行及十種力寧有殊異復超諸力乎世尊告曰一切諸力雖爲强盛百倍千倍萬倍億倍無常之力計爲最

勝多所銷伏所以者何如來身者金剛之數無常勝我當歸壞敗吾今夜半當於力士所生之地而取滅度於四衢路供養舍利興建塔寺所以者何其四方人賫諸華香跱立幢旛懸繒鈴蓋然燈奉進一切皆就眞妙之法

佛於是頌曰

法起必歸盡　興者當就衰　萬物皆無常
慮是乃爲安　得百千金山　福祚難爲喻
不如供泥塔　欣豫歸勝寺　獲寶得千藏
福慶不可計　不如供泥塔　喜踊歸勝寺
設百千寶車　載色如紫金　不如供土寺
踊躍歸命佛

佛說是經時諸力士衆五百人等知世無常三界難怙無一眞諦惟道可依貢高即除不計吾我皆發無上正眞道意應時皆得立不退轉之地有無央數百千天人遠塵離垢諸法眼淨佛說如是莫不歡喜各以頭面著地爲佛作禮

佛說力士移山經

佛說四未曾有法經

西晉三藏法師竺法護譯

聞如是一時婆伽婆在舍衛城祇樹給孤獨園爾時世尊告諸比丘轉輪聖王有此四未曾有法云何爲四於是轉輪聖王爲人民類皆悉愛念未曾傷害譬如父子轉輪聖王亦復如是愛敬人民未曾有瞋怒向之譬如父有一子是謂轉輪聖王初未曾有法或復轉輪聖王遊人民間見皆歡喜如子親父是謂轉輪聖王二未曾有法復次轉輪聖王住不遊行時人民類其有覩者皆得歡喜彼轉輪聖王與人民說法其有聞者皆悉歡喜時人民聞轉輪聖王說法無有猒足是謂轉輪聖王三未曾有法復次轉輪聖王坐不遊行時人民類其有覩者皆悉歡喜彼轉輪聖王教勑人民此事可爲此不可爲此可親此不可親若爲此事者長夜獲福無窮極若爲此事長夜受苦亦無休息彼人民類聞轉輪聖王如此教勑喜無猒足是謂轉輪聖王有此未曾有法如是阿難比丘亦有四未曾有法云何爲四於是阿難比丘若至比丘衆中諸比丘見皆悉歡喜彼阿難比丘爲說法其聞法者皆悉歡喜諸比丘聞阿難所說無猒足是謂阿難比丘第一未曾有法若阿難比丘默然至比丘尼衆中其有見者皆悉歡喜彼阿難比丘爲說法其聞法者皆得歡喜時比丘尼衆聞阿難說法不知猒足是謂阿難比丘第二未曾有法若復阿難默然至優婆塞衆時優婆塞見皆歡喜彼阿難比丘爲說法時優婆塞衆聞阿難所說無有猒足是謂阿難

比丘第三未曾有法復次阿難比丘默然至優婆夷衆中彼衆見者皆悉歡喜彼阿難比丘爲說法優婆夷聞者無有猒足是謂阿難比丘四未曾有法爾時諸比丘聞佛說歡喜奉行

佛說四未曾有法經

佛説舍利弗目揵連遊四衢經

後漢康孟詳譯

聞如是一時釋氏舍夷阿摩勒藥樹園爾時賢者舍利弗摩訶目揵連比丘遊行諸國經歷一年與大比丘衆俱比丘五百還藥樹欲見世尊是等來還比丘衆多各共語言各各著衣持鉢其聲高大音響暢逸佛以豫知問賢者阿難此何比丘揚大音聲其響洋逸如捕魚師揚聲暢逸阿難白佛唯然世尊舍利弗目揵連遊止諸國經歷一載大比丘衆五百人俱至於藥樹見諸比丘各各談語著衣持鉢語言聲高音響暢逸佛語阿難勿令比丘來至吾許阿難白佛唯然奉命從座起稽首佛足繞佛三帀而退往詣舍利弗目連比丘所言語敘吏却住一面謂賢者舍利弗目連令餘比丘勿詣佛所世尊有教舍利弗目連聞阿難言即從座起往詣佛所稽首足下遶佛三帀速去衣鉢出詣藥樹與比丘衆俱爾時釋種諸優婆塞悉聚會有所講一義遥見舍利弗大目連比丘衆俱著衣持鉢晝日平旦詣於藥樹下五百比丘衆俱吾等寧可往問起居時諸釋種優婆塞衆即起速往詣舍利弗目連所前稽首足下却住一面時諸清信士問舍利弗目連何故著衣持鉢晝日而往於藥樹間舍利弗目連答釋種清信士吾等遊諸國來還詣比丘衆皆以疲倦今此露住諸清信士答曰惟諸賢者吾等於斯具足施座然燈爲明惟願屈神及比丘衆若謂佛者乃可捨退賢者舍利弗大目揵連默然可之尋往所施坐其牀榻則入其室與衆僧

俱坐爾時釋種諸清信士往詣佛所稽首足下叉手白佛我等請求世尊哀安住唯然大聖信比丘衆所以者何於彼比丘諸漏盡者已得羅漢所作已辦吾不懷疑此等比丘亦不猶豫其有比丘幼少新學初出家者入是法律未久其心移易或能變異譬如世間暴水卒來無有遮隔如是世尊新學比丘初出家者入是法律未久其心移易或能變異不覲大聖恐改志行於時梵天忽然來下即住佛前叉手白言我等請求世尊哀安住唯然大聖信比丘衆所以者何於衆比丘諸漏盡者已得羅漢所作已辦吾不疑此等比丘亦不猶豫其有比丘幼少新學初出家者入是法律未久其心移易或能變異佛即然可梵天王賢者摩訶目揵連天眼徹視遥見佛心可之請求覩大聖德如大枰閣若大講堂淨潔塗治開諸軒窻日東初出入于軒窻光照西壁賢者目連天眼徹視遥見世尊相好巍巍時目揵連尋語比丘衆諸賢者當起著衣持鉢梵天請求諸幼少各詣比丘曰惟當受教速正衣服隨舍利弗大目連等往詣佛所稽首足下退坐一面於時世尊告舍利弗吾亦前世供比丘衆於心云何舍利弗心自念言世尊宿世供比丘衆於此大聖比丘質朴少於求望知節行安常志精進佛天中天則爲法王調諸不調然當受教諸比丘衆舉動輕飄今日大聖慈愍衆僧佛言善哉善哉舍利弗正當念此蠲除惡念所以者何誰爲比丘衆去諸重擔惟如來耳無所不任及舍利弗摩訶目揵連時佛告大目連曰於心

云何誰敬比丘衆誰制比丘衆我心念言今佛世尊敬制比丘衆唯然大聖此比丘衆或有質朴少來知足或不能者自謂行安精進無懈如來法王自應當然吾亦如是佛言且止勿有斯念當更異念所以者何於是目連誰能堪任去諸重擔惟如來耳及舍利弗大目揵連

以信度流汜　無放逸爲船　聖諦濟苦患
智慧究竟度

佛分別是語時六十比丘漏盡意解無數比丘遠塵離垢諸法眼生佛說如是諸比丘清信士天龍鬼神莫不歡喜

佛說舍利弗目揵連遊四衢經

音釋

轠（居良切馬紲也）膂（力舉切脊骨也）輻（方六切輪輳也）拖（託何切引也）蹶（居月切拔也）摶（度官切以手揑聚也）篾（莫結切）澌（斯義切盡也）犛（莫交切牛名）餒（奴罪切飢也）汜（孚梵切濫也）臾（與司

九經同卷

清刻龍藏佛說法變相圖

九經同卷

七佛父母姓字經

佛說放牛經

緣起經

佛說十一想思念如來經

佛說四泥犁經

舍衛國王夢見十事經

佛說國王不黎先尼十夢經

阿難同學經

五蘊皆空經

七佛父母姓字經

曹魏失譯人名

聞如是一時佛在舍衛國國中有婦人子字無延因號無延母佛將五百比丘到無延母家殿上坐飯飯已有數十比丘於屏處相與

共語言佛是我所尊事神無極佛自在意變化何等不作知已去佛及當來佛年幾壽命父母姓字弟子幾人所施行志意教令佛以天耳聞諸比丘共說是事佛即到諸比丘所問言屬者若曹共議論何等諸比丘言我思念佛最神道德妙達所知高遠無能過佛者佛乃知前已去佛及當來佛年幾壽命父母姓字弟子幾人所施行志意教令佛言善哉善哉當爾若曹行沙門但當念是諸善耳佛言若曹欲聞已去佛及父母諸弟子姓字不諸比丘言願欲聞之佛言皆聽第一佛字維衛佛般泥洹已來九十一劫第二佛字式佛般泥洹已來三十一劫第三佛字隨葉佛般泥洹已來同三十一劫是披地羅劫中當有兩五百佛第一者拘樓秦佛第二佛者拘那鋡牟尼佛第三者迦葉佛第四者我字釋迦文尼佛維衛佛姓拘隣式佛亦姓拘隣隨葉佛亦姓拘隣拘樓秦佛姓迦葉拘那鋡牟尼佛亦姓迦葉迦葉佛亦姓迦葉今我作釋迦文尼佛姓瞿曇維衛佛刹利種式佛亦刹利種隨葉佛亦刹利種拘樓秦佛婆羅門種拘那鋡牟尼佛亦婆羅門種迦葉佛亦婆羅門種今我釋迦文尼佛刹利種維衛佛父字槃裱刹利王母字槃頭末陀所治國名刹末提式佛父字阿輪拏刹利王母字波羅訶越提所治國名阿樓那和提隨葉佛父字須波羅提和刹利王母字耶舍越提所治國名阿耨憂摩拘樓秦佛父字阿枝達兜婆羅門種母字隨舍迦所在國名輪訶鞞提那王字須訶提拘那鋡牟尼佛父字耶賧鉢多婆羅門種

母字鬱多羅所在國名差摩越提王字差摩迦葉佛父字阿枝達耶婆羅門種母字檀那越提耶所在國名波羅私其王名其甚隨今我作釋迦文尼佛父字閱頭檀刹利王母字摩訶耶所治國名迦維羅衛先大王名槃提維衛佛在世壽八萬歲式佛在世壽七萬歲隨葉佛在世壽六萬歲拘樓秦佛在世壽四萬歲拘那鋡年尼佛在世壽三萬歲迦葉佛在世壽二萬歲今我作釋迦文佛纔壽百歲或長或短維衛佛子字須曰多鞬陀式佛子字阿兜羅隨葉佛子字須波羅曰拘樓秦佛子字鬱多羅拘那鋡年尼佛子字隨夷陀先那迦葉佛子字沙多和今我作釋迦文尼佛子字羅云維衛佛得道爲佛時於波陀羅樹下式佛得道爲佛時於分塗利樹下隨葉佛得道爲佛時於薩羅樹下拘樓秦佛得道爲佛時於斯利樹下拘那鋡年尼佛得道爲佛時於烏暫樹下迦葉佛得道爲佛時於尼拘類樹下今我作釋迦文尼佛時於阿沛多樹下侍維衛佛者字阿輪侍式佛者字差摩竭侍隨葉佛者字復枝葉侍拘樓秦佛者字浮提侍拘那鋡年尼佛者字薩質侍迦葉佛者字薩波密今我作釋迦文尼佛侍者字阿難維衛佛第一弟子字爲塞第二弟子字質舍式佛第一弟子字阿比務第二弟子字三柰隨葉佛第一弟子字佛提第二弟子字鬱多拘樓秦佛第一弟子字僧耆第二弟子字維留拘那鋡年尼佛第一弟子字轉輪第二弟子字鬱多迦葉佛第一弟子字質耶輪第二弟子字波達咊今我作釋迦文尼佛第一弟

子字舍利弗羅第二弟子字摩訶目揵連維衛佛前後三會爲諸比丘説經第一會説經有十萬比丘皆得阿羅漢第二會説經有九萬比丘皆得阿羅漢第三會説經有八萬比丘皆得阿羅漢式佛亦三會説經第一會説經有九萬比丘皆得阿羅漢第二會説經有八萬比丘皆得阿羅漢第三會説經有七萬比丘皆得阿羅漢隨葉佛再會説經第一説經有七萬比丘皆得阿羅漢第二會説經有六萬比丘皆得阿羅漢拘樓秦佛一會説經有四萬比丘皆得阿羅漢拘那鋡牟尼佛一會説經有三萬比丘皆得阿羅漢迦葉佛一會説經有二萬比丘皆得阿羅漢今我作釋迦文尼佛一會説經有千二百五十比丘皆得阿羅漢佛告諸比丘言佛智不可斗量亦不可稱能知七佛本所生父母國王所施行佛告諸比丘經不可不學道不可不爲佛者譬如大海水中船師數千萬人皆仰以得度海佛教天下皆使爲善得道度世亦如是諸比丘聞經歡喜作禮而退

七佛父母姓字經

佛説放牛經

姚秦三藏法師鳩摩羅什譯

聞如是一時婆伽婆在舍衛國祇樹給孤獨園是時佛告諸比丘有十一法放牛兒不知放牛便宜不曉養牛何等十一一者放牛兒不知色二者不知相三者不知摩刷四者不知護瘡五者不知作煙六者不知擇道行七者不知愛牛八者不知何道度水九者不知逐好水草十者犛牛不遺殘十一者不知分別養可用不可用如是十一者放牛兒不曉養護其牛者牛終不滋息日日有減比丘不知行十一事如放牛兒者終不成沙門此法中終不種法律根栽無有枝葉覆蔭不行十一事强爲沙門者死墮三惡道何等比丘十一行比丘不知色不知相應摩刷不知摩刷應護瘡不知護瘡應作煙不知作煙不知擇道行不知愛牛不知何道度水不知食處不知敬長老比丘云何不知色比丘不知四大不知四大所造色比丘如是不知比丘云何不知相比丘不知癡因緣相不知黠因緣相云何不知癡因緣相比丘不知黠緣不知白緣不知黠白緣云何不知黠相不知黠緣不知白緣不知白黠緣比丘如是不知相比丘云何應摩刷而不摩刷比丘設欲心發便樂著不捨不忘不斷絶起恚癡貪慳及餘惡心盡懷不吐捨不吐如是比丘應摩刷而不摩刷也比丘云何應護瘡而不護瘡比丘見色起想聞聲愛著思想形體不知爲惡不護眼根耳鼻舌身心盡馳外塵而不能護如是比丘應護瘡而不護瘡云何比丘應作煙而不

作煙比丘所學問不知爲人說如是比丘應起煙而不起煙云何比丘不知擇道行比丘不入直道行行於非道云何行非道比丘入婬女里及酒會博戲處如是比丘爲不知行道云何比丘不知愛牛比丘講說法寶時不至心愛樂聽如是比丘爲不知愛牛云何比丘不知度水比丘不知四諦何等四諦比丘不知苦諦苦集諦苦盡諦苦盡道諦如是比丘爲不知度水云何比丘不知食處比丘不知四意止何等四意止比丘不知內觀身外觀身內外觀身不知內觀痛外觀痛內外觀痛不知內觀意外觀意內外觀意不知內觀法外觀法內外觀法如是比丘爲不知食處云何比丘不知食不盡比丘設爲國王長者清信士女請食設種種肴饌至心進上比丘不知齊限食已有餘復欲持歸如是比丘爲不知食不盡云何比丘不知敬長老比丘恭敬供養之云何不知設有長老比丘久習道德學問廣博小比丘不至心禮敬見之不起不爲避座輕慢調戲不以善心待如是比丘不知敬長老其有比丘不知行十一法於吾法中不應爲沙門不種法律根栽無枝葉覆蔭皆自朽壞不如還爲白衣若强爲沙門者必入三惡道比丘知放牛兒十一行護其能使滋息云何十一此放牛兒爲知色知相摩刷護瘡起煙擇道度水愛牛逐水草犛知遺殘齊限多少分別牛好惡養視可用者如是放牛者便能養護增益其牛佛於是頌曰

放牛兒審諦　牛主有福德　六頭牛六年
成六十不減　放牛兒聰明　知分別諸相

如此放牛兒　先世佛所譽

如是十一法比丘當行便能於是法中種法律根栽枝葉茂盛覆蔭大地不復朽壞何等十一比丘知色知相知摩刷知覆瘡知時時作煙知行道知愛知度水知食處知不盡知敬長老舊學者恭敬供養云何比丘知色比丘知四大造起色如是比丘爲知色云何比丘知相比丘别癡别黠云何癡非所思而思非所行而行非所説而説是爲癡云何爲黠思可思行可行説可説是爲黠能别癡黠是爲知相云何比丘應摩刷知摩刷比丘設生欲心能制遠避如吐惡見設起瞋恚慳貪及餘諸惡能制遠避如吐惡見如是比丘應刷知刷云何比丘應護瘡而護瘡比丘眼見色不分别好惡守護眼根不著外色遠捨諸惡護於眼根耳聽聲鼻齅香舌嗜味身貪細滑意多念制不令著護此諸根不染外塵如吐惡見如是比丘爲知護瘡云何比丘時時放煙比丘如所學所聞所知以時廣説如是比丘爲知放煙云何比丘知行道比丘行審諦八道知不可行處婬里酒家博戲處終不妄入如是比丘爲知行道云何比丘知愛比丘見説法寶時至心聽受踊躍愛樂如是比丘名爲知愛云何比丘知度水處比丘知四諦云何四諦苦諦苦集諦苦盡諦苦盡道諦如是比丘爲知度水云何比丘知食處比丘知四意止云何四意止比丘觀内身觀外身觀内外身觀内痛觀外痛觀内外痛觀内意觀外意觀内外意觀内法觀外法觀内外法如是比丘爲知食處云何比丘知食不盡比丘

若國王長者清信士女以信樂心請於比丘供養飲食種種肴膳加敬進勸比丘知節供身則止思惟佛語施者雖豐當自知限不爲盡受如是比丘知食不盡云何比丘知敬長老舊學者恭敬供養比丘當親近是輩禮敬供養出入迎送見來避座任力進止勿以懈慢如是比丘知敬長老比丘能行是十一事者於此法中種法律根栽枝葉滋茂多所覆蔭清淨無垢爾時世尊以偈讚曰

有信精進學　受食知節限　供養於長老
是行佛稱譽　如此十一法　比丘學是者
晝夜定心意　六年得羅漢

諸比丘聞佛所說發喜受行

佛說放牛經

緣起經

唐三藏法師玄奘奉　詔譯

如是我聞一時薄伽梵在室羅筏住誓多林給孤獨園與無量無數聲聞菩薩天人等俱爾時世尊告苾芻衆吾當爲汝宣說緣起初差別義汝應諦聽極善思惟吾今爲汝分別解說苾芻衆言唯然願說我等樂聞佛言云何名緣起初謂依此有故彼有此生故彼生所謂無明緣行行緣識識緣名色名色緣六處六處緣觸觸緣受受緣愛愛緣取取緣有有緣生生緣老死起愁歎苦憂惱是名爲純大苦蘊集如是名爲緣起初義云何名爲緣起差別謂無明緣行者云何無明謂於前際無知於後際無知於前後際無知於内無知於外無知於内外無知於業無知於異熟無知於業異熟無知於佛無知於法無知於僧無知於苦無知於集無知於滅無知於道無知於因無知於果無知於因已生諸法無知於善無知於不善無知於有罪無知於無罪無知於應修習無知於不應修習無知於下劣無知於上妙無知於黑無知於白無知於有異分無知於緣已生或六觸處如實通達無知如是於彼彼處如實無知無見無現觀愚癡無明黑闇是謂無明云何爲行行有三種謂身行語行意行是名爲行行緣識者云何爲識謂六識身一者眼識二者耳識三者鼻識四者舌識五者身識六者意識是名爲識識緣名色者云何爲名謂四無色蘊一者受蘊二者想蘊三者行蘊四者識蘊云何爲色謂諸所有色一切四大種及四大種所造

此色前名總略爲一合名名色是謂名色名色緣六處者云何六處謂六內處一眼內處二耳內處三鼻內處四舌內處五身內處六意內處是謂六處六處緣觸者云何爲觸謂六觸身一者眼觸二者耳觸三者鼻觸四者舌觸五者身觸六者意觸是名爲觸觸緣受者云何爲受受有三種謂樂受苦受不苦不樂受是名爲受受緣愛者云何爲愛愛有三種謂欲愛色愛無色愛是名爲愛愛緣取者云何爲取謂四取一者欲取二者見取三者戒禁取四者我語取是名爲取取緣有者云何爲有有有三種謂欲有色有無色有是名爲有有緣生者云何爲生謂彼彼有情於彼彼有情類諸生等生趣起出現蘊得界得處得諸蘊生起命根出現是名爲生生緣老死者云何爲老謂髮衰變皮膚緩皺衰熟損壞身脊傴曲黑黶間身喘息奔急形貌僂前憑據杖策惛昧羸劣損減衰退諸根耄熟功用破壞諸行朽故其形腐敗是名爲老云何爲死謂彼彼有情從彼彼彼有情類終盡壞沒捨壽捨煖命根謝滅棄捨諸蘊死時運盡是名爲死此死前老總略爲一合名老死如是名爲緣起差别義苾芻我已爲汝等說所標緣起初差别義時薄伽梵說是經已聲聞菩薩天人等衆聞佛所說皆大歡喜得未曾有信受奉行

緣起經

佛說十一想思念如來經

宋三藏求那跋陀羅譯

聞如是一時婆伽婆在羅閱城耆闍崛山中與大比丘衆千二百五十人俱爾時世尊告諸比丘當以十一想思念如來已思念當發慈心於如來所云何爲十一戒意清淨一威儀具足二諸根不錯三信意不亂四常有勇猛意五若更苦樂不以爲憂六意不妄失七止觀現在前八三昧意無休息九智慧意無量十觀佛無猒足十一如是比丘當以此十一想思念如來已思念如來當發慈心於如來所是謂比丘於比丘中修行念佛彼比丘已修行念佛於二果當求一果於現法中得自在成無餘阿那含爾時諸比丘聞佛所說歡喜奉行

聞如是一時婆伽婆在舍衞城祇樹給孤獨園是時世尊告諸比丘若慈心解脫親近廣布修行以辦獲使起善具足便當有十一報十一果云何爲十一卧安覺安不見惡夢天護人愛非人所敬不毒不兵水火不喪亦不加刑身壞命終生善處梵天上於諸善法速得捷疾能盡有漏行比丘慈心解脫親近廣布修行以辦以獲使起善具足當有此十一法是故諸比丘當求方便慈心解脫如是諸比丘當作是學爾時諸比丘聞佛所說歡喜奉行

佛說十一想思念如來經

佛說四泥犁經

東晉西域沙門竺曇無蘭譯

聞如是一時婆伽婆在舍衛城祇樹給孤獨園爾時世尊告諸比丘有四大泥犁云何爲四諸比丘提舍大泥犁瞿波離比丘大泥犁禘婆達兜大泥犁末佉梨大泥犁諸比丘彼提舍大泥犁身出火焰長二十肘諸比丘瞿波犁大泥犁身出火焰長三十肘諸比丘調達大泥犁身出火焰長四十肘末佉梨大泥犁身出火焰長六十肘諸有人民欲求安隱獲其義者若二十大海水灌彼身上彼海水盡火不滅猶如融銅若有人以二十滴水著彼融銅中彼水滴速疾滅彼提舍比丘亦復如是火焰不滅若復有人欲求安隱獲其義者復以二十大海水灌其身上彼水速盡所以然者彼提舍比丘愚人遮比丘僧使一日不食以此因緣使提舍比丘入大地獄諸有比丘於瞿波離比丘有一人起欲使安隱獲其義者以三十大海水灌其身上彼大海水速盡譬如二日所融銅或有一人以三十滴水著融銅中消盡無餘此亦如是瞿波離比丘愚人或有人起欲使獲安隱義者以三十大海水灌其身上彼大海水速盡所以然者彼瞿波離比丘愚人謗舍利弗目揵連比丘身壞命終生三惡道墮鉢頭摩地獄以此因緣瞿波離比丘入大泥犁彼調達大泥犁若復有人欲使獲安隱義者復以四十大海水灌其身上彼大海速盡彼火不滅譬如三日所融銅若有人以四十滴水著融銅中即時消盡無餘此亦如是調達愚人若有人起欲

使獲安隱義以四十大海水灌其身上彼大海水速盡彼火不滅所以然者調達愚人欲害如來煞阿羅漢比丘尼壞亂比丘僧身壞命終趣三惡道生阿鼻地獄中由此因緣使彼調達比丘入大地獄身出火焰長四十肘諸有比丘彼末佉梨大泥犂若有一人起欲使獲安隱義以六十大海水灌其身上彼海水速盡彼火不滅譬如四日所融銅若有人以六十滴水著融銅中即時消盡無餘彼末佉梨亦復如是若有一人起欲使獲安隱義者以六十大海水灌其身上彼大海水速盡此火不滅所以然者此末佉梨愚人教受百拘梨人使行邪見以此因緣使末佉梨身出火焰長六十肘如是諸比丘四大泥犂時諸比丘聞佛所説歡喜奉行

佛說四泥犂經

舍衛國王夢見十事經

失譯人名今附西晉録

佛在舍衛祇洹阿難邠坻阿藍時國王波斯匿夜卧夢見十事何謂爲十事一者見三瓶併兩邊滿中央空兩瓶滿沸氣交往來不入空瓶中二者見馬口亦食尻亦食三者見小樹生華四者見小樹生實五者見一人切繩人後有羊主食繩六者見狐坐於好床食以金器七者見大牛還從小犢子乳八者見四牛從四面鳴來相趣欲鬬當合未合不知牛處九者見大陂水中央濁四邊清十者見溪水流正赤王夢已即覺王大惶怖恐亡其國軀明日王即召公卿大臣及明道知解夢者婆羅門皆到王前王即爲説夜夢十事誰能解者諸能解夢者即言我能解之恐王聞之不樂王言便説之如卿所知婆羅門即爲王説之言當殺王太子以祀天王重夫人當殺以祀天王邊旁侍奴婢當殺以祀天王所有白象當殺以祀天王所重好馬當殺以祀天王所可卧具及著身珍寶好物皆當燒用祀天王此王身乃無他王聞婆羅門解夢如是王即大愁憂却入齋室思念是王有一夫人名摩利就到王所齋室問王何爲入齋室愁憂我身將有過失王即言若莫問儻聞者令若愁夫人即復問何因緣愁王言不須復問聞者令苦憂夫人復言我是王身半也王有急緩當以告我王即爲説之言我昨日夜夢見十事一者見三瓶兩邊滿中央空兩瓶滿沸氣交往來不入空瓶中二者見馬口亦食尻亦食三者見小樹生華四者見小樹生實

五者見一人切繩人後有羊主食繩六者見狐坐好牀食以金器七者見大牛還從小犢子乳八者見四牛從四面鳴來相趣欲鬬當合未合不知牛處九者見大陂水中央濁四邊清十者見大溪水流正赤夢已即覺惶怖夢如是恐亡我國恐亡我子恐亡我國中人民及明日我即召公卿大臣諸婆羅門能解夢者爲說夢如是婆羅門解夢言王所愛者皆當以祀天用是故憂愁夫人言王莫愁憂人行買金以金磨石好惡其色見石上令佛在祇洹阿難邠坻阿藍可往問佛夢意如佛解者當隨佛語王即勑左右車騎車騎以嚴王即乘高蓋車車名披羅延時車騎數千即從舍衛到祇洹阿難邠坻阿藍得步徑即下車步到佛所見佛前以頭面著佛足乃坐白

佛言我昨日夜夢見十事一者見三瓶併兩邊滿中央空兩瓶滿沸氣交往來不入空瓶中二者見馬口亦食尻亦食三者見小樹生華四者見小樹生實五者見一人切繩人後有羊主食繩六者見狐坐於好牀食以金器七者見大牛還從小犢子乳八者見四牛從四面鳴來相趣欲鬬當合未合不知牛處九者見大陂水中央濁四邊清十者見大溪水流正赤我夢如是覺即怖懅恐亡我國恐亡我子恐亡我國中人民及王言願佛爲我解是十事佛即告王言莫恐莫恐所夢者無他於王身無惡於國亦無惡於妻子亦無惡於夫人亦無惡王所夢者皆爲後世施耳後世人不畏法皆淫泆皆貪一妻不猒足數怒愚癡不知慙愧王夢見三瓶併兩邊滿中央空

兩瓶滿沸氣交往來不入空瓶中者後世人當不給視貧窮近親兩富自相饋遺王夢見一事者正爲是耳王莫恐莫恐於國於身妻子皆無他王夢見馬口亦食尻亦食者後世大臣當稟食於官復食於民王夢見二事者但爲是耳王莫恐莫恐於國於身妻子皆無他王夢見小樹生華者後世人年未滿三十當頭生白髮王夢見三事者正爲是耳王莫恐莫恐於國於身妻子皆無他王夢見小樹生實者後世女人年少當行嫁抱子不知慙愧王夢見四事者正爲是耳王莫恐莫恐於國於身妻子皆無他王夢見一人切繩人後有羊主食繩者後世人當行出賈留婦於家婦當私與男子共栖宿王夢見五事者正爲是耳王莫恐莫恐於國於身妻子皆無他王夢見狐坐於好牀食以金器者後世賤人當有財富者當在上坐食飲極味王夢見六事者正爲是耳王莫恐莫恐於國於身妻子皆無他王夢見大牛還從小犢子乳者後世人母當爲女作媒將他人男子與女共房母當主守門持女婬錢用自給活王夢見七事者正爲是耳王莫恐莫恐於國於身妻子皆無他王夢見四牛從四面鳴來相趣欲闘當合未合不知牛處者後世人大臣當不畏天婬泆貪一妻不猒足數怒愚癡不知慙愧不畏上下雨師不爲時節帝王長吏人民皆當請雨雨師見帝王長吏人民施行如是故四面起雲帝王長吏皆喜言雲以四面起今當雨須臾間雲各自散去雨師故見怪欲使帝王長吏人民畏天地不婬泆不貪守一妻慈心

莫怒王夢見八事者正爲是耳王莫恐莫恐於國於身妻子皆無他王夢見大陂水中央濁四邊清者後世人民在閻浮利内者當不孝父母不敬長老無反復不顧後邊國當孝父母敬長老有反復王夢見九事者正爲是耳王莫恐莫恐於國於身妻子皆無他王夢見大溪水正赤者後世諸王當不猒其國與師人民起兵共鬬當作車兵馬兵步兵當以車兵相殺馬兵相殺步兵相殺血流正赤王夢見十事者正爲是耳王莫恐莫恐於國於身妻子皆無他是夢者皆爲後世方來之事王即長跪言得佛教心即歡喜如人持小器受膏膏多器小更求大器得大器更受之即安隱不恐王即稽首再拜前以頭面著佛足而去還歸於宫重賜正夫人皆奪諸公大臣俸禄不復信諸婆羅門語

舍衛國王夢見十事經

佛説國王不黎先尼十夢經

東晋竺曇無蘭譯

聞如是一時佛在舍衛國祇樹給孤獨園時國王不黎先尼夜卧夢見十事何等十事一者夢見三瓶併兩邊瓶滿氣出相交往來不入中央空瓶中二者夢見馬口食尻亦食三者夢見小樹生華四者夢見小樹生果五者夢見一人索繩人後有羊羊主食繩六者夢見狐於金牀上於金器中食七者夢見大牛還從犢子乳八者夢見四牛從四面鳴來相趣欲鬪當合未合不知牛處九者夢見大陂水中央濁四邊清十者夢見大谿水流正赤王夢見是事已即寤大恐亡其國及身妻子王明日即召公卿大臣及諸道人曉解夢者問言昨夜卧夢見十事如是夢即寤恐怖意中不樂誰能解夢者諸道人中有一婆羅門言我能爲王解之恐王聞者愁憂不樂王言如卿所覩便説之勿有所諱婆羅門言王夢者皆各惡非吉事當取所重愛夫人太子及邊親近侍人奴婢皆殺以祀天王可得無他王有卧具及著身珍寶好物皆當燒以祀天如是者王身可得無他王聞婆羅門解夢如是王即大愁憂不樂却入齋房思念是事王有正夫人名摩尼到王所問王言何爲入齋房愁憂不樂我身將有過失於王耶王言汝無過於我自愁憂耳夫人復問王用何等故愁憂王言汝莫問我聞者令汝不樂夫人復言我是王身半設有善惡王當語我云何不相語耶王便爲夫人説我昨夜夢見十事夢已即寤我大愁憂恐怖恐亡我國及身妻子

我召羣臣公卿諸道人爲說所夢十事有婆羅門爲我解夢言當取所愛重夫人太子及邊親近侍從人奴婢及白象名馬皆殺以祀天及所卧具著身珍寶皆燒祀天王身乃可得無他我用是故愁憂不樂耳夫人言王莫愁憂如人買金磨石好醜善惡其色自見於石上今佛近在精舍去國不遠何以不往問夢意如佛所解當隨之王即勑左右羣臣嚴駕而出到佛所得步徑王下車前到佛所以頭面著佛足却坐白佛言我昨夜夢見十事一者夢見三瓶併兩邊瓶滿氣出相交往來不入中央空瓶中二者夢見馬口食尻亦食三者夢見小樹生華四者夢見小樹生果五者夢見一人索繩人後有羊羊主食繩六者夢見狐坐於金牀上於金器中食七者夢見大牛還從犢子乳八者夢見四牛從四面鳴來相趨欲鬭當合不合不知牛處九者夢見大陂水中央濁四邊清十者夢見谿水流正赤我所夢如是靠即恐怖恐亡我國及身妻子惟佛爲解所夢十事願聞教誡佛言王莫恐王夢者皆無他王所夢乃爲後世當來之事非今世佛言後世人當不畏法禁婬泆貪利嫉妬不知猒足少義理無慈心喜怒不知慙愧佛言第一夢見三瓶併兩邊瓶滿氣出相交往來不入中央空瓶中者後世人豪貴者自相追隨不視貧者王夢見三瓶併正謂是耳王莫恐莫恐於王國於太子於夫人皆無他佛言第二王夢見馬口食尻亦食者後世人作帝王及大臣廪食縣官俸禄復採萬民不知猒足王夢見馬口食尻亦食正謂是

耳王莫恐莫恐於王國於太子於夫人皆無他佛言第三王夢見小樹生華者後世人年未滿三十而頭生白髮貪婬多欲年少强老王夢見小樹生華者正謂是耳王莫恐莫恐於王國於太子於夫人皆無他佛言第四王夢見小樹生果者後世女人年未滿十五便行嫁抱兒而歸不知慙愧王夢見小樹生果者正謂是耳王莫恐於王國於太子於夫人皆無他佛言第五王夢見一人索繩人後有羊羊主食繩者後世人夫壻出行賈作婦於後便與他家男子交通食其財物王夢見一人索繩者正謂是耳王莫恐於王國於太子於夫人皆無他佛言第六王夢見狐坐金牀上於金器中食後世人下賤更尊貴有財產衆人敬畏之公侯子孫更貧賤處於下坐飲食在後王夢見狐坐金牀上於金器中食正謂是耳王莫恐於王國於太子於夫人皆無他佛言第七王夢見大牛還從小犢子乳者後世人無有禮義毋反爲女作媒誘誅他家男子與女交通采女求財物以自饒給不知慙愧王夢見大牛還從犢子乳者正謂是耳王莫恐於王國於太子於夫人皆無他佛言第八王夢見四牛從四面鳴來相趨欲鬬當合未合不知牛處者後世帝王長吏及人民皆無至誠之心更欺詐愚癡瞋恚不敬天地用是故雨澤不時長吏人民請禱求雨天當四面起雲雷電有聲長吏人民咸言當雨須臾之間雲散而去雨爲不墮所以者何帝王長吏人民無有忠正慈仁故王夢見四牛鳴來相趨當合未合不知牛處者正謂此耳王

莫恐於王國於太子於夫人皆無他佛言第九王夢見大陂水中央濁四邊清者後世中國當擾亂治行不平人民不孝父母不敬長老邊國面當平清人民和睦孝順二親王夢見大陂水中央濁四邊清著正謂是耳主莫恐於王國於太子於夫人皆無他佛言第十王夢見大谿水流正赤者後世諸國當分爭興軍聚衆更相攻伐當作車兵步兵騎兵共鬬相殺傷不可稱數死者於路血流正赤王夢見大谿水流正赤正謂是耳王莫恐於王國於太子於夫人皆無他佛言王夢見者皆爲後世當來之事非今世事王莫恐愁憂也王即長跪言得佛教心即歡喜譬如人持小器盛膏膏多器小更求大器盛之安隱不復恐今我受佛恩得安隱王即爲佛作禮還歸宫中重賜正夫人皆奪諸大臣俸禄王言我從今以後不信諸異道人及婆羅門所語

佛說國王不黎先尼十夢經

阿難同學經

後漢三藏法師安世高譯

聞如是一時婆伽婆在舍衛城祇樹給孤獨園爾時舍衛城有比丘名掘多是尊者阿難少小同學甚愛敬念親昵未曾恚怒然不樂修梵行欲得捨戒還爲白衣是時阿難至世尊所到已頭面禮足在一面立時阿難白世尊言於此舍衛城有比丘名曰掘多是我少小同學不堪任修梵行欲捨戒還爲白衣願世尊與掘多比丘說法使於此現法中清淨修梵行時世尊告阿難阿難汝自往詣彼掘多比丘所對曰如是世尊阿難從佛受教便至掘多比丘所世尊呼對曰如是時掘多比丘從阿難教至世尊所到已頭面禮足在一面坐時世尊告掘多比丘言云何比丘汝審不樂修梵行欲捨禁戒還爲白衣耶比丘報言審然世尊所以然者身熾盛意亦熾盛不堪任清淨修梵行世尊告曰比丘女人有五穢行云何爲五比丘女人臭穢言語麤獷無返復心猶如蚖蛇常懷毒垢此女人增益魔衆難得解脫亦如鉤鎖女人不可親近猶如雜毒不可食女人不可消亦如金剛壞敗人身比丘亦如火燄猶彼阿鼻泥犁比丘女人不可觀察猶如臭糞比丘女人不可聽聞猶如死響比丘女人如牢獄猶如鞞摩質多牢獄阿須輪比丘女人是怨家亦如蚖蛇比丘當遠離猶惡知識比丘女人爲恐怖猶賊村落比丘人身難得猶優曇鉢華比丘人身甚難得猶彼板一孔推著水中數萬歲乃值其孔比丘時亦難遇除其八時汝比丘已得

人身皆是本行所造比丘佛世尊出世甚難遇猶如石女無子比丘如來出世甚難遇亦如優曇鉢華比丘已得人身已得受具足戒亦得入衆猶彼蒙尊國王亦爲人說法休息止觀至涅槃界至彼處如來善說此法汝比丘淨修梵行當盡苦源時彼比丘從佛受是教誡即從座上無有塵垢得法眼淨時彼比丘即從座起頭面禮世尊足便退而去爾時彼比丘聞世尊說是教誡在一閑靜處而自娛樂已在閑靜處而自娛樂所以族姓子剃除鬚髮著袈裟衣於如來所修無上梵行盡生死源梵行已立所作已辦更不復受母胎是時彼比丘即成阿羅漢時尊者掘多至世尊所到已頭面禮足在一面坐時尊者掘多白世尊言世尊所教誡今已逮覺願世尊聽般涅槃時世尊默然不對尊者掘多比丘再三白世尊言世尊所教今已逮覺願世尊聽般涅槃時世尊告曰比丘今正是時彼比丘即從坐起頭面禮足遶世尊三帀便退而去還詣已房到已除去坐具於露地布坐具便昇虛空現若干變化或化一身爲若干身或化若干身爲一身或爲石鐵或爲金剛或爲牆壁城郭或爲高山石壁皆過無礙出没於地譬如流水而無罣礙結跏趺坐滿虛空中譬如大火燄亦如飛鳥猶如此日月有大威神有大力勢以手摩抆化身至梵天於虛空中坐卧經行或現煙燄身下出煙身上出火身上出煙身下出火左出煙右出火右出煙左出火前出煙後出燄後出煙前出燄舉身出煙舉身出燄舉身出火時彼比丘還斂神

足即就獨座結跏趺坐直身正意繫念在前便入初禪從初禪起入第二禪從二禪起入第三禪從三禪起入第四禪從第四禪起入空處從空處起入識處從識處起入不用處從不用處起入有想無想從有想無想起入想知滅三昧從想知滅三昧起入有想無想不用處識處空處四禪三禪二禪初禪復從初禪起入第二禪第三禪時尊者掘多從第四禪起便捨身壽於無餘涅槃界便般涅槃時阿難供養尊者掘多舍利至世尊所到已頭面禮足在一面立時阿難白世尊言彼掘多比丘者從如來受教誡在閑靜處而自娛樂所以族姓子剃除鬚髮著三法衣以信堅固出家學道修無上梵行盡生死源梵行已立所作已辦更不受毋胎世尊彼尊者掘多已般涅槃世尊告曰甚奇甚特阿難佛世尊成就無量智慧能使掘多比丘濟生死淵比阿難如來所行已足況度無數百千衆生濟生死淵及餘當拔濟者是故阿難當發慈意於佛於法於衆如是阿難當作是學是時尊者阿難聞佛所説歡喜奉行

阿難同學經

五蘊皆空經

唐三藏法師義淨譯

如是我聞一時薄伽梵在婆羅痆斯仙人墮處施鹿林中爾時世尊告五苾芻曰汝等當知色不是我若是我者色不應病及受苦惱我欲如是色我不欲如是色既不如是隨情所欲是故當知色不是我受想行識亦復如是復次苾芻於意云何色爲是常爲是無常白言大德色是無常佛言色既無常此即是苦或苦苦壞苦行苦然我聲聞多聞弟子執有我不色即是我我有諸色色屬於我我在色中不不爾世尊應知受想行識常與無常亦復如是凡所有色若過去未來現在內外麤細若勝若劣若遠若近悉皆無我汝等當知應以正智而善觀察如是所有受想行識過去未來現在悉應如前正智觀察若我聲聞聖弟子衆觀此五取蘊知無有我及以我所如是觀已即知世間無能取所取亦非轉變但由自悟而證涅槃我生已盡梵行已立所作已辦不受後有說此法時五苾芻等於諸煩惱心得解脫信受奉行

五蘊皆空經

音釋

鋡胡南切 裱悲廟切 掔苦閑切 睒失冉切 鞬居言切 啝户戈切 刷數滑切刮拭也 齅許救切以鼻擤氣也 脊資昔切背呂也 黶幺減切黑痕也 褅徒計切 肘陟柳切二尺爲肘 尻苦刀切脊梁盡處曰尻 饋求位切餉也 訹思律切誘引也 昵尼質切近也 痆女黠切

阿難問事佛吉凶經

後漢沙門安世高譯

慢法經

西晉三藏釋法炬譯

阿難分別經

乞伏秦沙門聖堅譯

五母子經

吳優婆塞支謙譯

清刻龍藏佛說法變相圖

四經同卷
阿難問事佛吉凶經
慢法經
阿難分別經
五母子經

阿難問事佛吉凶經

後漢沙門安世高譯

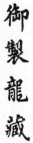

阿難白佛言有人事佛得富貴諧偶者有衰耗不諧偶者云何不等同耶願天中天普爲說之佛告阿難有人奉佛從明師受戒專信不犯精進奉行不失所受形像鮮明朝暮禮拜恭敬然燈淨施所安不遠道禁齋戒不猒心中欣欣常爲諸天善神擁護所向諧偶百事增倍爲天龍鬼神衆人所敬後必得道是善男子善女人眞佛弟子也有人事佛不值

善師不見經教受戒而已示有戒名憒塞不信違犯戒律乍信乍不信心意猶豫亦無經像恭恪之心既不燒香然燈禮拜恒懷狐疑瞋恚罵詈惡口嫉賢又不六齋殺生趣手不敬佛經持著弊篋衣服不淨之中或著妻子牀上不淨之處或持掛壁無有座席恭敬之心與世間凡書無異若疾病者狐疑不信便呼巫師卜問解奏祠祀邪神天神離遠不得善護妖魅日進惡鬼屯門令之衰耗所向不諧或從宿行惡道中來現世罪人也非佛弟子死當入泥犂中被拷掠治由其罪故現自衰耗後復受殃死趣惡道展轉受痛酷不可言皆由積惡其行不善愚人盲盲不思宿行因緣所之精神報應根本從來謂言事佛致是衰耗不止前世宿祚無功怨憎天地責聖咎天世人迷惑不達乃爾不達之人心懷不定而不堅固進退失理違負佛恩而無返覆遂爲三塗所見綴縛自作禍福罪識之緣種之得本不可不慎十惡怨家十善厚友安神得道皆從善生善爲大鎧不畏刀兵善爲大船可以度水有能守信室内和安福報自然從善至善非神授與也今復不信者從後轉復劇矣佛言阿難善惡追人如影逐形不可得離罪福之事亦皆如是勿作狐疑自墮惡道罪福分明諦信不迷所在常安佛語至誠終不欺人佛復告阿難佛無二言佛世難值經法難聞汝宿有福今得侍佛當念報恩須宣法教示現人民爲作福田信者得植後生無憂阿難受教奉行普聞阿難復白佛言人不自手殺者不自手殺爲無罪耶佛言阿難

教人殺生重於自殺也何以故或是奴婢愚小下人不知罪福或爲縣官所見促逼不自出意雖獲其罪事意不同輕重有差教人殺者知而故犯陰懷愚惡趣手害生無有慈心欺罔三尊負於自然神傷生杌命其罪莫大怨對相報世世受殃無有斷絶現世不安數逢災凶死入地獄出離人形當墮畜中爲人屠截三塗八難巨億萬劫以肉供人未有竟時令身困苦噉草飲泉今世現有是輩畜獸皆由前世得爲人時暴逆無道陰害傷生不信致此世世爲怨還相報償神同形異罪深如是阿難復白佛言世間人及弟子惡意向師及道德之人其罪云何佛語阿難夫爲人者當愛樂人善不可嫉之人有惡意向道德之人善師者是惡意向佛無異也寧持萬石弩自射身不可惡意向之佛言阿難自射身爲痛不阿難言甚痛甚痛世尊佛言人持惡意向道德人其善師者痛劇弩射身也爲人弟子不可輕慢其師惡意向道德人當視之如佛不可輕嫉見善代其歡喜人有戒德者感動諸天天龍鬼神莫不敬尊寧投身火中利劒割肉慎莫嫉妬人之善其罪不小慎之慎之阿難復白佛言爲人師者爲可得呵遏弟子不從道理以有小過遂之成大可無罪不佛言不可不可師弟子義義感自然當相訊厚視彼如已黠之以理教之以道已所不行勿施於人弘崇禮律不使怨訟弟子亦爾二義眞誠師當如師弟子當如弟子勿相誹謗含毒致怨以小成大還自燒身爲人弟子當孝順於善師慎莫舉惡意向師惡意向師

是惡意向佛向法向比丘僧向父母無異天所不覆地所不載觀末世人諸惡人輩不忠不孝無有仁義不順人道魔世比丘四數之中但念他惡不自止惡嫉賢妬善更相沮壞不念行善强梁嫉賢既不能爲復毁敗人斷絶道意令不得行貪欲務俗多求利業積財自喪厚財賤道死墮惡趣大泥犁中餓鬼畜生未當有此於世何求念報佛恩當持經戒相率以道道不可不學經不可不讀善不可不行行善布德濟神離苦超出生死見賢勿慢見善勿謗不以小過證入大罪違法失理其罪莫大罪福有證可不慎耶阿難復白佛言末世弟子因緣相生理家之事身口之累當云何天中天佛言阿難有受佛禁戒誠信奉行順孝畏慎敬歸三尊養親盡忠内外謙善心口相應可得爲世間事不可得爲世間意阿難言世間事世間意云何耶天中天佛言爲佛弟子可得商販營生利業平斗直尺不可罔於人施行以理不違神明自然之理葬送之事移徙姻娶是爲世間事也世間意者爲佛弟子不得卜問請祟符呪猒怪祠祀解奏亦不得擇良日良時受佛五戒福德人也有所施作當啓三尊佛之玄通無細不知戒德之人道護爲强役使諸天天龍鬼神無不敬伏戒貴則尊無往不吉豈有忌諱不善者耶道之含覆包弘天地不違之人自作罣礙善惡之事由人心作禍福由人如影追形響之應聲戒行之德應之自然諸天所護願不意違感動十方與天參德功勳巍巍衆聖嗟歎難可稱量智士達命没身不邪善如佛

教可得度世之道阿難聞佛說更整袈裟頭腦著地唯然世尊我等有福得值如來普恩慈大愍念一切爲作福田令得脫苦佛言至眞而信者少是世多惡衆生相詛甚可痛哉若有信者若一若兩柰何世惡乃弊如此佛滅度後經法雖存而無信者漸衰滅矣嗚呼痛哉將何恃怙惟願世尊爲衆黎故未可取泥洹阿難因而諫頌曰

佛爲三界護　恩廣普慈大　願爲一切故
未可取泥洹　值法者亦少　盲盲不別眞
痛矣不識者　罪深乃如是　宿福值法者
若一若有兩　經法稍稍替　當復何恃怙
佛恩非不大　罪由衆生故　法鼓震三千
如何不得聞　世濁多惡人　還自墮顛倒
諛諂諢訕聖　邪媚毀正眞　不信世有佛
言佛非大道　是人是非人　自作衆罪本
命盡往無擇　刀劒解身形　食鬼好伐殺
鑊湯涌其中　婬泆抱銅柱　大火相燒然
誹謗淸高士　鐵鉗拔其舌　亂酒無禮節
迷惑失人道　死入地獄中　洋銅沃其口
遭逢衆厄難　毒痛不可言　若生還爲人
下賤貧窮中　不殺得長壽　無病常康強
不盜後大富　錢財恒自滿　不婬香清淨
身體鮮蕊芬　光影常奕奕　上則爲大王
至誠不欺詐　爲衆所奉承　不醉後明了
德慧所尊敬　五福超法出　天人同儔類
所生億萬倍　眞諦甚分明　末世諸惡人
不信多狐疑　愚癡不別道　罪深更遠冥
敎聖毀正覺　死入大鐵城　識神處其中
頭上戴鐵輪　求死不得死　須臾已變形

矛戟相毒刺　軀體恒殘截　柰何世如是
背正信鬼神　解奏好卜問　祭祀傷不仁
死墮十八處　經歷黑繩獄　八難爲界首
得復人身難　若時得爲人　蠻狄無義理
癡騃無孔竅　跛躄瘂不語　朦朧不達事
惡惡相牽拘　展轉衆徒聚　禽獸六畜形
爲人所屠割　剥皮視其喉　歸償宿怨對
以肉給還人　無道墮惡道　求脱甚爲難
人身既難得　佛經難得聞　世尊爲衆祐
三界皆蒙恩　敷動甘露法　令人普奉行
哀哉已得慧　愍念羣萌故　開通示道徑
黠者即度苦　福人在向向　見諦學不生
自歸大護田　植種不死地　恩大莫過佛
世祐轉法輪　願使一切人　得服甘露漿
慧船到彼岸　法磬引大千　彼我無有二

發願無上眞

阿難頌如是已諸會大衆一時信解皆發無上正眞之道僧那大鎧甘露之意香熏三千從是得度開示道地爲作橋梁國王臣民天龍鬼神聞經歡喜阿難所説且悲且恐稽首佛足及禮阿難受教而去

阿難問事佛吉凶經

慢法經

西晉三藏釋法炬譯

佛語阿難有人事佛已便有富貴不衰者有人事佛之後衰喪不利者阿難驚問佛云何俱事佛衰利不同何故得爾佛語阿難有人事佛當求明師得了了者從受戒法爲除諸想與經相應精進奉行不失法教受者不犯如毛髮者是人不犯道禁常爲諸天善神所侍衛擁護所向諧偶財利百倍衆人所敬後當得佛何況富利耶如是人輩事佛爲眞佛弟子也又復有人事佛不值明師亦無經像復無禮敬不知不解强效人受法戒無有至信受戒之後故復犯衆戒心意朦冥猶豫亦不肯讀經行道作福乍信乍不信復不能念齋日燒香然燈作禮故復瞋恚喚呼罵詈出入呪詛口初不合心懷憎嫉使人殺生見經像無有禮敬之心若其有經趣掛著壁或擲牀席之上或著故衣被弊篋器中或以妻子小兒不淨手弄之烟熏屋漏不復瞻視亦不燒香然燈向之作禮與凡經書無異善神離之惡鬼得其便隨逐因衰疾之適得疾病恐怖猶豫自念言我初事佛云何故復疾病耶不能自信呼使巫媚之師卜問解除鎮猒無益遂便禱賽邪神衆過遂增妖魅惡鬼屯守其門遂便喪衰死亡不離門戶財產衰耗家室病疾更相注續不離牀席命終牽墮泥犂中當被考治謫罰無有歲數是人但坐不能專一志意猶豫無所專據不信佛法故得其罪凶衰如是世間人不知佛法者謂呼事佛令得殃衰不知其人行自不正違犯佛經戒

心意衆態具足身自招之無有與者阿難聞
之便更頭腦著地爲佛作禮

慢法經

阿難分別經

乞伏秦沙門聖堅譯

阿難白佛言有人事佛得富貴諧利者有衰耗不偶者云何不等耶願天中天普爲說之佛告阿難有人奉佛從明師受戒專信不犯精進奉行不失所受形像鮮明朝暮禮拜恭敬然燈淨施所安不違道禁齋戒不歇中心欣欣常爲諸天善神擁護所向諧偶百事增倍爲天龍鬼神衆人所敬後必得佛是爲善男子善女人眞佛弟子也有人事佛不值善師不見經教受戒而已示有戒名憒塞不信違犯戒律作信不信心意猶豫亦無經像既不日日燒香作禮恒懷瞋恚惡口罵詈又不六齋殺生趣手不敬佛經持著衣被弊篋之中或著妻子牀上或以掛壁無有座席供養之心與世間凡書無異若疾病者狐疑不信便呼巫師卜問解奏祠祀邪神天神離遠不得善護妖魅日進惡鬼屯門令之衰耗所向不諧現世罪人非佛弟子死當入泥犁中被拷治掠由其罪故現自衰耗後復受殃死魂神痛酷不可言愚人盲盲不思宿命先世因緣精神所之根本從來謂言事佛致是衰耗不慚前世宿行不功責聖咎天世人迷謬不達乃爾不達之人狐疑猶豫信不堅固心懷不定進退失理違負佛恩而無返覆遂爲三塗所見綴縛自作禍福罪識之緣種之得本不可不慎十惡怨家十善良友安神得道皆從善生善爲大鎧不畏刀兵有能守信室内和安福付自然非神授與也今復不信者後生轉復劇矣佛言阿難善惡追人如影逐形

不可得離罪福之事亦皆如是勿作狐疑自墮惡道諦信不違所在常安佛語至誠終不欺人佛復告阿難佛無二言經法難聞汝宿有福今得侍佛當念報恩須宣法教示現人民爲作福田信者得值後生無憂阿難受教奉行普聞阿難復白佛言人不自手殺教人殺者不自手殺爲無罪耶佛言阿難教人殺者重於自殺何以故或是奴婢愚小下人不知罪法或爲縣官逼爲所使不自出意雖獲其罪事意不同輕重有差教人殺者知而故犯陰懷逆害愚惡趣手無有慈心欺罔三尊亦負自然犯五逆罪害生杌命其罪莫大怨對相報世世受殃展轉相償無有斷絶現世不安數逢災凶死入地獄出離人形當墮畜生中爲人屠截三塗八難巨億萬劫以肉供人未有竟時令身困苦噉草飲泉今世現有是輩畜獸皆由前世得爲人時暴逆無道陰害傷生不信致此世世爲怨還相報償神同形異罪深如是阿難復白佛言世間人及佛弟子惡意向師及道德之人其罪云何佛語阿難夫爲人者當愛樂人善以善爲友不可嫉之人有惡意向有德之人及善師者是惡意向佛無異也寧持萬石弩還自射身佛語阿難言自射身爲痛不阿難言甚痛甚痛世尊佛言人持惡意向道德人及其師者痛劇弩射身也爲人弟子不可輕慢其師惡意向道德人視之如佛不可嫉其善也人有戒德者感動諸天天龍鬼神莫不敬尊寧投身火中利刀割肉愼莫嫉妬人之善也其罪不小愼之愼之阿難言師者爲可灼然非弟子不

以小罪成大可無罪不佛言不可示甚深甚深師弟之義義感自然當相訊厚視彼如已已所不欲勿施於人弘崇禮律不使怨訟弟子亦爾二義真誠師當如師弟子當如弟子勿相誹謗愼莫含毒小怨成大還自燒身我覩末世諸惡人輩魔世比丘但念他惡不自止惡嫉賢妬善不念行道既不能爲復壞毀人斷絶道意令不得行貪務俗業積財自喪死墮惡罪大泥犂中未當如是於世何求念報佛恩相率以道道不可不學濟神離苦超出生死見賢勿慢見善勿謗勿以小過證人大罪違法失理其罪莫大罪福有證可不愼耶阿難復白佛言末世弟子理家因緣隨事便宜當云何佛言受佛禁戒信而奉行不念誑妄奉孝畏愼敬歸三尊養親盡忠可得爲世間事不可得爲世間意也阿難言世間事世間意云何耶天中天佛言爲佛弟子可得販利業平斗直尺不罔人民施行合理不違神明自然之理葬送移徙姻娶之事是爲世間事也世間意者爲佛弟子不得上問請祟符呪猒恠祠祀解奏亦不得擇良時良日受佛五戒者福德人也有所施作當啓三尊道護爲强役使諸天天龍鬼神無不敬伏戒貴則尊無往不吉豈有忌諱不善者耶不違之人自作罣礙善惡之事自由心作禍福由人如影追形響之應聲戒行之德應之自然諸天所護願不違意感動十方與天參德功勲巍巍衆聖嗟歎難可稱量智能達命没身不邪善如佛教可得度世之道阿難聞佛説更整袈裟頭腦著地唯然世尊我等有福得值

如來普恩慈大愍念一切爲作福田令得脫若佛言至真而信者少是世多惡衆生相詛甚可痛哉若有信者若一若兩奈何世惡乃弊如是佛滅度後經法稍替漸衰滅矣嗚呼痛哉將何恃怙阿難隨淚因事說曰

佛爲三界護　恩廣大慈普　世弊不見佛
值法者亦難　痛矣不識者　盲盲不別真
痛矣乃如斯　罪使令如是　宿福值法者
若一若有兩　經教稍稍沒　當復何恃怙
佛恩非不大　罪由衆生故　法鼓震三千
如何不得聞　世濁多惡人　倒見墮顛倒
詼諂諢訕聖　邪魅相毀壞　不信世有佛
言佛非大道　是人是非人　自作衆罪本
命盡往無擇　刀劍解身形　食鬼好代殺
鑊湯涌其中　婬泆抱銅柱　大火相燒然
誹謗清高士　鐵鉤拔其舌　亂酒無禮節
迷惑失人道　死入地獄中　洋銅沃其口
遭逢衆危難　毒痛不可言　若生還爲人
下賤貧窮中　不殺得長壽　無病常康强
不盜後大富　錢財恒自饒　不婬香清淨
身體鮮苾芬　光影常奕奕　上則爲天王
至誠不欺詐　爲衆所奉承　不解後明了
德慧所尊敬　五福超法出　天人同儔類
所生億萬倍　真諦甚分明　末世諸惡人
不信多狐疑　癡愚不別道　罪深便逮冥
殺聖毀正覺　死入大鐵城　神識處其中
頭上戴鐵輪　求死不得死　須臾已變形
矛戟相貫刺　軀體恒殘截　奈何世如是
背正信鬼神　解奏好卜問　祭祀傷不仁
死墜十八獄　經歷黑繩獄　八難爲界首

得復人身難　若時得爲人　蠻狄無義理
癡騃無孔竅　跛躄瘂不語　朦朧不達事
惡惡相牽拘　展轉衆徒聚　禽獸六畜形
爲人所割屠　剥皮視其喉　歸償宿怨對
以肉給還人　無道墮惡道　求脫甚爲難
人身旣難得　佛經難得聞　世尊爲衆祐
三界之特尊　敷遺甘露法　令人普奉行
哀哉已得慧　愍念羣萌故　開語示道眞
黠者即度苦　福人在向向　見諦學不生
自歸大護田　種種不死地　恩慈莫過是
世祐轉法輪　願使一切人　得服甘露漿
慧船到彼岸　法磬聞三千　彼我無有二
願發無上眞

阿難說如是諸會大衆信解僧那大鎧甘露之音香熏三千從是得度開現道地爲作橋梁國王臣民天龍鬼神聞經所說阿難所說且悲且喜稽首佛足及禮阿難受教而去

阿難分別經

五母子經

吳優婆塞支謙譯

昔者有阿羅漢在山中奉行道禁有一小兒年始七歲大好道棄家去作沙門隨師在山中從師學法精進不懈年八歲便得四通一者眼能徹視二者耳而徹聽三者能飛行變化四者自知宿命所從來生坐自思念即見先世宿命所更爲五母作子時即還自笑師問言若何以笑我是山間無倡樂歌舞用何等故笑沙彌言我不敢笑師自視我一身有五母皆爲我晝夜啼哭感傷愁毒常言念子未曾忽忘我自念一身愁毒五家用是故笑耳不敢笑師我爲第一母作子時比隣有與我同時生者我死後同日生者出入行步我母見之便言我子在者亦當出入行步如是即愁憂感痛念我復爲第二母作子生不久復死我母見人有乳養子者便感痛念我愁憂啼哭我復爲第三母作子不久復死我母臨飯淚出念我言子在者當與我共飯爲那棄我死去便愁憂念我復爲第四母作子不久復死我同時等輩娉娶者母即復念我言子不死今亦當復娶婦復啼哭愁感我復爲第五今見在母作子捨家學道母日啼哭言我亡子不知所在飢寒生死不復相見忼慨悲痛念我今五母共會各言亡子相對啼哭我念一人寃神爲五母作子令五母啼哭念我我用是故笑耳世間人不知有後世生但言死耳人作善自得其福作惡自得其殃人在世間喜怒自恣無所畏惡後苦痛不可言入惡道中悔無所及我猒世間故去父母求

道我視地獄畜生餓鬼貧窮代其恐怖我得師恩受佛經戒今以度脱我念是五毋不能得脱反憂我故身我所願者皆已竟世間人展轉相憂哭無休止時身但作土耳鬼神空去隨其施行不能自斷拔其根株便可得脱但日積惡是癡所爲我今不復與生死同伍如人不種但當泥洹泥洹快樂爲師說是語前作禮已便飛去

五毋子經

音釋

憒古對切心亂也 綴陟衛切連綴也 鎧苦改切鎧甲也 劇竭戟切甚也 祟雖遂切神禍也 詛莊助切呪詛也 替他計切廢也 諀訿諀疋婢切訿音紫諀訿惡言也 騃五駭切癡也 窫苦弔切穴也 躄必亦切足不能行也 黠胡八切慧也 賽先代切報也 屯徒渾切聚也 讁陟革切責也 杌五忽切樹無枝也 杭愾忼口浪切愾口溉切忼愾感傷之意

六經同卷

清刻龍藏佛說法變相圖

六經同卷
沙彌羅經
玉耶經
玉耶女經
阿遬達經
摩鄧女經
摩登女解形中六事經

沙彌羅經 安公云闕中異經

失譯人名

昔有小兒名曰沙彌羅年始七歲意好道德隨一沙門爲作弟子處在山中給師所使誦念經法心不懈怠至年八歲得阿羅漢道眼

能洞視所見無極耳能徹聽天上天下所為善惡皆悉聞之身能飛行在所能到能分一身變作萬身自在現化無所不作自知宿命所從來生及諸人物蚑行蠕動皆悉知之坐見宿命為五母作子時便自笑時師顧問語沙彌羅汝笑何等此間山中亦無歌舞汝笑我耶沙彌羅言不敢笑師我還自笑一神受身為五母作子五母為我晝夜啼哭感傷愁毒不能自止恒言念子未嘗忽忘自念一身而愁五家是以自笑不敢笑師我為第一母作子時有並鄰居亦生一子與我同日我死巳後同日子出入行步母見之便言悲念我子在家亦當出入行步如是感傷悲哀淚下如雨我為第二母作子時我夭命早死我母見人乳兒便念乳我悲念感傷我為第三母作子時年始十歲我命死後我母飯時便悲淚出我子在者當與俱食捨我死去使我獨食哽噎呼天怨言念子我為第四母作子時薄命先死我母見我等輩同時因媒娶婦悲念我言今子在者亦當娶婦我何所犯而殺我子我為第五母作子時年始七歲好道辭家捨母隨師入山求道一心思禪得阿羅漢道我母日日啼哭念我我生一子隨師學道不知所在飢渴寒暑今為死生於是五母共會一處各各悲哀言念我子相對啼哭不能自止我一寬神展轉五母腹中作子依因二親受形成人而使五母啼哭發狂各念我身乃欲自殺是故笑耳我念世間欲網因緣生死罪福造行根源惡入地獄善行生天我畏世苦辭家入山精進禪定得道昇仙覩見餓

鬼地獄畜生苦痛之處代為恐怖憐傷五毋不能自脫又憂我身我所求索願行如言永離生死斷絶身根如人不種當所泥洹善會師說已飛騰空虛

沙彌羅經

玉耶經

東晋西域沙門竺曇無蘭譯

聞如是一時佛在舍衛國祇樹給孤獨園佛爲四輩弟子說法時給孤獨家先爲子娶婦得長者家女女名玉耶端正姝好而生憍慢不以婦禮承事公姑夫壻給孤長者夫妻議言子婦不順不從法禮設加杖捶不欲行此置不教訶其過轉增當如之何長者曰唯佛大聖善能化物一切剛强弭伏無敢不從請佛來化妻言大善明早嚴服往詣佛所頭面著地前白佛言我家爲子娶婦甚大憍慢不以婦禮承事我子唯願世尊明日自屈將諸弟子到舍中飯幷爲玉耶說法令心開解改過行善佛告長者善哉善哉給孤長者聞佛受請歡喜禮佛接足而去歸舍齋戒供辦中飯明日佛與千二百五十弟子到長者家長者歡喜近佛作禮佛坐已定大小皆出禮佛却住玉耶逃藏不肯禮佛佛即變化令長者家屋宅牆壁皆如瑠璃水精之色内外相照玉耶見佛有三十二相八十種好身紫金色光明煒煒玉耶惶怖心驚毛竪即出禮佛頭頂懺悔却住右面佛告玉耶女人不當自恃端正輕慢夫壻何謂端正除去邪態八十四垢定意一心是爲端正不以顔色面目髮綵爲端正也女人身中有十惡事何等爲十一者女人初生墮地父母不喜二者養育視無滋味三者女人心常畏人四者父母恒憂嫁娶五者與父母生相離别六者常畏夫壻視其顔色歡悦輙喜瞋恚則懼七者懷妊産生甚難八者女人小爲父母所檢録九者中爲

夫壻禁制十者年老爲兒孫所訶從生至終不得自在是爲十事女人不自覺知玉耶長跪叉手白佛稟受下賤不知禮儀唯願世尊具說教訓爲婦之法佛告玉耶婦事公姑夫壻有五善三惡何等爲五善一者爲婦當後卧早起櫛梳髮綵整頓衣服洗拭面目勿有垢穢執於作事先啓所尊心常恭順設有甘美不得先食二者夫壻訶罵不得瞋恨三者一心守夫壻不得念邪婬四者常願夫壻長壽出行婦當整頓家中五者常念夫善不得念惡是爲五善何等爲三惡一者不以婦禮承事公姑夫壻但欲美食先取噉之未冥早卧日出不起夫若訶教瞋目視夫應拒獨罵二者不一心向夫壻但念他男子三者欲令夫死早得更嫁是爲三惡玉耶默然無辭答佛佛告玉耶世間復有七輩婦何等爲七輩一婦如母二婦如妹三婦如善知識四婦如婦五婦如婢六婦如怨家七婦如奪命是爲七輩婦汝豈解乎玉耶白佛不知七婦盡何所施行願佛爲解之佛告玉耶諦聽諦聽善思念之吾當爲汝分別解說何等爲母婦母婦者愛念夫壻猶若慈母侍其晨夜不離左右供養盡心不失時宜夫若行來恐人輕易見則憐念心無疲猒憐夫如子是爲母婦何等爲妹婦妹婦者承事夫壻盡其敬誠若如兄弟同氣分形骨肉至親無有二情尊奉敬之如妹事兄是爲妹婦何等爲善知識婦者侍其夫壻愛念懇至依依戀戀不能相棄私密之事常相告示見過依訶令行無失善事相教使益明慧相親相愛欲令度世如善知

識是爲善知識婦何等爲婦婦者供養大人竭誠盡敬承事夫壻謙遜順命夙興夜寐恭恪言令口無逸言身無逸行有善推讓過則稱已誨訓仁施勸進爲道心端意一無有邪盻直修婦節終無闕廢進不犯儀退不失禮唯和爲貴是爲婦婦何等爲婢婦婢婦者常懷畏慎不敢自慢兢兢趣事無所避憚心常謙恭忠孝盡節言以柔輭性常和穆口不犯麤邪之語身不入放逸之行貞良純一質朴直信恒自嚴整以禮自將夫壻納幸不以憍慢設不接遇不以爲怨或得捶杖分受不恚及見罵辱默而不恨甘心樂受無有二意勸進所好不妬聲色遇已曲薄不訴求直務修婦節不擇衣食專精恭恪唯恐不及奉敬夫壻如婢事大家是爲婢婦何等爲怨家婦者見夫不歡恒懷瞋恚晝夜思念欲得解離雖爲夫婦心常如寄客狺狺鬬諍無所畏避亂頭墮卧不肯作使不念治家養活兒子或行婬蕩不知羞恥如狀犬畜毀辱親里譬如怨家是爲怨家婦何等爲奪命婦者晝夜不寐毒心相向當何方便得相遠離欲與毒藥恐人覺知或至親里遠近寄之作使瞋恚常共賊之若持寶物雇人害之或使傍人伺而殺之怨枉夫命是爲奪命婦是爲七輩婦玉耶默然佛告玉耶五善婦者常有顯名言行有法衆人愛敬宗親九族並蒙其榮天龍鬼神皆來擁護使不枉橫萬分之後得生天上七寶宮殿在所自然侍從左右壽命延長恣意所之快樂難言天上壽盡下生世間當爲富貴王侯子孫端正聰慧人所奉尊其二婦者常得

惡名令現在身不得安寧數爲惡鬼衆毒所病起卧不安惡夢驚怖所願不得多逢災橫萬分之後魂魄受形當入地獄餓鬼畜生展轉三塗累劫不竟佛告玉耶是七輩婦汝欲何行玉耶流涕前白佛言我心愚癡無智所作自今以後改往修來當如婢婦奉事公姑夫壻盡我壽命不敢憍慢佛告玉耶善哉善哉人誰無過過能改者善莫大焉玉耶即前請受十戒爲優婆夷佛告玉耶持戒一者不得殺生二者不得偷盜取他人物三者不得婬泆犯他男子四者不得兩舌五者不得飲酒六者不得惡罵七者不得綺語八者不得嫉妬九者不得瞋恚十者信善得福作惡得罪信佛信法信比丘僧是爲十戒優婆夷法終身奉行不敢違犯佛說經已諸弟子皆作禮給孤長者公姑大小及玉耶盡行澡水供養佛百味飲食佛告玉耶當信布施常得其福後世當復生長者家玉耶言諾佛飯畢訖達嚫呪願五十善神擁護汝身佛告玉耶言勤念經戒玉耶言我蒙佛恩得聞經法皆前爲佛作禮而去

玉耶經

玉耶女經

失譯人名今附西晉録

聞如是一時佛在舍衛國祇樹給孤獨園爲諸四輩弟子說經是時國中給孤獨家爲子娶婦得長者女名曰玉耶端正殊特不以婦禮輕慢公姑及以夫壻給孤獨長者夫婦議言是婦不順當云何教若加杖捶非善法也設不教訶其罪日增長者議曰惟佛能化明旦嚴服往詣佛所稽首禮足前白佛言我爲子娶婦得長者女甚大憍慢不以婦禮惟願世尊哀愍我等弁諸弟子明日勸請到舍說經令心開解佛即受請長者歡喜禮佛而歸長者到舍廣設調度嚴飾牀座明旦佛來到長者舍長者欣慶請如來入舍衆坐已定皆各禮佛却住一面佛飯食訖并爲說經惟有玉耶憍慢不出佛念愍之放大神力變長者家皆化作水精色内外相照無有障礙玉耶見佛三十二相八十種好衣毛爲竪戰慄惶怖即出禮佛却住一面合掌低頭默無所說佛語玉耶女人不以面貌端正不順夫壻非爲端正心端行正是爲端正女人身中有十惡事不自覺知何等十惡一者託生父母甚難養育二者懷妊憂愁三者初生父母不喜四者養育無味五者父母隨逐不離時宜六者處處畏人七者常憂嫁之八者生已父母離別九者常畏夫壻十者不得自在是名十惡也玉耶惶怖白佛言世尊願佛教我婦人之禮其事云何佛語玉耶婦事夫壻公姑大長有五善三惡何等五善一者後卧早起美食先進二者撾罵不得懷恚三者一心向夫

不得邪婬四者願夫長壽以身奉使五者夫婿遠行整理家中無有二心是爲五善何等三惡一者輕慢夫婿不順大長美食自噉未冥早卧日出不起夫婿教訶瞋目怒應二者見夫不歡心常敗壞念他男子好三者願夫早死更嫁是爲三惡玉耶默然無言可答佛語玉耶世間下有七輩婦爲汝說之一心善聽一者母婦二者妹婦三者知識婦四者婦婦五者婢婦六者怨家婦七者奪命婦汝今解不玉耶答言不及此義佛言善聽吾今解之何等母婦愛念夫主如母愛子晝夜長養不失時宜心常憐念無有猒患念夫如子是爲母婦何等妹婦承事夫婿盡其敬誠如兄如弟同氣分形骨血至親無有二情尊之重之如妹事兄是爲妹婦何等知識婦奉事夫婿敬順懇至依依戀戀不能相遠私密之事常相告示行無違失善事相教使益明慧相親相愛欲令度世如善知識是爲知識婦何等婦婦供養大人竭情盡行無有一二淨修婦禮終不廢闕進不犯義退不失禮常和爲貴是名婦婦何等婢婦心常畏忌不敢自慢忠孝盡節口不麤言身不放逸以禮自防如民奉王夫婿敬幸不得憍慢若得杖捶敬承奉受及見罵辱默然無辭甘身苦樂無有二心募修婦道不擇衣食事夫如事大家是名婢婦何等怨家婦見夫不歡恒懷瞋恚晝夜求願欲得遠離雖爲夫婦心常如寄亂頭勤卧無有畏避不作生活養育兒子身行婬蕩不知羞恥陷入罪法毀辱親里夫婿相憎呪欲令死是名怨家婦何等奪命婦晝夜不眠

毒心伺之作何方便得遠離之欲與毒藥恐人覺之心外情通雇人害之復遣傍夫伺而賊之夫死更嫁適我願之是名奪命婦佛語玉耶其有善婦者當有顯名宗親九族幷蒙其榮天龍鬼神擁護其形使不枉橫財寶日生萬分之後願願不違上生天上宮殿浴池在所自然天人樂之天上壽盡還生世間常爲富貴侯王子孫端正姝好人所奉尊其惡婦者當得惡名今現在身不得安寧數爲鬼神在於家庭起病發禍求及神明會當歸死不得長生惡夢恐怖所願不成多逢災橫水火日驚萬分之後魂神受形死入地獄餓鬼畜生其身矬短咽如針釘身卧鐵牀數千萬劫受罪畢訖還生惡家貧窮裸露無絲無麻孜孜急急共相鞭撾從生至死無有榮華作善得善作惡自遮善惡如此非是虛也佛語玉耶此是七輩婦汝用何行玉耶流淚前白佛言我本愚癡不順夫尊自今已後當如婢婦盡我命壽不敢憍慢即前長跪求受十戒三自歸命歸佛歸法歸比丘僧一不殺生二不偷盜三不婬泆四不妄語五不飲酒六不惡口七不綺語八不嫉妬九不瞋恚十者信善得善是名十戒此優婆夷所行佛說經竟及諸弟子皆各欲還給孤獨長者眷屬歡喜禮佛而退玉耶長跪重白佛言我本愚癡憍慢夫壻今蒙世尊化導我等令心開解佛語玉耶自今已後擁護汝家玉耶言諾受佛言教不敢有違稽首禮足受退還歸

玉耶女經

阿遬達經

宋天竺三藏求那跋陀羅譯

聞如是佛在舍衛國告諸比丘皆聽我所言致難父母生子養育哺乳長大欲令見日月光父母以天下萬物示子欲令知善惡諸比丘如是子以一肩負父復以一肩負母至壽竟乃止復以天珍寶明月珠玉璧瑠璃珊瑚自生禽獸白珠皆以著身上尚未足報償父母恩父母喜殺生子能諫止父母令不復殺生父母有惡心子常諫止令常念善無有惡心父母愚癡少智不知經道以佛經告之父母貪狠嫉妬子從順諫之父母不知善惡子稍以順告之諸比丘子當如是爲人作子衣服欲好於父母食欲甘於父母語欲高於父母上至死後當入地獄中爲人作子當孝順事父母持行如是者死當生天上諸比丘皆稽首俱聞善教佛言有大賢者優婆塞字遬達爲子娶婦婦字玉耶玉耶大豪富家女不以姑公之禮事遬達亦不敬其夫壻積數年遬達亦賢者優婆塞不言不語到佛所自責我爲子娶婦國中豪富家子心大歡喜今事我數年憍慢自恣不以婦禮願佛明日自屈到我家佛默然不應默然不應者明日欲往明日佛到遬達家其婦不出佛以神化之心喜乃出見佛前爲佛作禮佛言汝爲人作婦用何事夫壻玉耶言當以身事夫佛言婦人事夫有三惡四善何等爲三惡一惡者如與惰人共居不欲作事罵詈至暮嗜美好鬭二惡者如與怨家共居不持一心向夫不願夫善不願夫成就當願夫死三惡者如與偷盜

共居不惜夫物但念欺夫常欲自好不順子孫但念婬泆如是死者展轉惡道中無有出時是爲三惡何等爲四善一善者婦見夫從外來當如母見子夫有急緩常欲身代之二善者婦事夫當如弟見兄上下相承事夫惡不以爲惡不念婬泆常隨夫語三善者婦事夫當如朋友相見輙相念夫從他方來當如見父兄心中歡喜和顔向之婦持心當如是四善者婦事夫當如婢夫大罵亦不以爲惡捶擊亦不以爲劇走使亦不以爲勞苦夫雖惡常念事善當顧子孫如是死者當生天上亦於天上饒侍者好衣珍寶常在身上佛言三惡四善汝欲持何所事夫玉耶言婦人事夫不可用三惡四善者可與共居從今以去請如婢事大夫子玉耶即膝行承事遬達以夫婦之禮事其壻

阿遬達經

摩鄧女經

後漢三藏法師安世高譯

聞如是一時佛在舍衛國祇樹給孤獨園時阿難持鉢行匃食食已阿難隨水邊而行見一女人在水邊擔水而去阿難從女匃水女即與水女便隨阿難視阿難所止處女歸告其母母名摩鄧女於家委地卧而啼母問女何爲悲啼女言母欲嫁我者莫與他人我於水邊見一沙門從我匃水我隨問名名曰阿難我得阿難乃嫁母不得者我不嫁也母出行問阿難阿難者承事佛母已知還告女言阿難事佛道不肯爲汝作夫女啼不飲食言母能知蠱道母出請阿難歸飯女大喜母語阿難我女欲爲卿作妻阿難言我持戒不畜妻復言我女不得卿爲夫者便自殺阿難言我師佛不得與女人共交通母入語女阿難不肯爲汝作夫言其有經道者不得畜婦女對母啼言母道所在母言天下道無有能過佛道及阿羅漢道摩鄧女復言但爲我閉門戸無令得出暮自當爲我作夫母閉門以蠱道縛阿難至晡時母爲女布席卧處女大喜自莊飾阿難不肯前就卧處母令中庭地出火前牽阿難衣語阿難言汝不爲我女作夫我擲汝火中阿難自鄙爲佛作沙門今日反在是中不能得出佛即持神心知阿難阿難還至佛所白言我昨日行匃食於水邊見一女人我從匃水我還到佛所明日有一女人名摩鄧請我欲得歸飯我出便牽我欲持女與我作妻我言我持佛戒不得畜妻女見阿難得脱去於家啼哭母言其有事佛者我道

不能勝我本不語汝耶女啼不止續念阿難女明日自行求索阿難復見阿難行匃食隨阿難背後視阿難足視阿難面阿難慚而避之女復隨不止阿難還歸佛所女守門阿難不出女啼而去阿難前白佛摩鄧女今日復隨我佛使追呼摩鄧女見之佛問汝追逐阿難何等索女言我聞阿難無婦我又無夫我欲爲阿難作婦也佛告女言阿難沙門無髮汝有髮汝寧能剃汝頭髮不我使阿難爲汝作夫女言我能剃頭髮佛言歸報汝毋剃頭髮來女歸到毋所言毋不能爲我致阿難佛言剃汝頭髮來我使阿難爲汝作夫毋言子我生汝護汝頭髮汝何爲欲爲沙門作婦國中有大豪富家我自能嫁汝與之女言我生死當爲阿難作婦毋言汝何爲辱我種女言毋愛我者當隨我心所喜毋啼泣下刀剃女頭髮女還到佛所言我已剃頭髮佛言汝愛阿難何等女言我愛阿難眼愛阿難鼻愛阿難口愛阿難耳愛阿難聲愛阿難行步佛言眼中但有淚鼻中但有涕口中但有唾耳中但有垢身中但有屎尿臭處不淨其有夫妻者便有惡露惡露中便生子已有子便有死亡已有死亡便有哭泣於是身有何益女即自思念身中惡露便自正心即得阿羅漢道佛知女已得阿羅漢道佛即告女言汝起至阿難所女即慚而低頭長跪於佛前言實愚癡故逐阿難耳今我心已開如冥中有燈火如人乘船船壞依岸如盲人得扶如老人持杖行今佛與我道令我心開如是諸比丘俱問佛是女人毋作蠱道何因緣是女得阿羅

漢道佛告諸比丘汝欲聞知是女不諸比丘言我曹當受教佛言是摩鄧女先世時五百世爲阿難作婦五百世中常相敬相重相貪相愛同於我經戒中得道於今夫妻相見如兄如弟如是佛道何用不爲佛說是經諸比丘聞皆歡喜

摩鄧女經

摩登女解形中六事經

失譯人名今附東晉録

佛在舍衛祇阿難邠坻阿藍時阿難持鉢行乞食以隨水行見一女人在水邊持水去阿難從乞水女則與之女便隨阿難至居所處女歸告其母母名摩登女於家委卧而啼母問女何爲啼女言母欲嫁我者莫與他人我於水邊見一沙門從我乞水我隨問名爲阿難我得阿難者乃嫁不得阿難不嫁母即行問阿難阿難者承事佛母即知之還告女言阿難事佛道不肯爲汝作夫女即啼不飯食母知蠱道何不導之母出請阿難歸飯女大喜母語阿難我女欲爲卿作妻阿難言我持佛戒不得畜妻母復言我女不得卿作夫者便自殺阿難言我師事佛不得與女人交通母即入語女言阿難不肯爲汝作夫其有經道者不得畜婦女對母啼言母道所在母言天下道無能過佛道及阿羅漢女復言但爲我閉門戶無令出暮自爲我作夫母即閉門以蠱道縛阿難至明晡時母爲布席卧處女大喜便莊飾阿難不肯就卧處母便然火前牽阿難衣語阿難言汝不爲我女作夫者我便擲汝火中阿難自鄙作沙門今日反在此中不能得出即叉手呼佛佛即知之使神脫阿難阿難至佛所言昨日行乞食於水邊見一女人我從乞水明日有人名摩登請我歸飯我出便牽我欲持女與我爲婦我持佛戒不得畜妻女見阿難得脫去於家啼哭母言其有事佛者我道不能勝我本不語汝耶女啼不止續念阿難女明日自行來索阿難復

見阿難行乞食隨阿難背後視阿難足視阿難面阿難羞慚低頭不視而避之女復隨不止阿難還歸佛所女復守門阿難不出女啼去歸阿難前白佛言摩登女今日復隨明日復來佛即呼女見之佛言汝追阿難何等索女言我聞阿難無婦我亦無夫我欲爲阿難作妻佛言阿難沙門無髮汝寧剃頭髮我使阿難爲汝作夫女言敢剃頭髮佛言汝歸報母剃頭來女歸到母所言母不能致阿難我自行消息問佛佛言剃頭髮來我使阿難爲汝作夫母言我生護汝頭髮汝何爲與沙門作婦國中有大富豪我自能嫁汝與之女言我死生當與阿難作婦母言汝何爲辱我種女言母愛我者當隨我心所喜母即垂淚下刀剃女頭髮女還到佛所言我已剃頭髮佛言汝愛阿難何等女言我愛阿難眼愛阿難鼻愛阿難口愛阿難聲愛阿難行步佛言眼中有淚鼻中有洟口中有唾耳中有垢身中屎尿皆臭處其作夫妻者便有惡露惡露中便生子有子便有死亡死亡有哭泣此於身有何等益女即自思惟惡露形中所有正心則得阿羅漢道以得阿羅漢佛語女起至阿難所女慚愧低頭長跪於佛前言實愚癡故逐阿難今我心已開如冥中有燈火如乘船船壞得岸如盲人得扶老人得持杖行今佛與我道我心中開如是諸沙門俱問佛言是女母爲蠱道何緣得阿羅漢道佛言諸沙門欲聞知是女不諸沙門言我曹當受教佛言是摩登女先時已五百世爲阿難作婦五百世中相敬重相貪愛於今同於經戒道中得

道於今夫妻相見如兄弟狀是經令諸沙門知女意如是諸沙門則起前爲佛作禮

摩登女解形中六事經

音釋

遫音速 蚑去智切蟲行貌 蠕音軟蟲動貌 姝昌朱切美好也 弭綿婢切止也 姙汝鴆切懷孕也 櫛阻瑟切梳比之總名 盻匹莧切流視也 兢居陵切戒慎也 狺疑巾切 達嚫梵語也此云財施嚫初覲切 撾職瓜切捶也 矬昨禾切矮也 裸郎果切赤體也 嗜常利切喜欲也 匄音蓋乞也 晡博孤切申時也 洟他計切鼻液也 唾湯卧切口液也 邠坻邠彼貧切坻直尼切

摩登伽經

吳沙門竺律炎共優婆塞支謙譯

清刻龍藏佛說法變相圖

摩登伽經卷上

吳沙門竺律炎共優婆塞支謙譯

度性女品第一

如是我聞一時佛在舍衛國祇樹給孤獨園與諸比丘圍繞說法於晨朝時尊者阿難著衣持鉢入城乞食分衛已訖還祇洹林於其路次有一大池聚落人衆遊集其上池側有女旃陀羅種執持瓶器始來取水長老阿難往到其所語言姊妹今我渴乏甚欲須飲見惠少水眞是時施女言大德我無所恡但吾身是旃陀羅女若相施者恐非所宜阿難言姊我名沙門其心平等豪貴下劣觀無異相但時見施不宜久留時彼女人即以淨水授與阿難阿難飲訖還其所止其去已後此女便取阿難容貌音聲語言威儀等相深生染

著欲心猛盛作是念言若使我得向去比丘以為夫者不亦善乎復作是念我母善呪或能令彼來為吾夫我當向母具宣斯事時此女人持水還家詣其母所而作是言阿難比丘是佛弟子我甚愛樂欲得為夫如母力者能辦斯事唯願哀愍必滿我願母語女言有二種人雖加呪術無如之何何者為二一者斷欲二是死人自餘之者吾能調伏沙門瞿曇威德高遠波斯匿王極生信敬若脱知我將阿難來旃陀羅輩皆被殘滅且復瞿曇煩惱已盡及其眷屬咸離欲穢我昔曾聞斷生死者宜加恭敬如何於彼反起惡業女聞是已悲泣而言若毋不得阿難來者我必定當棄捨身命假令瞿曇而違我願亦復不能久留於世設得之者衆願滿足母聞斯言慘然不悦而告之曰莫便捨命我必能令阿難至此爾時女母於自舍内牛糞塗地布以白茅於此場中然大猛火百有八枚妙遏迦花誦呪一周輙以一莖投之火中其呪言曰

阿磨利　毗磨利　鳩鳩彌　三磨彌　移那婆頭賜　頻頭彌車養　提菩跋利沙提毗地踰多　提揭闍提　毗三摩耶　磨羅闍三磨提　跋陀夷闍

若天若魔若乾闥婆火神地神聞我是呪及吾祠祀宜應急令阿難至此作是語已尊者阿難心即迷亂不自覺知便行往詣旃陀羅舍爾時女母遥見阿難安詳而來告其女曰阿難比丘已來近此汝今應當敷置茵蓐燒香散華極令嚴淨女聞母言歡喜踊悦莊飾堂閤安置寶座淨治灑掃散衆名華爾時阿

難既到其舍悲咽哽塞泣淚而言我何薄祐遇斯苦難大悲世尊寧不垂愍加威護念令無嬈害爾時如來以淨天眼觀見阿難爲彼女人之所惑亂爲擁護故即說呪曰

悉梯帝　阿朱帝　阿尼帝

於是世尊說此呪已而作是言吾以斯呪安隱一切怖畏衆生亦欲利安諸苦惱者若有衆生無歸依處我當爲作眞實歸依爾時世尊復說偈言

戒池清涼淨無垢　能浴衆生煩惱熱
若有智者入此池　無明闇障永滅盡
是故三世諸賢聖　咸皆頂戴共稱歎
若我眞實浴此流　當令侍者速還反

爾時阿難以佛神力及善根力旃陀羅呪無所能爲即出其舍還祇洹林時彼女人見阿難歸白其母言比丘去矣母告之曰沙門瞿曇必以威力而護念之是故能令吾呪斷壞女白母言沙門瞿曇其神德力能勝毋耶母語女言沙門瞿曇其德淵廣非是吾力所可爲比假令一切世間衆生所有呪術彼若發念皆悉斷滅永無遺餘其有所作無能障礙以是因緣當知彼力爲無有上爾時阿難往詣佛所頭面禮足在一面立佛告阿難有六句呪其力殊勝悉皆擁護一切衆生能滅邪道斷諸災患汝今宜可受持讀誦用自利益亦安樂人若比丘比丘尼優婆塞優婆夷欲利安已饒益衆生皆當受持六句神呪阿難此呪皆爲過去六佛所共宣說今我釋迦牟尼三藐三佛陀亦說是呪大梵天王釋提桓因四天王等皆悉恭敬受持讀誦是故汝今

宜加修習讚歎供養無令忘失即說呪曰
耶頭多　安荼利　般荼利　枳由利　陀
彌曷賜帝　薩羅姞利　毗槃頭摩帝　大
羅毗沙　脂利　彌利　婆膩隣陀耶陀　三
跋兜　羅布羅波底　迦談必羅耶
佛告阿難若有衆生受持如是六句神呪臨應刑戮以呪力故輕被鞭撻而得免脫若當鞭撻此呪因緣訶責得免若應訶責由此神呪威德力故永無訶毀坦然歡樂阿難我不見沙門婆羅門若天魔梵人及非人受持此呪而被嬈害唯除定業無如之何旃陀羅女於夜過已沐浴其身著新淨衣首戴花鬘塗香嚴飾金銀環珮瓔珞其體徐步安詳向舍衛國到城門已住待阿難阿難晨朝入城乞食女見其來深生歡喜隨之而行終不捨離進止出入恒隨逐之尊者阿難見如是事極懷慚愧憂慘不悅還出城外至祇洹林頂禮佛足却坐一面白佛言世尊旃陀羅女極嬈逼我行住進止而不捨離唯願世尊慈加擁護佛告阿難汝莫愁惱吾當令汝得免斯難爾時世尊告女人曰汝用阿難以爲夫耶女言瞿曇實如聖教佛言善女婚姻之法須白父母汝今爲問所尊未耶答言瞿曇父母聽我故來至此佛言若汝父母已相聽許可使自來躬見付授女聞斯言禮佛而退向父母所修敬已畢却住一面白父母言我欲阿難以用爲夫唯願垂愍與我俱往親自付之於是父母往詣佛所頂禮佛足在一面坐女言瞿曇吾親已至爾時世尊即問之曰汝實以女與阿難耶答言世尊誠如聖教佛言汝今

便可還歸所止時女父母禮佛而退於是如來告女人曰若汝欲得阿難比丘以爲夫者宜應出家學其容飾答曰唯然敬承尊教佛言善來便成沙門鬚髮自落法衣在身即爲說法示教利喜所謂施論戒論生天之論欲爲不淨出要最善又此欲者衆苦積聚其味至少過患甚多譬如飛蛾爲愚癡故投身猛燄而自燒害凡夫顛倒妄生染著爲渴愛所逼如逐焰之蛾是故智者捨而遠之未曾暫起愛樂之想時比丘尼聞說是已心喜悅豫意轉調伏爾時世尊知比丘尼心意柔輭離諸惱障即爲廣說四眞諦法所謂是苦是苦集是苦滅是苦滅道時比丘尼豁然意解悟四聖諦譬如新淨白氎易受染色即於座上得羅漢道更不退轉不隨他教頂禮佛足白佛言世尊我先愚癡欲酒所醉擾亂賢聖造不善業唯願世尊聽我懺悔佛言我已受汝懺悔汝今當知佛世難遇人身難得解脫生死得阿羅漢亦爲甚難如斯難事汝已得之於佛法中獲眞實果所謂生死已盡梵行已立所作已辦不受後有是故汝今宜應精進愼莫放逸

明往緣品第二

爾時城中諸婆羅門長者居士聞佛度於旃陀羅女出家爲道咸生嫌忿而作是言此下賤種云何當與諸四部衆同修梵行云何當入諸豪貴家受於供養如是展轉共議斯事乃至聞於波斯匿王王聞是已極大驚愕即便嚴駕眷屬圍繞前後導從詣祇洹林下車去蓋徐步而進頂禮佛足退坐一面佛知衆

會心之所念欲決所疑告諸比丘汝等欲聞本性比丘尼往昔緣不諸比丘言唯然欲聞汝今諦聽當爲汝説諸比丘乃往過去阿僧祇劫於恒河側有園名曰阿提目多華果繁茂池流具足園中有王名帝勝伽是旃陀羅摩登伽種與百千萬旃陀羅衆共住此園諸比丘彼帝勝伽有大智慧高才勇猛自識宿命世所爲事無不通達我當略説其五功德一者博練四圍陀典祕密之要無不了達二者善解詩書文頌字句長短三者悉知諸論經紀度聲彼岸四者能解世俗祠祀呪術醫藥五者善分別大丈夫相如是智慧不可窮盡其王有子名師子耳顏容端正戒行清潔其心調柔仁慈和順衆德具瞻見者歡喜摩登伽王廣教其子經書呪術已所知者悉教授之故師子耳知見深遠亦如其父等無有異帝勝伽王於夜卧中忽生是念我子色貌最爲殊勝衆德具足人所宗仰年漸長大宜爲娉妻必當選擇端正良匹才德超絶顏如吾子然後乃當而爲求之當是時也有婆羅門名蓮華實宗族高美父母真正七世以來淨而無雜通四圍陀才藝寡匹時有國王名曰火與總領天下威力自在以一聚落封蓮華實令其統御其土豐盛人民殷富彼蓮華實女名本性德貌殊勝猶師子耳帝勝伽王作是念言唯蓮華實其女殊妙吾當爲子而求娉之作是念已至明清旦乘大寶車駕駟白馬旃陀羅衆前後圍遶出家北行往趣其國時蓮華實所住處南有一園苑名曰悦樂花果滋茂樹木敷榮泉流浴池淨水盈滿異

類衆鳥遊戲其上哀音相和聞者歡悅其園廣博甚可愛樂猶如諸天難陀之園摩登伽王往彼園中待蓮華實時婆羅門亦於晨朝駕駟白馬及與五百婆羅門俱導從圍繞至園遊觀彼婆羅門於其路次教授弟子技藝等事且行誦習而來詣園帝勝伽王見蓮華實安詳而來威德殊特心生歡喜以偈讚曰

如日初出　光明照曜　大士威德　亦復如是
如雪山藥　衆藥中勝　仁者高遠　更無能比
德力深妙　極爲嚴顯　猶如秋月　衆星中最
如梵天王　智慧超勝　悉爲諸天　所共瞻仰
如天帝釋　一切恭敬　端嚴殊絶　更無能踰
我但略讚　汝之功德　若廣說者　不可窮盡

說是偈已即起奉迎更相慰問然後就座蓮花實言汝旃陀羅下劣之甚而來至此欲何所爲答言仁者世有四事宜應修習何等爲四一者本所爲事憶而不忘二者應當利安於己三者饒益一切衆生四者務修婚姻之事是以我今故來相造吾有一子名師子耳顏容瓌瑋智慧微妙欲爲娉妻仁女賢勝意甚相貪欲託姻媛幸能垂意而見許可時蓮華實聞是語已瞋毒熾盛極生忿恚顏容慘結色貌顰蹙而語之言摩登伽種人所輕賤甚可畏惡如毒如火我今身是婆羅門姓豪勝尊貴更無過者通達圍陀智慧無比汝今云何欲來毀辱如空中月螢燭光明有目之士咸知其異旃陀羅種比婆羅門尊貴卑劣亦復如是今汝愚癡不識貴賤不可求處生心悕望汝旃陀羅自有種類何故欲染清勝之人且婆羅門戒行不具不能通達圍陀妙

典諸婆羅門不與交遊況汝凡賤乃生是意急可速去不宜久留莫使外人聞斯異言時帝勝伽聞是事已語言仁者金玉珍異土木弊惡貴賤異相一切悉知我今不見諸婆羅門與旃陀羅而有差別何以故汝婆羅門不從空出眞陀羅種獨因地生婆羅門者從胎而有眞陀羅種亦復如是而言殊勝是事不可婆羅門死人所畏惡眞陀羅終亦無欲見若言貴賤而有相異何故生死而無差別汝意當謂旃陀羅者造作惡事兇暴殘害欺誑衆生無慈愍心以是因緣名爲卑賤我當說汝婆羅門所有惡業虛妄之事起於諍訟擾亂賢善造爲妖恠占星觀月和合軍陣殺害衆生舉要言之一切惡事皆婆羅門之所爲作汝婆羅門性嗜美味而作是言若祠祀者

呪羊殺之羊必生天若使呪之便生天者汝今何故不自呪身殺以祠祀求生天耶何故不呪父母知識妻子眷屬而盡屠害使之生天不滅已身但殺羊者當知皆是諸婆羅門欲食肉故妄爲是說虛欺之人而言尊勝於理不可婆羅門法犯四種罪名爲極惡非婆羅門何等爲四一者殺害諸婆羅門二婬師妻三者盜金四者飲酒唯此四惡名之爲罪自餘殺害都無果報而汝法中得殺罪者由斷他命若殺餘人亦名斷命何故殺之而獨無罪乃至飲酒亦復如是當知汝等愚癡無智橫生妄想不可以此名爲豪貴又婆羅門犯前四罪至心懺悔還可得滅手持床足著弊壞衣以人髑髏懸其首上如是懺悔滿十二年戒還具足成婆羅門如是愚癡隨逐邪

見而生憍慢自謂尊豪由是觀之姓皆平等可以仁女見與吾子時蓮花實聞是語已倍增瞋恚語帝勝伽汝不思惟妄作是語汝爲王者應知三法一國土法二貴賤法三貢稅法世有四姓皆從梵生婆羅門者從梵口生刹利肩生毗舍臍生首陀足生以是義故婆羅門者最爲尊貴得畜四妻刹利三妻毗舍二妻首陀一妻如是分別種姓各異汝自卑賤乃至不入是四姓中而言諸姓無有異相違反聖教欲擾亂我可宜速還莫得復語帝勝伽言仁者若說世四姓者皆從梵生而婆羅門獨從口出是以最尊更無過者諸婆羅門何故亦有手足支節及四威儀音聲語言以此因緣知無異相假令異者應當分別譬如蓮花有種種異所謂水陸生華優鉢羅華瞻蔔香華目多伽華蘇曼那華如是等華其色差別香氣亦異而汝四姓不見異相當知皆是妄想分別譬如小兒於路遊戲收聚沙土以爲城舍或復名曰是金是銀酥酪米麥而是沙土不以小兒名因緣故便成珍寶汝亦如是愚癡蔽心起貢高想尊貴下賤不由汝言即便成就又婆羅門梵口生者應當慈忍仁愛衆生云何殺害呪詛瞋忿假令四姓皆從梵生即爲兄弟云何共爲婚姻之事濁亂違理禽獸無別一切衆生隨業善惡而受果報所謂端正醜陋貧賤富貴壽命終夭愚癡智慧如此等事從業而有若梵天生皆應同等何因緣故如是差別又汝法中自在天者造於世界頭以爲天足成爲地目爲日月腹爲虛空髮爲草木流淚成河衆骨爲山大

小便利盡成於海斯等皆是汝婆羅門妄爲此說夫世界者由衆生業而得成立何有梵天能辦斯事汝等癡蔽橫生妄想而言尊勝人無信受又婆羅門命終已後獨得生天餘不生者是則爲勝而汝經中修行善業皆生天上若修善業便生天者一切衆生悉能行善皆當生天何故餘人而獨卑劣大婆羅門譬如有人生育四子各爲立字一名安樂二曰長壽三名無憂四名歡喜雖一父所生皆同一姓而有四名差別之異世間四姓亦復如是雖同業報煩惱性欲而有四名言婆羅門乃至剎利毗舍首陀名雖不同體無貴賤諸婆羅門學圍陀典恭敬尊重恃生憍慢而復因之以爲定性我今當說此圍陀典無有實義易可離散昔者有人名爲梵天修學禪道有大知見造一圍陀流布教化其後有仙名曰白淨出興于世造四圍陀一者讚誦二者祭祀三者歌詠四者禳災次復更有一婆羅門名曰弗沙其弟子衆二十有五於一圍陀廣分別之即便復爲二十五分次復更有一婆羅門名曰鸚鵡變一圍陀爲十八次復更有一婆羅門名爲善道其弟子衆二十有一亦變圍陀爲二十一分次復更有一婆羅門名曰鳩求變一圍陀以爲二分二變爲四四變爲八八變爲十如是展轉凡千二百十有六種是故當知圍陀經典易可變易大婆羅門此圍陀典當分散時婆羅門性爲隨散壞當猶存耶若令猶存則不應言諸婆羅門因圍陀故性得決定設隨散壞汝云何言婆羅門性眞實不變是故汝說我獨尊貴餘人

卑劣是事不然又婆羅門自恃智慧善能呪術輕懱他人生豪貴想然今汝等所能知者餘人學習亦得通達當知一切皆悉尊貴何故獨稱婆羅門耶過去有仙名婆私吒其妻即是眞陀羅女産生二子長名爲純二名爲飲皆獲仙道五通具足變圍陀典作宅圖法汝能誹謗此二聖人言非仙耶而汝先言眞陀羅種卑賤下劣何故其息名爲仙乎昔捕魚師捕得一魚剖腹而觀見有一女其色正黑波羅勢仙與共交會生育一子名提婆延五通自在威德具足如斯等比豈非仙耶過去久遠有剎利種名曰毗摩亦獲仙道神力殊勝智慧深遠善於言辭悉能教授諸婆羅門若斯之人寧當下賤有剎利女名曰微塵從婆羅門瞯婆持尼生育一子名曰羅摩有大神力通諸經論於盛夏月共母遊行日光焰熾大地斯熱曝其母足不能前進羅摩白言上我肩上然後可去母於爾時不納其語小復前行猶患地熱羅摩誓曰若我眞實仁和孝敬當令此日自然隱没作是語已日尋不現母後採花花皆含閉母告之曰汝令日没故花不敷即復誓言我若仁孝日當復出立語已訖日尋顯曜如是等仙非婆羅門神力變化不可限量豈可名爲下劣人耶以是因緣諸姓平等可以汝女用妻吾子財幣珍異恣意相與

示眞實品第三

爾時帝勝伽王語蓮華實仁者善聽我當爲汝斷邪見網開眞實路淨菩提道起人天行就汝法中有五祠法言斯祠者是涅槃因能

生天上何者爲五一殺害人取脂用祭二者刑馬亦以脂祭三廣大祭四普聞祭五隨所欲祭此皆虛妄無有眞實徒自疲勞長衆惡趣有八善法是眞利益必得生天獲衆善報何等爲八一者正信二者修戒三廣行施四樂智慧五常恭敬同梵行者六好多聞七者防護身口意業八常親近諸善知識如斯八事是清淨法一切衆生皆應修習前七法者悉皆從於善知識所而得聞之是故汝今應當與我共爲婚姻就吾修學如斯妙法勿生憍慢失此善利今我復當更爲汝說諸姓所起本末次第汝聞是已宜除貢高劫初成時諸衆生類悉能飛行光明殊勝餚饍美味嚴身之具自然而有無造作者其後福盡衆事消滅是時衆生便生種殖壃界分別生我人想或復自恃田稼滋多輕懱餘人自言豪富由是緣故衆皆名之爲刹利種復有衆生不樂居家入於山林修學禪法著弊壞衣乞食濟命清身潔已奉修祠祀由斯因緣咸皆謂爲婆羅門種耕種墾殖畋獵漁捕行如此者名曰毗舍劫盜販賣無悲忍心如斯之等名首陀羅時復有人於路遊行其車破壞因便修治名摩登伽惟爲農作名曰田夫往來市肆名商賈者如是分別爲百千種而其所起眞實無異但假施設爲立名字爲欲紀別諸姓不同就婆羅門亦復分別所謂瞿曇犢子憍蹉憍尸迦婆私吒迦葉蔓茶毗如是七姓復各分別皆出十種第八名烟更無異姓汝婆羅門雖名一相而得分別劫初衆生亦復如是根本無異別爲多姓是故汝今應諦觀

綵爲法利故爲斷虛妄求眞實故宜以貴女用妻吾子欲有所求必相滿願可速爲婚不宜久留

衆相問品第四

時蓮華實聞是語已生大歡喜得未曾有語帝勝伽善哉仁者所說誠諦汝於往昔曾爲何等智慧言辭乃能若是修習何行成何功德惟願爲我廣宣分別帝勝伽言我念過去曾爲梵王或爲帝釋亦復曾爲淨蓋仙人爲婆羅門變一圍陀以爲四分於百千劫作轉輪聖王如是生處尊豪富貴於爾所時修習慈悲禪定智慧廣化衆生施作佛事蓮花實言仁者豈讀婆毗多羅神呪不耶答言曾讀汝今善聽吾當廣說此呪本末過去久遠阿僧祇劫我爲仙人名曰婆藪五通具足自在無礙善修禪定智慧殊勝時有龍王名爲德叉其王有女字曰黃頭容色姿美人相具足我見彼女起愛著心生此心故便失神通及禪定法深自悔責即說此呪而此呪者凡有三章二十一句復有三章惟有八句汝今善聽吾當宣說

怛提他一唵二浮婆蘇婆三曰娑婆鬪四婆利茹五拔瞿提婆六斯提磨提由那七婆羅提那八

此即名爲婆羅門呪

唵一闍致羅二多波藪浮埵三伽呵男四婆那摩失多五斡毗羅六怛多羅毗利多七婆蠱提婆婆八失利尸絺絾九薩闍男十憂波男十一婆羅陀嘶摩十二

此即名爲刹利神呪

唵一質多羅二摩醯帝三毗舍斤若四阿他娑斤若五過陀多六婆羅毗那七

此即名爲毗舍神呪

唵一阿多波婆羅多波二示毗陀貪三婆利沙賒旣四波貫五陀貪六奢羅七

此即名爲首陀神呪

唵

有形必有欲　有欲必有苦　若能離此慾
定得梵天處

此即名爲梵天王娑毗羅呪

蓮華實言汝姓何等曰姓三無又問仁者汝原何出答曰元從水生汝師是誰答言吾師名迦藍延汝宗族中誰爲勇健答曰我門族中凡有三人最爲雄猛一名爲獨二曰爲屬三者名曰婆羅陀闍汝同師者爲是何人答言贊詠又問贊詠爲有幾變答言六種汝母何姓答曰吾母姓婆羅設如是仁者吾之德行其事若此故我先說一切衆生貴賤不定雖有尊貴而爲惡者猶名下賤若卑賤人能爲善事便爲豪貴是故一切稱尊貴者由修善業不以種族名爲勝人汝旣知已當除憍慢

說星圖品第五

爾時蓮華實問帝勝伽仁者豈知占星事不帝勝伽言大婆羅門過此祕要吾尚通達況斯小事而不知耶汝當善聽吾今宣說星紀雖多要者其惟二十有八一名昴宿二名爲畢三名爲觜四名爲參五名爲井六名爲鬼七名爲柳八名爲星九名爲張第十名翼十一名軫十二名角十三名亢十四名氐十五

名房十六名心十七名尾十八名箕十九名斗二十名牛二十一女二十二虛二十三危二十四室二十五壁二十六奎二十七婁二十八胃如是名爲二十八宿蓮華實言如此宿者爲有幾星形貌何類爲復幾時與月共俱其所祭祠爲用何等何神主之有何等姓惟願仁者重爲分別帝勝伽言若欲聞者諦聽當說昴有六星形如散華於十二時與月俱行祭則用酪火神主之姓毗舍延畢有五星形如飛鴈於一日半與月共行麞肉以祭屬於梵王姓婆羅婆觜有三星形如鹿首於一日中與月共俱以果爲祭屬於月神即姓鹿氏參有一星一日及月須酥以祭係在日神姓則安氏井有二星形如人步惟於一日與月而俱祭必用蜜屬于歲星亦姓安氏鬼有三星形如畫瓶一日與月而共同遊祭以桃花屬于歲星姓烏波若柳宿一星半日共月不相捨離祭之用乳屬於龍神因姓龍氏有此七宿在於東方其七星者五則顯現二星隱没形如河曲一日及月胡麻祭之屬於鬼神姓賓伽羅張宿二星亦如人步於一日中與月俱行以果用祭其姓善氏即屬善神翼有二星形如人步於一日半共月而行鮫魚祭之屬婆伽神姓憍尸迦軫宿五星形如人手一日一夜共月俱行稗穀祭之姓耆摩延屬呾吒神角有一星一日及月以華爲祭屬呾吒神姓質多延亢宿一星酥麥麨祭之一日及月屬呾吒神姓曰赤氏氐宿二星形如羊角於一日半共月俱行以華用祭屬于火神姓桑遮延有此七宿在於南方房宿四

星形類珠貫一日一夜與月共俱酒肉爲祭係於親神姓阿藍婆心宿三星其形如鳥一日及月粳米祭之屬天地神姓迦旃延尾有七星其形如蠍一日一夜與月共俱果以祭之屬沙陀神姓迦旃延箕宿四星形如牛步一日一夜而與月俱尼俱陀果以用爲祭屬於水神姓迦旃延斗有四星形如象步於一日半與月同行桃花祭之屬凶惡神姓伽羅延牛宿三星形如牛首一時與月而共同行不須祭祀屬於梵天姓於梵氏女有三星形如躨夌一日一夜共月而行鳥肉用祀屬毗紐神姓迦旃延有斯七宿在於西方虛有四星形如飛鳥一日一夜共月而俱豆糜爲祭屬婆藪神姓憍陳如危宿一星一日及月粳米爲祭屬乎水神姓單荼延室有二星形如人步一日一夜共月俱行血肉祠祀其宿屬在富單那神姓闍羼那壁宿二星形如人步一日一夜及月而行以肉祭之屬於善神姓陀闍延奎一大星自餘小者爲之輔翼形如半珪一日一夜共月而行酪飯以祭屬富沙神姓八姝氏婁宿二星形如馬首一日一夜共月俱行乳糜用祭胃有三星形如鼎足一日一夜共月而俱胡麻爲祭屬於閻神其姓拔伽有此七宿在於北方大婆羅門我巳廣說二十八宿然此宿中有於六宿一日一夜共月俱行所謂畢井氐翼斗壁之等復有五宿但於一日共月而俱一參二柳三亢四心五者名危惟有牛宿半日及月自餘盡皆一日一夜共月而行東方七宿初起於昴南方七宿初起於星西方七宿初起於房北方七

宿初起於虛又此宿中七宿最勝張室氐箕房井及亢三宿凶惡參柳與胃四宿和善翼斗壁畢五宿柔弱女虛危心第五名尾五宿常定一觜二角三名七星四者爲柳五者名牛四宿速疾昴觜婁鬼而此諸宿共月合行凡有三種一在月前二在月後三共月俱今當爲汝復説七曜日月熒惑歲星鎮星太白辰星是名爲七羅睺彗星通則爲九如是等名占星等事汝宜應當深諦觀察

摩登伽經卷上

音釋

枚 莫杯切箇也　姞 巨乙切　愕 五各切驚遽也　瓌瑋 瓌公回切瑋于鬼切瓌瑋美大也　媛 雨元切婣媛謂婚姻相連也　顰蹙 顰毗賓切蹙子六切顰蹙不悅貌　剖 普厚切判也　讇 音諂　曝 蒲木切曬也　墾殖 墾口很切耕也殖常職切種也　藪 蘇后切　茹 人恕切　豔 以贍切　絺 丑知切　緘 古咸切　嘶 先稽切　貰 舒制切　觜 即移切星名　參 所今切星名　鮫 古肴切魚名　稗 傍卦切稊稗也　䵃 古猛切麥也　罽 居例

摩登伽經卷下

吳沙門竺律炎共優婆塞支謙譯

觀災祥品第六之一

帝勝伽言仁者善聽吾當更說星紀所行善惡之相月離昴宿是日生者有大名稱人所恭敬月離於畢者所生豪貴衆共讃歎月離於觜是日生者喜多忿諍含毒害心月離參星其日孕育多恣飲食美味具足月離於井其日生者倉廩盈溢牛羊殷多月離鬼星生者修善月離柳星生者多欲月離七星生者尊貴月離張星生者短命月離翼星生者持戒月離軫星生者姦盜月離角星其日生者善知音樂能造瓔珞月離亢星生者善筭數月離氐星生者爲臣相月離房星生者能御及善販賣月離心星生者愚癡其命短促月離尾星生者多係胤大有名譽月離箕星生者好定月離斗星生者富貴月離牛星生者有名稱月離女星生者多榮寵月離虛星生者則鬬亂月離危星生者爲將月離室星生者爲盜賊主月離壁星生者多能和合馨香月離奎星生者多卑賤月離婁星生者能市牛馬月離胃星生者多屠殺大婆羅門我已廣說月離於星生者善惡今當復說月離諸星置立城邑善惡之相月離昴星所立城邑甚有威神多饒財寶或爲大火之所燒害月離畢星所立城邑其中人民悉修善業多饒財物習誦經典少於貪慾月離觜星所立城邑婦女繁多牛羊無數香華瓔珞具足而有月離參星所立城邑多有美味及豐財寶其中人民皆悉愚癡月離井星所立城邑甚有

威神多有財寶飲食穀麥不乆亦當而自摩滅月離鬼星所立城邑雖有惡人於後必善仁孝修慈延年長壽多有風神五穀少味月離柳星所立城邑其中人民悲怨者衆好生闘諍多有臭穢月離七星所立城邑其中人民皆有智慧及多財物修戒行施孝敬貞潔月離張星所立城邑多有女人香華美味具足而有藥穀並茂人民安隱月離翼星所立城邑多饒財寶人皆愚癡爲諸婦人之所欺陵城邑長久不可傾移月離軫星所立城邑其中人民多好諍訟饒有牛馬月離角星所立城邑其中人民盡爲婦人之所陵逼雖有財寶爲火焚燒月離亢星所立城邑多有財物人民殷多貪殘諂曲月離氐星所立城邑多有威神其中人民善能祭祀其後爲兵之所殘滅月離房星所立城邑其中人民仁孝貞和恭敬父兄誦習經典勤能祭祀月離心星所立城邑豐饒財寶所有人民勤習經術豪强熾盛月離尾星所立城邑多饒財寶及以美味其中人民性多暴惡其後爲上之所傷害月離箕星所立城邑多有財寶其中人民貪欲愚癡月離斗星所立城邑多饒財寶五穀豐熟其中人民勤於習誦惟好闘諍月離女星所立城邑多饒財寶無有粟麥其中人民少有疾病善能和順月離虛星所立城邑其中人民隨順婦人多有衣服嚴身瓔珞男女寡欲月離危星所立城邑其中人民意多諂曲貪欲無猒其後爲水之所漂流月離室星所立城邑其中人民皆悉安樂性多嫉妬好早賤業月離壁星所立城邑其中人民

漸漸增益多饒財穀好於布施月離奎星所立城邑其中人民豐饒牛馬財寶無量月離婁星所立城邑其中人民安樂無疾男女端正月離胃星所立城邑其中人民臭惡不淨多喜諍訟受諸苦惱大婆羅門今我所說置立城邑盡依星圖善惡必應宜應觀察而習學之大婆羅門月離於星置立城邑如上所說吾今更宣月在諸宿天雨之相夏月在昴若有天雨必多周徧地上水深二尺八寸多即陰雨十日乃止夏月在女及在室星若有雨者秋必多澤火勢猛盛夏月在畢若有天雨二尺一寸宜種下田賊盜並起惟有二疾患眼與腹秋獲果實夏月在觜若天有雨二尺八寸秋水勢盛無有攻伐行路清淨皆無所畏人民安樂夏月在參天雨八寸宜種下田所有財物當密藏隱其年饒賊應嚴兵仗及有三疾身熱上氣咽喉疼痛幼者多死夏月在井天雨四尺於其年中雲雨極多雨十四日中間不息兵刀連起殺害滋多夏月在鬼若天有雨一尺五寸宜種下田雨澤以時秋稼成熟貴賤交諍禽獸暴亂及有三疾一瘡二癰三者患疥夏月在柳上天降雨二尺一寸宜種下田惡風猛盛隣國諍訟諸稼成熟夏月在七星注雨九寸秋多苗實胎者傷夭死亡者衆夏月在張若天降雨二尺七寸其年秋實爲他所食人民多疾胎者安全夏月在翼有雨善惡如在張說夏月在軫若天有雨九尺二寸其年諸稼爲禽鳥所害雨澤尠少秋不成實夏月在角若天有雨二尺三寸夏雨尠少秋則滋多兵少止息人民安樂

夏月在亢若天有雨二尺一寸盜賊並起高
早無異夏月在氐有雨四尺高下皆成兵火
俱盛禽獸殞傷夏月在房有雨二尺秋苗成
熟人民相禍仁義都棄夏月在心若天降雨
一尺六寸其年多疾不宜乘騎象馬之人及
與刀兵夏月在尾天若有雨一尺八寸秋禾
成熟四方賊暴有三疾起一者患眼二者患
癰三者患脅華果繁茂兵戈不興夏月在箕
有雨二尺前旱後澇秋則成熟有二種疾患
腹與目夏月在斗有雨七尺宜種高田水極
暴盛其年藥穀悉皆成熟有三疾起如在鬼
說夏月在女有雨三尺水雨不時秋水盛漲
依水居者皆多死亡刀兵流行夏月在虛上
天降雨一尺七寸宜種下田有癰疾生刀兵
亂起夏月在危有雨五寸宜種下田秋則成
熟內外兵亂在城邑者携將妻子逃走他方
夏月在室有雨三尺初旱後澇華果彫落秋
食不登盜賊暴起黃病流行婦人多死夏月
在壁若天有雨四尺五寸水而流溢牆壁崩
倒有四種疾患下目痛欬嗽身熱幼死者衆
宜種高田華果敷茂夏月在奎若天有雨三
尺二寸宜種下田秋稼成熟兵戈不起夏月
在婁若天有雨一尺二寸宜種下田兵盜並
起夏月在胃有雨四尺宜種高田其年荒儉
刀兵必起父違子逆兄弟相害如此皆名雨
相善惡時帝勝伽語蓮花實言大婆羅門今
我更說日月薄蝕吉凶之相汝今應當善諦
著心月在昴宿若有蝕者中國多災禍難必
起月在畢宿而有蝕者普遭患難災亂頻興
若在觜蝕大臣誅戮乃至參井亦復如是若

在柳宿依山住者皆當災患及與龍蛇無不殘滅月在七宿若有蝕者種甘蔗人當被毀害在張蝕者怨賊降伏在翼而蝕近陂澤者亦悉衰落若軫蝕者守護城邑及防衛者皆悉亡壞在角蝕者飛鳥毀滅在亢蝕者畜妻男子亦當惱害在氐而蝕近水住者皆有災難月在房蝕商賈之人及以御者一切皆當無利益事在心蝕者如在觜說在尾蝕者行人多死在箕蝕者乘騎象馬若斯之人亦當墜落在斗蝕者亦復如是牛星蝕者出家之人及南方者禍患滋多在女蝕者怨賊銷滅牧馬之人皆當殘毀在虛蝕者北方之人並悉破壞在危蝕者敢能呪術祠祀之人皆當傷害在室蝕者爲香瓔人亦皆毀壞在壁而蝕知樂者衰若在奎蝕諸乘船者亦不利益在婁而蝕市馬者死在胃而蝕田夫亡壞此則名爲薄蝕之相如其體性我已分别

觀災祥品第六之二

帝勝伽言仁者當聽我今復說月在衆星所應爲事月在昴宿應爲祭祀受於爵位茸蓋屋宅買衆雜畜調習牛馬作金石器造爲温室宜殖彤華建立牆壁遷居洗浴著新淨衣不宜織縷諍訟繫閉應修道路宜爲金銀銅鐵之器其日若雨必不周徧是日生者性多躁急武毅長壽勤於祭祀月在畢星宜應耕墾婚姻蓋宅出財調獸裁衣等事不宜債斂鬬戰造酒其日雨吉生者慈悲多欲貪味豐有財物壽命延長月在觜星宜爲市會遣使塗舍殖樹造蓋建殿治路著弊故衣瑩飾瓔珞宜祭神祇其日有雨普皆周徧生者怯弱

好眠多欲聰慧有智月在參星宜應債斂治井河渠買於牸牛壓脂造酒及笮甘蔗甚忌凶事其日雨者水必流溢生者好田性甘肉味月在井星宜造瓶器剃髮受戒移處異居不應進藥其日雨吉若有生者多欲少食好爲衆事月在鬼星宜服妙藥著新淨衣洗浴祭祀置立臣佐貫身瓔珞剃髮造蓋此日生者爲人賢善壽命延長月在柳宿宜建凶事造牆市肆堰水立橋其日若雨多有蚊虻後雨減少此日生者性多弊惡好睡短壽月在七星宜植雜穀立倉和怨種芸造犂祭祀尊靈其日有雨秋必成實若有生者愛親好欲長命多食鬪戰必勝不宜凶事月在張宿宜造瓔珞著新淨衣種植果木造立市肆宜爲善事葺宅雇人此日生者少髮端正其日有雨秋多成實月在翼宿一切事吉是日生者端嚴殊特聰慧强識亡失還得其日有雨秋稼成熟月在軫宿一切皆吉宜調象馬授官造池不愁竊盜其日有雨必多流溢生者勇健盜而多知長壽少病月在角宿宜當裁衣造於瓔珞閱軍布陣檢藏倉庫服樂器習乘船作妓樂營素畫其日有雨必不周徧此日生者聰明多智善能贍相恒好畋獵性多輕躁壽命長久情好貪欲月在亢宿宜調象馬造於樂器婚娉嫁娶不宜出外追逐怨惡其日有雨後必多風此日生者聰明多疾性剛武勇月在氐星宜爲種植果及稻麻造舍洗浴不宜植豆其日若雨於後少水此日生者端正多知少於繼嗣躁性貪味喜樂善人月在房宿宜出財物亡者易獲其日生者多贍

親戚樂行福業此日有雨必當暴漲月在心宿宜登天位建立城邑官事通易亡者難獲其日生者必爲長子多知長壽通達經論調伏象馬宜立宰守被傷者死不宜凶事其日雨吉月在尾宿宜種果菜債斂祭祀療治衆病身服瓔珞餘者皆凶宜造酒蘖其日生者多有繼嗣豐財長壽所失難得其日雨善月在箕宿宜治河渠種植華果建立園圃宜出家人自餘皆凶所失難獲其日生者長壽端正孝順慈仁月在斗宿不宜忿諍不服新衣收斂祭祀其日生者孝敬寡言博練衆典失者易得其日雨善月在牛宿如斗星說月在女宿宜誦經籍立臣祭祀閱軍出師是日生者少疾多知聰明孝順其日雨吉所失悉獲月在虛宿衆事皆善此日生者聰慧多識饒財柔善所失難得其日有雨於後少水月在危宿宜應進藥祭祀神祇出財市易宜種麻麥不應遣使置位植藥所失易得其日生者性多躁急月在室宿宜爲凶事傷失難復其日所生豪貴和睦其性暴急此日雨吉月在壁宿不宜南行餘事不吉其日生者尊貴長壽名稱高遠此日有雨所亡滋多月在奎宿宜出金銀穀麥財物立倉造酒不宜營橋造蘖治路和合香藥著新淨衣其日生者出家修福憐愍衆生拯救窮乏和協親族其日宜雨所失還得宜造馬廐月在婁宿宜造溫室置立馬廐調伏車馬出入財賄宜植禾稼當進妙藥療治衆病其日生者聰明端正終獲榮寵少病剛武其日宜雨所失易得月在胃宿宜造凶事班位雇人不宜嫁娶其日生者

强取財貨多僞少實無量雜惡貪欲諂曲皆集其身所失難得病難除愈不宜出遊乃至降雨宜祭神祇大婆羅門吾今更説地動之相汝應善聽凡地動者必多兵起其一地動三大亦然三月地動不過一旬當有兵起四月動者亦如上說五月地動二十五日便有兵起六月地動七十五日便有兵起七月地動不過百日便有兵起八月地動至六十日便有兵起九月地動至九十日便有兵起十月地動五十五日便有兵起十一月地動不過百日便有兵起臘月動者如上所說正月地動至九十日便有兵起二月地動至三十日便有兵起一歲之中月月地動地動之處城邑空曠逃走他國或依曠野經十五年而還其家我今復說月在衆宿地動之相月在昴宿而地動者火勢熾盛焚燒城邑金銀工作悉皆衰滅生者盡死月在畢宿而地動者懷孕婦人胎多夭傷諸果彫落飢饉疾疫刀兵相害死者甚衆及諸國王亦當衰損月在觜宿若有地動藥木不茂隱山學士勤祭之人皆當死滅月在參宿有地動者草木萎死苗稼毀落行人小王盜賊等死月在井宿而有地動依山住者工作之人皆悉彫弊月在鬼宿而地動者商主軍帥遠行賈客近山諸王皆當亡滅多於災雹傷害苗稼月在柳宿而地動者龍蛇蟄蟲飛鳥犬獸和合毒者當被傷害月在七星有地動者諸王有災祭祀斷絶豪姓大智作樂者衰月在張宿而地動者四時調和稅奪人物修戒者衰月在翼宿而地動者諸商賈人依山住者并大臣衰月

在軫宿而地動者凡師醫人軍主善筭如斯之等皆當殘毀月在角宿而地動者如軫所說月在亢宿而地動者諸有盜賊樂人屠者行客象馬依山住人皆當衰滅月在氐宿而有地動山崩木落惡風暴起雹傷禾稼月在房宿而地動者盜賊多死諂媚人衰父違子逆不相隨順月在心宿而地動者大王有災烏鳥走獸勇健者衰月在尾宿而地動者二足四足在山穴者皆當衰殄其年荒儉乳者乾枯山石崩倒月在箕宿而有地動在水諸獸豪姓大富有智慧者悉皆衰滅月在斗宿而地動者銅鐵鉛錫造作之者及諸貧賤皆當衰盡村營移徙月在女宿而地動者王人誦人小國王等皆當衰滅月在虛宿而地動者聚落分散富人窮人長者等衰月在危宿而地動者象馬諸畜多有疫死乘御人衰月在室宿而地動者畜養豬豕屠殺雜類依恃山河凶惡人衰月在壁宿而地動者修福之人及依水者皆悉衰滅月在奎宿而地動者刀兵大起損害國土客強主弱月在婁宿而地動者兄弟相害胎者夭殤三災流行大惡雲集月在胃宿而地動者盜賊多死果木不成餘如前說三大之相今當分別地動之後於七日中若有赤雲日月無光流星飛行是名火動非是災怪於七日後若有大雨宜多種植其年豐實無有災惡若地動後七日之中雲東西行形似魚鼈其色正黑隱蔽日月是名水動其年多水宜植高田其餘災異如星所說若七日後有大風起日月光赤是名風動其年兵興不宜出師火甚熾盛焚燒傷

害卯時地動害諸國王象馬車乘午時動者害諸大臣未時動者害衆雜畜及種田者酉時動者害諸盜賊及諸僕使子時動者害貧賤者及與婦人月初旬動害於商人中旬動者害豪勝人及童幼者下旬地動爲災尠少

明時分別品第七

大婆羅門我今更說晝夜分數長短時節汝當善聽冬十一月其日最短晝夜分別有三十分晝十二分夜十八分五月夏至日晝十八分夜十二分八月二月晝夜停等自從五月日退夜進至十一月夜退日進至於五月日夜進退亦一分進亦一分退月朔起於初月一日其月起於二月一日節氣起春我當復說剎那分數婦人紡線得長一尋是則名爲剎那時也六十剎那名一羅婆三十羅婆名爲一時此一時者日一分也凡三十分爲一日夜此三十分各有名字曰初出分名曰四用二月一日日初出時人影長於九十六尋第二影長六十尋第三名富影長十二尋第四名屋影長六尋五名大富影長五尋六名三圍影長四尋七名對面影長三尋第八名共於日正中影共人等第九名尺影長三尋第十名勢影長四尋十一名勝影長五尋十二大堅影長六尋十三婆修影十二尋十四端正影六十尋十五凶惡九十六尋此是一日十五分名日沒名惡二名星現三名收攝四名安隱五名無邊第六名忽七名羅剎第八名眠第九名梵十名地提十一鳥鳴十二名才十三名大十四影足十五丘聚此是晝夜三十分名是三十分名一晝夜三十晝

夜名爲一月此十二月名爲一歲大婆羅門今復說漏刻之法如人瞬頃名一羅婆此四羅婆名一迦晫四十迦晫名一迦羅三十迦羅則名一刻如是二刻名爲一分一刻用水盈滿五升圓箭四寸以承瓶下黄金六銖以爲此箭漏水五升是名一刻如是時法我已分別今說里數由旬之法七微塵名一細七細名一塵七塵爲一兔毛七兔毛名一羊毛七羊毛名一牛毛七牛毛名曰一蟣七蟣名一虱七虱名一麥七麥名一指十二指名眦多悉提二眦多悉提名一肘四肘名一弓千弓名一聲四聲名一由旬我今復說斤兩輕重十二麥名一大豆十六大豆名修跋那重十二銖二十四銖名爲一兩十六兩名爲一斤二兩名一波羅二波羅名一撮二撮名一掬六掬名一鉢悉他二十四波羅名摩伽陀鉢悉他如是廣說斤兩數法大婆羅門我今復說月在衆宿病者輕重宜應善聽月在昴宿有得病者酪飯祭火四日乃愈月在畢宿其得病者以香祭火五日後愈月在觜宿有得病者豆糜祭月八日方愈月在參宿有得病者當以乳糜祭四道神十日得愈月在井宿其得病者香華祭日八日得愈月在鬼宿有得病者華祭歲星五日除愈月在柳宿得病多死不宜療治月在七星病者至困以胡麻糜祭其先人八日乃愈月在張宿其得病者香華祭神七日乃愈至惡難差月在軫宿其得病者香花祭神五日除愈月在角宿其得病者豆糜祭神八日得愈月在亢宿其得病者極惡難治二十五日乃可除愈宜花祭神

月在氐宿有病者重經十九日乃可除愈宜花祭神月在房宿其有病者經十五日以酥祭神乃可得愈月在心宿有得病者經十三日極重難治宜以香花祭天帝釋乃可得愈月在尾宿其得病者經三十日胡麻祭神乃可除差月在箕宿病經八日應以麻糜祭於水神月在斗宿病經七日宜以乳糜用祭諸神月在女宿病至難治經十二日花祭山神乃可除愈月在虛宿經十三月宜以酥糜香華祭神月在危宿病十三日宜酥乳糜用祭水神月在室宿病者難治月在壁宿病經七日花祭竈神然後可愈月在奎宿病者必經二十八日宜以香花祭於神祇月在婁宿病者必經二十五日麥粥祭神後可除愈月在胃宿病者難治是則名爲月在衆宿病輕重相大婆羅門我今復說月在諸宿被囚執者解脫遲速月在昴宿被囚執者三日必免畢宿亦然觜星被執二十一日然後得免參十五日井宿七日鬼宿三日柳三十日七星十六日張宿十日翼宿七日軫星五日角宿七日亢宿十日氐二十六日房十九日心十八日尾三十六日箕十四日斗女虛危室壁奎宿皆十四日而後得免婁宿三日胃宿被執難可得免是則名爲月在衆宿繫閉遲速我今復說黑子之相婦人頂上有黶紫色夫必爲王其色若黑乳間有報夫爲將軍眉間有黑報黶在下經歷五大衣食不乏頰上有黑報黶在背孤寡歷年天難可得耳上黑者報黶在腰強記博識上脣有黑報黶在手爲人欺誑下脣有黑報黶在下性多婬泆不乏飲

食顚上黑者在下有報自然餚饍無所乏少大婆羅門我今復說月會諸宿六月中旬月在女宿未在七星其一月中晝十七分夜十三分爾時當樹十二寸表量日中影長於五寸七月中旬月在室宿未在於翼晝十六分夜十四分影長八寸八月中旬月在婁宿未在於亢影十三寸晝夜各分爲十五分九月中旬月在昴宿未在於房影十五寸晝十四分夜十六分十月中旬月在觜宿未在於箕影十八寸晝十三分夜十七分十一月中旬月在鬼宿未在於女中影則有二十一寸晝十二分夜十八分臘月中旬月在七星未在於危影十八寸晝十三分夜十七分正月中旬月在翼宿未在於奎影十五寸晝十四分夜十六分二月中旬月在角宿未在於胃影十三寸晝夜十五爲三十分三月中旬月在氐宿未在於畢中影十寸晝十六分夜十四分四月中旬月在心宿未在於參中影七寸晝十七分夜十三分五月中旬月在箕宿未在於鬼中影四寸晝十八分夜十二分如是等名月會宿法我今更說出閏之要於十九年凡有七閏五年再閏其日五月至於十月盡皆南行夜增一分晝減一分從十一月至盡四月皆俱北行晝加一分夜減一分月形增損由日遠近日月熒惑辰星歲星太白鎮星是爲七曜其歲星者於十二歲始一周天其鎮星者二十八歲乃一周天太白歲半始一周天熒惑二歲始一周天辰星一歲乃一周天凡歲三百六十五日日一周天月三十日乃一周天此是七曜周天數法我今更說

二十八宿所主之者昴主帝王畢主天下觜主曠野幷及大臣參井亦然柳主龍蛇依山住者七星主於種甘蔗人張主盜賊翼主坐人軫星主於城内居士角主飛鳥亢主出家修福之者氐主水人及與蟲獸房主商賈及以御人心星所主如昴觜說尾主行人箕主乘騎斗如土說牛主南方赤衣盜賊及戲笑者虛主中上危主醫巫合塗香者壁星惟主能作樂者奎主乘船婁當市馬胃主耕種如是分別星紀所屬時蓮花實聞是語已賛摩登伽善哉仁者所言誠諦今以吾女用妻卿子不須財物可爲婚姻諸婆羅門聞是語已咸生瞋恚而作是言云何以女與此下賤時蓮華實告弟子言法無二相悉皆同等汝今勿生憍慢之心語帝勝伽汝可受水當與卿女時摩登伽成婚姻已歡喜而去佛語比丘時摩登伽我身是也蓮華實者舍利弗是師子耳者阿難是也爾時女者今性比丘尼是以於往昔曾爲夫妻愛心未息今故隨逐說是經時六十比丘遠塵離垢得阿羅漢諸婆羅門得法眼淨佛說是經已波斯匿王及四部衆歡喜奉行

摩登伽經卷下

音釋

胤羊晉切子孫相承續也　尠息淺切少也　澇郎到切淹浸也　薄蝕薄補各切蝕乘力切薄蝕侵虧也　葺七入切修補也　彤徒冬切　纘祖叢切署也　牸疾置切牸牛也　笮側伯切厭也　堰於扇切壅水爲埭也　櫱魚列切麴櫱也　拯之肯切救也　廐居祐切馬舍也　賄呼罪切布帛也　斃毗祭切頭仆也　夭殤夭於兆切殤式羊切夭殤短折也　啅竹角切　筩徒東切　黶於琰切黑子也　頤與之切

舍頭諫經

西晉三藏竺法護譯

清刻龍藏佛說法變相圖

舍頭諫經

西晉三藏竺法護譯

聞如是一時佛遊舍衛國祇樹給孤獨園時賢者阿難明旦著衣持鉢入城分衛飯食既訖詣中流泉有殃祝女名曰波機提（此言志性）趣流泉汲阿難見之便從求飲言唯大姊以水相惠其女報曰我殃祝家阿難答曰惟水相施吾不問殃與不殃女即與水阿難飲已便捨退還適去不久女思察之阿難手足顏貌音聲進止行步慇懃思想興瑕穢念心自惟之其我母者持大神呪令斯仁者爲吾夫壻還白母曰有一沙門名曰阿難沙門瞿曇之侍者也欲以爲夫母能致乎母答女曰除衆歿者及離色欲乃可能耳有斯國王夙夜敬重沙門大道奉所演命或儻聞之則危我身

沙門瞿曇無有色欲吾曾聞之離情色者一切衆生無如之何時女白母設得阿難爲夫乃存不者自害母告女曰汝勿自損今當致來於是女母以牛屎塗舍中庭因便然火化造屋舍儲八瓶水示十六兩應而生諸華持華轉以一一華散于水中並說神呪散而頌曰

阿遮梨　莫摩犂　維摩犂　句鳩摩鳩摩閉那　非頭　閉頭摩遮彌　蹄和陂沙提祇牟多迦迦邪　比舍波摩呼羅閉　抄慢頭陀　提波菩　若大神天及隸陀羅急志神明　其最暴卒　搪揬無理

各以威神化阿難來令至此間於時阿難心思彼女興瑕穢想便出精舍往到呪家母遥見之即謂女言瞿曇弟子今已至矣便設座具女尋歡喜即設座席於是阿難往至女舍獨坐號泣心自思言我之罪咎重何甚矣不爲世尊之所救濟彼時世尊尋念阿難以覺意慧壞除惡祝即時頌曰

絺氏　阿周啼　羞尼氏　舍氏　薩波尼那　薩和修　絺氏

令一切安使衆歡悅無瑕寂然除諸恐懼又離煌灼常獲不動爲天見歎一切吉祥於是至誠所言不虛使阿難定爾時阿難出惡祝家還歸精舍女見疑去便語其母阿難已還母答女曰沙門瞿曇且救不疑是故壞呪令不得行女問母曰沙門瞿曇呪力大耶母曰最上以奚喻乎其母答曰佛天中天道德之力不可稱限假使三界一切世間所有神呪奇力異術發意之頃悉令不見安有識者誰

能動乎於時彼女明旦沐浴修好服飾著寶瓔珞光曜其身顏色煒曄詣于舍衛住處門邊須待阿難來必由此路而往返耳時衆比丘明旦著衣持鉢入城分衛阿難亦然女遥見心懷喜踊即隨逐行阿難適住效之便立適進逐行所詣分衛立守其門時阿難見進止逐後即懷慚愧速出城還祇樹給孤獨園便至佛所稽首却坐白世尊言我行分衛此女進退追逐隨人入分衛家住守其門惟天中尊安住見護世尊告曰阿難莫恐勿以爲懼女到禮佛却住一面佛告女曰汝常追逐阿難何求女白佛言欲爲夫主世尊又問父母聽未唯然大聖宿心之願佛言當令父母面自許之女即受教繞佛三帀稽首而退歸呼父母俱至佛所稽首却坐女啓已至佛問父母聽汝女爲阿難婦不白曰唯然佛言聽者還家自安父母受教稽首佛足繞尊三帀則歸其家親去未久世尊告女疾欲得阿難比丘耶唯然大聖實欲得之佛告女曰若欲得者法其被服女曰如命時世尊聽除去其髮爲比丘尼佛即呼曰比丘尼來便成沙門於是諸佛天中天法審無所講隨厥所樂歎說布施奉戒上天愛欲之瑕塵勞諍訟所著之穢具足說法佛知其意歡然踊躍心無陰蓋應面合志爲分別說四諦之事苦集盡道譬如帛縑皎潔無瑕著之于染則受好色時比丘尼見法得慧度諸狐疑不由他信不歸於天求無所畏成道果實稽首佛足惟願世尊原其罪豐弊如小兒無拳方便求賢阿難以爲夫主自見罪重是以懺悔佛言善哉比

丘尼自見身短改往修來計於法律有益無損佛大哀故即受汝悔佛說是時志性比丘尼漏盡意解舍衛城内長者梵志聞佛世尊以殃祝女爲比丘尼即歎驚怪云何殃祝女爲比丘尼云何處在四輩學中如何當類梵志大姓尊者豪貴士大夫家王波斯匿聞佛世尊化殃祝女以爲沙門心亦懷疑便勑嚴駕與無央數國中長者及諸梵志俱詣精舍欲見世尊問訊說禮王遥見佛下乘步行前謁却坐長者梵志禮拜退坐中有揖者有叉手者說姓字者遥見默然坐者於時天尊緣王波斯匿所懷疑結知舍衛城長者梵志心之所欲宣志性女本過世緣便告諸比丘汝寧欲聞志性比丘尼前世所因如來當講比丘皆言唯然世尊今王是時惟爲說元前世本變比丘聞之奉持宣行普令分布佛言諦聽善思念之比丘白言唯然世尊願樂欲聞佛時說言乃往過昔有一土界名曰虛荒周帀圍遶有樹木華其土有王名曰摩登與無央數弟子(摩登此言有志)其王自識宿命從來知四部經分別經典如厥論法性奉行不失一義彼摩登王時有太子名舍頭諫(此言虎耳)端正殊好修誠性貞成一切德威神遠達多所悅豫色貌第一好如蓮華博通衆經分別四典時王心念今吾太子顏貌端正功德具足威曜遠照衆所不及當爲求婦續彼安國於何迎娶奉戒清淨宜太子妻時有梵志名弗袈裟服食藥草身有七合合集草木供事水火及梵天王弗袈裟有女名曰志性顏貌第一仁德具足世之希有遵修經道適宜太子摩登

王心自念言弗袈裟者處於異土父母本末種姓佳良言語辯聰生無瑕穢計至七世父母始元具足無短應順章句了慧且明諷誦三經分別往古而知四典校計算術能知天地災變吉凶設講經書字字曉了無所不博次第章句無一差違藥草爲食常事水火諸神梵天有一女子端正殊好女相具足宜我子婦爾時彼王明旦嚴駕與諸眷屬及衆大獸則發北遊諸東北園名曰蘇桓於是頌曰

若干樹蔭涼　衆華普茂盛　諸鳥鳥悲鳴

如天上妓樂

王到梵志弗袈裟界告諸衆曰且住待之具教弟子必遊此道時弗袈裟旦起嚴駕乘白車馬與五百衆諸學志俱出其本土欲化弟子彼王遥見弗袈裟來如星中月猶日照水油著火上益以光耀如嚴妙顏若與祠祀諭寶在海如高山雪四向普顯猶毗沙門王在衆鬼神譬大天王在諸天中踰梵天王與諸梵俱巍巍如斯時摩登王即往奉迎如法設禮而謂之曰唯弗袈裟欲有所說願且聽之弗袈裟曰自非梵志不得言唯何故說唯摩登王曰我能言唯是故說唯設不能者亦不發言王謂弗袈裟人有四事而爲己身并普及衆亦獲利義救濟衆生令有義便當向仁説卿有一女名曰志性可教太子虎耳之妻欲得求娉相從而進不諍多少時弗袈裟聞王説此瞋恚不悅顏色則變喚猶虎口出惡言咄且凶魅狗吠之類應說斯耶婆羅門者奉修淨戒諷誦經典當以適之卿棄捐種非吾之類反輕我女於是頌曰

有施愚騃種　何不求汝類　莫慕不可獲
猶令種立水　厥妙紫磨金　不生于糞土
設明與冥合　如此有可特　法爲殃祝種
吾是妙生類　尊卑各異路　愚云何令合
卿則與殃祝　吾爲主豪姓　尊者不肯與
下賤俱結婚　尊者與豪族　修道而結婚
尊者不義從　卑賤結因緣　其有慧具足
嚴修清淨行　種姓無瑕穢　梵志度彼岸
演教執經典　諷誦三經本　梵志所可習
次第分別藏　當與此輩俱　梵志結婚姻
尊者不我從　下賤結因緣　莫願不可獲
猶如欲縛風　何謂反與我　結親爲婚姻
貧遭諸厄者　世人所棄捐　卿大之方便
不能階此緣
摩登王以偈答弗袈裟而說頌曰

計土與金俱　比之有竒特　梵志亦如是
具說仁種異　猶冥比於明　實有差別起
卿所恃便說　若斯婆羅門　未曾見梵志
遊生于虛空　爾非從地出　不因經典生
梵志皆生胎　殃祝亦由胎　餘生亦如是
於是有何恃　我意謂梵志　亦瑕穢棄捐
尊者亦無殊　卿見有何恃　諸所凶惡事
賊害可憎惡　殺生于人民　皆梵志所興
是諸危害事　皆梵志所立　造作逆惡緣
自謂興福祐　梵志心自念　欲得噉于肉
教人殺祠祀　言牛羊上天　設是法昇天
何故諸梵志　不自殺祠祀　及所重親族
可加于父母　兄弟并姊妹　妻息及男女
曷不以斯祠　設與此祠祀　致得上天宮
及使人害命　言死者上天　復用餘祠爲

轉當自殺害　若祠祀究竟　悉當得生天
不可以祠祀　殺牛羊上天　斯非獲上天
何因求紫殿　諸梵志凶詭　緣此行方便
意中欲食肉　殺祠言應坐　吾今當重說
梵志造變應　自云所學習　梵戒有四句
不盜金飲酒　不得犯師婦　無害諸梵志
是爲四句法　惟不得盜金　其餘皆無限
若竊取人金　乃爲非梵志　但禁不飲酒
其餘悉應服　設有飲酒者　則非婆羅門
不應犯尊婦　餘人皆無違　若犯師妻者
乃非爲梵志　不害于道士　得危非梵志
設害于梵志　則非婆羅門　梵志之所說
斯爲四句義　其毀此一事　乃非爲梵志
不得與共通　弗應會容講　離祠祀大火
不得侍供敬　今當分別講　梵志所習業
所學術成就　梵志愛瑕穢　彼以十二年
被著驢之皮　執持于五品　飲以鹿頭器
十二歲竟已　乃成爲梵志　奉斯法如是
道士法具足　梵志遊路靖　布是異道行
所道及邪徑　難依視如安　然後從此比
有人自謂泰　稱舉已第一　種姓爲最上
輕易四方人　謂之爲夷狄　穢賤棄捐之
不肯與婚姻　興兵攻擊賊　多喜還自壞
用貢高自是　故爲賊所危　處在於邊方
自謂爲中國　然後解佛法　乃了人種等

時弗袈裟聞摩登王所說如是默然窮厄腹縮低頭恚瞋不悅則宣此言咄且騃物凶害之類汝乃欲持婆羅門種誦經知義更反輕易譬於妖魅凶惡友黨咄且愚騃計諸國王乃應志性聰明有殊知方俗事聚落之法國

市估法道術之法婚姻之事諸婆羅門有四種婦一曰梵志二曰君子三曰工師四曰細民是謂爲四其君子家有三種妻一曰君子二曰工師三曰細民工師有二種婦一曰工師二曰細民細民有一種妻惟細民耳梵志有四子梵志君子工師細民君子有三子君子工師細民工師有二子工師細民細民有一子惟細民耳厥梵志稱梵天眞子從梵天口生君子胷生工師臍生細民足生梵天化造一切世間及形類斯以吾等梵天尊子君子第二工師第三細民第四汝不應入四種之類況自稱舉比舍種乎咄且愚宂汝之所計不能辯之時摩登王即以義偈答弗袈裟而頌曰

計身手足皆骨肉　脇肋脊連乃成人
如斯思之有何恃　猶此觀之無四種
設使豪羸差特異　卿則從意講宣之
吾謂尊卑無差特　吾故則荷無四種
於是不應有瑕穢　卿辭本末則倒錯
聞我所言和等順　父子同體乃應理
如卿所説違不和　當爲汝講善順義
聞吾之言奉行法　修順經典爲尊者

摩登王曰婆羅門且聽我所言卿梵天王有一身耳其從生者則爲一種卿言一體吾等亦同所以者何汝謂梵天化作世間一切衆生今説四種之處梵志君子工師細民假使梵志奇特者仁當分別有若干形體性各異顏色當別顏貌當差居止卧起孔竅多少飲食所出則不同矣胞胎亦然譬如飛鳥有若干種一曰卵生二曰胎生三曰濕生四曰化

生是爲種類者現有差别色像大小所處飲食因生不同計人一等無有若干是諸樹木名曰安波柰桃李梜棗栗杏爪櫻桃胡桃龍目荔枝梨蒲萄根莖枝節華實各别計一切人而無異是諸樹木名曰優曇鉢鉢和叉尼拘類松栢五木梧桐合歡諸菜槲棟槐樹大柰澤柰根莖枝葉華實不同人而無異此地諸華名曰甚鮮思妃須門菖蒲百合蔡華紫華百葉酸斯如是之等若干種華其色形類生處不同一切人民無有若干又水中華名一曰青蓮芙蓉莖蓮華色青紅黄白各各有香是之不同一切人民無有若干假喻說之譬如有人母生四子各爲作字一曰悅樂二曰無憂三曰壽考四曰百年其母之願欲令欣樂常得安樂其無憂者常無所慼其壽考者常獲長生其百年者使滿百年諸子名異生不一時父爲因緣母懷胞胎同一父母人不可言異家之子梵志君子工師細民計本如是方俗言耳一切一種等無有異惟聽以女適吾太子虎耳爲妻恣意求娉則進不違時弗袈裟問摩登王卿於四典力經名聞諸經平等章句裸形諸經如是等類斯爲四典又仁者曾安先聖之文安加神呪所有形呪自在之呪鳥獸諸呪能相安不占别吉凶災祥旱澇穀米貴賤疾病安隱國土傾危知飛鳥語又何明德能别知之日月道徑風雨得失彗星出時别應其方山崩地動雷電色變及諸須臾衆怪之患悉了是未又仁頗學顯隆祠祀占召鬼神及世理經難逝人經分别義經通才辯未摩登王曰唯弗袈裟吾悉達

了又喻超斯仁者自謂我於諸呪具足度我當如法次第演之昔者天地始元初時未有異號無有梵志君子工師細民之名也一切同等而不可別爾時人民各悉相類各治田種嚴治秔米因號其人名曰剎利剎利者五神農種也一曰君子時復有人猒憂惱病便入空閑造作草屋於下坐禪明旦入城聚落分衛時人見之各心念言是等難值避于世俗患猒憂惱閑居思道一心專精喜施與之志在於外是故名曰婆羅門也時復有人各習技巧超異之術多所成就是故名曰為工師種時復有人以細碎民之種是故世間便有四種然後久久北方有人名曰為秦各各變姓張王李趙董以牛馬蟻蟲鷄狗之屬隨形作姓數數喜變如是計之不可稱數察於本起無有若干但方俗語乃往古世有一婦人行在異路曠野屏處破壞車轂衆人言凶是故世間得凶祝種復有人名髮編結髮子孫相承是故世間有編髮種有人棄家除去鬚髮是故世間有異道沙門鉢披祇（鉢披祇此言棄家）唯婆羅門我當為卿說世所興梵天則尊開化天帝以學道術天帝者化阿梨念俱曇阿梨念俱曇者教化白英仙士白英仙士者教導嚴淨知仙士嚴淨知仙士分別經典復有梵志姓曰熾盛為造鳥書出有欲姓所乘有受計彼行信惠施本末今現分明有婆羅門名曰無施其彼梵志子孫眷屬皆姓無施以一種姓分為百一有梵志名所有其彼一切子孫眷屬號曰所有以一姓分為二十五今現分明有婆羅門名曰所欲計其子孫眷

屬枝黨皆姓號所欲其鳥種者以一種姓分爲一千有婆羅門名曰於是皆梵志種以一種姓變爲千一百三十六今我覩見種姓所興若干種變諸婆羅門本所由姓今現分明皆可知之名曰所欲又分別欲觀此章句有何奇特以故我說所謂梵志君子工師細民方俗語耳計悉一種等無有異聽以仁女與吾太子得爲夫婦恣意求娉不諍多少弗袈裟默然無言王見如是復爲重說婆羅門意設有是念非吾等類莫作斯觀所以者何我子奉戒智慧明達於世爲上衆德具足假使心懷諸有祠祀馬祠人祠平等之祠及黃金祠欲令生天不宜斯觀所以者何彼多殺害含血之類非上天行吾當爲汝說上天之法弗袈裟問曰何謂王答偈曰

賢者守慎戒　行之有三安　名聞致利養
然後得生天

王曰前世所可祠祀人馬祠祀諸造祭餟有所受獲學術求欲後當來世諸可祠祀加以人馬皆爲無利損耗衰耳則遇大患破敗之禍我言至誠當與仁家共結婚姻然後上天所以者何奉持法者不見穢增計世間人本有八母平等大姊梵志之女世有若茲戒聞見慧以爲節度且聽八母一曰爲天二曰布施阿須神三曰所樂四曰伊羅五曰離吼鳥獸母六曰善味爲覩龍母七曰善樂爲金鳥母八曰大迦葉母世人心所樂吾計有七何謂爲七一曰俱曇二曰言辭三曰好又四曰俱夷五曰迦葉六曰宿止七曰揩緩是爲七姓一一各別分爲七七是以知之所謂梵志

君子工師細民方俗言耳計皆一種等無有異惟以仁女爲吾太子所欲求娉不諍多少弗袈裟聞之默然其摩登王見弗袈裟無辭加報則說頌曰

人猶如所種　獲果亦若斯　且觀如七種
吾仁而無畤　不用無異故　所作生別疑
梵志則無殊　適等無差特　不以自稱譽
具足成尊豪　因從精氣生　計胞胎一等
吾說四種一　仁講揚邪法　以姊欲爲婦
是義不相應　設使是世間　梵志之所生
梵志安得妻　君子自取耶　工師那得婦
細民意何趣　假使梵天生　安得爲夫婦
梵天不生人　因緣愛欲生　若得貴賤者
隨行之所致　世人不能明　其君子梵志
及工師細民　悉是方俗語　力經名聞經
平等典章句　如是佛形經　所與爲無益
吾等所諷誦　神呪難詠持　名國旋還返
覆蓋于女色　鬼神諸異呪　及餘自在呪
一切有威光　道術所敎化　吾等亦有學
獲成大神足　仙名明珠光　宿止大神通
以得道飛行　何爲以呪熇　又學梵志道
號師子順迹　有名香止神　仙呪之所生
度諸呪無極　亦非梵志子　何謂婆羅門
曾有梵志仙　號取異道士　迦惟之所生
度諸呪無極　亦非梵志子　何謂婆羅門
開門之仙子　有名曰魚息　從魚蟲所生
勇猛曉世典　亦非梵志子　何謂婆羅門
君子有所致　生乘婆羅門　黠慧無不了
解一切經法　亦非梵志子　何謂婆羅門
如是行大明　豪威修大業　黠慧多唱導

爲世仙人師　亦非梵志子　何謂婆羅門
君子有梵志　世人所名耳　工師及細民
亦是方俗語
其摩登王謂弗袈裟是故我言所謂君子梵志工師細民皆方俗矣悉爲一種無有若干宜以仁女與吾太子使爲夫婦恣意求娉不爭多少時弗袈裟聞說如是則逆問曰仁何種姓答曰於是其所因乎答曰從水本造何行答曰賦頌於是幾種答曰三種何謂爲三答曰宿止畐所養育畐云淨行曰謂次有次有爲幾答曰六何謂爲六一曰好平頭二曰所乘三曰卧寐四曰善動五曰赤色六曰八兵是謂六親又問何由謂度爲秋仁者頗學諸宿變乎答曰學之何謂答曰一曰名稱二曰長育三曰鹿首四曰生養五曰增財六曰熾盛七曰不覲八曰土地九曰前德十曰北德十一曰象十二曰彩畫十三曰善元十四曰善格十五曰悅可十六曰尊長十七曰根元十八曰前魚十九曰北魚二十曰無容二十一曰耳聰二十二曰貪財二十三曰百毒二十四曰前賢迹二十五曰北賢迹二十六曰流灌二十七曰馬師二十八曰長息是爲二十八宿又問一一宿爲有幾星形貌何類有幾須臾何所服食姓爲何乎主何天乎摩登王曰厥名稱宿有六要星其形像加晝夜周行三十須臾而侍從矣以酪爲食主于火天姓號居火其長育宿有五要星其形如車行四十五須臾而侍從矣牛肉爲食主有信天姓號俱曇鹿首宿者有三要星形類鹿頭行三十須臾而侍從矣鹿肉爲食主善志天

姓號長育生養宿者有一要星其形類圓光
色則黃行十五須臾而侍從矣生酪爲食主
音響天姓號最取增財宿者有三要星其形
對立行四十五須臾而侍從矣醍醐爲食主
過去天名爲林出其熾盛宿者有三要星形
像鉤尺行三十須臾而侍從矣蜜餳爲食主
舍天神姓烏和若不觀宿者有五要星形如
曲鉤行三十須臾而侍從矣千魚爲食主醍
醐天姓曰慈氏是爲七宿屬于東方土地宿
者有五要星其形之類猶如曲河行三十須
臾而侍從矣食油秔米主于父天姓號邊垂
前德宿者有三要星南北對立行三十須臾
而侍從矣李果爲食主於善天姓號俱曇北
德宿者有二要星南北對立行三十五須臾
而侍從矣以豆爲食主種植天姓號十里其

象宿者有五要星其形類象行三十須臾而
侍從矣韮子爲食主卧寐天姓曰迦葉彩畫
宿者有一要星形圓色黃行三十須臾而侍
從矣主細滑天姓伊羅所乘善元宿者有一
要星形圓色黃行十五須臾而侍從矣以果
爲食主于風天姓善所乘善格宿者有二要
星形像牛角行四十五須臾而侍從矣油華
爲食主伊羅天姓曰巳彼是爲七星屬于南
方尊長宿者有三要星其形類麥邊小中大
行十五須臾而侍從矣秔米爲食主因帝天
姓長所乘根元宿者有三要星其形類蠍低
頭舉尾行三十須臾而侍從矣食于根果主
泥犂提天姓號所乘前魚宿者有四要星其
形類象南廣北狹尼拘類樹皮師爲食行十
五須臾而侍從矣主於水天姓財所乘北魚

宿者有四要星其形類象南廣北狹行四十五須臾而侍從矣以蜜餳爲食主種植天姓向所作無容宿者有三要星其形所類如牛頭步行六須臾而侍從矣以風爲食主于梵天姓梵所乘沙旃宿者一曰耳聰有三要星其形類麥邊小中大行三十須臾而侍從矣鳥肉爲食主種植天是爲七宿屬于西方貪財宿者有四要星其形像調脫之珠行三十須臾而侍從矣食𣅜豆羹主居寐天姓曰造眼百毒宿者有一要星形圓色黄行十五須臾而侍從矣以粥爲食主養育天姓乘魅前賢迹宿者有二要星相遠對立行三十須臾而侍從矣餅肉爲食主人是天姓生耳北賢迹宿者有二要星相遠對立行四十五須臾而侍從矣以牛肉爲食主於米天姓不流灌

宿者有一要星形圓色黄行三十須臾而侍從矣鹿麋爲食主富沙天姓曰妙華馬師宿者有三要星形類馬鞍行三十須臾而侍從矣食魚麥飯主香神天姓爲馬師長息宿者有五要星其五要星其形類珂行三十須臾而侍從矣以麋爲食主于𤏙天姓號曰佳是爲七宿屬于北方摩登王白弗袈裟是爲二十八宿六宿行四十五須臾而侍從矣謂長育增財北德善格北魚北方賢迹是爲六宿其五宿者行十五須臾而侍從矣謂生養前魚善元尊長百毒是爲五宿其一宿者行六須臾而侍從矣謂無容宿其餘宿者皆三十須臾而侍從矣厥東方宿名稱在前魚在後南方宿者土地在前善格在後西方宿者北魚在前耳聰在後北方宿者貪財在前長息

在後是爲二十八宿四宿姓輕前魚賢迹善元是爲四三宿弊惡生養長育不覲是爲三四宿行思北魚北方賢迹長息是爲四五宿柔輭耳聰貪財百毒尊長根元是則爲五四宿治業象宿彩畫流灌無容是則爲四其四宿者主急疾事名稱鹿首熾盛馬師是則爲四此二十八宿三宿在前而導御行宿在前行月則在後是謂導御何謂爲三流灌馬師前賢又十二宿而侍從矣善元善格悅可尊長根元前魚後魚耳聰貪財前賢迹北賢迹無容是爲十二與月侶行有十二宿名稱長育鹿首生養增財熾盛不覲土地前德象宿是爲十二皆有所主七宿主現怪有所嬈變何謂爲七清帛主舍恣力是水水主火火主藥藥閑寂阿須倫是別七宿弗架裟又問宿

在世間云何轉行安和晝夜云何得長如何短摩登王曰冬時十二月八日夜有十八須臾晝日適有十二須臾春四月八日晝日有十八須臾夜有十二須臾計當七月當其八日晝十五須臾夜亦十五須臾也又問何所是節何所是限何所須臾摩登王曰譬如有人切三尺縷不長不短是號爲節計六十節名之曰限計二十限名曰須臾如斯計之晝夜流過有三十須臾又問是諸須臾名曰何等答曰日初出時人自度影九丈六尺其彼須臾名曰爲四六丈影須臾名曰爲勝一丈二尺其影須臾名曰富樂六尺須臾影名曰卧首五尺影須臾名曰富安四尺影須臾名曰離樂三尺影須臾名曰等善面日中須臾名曰金剛中後須臾名曰犂訶四尺影須臾

名曰强力五尺影須臾名曰得勝六尺影須臾名曰皆實一丈二尺須臾名曰治業六丈須臾名曰善仁初日入須臾九丈六尺影名曰最猗而懷恐懼今吾當說向夜須臾曰沒須臾名曰凶弊第二須臾名曰妙女次名家英次名憂合次名無底次名驢鳴次名惡鬼夜半須臾名曰阿摩過半須臾名曰梵矣次名彩畫次名無懷次名棄意次名安樂次名曰火次名種火是要晝夜則而計有三十須臾摩登王曰且復聽吾爲仁分別十五瞬名曰爲卒二十卒則爲一時三十時名曰須臾三十須臾爲晝夜三十日爲一月計十二月爲一年合集一年宿夜明瞬一億百六十萬五十是爲分別時節數摩登王曰梵志且聽由旬里數七微爲阿耨七阿耨爲一窻中塵窻中七塵爲一兔上一塵兔上七塵爲羊上一塵羊上七塵爲牛上一塵牛上七塵乃爲一蟣七蟣合乃爲一虱七虱爲一麥七麥爲一指節十二指節爲一尺二尺爲一肘四肘爲長弓千弓爲一聲三十里爲一由旬三十一億千六百億十四億五十億一萬二千微合爲一由旬是爲分別里數本末摩登王曰分別稱二兩半爲一段此摩竭國所計稱量一段本微八億四百七十萬七千八十微爲一披羅今復且聽分別諸味酥十二斤爲計摩竭國則爲一斗七十斤蜜爲一斗其一斗微凡二百三億二百九十七萬四千七百二十微爲一大斗是稱計味且聽分別穀米十斤爲摩竭國一斗耳計斗本微百二十八億二百二十六萬一千五百三十微爲十斗是

爲分別米穀本微弗袈裟又問王仁君頗學了星宿乎答曰了之耳又問何謂分別星宿平時王答曰名稱宿日生名聞遠達長育宿日生則富難極鹿首宿日生喜鬭諍訟生養宿日生多有飲食增財宿日生喜田作犂種熾盛宿日生奉護禁戒不覲宿日生放逸多欲土地宿日生得大豪貴前德宿日生薄祿短命北德宿日生性遵修齋戒護於正法願生善處象宿日生性喜盜竊彩畫宿日生喜自莊嚴妓樂歌舞善元宿日生亦復薄命又上計校書善格宿日生身屬縣官若作吏卒悅可宿日生喜行估作販賣求利尊長宿日生亦復短命少于財業根元宿日生又多子生名德遠聞前魚宿日生樂在閑居獨行獲定北魚宿日生工便乘騎通利五兵無容宿日生幻有名稱勇猛難及耳聰宿日生爲國王家所見恭敬貪財宿日生剛强難化儱悷自用不知羞慚百毒宿日生喜行醫藥符呪之術若幻蠱道前賢迹宿日生喜作賊魁劫掠無辜北賢迹宿日生喜手妓樂工鼓五音流灌宿日生多作船師馬師宿日生常樂牧馬長息宿日生喜作屠魁斯爲分別諸宿本末弗袈裟又問摩登王仁君能知安處土地星宿應乎答曰頗學又問何謂則頌偈曰

名稱日所立　其城則巍巍　多有衆珍寶
然後火所燒　長育宿所興　多積諸財物
有聰明之慧　好布施奉戒　鹿首所立城
多女人牛財　華服衆飲食　適盛不久散
生養宿所立　多飲食財寶　其國人弊惡
愚弊無智慧　增財宿所立　城盛光巍巍

財米穀興盛　適豐便壞滅　熾盛宿所立
其城而德高　財穀豐喜祠　飲食多無味
不覲宿所立　多窮喜鬬變　居苦見棄捐
人民處如是　土地宿所立　高明有大財
巳將養其妻　有所歸祠祀　前德宿所立
女人喜華飾　香熏諸財寶　厥城意如斯
北德宿所立　多有珍寶穀　男宜爲女伏
城所倚謂然　象宿所立城　弊子有大財
喜貪他人物　彼土人若此　彩畫宿所立
女最勝寶豐　常女樂第一　然後火所災
善元宿所立　財業普熾盛　人弊惡駃宂
性多似驢馬　善格宿所立　厥城德巍巍
人多喜祠祀　然後兵所壞　悅可宿所立
伏根奉法禁　自將護其妻　隨時祠無失
尊長宿所立　珍琦多財寶　博學問經典

日日增進信　根元宿所立　土多珍寶物
人熾盛難當　爲雨土所壞　前魚宿所立
豐富饒財穀　人慳貪殑暴　還歸于愚騃
北魚宿所立　財業五穀盛　人明醫道術
志性常鬬諍　耳聰宿所立　財穀普具足
人安隱少病　然爲病所壞　貪財宿所立
土人爲女伏　多有華綵服　棄除恩愛業
無容宿所立　其城常難勝　人勇猛熾盛
威耀常巍巍　百毒宿所立　土人多弊冥
喜婬女酒色　後爲水所災　前賢迹所立
人財業諧偶　駃弊犯他妻　喜鬧冥貢高
北賢迹所立　日月常有益　財米穀豐盛
布施喜奉戒　流灌宿所立　土人好莊嚴
饒駱駝驢騾　多財米穀豐　馬師宿所立
土地甚熾盛　人興安無患　端正姝顏色

長息宿所立　土窮遺喜鬪　其危毀失戒
處土爲若斯
欲立國城及屋宅　當觀察星宿時節
護是吉祥及興立　吾前世時學如斯
摩登王謂弗袈裟曰是爲分別諸宿本末梵
志又問仁頗復學雨宿不平答曰達矣惟且
解說雨之得失摩登王曰名稱宿日五月而
雨九斛之時至于十日六月七月亦復如是
多所茂盛五穀豐熟秋冬少水當時火種自
然燒之長育宿日五月初雨墮三斛一斗半
高田爲旱下田得收米穀不登時有二疾一
曰眼疾二曰腹痛盜賊興盛鹿首宿日五月
初雨墮九斛六斗五穀豐熟國若藏伏兵刃
不設諸國安隱無窮厄者生養宿日五月初
雨墮二斛七斗高田不收下田茂盛當急備
儲所以者何多諸盜賊時諸國王興師起兵
則有四疾一曰欬病二曰上氣三曰風癢四
曰熱病多害小兒增財宿日五月初雨墮十
三斛又加五斗從五月至八月止諸國王皆
藏兵仗悉有慈心不加賊害熾盛宿日五月
初雨墮四斛八斗高田不滋下田茂盛諸異
道人喜共鬪諍象虎暴害無觀宿日五月初
雨墮三斛一斗五升若有智者不犂高田當
耕下田風雨不時國王懷毒都不和穆時雖
霖雨五穀豐登夫妻不穆數喜鬪諍土地宿
日五月初雨墮九斛六斗當歲霖雨五穀熟
成時女人飛鳥羊畜漸有傷胎人多死亡前
德宿日五月初雨墮九斛六斗五穀茂盛其
歲雖收遠方賊來逼迫厥土令不得安飮食
自恣人畜胞胎永無患難北德宿日五月初

雨墮十二斛九斗一升五穀熾盛諸國下兵刀刃不設人民安隱無窮匱者諸梵志喜共鬪諍象宿日五月初雨墮七斛三斗五升然後便止其歲不登五穀不豐人民飢饉彩畫宿日五月初雨墮九斛六斗五穀盛熟時諸國下兵去杖刀刃不設安隱無他善元宿日五月初雨墮三斛一斗五升多有諸風時盜賊興善格宿日五月初雨墮十二斛當歲霖雨五穀滋茂諸國強盛則有火災衆象死亡悅可宿日五月初雨墮九斛矣時諸五穀皆可熟成親友強健尊長宿日五月初雨墮二斛四斗不當復佃所以者何所種不生多害小兒外賊暴來有所損耗根元宿日五月初雨墮九斛六斗五穀豐登盜賊強盛時有三病一曰咽痛二曰脅痛三曰眼疾華實滋茂時諸國王下諸兵仗求無所設前魚宿日五月初雨墮九斛六斗五穀滋茂六七月中當有大水則興二病一曰眼痛二曰腹痛北魚宿日五月初雨墮十五斛不宜下田當修高田天大霖雨諸河漏溢則有水災漂壞下田高田獨茂時有三病一曰咽疾二曰齋痛三曰風癢耳聰宿日五月初雨墮九斛六斗天雨往返五穀熟成水居諸龍鬼神禽獸普遭災害疫氣隆行時諸國興師起兵貪財宿日五月初雨墮七斛六斗五升彼天雨時不多不少下田得收高田薄入則有一疾謂瘡痍病當諸國王修治兵仗百毒宿日五月初雨墮二斛四斗下田當修高田不耕米穀不登彼時人民怖懅不安抱子驚走前賢迹宿日五月初雨墮九斛六斗先五月一日旱後有

大水災害五穀及諸華實當霖雨時怨賊興
盛則有二病一曰心痛二曰熱病羣臣不和
象畜死亡北賢迹宿日五月初雨墮十五斛
下田不收高田滋茂大水流行漂破城郭及
危聚落時有四病一曰欬病二曰熱病三曰
疱面色痿黃熱四曰眼病多害小兒象畜死
亡華實皆茂盛流灌宿日五月初雨墮九斛
五斗此雖霖雨五穀豐登家室和穆及親知
識飲食相娛諸國下兵布恩施德星宿順行
馬師宿日五月初雨墮七斛二斗先月曾旱
後復值旱下田多收高田不成大麥小麥禾
粟皆熟稻穬不滋諸國勇猛修兵自嚴怨賊
强盛長息宿日五月初雨墮十五斛下田不
茂高田不成米穀涌貴人民死亡諸國興兵
轉共鬬諍子孫恐懼摩登王荅弗袈裟曰是

爲諸宿雨之變今當復說二十八宿各有所
主名稱宿者主加鄰國及摩竭國長育宿者
普照天下鹿首宿者主卑提國生養宿者主
弗吒國及諸梵志增財宿者主金寶家熾盛
宿者普主秦地無覩宿者主兩雪龍正土地
宿者主諸織作前德宿者主諸盜賊北德宿
者主阿槃提國其象宿者主修羅國彩畫宿
者主野人飛鳥善元宿者主化仙道專精攝
意善格宿者主幻蠱道悅可宿者主行道人
車乘莊物尊長宿者主諸守門根元宿者主
步行人前魚宿者主月支國無容宿者主一
切南國及多波洹小國脂羅那小國安加摩
竭國貪財宿者主拘留國及般闍國百毒宿
者主諸藥草及外異道前賢迹宿者主大秦
國北賢迹宿者主健沓和流灌宿者主將胎

馬師宿者主諸牧馬長息宿者主諸粟散國當爲二十八宿說嬈亂之變其名稱宿若遭厄者加陵摩竭國國則不安諸宿皆然所可主國厥宿適動彼國遭患是爲分別諸宿所主弗袈裟又問摩登王曰仁者學除罪律也答曰已達又問除罪爲有幾字幾節句王答曰除罪句者有二十四字計節有三其句有四又問何謂答曰當爲卿說除罪律元昔有仙人名曰宿止得五神通極大變化名多連女曰黃色宿止仙人與瑕穢心則失神足離于禪定便自患猒惡行返逆爾時說是除罪之律羞恥慚何所爲以怨結還自縛我有是失神足是斷截爲解脫是爲梵志除罪之律當復爲仁分別說義又問何謂答曰在林樹止噉諸果蓏深入一樂彼尊敬天常行德施供給飲食隨一切人之所欲樂是爲君子除罪之律復爲仁說除罪之律問曰何謂時王答曰大種彩色大家之女因是之元生工巧人壞諸彩色是爲工師除罪之律人在世間以欲第一設不斷欲則有殃罪是故仁者當斷斷著便入甘露得生梵天摩登王謂弗袈裟是爲悔過除罪之律梵等句天所分別說住平等覺悉勸助之吾有自在得解神通憶念過去無數世乃昔爾時宿止仙人五通達者則我身是吾外父女名曰赤色身興欲意則失神通吾於彼世憎猒惡行尋便說除罪之律今故爲仁分別說之君子梵志工師細民方俗語耳惟以女子與吾太子恣意求娉不爭多少時弗袈裟聞說是語特以偈讚摩登王曰

仁為長仁尊　仁者無等倫　計天上人間
仁為梵博聞　今以志性女　與太子為妻
隨共結婚姻　隨世習俗法

彼時梵志弗袈裟諸弟子衆舉聲呼怨白師曰和尚勿得現有三達清淨梵志何緣乃與殃害呪家共結婚姻即以誤矣衆學笑人時弗袈裟告諸學志以義訶諫摩登王所言至誠無有一異今以女與太子為妻爾時弗袈裟謂摩登王曰梵等句王說四大身仁且聽之答曰便說時弗袈裟則講頌曰

其頭方千金　厥腹喻虛空　兩脚比太山
足方譬于地　兩目為日月　體毛如樹木
身廁如巨海　溺下則江河　涕淚譬天雨
是為等梵王　天尊之所說　百脉譬萬川

彼時摩登王報弗袈裟以偈頌曰

本因父母由罪福　貪習愛欲相娛樂
二緣合會成胞胎　人未曾有自然生
因緣合會成胞胎　初未見人從風出
況于梵志師細民　此人民者方俗語
一切見有僂一盲　顛倒愚癡瘡痍疹
色黑瘦黃及白顏　一切各各異不同
體背骨肉及皮爪　俱有苦樂成夭溺
其根顏貌無有異　是故我說無四種
大名聞通次分別　其摩登王為解說
彼弗袈裟梵志言　從摩登王受奉行
彼弗則梵為天帝　白英微淨智上人
則為講說四部經　仁是宿止大仙聞
仁之慧最以有勝　仁了一切諸經典
尊微妙行無所之　於世人間尊復尊
今與人安太子妻　戒禁端正德具足

虎耳賢者志姓女　兩共相樂吾悅耳
於是梵志踊躍喜　則取金瓶盛澡水
自挺女手授與之　爲虎耳賢太子妻
則摩登王心踊躍　尋則成立爲婚姻
便還本土如龍神　即在國土治正法

佛告諸比丘欲知爾時在彼摩登王不則我身是虎耳太子阿難是弗袈裟王女則志性比丘尼是彼本宿命時情欲恩愛于今未斷故見阿難進止逐之所詣家乞輙守其門於是世尊因斯緣故便歎頌曰

由本宿命習　今現在身斯　緣此生恩好
如蓮華依水

佛告諸比丘是故當學四諦之法數數思惟樂經願法令不失意靜修寂然譬如有人頭上火然而還自燒其人甚急欲滅髮然學四聖諦忽忽亦然奉行精進無得懈怠何謂爲四苦諦集諦盡諦道諦常當願樂修行莫猒分别義趣因是得度佛說是經時舍衛城中無數梵志及諸長者遠塵離垢得諸法眼生不可計數諸比丘衆得無起餘漏盡意解佛說如是王波斯匿心懷喜踊梵志長者及諸比丘爲佛作禮

舍頭諫經

音釋

殑祝 殑許容切與凶同祝職救切呪詛也　戾 失指切　搪揬 搪徒郎切揬徒骨切　曄 筠輙切光盛貌　釁 許覲切隙也　宄 音軌姦也　肋 盧則切脇骨也　㮕 而兖切棗名　槲梀 槲音斛梀音束木名　餟 陟劣切祭餟也　熇 黑各切　餳 徐盈切飴也　韮 舉有切韮菜名　儱悷 儱力董切悷郎計切

懶恣多惡不調也**欬**苦蓋切欬嗽也**懅**其據切懼也**疱**薄教切**瘻**於危切痺濕病也**穬**古猛切穀芒也**蓏**郎果切蔓生實也**溺**奴弔切與尿同**疹**之忍切皮外小起也

治禪病秘要經

北涼世安陽侯沮渠京聲譯

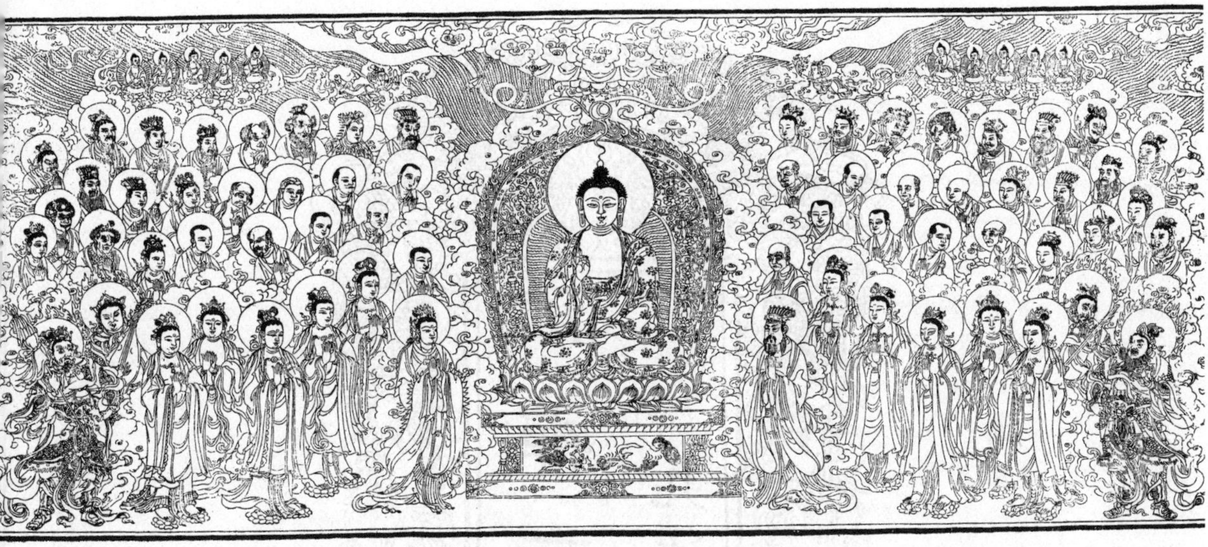

清刻龍藏佛說法變相圖

治禪病秘要經卷上

北涼世安陽侯沮渠京聲譯

治禪病祕要法

治阿練若亂心病七十二種法（尊者舍利弗所玄問出雜阿含阿練若雜事中）

如是我聞一時佛在舍衛國祇樹給孤獨園與千二百五十比丘俱夏五月十五日五百釋子比丘在竹林下行阿練若法修心十二於安那般那入毗瑠璃三昧時波斯匿王有一太子名毗瑠璃與五百長者子乘大香象在祇洹邊作那羅戲復醉諸象作鬪象戲有一行蓮華黑象其聲可惡狀如霹靂中間細聲如猫子吼釋子比丘禪難提優婆難提等心驚毛竪於風大觀發狂癡想從禪定起如醉象奔不可禁制尊者阿難勑諸比丘堅閉

房戶我諸釋子今者發狂脱能傷壞諸比丘僧即往舍利弗所白言大德大德所知智慧無障如天帝釋第一勝幢所至無畏惟願慈哀救諸釋子狂亂之苦爾時舍利弗即從座起牽阿難手往詣佛所遶佛三帀爲佛作禮長跪合掌白佛言世尊惟願天尊慈悲一切爲未來世諸阿練若比丘因五種事發狂者一者因亂聲二者因惡名三者因利養四者因外風五者因内風此五種病當云何治惟願天尊爲我解説爾時世尊即便微笑有五色光從佛口出遶佛七帀還從頂入告舍利弗諦聽諦聽善思念之吾當爲汝分别解説若有行者行阿練若修心十二於阿那般那因外惡聲觸内心根四百四脉持心急故一時動亂風力强故最初發狂心脉動轉五風入咽先作惡口應當教是行者服食酥蜜及呵梨勒繫心一處先想作一頗梨色鏡自觀己身在彼鏡中作諸狂事見此事已復當更教而作是言汝於明鏡自見汝身作狂癡事父母宗親皆見汝作不祥之事我今教汝離狂癡法汝當憶知先教除聲除聲法者舉舌向齶想二摩尼珠在兩耳根中如意珠端猶如乳滴滴滴之中流出醍醐潤於耳根使不受聲設有大聲如膏油潤終不動揺此想成已次想一九重金剛蓋從如意珠王出覆行者身下有金剛華行者坐上有金剛山四面周帀遶彼行者其間密緻静絶外聲一一山中有七佛坐爲於行者説四念處爾時寂然不聞外聲隨於佛教此名除亂法門去惡聲想告舍利弗汝等行者宜當修習慎莫忘失

是名治亂倒心法復次舍利弗既去外聲已當去内聲内聲者因於外聲動六情根心脉顛倒五種惡風從心脉入風動心故或歌或舞作種種變汝當教洗心觀洗心觀者先自觀心令漸漸明猶如火珠四百四十四脉如毗瑠璃黄金芭蕉直至心邊火珠出氣不冷不熱不麤不細用熏諸脉想一梵王持摩尼鏡照行者胷爾時行者自觀胷如如意珠王明淨可愛火珠爲心大梵天王掌中有轉輪印轉輪印中有白蓮華白蓮華上有天童子手擎乳湩從如意珠王出以灌諸脉乳漸漸下至於心端童子手持二針一黄金色二青色從心兩邊安二金華以針鑚之七鑚之後心還柔軟如前復以乳還洗於心乳滴流注入大腸中大腸滿已入小腸中小腸滿已流出諸乳滴滴不絶入八萬戸蟲口中諸蟲飽滿徧於身内流注諸骨三百三十六節皆令周徧然後想一乳池有白蓮華在乳池中生行者坐上以乳澡浴想兜羅綿如白蓮華遶身七帀行者處中梵王自執已身乳令行者嗽行者嗽已梵王執蓋覆行者上於梵王蓋普見一切諸勝境界還得本心無有錯亂佛說此語時五百釋子比丘隨順佛語一一行之心即清涼觀色受想行識無常苦空無我不貪世間達解空法豁然還得本心破八十億烱然之結成須陀洹漸漸修學得阿羅漢三明六通具八解脱時諸比丘聞佛所說歡喜奉行

此名柔軟治四大内風法復次舍利弗若行者欲行禪定宜當善觀四大境界隨時增損春時應入火光三昧以温身體火光猛盛身體蒸熱宜當

治之想諸火光作如意珠從毛孔出炎炎之間作金蓮華化佛坐上說治病法以三種珠一者月精摩尼二者星光摩尼猶如天星光白身青三者水精摩尼想此三珠一照頭上一照左肩一照右肩見三珠已想身毛孔出三珠光極爲清涼身心柔軟入火光三昧不爲所壞是名治火大三昧法復次舍利弗秋時應當入地三昧入地三昧見此地相百千石山鐵山鐵圍山金剛山從頭至足三百三十六節各爲百千山山神巖崿爾時應當疾疾治之治地大法想此諸山一一諦觀猶若芭蕉如是次第如經十譬一一諦觀爾時但見十方大地如白瑠璃有白寶華見舍利弗目連迦葉迦旃延坐白金剛窟履地如水爲行者說五破五合說地無常行者見已身心柔軟還得本心是名治地大法復次舍利弗行者入水三昧者自見已身如大涌泉三百三十六節隨水流去見十方地滿中青水或白或赤宜當急治治水法者先當觀身作摩尼珠吉祥之瓶金華覆上使十方水流入瓶中此吉祥瓶涌出七華七莖分明一一莖閒有七泉水一一泉中有七金華一一華上有一佛坐說七覺支是名治水大法復次舍利弗若行者入風三昧自見己身作一九頭龍一一龍頭有九百耳無量口身毛孔耳及口如大溪谷皆出猛風宜急治之治之法者當教行者自觀已身作金剛座從於四面想四金剛輪以持此風金輪復生七金剛華華上化佛手捉澡鑵澡鑵中有一六頭龍動身吸風令十方風恬靜不動爾時行者復見七佛四大聲聞重爲解說七覺

支漸入八聖道分是名治內風大法癱酥觀柔輭四大漸入聖分爾餘境界復次舍利弗若有行者四大麤澀或瞋或喜或悲或笑或復腹行或放下風如是諸病當教急治治之法者先觀薄皮從半節起見於薄皮九十九重猶如泡氣次觀厚皮九十九重猶如芭蕉次復觀膜如眼上翳九十九重潰潰欲穿次復觀肉亦九十九重如芭蕉葉中間有蟲細於秋毫蟲各四頭四口九十九尾次當觀骨見骨皎白如白瑠璃九十八重四百四脉入其骨間流注上下猶如芭蕉次當觀髓九十八重如蟲網絲觀諸節已次觀頭骨一一髮下有四百四脉直入腦中其餘薄皮厚皮骨與身無異惟有腦膜十四重腦為四分九十八重四百四脉流注入心大腸小腸脾腎肝肺心膽喉嚨肺腧生熟二臟八萬戶蟲一一諦觀皆使空虛皎然白淨皮皮相裹中間明淨如白瑠璃如是一一半節諦觀使三百三十六節皆悉明了令心停住復更返覆一千九百九十九徧然後當聚氣一處數息令調想一梵天手持梵瓶與諸梵衆至行者前捉金剛刀授與行者既得刀已自剜頭骨大如馬珂置左膝上於梵瓶中生白蓮華九節九莖九重有一童子隨梵王後從初蓮華出其身白色如白玉人手執白瓶瓶內醍醐梵王髻上如意珠中出衆色藥置醍醐中童子灌之從頂而入入於腦脉直下流注至于左脚大拇指半節半節滿已津潤具足乃至薄皮復至一節如是漸漸徧滿半身滿半身已復滿全身滿全身已四百四脉衆藥流注觀身三百三

十六節皆悉盈滿爾時行者還取頭骨安置頭上童子復以青色之藥布其頭上此藥滴滴從毛孔入恐外風入梵王復教作雪山藥皆令鮮白醍醐流注如頗梨壁持用擁身七七四十九徧復更廣大作醍醐池白酥爲華行者坐上酥蓋酥窟梵天慈藥布散酥間如是諦觀九百九十九徧然後復當想第二節蓮華中有一紅色童子持赤色藥散於髮間及徧身體一切毛孔使赤色藥從薄皮入乃至於體使心下明徧體漸漸柔輭第三節中蓮華復敷金色童子持黄色藥散於髮間及徧身體一切毛孔使黄色藥從薄皮入乃至於髓使心下青徧體漸漸增長復更增柔輭第四節毗瑠璃童子持青色藥右手持之散於髮間及徧身體一切毛孔使青色藥從薄皮入乃至於髓使心下赤一一毛孔各下一針從於足下上刺二針心上作三蓮華三華之中有三火珠放赤色光光照於心令心下漸漸暖然後兩掌諸節各下三針隨脉上下調和諸氣生四百四脉不觸大腸腎脉增長復以五針刺左腸脉如是童子調和諸針以不思議熏不思議修挽出諸針置五爪下以手摩觸徧行者身第五節緑色童子手捉玉瓶從於糞門灌緑色藥徧大小腸五臟諸脉還從糞門流出此水雜穢諸蟲隨水而流不損醍醐蟲止水盡復散緑色乾藥從於髮間及徧身體一切毛孔使緑色乾藥從薄皮入乃至於髓使心下白徧體漸增柔輭第六節紫色童子捉玫瑰珠瓶盛玫瑰水徧洗諸脉令玫瑰水從一切毛孔出毛下諸蟲皆從水

出復以一琥珀色乾藥散於髮間及徧身體一切毛孔使琥珀色乾藥從薄皮入乃至於髓使心下轉明如白雪光徧體漸增柔輭第七節黄色童子捉金剛鑽鑽兩脚下鑽兩掌鑽心兩邊然後持如意珠王摩拭六根諸情根開受最上禪味樂諸皮脉間如塗白膏一切柔輭第八節金剛色童子手持二瓶以金剛色藥灌兩耳中及一切毛孔如案摩法停調諸節身如鉤鏁遊諸節間第九節摩尼珠色童子從瓶口出至行者所内五指置行者口中其五指端流五色藥行者飲已觀身及心乃至諸脉淨若明鏡頗梨摩尼色不得譬童子授蓮華莖令行者嗽嗽時如嗽酥法滴滴之中流注甘露食此莖已惟九華在一一華中有一梵王持梵王牀授與行者令行者坐坐此牀已七寶大蓋覆行者上梵王各各說慈法門以教行者梵王力故十方諸佛住行者前爲說慈悲喜捨隨根授藥柔輭四大告舍利弗汝好持此柔輭四大伏九十八使身内外一切諸病梵王灌頂擁酥灌法爲四衆說爾時舍利弗尊者阿難等聞佛所說歡喜奉行

治噎法

復次舍利弗若阿練若比丘用心大急數息太麤眠卧單薄因外風寒因動脾管脾腎等脉諸筋起風逆氣胷塞節節流水停住胷中因成凝血氣發頭痛皆滿諸筋攣縮當疾治之治之法者先服肥膩世間美藥然後仰眠數息令定想阿耨達池其水盈滿滿一由旬底有金沙四寶金輪生黄金華大如車輪華

中有四寶獸頭象鼻出水師子口出水馬口出水牛口出水繞池七帀阿耨達龍王七寶宮殿在四獸頭間龍王頂上如意珠中龍王力故生一千五百雜色蓮華青蓮華五百尊者賓頭盧等五百阿羅漢各坐其上日暮則合晝時則開有七寶蓋在比丘上有七寶牀在蓮華下五百金色蓮華淳陀婆等五百沙彌各坐其上日暮則合日晝則開有七寶蓋在沙彌上有七寶牀在蓮華下五百紅蓮華尊者優婆難陀和須蜜多等大阿羅漢或言是大菩薩眷屬五百各坐其上日暮則合日晝則開有七寶蓋在比丘上有七寶牀在蓮華下有七寶高臺長八千丈從下方出當阿耨達龍王宮前有五百童子在其臺上身眞金色第一童子名曰闍婆第二童子名曰善財第五百童子名灌頂力王若欲治噎病者先念尊者賓頭盧等一千五百人如上所說令了了見已尊者賓頭盧當將是闍婆童子取阿耨達龍王所服白色菴婆陀藥（菴婆陀藥者味如甘蔗形似藕根味亦有似石蜜者）服此藥已噎病得瘥四大調和眼即明淨若發大乘心者闍婆善財等五百童子爲說大乘法因是得見跋陀婆羅等十六賢士亦見賢劫彌勒等千菩薩因發阿耨多羅三藐三菩提心具六波羅蜜發聲聞心者尊者賓頭盧爲說四念處法乃至八聖道分經九十日得阿羅漢道告舍利弗汝好受持此治噎法慎莫忘失時舍利弗及阿難等聞佛所說歡喜奉行

治行者貪婬患法

復次舍利弗若行者入禪定時欲覺起貪婬

風動四百四脉從眼至身根一時動揺諸情閉塞動於心風使心顛狂因是發狂鬼魅所著晝夜思欲如救頭然當疾治之治之法者教此行者觀子臟子臟者在生臟下熟臟之上九十九重膜如死猪胞四百四脉從於子臟猶如樹根布散諸根如盛屎囊一千九百節似芭蕉葉八萬戸蟲圍遶周帀四百四脉及以子臟猶如馬腸直至產門如臂釧形團圓大小上圓下尖狀如貝齒九十九重一一重間有四百四蟲一一蟲有十二頭十二口人飲水時水精入脉布散諸蟲入毗羅蟲頂直至產門半月半月出不淨水諸蟲各吐猶如敗膿入九十蟲口中從十二蟲六竅中出如敗絳汁復有諸蟲細於秋毫遊戲其中諸男子等宿惡罪故四百四脉從眼根布散四支流注諸腸至生臟下熟臟之上肺腧腎脉於其兩邊各有六十四蟲蟲各十二頭亦十二口婉綣相著狀如指環盛青色膿如野猪精臭惡叵甚至陰臟處分為三支二支在上如芭蕉葉有一千二百脉一一脉中生於風蟲細若秋毫似毗蘭多鳥觜諸蟲口中生筋色蟲（此蟲形體似筋連持子臟能動諸脉吸精出入男蟲青白女蟲紅赤）七萬八千共相纏裹狀如累環似瞿師羅鳥眼九十八脉上衝於心乃至頂髻諸男子等眼觸於色風動心根四百四脉為風所使動轉不停八萬戸蟲一時張口眼出諸膿流注諸脉乃至蟲頂諸蟲崩動狂無所知觸前女根男精青白是諸蟲屎女精黃赤是諸蟲膿九十八使所熏修法八萬戸蟲地水火風動作作此告舍利弗若有四衆著慚媿衣服慚媿樂

欲求解脱度世苦者當學此法如飲甘露學此法者想前子臓乃至女根男子身分大小諸蟲張口竪耳瞋目吐膿以手反之置左膝端數息令定一千九百九十九過觀此想成已置右膝端如前觀之復以手反之用覆頭上令此諸蟲衆不淨物先滴兩眼耳鼻及口無處不至見此事已於好女色及好男色乃至天子天女若眼視之如見癩人那利瘡蟲如地獄箭半多羅鬼神狀如阿鼻地獄猛火熾熱應當諦觀自身他身是欲界一切衆生身分不淨皆悉如是告舍利弗汝今知不衆生身根根本種子悉不清淨不可具説但當數息一心觀之若服此藥是大丈夫天人之師調御人主免欲淤泥不爲駛水恩愛大河之所漂没婬泆不祥幻僞妖鬼之所嬈害當知是人未出生死其身香潔如優波羅人中香象龍王力士摩醯首羅所不能及大力丈夫天人所敬告舍利弗汝好受持爲四衆説愼勿忘失時舍利弗及阿難等聞佛所説歡喜奉行

治利養瘡法

復次舍利弗若有行者貪火所燒利養毒箭惡風吹動以射其心以貪因縁心或顛倒晝夜六時思念貪方便如猫伺鼠心無猒足如七步蛇吐毒覆身如此惡人利養細滑五百毒蛇集在身中刹那刹那頃其心毒火熾然不息晝夜六時煩惱猛風吹利養薪在其心内熾然不息諸蛇競作燒善根芽以是因縁狂亂黑鬼猛毒熾盛見他得利如箭射心如刺入眼如釘入耳諸情閉塞五百五蛇四大

毒龍五拔刀賊六村羅剎一時競作因是發狂當疾治之治之法者先當數息繫心令定想一丈六像身紫金色三十二相在耆闍崛山七寶窟中坐寶師子座與諸四衆說除貪法告言法子汝觀貪人所著袈裟六物衆具如棘刺林針縫之中當生劒樹百千鐵釘鐵觜諸蟲啄食其身融銅鑊湯鐵鋸鐵牀是汝坐具沸屎毒蛇鐵丸鑊湯刀林劒戟百億棘刺火河流銅灰漿膿血是汝飲食爾時世尊說是語已嘿然無聲令於行者自見己身卧七重鐵城內見五羅剎張口兩向以八十鐵鉤拔舌令出無量鐵犂狀如劒樹以耕其舌鐵牛甲間流注融銅鐵觜身內有五千色膿膿中諸蟲不可稱數觀見此事心驚毛竪出定入定見所著衣如膿屎和血鐵觜諸蟲刀林劒戟以爲莊嚴見所食物猶如蛔蟲百千小蟲耳生諸膿屎尿諸血八十觜蟲風蟲火蟲水蟲地蟲地獄蟲一切諸蟲吐膿吐毒滿鉢多羅鐵丸劒戟以爲果蓏爾時世尊而說偈言

生死不斷絶　貪欲嗜味故　養怨入丘塚
唐受諸辛苦　身臭如死屍　九孔流不淨
如廁蟲樂糞　愚貪身無異　智者應觀身
不貪染世間　無累無所欲　是名眞涅槃
如諸佛所說　一心一意行　數息在靜處
是名行頭陀

告舍利弗利養傷身敗人善根不可具說但當數息一心觀之若服此藥是大丈夫天人之師調御之主免欲淤泥不爲駛水恩愛大河之所漂沒貪利不祥之所燒害當知是人

未出生死其身香潔如優波羅人中香象龍王力士摩醯首羅所不能及大力丈夫天人所敬告舍利弗汝好受持爲四衆說愼勿忘失時舍利弗及阿難等聞佛所說歡喜奉行

治犯戒法

復次舍利弗若比丘比丘尼式叉摩尼沙彌沙彌尼優婆塞優婆夷受佛禁戒身心狂亂猶如獮猴種植之法未及生長摵枝毀根七衆亦爾於佛禁戒犯色未生犯突吉羅乃至波羅夷猶如醉象不避好惡不識諸方蹈壞一切諸善好物四衆亦爾蹈破淨戒青蓮華池破戒猛盛猶如狂狗見人見木乃至鳥獸隨逐齧之犯戒惡人見佛羅漢清淨比丘功德福田隨逐罵辱誹謗毀之自飲毒藥徧體血現節節火然狂愚無智結使猛風動煩惱山貪婬爲眼瞋爲手足愚癡身體踐蹈世間種植惡子既自種已復教他人求覓地獄獄卒羅刹牛頭阿傍劫火惡鬼劒林之神閻羅王等十八獄主常當爲已作大親友上善知識必定當與如是獄種晝夜遊處此破戒人諸惡猛火已來入心爲利養故爲名聞故自稱善好威德具足詣阿練若知法者所猶如幻師幻惑他目此幻僞人詐行頭陀破戒惡風吹罪業華常散已上惡口誹謗不善心香以熏身心此人身心猶如伊蘭似百千蟲狗雖行禪定僞現數息所見境界始初之時見黑色沸如黑象脚見如灰人見諸比丘頭破脚折見比丘尼莊嚴華鬘見諸天像化爲獮猴毛端火然來觸擾已或見一野狐及一野干有百千尾一一尾端無量諸蟲種種雜惡

或見羸瘦駝驢猪狗鵄梟茶等諸惡夜叉羅刹魁膾各持種種武器惡火打撲比丘因是發狂或歌或舞卧地糞穢作種種惡當疾治之治之法者向諸智者至誠自説懺悔所作惡不善業智者應當教此比丘念釋迦牟尼佛乃至次第念於七佛念七佛已念三十五佛然後復當念諸菩薩念大乘心觀於空法深自慚愧想一一佛捉澡罐水以灌其頂復自想身墮阿鼻地獄十八地獄受諸苦惱於地獄中稱南無佛南無法南無比丘僧修行六念諸佛如來於其夢中放白毫光救地獄苦見此事已如負債人心懷慚愧應當償之一心一意脱僧伽梨著安陀會詣清淨僧所五體投地如太山崩心懷慚愧懺悔諸罪爲僧執事作諸苦役掃廁擔糞經八百日然後復當澡浴身體還著僧伽梨入於塔中一心合掌諦觀如來眉間白毫大人相光一日至七日還至智者所求索懺悔智者應當告言比丘汝今自觀汝身猶如金瓶盛四毒蛇二上二下吐毒可畏復觀一龍六頭遶瓶龍亦吐毒滴蛇口中四方大樹從金瓶出徧三界黑象復來欲拔此樹四面火起見此事已應當告言比丘當知金瓶者是蛇器也青色蛇者從風大生是風大毒緑色蛇者從水大生是水大毒白色蛇者從地大生是地大毒黄色蛇者從火大生是火大毒六頭龍者是汝身中五陰及空如此身者毒害不淨云何縱惡犯戒不治説此語已復教掃塔塗地作諸苦役更教觀佛見佛放金色光以手摩頭然後方當教不淨觀不淨門徹無有諸障然後

可與僧中說戒欲說戒時應唱是語其甲比丘其甲比丘尼已八百日行於苦役七日觀佛眉間白毫作毒蛇觀地獄想成復觀一佛說懺悔法不淨觀門無我人境還復通達境界中佛以澡罐水灌比丘頂天神現夢說已清淨今已慚愧我所證知惟願聽許爾時律師復應以律檢問此人復教誦戒經八百徧然後方與如淨比丘得無有異告舍利弗若有七衆犯輕戒過三夜不懺悔者是人現身雖行禪定終不獲道若犯重戒墮大地獄從地獄出受畜生身如是具足足滿三劫然後爲人雖得人身貧窮癩病七十七身不見佛不聞法諸根不具是故智者若犯佛戒於突吉羅應生怖畏如被刀斫極懷慚愧何況重戒若能服此持戒藥者當知是人最上慚愧忍辱丈夫無能過者爾時世尊而說偈言

破戒心不淨　猶如偷賊狗　處處求利養
爲貪心所殺　當服慚愧藥　忍辱爲衣裳
懺悔莊嚴華　熏用善心香　一心觀佛相
除苦無憂患　亦當念空法　修心觀不淨
是名諸如來　甘露灌頂藥　服者心無憂
可至涅槃岸　如法應修行　非法不應作
今世若過世　行法者得度　隨順佛所說
持戒行頭陀　身心無惡行　疾至於解脫

爾時世尊告舍利弗汝好受此治犯戒藥愼莫忘失時舍利弗及阿難等聞佛所說歡喜奉行

治禪病祕要經卷上

音釋

齶五各切齒根肉也　緻直利切密也　湩覩勇切乳汁也　鑽祖官切穿也　嗽所角切舍吸也　烔徒紅切　崿五各切崖崿也　胇腧胇芳廢切金藏也腧式注切五藏腧也　剜烏丸切削也　玫瑰玫莫杯切瑰公回切玫瑰火齊珠也　攣力員切拘攣也　瘥楚懈切病除也　婉於阮切　綣去阮切　叵普火切　⿱此束即委切與觜同啄也　駛踈士切疾也　猨雨元切獸名　搣莫結切手拔也　齧五結切噬也

治禪病秘要經卷下

北涼安陽侯沮渠京聲譯

治樂音樂法

復次舍利弗若四部衆樂諸音樂作倡無猒因是動風如縱逸馬亦如秋狗似伊尼利鹿王躭惑愚癡心如黐膠處處隨著不可禁制當疾治之治之法者先想一天女端正無雙兩手自然有諸樂器聲萬種音行者見已見此天女過於外色百億萬倍聞此天聲世所無比因是惑著觀色聽聲因是當教觀此女人六情諸根所起境界數息力故見可愛眼生六毒蛇從眼根出入耳根中復見二蟲狀如鵄鵂發大惡聲破頭出腦爭取食之餘四根中見猫見鼠見狗野干爭取食之因是得見一切女色三十六物惡露不淨子臟蛔蟲爲女瓔珞見女所執諸雜樂器宛轉糞中諸蟲鼓動作野干鳴所說妖怪不可聽採如羅刹哭因是猒離諮智者所說前所作惡不善業誠心懺悔智者應當教無常觀告舍利弗汝好受此治音樂法愼莫忘失時舍利弗及阿難等聞佛所說歡喜奉行

治好歌唄偈讚法

復次舍利弗若行者好作偈頌美音讚歎猶如風動娑羅樹葉出和雅音聲如梵音悅可他耳作適意辭令他喜樂因是風響貢高憍慢心如亂草隨煩惱風處處不停起憍慢幢打自大鼓弄諸見鈴因是發狂如癡獼猴採拾花果心無暫停不能數息當疾治之治之法者先當想一七寶高幢有乾闥婆在其幢端身如白玉動身讚偈身毛孔中出大蓮華

百千比丘在蓮華上聲萬種音過於已身百千萬倍因是漸漸息其憍慢智者復應教於行者諦觀幢端見於幢端頗梨明鏡諸比丘等恃聲憍慢心不淨者化爲羅刹出大惡聲火從口出復有夜叉從四方來拔舌取心置於幢端其心戰掉號哭吽喚如醉象吼或復細聲如呲舍闍吟因是復見諸美音聲如人吽喚稱已父母罵詈無道因是猒離耳不樂聞生猒離想智者應當教觀八苦如八苦觀說告舍利弗汝好受此治歌唄偈讚法愼莫忘失時舍利弗及阿難等聞佛所說歡喜奉行

治水大猛盛因是得下法

復次舍利弗若有四衆入水三昧遍體水出不見身心猶如大海出定之時飲食不甘患心不熱水脉增動患下不止當疾治之治之法者想一金翅鳥比丘乘上於大海中遊行無畏諸龍羅刹皆悉驚走鳥取龍食龍畏怖故吸水都盡化爲四蛇金翅鳥王口銜四蛇比丘坐上求水不得金翅鳥王眼出火燒蛇諸蛇驚怖猶如幻夫所作幻人隱没不現入比丘身從是出定應服世間斷下之藥想二火珠一在胃管溫煖諸脉一在糞門狀如熱石想雪山神名欝多伽身長六丈白如珂雪持一香藥名娑呵那伽授與行者服此藥時先發無上菩提之心一服藥已四百四病終身不動何況下耶若令彼神疾疾來者當淨澡浴不食五辛不飲酒不噉肉於靜寂處一心數息稱彼神名念彼神像一日至七日雪山大神與十二白光神等至行者前先爲說

法後授與藥復教十二門禪彼諸神等皆是五地大菩薩也若有病者應先念彼鬱多羅伽神次念勇健神強力神雄猛神智行神自在神善臂神鳩摩羅神難勝神白光明神白光明王神藥王神等十二白光神既得見已於一一神所各問異法門彼諸神等先令行者得見彌勒菩薩於彌勒菩薩所見文殊師利等一切諸菩薩及十方佛若此人過去世不犯四重禁現在世不破四重禁見諸神時即見道跡若犯戒者是諸神王教已懺悔足滿千日然後得見彌勒菩薩及文殊師利諸大士等後獲道跡告舍利弗若有行者因水致下動四百四病欲得治者當疾服是娑呵等藥除病無患滅業障海疾見道跡是故汝等善好受持慎莫忘失時舍利弗及阿難等聞佛所說歡喜奉行

治因火大頭痛眼痛耳聾法

復次舍利弗若行者入火三昧節節火焰大腸小腸一時火起燒動火脉出定時頭微微痛諸脉攣縮眼赤耳聾因是發病當疾治之治之法者先想一瑠璃甕盛衆色水生雜寶華華上皆有百千化佛諸化菩薩各放白毫照諸火光令諸火光化爲金龍行者見已即生歡喜作念想甕安置火下花臺在上已往佛所以手攀甕手即清涼因是舉身投於甕邊爲佛作禮即見化佛放眉間光雨滴甘露灑散諸節所滴之處化成瑠璃因灌大腸小腸甘露盈滿火光漸息生諸寶花寶花有光其色紅白復當想一摩醯首羅乘金色牛持寶瓶水至行者前水中衆藥藥名破毒令行

者服復持一珠名旃陀羅摩尼置其頂上流出諸藥灌耳灌眼灌鼻但一見已即得除瘥摩醯首羅是大菩薩常自遊戲首楞嚴三昧即從眉間放大光明化作佛像五百仙人侍衞世尊爲於行者說甘露門治病之法告舍利弗汝好受持愼莫忘失時舍利弗及阿難等聞佛所說歡喜奉行

治入地三昧見不祥事驚怖失心法

復次舍利弗若行者入地三昧見四方面黑山諸山巖間有無量無邊諸鳩槃茶蹲踞土埵現醜惡形身根分端復有五山夜叉競來爭取彼山諸鳩槃茶痛急驚怖發大惡聲向行者所復見諸鬼頭髮蓬亂捉大鐵棒棒端有山至行者所復見夜叉擔山起舞羅剎持樹至夜叉所羅剎瞋恚與夜叉鬪毗舍遮鬼頭戴黑山口銜死虎行者見已心驚毛竪以驚怖故羅剎熾盛共夜叉鬪羅剎得勝截夜叉頭毗舍遮手足以爲瓔珞鳩槃茶身根以爲花鬘鼓舞前地狗牙上出如劒樹枝眼中雨雹霹靂火起夜叉復勝搏撮羅剎剝其面皮剜取女根截鳩槃茶身根毗舍遮手足用爲花鬘貫耳貫頸鼓舞前地動身大叫發大惡聲甚可怖畏復見四大海神所生之毋毗牟樓至仰卧海水有千頭各二千手足挓身四向現其女根巖崿可畏如血塗山其諸惡毛狀如劒樹中生一樹如刀山林百千無量驢耳牛頭師子口馬脚狼尾鳩槃茶身根如是諸鬼等從中而出復見大龍百千頭長數千由旬從中而出見有一鬼似百獸形如師子有一萬脚甲間無數百千毒蛇從中而出

復見餓鬼其形長大十億由旬吐毒吐火擔負諸山從中而出復見千狼連尾異體牙如尖石從中而出復見千虎尾亦有頭合身側行從中而出復見龍女瓔珞嚴身甚悅人目從中而出夜叉取食狸猫鼪鼠獼猴野干狐魅惡鬼一切惡獸皆從中出阿鼻地獄沃焦山神十八地獄神九億牛頭阿傍八十億餓鬼千億廁蟲五百億蛔蟲如是種種諸變狀事可惡鬼神或持刀山或捉劒樹或搖須彌或動鐵圍由乾陀山等行者自見身滿大地三百三十六節皆如高山至無色界臍中出水四大毒蛇遊戲水中口中出火十惡羅剎在火中走耳中出風糞門出風吹動諸山一切鬼神皆來瞋目節解行者因是驚怖喜發狂病若見是事當疾治之治之法者先想一日與日天子乘四寶宮殿作百千妓樂在異山上照曜黑山令漸漸明想一日成已復想二日想二日已復當自觀已身白骨三百三十六節白如雪山日照雪山復想頂上有月天子四寶宮殿百千眷屬捉於月珠置其頭上此想成已想第三山上復有一日如上無異見此日已復想頂骨白如雪山想此山上復有一月既見月已復想第四山上復有一日照此黑山既見日已當想已身三百三十六節白骨之山皆角角相向（四角皆相對也）一一角間有一月光月天子手捉兩珠兩向持如是諸節角角之間皆應停心十出入息須諦觀令了了見一一骨有二十八宿明淨可愛如七寶珠此想成已復想一金翅鳥王頭戴摩尼珠摶撮四蛇及與六龍蛇驚龍走諸山鬼神

一時驚動狀如黑色皆是前身破戒果報當勤懺悔嚴淨尸羅尸羅淨故日月光明倍更明顯若心念惡口說惡言犯突吉羅摩尼珠上則雨墨土日月坌塵星宿不行阿脩羅王九百九十九手千頭一時出現映蔽日月星宿不現此名爲退爲惡心刀惡口火破戒賊之所劫奪若欲服此勝甘露藥先當持戒淨諸威儀懺悔業障惡不善罪復當繫心繫意端坐一處數息閉氣如前觀於三百三十六節使一一節角角相向星月之屬亦如上說心復明利見一一節間月光如衣星光如縷縷持相著見四日出四大海水三分減二見五日出須彌融盡大海消竭見六日出想此諸山漸漸融盡見七日出大地洞然諸鬼羅刹飛住空中乃至欲界火幢隨後復至色界

火亦隨至欲往無色界手脚焦縮落火聚中聲吼可畏動於大地(入此三昧時大地稍稍動也如車輪旋)當疾持心想三百三十六節如金剛山形狀可愛過於須彌地水火風不能傾動唯見四蛇舍摩尼珠在骨山間爾時應當先想佛影見金剛際金剛幢端有摩尼鏡過去七佛影現鏡中復當諦觀毗婆尸佛眉間白毫尸棄佛眉間白毫提舍佛眉間白毫拘樓孫佛眉間白毫迦那含牟尼佛眉間白毫迦葉佛眉間白毫釋迦牟尼佛眉間白毫見七佛眉間白毫如頗梨色水甚清涼洗諸節間三百三十六節白毫水洗皎然大白色潔鮮妙如頗梨鏡無物可譬因是復見五金剛輪在七寶幢端從下方出迴旋空中說四諦義雖見聞此一心觀於身白骨山即見釋迦牟尼佛以澡

鑵水灌其頂上餘六佛亦爾爾時釋迦牟尼佛告言法子色受想行識苦空無常無我汝當諦觀又爲廣說空無相無作無願說身空寂四大無主五陰無家畢竟寂滅同於虚空因是即悟無常壞世間觀四眞諦五出入息頃破二十億洞然之結成須陀洹十出入息頃免諸欲流成斯陀含十出入息頃斷諸鈍使欲色界使諸結根本不還欲界成阿那含於十息頃遊戲空法心無繫礙住三十四心相應解脱十根本不滅不壞摧九十八使山大勇猛將慧光法幢從四方至金剛寶座從下方出共相撐觸演說空法五金剛輪住左膝邊自然演說九無礙八解脱法過去聲聞皆入毗瑠璃三昧住立其前釋迦牟尼佛廣爲宣說金剛譬定境界義味於是寂然不見身心入金剛三昧從金剛三昧起結使山崩煩惱根絶無明河竭老死怨滅於生分永盡梵行已立如鍊眞金不受諸欲所作已辦是名大阿羅漢若發無上菩提心者初見七佛白毫光照一一如來白毫光明分爲十支化十寶花寶樹寶臺行列在空時十方佛亦放光水如上所說洗諸節間一一佛白毫光中說十八種慈心法門說十八種大悲法門說十八種大喜法門說十八種大捨法門漸漸增長教已修習四無量心具四無量已爲說十種明心具明心已教說色即是空非色滅空既觀空已教菩薩六法行六法已修行六念念念佛法身念佛法身已起迴向心迴向成已立四弘誓不捨衆生四願成已具菩薩戒菩薩戒成已學修相似檀波羅蜜檀波羅蜜

成已學修相似十波羅蜜此想成已觀内空外空於是現前見百千無量諸佛以水灌頂以繒繫頭爲說空法因空心悟入菩薩位是名性地菩薩最初境界(於此法多增上慢宜應識之此是菩提心初境界相)告舍利弗此名治地三昧增上慢滅無明母三毒可畏相汝好受持慎莫忘失時舍利弗及阿難等聞佛所說歡喜奉行

治風大法

復次舍利弗若行者入風三昧自見已身九孔之中如大溪谷出五色風復見已身三百三十六節白如雪山節節風出諸𧮾吉支(𧮾吉支者起屍鬼也)諸𧮾吉支手捉鐵棒以千髑髏爲身瓔珞與諸龍鬼九十八種至行者所行者見已心驚毛竪因是發狂或白癩病當疾治之治之法者先當觀於雪山香山四大仙人皆悉盡是大菩薩也想彼仙人身黄金色長十六丈一手捉花一手捉金剛輪口啣香藥遮護行者不令風起仙人持花呪水出龍吸諸風盡龍身脹大在地眠卧終不能起當觀此龍猶如芭蕉皮皮相裹不能喘息爾時世尊而說呪曰

南無佛陀　南無達摩　南無僧伽

南無摩訶梨師毗闍羅闍𧮾咄陀建陀　娑滿䭾　跋闍羅翅(久馳切)陀邏崛茶誓茶　遮利遮利　摩訶遮利呼　摩利呼摩勒翅　悉躭鞞闍鞞　阿闍鞞利究匊匊翅　薩婆陀邏尼翅　阿扇(叔看切)提摩俱梨應諸呼彌呼彌呼摩呼摩婆禍呵

爾時世尊說此呪已告舍利弗如此神呪過去無量諸佛所說我今現在亦說此呪未來

彌勒賢劫菩薩亦當宣說如此神呪功德如自在天能令後世五百歲中諸惡比丘得淨心意調和善治四大增損亦治心内四百四病四百四脉所起境界九十八使性欲種子亦治業障犯戒諸惡求盡無餘此名善治七十二種病憂惱陀羅尼亦名拔五種陰無明根本陀羅尼亦名現前見一切佛及諸聲聞爲說眞法破諸結使爾時世尊而說偈言

法性無所依　觀空亦復然　若能觀四大
不爲使所殺　服藥行禪定　誦此陀羅尼
一心念諸佛　結使永不起　煩惱海永盡
恩愛河亦絶　諸欲無所因　自稱是解脱
無恚心恬怕　遊戲六神通　亦以陀羅尼
教授於他人

爾時世尊說此偈已告舍利弗汝今當知我涅槃後未來世中若有比丘比丘尼優婆塞優婆夷得聞此甚深祕要淨尸羅法及行禪定諸病方藥此光明王勝幢陀羅尼當知此人不於一佛二佛三四五佛種諸善根久於無量百千佛所修習三種菩提之心令得聞此甚深祕要如說修行當知是人最後邊身如駛水流速疾當得四沙門果及菩薩行佛說是語時五百釋子倍更增進具六神通舍衛城中一千首陀羅宿世行禪發狂之者聞佛所說即生歡喜得須陀洹八十億諸天治四大病身心無患應時即發無上道心普雨天花以散佛上及諸大衆爾時會中天龍八部聞佛所說異口同音而說是言如來出世正爲治此狂惡邪見羅刹行人令得本心如好花幢甚可愛樂善哉世尊如優曇花時乃

一現時會大衆以偈讚言

日種王太子　甘蔗之苗裔　星光月外甥
摩耶夫人子　生時行七步　足躡動大千
十方諸神應　嘉瑞三十二　棄國如涕唾
坐於畢鉢羅　金剛勝道場　降伏萬億魔
得成菩提道　面淨如滿月　心垢亦永盡
我今一心禮　諸釋中最勝　具勝慈悲者
能令諸衆生　永脫生死苦

爾時世尊聞諸四衆說此偈已復更慇懃伸金色手摩舍利弗及阿難頂付囑是事時舍利弗及阿難等并餘大衆聞佛所說歡喜奉行

初學坐者鬼魅所著種種不安不能得定治之法（尊者阿難所問）

如是我聞一時佛在舍衛國祇樹給孤獨園那利樓鬼所住之處末利夫人所造講堂羅旬踰等一千長者子始初出家請尊者阿難摩訶迦葉舍利弗等以爲和尚摩訶迦葉教千比丘數息靜處鬼魅所著見一鬼神面如琵琶四眼兩口舉面放光以手擊礰兩腋下及餘身分口中唱言惿惕惿惕如旋火輪似掣電光或起或滅令於行者心不安所若見此者當急治之治之法者教此行人惿惕來時一心閉眼陰而罵之而作是言我今識汝知汝是此閻浮提中食火嗅香偷藹吉支汝爲邪見喜破戒種我今持戒終不畏汝若出家人應誦戒序若在家人應誦三歸五戒八戒鬼便却行匍匐而去爾時阿難聞此語已白佛言世尊今此長者子比丘因世尊說治惿惕鬼以免諸惡不爲鬼魅之所縛著後世

比丘佛涅槃後過千歲已欲教比丘比丘尼優婆塞優婆夷數息靜處念定安般若諸鬼神爲亂道故化作鼠形或黑或赤鉋行者心搔行者脚兩手兩耳無處不至或作鳥聲或作鬼吟或復竊語或有狐魅作新婦形莊嚴其身爲於行者按摩調身說於非法或現作狗號哭無度或作鵰鷲百類衆鳥作種種聲竊語大喚其音不同或作小兒百千爲行十十五五若一二三作種種聲至行者所或見蚰蝿蟲蚤蛇蚖或入耳中如蜂王鳴或入眼中如迸落沙或復觸心作種種亂事因是發狂捨離靜處作放逸行當云何治佛告阿難諦聽諦聽善思念之當爲汝說若有四衆患此鬼者汝當爲說治鬼之法此慥惕鬼有六十三名乃是過去迦那舍牟尼佛時有一比丘垂向須陀洹因邪命故爲僧所擯瞋恚命終自誓爲鬼乃至今日惱亂四衆壽命一劫劫盡命終落阿鼻獄汝等今日宜識名字一心繫念莫爲所亂爾時世尊即說呪曰

慥惕慥惕是惡夜叉亦名夢鬼夢見此時即便失精當起懺悔慥惕來也我是過去惡因緣故遇此破戒賊害惡鬼我今鞭心束縛諸情不使放逸如此鬼神住虛空時名虛空鬼在牀褥間名腹行鬼復有三名一名深索（劇沙切）迦伏丘那丘泥脂隸覆嗅覆嗅阿摩勒迦沙禍呵

方道鬼魑魅鬼魍魎鬼飡膿鬼食唾鬼水神鬼火神鬼山神鬼園林神鬼婦女鬼男子鬼童男鬼童女鬼刹利鬼婆羅門鬼毗舍鬼首陀羅鬼步行鬼倒行鬼騎乘鬼驢耳鬼虎頭

鬼猫子聲鬼鳩鴿鬼鵄鵂聲鬼土鴞鳥鬼角
鵄鳥鬼或復化作八部鬼神虛耗鬼八角鬼
白鼠鬼蓮華色鬼狐魅鬼鬼魅鬼百蟲精魅
鬼四惡毗舍遮鬼鳩槃茶鬼如是等醜惡鬼
神六十三種是鬼神名若爲亂時應當數息
極令閑靜應當至心念過去七佛稱彼佛名
南無毗婆尸佛尸棄佛提舍佛拘樓孫佛迦
那含牟尼佛迦葉佛釋迦牟尼佛稱彼佛名
已應當憶持一切音聲陀羅尼即說呪曰
阿彌阿彌迦梨奢酸陀利腹棄毙翅偷　涕
他偷涕他　摩訶迦樓尼迦彌多羅菩提
薩埵
若有亂心爲[忄追]惕鬼所惑亂者或作種種諸
幻境界應當誦持此陀羅尼七佛名字彌勒
菩薩一心數息誦波羅提木叉經一百遍此
諸惡鬼各各調伏終不惱亂行道四衆佛告
阿難汝好持是淨身口意調伏威儀擯惡鬼
法爲得增長四部弟子使不起亂念得入三
昧當好受持愼莫忘失爾時尊者阿難聞佛
所說歡喜奉行
復次阿難若行者坐時患兩耳滿骨節疼痛
兩手掌癢兩脚下痛心下動項筋轉眼眩坐
處肶鬼來竊語或散香花作種種妖怪當疾
治之治之法者先當觀藥王藥上二菩薩手
執金瓶持水灌之次復當觀雪山神王持一
白花至行者所覆其頂上白光流入潤身毛
孔即得柔輭更無異相然後復見闍婆童子
持仙人花散行者上一一花間雨諸妙藥潤
於毛孔諸髀疼癢種種苦痛音聲細語諸鬼
神輩永盡無餘藥王菩薩藥上菩薩爲說平

等摩訶衍法香山雪山一切神王闍婆童子亦隨其根爲說種種十二門禪隨病湯藥醫方呪術因是得見尊者賓頭盧及諸羅漢五百沙彌淳陀婆等一時悉來至行人所一一聲聞所說種種治病人法或有羅漢隨佛所說教此比丘刎於頂上使漸漸空舉身皆空以油灌之梵天持藥其藥金色灌身令滿菩薩醫王說種種法若發聲聞心隨賓頭盧所說得須陀洹若發大乘心隨藥王藥上二菩薩所說即得諸佛現前三昧佛告阿難佛滅度後四部弟子若欲坐禪先當寂靜端坐七日然後修心數息七日復當服此除病等藥除聲去髀定心安意修心修身調和諸大令不失時一心一意不犯輕戒及與威儀於所持戒如護眼目如重病人隨良醫教行者亦爾隨數數增不令退失如救頭然順賢聖語是名治病服煖身藥佛告阿難汝好受持愼莫忘失時尊者阿難聞佛所說歡喜奉行

治禪病秘要經卷下

河西王從弟優婆塞大沮渠安陽侯於于闐國衢摩帝大寺金剛阿練若住處天竺比丘大乘沙門佛陀斯那其人天才特拔諸國中獨步口誦半億偈兼明禪法内外綜博無籍不練故世人咸曰人中師子沮渠親面稟受憶誦無滯以孝建二年九月八日於竹園精舍書出經至其月二十五日訖

音釋

黐膠 黐正作黐丑知切粘也膠古肴切膏也
鵄 抽知切鵂鶹也
唄 蒲拜切梵音也
挓 知格切張申也
鼷 胡西切小鼠也
坌 蒲悶切塵坋也
喘 昌兖切疾息也
⿰忄追愓 ⿰忄追音堆愓他的切
匍匐 匍薄胡切匐蒲北切
鉋 薄交切
肶 步迷切
髀 步米切股也

佛說七處三觀經

後漢三藏法師安世高譯

清刻龍藏佛說法變相圖

佛說七處三觀經卷上 上下同卷

後漢三藏法師安世高譯

聞如是一時佛在舍衛國祇樹給孤獨園佛告諸比丘比丘應然佛言比丘七處爲知三處爲觀疾爲在道法脫結無有結意脫從黠得法已見法自證道受生盡行道意作可作不復來還佛問比丘何謂爲七處爲知是間比丘色如本諦知亦知色習亦知色盡亦知色滅度行亦知色味亦知色苦亦知色出要亦至誠知如是痛痒思想生死識如本諦知亦知識習亦知識盡亦知識盡受如本知亦知識味亦知識苦亦知識出要亦知識本至識何等爲色如諦如所色爲四大亦爲在四大虵所色本如是如本知何等爲色習如本知愛習爲色習如是色習爲知何等爲知色

盡如至誠知愛盡爲色盡如是色盡爲至誠知何等爲色行盡如至誠知若所色爲是八行諦見到諦定爲八如是色盡受行如至誠知本何等爲色味如至誠知所色欲生喜生欲生如是爲味如至誠知何等爲色惱如至誠知所色不常苦轉法如是爲色惱如至誠知何等爲色要如至誠知所色欲貪能解能棄欲能度欲如是爲色知要如至誠知何等爲痛痒能知六痛痒眼裁痛痒耳鼻口身意裁痛痒如是爲知痛痒何等爲痛痒習裁習爲痛痒習如是習如是習爲痛痒習何等爲痛痒盡知裁盡爲痛痒盡知如是爲痛痒盡知何等爲痛痒盡受行若受八行諦見到諦定意爲八如是痛痒知盡受行爲道何等爲痛痒味識所爲痛痒求可求喜求如是爲痛痒識味爲知何等爲痛痒惱識所痛痒爲不常敗苦惱意如是爲痛痒惱識何等爲痛痒要所痛痒欲能活爲愛能斷愛貪爲自度如是爲痛痒要識如諦知也何等爲思想識爲身六思想眼裁思想耳鼻口身意裁思想如是是六識思想何等爲思想習識裁習爲思想習如是爲思想習識何等爲思望惡便望苦會得是故我爲說捨身惡行若比丘已捨身惡行便得利便得安隱是故我爲說捨身惡行口意亦如上說

聞如是一時佛在舍衛國行在祇樹給孤獨園是時處到佛已到佛禮便坐已坐問佛何等不守不守身何等不守不守口聲何等不守不守意佛便說給孤獨家意不守身行亦不得守口聲行亦不得守心行亦不守已行

不守身已行不守口聲已行不守心身行便腐聲說便腐心行亦腐已腐身行聲行心行便不善死亦不善受亦不善處譬喻迦羅越若樓若堂屋不覆若使雨來笮亦漬椽亦漬壁亦漬已漬壁亦腐椽亦腐笮亦腐譬如是迦羅越已意不守身行亦不守口行亦不守念行亦不守已意聲身不守便不善死便不善受便不善處迦羅越便問佛何等爲守令得身守何等爲守令得口守何等爲守令得念守佛告迦羅越意已守身口念索守已身守已口守已念守便身不腐便聲不腐便念不腐已不腐身行已不腐聲行已不腐念行死時得善死得善受持得善處譬喻迦羅越若樓若堂屋上覆蓋若使雨來笮亦不漬椽亦不漬壁亦不漬已不漬壁亦不腐椽亦不腐笮亦不腐如是譬喻意已守身亦守口亦守已意身口守便死時善死便善受持便得善處佛從後說絕不守意者邪疑故亦睡眠故魔便得自在如是但當守意若欲諦行但當見諦行亦當知內出已不墮睡眠便得斷苦本佛說如是

聞如是一時佛在舍衞國行在祇樹給孤獨園佛告比丘有三輩人何等三一輩眼不見二輩一眼三輩兩眼無有眼爲何等世間比丘有人無有是眼因緣我當爲未得治生當爲治生無有是意已得亦復妄用亦無有是眼我當爲布施我當爲作福令我從是因緣後世善樂亦從是上天無有計是名爲無有眼一眼人名爲何等世間比丘一眼者有如是眼令我未得財當爲得已得財當爲莫折

滅但有是眼無有是眼我當爲幻布施當從是因緣得上天無有如是眼是名爲一眼兩眼名爲何等世間比丘有人有是眼令我未得財産當爲得致已致得當爲莫折滅有如是眼亦復有是眼令我行布施令從是因緣上天亦有是眼是名爲兩眼人從後說想盡識裁盡爲思想盡識如是爲思想盡識何等爲思想盡受行識是爲八行識識諦見到諦定意爲八如是盡思想受行識何等爲思想味識所爲思想因緣生樂得意喜如是爲思想味識何等爲思想惱識所爲思想不常盡苦轉法如是爲思想惱識何等爲思想要識所思想欲貪能解欲貪能斷欲貪能自度如是爲思想要識何等爲生死識爲六身生死識眼裁生死識耳鼻口身意裁行如是爲生死識何等爲生死習裁習爲生死習識何等爲生死盡識裁盡爲生死盡識何等爲生死欲盡受行識爲是八行識諦見至諦定爲八如是爲生死欲滅受行識何等爲生死味識所爲生死因緣生樂喜意如是爲生死味識何等爲生死惱識所有生死不常盡苦轉法如是爲生死惱識何等爲生死要識所爲生死欲貪隨欲貪能斷欲能度如是爲生死要識何等爲識身六衰識眼裁識耳鼻口身意裁識如是爲識識何等爲識習命字習爲識習如是習爲識何等識盡受行爲識命字盡爲盡識如是爲識盡何等爲識盡受行爲識八行諦見至諦定爲八如是爲識盡欲受行如諦識何等爲識味知所識因緣故生樂生喜意如是爲味生爲味識知何等爲識惱識

所識爲盡爲苦爲轉如是爲識惱識何等爲要識所識欲貪能活欲貪能度如是爲要識如是比丘七處爲覺知何等爲七色習盡道味苦要是五陰各有七事何等爲三觀識亦有七事得五陰成六衰觀身爲一色觀五陰爲二觀六衰爲三故言三觀比丘能曉七處亦能三觀不久行修道斷結無有結意脫黠活見道見要一證受止已斷生死意行所作竟不復來還生死得道佛說如是比丘歡喜奉行

佛說九橫

聞如是一時佛在舍衛國行在祇樹給孤獨園佛告諸比丘有九輩因緣人命未盡便橫死何等爲九一爲不應飯二爲不量飯三爲不習飯飯四爲不出生五爲止熟六爲不持戒七爲近惡知識八爲入里不時不如法行九爲可避不避如是爲九因緣人命爲橫盡諸比丘聞佛語歡喜作禮何等爲不應飯者名爲不可意飯亦爲以飯腹不停諷是名爲不應飯何等爲不量飯者名爲不知節度多飯過足是名爲不量飯何等爲不習飯飯者名爲不知時冬夏爲至他郡國不知俗宜不能消飯食未習故是名爲不習飯何等爲不出生者名爲飯物未消復從上飯不服藥吐下不時消是名爲不出生何等爲止熟者名爲大便小便來時不即行噫吐嚏下風來時制之是名爲止熟何等爲不持戒者名爲犯五戒殺盜犯人婦女兩舌飲酒亦有餘戒以犯便入縣官或强死或得杖死或得字亦餓便從是死或以得脫外從怨家得手死或

驚怖念罪憂死是爲不持戒何等爲近惡知識者名爲惡知識以作惡便及人何以故坐不離惡知識故不覺善惡不計惡知識惡態不思惟惡知識惡行是名爲近惡知識何等爲入里不時者名爲冥行亦里有譊譊諍時行亦遇縣官長吏出追捕不避不可避行者入里妄入他家舍中妄見不可見妄聽不可聽妄犯不可犯妄說不可說妄憂不可憂妄索不可索是名爲入里不時不如法行何等爲可避不避者名爲當避弊象弊馬牛犇車馳馬蛇虺坑井水火拔刀醉人惡人亦餘若干是名爲可避不避比丘如是爲因緣九人輩命未盡當坐是盡黠人當識是當避是因緣以避乃得兩福一者得長壽二者以長壽乃得聞道好語善言亦能爲道佛說如是皆歡喜受

聞如是一時佛在舍衛國行在祇樹給孤獨園是時佛告比丘二人世間難得何等二人一者前施人者二者有返復不忘恩佛說如是

聞如是一時佛在舍衛國行在祇樹給孤獨園是時佛告比丘二人世間難得何等二人一者所不可爲行恩二者受恩復報恩佛說如是

聞如是一時佛在舍衛國行在祇樹給孤獨園是時佛告比丘二人世間難得何等二人一者得得聚二者得得不駐遣佛說如是

聞如是一時佛在舍衛國行在祇樹給孤獨園是時佛告比丘二人世間易猒何等二人一者得得聚守二者得得遣去佛說如是

聞如是一時佛在舍衛國行在祇樹給孤獨

園是時佛告比丘二人世間難得何等二人一者人飽二者能飽佛說如是

聞如是一時佛在舍衛國行在祇樹給孤獨園是時佛告比丘二人世間難得何等二人一者布施意無有悔二者比丘從正得無爲佛說如是

聞如是一時佛在舍衛國行在祇樹給孤獨園是時佛告比丘二人世間難得何等二人一者離垢慳意家中行牧手手易與常樂成布施等分布施二者比丘從正得無爲佛說如是

聞如是一時佛在舍衛國行在祇樹給孤獨園是時佛告比丘二人世間難斷難勝何等二人一者家中居施衣飯食牀應病瘦藥所用當與二者若比丘信不用家舍行一切身舍斷愛却受向無爲不離無爲佛說如是

聞如是一時佛在舍衛國行在祇樹給孤獨園是時佛告比丘二清白法能得觀世間何等二一者媿二者慚設是世間無有是二法爲不得分別若父若母若兄若弟若男女若從學若師若君若大人設有是世間不正譬如牛馬象鷄猪狗亦畜生但觀是清白二法故媿亦慚故爲得分明爲父爲母爲兄爲弟爲男女爲從學爲師爲君爲大人設有是世間不正譬如牛馬象鷄猪狗亦畜生但觀是法清白故爲得分別佛說如是

聞如是一時佛在舍衛國行在祇樹給孤獨園佛便告比丘舍身惡行何以故能得舍故若不能得舍身惡行佛亦不能說舍身惡行可得舍身惡行是故我爲說舍身惡行者不

舍身惡行便絶無有財産亦不行布施是墮兩侵眼在但無所見從是墮地獄無有眼到彼間處不自守者名爲一眼盜弊態兩舌妄語但有財産但世間自樂致法非法諛諂致大多財亦不自樂亦不布施已墮地獄一眼處兩眼者最第一法致治生自所有自食亦布施從是行福自在如不黠自食亦施得時上天常不離法無有眼亦一眼但當遠莫近黠人但當校計兩眼兩眼第一今世後世佛説如是

聞如是一時佛在舍衞國行在祇樹給孤獨園時賢者阿難行至佛已到禮佛便白問佛世間世何等爲世説是何等爲世是世阿難爲三一爲欲世二爲色世三爲不色世亦若人所致罪令復得是名爲世若阿難欲致罪無有欲世亦無有阿難報佛不離是佛便告阿難是阿難罪爲地識爲種欲爲愛癡爲眞已癡人無有眼便惡行已惡便識在惡墮欲世若阿難色行人不致色世亦無有佛復重告阿難不致是有不阿難便白佛不離是佛復告阿難是行地識爲種欲爲愛癡爲眞癡眞爲中行識便在中止是爲色世有阿難不色行福故有不色世若無有不色行亦無有不色阿難白佛不離是從是行阿難便爲福地識種欲愛癡眞已人有癡便無有眼已不大了眼故爲無有色上識便名爲無有色世佛説如是

聞如是一時佛在舍衞國行在祇樹給孤獨園是時佛告比丘比丘應唯然佛便説信者有三行令從行信淨可何等三一者欲見明

者二者欲聞經三者離垢慳意家中居收費直手分布與成布施等意從後說絶

欲見明者　當樂聞經　亦除垢慳　是名爲信

佛說如是

聞如是一時佛在舍衛國行在祇樹給孤獨園是時佛告比丘比丘應唯然佛便說有三安善樂若慧者欲求是當爲護戒一者欲名聞法俱相隨護戒二者欲財樂俱可意患欲得者當護戒三者念是身受更身欲度世上天慧欲得者當護戒從後說絶慧者當護戒欲得三願名聞亦利後世欲樂天上是說處若慧能習是事如上說是世間得樂淨佛說如是

聞如是一時佛在舍衛國行在祇樹給孤獨園佛便告比丘世間有三大病人身中各自有何等爲三一爲風二爲熱三爲寒是三大病比丘有三大藥風者比丘大病麻油大藥亦麻油輩熱大病者酪酥大藥亦如酪酥輩寒大病者蜜大藥亦如蜜輩是比丘三大病是三大藥如是人亦有三病共生共居道德法見說何等爲三一者欲二者恚三者癡是比丘三大病有三大藥欲比丘大病者惡露觀思惟大藥恚大病等慈行大藥癡大病從本因緣生觀大藥是比丘三大病者三藥佛說如是

聞如是一時佛在舍衛國行在祇樹給孤獨園佛便告比丘有三惡本貪爲一惡本恚爲二惡本癡爲三惡本以貪爲惡本慳亦貪本以慳不得離慳便身行惡口行惡意行惡是名亦惡以慳便身不諦受是心不諦受是亦

惡本以慳著慳便自壞身亦壞身奇亦兩壞是亦惡以慳便不知自身亦不知奇亦不知兩是亦惡以慳著慳奇欲施若殺若係若縛若滅亡若論議是亦惡以慳著慳奇欲施若以施若殺若係若縛若滅亡若論議受心喜心得如願是亦惡如是人比丘名爲不時說亦名不如非法說亦名不止惡說何以故比丘是人不時說亦名不止惡說但比丘自身亦奇爲欺自癡復增癡若人說至誠知不欲受至誠若人說不至誠不可意說病是不是如是我無有是故如是人名爲惡說不至誠不致好非法說不止惡說如是人比丘慳從慳因緣多非一麤惡法從是致恚癡從是致亦如是如是人從後若干非一貪恚癡麤惡非法布覆開滿拘令見如是法說止苦更弃

憂惱畏壞身望墮惡譬喻比丘如樹前芽栽扶拮布覆閉滿封如是非一若干貪恚癡不好能法亦爲已布覆閉滿封如是爲見在苦止苦憂惱自燒已身墮惡有三福好本一爲不貪好本二爲不恚好本三爲不惑好本若不貪是亦好若不慳身行好行口行好行心行好行是亦好身諦受口諦受心諦受是亦好若不念自身侵若不念奇身侵若不念兩侵是亦好若不慳亦不連慳若自身知若奇身知若兩知是亦好若不慳若連若不奇人爲有苦有憂不欲令有若殺若斫若捶若讒若亡若論議是亦好若不慳若不著慳若不令奇人若憂不令有若殺若斫若捶若讒若亡若論議心不受心喜令奇人如願是亦好如是人名爲時說如說福說法說止惡說是

亦好何以故比丘如是人名爲時説如説法説止惡説爲自知態亦知餘態不匿不覆若自知愚癡憍慢亦餘態若覺發人説不匿受言不言我不知或人不至誠作論議即時自曉意報是事我無有不至誠無有是我亦無有是爲是故人時説如説福説法説止惡説不慳慳因緣亦如是非一若干好法從是致死無有恚亦如是無有癡亦好從是致如是比丘人非一若干貪恚癡弊惡法已舍已更不復生爲見法安行無有苦無有惱無有憂無有熱已壞身便望好處譬喻比丘如樹前芽栽扶拮便布覆閉滿封若有人來不可扶拮不欲令有不駐不欲令隱不欲令通便扶拮掘根便斷本已斷本便斷枝已斷枝便破碎已破碎便劈已劈便風暴燥風暴燥已便火燒已火燒便作灰已作灰便大風颺亦投彼河中爲是扶拮從是本因緣已已斷本上下不復見後不復生如是不比丘自如是譬上人行者亦如是非一若貪恚癡弊惡法已舍已便不復生爲見法安行無有苦無有惱無有憂無有熱已壞身便望好處佛説如是

聞如是一時佛在舍衛國行在祇樹給孤獨園佛便告比丘四行爲黠所有爲賢者所知非愚者所知慧者可意何等爲四布施比丘黠人知賢者知慧者可可者不欺比丘一切天下所黠知如上説孝事父母比丘所黠知如上説作沙門比丘所黠知如上説法行道比丘所黠知亦賢者知愚人所不知黠者可從後説絶自知有布施不欺制意自守亦孝父母有守行是事一切爲黠者行如是可見

成就便世間得淨願佛說如是

佛說七處三觀經卷上

佛說七處三觀經卷下

後漢三藏法師安世高譯

聞如是一時佛在舍衛國行在祇樹給孤獨園佛便告比丘有四著何等爲四一爲欲著二爲世間著三爲見著四爲癡著亦有四離不著離欲不著離世間不著離見不著離癡不著從後說絶欲見著癡繞從是因緣在世間亦從是受身若能捨欲亦得離世間見亦得斷癡亦得滅是得通樂見在亦無爲從一切著不復著亦不復墮生死佛說如是

聞如是一時佛在舍衛國行在祇樹給孤獨園佛便告比丘思想有四顛倒意見亦爾從是顛倒爲人身朦爲綜爲人意撰不能走爲走令世後世自惱居世間爲生死不得離何等爲四一以非常爲常是爲思想顛倒爲意顛倒爲見顛倒二者以苦爲樂三者非身爲身四者不淨爲淨爲思爲意爲見顛倒從後說絶非常人意爲常思苦爲樂不應身用作身不淨見淨顛倒如是意業離便助魔不宜欲得宜令致老死譬喻犢母已有佛在世間念天上天下得道眼度世便見是法除一切苦亦說苦從生亦度苦亦見賢者八種行道至甘露已聞是法者便見非常苦非身亦身已不淨見不淨便無所畏得樂見世得無爲從一切惱度世無所著佛說如是

聞如是一時佛在舍衛國行在祇樹給孤獨園佛便告比丘四施爲人同心何等爲四一爲布施二爲相愛三爲利四爲同利第一說布施爲何等無極布施不過於法第二相愛不過於數聞經亦開意第三利不過不信令

信教人止不持戒者令持戒不學者令學慳者令布施愚者令黠牽出入正道第四同利極同利無有過阿羅漢阿那含斯陀含須陀洹亦爾持戒者同利從後説絶

聞如是一時佛在舍衛國行在祇樹給孤獨園佛告比丘有四行法輪令天亦人從是四輪行若墮人天是輪法行便得尊一得豪從善法行何等爲四一爲善羣居二爲依賢者三者知諦願四爲宿命有橋行從後説絶善羣居依賢者爲知諦願宿命行爲樂得無有憂得善自在佛説如是

聞如是一時佛在舍衛國行在祇樹給孤獨園佛告比丘人有四輩有人自護身不護他人身有人護他人身不自護身有人亦不自護亦不護他人有人亦自護亦護他人佛説如是

聞如是一時佛在舍衛國行在祇樹給孤獨園佛告比丘人有四輩有人自護身不護他人身有人護他人身不自護身有人亦不自護亦不護他人有人亦自護亦護他人是人不自護亦不護他人是最下賤人護他人不自護是勝上若人自護不護他人是勝上若自護亦護他人是勝上人最第一佛説如是

聞如是一時佛在舍衛國行在祇樹給孤獨園佛告比丘有四輩雲第一但有雷無有雨第二但有雨無有雷第三亦無雨亦無雷第四亦有雨亦有雷譬喻如雲人亦有四輩一者人但有雷無有雨二者但有雨無有雷三者無有雷無有雨四者亦有雷亦有雨何等人爲有雷無有雨是間比丘一人但説經上

亦説善中亦説善竟亦説善有行分別但要具行見要亦自不知法亦不知法如行是人名爲但有雷無有雨何等爲但有雨無有雷是間有人亦不説法經上亦不説善中亦不説善竟亦不説善亦無有行分別亦不要具行不見要但意在法中行知利行亦知法亦受法法行亦同行隨法是人爲但有雨無有雷何等爲無有雨亦無有雷爲不説經上亦不説善中亦不説善竟亦不説善分別亦不説善要具行亦不説善法亦自不解到法亦自不行是人名爲無有雨亦無有雷何等爲亦有雨亦有雷是間有人説經法上亦説善中亦説善竟亦説善分別亦説善要具行亦自解法到法法亦知行亦説善亦自在法中解到法法行亦自知解是人爲亦有雨亦有雷佛説如是

聞如是一時佛在舍衛國行在祇樹給孤獨園佛便告比丘有四舍何等四一者爲舍舍二爲守舍三爲護舍四爲行舍何等爲舍舍者念來不受不聲舍曉離遠若以瞋恚亦從欺不聲舍曉離遠是名爲舍舍何等爲守舍者眼已見色不受相不觀相若從因緣見惡生若從因緣見癡若從因緣見不可意若從因緣見弊惡意起便自守受行福守眼耳鼻口身意爲如法不受相如上説是名爲守舍何等爲護舍是間比丘比丘已生所非一善相若紅汁胖脹若狐犬半食若血流赤若青黑腐若骨白若髑髏熟諦視視善護令意莫失善相是名爲護舍何等爲行舍是間比丘比丘覺意行離故別分故別分遠故如是到

至觀覺意是名爲行舍從後說絶守舍亦護亦行是名爲四舍諦佛說如是賢者行是不中止爲盡苦得道佛說如是弟子起禮佛受行

聞如是一時佛在舍衛國行在祇樹給孤獨園佛告比丘若比丘有四行不自侵要近無爲何等爲四是間比丘比丘持戒行戒中律根亦閉至自守意飯食節度不多食不喜多食上夜後夜常守行是爲四行比丘不自侵亦近無爲從後說絶若比丘立戒根亦攝食亦知節度亦不離覺如是行精進上夜後夜不中止要不自侵減要近無爲佛說如是

聞如是一時佛在舍衛國行在祇樹給孤獨園佛便告比丘若賢者家中居法行侵四家得歡喜何等爲四一者父母妻子二者兒客奴婢三者知識親屬交友四者王王天鬼神沙門婆羅門從後說絶父母亦監沙門亦婆羅門天祠亦爾居家信祠若干人故能事持戒親屬亦彼人見在生者亦不犯天王親屬亦自身一切人亦受恩如是居縣生是間善行得豪亦名聞現世無有說盡後世上天佛說如是

聞如是一時佛在舍衛國行在祇樹給孤獨園是時他婆羅門到佛以到佛便問佛起居已問起居便問佛何因緣賢者今世人少顔色無有力多病少壽不大豪佛報告婆羅門今世婆羅門非法貪世間橫欲行意墮非法以是輩人自誇念墮非法橫墮貪非是是習者便從是因緣日月不正行已不正行便星宿亦不正行已星宿不正行便日月亦不正

時歲亦不正已時歲不正便漏刻時不正已漏刻時不正便有横風已有横風便天不時時雨墮已天不時時雨墮便若人種地便不時生熟得不如意已不時生熟所穀若人食若畜生飛鳥便少色少力多病少命少豪是爲婆羅門本是因緣令世人少色少力多病少命少豪他婆羅門持頭禮佛已覺知從今已後自歸佛自歸法自歸比丘僧佛説教如是

聞如是一時佛在舍衛國行在祇樹給孤獨園佛便告比丘五福時布施何等爲五福一者遠來布施二者爲欲去布施三者病瘦布施四爲穀貴時布施五爲甞新未自食當爲上與持戒者仁者從後自食爲福從後説絶黠人時與信行無有慳意時與賢者淨意無有疑福德無有量佛説如是比丘受歡喜

聞如是一時佛在舍衛國行在祇樹給孤獨園佛便告比丘賢者布施有五品何等五一者爲賢者信與布施二爲多與三爲自手與四爲時與五爲不侵他人與佛復告比丘信與布施得何等福信與者爲得與者爲得富多所有多財産多珍寶多可意多好器物世間亦信信者是比丘信布施福何等爲多與富如上頭説亦從父母得愛敬難兄弟亦敬難妻子亦敬難兒從奴婢亦敬難知識邊人亦敬難五種親屬皆敬難是比丘從多與福自手與得何等自手與爲富如上説亦爲家中所有意得樂樂得第一可第一衣第一牀卧具自意樂色聲香味細滑自意得樂是比丘爲從自手與得福何等爲時與福時與福

者爲富如上説亦命欲盡時財産珍寶物現在對如意不散四面是比丘時與福何等爲比丘不侵他人行布施福不侵他人持戒行布施者爲富如上説若所有從精進治生自從手臂勤力寒苦致犯治得便從是無有能横奪福者縣官盜賊水火皆不能得害亦無有用費不可意是比丘不侵他人行布施福從後説絶信多自手與與時不侵他人賢者布施如是從與施得樂無有極分别行福亦分别佛説如是

聞如是一時佛在舍衛國行在祇樹給孤獨園佛便告比丘若人意在五法中設使聞佛法教不應除塵垢亦不得道眼何等爲五一者若惱説經者二者若求便三者若求窮四者聞亦邪念意著他因緣五者亦無有自高意令所聞分别好醜若人意隨是五法設使聞説法不應自解塵垢亦不應生法眼佛復告比丘有五法若人意在五法即聞佛所教行法爲應自解塵垢亦應得道眼何等爲五一者無有惡意在説經者二者亦不求經中長短有疑問解休三者意亦不在色意亦不在他因緣四者亦自有黠意能解善惡五者分别自知是五法若人意隨是五法能得自解塵垢一爲不惱説經者二爲不求經中長短三爲不求窮四者爲亦不邪念五爲亦自有黠意能分别白黑佛説如是

聞如是一時佛在舍衛國行在祇樹給孤獨園佛便告比丘五行見一何等爲五若行者有行者是身從頭至手足上髮頭腦皮如有滿若干種不淨相觀是身有髮毛爪齒血脉

肌肉筋骨脾腎大腸小腸大腹小腹大便小便淚汗涕唾肝肺心膽血肥膏髓風熱頂顫若有是計是爲第一念到見一若行者復計如上說意不動在他如上說意念是賢者第二行見一若行者復觀是如上說受識行計是識爲今世耶爲後世耶若行者有是意是爲第三行見一若行者念計如上說爲計觀識今世後世無有止處若行者覺是計是爲第四行見一若行者計如上說人有識人計是事是人今世後世無有止處已不得淨觀一若行者有是意解是計爲第五淨行見一佛說如是

聞如是一時佛在舍衛國行在祇樹給孤獨園佛便告比丘五因緣比丘令人眼不正爲生癡爲壞黠爲惱人令不得無爲何等爲五一者愛欲二者瞋恚三者睡眠四者五樂五者疑不信佛說如是

聞如是一時佛在舍衛國行在祇樹給孤獨園是時佛告比丘步行有五德何等五一能走二者有力三者除睡四者飲食易消不作病五爲行者易得定意已得定意爲久佛說如是

聞如是一時佛在舍衛國行在祇樹給孤獨園佛便告比丘若有比丘五法行能在山上亦澤中居能草蓐居卧何等爲五一能持戒不犯攝守學戒二亦能攝根門守行三亦能行精進亦有精進力親不離要不捨精進至得道四已受佛律自曉了五聞經亦已解諦若行者受是五法如上說能得居山上亦澤中佛說如是

聞如是一時佛在舍衛國行在祇樹給孤獨園是時佛告阿難一切阿難我説身不可行惡口意亦爾阿難便白佛一切身口意不可行惡人不止爲作從是作望幾惡佛告阿難爲五惡何等爲五一爲自欺身二者爲亦欺他人三爲語時上下不可賢者四爲十方不名聞五爲已死墮地獄佛復告阿難一切身善行我教爲可作口意亦爾阿難復白佛説一切身善行我教當爲行口意亦爾人亦行是行欲望幾福佛告阿難爲五福何等五一爲不自欺身二爲亦不欺他人三爲語言上下可賢者意四爲十方名聞五爲已死上天佛説如是

聞如是一時佛在舍衛國行在祇樹給孤獨園佛便告比丘有五惱人人相依可何等爲五若比丘人人相依可已有時依有過使比丘僧不欲見出便相依者念所我相依者比丘僧便出不欲見便愛著意不欲至比丘聚我何以當復至比丘聚便不復行已聚不復行便不復見比丘聚已不復見比丘聚便不聞法已不聞法便不墮法便離法便不在法是比丘第一惱人人相依二者亦有比丘若人所愛者所愛若人亦有犯過便比丘聚便有過者最著下坐便愛者意計我所愛者爲比丘聚最著下坐我不復爲至比丘聚中亦如上説三者持鉢袈裟至他國四者棄戒受白衣五者自坐愁失名亦如上説佛説如是

聞如是一時佛在舍衛國行在祇樹給孤獨園是時佛告比丘五惡不忍辱何等爲五一者多怨二者多讒三者多不可意四者十方

不名聞惡行五者已命盡身墮惡地獄是爲五惡不忍辱者佛復告比丘有五善忍辱者爲無有怨爲無有讒爲無有不可意爲有十方名聞爲命盡生天上佛說如是

聞如是一時佛在舍衛國行在祇樹給孤獨園是佛告比丘有五惡不耐行者人不耐行者人比丘何等爲五一者爲從不耐者爲麤二爲急性三爲已後恨四爲無有愛多憎五爲身命盡墮地獄倒是爲淨佛說如是

聞如是一時佛在舍衛國行在祇樹給孤獨園佛便告比丘象有五相爲應官爲中王用爲可王意爲象引王墮法中何等五一者聞受二者能住三者能鬭四者能走五能自守何等爲比丘官象自守若象入軍中前足能鬭後足尻背腹肩頸鼻能自護如是名爲自守若比丘五因緣具便應禮名聞便應從人受叉手便福地無有極何等爲五聞受爲一能二受爲三行爲四守爲五何等爲口中味身中細滑意中所念能制不受相如是比丘比丘能自守爲守六衰第二者爲禪第三受爲忍辱第四能爲持戒第五聞受爲精進行者有是五事便應名聞便應從人受叉手便福地無有極弟子聞可意受

聞如是一時佛在舍衛國行在祇樹給孤獨園佛告比丘五惡不依他人何等爲五一者不依者意不解二者依者意曲離三者自意不解四者犯道行五者不受佛嚴教五善依他人不相嫉者好意解解意不隨亂自意解天下等意行後來者與眼佛說如是

聞如是一時佛在舍衛國行在祇樹給孤獨

園彼時佛告比丘諸畏是謂爲欲比丘謂諸苦是謂爲欲比丘諸病是謂爲欲比丘諸結是謂爲欲比丘諸瘡是謂爲欲比丘諸染泥是謂爲欲比丘諸著是謂爲欲比丘諸墮毋腹中是謂爲欲比丘何以故諸畏爲欲用世間癡人爲貪欲所泆爲貪欲所縛用現世不得脫諸畏後世亦不得脫比丘以是故諸畏爲欲比丘何以故諸苦爲欲用世間癡人爲貪欲所泆爲貪欲所縛用見世不得脫諸畏後世亦不得脫比丘以是故諸苦爲欲比丘何以故諸病爲欲用世間癡人爲貪欲所泆所縛用現世不得脫諸畏後世亦不得脫比丘以是故諸病爲欲比丘何以故諸結爲欲用世間癡人爲貪欲所泆爲貪欲所縛用現世不得脫諸畏後世亦不得脫以是故諸結爲欲比丘何以故諸瘡爲欲用世間癡人爲貪欲所泆爲貪欲所縛用現世不得脫諸畏後世亦不得脫比丘以是故諸瘡爲欲比丘何以故諸染泥爲欲用世間癡人爲貪欲所泆爲貪欲所縛用現世不得脫諸畏後世亦不得脫比丘以是故諸染泥爲欲比丘何以故諸著爲用世間癡人爲貪欲所泆爲貪欲所縛用現世不得脫諸畏後世亦不得脫比丘以是故諸著爲欲比丘何以故諸墮毋腹中爲欲用世間癡人爲貪欲所泆爲貪欲所縛用現世不得脫諸畏後世亦不得脫比丘是故諸墮毋腹中爲欲佛以説是從後説絶畏苦病結瘡是謂爲欲癡人爲是所縛已可色從後墮毋腹中上頭所説比丘正意已知莫離諸畏爲深黠人度彼當觀世間生老行

展轉時佛如是說瘡有八輩一爲疑瘡二爲愛瘡三爲貪瘡四爲瞋恚瘡五爲癡瘡六爲憍慢瘡七爲邪瘡八爲生死瘡

聞如是一時佛在舍衛國行在祇樹給孤獨園佛便語比丘比丘至佛便說是譬喻比丘人有腫之歲若千歲聚便爲所腫九孔九痛九漏從所孔所漏所滴所走但爲不淨出但爲不淨走臭惡難惡出流走腫比丘爲是身四因緣名是四因緣身者爲九孔九痛爲九漏從所漏所滴所走但爲不淨出但爲不淨流但爲臭惡出流走如是比丘爲因緣腫可慚可怖可畏可學如是比丘佛說如是比丘受行歡喜

聞如是一時佛在王舍國鷄山中佛便告比丘人居世間一劫中生死取其骨藏之不腐不消不滅積之與須彌山等人或有百劫生死者或有千劫生死者尚未能得阿羅漢道泥洹佛告比丘人一劫中合會其骨與須彌山等我故現其本因緣比丘若曹皆當拔其本根去離本惡用是故不復生死不復生死便得度世泥洹道佛說如是

佛說七處三觀經卷下

音釋

漬疾智切浸也　椽直攣切屋桷也　噫乙界切食息也　飽嚏都計切噴嚏也　譊女交切恚呼也　犇博昆切牛驚走也　虺許偉切蝮蛇也　扶音伴　拮音結　劈普擊切裂也　颺余亮切風飛也　胖匹絳切　脹知亮切　⿰寧頁乃挺切　尻丘力切脊梁盡處爲尻

阿那邠邸化七子經　後漢三藏法師安世高譯

佛說大愛道般涅槃經　西晉三藏法師白法祖譯

佛母般泥洹經　劉宋沙門釋人慧簡譯

佛說聖法印經　西晉三藏竺法護譯

清刻龍藏佛說法變相圖

四經同卷

阿那邠邸化七子經

大愛道般涅槃經

佛母般泥洹經

佛說聖法印經

阿那邠邸化七子經

後漢三藏法師安世高譯

聞如是一時婆伽婆在舍衛國祇樹給孤獨園爾時阿那邠邸有七子無篤信於佛法衆彼不歸命佛歸命法歸命比丘僧亦不改殺生亦不改不與取亦不改他婬亦不改妄語亦不改飲酒爾時阿那邠邸長者告彼七子言汝等今可自歸命佛歸命法歸命比丘僧亦莫殺生莫不與取莫他妻婬莫妄語莫飲酒皆悉莫犯彼子作是語我不堪任歸命佛

歸命法歸命比丘僧莫殺不與取他婬妄語飲酒皆不堪任阿那邠邸長者言我當賜汝千兩金汝等可歸命佛歸命法歸命比丘僧改莫殺生不與取他婬妄語飲酒皆悉改之爾時七子已得千兩金便歸命佛歸命法歸命比丘僧改不殺生不盜不他婬不妄語不飲酒時阿那邠邸長者與彼七子各賜千兩金已授三自歸受五戒便往園至世尊所頭面禮足在一面坐時阿那邠邸白世尊言我於此間有七子無篤言意亦無歡喜心於佛法衆不自歸命佛歸命法歸命比丘僧亦不改殺生不改盜不改他婬不改妄語不改飲酒世尊時七子各各賜千兩金便使歸命佛法及比丘僧而受五戒云何世尊彼七子頗有福善諸功德使後有所獲不世尊告曰善哉善哉長者多饒益衆生欲安隱衆生天人得安長者彼七子緣是功德諸善功德皆悉具足諦聽彼七子所因功德諸善所獲果報我今當說此北方有國城名石室國土豐熟人民熾盛彼有伊羅波多羅藏無數百千金銀珍寶硨磲碼碯眞珠琥珀水精瑠璃及諸衆妙寶彼揵陀賴國人七歲中七月七日或以械盛抱戴隨其所欲皆悉費用然彼伊羅鉢多羅藏無所減少若復長者彼七子及此伊羅鉢多羅大寶藏彼七千兩金百倍千倍百千倍無數倍皆悉不及汝七子所獲功德長者復有國名迦陵渠有城名賓絺羅穀米豐熟人民熾盛彼有實藏名般籌無數珍寶金銀硨磲碼碯眞珠水精瑠璃珊瑚琥珀乃至迦陵渠國人民七歲七月七日中隨意所

欲擔負多少無所減少然彼迦陵渠國無所減少若復長者七子所有七千兩金及般籌大寶藏於彼七千兩金百倍千倍百千倍無數倍皆悉不及七子七千兩金所獲功德而無與等復有長者鞞提師國城名須賴吒賓伽羅大寶藏無數百千珍寶藏金銀硨磲碼碯眞珠琥珀水精瑠璃於彼鞞提師國七歲七月七日中隨其所欲擔負多少皆負持去於彼賓迦羅寶藏無所減少若復長者七子七千兩金及賓迦羅寶藏此七子七千兩金百倍百千倍無數倍皆悉不及七子所獲功德不可稱計復有長者迦尸國波羅柰城彼有藏名蠰伽(龍名)無數金銀珍寶硨磲碼碯水精瑠璃眞珠琥珀彼七子七千兩金及此蠰伽大寶藏彼七子七千兩金所獲功德百倍千倍百千倍無數倍不如也長者置此犍陀越國人捨此迦陵渠人捨此鞞提施人捨此迦尸人猶如此閻浮提十六大國男女大小彼盡隨其所欲擔負取此四大寶藏金銀珍寶硨磲碼碯眞珠琥珀水精瑠璃彼於七歲七月七日中隨其所欲皆悉擔負持去彼四大藏無所減少長者彼七子七千兩金及此四大寶藏百倍千倍百千倍無數倍皆悉不及是時世尊便說偈言

伊羅鉢犍陀　賓絺及般籌　賓伽及須賴
蠰伽波羅柰　如此四寶藏　種種珍寶滿
無數不相及　所作功德果

爾時世尊與阿那邠邸說微妙法勸令歡喜時阿那邠邸長者已從如來聞微妙法即從座起偏露右肩右膝著地叉手向佛白世尊

言願世尊當受我請及比丘僧欲設甘饍飲食爲彼七子故時世尊默然受阿那邠邸請時阿那邠邸已見世尊默然受請頭面禮足便退而去還家即其日施設甘饌飲食施設甘饌飲食已即敷坐具爲佛比丘僧故而白時到今正是時願世尊臨顧是時世尊知時已到便著衣持鉢比丘僧前後圍遶入舍衛城詣阿那邠邸家即就座坐及比丘僧時阿那邠邸長者及七子便至世尊所頭面禮足在一面坐時阿那邠邸長者白世尊言我有此七子各賜千兩金使自歸命佛歸命法歸命比丘僧使受五戒今願世尊與此等說法使我等七子於如來所使逮等見時世尊告阿那邠邸長者言如是長者如是長者時阿那邠邸長者見佛比丘僧坐定及七子以甘饌飲食而供養之時阿那邠邸長者及七子甘饌飲食而供養之時阿那邠邸長者及七子甘饌飲食飯佛比丘僧見世尊食竟除去鉢時阿那邠邸長者便至世尊所頭面禮足在一面坐時彼七子如來與說微妙法而世尊知阿那邠邸七子至心聽法諸佛世尊常應所說法苦集盡道時世尊與彼阿那邠邸長者七子說如是法各於座上諸塵垢盡無有瑕穢得法眼生彼已見法逮得深法無有狐疑亦無猶豫想得無所畏以解了如來深法自歸命佛歸命法歸命衆而受五戒時世尊與阿那邠邸長者及七子復重說法已便從座起而去是時阿那邠邸長者及彼七子聞佛所說歡喜奉行

阿那邠邸化七子經

大愛道般涅槃經

西晉三藏法師白法祖譯

聞如是一時佛在墮舍利國行在獼猴水邊拘羅昜講堂是時摩訶卑耶和題俱曇彌行在墮舍利國與五百比丘尼俱皆是阿羅漢皆爲大神足爲靴那須摩訶離惟識彌優波羅洹卑耶俱曇彌是輩長年比丘尼大弟子行在墮舍利王國比丘尼精舍是時摩訶卑耶和題俱曇彌自意覺念言我不忍見佛般泥洹并阿難舍利弗目揵連是賢者輩我先捨壽命行取泥洹去是時佛即已覺知便語阿難是間摩訶卑耶和題俱曇彌自念言我不忍見佛般泥洹并阿難舍利弗目揵連是賢者輩我先捨壽行取泥洹去是五百比丘尼自意覺捨一切若我不忍見佛般泥洹并賢者阿難舍利弗目揵連是賢者輩我輩亦當捨壽行取泥洹去佛說如是阿難白佛言是故我身不能自勝諸方不能分別所聞法不能自識所以者何聞摩訶卑耶和題俱曇彌當般泥洹佛便告賢者阿難如是阿難汝自意念摩訶卑耶和題俱曇彌持精進種般泥洹耶并定種慈種解種度知見種所法我自知證覺者若四意止若四意斷若四神足若五根若五力若七覺意若八慧道行汝恐摩訶卑耶和題俱曇彌持是法去耶佛說是意已阿難白言摩訶卑耶和題俱曇彌終不能持清淨種般泥洹去亦不能持定種亦不能持慧種亦不能持解種亦不能持慧見知種終不能持覺種佛自慧所覺知法若四意止若四意斷若四神足若五根若五力若七

覺意若八慧道行終不能持是法般泥洹阿難言我自念摩訶卑耶和題俱曇彌於佛有阜恩佛母壽終時摩訶卑耶和題俱曇彌乳養長大佛言阿難有是摩訶卑耶和題俱曇彌於我有阜恩我母壽終時乳養長大我佛言阿難我亦於摩訶卑耶和題俱曇彌有恩無量所以者何摩訶卑耶和題俱曇彌從我因緣自歸佛自歸法自歸比丘僧自歸集道盡亦不復疑佛亦不復疑法亦不復疑比丘僧亦不復疑集道盡皆已了知若人阿難能教人自歸佛者自歸法者自歸比丘僧者自歸集道盡者受者盡壽命者還事所受師教施與衣食臥具醫藥所索不逆盡壽命如是尚未能爲報師恩佛言是故阿難我於摩訶卑耶和題俱曇彌有阜恩無量是時摩訶卑耶和題俱曇彌并五百比丘尼便俱出墮舍利國到大樹間至佛所以頭面禮佛足却住一處是五百比丘尼亦復禮佛住一處摩訶卑耶和題俱曇彌便叉手白佛言我不能忍見佛般泥洹并阿難舍利弗羅目揵連是賢者輩比丘我欲先捨壽行取泥洹去以白如是佛受摩訶卑耶和題俱曇彌所白默然摩訶卑耶和題俱曇彌便以手摩佛足言我今日最後見世間依者最後見世間明者最後見世間無上者從今以後不復見三界中尊者已爲佛作禮却坐一處是五百比丘尼亦復叉手白佛如是我輩不忍見佛般泥洹并賢者阿難舍利弗羅目揵連賢者比丘輩我輩欲捨壽行取泥洹去五百比丘尼白如是佛默然受五百比丘尼所白五百比丘尼便

頭面禮佛足言我輩最後見世間依者最後見世間明者最後見世間無上者從今以後不復見三界中尊者已說如是各還就坐佛爲摩訶卑耶和題倶曇彌并五百比丘尼說若干品法已說皆歡喜起坐皆爲佛作禮遶佛三帀頭面著地還到墮舍利國入王園比丘尼精舍便從一處布五百座摩訶卑耶和題倶曇彌并五百比丘尼各就坐是時摩訶卑耶和題倶曇彌便自現神足從座中没身去從東方出虛空中上一樹間上至七樹間自現四神足於虛空上經行已經行便行已住便坐已坐便卧已卧便自身出五色火上身出五色火下身出水下身出五色火上身出水如是從東方没出西方從南方没出北方便從七樹間下至地變化現神足如於上時便滅神足取泥洹去是時五百比丘尼便皆於座中没身從東方出在虛空中上一樹間上至七樹間自現四品神足於虛空中經行已經行便住已住便坐已坐便卧已卧便自身出五色火上身出五色火下身出水下身出五色火上身出水如是從東方没出西方從南方没出北方便從七樹間下至地變化現神足如於上時便滅神足取泥洹去是時佛告賢者阿難汝行明日平旦入惟舍利國到耶陀迦羅越舍已到便告耶陀迦羅越佛母般泥洹并五百比丘尼佛勸令迦羅越作五百轝牀五百瓶麻油五百分香五百分薪若干種華香若干種妓樂持到王園比丘尼精舍所以者何佛母般泥洹并五百比丘尼皆是阿羅漢皆大神足功德已滿當好葬

之佛語阿難告迦羅越佛勸如是阿難聞佛言唯然即起持頭而禮佛足即以平旦入惟舍利國至耶陀迦羅越所至已告守門者令入白迦羅越阿難在外守門者聞阿難言即入白如是時耶陀迦羅越在高樓上與妓女共相娛樂聞門者言如是即恐怖衣毛皆竪即下樓出與阿難相見即持頭面著賢者阿難足下爲禮白賢者阿難是非恒亦非小事所以者何賢者來入國何一早耶耶陀迦羅越言已意何阿難即報言佛使我來欲勸令迦羅越作五百輿牀五百麻油瓶五百分香五百分薪若干種好香華若干種妓樂持到王園比丘尼精舍所以者何佛母般泥洹弃五百比丘尼皆是阿羅漢皆大神足功德已滿當好塟之佛勸迦羅越如是迦羅越聞阿難言如是即惛躃地言賢者阿難我人有何等過於比丘尼比丘尼有何恨我人所般泥洹不告我人賢者阿難從今以後行室當空諸座亦當空經行處亦當空四徼道頭里巷皆當空惟舍利國已爲空賢者阿難從今以後不復見比丘尼行分越入惟舍利國是痛何甚耶陀迦羅越言已竟阿難即告迦羅越言佛本自說言一切恩愛皆當別離消散各自異處各自異行所生所至所想各自有行各自有因緣會當滅盡會當別離欲令不別離者終不可得慧人但當護法行是時賢者阿難爲迦羅越引若干經要持解迦羅越意欲勸迦羅越意已解已喜已勸便到惟舍利國披羅門迦羅越異因緣在講堂聚會便賢者阿難以到就坐已坐便告惟舍利國披羅

門迦羅越卿輩作五百輿牀五百麻油瓶五百分香五百分薪若干種好香華若干種妓樂持到王園比丘尼精舍所以者何佛母般泥洹并五百比丘尼皆是阿羅漢大神足功德已滿當好葬之佛勸衆披羅門迦羅越如是惟舍利國披羅門迦羅越即便躃地告賢者阿難我人有何等過於此比丘尼比丘尼有何恨我人輩持何等失比丘尼意般泥洹不告我人賢者阿難從今以後行室皆當空諸座皆當空四徼道頭里巷皆當空惟舍利國以爲空從今以後終不復見比丘尼入惟舍利國行分越是時賢者阿難告惟舍利國披羅門迦羅越佛先自說一切恩愛皆當別離消散各自異處各自異行所生所至所想各自有行各自有因緣會當別離欲令不別離終不可得慧人但當護法行是時賢者阿難爲惟舍利國披羅門迦羅越引若干經要持解披羅門迦羅越意喜披羅門迦羅越意勸披羅門迦羅越意已解已喜勸賢者阿難便起座到佛所是時耶陀迦羅越并五百披羅門迦羅越持五百輿牀五百麻油瓶五百分薪五百分香若干種好香華妓樂到王園比丘尼精舍已到是時王園比丘尼精舍門閉耶陀迦羅越便告一人言來汝上一人肩上度垣牆入園開門是人受迦羅越言上一人有度垣牆即開門耶游陀迦羅越及五百披羅門俱入王園比丘尼精舍是時五百比丘尼共有六沙彌利是六沙彌利告耶游陀迦羅越言賢者迦羅越莫得嬈是五百比丘尼也所以者也皆是已得定意坐者是時迦

羅越告六沙彌利言是五百比丘尼不爲定意坐已捨壽命行取泥洹是時六沙彌利聞是語即惛躃地言誰當復教戒我人者耶誰當復諫數我人當持衣鉢隨誰後耶是時迦羅越告賢者六沙彌利言佛先自說一切恩愛皆當別離賢者沙彌利莫愁憂但當勤行精進是時迦羅越取摩訶卑耶和題俱曇彌舍利持若干種香華妓樂恭敬撿取舍利著金牀上并五百比丘尼舍利亦如是便耶游陀迦羅越并五百披羅門迦羅越俱取摩訶卑耶和題俱曇彌并五百比丘尼舍利到佛所是時佛告賢者舍利弗羅汝來正東向叉手下右膝著地說如是有在東方直信者直業者三神六智大神足功德以滿者皆來到是間所以者何佛毋般泥洹并五百比丘尼已般泥洹皆是阿羅漢皆大神足功德已滿當共好葬之南方亦爾西方亦爾北方亦爾東方亦爾賢者舍利弗羅受語即東向南向西向北向請諸阿羅漢即時東方有二百五十阿羅漢來南方亦爾西方亦爾北方亦爾合千阿羅漢在佛前佛便與千比丘僧俱到摩訶卑耶和題俱曇彌舍利所佛便坐千比丘皆就坐是時佛便告賢者阿難汝起取摩訶卑耶和題俱曇彌舍利以鉢盛之持來著我手中阿難言唯然便起座取摩訶卑耶和題俱曇彌舍利著鉢中持授佛佛即以兩手受之摩訶卑耶和題俱曇彌舍利已受佛便告衆比丘僧是女人聚舍利也本是惡身急弊卒暴輕心數轉嫉妬摩訶卑耶和題俱曇彌已捨女人聚身男子所應得者摩訶卑耶

和題爲巳得也是時佛令耶游陀迦羅越衆比丘僧共爲摩訶卑耶和題俱曇彌弁五百比丘尼起塔巳起塔及惟舍利國人民及諸天人皆共事摩訶卑耶和題俱曇彌弁五百比丘尼塔佛說如是諸比丘皆歡喜起前爲佛作禮而去

大愛道般涅槃經

佛母般泥洹經

劉宋沙門釋人慧簡譯

聞如是一時佛在維耶梨國行在獼猴水邊拘羅曷講堂上大愛道比丘尼者即佛姨母也時在維耶梨國與除饉女五百人俱皆是應眞獲六通四達神足變化年長德尊神耀巍巍其精舍在王園所度無量深入普智定覩世尊遠阿難鶖鷺子大目連所度已畢將欲滅度曰吾不忍見世尊如來無所著正眞道最正覺及諸應眞吾當先息靈還于本無矣佛一切智具照其然即告阿難大愛道念曰吾不忍見世尊并諸應眞泥洹欲先滅度阿難聞教即稽首言今聞尊命四體萎墮心塞智索不識四方之名佛告阿難汝謂大愛道滅度將戒種慧種解脫種度知見種四意止四意斷四神足五根五力七覺意八道行去耶對曰不也但惟佛生七日太后薨母慈至有弘恩在佛所耳世尊歎曰眞如汝言母於吾誠有哺乳重恩之惠吾亦有難算之恩在母所也由吾明獲歸命佛歸命法歸命聖衆自歸集道盡冥滅明盛無疑於三尊苦集盡道道眼明盡解結解獲無所著若人能悟愚者之惑令入眞正歸佛歸法歸于聖衆自歸集道盡者受道弟子盡天下名珍訖其年壽供養經師萬未賽一歸命三尊恩過須彌弟子猶芥子也是故阿難吾有重恩於大愛道所其爲無量矣於時大愛道與除饉女五百人俱到佛所頭面著足退叉手立大愛道白佛言吾不忍睹佛及諸應眞滅度欲先泥洹佛默可之大愛道以手摩佛足曰吾免覩

如來應儀正眞道最正覺道法御天人師三界明自今不復覩之矣五百除饉女陳辭如上佛亦可之也爲說身患生死憂悲苦不如意惱之難又歎無欲清淨空不願無想滅度之安若干淨品諸女除饉莫不歡喜遶佛三帀稽首而去還于精舍布五百座皆各就座大愛道現神足德自座沒地從東方來在虛空中化去地一樹轉升至七樹經行虛空中作坐作臥上身出水下身出火下身出水上身出火又沒地中飛從西方來沒法如前八方上下來放大光明以照諸冥中人上耀諸天五百除饉變化俱然同時泥洹佛告賢者阿難汝明旦入城到耶游理家所告之曰佛母及五百耆年除饉皆已滅度佛勸理家作五百轝牀麻油香華樟柟梓木各五百貢妓正音當以供養所以然者斯諸除饉皆六通四達獲空不願無想淨定今得泥洹爲諸佛所歎一時之供養其福無數阿難稽首于地惻然敬諾平旦入城至理家門告守門者曰入云吾來門人入如事云理家時在高觀與樂人相娛聞阿難來心怖毛竪即下觀疾出五體投地以首著足長跪而曰賢者阿難今來甚早斯事非恒將以何故阿難如佛教具爲理家說之理家聞之即躃身于地抗哀而云吾等豈有非佛弟子不肖之行而爲除饉所棄矣長逝無爲而無遺教乎歔欷重曰賢者阿難自今維耶梨精舍都爲空寂王道四街不復覩神通女除饉如彼威德行于國道國道爲空其痛何甚乎阿難答曰佛說乾坤雖爲長久始必有終盛者有衰恩愛當離睹

異欲乖者尋行受報三界無常其如幻夢古來非常苦身之患其禍無量而愚者不見可謂瞽矣生求不死會㝵不離者終不可得也上賢睹佛經與解四非常如盲得視精進勤行可免重苦矣阿難引若干要說以釋理家結理家心解即喜阿難復至諸梵志理家所時其衆在講堂有異議即告之曰佛勸諸賢者作五百人壄具所以然者佛母弁五百除饉女皆已滅度梵志理家聞阿難言靡不躃地椎心滅髮宛轉哀號云當奈何吾等孤露將復誰恃乎阿難又說三界是幻都爲非常身爲苦器惱痛所聚唯泥洹安故三尊歸之也理家心解稽首足下阿難還至佛所如事以聞梵志理家即具葬具馳詣精舍時園門閉理家使人縁入開門欲入講堂有女沙彌三人一人得不還道次者頻來小者溝港告理家曰吾師坐禪今得寂定慎無擾也答曰師已滅度不爲定也沙彌聞之躃身絶息有頃乃蘇哀號而曰誰當復誨吾等聖訓絶矣吾者廢也理家覩之莫不舉哀哀畢告沙彌曰佛本說經恩愛雖會終必有離世榮難保唯道可久但當建志進取應眞滅三界苦捐俗哀心也理家闍維畢奉舍利詣佛所佛告鶖鷺子汝東向叉手下右膝曰有直信直業三神六智道神已足者皆來赴斯所以然者佛母逮諸除饉女五百人今皆善逝宜當法會四方俱然於是四方各二百五十應眞神足飛來稽首佛足佛起至大愛道舍利所千比丘從皆就座佛告阿難取舍利盛之以鉢著吾手中阿難如命以鉢盛舍利長跪授佛

佛以兩手受之告諸比丘斯聚舍利本是穢身兇愚急暴輕心疾轉嫉妬陰謀敗道壞德爲亂作先之類今毋拔女人兇愚之穢爲丈夫行獲應眞道還靈本無淨過虛空行高無蓋何其健哉佛告諸比丘及理家衆共爲毋及諸應眞女興廟僉曰唯然於是天人鬼龍興廟立表華香作樂遶廟三帀哀音震國詣佛敬信輙說生死爲苦三界無安以釋來者莫不歡喜稽首而去

佛毋般泥洹經

佛般泥洹後變記

我般泥洹後百歲我諸弟子沙門聰明智慧如我無異我般泥洹後二百歲時阿育王從八王索八斛四斗舍利一日中作八萬四千佛圖三百歲時若有出家作沙門一日中便得道四百歲時數念佛及法以比丘僧供養和尚阿闍梨五百歲時沙門婆羅門及人民無不啼泣念佛者六百歲時諸沙門便行入山中樹下冢間求道七百歲時便行内外學經若有沙門婆羅門問事無不解了悉壞九十六種外道八百歲時便復念行作佛圖染疾次作佛圖九百歲時便念行治生求利害處所千歲時便行與國王相隨教習兵法戰陣自行屠殺妻娶婦女

佛般泥洹後變記

佛說聖法印經

西晉三藏竺法護譯

聞如是一時佛在舍衛國祇樹給孤獨園是時佛告諸比丘聽諸比丘唯諾受教佛言當爲汝說聖法印所應威儀現清淨行諦聽善思念之佛言比丘假使有人說不求空不用無想欲使興發至不自大禪定之業未之有也設使有人慕樂空法志在無想興發至要消除自大憍慢之心禪定之業此可致矣輒如道願普有所見所以者何慕樂於空欲得無想無慢自大見於慧業皆可致矣何謂比丘聖法印者其聖法印所可更習至清淨見假使比丘處於閑居若坐樹下空閑之處解色無常見色本無已解無常解至空無皆爲恍惚無我無欲心則休息自然清淨而得解脫是名曰空尚未得捨憍慢自大禪定清淨所見業也雖爾得致柔順之定即時輙見除諸色想聲想香想以故謂言至於無想故曰無欲尚未得消自大憍慢至於禪定清淨見也其心續存柔順之定彼則見除所有貪婬瞋恚愚癡是故名曰無欲之定尚未得除自大憍慢至於禪定清淨見也心自念言吾我起滅從何所興思惟解知其吾我者所因習味分別諸識皆從因緣而致此業從是因緣致有神識復自念言此諸因緣爲有常乎爲無常耶復自念言因緣所合致神識者此皆無常無有根本此神識者依倚無常而有妄想故有緣起十二因也皆歸於盡無常苦空毁壞別離離欲滅盡曉了是者乃知無本得至降伏消一切起得入道行是乃逮致除於

自大無慢放逸禪定之業現清淨行是則名曰聖法印清淨之業從始至終究竟本末佛說如是諸比丘聞莫不歡喜作禮而去

佛說聖法印經

音釋

祴古得切衣裾也　蠰汝陽切　甏呼宏切死也　賽先代切報也　睹當古切見也　枏那含切楠木也　梓即里切木名　躃房益切倒也　抗苦浪切扞也　歔欷歔朽居切欷香衣切歔欷悲泣氣咽而抽息也

十一經同卷

清刻龍藏佛說法變相圖

十一經同卷

五陰譬喻經

佛說水沫所漂經

佛說不自守意經

佛說滿願子經

轉法輪經

佛說三轉法輪經

佛說八正道經

難提釋經

佛說馬有三相經

佛說馬有八態譬人經

佛說相應相可經

五陰譬喻經

後漢安息國三藏法師安世高譯

聞如是一時佛遊於靡勝國度河津見中大沫聚隨水流即告比丘言諸比丘譬如此大沫聚隨水流目士見之觀視省察即知非有虚無不實速消歸盡所以者何沫無强故如是比丘一切所色去來現在内外麤細好醜遠近比丘見此當熟省視觀其不有虚無不實但病但結但瘡但僞非眞非常爲苦爲空爲非身爲消盡所以者何色之性無有强譬如比丘天雨滴水一泡適起一泡即滅目士見之觀視省察即知非有虚無不實速消歸盡所以者何泡無强故如是比丘一切所痛去來現在内外麤細好醜遠近比丘見知當熟省視觀其不有虚無不實但病但結但僞但瘡非眞非常爲苦爲空爲非身爲消盡所以者何痛之性無有强譬如比丘季夏盛熱日中之燄目士見之觀視省察即知非有虚無不實速消歸盡所以者何燄無强故如是比丘一切所想去來現在内外麤細好醜遠近比丘見是當熟省視觀其不有虚無不實但婬但結但瘡但僞非眞非常爲苦爲空爲非身爲消盡所以者何想之性無有强譬如比丘人求良材擔斧入林見大芭蕉鴻直不曲因斷其本斬其末擘其葉理分分皮而解之中了無心何有牢固目士見之觀視省察即知非有虚無不實速消歸盡所以者何彼芭蕉無强故如是比丘一切所行去來現在内外麤細好醜遠近比丘見此當熟省視知其不有虚無不實但婬但結但瘡但僞非眞

非常爲苦爲空爲非身爲消盡所以者何行之性無有强譬如比丘幻師與幻弟子於四衢道大人衆中現若干幻化作羣象羣馬車乘步從目士見之觀視省察即知不有虛無不實無形化盡所以者何幻無强故如是比丘一切所識去來現在內外麤細好醜遠近婬但結但瘖但僞非眞非常爲苦爲空爲非身爲消盡所以者何識之性無有强於是佛說偈言

沫聚喻於色　痛如水中泡　想譬熱時燄
行爲若芭蕉　夫幻喻如識　諸佛說若此
當爲觀是要　熟省而思惟　空虛之爲審
不覩其有常　欲見陰當爾　直智說皆然
三事斷絕時　知身無所直　命氣溫煖識
捨身而轉逝　當其死卧地　猶草無所知
觀其狀如是　但幻而愚貪　正正爲無安
亦無有牢强　知五陰如此　比丘宜精進
是以當晝夜　自覺念正智　受行寂滅道
行除最安樂

佛說如是比丘聞皆歡喜

五陰譬喻經

佛說水沫所漂經

東晉三藏竺曇無蘭譯

聞如是一時婆伽婆在阿迦闍（波斯匿王所造觀也）恒水側與大比丘衆五百人俱時有大聚沫爲水所漂世尊見已告諸比丘汝等頗見此沫聚爲恒水所漂不諸比丘對曰如是世尊世尊告曰此沫聚若有目士諦觀察之思惟分別彼人見已觀諦空無所察之思惟分別空無有無來無往亦不堅固此水聚沫何可依怙如是諸所有色過去當來現在若麤若細若遠若近彼有目士諦觀察之思惟分別彼人見已諦觀察之思惟分別空無所有無來無往空無所有亦不堅固此色陰有何堅固譬如夏雨有泡現或有生者或有滅者彼有目士諦觀察之思惟分別彼人已見諦觀察之思惟分別空無所有無來無往亦不堅固猶如此水泡有何堅固如是此身中痛當來過去現在若麤若細若好若醜若遠若近彼有目士諦觀察之思惟分別彼已觀察思惟分別覺知空無所有無來無往亦不堅固此陰中有何堅固譬若夏後日日正中無有雲曀野馬熾盛彼有目士而觀察之思惟分別彼已觀察思惟分別則覺知空無所有無來無往亦不堅固此野馬有何堅固如是諸所有想過去當來現在若麤若細若好若醜若遠若近彼有目士而觀察之思惟分別彼已觀察思惟分別空無所有無來無往亦無堅固此想陰中有何堅固譬如有人從城郭村落出求堅固彼器便往大叢樹中若見芭蕉樹生茂盛好人見者歡喜獨生無枝葉若斷

其根作三四叚在處皮處皮剥却欲求實不可得況欲得堅固彼有目士諦觀察思惟分別彼已觀察思惟分別空無所有無來無往亦不堅固此芭蕉樹有何堅固如是諸所有行過去當來現在若麤若細若好若醜若遠若近彼有目士而觀察之思惟分別彼已觀察思惟分別覺知空無所有無來無往亦不堅固此行陰有何堅固譬如黠慧幻師及幻師弟子在衆人前白現幻術若有目士諦觀察思惟分別彼已觀察思惟分別空無所有無來無往亦不堅固此幻術有何堅固如是諸所有識過去當來現在若麤若細若好若醜若遠若近彼有目士而諦觀察思惟分別彼已觀察思惟分別空無所有無來無往亦不堅固此識陰有何堅固爾時世尊便說偈言

色如彼聚沫　痛如彼水泡　想如夏野馬
行如芭蕉樹　識如彼幻術　最勝之所說
若能諦觀察　思惟而分別　空亦無所有
若能作是觀　諦察此身中　大智之所說
當滅此三法　能捨除去色　此行亦如是
幻師不眞術

爾時諸比丘聞佛所說歡喜奉行

佛說水沫所漂經

佛說不自守意經

吳月支優婆塞支謙譯

聞如是一時佛在舍衛國祇樹給孤獨園佛告諸比丘比丘應唯然佛言聽說自守亦不自守比丘便叉手從佛聽佛告比丘幾因緣不自守若眼根不閉守若眼識墮色意便泆已意泆便更苦已更苦便不得定意已不得定意便不知至誠如有已不知便不見如有已不知已不見如有便不捨結亦不度疑已不捨結不度疑便屬他因緣異知已異知便苦不安隱如是說耳亦爾鼻亦爾口亦爾身亦爾意亦爾如是行名爲不自守佛復告比丘幾因緣自守若眼根自守止眼識不墮色意便不泆已意不泆便更樂已更樂便得定意已得定意便諦如有知諦如有見已諦如知諦如見便捨結亦度疑便不信不至誠便慧智便意樂安隱六根亦如是說如是名爲自守所說自守不自守如是佛說如是皆歡喜受

佛說不自守意經

佛説滿願子經

失譯人名今附東晉録

聞如是一時佛遊摩鳩羅無種山中與大比丘俱比丘五百爾時賢者邠耨晡時從宴坐起徃詣佛所偏袒右肩右膝著地稽首足下叉手白佛善哉世尊爲我且講要法我當奉行令身長夜安隱無極佛言諦聽善思念之邠耨應唯然世尊佛告邠耨目見好色可眼之物所可愛樂貪欲之耳貪好聲鼻識好香舌知美味身著細滑更樂可意愛於所欲慕於貪求假使比丘欣樂然可心處其心中已貪住則樂迷惑從是致患憂惱之感假使邠耨比丘目見色者可眼之物不以歡樂心不處中疾患則除耳鼻口身意亦復如是是爲粗舉要法佛之教誨以誡勑汝今欲所遊邠耨白佛唯然世尊有一國名首那和蘭（此言所聞欲勝）欲遊彼國佛言彼國兇惡志懷麤獷不能柔和喜鬪亂人假使彼國異心兇人罵詈毀辱當云何乎假使彼國異心惡人罵詈辱我我當心念愛我敬我尚原赦我手不扠我佛言假使扠汝當柰之何邠耨白曰當心念言尚復愛我敬我賢善柔和不以瓦石而打擲我佛言假使以瓦石打擲汝當柰之何邠耨白曰其國人善仁和温雅不以刀杖傷擊我身佛言假使刀杖傷擊汝身當柰之何邠耨白曰我當念言其國仁善柔和温雅不以利刀害我身命佛言假使利刀害汝身命當奈之何邠耨白曰我當心念言身有六情爲之所患猒身衆累不淨流出求刀爲食志唯在味入於寂然以刀爲食佛言善哉邠耨汝能

堪任以是比像調順寂然忍辱仁賢處於彼國隨意所欲於是邠耨即從座起稽首佛足右繞三帀自詣其室即夜蓋藏床卧衣服明旦著衣持鉢往詣彼國尋在其國於一夏中教化勸立諸清信士凡五百人清信女五百人興于寺舍五百屋室床榻五百及法坐具被枕各各五百化五百人皆爲沙門在於其歲證三達尋滅度滅度未久諸比丘衆無央數千往詣佛所稽首足下却在一面俱白佛言有一比丘名曰邠耨佛爲粗舉說其要法今已滅度已來未久爲何所獲得何證乎佛言諸比丘彼族姓子已興三達證得六通諦觀順法無與等者不與餘事唯講法典諸漏已盡無復塵垢已度想念脫于智慧現在於法極達諸通證具足於生死已斷稱譽梵行所作已辦鮮名色本諸慧無上聖智具足已得羅漢於時世尊莫不稱譽咨嗟無極邠耨文陀尼子佛說如是比丘莫不歡喜

佛說滿願子經

轉法輪經

後漢安息國三藏法師安世高譯

聞如是一時佛在波羅柰國鹿野樹下坐時有千比丘諸天神皆大會叉塞空中於是有自然法輪飛來當佛前轉佛以手撫輪曰止往者吾從無數劫來爲名色轉更苦無量今者癡愛之意已止漏結之情已解諸根已定生死已斷不復轉於五道也輪即止於是佛告諸比丘世間有二事墮邊行行道弟子捨家者終身不當與從事何等二一爲念在貪欲無清淨志二爲倚著愛不能精進是故退邊行不得值佛道德眞人若此比丘不念貪欲著身愛行可得受中如來最正覺得眼得慧從兩邊度自致泥洹何謂受中謂受八直之道一曰正見二曰正思三曰正言四曰正行五曰正命六曰正治七曰正念八曰正定若諸比丘本未聞道當已知甚苦爲眞諦已一心受眼受禪思受慧見覺所念令意解當知甚苦集盡爲眞諦已受眼觀禪思慧見覺所念令意解如是盡眞諦何謂爲苦謂生老苦病苦憂悲惱苦怨憎會苦所愛別苦求不得苦要從五陰受盛爲苦何謂苦集謂從愛故而令復有樂性不離在在貪喜欲愛色愛不色之愛是集爲苦何謂苦盡謂覺從愛復有所樂婬念不愛不念無餘無婬捨之無復禪如是爲集盡何謂苦集盡欲受道謂受行八直道正見正思正言正行正命正治正志正定是爲苦集盡受道眞諦也又是比丘苦爲眞諦苦由集爲眞諦苦集盡爲眞諦苦集盡欲受道爲眞諦若本在昔未聞是法者當

受眼觀禪行受慧見受覺念令意得解若令在斯未聞是四諦法者當受道眼受禪思受慧覺令意得解若諸在彼不得聞是四諦法者亦當受眼受禪受慧受覺令意得解是爲四諦三轉合十二事知而未淨者吾不與也一切世間諸天人民若梵若魔沙門梵志自知證已受行戒定慧解受知見成是爲四極是生後不復有長離世間無復憂患佛說是時賢者阿若拘隣等及八十姟天皆遠塵離垢諸法眼生其千比丘漏盡意解皆得羅漢及上諸集法應當盡者一切皆轉衆祐法輪聲三轉諸天世間在法地者莫不遍聞至于第一四天王忉利天焰摩天兜術天不驕樂天化應聲天至諸梵界須臾遍聞爾時佛界三千日月萬二千天地皆大震動是爲佛衆祐始於波羅柰以無上法輪轉未轉者照無數度諸天人從是得道佛說是已皆大歡喜

轉法輪經

佛說三轉法輪經

唐三藏法師義淨奉　詔譯

如是我聞一時薄伽梵在婆羅痆斯仙人墮處施鹿林中爾時世尊告五苾芻曰汝等苾芻此苦聖諦於所聞法如理作意能生眼智明覺汝等苾芻此苦集苦滅順苦滅道聖諦之法如理作意能生眼智明覺汝等苾芻此苦聖諦是所了法如是應知於所聞法如理作意能生眼智明覺汝等苾芻此苦集聖諦是所了法如是應斷於所聞法如理作意能生眼智明覺汝等苾芻此苦滅聖諦是所了法如是應證於所聞法如理作意能生眼智明覺汝等苾芻此順苦滅道聖諦是所了法如是應修於所聞法如理作意能生眼智明覺汝等苾芻此苦聖諦是所了法如是已知於所聞法如理作意能生眼智明覺汝等苾芻此苦集聖諦是所了法如是已斷於所聞法如理作意能生眼智明覺汝等苾芻此苦滅聖諦是所了法如是已證於所聞法如理作意能生眼智明覺汝等苾芻此順苦滅道聖諦是所了法如是已修於所聞法如理作意能生眼智明覺汝等苾芻若我於此四聖諦法未了三轉十二相者眼智明覺皆不得生我則不於諸天魔梵沙門婆羅門一切世間捨離煩惱心得解脫不能證得無上菩提汝等苾芻由我於此四聖諦法解了三轉十二相故眼智明覺皆悉得生乃於諸天魔梵沙門婆羅門一切世間捨離煩惱心得解脫便能證得無上菩提爾時世尊說是法時具壽憍陳如及八萬諸天遠塵離垢得法眼淨

佛告憍陳如汝解此法不答言已解世尊汝解此法不答言已解善逝由憍陳如解了法故因此即名阿若憍陳如（阿若是解了義）是時地居藥叉聞佛說已出大音聲告人天曰仁等當知佛在婆羅痆斯仙人墮處施鹿林中廣說三轉十二行相法輪由此能於天人魔梵沙門婆羅門一切世間爲大饒益令同梵行者速至安隱涅槃之處人天增盛阿蘇羅減少由彼藥叉作如是告虛空諸天四大王衆皆悉聞知如是展轉於剎那頃盡六欲天須臾之間乃至梵天普聞其響梵衆聞已復皆遍告廣說如前因名此經爲三轉法輪時五苾芻及人天等聞佛說已歡喜奉行

佛說三轉法輪經

佛説八正道經

後漢安息國三藏法師安世高譯

聞如是一時佛在舍衛國祇樹給孤獨園佛告諸弟子聽我説邪道亦説正道何等爲邪道不諦見不諦念不諦語不諦治不諦求不諦行不諦意不諦定是爲道八邪行何等爲道八正行一者諦見諦見爲何等信布施信禮信祠信善惡行自然福信父母信天下道人信求道信諦行信諦受今世後世自黠得證自成便相告説是爲諦見第二諦念爲何等所意棄欲棄家不瞋恚怒不相侵爲諦念第三諦語爲何等不兩舌不傳語不惡罵不妄語是爲諦語第四諦行爲何等不殺盜婬是爲諦行第五諦受爲何等是聞有道弟子法求不可非法飯食牀卧病瘦正法求不可非法是爲諦受第六諦治爲何等生死意共合行所精進行出力因緣得乃精進不猒意持是爲諦治第七諦意爲何等生死行合意念向意念不妄不共意求是名爲諦意第八諦定爲何等生死意合念止相止護已止聚止不可爲不作所有罪不墮中避是名爲諦定比丘所有道弟子當受是八種行諦道如説行可得道八行覺諦見者信布施後世得具福信禮者見沙門道人作禮福信祠者懸繒燒香散華然燈信所行十善是爲自然得福信父母者信孝順信天下道人者喜受經信求道者爲行道信諦行者斷惡意信諦受者不犯戒今世後世自黠爲得黠能教人得證自成者能成人能成他人便相告説是名爲諦見知如是便自脱亦脱他人第二諦念

所意起者爲失意欲棄家者爲念道不瞋恚
怒者爲忍辱不相侵者當正意第三諦語者
不惡罵不犯口四過但說至誠道品諦要第
四諦行者不殺盜婬而行誠信第五不墮貪
者但求一衣一食爲賤賢第六諦治者爲向
三十七品經第七諦意者日增三十七品經
不離意第八止者不妄因緣止者常還意護
已止者一切無所犯聚止者得福道佛說如
是皆歡喜受
佛說八正道經

難提釋經

西晉三藏法師法炬譯

聞如是一時佛行在俱舍梨國樹名尼拘類是時多聚會比丘在迦梨講堂樹間會坐爲佛作衣令佛不久夏竟夏已盡佛自說三月已竟作衣已當到多人處彼難提釋聞多聚會比丘在迦梨講堂樹間會坐爲佛作衣令佛不久夏竟夏已盡佛自說三月已竟作衣已當到多人處難提釋已聞如是便到佛所已到爲佛足禮便坐一處已坐難提釋白佛言如是我聞多聚會比丘在迦梨講堂樹間會坐爲佛作衣令佛不久夏竟夏已盡佛自說三月已竟作衣已當到多人處我聞是即愁憂所食不覺味諸方不分別所聞善法不復念所作世間業不復著所以者何甚久乃復得見佛并慧清淨行比丘難提釋言已竟佛便報難提釋難提若見我身若不見我身若見清淨行比丘若不見清淨行比丘常當行內五法何等五一者意常當有信捨不信意二者常當清淨行捨不清淨行三者常當樂布施捨慳貪四者常當有慧捨癡五者常當多聞莫樂不聞難提是爲內五事已當復有六念何等六一念佛二念法三念比丘僧四念戒五念施與六念天難提若慧弟子念佛諸德佛爲有是爲如來爲無所著爲一切覺爲神行足爲已快爲有無量爲無有上爲男子師爲法御者爲天人師爲覺有是若天若人若魔若梵若沙門若婆羅門爲自慧證身生處已盡爲已著清淨行所爲當自識但有是身從後不受難提是時慧弟子意不著

貪欲不著瞋恚不著愚癡便爲直意慧弟子意已直已直意便得義便得法便見法便大樂喜已喜便生樂從樂便身滅身已滅便得安隱已得安隱便得定從定便如知知如見是爲苦諦是爲集是爲盡是爲苦滅向道者諦難提若慧弟子在邪中爲直念有恨意便爲捨意有所著便不受是爲慧弟子樂道迹爲常念佛德難提若慧弟子念法德佛所說大爲安隱爲可見爲無時可相授可得持慧者讚可得出可飽可依從法得離所處難提是時慧弟子意不著貪欲不著瞋恚不著愚癡便爲直念慧弟子意已直已直意便得義便得法便見法便大樂喜已喜便生樂從樂便身滅身已滅便得安隱意從安隱便得定從定便如知知如見是爲苦諦是爲集是爲盡是爲苦滅向道者諦難提若慧弟子在邪中爲直念有恨意便爲捨意有所著便不受是爲慧弟子樂道迹爲常念法德難提若慧弟子念比丘聚德佛衆弟子爲有清淨爲有定爲有服爲有脫見慧爲有行爲有所得爲是世間福田少施得福無有量若衆中有須陀洹爲信有須陀洹若衆有斯陀含爲信有斯陀含若衆有阿那含爲信有阿那含若衆有阿羅漢爲信有阿羅漢是爲男子四雙賢者八輩人中第一人中之剛爲人師爲人中應受恭敬者是爲三界中最人難提是時慧弟子意不著貪欲不著瞋恚不著愚癡便爲直意慧弟子意已直已直意便得義便得法便見法便大樂喜已喜便生樂從樂便身滅身已滅便得安隱意從安隱便得定從定便如知

如見是爲苦諦是爲集是爲盡是爲苦滅向道者諦難提若慧弟子在邪中爲直念有恨意便爲捨意有所著便不受是爲慧弟子樂道迹爲常念比丘聚德難提若慧弟子自念戒德佛所施戒不可犯不可輕不可毀不可弄不可試慧者從戒得定從定便離愛意不著世間譬如石破終不復合難提是時慧弟子意不著貪欲不著瞋恚不著愚癡便爲直意慧弟子意已直已直意便得義便得法便見法便大樂喜已喜便生樂從樂便身滅身已滅便得安隱意從安隱便得定從定便如知如見是爲苦諦是爲集是爲盡是爲苦滅向道者諦難提若慧弟子在邪中爲直念有恨意便爲捨意有所著便不受是爲慧弟子樂道迹爲常念戒德難提若慧弟子自念施與之德快哉我已得作人於慳貪之中能自拔無有嫉之意爲常樂與爲信所與後必當得少施所得無量從施得無爲難提是時慧弟子意不著貪欲不著瞋恚不著愚癡便爲直意慧弟子意已直已直意便得義便得法便見法便大樂喜已喜便坐樂從樂便身滅身已滅便得安隱意從安隱便得定從定便如知如見是爲苦諦是爲集是爲盡是爲苦滅向道者諦難提若慧弟子在邪中爲直念有恨意便爲捨意有所著便不受是爲慧弟子樂道迹爲常念施與之德難提若慧弟子念諸天德第一照頭摩賴第二忉利第三燄第四兜術第五泥慢羅提第六般泥迷陀惒舍惒提若從信若從清淨若從聞若從施若從慧各有行得上是六天我亦能行五法若

信戒聞施慧從是因緣得生天上難提是時慧弟子意不著貪欲不著瞋恚不著愚癡便爲直意慧弟子意已直已直意便得義便得法便見法便大樂喜已喜便生樂從樂便身滅身已滅便得安隱意從安隱便得定從定便如知如見是爲苦諦是爲集是爲盡是爲苦滅向道者諦難提若慧弟子在邪中爲直念有恨意便爲捨意有所著便不受是爲慧弟子樂道迹爲常念諸天德佛説如是難提釋大歡喜受著意常行是六念起座持頭面著佛足禮

難提釋經

佛說馬有三相經

後漢三藏法師支曜譯

聞如是一時佛在舍衛國祇樹給孤獨園佛便告諸比丘善馬有三相用入官可給御中王意得名爲官馬何等爲三相一者有善馬意自能走二者有力三者端正好色是爲三相善馬中入官善人亦有三相自得善意名聞亦豪舉人敬難之可受人禮能福天下何等爲三相有善人得意能走有力有端正色何等爲善人得意能走有善人得意是苦如有知爲是集爲是盡敗爲是道識如是善人得意爲走何等爲善人得意爲力爲有弊惡態當爲斷盡力求之精進求者意棄惡未起弊惡態不復起未起善意當爲起已起善意當爲止不忘減稍稍增多行意俱善行盡力求制意棄惡如是善人得力何等爲善人得意有色端正是聞有善人得意避五樂避弊惡能到四棄得行如是善人得意有色是爲三因緣諦行善人得意名聞爲能主舉人難之可取禮天下如是佛說如是

佛說馬有三相經

佛說馬有八態譬人經

後漢三藏法師支曜譯

聞如是一時佛在舍衛國行在祇樹給孤獨園多比丘僧俱佛告諸比丘馬有弊惡態八何等八一態者解羈韁時便掣車欲走二態者駕車跳踉欲嚙人三態者便舉前兩脚掣車走四態者便蹋車軨五態者便人立持軛摩抄車却行六態者便傍行邪走七態者便掣車馳走得濁泥抵止住不復行八態者懸篼餧之熟視不肯食其主牽去欲駕之遽唅噏噬欲食不能得食佛言人亦有弊惡態八何等為八一態者聞說經便走不欲聽如馬解羈韁掣車走時二態者聞說經意不解不知語所趣向便瞋跳踉不欲聞如馬駕車時跳踉欲嚙人時三態者聞說經便逆不受如馬舉前兩脚掣車走時四態者聞說經便罵如馬蹋車軨時五態者聞說經便起去如馬人立持軛摩抄車却行時六態者聞說經不肯聽顛頭邪視耳語如馬傍行邪走時七態者聞說經便欲窮難問之不能相應答便死抵妄語如馬得濁泥便止不復行時八態者聞說經不肯聽反念淫泆多求不欲聽受死入惡道時乃遽欲學問行道亦不能復得行道如馬懸篼餧之熟視不肯食其主牽去欲駕之乃遽唅噏噬亦不得食佛言我說馬八態惡人亦有八惡態如是諸比丘聞經歡喜作禮而去

佛說馬有八態譬人經

佛説相應相可經

西晉三藏法師法炬譯

佛在舍衛國請諸比丘比丘即到佛告比丘比丘應唯然從佛聞佛便説是不聞者不聞者俱相類相聚相應相可多聞者多聞者俱相類相聚相應相可貪婬者貪婬者俱相類相聚相應相可不貪婬者不貪婬者俱相類相聚相應相可瞋恚者瞋恚者俱相類相聚相應相可不瞋恚者不瞋恚者俱相類相聚相應相可愚癡者愚癡者俱相類相聚相應相可慧者慧者俱相類相聚相應相可布施者布施者俱相聚相類相應相可慳貪者慳貪者俱相類相聚相應相可少欲者少欲者俱相類相聚相應相可多欲者多欲者俱相類相聚相應相可不持戒者不持戒者俱相類相聚相應相可持戒者持戒者俱相類相聚相應相可難給者難給者俱相類相聚相應相可易給者易給者俱相類相聚相應相可不知足者不知足者俱相類相聚相應相可知足者知足者俱相類相聚相應相可不自守者不自守者俱相類相聚相應相可自守者自守者俱相類相聚相應相可佛説比丘如是慧人當分别是因緣可行者行之不可行者莫行佛説如是比丘受行著意

佛説相應相可經

音釋

曀於計切陰翳也　畟測力切遮遏也　痆女八切　羈韁羈居宜切絡首曰羈韁居良切紲也　跳踉跳徒聊切踉呂張切　齧倪結切噬也　蹋徒合切踐也　軨郎丁切車闌也　挱素何切摩挱指拭也　篼當侯切飼馬籠也　餧於偽切餧飼也　啗胡南切銜也　歙噬噏許及切與吸同噬時制切齧也　頖匹米切傾頭也

修行本起經

後漢沙門竺大力共康孟祥譯

清刻龍藏佛說法變相圖

修行本起經卷上

後漢沙門竺大力共康孟祥譯

現變品第一

聞如是一時佛在迦維羅衛國釋氏精舍尼拘陀樹下與大比丘衆千二百五十人俱皆是阿羅漢已從先佛淨修梵行諸漏已盡意解無垢衆智自在曉了諸法離於重擔逮得所願三處已盡正解已解三神滿具六通已達比丘尼衆大愛道等五百人不可計諸優婆塞優婆夷四輩普具諸異學婆羅門尼犍等不可計都悉來會一切諸四天王忉利天王焰天王兜術天王尼摩羅提天王波羅尼蜜天王梵天王乃至阿迦膩吒天王各與無央數衆皆悉來會諸龍王阿須倫迦留羅眞陀羅摩休勒一一尊神復尊各與眷屬皆悉

來會白淨王無怒王無怨王甘露淨王及迦維羅衛九億長者各從官屬一時來會爲佛作禮却坐一面爾時佛放身三十二相八十種好光明普照三千世界如月盛滿星中特明威神堂堂衆聖中王一切衆會咸有疑心各自念言太子生迦維羅衛長白淨王家棄國行學道成號佛爲於樹下六年得道耶十二年得乎或復念言本行何術致斯巍巍所事何師今得特尊始修何法得成爲佛佛知一切皆有疑意便告摩訶目揵連汝能爲恒薩阿竭說本起乎於是目連即從座起前整衣服長跪叉手白佛言唯然世尊今當承佛威神持佛神力爲一切故當廣說之佛言宿命無數劫時本爲凡人初求佛道以來精神受形周徧五道一身死壞復受一身生死無量譬喻盡天下草木斬以爲籌計吾故身不能數矣夫極天地之始終謂之一劫而我更天地成壞者不可稱載也所以感傷世間貪意長流沒於愛欲之海吾獨欲返其源故自勉而特出是以世世勤苦不以爲勞虛心樂靜無爲無欲損己布施至誠守戒謙卑忍辱勇猛精進一心思惟學聖智慧仁活天下悲窮傷厄慰沃憂慼育養衆生救濟苦人承事諸佛別覺真人功勳累積不可得記至于昔者錠光佛興世有聖王號名燈盛治在提和衛國人民長壽慈孝仁義地沃豐盛其世太平生一太子字爲錠光聰明智達世之少雙聖王愛念甚奇甚異臨壽終時國付太子太子錠光念計無常傳國授弟即時出家行作沙門道成號佛無上至尊神德光明無晝無

夜從比丘衆六十二萬遊行世界開化羣生當還提和衛國度脫種姓及國臣民與諸大衆遊詣本國是時國中百官羣臣謂佛大衆來攻奪國皆共議言今當與師逆往拒之不宜與國即時相率欲以向佛佛以六通逆照其心化作大城高大嚴峻與彼城對佛哀國人欲令解脫即化二城變爲瑠璃其城洞達內外相照復化六十二萬比丘如佛無異變化示現王見惶怖疑解心伏即出詣佛叩頭自悔禀性空頑惡意向佛愚人所誤幸惟原之願佛便還精舍七日之中當修所供奉迎至尊佛知其意默然便還於是其王問羣臣曰奉迎聖王其法云何諸臣言迎遮迦越王法莊嚴國土面四十里平治道路香汁灑地金銀珍琦七寶欄楯起諸幢旛繒綵華蓋城門街巷莊校嚴飾彈琴鼓樂如忉利天散華然燈燒衆名香敬侍道側七日已辦王勑羣臣百官導從躬親近佛佛哀人民告諸比丘嚴出應請比丘受敎行詣本國佛告比丘汝等見此供設嚴好光目者不昔吾承事往古諸佛供養莊嚴亦如今也是時有梵志儒童名無垢光幼懷聰叡志大包弘隱居山林守玄行禪圖書祕讖無所不知心思供養奉報師恩辭行開化道經丘聚聚中梵志名不樓陀盛祀大祠滿十二月飯食供養梵志徒衆八萬四千人歲終達嚫金銀珍寶車馬牛羊衣被繒綵履屣七寶之蓋錫杖澡盥最聰明智慧者應受斯物七日未竟時儒童菩薩入彼衆中論道説義七日七夜爾時其衆欣踊無量主人長者甚大歡喜以女賢意施與菩

薩菩薩不受惟取傘蓋錫杖澡盥履屣金銀錢各一千還上本師其師歡喜便共分布儒童菩薩復辭出行時諸同學各各贈送人一銀錢遂行入國見人欣然忽忽平治道路灑掃燒香即問行人用何等故行人答曰錠光佛今日當來施設供養儒童菩薩聞佛歡喜踊躍衣毛肅然佛從何來云何供養行人對曰惟持華香繒綵幢旛於是菩薩便行入城勤求供具須臾周帀了不可得國人言王禁華香七日獨供養菩薩聞之心甚不樂須臾佛到知童子心時有一女持瓶盛華佛放光明徹照華瓶變爲瑠璃內外相見菩薩往趣而說頌曰

銀錢凡五百　請買五莖華　奉上錠光佛
求我本所願

女時說頌答菩薩言

此華直數錢　乃雇至五百　今求何等願
不惜銀錢寶

菩薩即答言

不求釋梵魔　四王轉輪聖　願我得成佛
度脫諸十方

女言善快哉　所願速得成
願我後世生　常當爲君妻

菩薩即答言

女人多情態　壞人正道意　敗亂所求願
斷人布施心

女答菩薩言

女誓後世生　隨君所施與　兒子及我身
令佛知我意　仁者慈愍我　惟賜求所願
此華便可得　不者錢還卿

即時思宿命觀視其本行已更五百世曾爲菩薩妻

於是便可之歡喜受華去意甚大悅今我女弱不能得前請寄二華以上於佛即時佛到國王臣民長者居士眷屬圍繞數千百重菩薩欲前散華不能得前佛知至意化地作泥人衆兩披爾乃得前便散五華皆止空中變成華蓋面七十里二華住佛兩肩上如根生菩薩歡喜布髮著地願尊蹈之佛言豈可蹈乎菩薩對曰惟佛能蹈佛乃蹈之即住而笑口中五色光出離口七尺分爲兩分一光繞佛三帀光照三千大千剎土莫不得所還從頂入一光下入十八地獄苦痛一時得安諸弟子白佛言佛不妄笑願說其意佛言汝等見此童子不唯然已見世尊言此童子於無數劫所學清淨降心棄命捨欲守空不起不滅無猗之慈積德行願今得之矣佛告童子汝却後百劫當得作佛名釋迦文(此言能仁)如來無所著至眞等正覺劫名波陀(此言爲賢)世界名沙桴父名白淨母名摩耶妻名裘夷子名羅云侍者名阿難右面弟子名舍利弗左面弟子名摩訶目揵連教化五濁世人度脫十方當如我也於是能仁菩薩以得決言踊躍歡喜疑解望止爠然無想寂而入定便逮清淨不起法忍即時身踊懸在空中去地七仞從上來下稽首佛足便作沙門佛說頌言

汝當於是世　把草坐樹下　戒忍定慧力
降伏魔官屬　汝行聖人場　打震甘露鼓
愍念衆生故　續轉無上輪　汝當於是世
善權無上慧　九十六外道　皆令得法眼
汝當於是世　慈哀行四恩　施慧法甘露
滅除三毒病

能仁菩薩承事錠光至于泥洹奉戒清淨守護正法慈悲喜護惠施仁愛利人等利救濟不倦壽終上生兜術天上欲救一切攝度盲冥從上來下爲轉輪王飛行皇帝七寶導從何等爲七寶一金輪寶二神珠寶三玉女寶四典寶藏臣五典兵臣六紺馬寶珠髦鬣七白象寶珠髮尾金輪寶者輪有千輻雕文刻鏤衆寶填廁光明洞達絶日月光當在王上王心有念輪則爲轉案行天下須臾周帀是故名爲金輪寶也神珠寶者至二十九日月盡夜時以珠懸於空中在其國上隨國大小明照内外如晝無異是故名爲神珠寶也玉女寶者其身冬則温煖夏則清涼口中青蓮華香身栴檀香食自消化無大小便利之患亦無女人惡露不淨髮與身等不長不短不白不黑不肥不瘦是以名爲玉女寶也典寶藏臣者王欲得金銀瑠璃水精摩尼眞珠珊瑚珍寶時舉手向地地出七寶向水水出七寶向山山出七寶向石石出七寶是故名爲典寶藏臣也典兵臣者王意欲得四種兵馬兵象兵車兵步兵臣白王言欲得幾種兵若千若萬若至無數顧視之間兵即已辦行陣嚴整是故名爲典兵臣也紺馬寶者馬紺青色髦鬣貫珠温厚洗刷珠則墮落須臾之間更生如故其珠鮮潔有踰於前鳴聲于遠聞一由旬王時乘騎案行天下朝去暮返亦不疲極馬脚觸塵皆成金沙是故名爲紺馬寶也白象寶者色白絶目七肢平跱力過百象髦尾貫珠旣鮮且潔口有六牙牙七寶色若王乘時一日之中周徧天下朝往暮返不勞

不疲若行度水水不搖動足亦不濡是故名爲白象寶也爾時人民壽八萬四千歲後宮婇女各八萬四千王有千子仁慈勇武一人當千聖王治政戒德十善教授人民天下太平風雨順時五穀熟成食之少病味若甘露氣力豐盛惟有七病一者寒二者熱三者飢四者渴五者大便六者小便七者意所欲聖王壽盡又昇梵天爲梵天王上爲天帝下爲聖主各三十六返終而復始欲度人故隨時而出菩薩勤苦經歷三阿僧祇劫劫垂欲盡愍傷一切輪轉無際爲衆生故投身餧餓虎勇猛精進超踰九劫能仁菩薩於九十一劫修道德學佛意行六度無極布施持戒忍辱精進一心智慧善權方便慈悲喜護養育衆生如視赤子承事諸佛積德無限累劫勤苦通十地行在一生補處功成事就神智無量期運之至當下作佛於兜術天上興四種觀觀視土地觀視父母生何國中教化之宜先當度誰白淨王者是吾累世所生父拘利剎帝有二女時在後園池中澡浴菩薩舉手指言是吾世世所生母當往就生時有五百梵志皆有五神通飛過宮城不能得度驚而相語吾等神足石壁皆通因何等故今不得度梵志師言汝見此二女不一女當生三十二相大人一女當養三十二相大人是其威神令吾等失神足是時音聲普聞天下是時白淨王歡喜踊躍貪得飛行皇帝來生其家即便求索娉迎爲妻迦夷衛者三千日月萬二千天地之中央也過去來今諸佛皆生此地

菩薩降神品第二

於是能仁菩薩化乘白象來就母胎用四月八日夫人沐浴塗香著新衣畢小如安身夢見空中有乘白象光明悉照天下彈琴鼓樂弦歌之聲散華燒香來詣我上忽然不現夫人驚寤王即問曰何故驚動夫人言向於夢中見乘白象者空中飛來彈琴鼓樂散華燒香來在我上忽不復現是以驚覺王意恐懼心爲不樂便召相師隨若那占其所夢相師言此夢者是王福慶聖神降胎故有是夢生子處家當爲轉輪飛行皇帝出家學道當得作佛度脱十方王意歡喜於是夫人身意和雅而說偈言

今我所懷胎　必是摩訶薩　婬邪嫉恚止
身心清淨安　心常樂布施　持戒忍精進
定意入三昧　智慧廣度人　觀察大王身
敬如父以兄　瞻愍人民類　亦如已赤子
疾病醫藥療　飢寒施衣食　憐貧敬尊老
樂令生老滅　諸在獄閉繫　毒苦愁怖惱
願王加大慈　一時赦罪過　今我不欲聞
世俗音樂聲　志趣山林宴　清淨寂默定

於是粟散諸小國王聞大王夫人有娠皆來朝賀各以金銀珍寶衣被華香敬心奉貢稱吉無量夫人舉手攘之不欲勞煩自夫人懷妊天獻衆味補益精氣自然飽滿不復饗王厨十月已滿太子身成到四月八日夫人出遊過流民樹下衆華開敷明星出時夫人攀樹枝便從右脅生墮地行七步舉手住而言天上天下惟我爲尊三界皆苦吾當安之應時天地大動三千大千刹土莫不大明釋梵四王與其官屬諸龍鬼神閱义揵陀羅阿須

倫皆來侍衛有龍王兄弟一名迦羅二名鬱迦羅左雨溫水右雨冷泉釋梵摩持天衣裹之天雨華香彈琴鼓樂熏香燒香擣香澤香虛空側塞夫人抱太子乘交龍車幢旛伎樂導從還宮王聞太子生心懷喜踊即與大衆百官羣臣梵志居士長者相師俱出往迎王馬足觸地五百伏藏一時發出海行興利於時集至梵志相師普稱萬歲即名太子號爲悉達（此言財吉）王見釋梵四王諸天龍神彌滿空中敬心肅然不識下馬禮太子時未至城門路側神廟一國所崇梵志相師咸言宜將太子禮拜神像即抱入廟諸神形像皆悉顛覆梵志相師一切大衆皆言太子實神實妙威德感化天神歸命咸稱太子號天中天於是還宮天降瑞應三十有二一者地爲大動丘墟皆平二者道巷自淨臭處更香三者國界枯樹皆生華葉四者苑園自然生奇甘果五者陸地生蓮華大如車輪六者地中伏藏悉自發出七者中藏寶物開現精明八者篋笥衣被披在椸架九者衆川萬流停注澄清十者風霽雲除空中清明十一者天爲四面細雨澤香十二者明月神珠懸於殿堂十三者宮中火燭爲不復用十四者日月星辰皆住不行十五者沸星下現侍太子生十六者天梵寶蓋彌覆宮上十七八方之神奉寶來獻十八天百味飯自然在前十九寶甕萬口懸盛甘露二十天神牽七寶交露車至二十一五百白象子自然羅在殿前二十二五百白師子子從雪山出羅住城門二十三天諸婇女現妓女肩上二十四諸龍王女繞宮而住

二十五天萬玉女把孔雀尾拂現宮牆上二十六天諸玉女持金瓶盛香汁列住空中侍二十七天樂皆下同時俱作二十八地獄皆休毒痛不行二十九毒蟲隱伏吉鳥翔鳴三十漁獵怨惡一時慈心三十一境內孕婦生者悉男聾盲瘖瘂癃殘百病皆悉除愈三十二樹神人現低首禮侍當此之時十六大國莫不雅奇歎未曾有於是香山有道士名阿夷中夜覺天地大動觀見光明輝赫於常山中有華華名優曇鉢華中自然生師子王墮地便行七步舉頭而吼面四十里其中飛鳥走獸蜎飛蚑行蠕動之類莫不攝伏阿夷念言世間有佛應現此瑞今世五濁盛惡何故有此吉祥瑞應天曉飛到迦夷衛國未及國城四十里外忽然落地心甚驚喜此必有佛於我無疑步詣宮門門監白王阿夷在門王愕然曰阿夷常飛今者何故在門求通王即出禮拜迎澡洗沐浴施新衣服問訊今日臨顧勞屈尊聖阿夷答曰聞大王夫人生太子故來瞻省勑其內人抱太子出侍女白言太子疲懈始得安眠阿夷喜悅便說偈言

人雄常自覺　覺諸不覺者　歷劫無睡臥
豈當眠寐乎

於是侍女抱太子出欲以太子向阿夷禮阿夷便驚起前禮太子足國王及羣臣見國師阿夷敬禮太子心便悚然益知至尊即皆頭面禮太子足阿夷猛力迴伏百壯士方抱太子筋骨委震見奇相三十二八十種好身如金剛殊妙難量悉如祕讖必當成佛於我無疑淚下哽噎悲不能言時王惶怖請問太子

有不祥乎吉凶願告幸勿有難阿夷自抑制
即便說偈言
今生大聖人 除世諸灾患 傷我自無福
七日當命終 不見神變化 說法雨世間
今與太子別 是故自悲泣 太子舉手言
五道十方人 吾當盡教化 皆令得其所
我本意所願 當度薩和薩 一人不得道
吾不入泥洹
於是阿夷喜重禮太子足白淨王怖止歡喜
即說偈言
太子有何相 當何治於世 願爲一一說
諸相有何福
時阿夷以偈答王言
今觀太子身 金色堅固志 無上金剛杵
舂破婬欲山 大人相滿具 足下安平正
居國當平治 出家等正覺 手足輪相現
其好有千輻 是故轉法輪 得佛三界尊
鹿腨而龍髀 隱相陰馬藏 觀者無有猒
是故法清淨 纖長手臂指 軟掌縵中裹
是故法久長 千歲在世教 皮毛柔軟細
右旋不受塵 金色鉤鎖骨 是故伏外道
方身師子臆 旋轉不阿曲 平住手過膝
是故一切禮 身有七處滿 千子力當敵
菩薩宿作行 是故無怨惡 口含四十齒
方白而齊平 甘露法率衆 是故有七寶
頰車如師子 四牙萬字現 佛德現天下
是故豐三世 味味次第味 所食識其味
是故設法味 施與於一切 廣舌如蓮華
出口覆其面 是故種種音 受者如甘露
語聲哀鸞音 誦經過梵天 是故說法時

身安意得定　眼相紺青色　世世慈心觀
是故天人類　視佛無有猒　頂特生肉髻
髮色紺瑠璃　欲度一切故　是故法隆盛
面光如月滿　色像華初開　是以眉間毫
白淨如明珠

於是王深知其能相爲起四時殿春秋冬夏各自異處其殿前列種甘果樹樹間七寶池池中奇華色色各異譬如天華水類之鳥數千百種宮城牢固七寶樓觀懸鈴幢旛門戶開閉聲聞四十里選五百妓女擇取温雅禮儀備者供養娛樂育養太子太子生日國中八萬四千長者生子悉男八萬四千麃馬生駒其一特異毛色絶白髦鬣貫珠以是之故名之爲蹇特麃生白象八萬四千其一白象七肢平跱髦鬣貫珠口有六牙是故名爲白象之寶白馬給乘奴名車匿太子生七日其毋命終以懷天師功福大故生忉利天封受自然太子在宮不樂憒閙志思閑燕王問侍女太子樂乎侍女白言供養妓樂不失時節觀省太子不以歡樂王用愁憂即召羣臣阿夷相言必成佛道以何方便使太子留令無道意有一臣言惟教書疏用繫志意即與其僕五百人俱共詣師門師聞太子至即出拜迎太子問言此爲何人臣言是國教書師也太子問言閻浮提書凡有六十四種即數書名夲用何書以相教示梵志惶怖答太子言六十四種巳所未聞惟持二書以教人民即時歸命願赦不及

試藝品第三

於是太子與諸官屬即迴還宮至年十七妙

才益顯晝夜憂思未曾歡樂常念出家王問其僕太子云何其僕答言太子日日憂悴未嘗歡樂王復愁憂召諸羣臣太子憂思今當如何有一臣言令習兵馬或言當習手搏射御或言當令案行國界使觀施爲散其意思有一臣言太子已大宜當妻娶以迴其志王爲太子採擇名女無可意者有小國王名須波佛（此言善覺）有女名裘夷端正姣潔天下少雙八國諸王皆爲子求悉不與之白淨王聞即召善覺而告之曰吾爲太子娉取卿女善覺答言今女有母及諸羣臣國師梵志當卜所宜別自啓白善覺歸國愁憂不樂絕不飲食女即問王體力不安何故不樂父言生汝令吾憂耳女言云何爲我父言聞諸國王來求索汝吾皆不許今白淨王爲太子求汝若不許者恐見誅罰適欲與者諸國怨結以是之故令吾憂感女言願父安意此事易耳我却七日自處出門善覺聽之表白淨王女却七日自求出處國中勇武技術最多者爾乃爲之白淨王念太子處宮未曾所習今欲試藝當如何乎至其時日裘夷從五百侍女詣國門上諸國術士普皆雲集觀最妙技禮樂備者我乃應之王勑羣臣當出戲場觀諸技術王語優陀汝告太子爲爾娶妻當現奇藝優陀受教往告太子王爲娶妻今試禮樂宜就戲場太子即與優陀難陀調達阿難等五百人執持禮樂射藝之具當出城門安置一象當其城門決有力者調達先出見象塞門扠之一拳應時即死難陀尋至牽著道側太子後來問其僕曰誰枉殺象答言調達殺之誰

復移者答言難陀菩薩慈仁徐前接象舉擲城外象即還甦更生如故調達到場撲衆力士莫能當者諸名勇力皆爲摧辱王問其僕誰爲勝者答言調達王告難陀汝與調達二人相撲難陀受教即撲調達頓躃悶絶以水灌之斯須乃甦王復問言誰爲勝者其僕答言難陀得勝王告難陀與太子決難陀白王兄如須彌難陀如芥子實非其類拜謝而退復以射決先安鐵鼓十里置一至于七鼓諸名射者其箭力勢不及一鼓調達放發徹一中二難陀徹二箭貫三鼓其餘藝士無能及者太子前射挽弓皆折無可手者王告其僕曰吾先祖有弓今在天廟汝取持來即往取弓二人乃勝令與衆人無能舉者太子張弓弓聲如雷傳與大衆莫能引者太子攬弓牽彈弓之聲聞四十里彎弓放箭徹過七鼓再發穿鼓入地泉水踊出三發貫鼓著鐵圍山一切衆會歎未曾有諸來決藝悉皆受折慚辱而去復有力人王最於後來壯健非常勇猛絶世謂調達難陀爲不足擊當與太子共決技耳被辱去者審呼能報踊躍歡喜語力人王卿之雄傑世無當者決力取勝必自如意皆隨後還觀與太子決於勝負調達難陀奮其威武便前欲擊太子止言此非爲人大力魔王耳卿不能制必受其辱善自當之父王聞此念太子幼深爲愁怖諸來觀者謂勝太子時力人王踏地勇起奮臂舉手前撮太子太子應時接撲著地地爲大動衆會重辱散去忽滅太子殊勝椎鍾擊鼓彈琴歌頌騎乘還宮優陀語善覺言太子技藝事事殊特

卿女裘夷今爲所在善覺答言從五百女在城門上優陀白太子言宜現奇特太子脱身珠瓔欲遥擲之優陀言衆女太多今擲與誰太子言珠瓔著頸則是其人尋便擲珠即著裘夷一切衆女皆稱妙哉甚爲殊特世之希有於是善覺嚴辦送女詣太子宫衆妓侍從凡二萬人晝夜娱樂絶世之音太子志意不以爲歡常欲棄捨静修道業濟度衆生王問其僕太子迎妃以來意趣云何僕答王言憂思不樂身體羸瘦轉不如前王心愁憂即召羣臣太子不悦當如之何諸臣議言宜復娉娶增其妓樂儻能迴志樂於世間即復爲娉妙女一名衆稱味二名常樂意其一夫人者二萬婇女三夫人者凡有六萬婇女端正妙好天女無異王問裘夷等太子今有六萬婇女妓樂供養太子寧樂乎答言太子夙夜專精志道不思欲樂王聞憂慘召諸羣臣復共議言今供太子盡世珍琦而故專志未曾歡喜必如阿夷言乎諸臣答言六萬婇女極世之樂不以爲歡宜使出遊觀於正治以散道意也

修行本起經卷上

音釋

揵渠焉切 膩女利切 錠音定 叡俞芮切通達也 讖楚禁切驗也
達嚫梵語也此云財施嚫初近切 屣所綺切華履也 澡子皓切洗也
盥古玩切 㸌闊鑊切正作霩霩開朗貌 髦鬣髦莫交切鬣力涉切髦鬣
馬騣也 鏤盧豆切雕刻也 廁初吏切間廁也 刷數滑切刮也 跱丈几切

切立也
餧　於僞切飤也
娉　匹正切娶問也
娠　失人切孕也
攘　如陽切卻也
篋　詰叶切箱篋也
椸　余之切衣架也
蜎　隱緣切小飛也
蚑　去智切蟲行貌
蠕　乳兗切蟲動也
愕　逆角切驚愕也
悚　荀勇切懼也
腨　時兗切腓腸也
髀　部禮切股也
頰　吉協切面旁也
廐　居又切馬舍也
甦　孫祖切死而更生也
躃　房益切倒也
沙桴　華言恐畏國土

修行本起經卷下

後漢沙門竺大力共康孟祥譯

遊觀品第四

於是王告太子當行遊觀太子念言久在深宫思欲出遊審得所願王勑國中太子當出嚴整道巷灑掃燒香懸繒旛蓋務令鮮潔太子導從千乘萬騎始出東城門時首陀會天名難提和羅欲令太子速疾出家救濟十方三毒火然願雨法水以滅毒火難提和羅化作老人踞於道傍頭白齒落皮緩面皺肉消脊僂肢節萎曲眼淚鼻涕涎出相屬上氣喘息身色黧黑頭手顫掉軀體顫懾惡露自出坐臥其上太子問言此爲何人天神寤僕僕言老人何等爲老曰夫老者年耆根熟形變色衰氣微力竭食不消化骨節欲離坐臥須人目瞑耳聾迴旋即忘言輒悲哀餘命無幾故謂之老太子歎曰人生於世有此老患愚人貪愛何可樂者物生於春秋冬悴枯老至如電身安足恃即說偈言

老則色衰　病無光澤　皮緩肌縮　死命近促
老則形變　喻如故車　法能除苦　宜以力學
命欲日夜盡　及時可勤力　世間諦非常
莫惑墮冥中　當學然意燈　自練求智慧
離垢勿染汙　執燭觀道地

於是太子即迴車還愍傷一切有此大患憂思不樂王問其僕太子出遊何故速還其僕答言道逢老人傷念不樂還宫愁思數年小差復欲出遊王勑國中太子當出禁諸臭穢莫在道側於是太子駕乘出南城門天化爲病人在于道側身瘦腹大軀體黃熟欬嗽嘔

逆百節痛毒九孔敗漏不淨自流目不見色耳不聞聲呻吟呼吸手足摸空喚呼父母悲戀妻子太子問曰此爲何等其僕答言病人也何等爲病答言人有四大地水火風一大有百一病展轉相鑽四百四病同時俱作此人必以極寒極熱極飢極飽極飲極渴時節失所臥起無常故致斯病太子歎曰吾處富貴極世所珍飲食快口放心自恣婬於五欲不能自覺亦當有病與彼何異即說偈言

是身爲脆哉　常俱四大中　九孔不淨漏
有老有病患　生天皆無常　人間老病憂
觀身如雨泡　世間何可樂

於是太子迴車還宮思念一切有此大患王問其僕太子出遊今者何如其僕答言逢見病人於是不樂數年小差復欲出遊王勑國中太子當出平治臭處無令近道出西城門天化作死人扶轝出城室家隨車啼哭呼天奈何捨我永爲別離太子問曰此爲何等僕言死人何等爲死答言死者盡也精神去矣四大欲散魂神不安風去息絕火滅身冷風先火次魂靈去矣身體挺直無所復知旬日之間肉壞血流膖脹爛臭無一可取身中有蟲蟲還食之筋脉爛盡骨節解散髑髏異處脊脅肩臂髀脛足指各自異處飛鳥走獸競來食之天龍鬼神帝王人民貧富貴賤無免此患太子長歎而說頌曰

觀見老病死　太子心長嘆　人生無常在
吾身亦當然　是身爲死物　精神無形法
假令死復生　罪福不敗亡　終始非一世
從癡愛久長　自此受苦樂　身死神不喪

非空非海中　非入山石間　無有地方所
脫止不受死

於是太子迴車還宮愍念衆生有老病死苦惱大患愁思不食王問其僕太子出遊寧有樂乎即答王言逢見死人遂致不樂數年小差復欲遊觀嚴駕出北城門天復化作沙門法服持鉢行步安詳目不離前太子問曰此爲何人其僕答曰沙門也何等爲沙門蓋聞沙門之爲道也捨家妻子捐棄愛欲斷絕六情守戒無爲得一心者則萬邪滅矣一心之道謂之羅漢羅漢者眞人也聲色不能汙榮位不能屈難動如地已免憂苦存亡自在太子曰善哉惟是爲快即說偈言

痛哉有此苦　生老病死患　精神還入罪
經歷諸勤苦　今當滅諸苦　生老病死除
不復與愛會　求令得滅度

於是太子即迴車還憂思不食王問其僕太子又出意豈樂乎僕言行見沙門倍更憂思不饗飲食王聞大怒舉手自擊前勑修道復令太子出輙見不祥罪應刑戮即召羣臣各使建議設何方術當令太子不出學道有一臣言宜令太子監農種植役其意思使不念道便以農器犁牛作具僕從小吏相率上田令監課之太子坐閻浮樹下見耕者墾壤出蟲天復化令牛領興壞蟲下淋落鳥隨啄吞又作蝦蟇追食曲鱓虵從穴出吞食蝦蟇孔雀飛下啄吞其虵倉鷹飛來搏取孔雀鵰鷲復來搏撮食之菩薩見此衆生品類展轉相吞慈心愍傷即於樹下得第一禪日光赫弈樹爲曲枝隨蔭其軀王念太子常在宮中未

曾執苦即問其僕太子何如對言今在閻浮樹下一心禪定王曰吾令監作欲亂其思然故禪定在家何異王勑嚴駕便往迎之遥見太子樹枝曲蔭神曜非常不識下馬爲作禮時即與俱還未及城門無數千人華香奉迎相師一切稱壽無量王問何故梵志答言明旦日出七寶當至王大歡喜必成聖主

出家品第五

是時太子還宫思惟念道清淨不宜在家當處山林研精行禪至年十九四月七日誓欲出家至夜半後明星出時諸天側塞虚空勸太子去時裘夷見五夢即便驚覺太子問之何故驚寤對曰向者夢中見須彌山崩月明落地珠光忽滅頭髻墮地人奪我蓋是故驚覺菩薩心念此五夢者應吾身耳念當出家告裘夷言須彌不崩月明續照珠光不滅頭髻不落傘蓋今在且自安寐莫憂失蓋於是諸天言太子當去恐作稽留召烏蘇慢（此言猒神）適來入宫國内猒寐時難提和羅化諸宫殿盡爲塚墓裘夷妓女皆成死人骨節解散髑髏異處胮脹爛臭青瘀膿血流漫相屬太子觀視宫殿悉作塚墓鵄鵂狐狸豺狼鳥獸飛走其間太子觀見一切所有如幻如化如夢如響皆悉歸空而愚者保之即呼車匿急令鞁馬車匿言天尚未曉鞁馬何疾太子即爲車匿而説偈言

今我不樂世　車匿莫稽留　使我本願成
除汝三世苦

於是車匿即行鞁馬馬便跳踉不可得近還白太子馬今不可得鞁菩薩自往拊拍馬背

而說頌曰
在於生死久　騎乘絶於今　蹇特送我出
得道不忘汝
於是鞁馬訖蹇特自念言今當足蹋地感動
中外人四神接舉足令脚不著地馬時復欲
鳴使聲遠近聞天便散馬聲皆令入虛空太
子即上馬出行詣城門諸天龍神釋梵四天
皆悉導從蓋於虛空時城門神人現稽首言
迦維羅衛國天下最爲中豐樂人民安何故
捨之去
太子以偈答言
生死爲久長　精神經五道　使我本願成
當開泥洹門
於是城門自然便開出門飛去天曉行四百
八十里到阿奴摩國此言常滿太子下馬解身寶
衣瓔珞寶冠盡與闡特告言汝便牽馬歸上
謝大王及國羣臣闡特言今當隨從供給所
須不可獨還放馬令去山中多有毒蟲虎狼
師子誰當供養飮食水漿牀臥之具當何從
得要當隨從與幷身命蹇特長跪淚出舐足
見水不飮得草不食鳴啼流涕徘徊不去太
子復說偈言
身強得病摧　氣盛老至衰　死亡生別離
云何樂世間
於是闡特悲泣禮足牽馬辭還未至國城四
十里外白馬悲鳴其聲徹國中國中皆云太
子來還舉國人民絡繹出迎但見車匿牽馬
空還裘夷見此自投殿下抱馬獻欷淚下交
横王見裘夷泣五内皆摧傷自抑告言曰吾
子學自然國中人民見王及裘夷哽噎悲泣

莫不爲摧傷喪夷日夜思王便召羣臣吾有一太子捨我而入山卿曹相差次令數滿五人共追侍太子愼勿中來還太子得離俗踊躍欣喜安徐步行入城國人覩太子歡喜無有猒太子離恩愛遠諸苦惱根思欲剃頭髮倉卒無有具帝釋持刀來天神受髮去遂復前行國中人民隨而觀之於是出國小復前行到摩竭國從右門入左門出國中人民男女大小見太子者或言天人或言帝釋梵天神龍王歡喜踊躍不知何神太子知其所念便下道坐樹下人民圍繞歡喜觀視時國王蓱沙即問臣吏國中何以寂默了無音聲對曰朝有道士經國過去光相威儀非世所有國人大小追出而觀于今未還於是王與羣臣出詣道士遥見太子光相殊妙便問太子是何神乎太子答言吾非神也若非神者從何國來何所姓族太子報言吾出香山之東雪山之北國名迦維父名白淨母名摩耶蓱沙問言將無悉達乎答言是也驚起禮足太子生多奇異形相炳著當君四天下爲轉輪聖王四海顒顒冀神寶至何棄天位自投山藪必有異見願聞其志太子答言以吾所見天地人物出生有死劇痛有四老病死苦不可得離身爲苦器憂畏無量若在尊寵則有憍逸貪求快意天下被患此吾所猒故欲入山諸耆長曰夫老病死自世之常何獨預憂乃棄美號隱遁潛居以勞其形不亦難耶於是太子即説頌言

如令人在胎　不爲不淨

如令在淨　不爲不淨汙

如令苦不爲多無有數
假令如是誰不樂世間
如令人老形不若干變
如令善行者不爲惡行
如令愛別離不爲苦痛
假令如是誰不樂世間
如令病瘦無復有大畏
如令後世無有諸惡對
如令墮地獄無有苦痛
假令如是誰不樂世間
如令年少形不變壞者
如令所不可不以著心
如令死至時無有衆畏
假令如是誰不樂世間
如令愚癡不以爲厚冥

如令瞋恚不爲强怨家
如令五樂心不爲染汙
假令如是誰不樂世者
如令不與諸癡人共居
如令衆癡法自遠離人
如令諸癡人無有思想
假令如是誰不樂世者
如令諸惡種不若干輩
如令諸惡盡滅自離人
如令諸惡念無有思想
假令如是誰不樂世者
如令世間惡爲最尊上
如令惡行已滅不復生
如令諸惡行盡無有實
假令如是誰不樂世者

如令諸天食福常不動
如令世人壽命常得存
如令諸處所不爲行趣
假令如是誰不樂世者
如令諸陰蓋不爲怨家
如令諸六入無有苦惱
如令一切世間爲不苦
假令如是誰不樂世者

於是太子言如諸君言不當預憂使我爲王老到病至若當死時寧有代我受此厄者如無有代胡可勿憂天下有慈父孝子愛徹骨髓至當死時不得相代若此僞身苦至之日雖居高位六親在側如爲盲人設燭何益於無眼者吾覩衆行一切無常皆化非眞樂少苦多身非已有世間虛無難得久居物生有死事成有敗安則有危得則有亡萬物紛擾皆當歸空精神無形躁濁不明行致死生之厄非直一受而已也但爲貪愛蔽在癡網沒生死河莫之能覺故吾欲入山一心思四空淨度色滅恚斷求念空無所適莫是將返其源而歸其本始出其根如我願得乃可大安萍沙王及諸耆長歡喜意解太子志妙世間難有必得佛道願先度我太子默然而逝復前念言今我入山當用寶衣爲世間癡愚人皆爲財所危即便見獵師軀遊被法衣太子喜念言此則眞人衣度世慈悲服獵者何故著心念欲貿易成我志所願便持金縷衣貿取法衣震越獵者內歡喜菩薩亦俱然太子被震越柔軟鮮且潔顧視僧伽梨遇佛無差別於是遂入山菩薩得法服欣喜光照耀山

林諸道士一名爲阿蘭二名爲迦蘭學來積年四禪具足獲致五通見光驚怪此何瑞應便共出觀遥見太子是爲悉達今果出家善來悉達可坐是榻冷泉美果今可食之而作頌曰

日王初出時　在於山頂上　是故慧明照
一切諸羣生　若有觀面像　縁意不知猒
是故道德最　無雙無有比

是時菩薩説頌言

雖修四定意　不知無上慧　道心正爲本
不在事邪神　行俗謂爲眞　長夜求梵天
是故不識道　輪轉墮生死

六年勤苦品第六

於是菩薩行起慈心徧念衆生老耄專愚不免疾病死喪之痛欲令解脱以一其意而起悲心愍傷一切皆有飢渴寒暑得失罪咎艱難之患欲令安隱以一其意而起喜心念諸世間皆有憂苦恐怖遭逢之患欲令憺怕以一其意而起護心欲度五道八難衆生愚蔽朦闇不見正道念欲成濟使得無爲以一其意得善不喜逢惡不憂捨世八事利衰毀譽稱譏苦樂不以傾動成二禪行復前到斯那川其川平正多衆果樹處處有流泉浴池其中淨潔無有蚑蜂蚉䖟蠅蚤川中道士名爲斯那教授弟子等五百人修其所術於是菩薩坐娑羅樹下便爲一切志求無上正眞之道諸天奉甘露菩薩一不肯受自誓日食一麻一米以續精氣端坐六年形體羸瘦皮骨相連玄清靜寞寂默一心内思安般一數二隨三止四觀五還六淨遊志三四出十二門

無分散意神通妙達棄欲惡法無復五蓋不受五欲衆惡自滅念計分明思視無爲譬如健人得勝怨家意以清淨成三禪行天帝釋意念言菩薩坐樹下六年已滿形體羸瘦今當使世間人奉轉輪王食補六年之飢虚便感斯那二女使於夢中見天下盡成爲水中有一華七寶光色須臾便萎失其本色見有一人以水灑上更生如故水中衆華始生萌芽覆水如出二女夢寤怪未曾有即啓語父其父不解盡問耆年皆不能說天帝復下化作梵志爲女解夢言汝見天下水中生一華者是白淨王太子初生時今在樹下六年身羸形瘦是華萎時見一人水灑更生者是能獻食者小華萌芽欲出者是五道生死人也時天帝釋即説偈言

六年不傾倚　亦不念飢寒　精進無所著
形瘦皮骨連　汝等修敬意　奉獻於菩薩
現世獲大福　後世受果報

女言獻食者其法云何梵志答言當取五百牛乳展轉相飲至于一牛穀一牛穜持用作糜乳糜涌沸出高七仞左上右下右上左下斟糜入鉢釜杓不汙二女恭肅奉獻菩薩菩薩意念欲先沐浴然後受糜行詣流水側灑浴身形浴訖欲出水天神按樹枝二女奉乳糜得色氣力充呪願福無量令女歸三尊食畢洗手漱口澡鉢已還擲水中逆流未至七里天化作金翅鳥飛來捧鉢去并髮一處供養起塔即復前行當度尼連禪河是時菩薩便説偈言

度水尼連禪　慈愍一切人　五道三毒垢

使除如水淨　菩薩與是念　一切癡墮冥
當持八直水　洗除三毒垢　是時始上岸
青雀有五百　飛來繞菩薩　三帀悲鳴去
於是復前行當過瞽龍池時龍大歡喜踊出
見菩薩便說偈言
善哉見悉達　來救何以晚　奉請一切衆
無上甘露漿　行步地震動　衆樂自然鳴
正與過佛等　於我無有疑　今持無上慧
降伏諸魔怨　今當佛日照　覺諸羣生眠
於是復前行望見蘇林山其地平正四望清
淨生草柔輭甘泉盈流華香茂潔中有一樹
高雅奇特枝枝相次葉葉相加華色蓊鬱如
天莊飾天旛在樹頂是則爲元吉衆樹林中
王於是小前行見一刈草人菩薩便問曰今
汝名何等我名爲吉祥今刈吉祥草今汝施

我草十方皆吉祥
時吉祥即說偈言
以棄聖王位　七寶王女妻　金銀之牀榻
氍毹錦繡縟　鶡鳴鳥哀聲　八部眞音響
超越過梵天　今用芻草爲
菩薩以偈答曰
發願阿僧祇　欲度五道人　今往滿本願
是故欲得草　人與把亂草　便持向樹王
世間意皆亂　我當正其志　即持草布地
齊正如所言　菩薩便坐上　一切蒙其恩
菩薩作三要　正坐及其樹　若我不得道
終不離三誓　言我肌骨枯　不動會當成
過佛得道時　皆悉出一心
於是菩薩安坐入定棄苦樂意無憂喜想心
不依善亦不附惡正在其中如人沐浴淨潔

覆以白氎中外俱淨表裏無垢喘息自滅寂然無變成四禪行已得定意不捨大悲智慧方便究暢要妙通三十七道品之行何謂三十七品一爲四意止二爲四意斷三爲四神足四爲五根五爲五力六爲七覺意七爲八直行周而復始苦空非常無相無願我念世間貪愛嗜欲墮生死苦少能自覺本從十二因緣起何等爲十二本從癡行便有識緣識行便有名字從名字行便有六入緣六入行便有更樂緣更樂行便有痛緣痛行便有愛緣愛行便有取緣取行便有有緣有行便有生緣生行便有老死憂悲苦痛心惱大患具有精神從是轉墮生死欲得道者當斷貪愛滅除情欲無爲無起然則癡滅癡滅則行滅行滅則識滅識滅則名字滅名字滅則六入滅六入滅則更樂滅更樂滅則痛滅痛滅則愛滅愛滅則取滅取滅則有滅有滅則生滅生滅則老死憂悲苦痛心惱大患皆盡是謂得道

降魔品第七

菩薩心自念言今當降魔官屬即放眉間毫相光明感動魔宮魔大惶怖心中不寧覩見菩薩已在樹下清淨無欲精思不懈心中煩毒飲食不甘妓樂不御念是道成必大勝我欲及其未作佛壞其道意魔子須摩提(此言賢意)前諫父曰菩薩行淨三界無比以得自然神通衆梵諸天億百皆往禮侍此非天人所當沮壞無爲興惡自毀其福魔王不聽召三玉女一名恩愛二名常樂三名大樂父王莫憂吾等自往壞菩薩道不足爲勞父王勿復憂

念於是三女莊嚴天服從五百玉女到菩薩所彈琴歌頌婬欲之辭欲亂道意三女復言仁德至重諸天所敬應有供養故天獻我我等淨潔年在盛時願得晨起夜寐供侍左右菩薩答言汝宿有福受得天身不惟無當而作妖媚形體雖好而心不端譬如畫瓶中盛臭毒將以自壞有何等奇福難久居婬惡不善自亡其本福盡罪至墮三惡道受六畜形欲脫致難汝輩亂人道意不計非常經歷劫數展轉五道今汝曹等未離勤苦吾在世間處處所生觀視老者如母中者如姊小者如妹諸姊各各還宮勿復作是曹事菩薩一言便成老母頭白齒落眼冥脊傴柱杖相扶而還魔見三女還皆成老母益大忿怒更召鬼神王合得十八億皆從天來下圍遶菩薩三十六由旬皆使變成師子熊羆兕虎象龍牛馬犬豕猴猨之形不可稱言虫頭人軀蚖虵之身黿鼉之首而有六目或一頸而多頭齒牙爪距擔山吐火雷電四遶擭持戟矛菩薩慈心不驚不怖一毛不動光顏益好鬼兵不能得近魔王便前說偈問言菩薩慈心所問盡答曰

比丘何求坐樹下　樂於林藪毒獸間
雲起可畏窈冥冥　天魔圍遶不以驚
古有真道佛所行　恬憺為上除不明
其城最勝法滿藏　吾求斯坐決魔王
汝當作王轉金輪　七寶自至典四方
所受五欲最無比　斯處無道起入宮
吾覩欲盛吞火銅　棄國如唾無所貪
得王亦有老死憂　去此無利勿妄談

何安坐林如大語　委國財位守空閑
不見我與四部兵　象馬步兵十八億
巳見猴玃師子面　虎兕毒虵豕鬼形
皆持刀劍擭戈矛　超躍哮呼滿空中
設復億姟神武備　爲魔如汝來會此
矢刃火攻如風雨　不先得佛終不起
魔有本願令我退　吾亦自誓不虛還
今汝福地何如佛　於是可知誰得勝
吾曾終身快布施　故典六天爲魔王
比丘知我宿福行　自稱無量誰爲證
昔吾行願從錠光　受拜爲佛釋迦文
怒畏想盡故坐斯　意定必解壞汝軍
我所奉事諸佛多　財寶衣食常施人
仁戒積德厚於地　是以脫想無患難
菩薩即以智慧力　伸手接地是知我

應時普地軒大動　魔與眷屬顛倒墮
魔王敗動悵失利　昬迷却踞前畫地
其子又曉心乃寤　即時自歸前悔過
吾以不復用兵器　等行慈心却魔怨
世用兵器動人心　而我以等如衆生
若調象馬雖已調　然後故態會復生
若得最調如佛性　已如佛調無不仁
諸天見佛擒魔衆　忍調無想怨自降
諸天歡喜奉華臻　非法王壞法王勝
本從等意智慧力　慧能即時攘不祥
能使怨家爲弟子　當禮四等道之證
面如滿月色從容　名聞十方德如山
求佛像貌難得比　當稽首斯度世仙
菩薩累劫清淨之行至儒大慈道定自然忍
力降魔鬼兵退散定意如故不以智慮無憂

喜想是日夜半後得三術闍三術闍者此言三神滿具足漏盡結解自知本昔久所習行四神足念精進定欲定意定慧定得變化法所欲如意不復用思身能飛行能分一身作百作千至億萬無數復合爲一能徹入地石壁皆過從一方現俯没仰出譬如水波能身中出水火能履水行虛身不陷墜坐臥空中如飛鳥翔立能及天手捫日月欲身平立至梵自在眼徹視耳洞聽意預知諸天人龍鬼神蚑行蠕動之類身行口言心所念悉見聞知諸有貪婬無貪婬者有瞋怒無瞋怒者有愚癡無愚癡者有愛欲無愛欲者有大志行無大志行者有內外行無內外行者有念善不念善者有一心無一心者有解脱意無解脱意者一切悉知菩薩觀天上人中地獄畜生鬼神五道先世父毋兄弟妻子中外姓字一一分別一世十世百千萬億無數世事至于天地一劫崩壞空荒之時一劫始成人物興時能知十劫百劫至千萬億無數劫中內外姓字衣食苦樂壽命長短死此生彼展轉所趣從上頭始諸所更身生長老終形色好醜賢愚苦樂一切三界皆分別知見人䰟神各自隨行生五道中或墮地獄或墮畜生或作鬼神或生天上或入人形有生豪貴富樂家者有生卑鄙貧賤家者知衆生或五陰自弊一色像二痛癢三思想四行作五䰟識皆習五欲眼貪色耳貪聲鼻貪香舌貪味身貪細滑牽於愛欲或於財色思望安樂從是生諸惡本從惡致苦能斷愛習不隨婬心大如毛髮受行八道則衆苦滅譬如無薪亦無火是謂無爲度

世之道菩薩自知已棄惡本無婬怒癡生死已盡五陰諸種悉斷無餘栽蘖所作已成智慧已了明星出時廓然大悟得無上正真道爲最正覺得佛十八法有十神力四無所畏佛十八法者謂從得佛至于泥洹一無失道二無空言三無妄志四無不靜意五無若干想六無不省視七志欲無減八精進無減九定意無減十智慧無減十一解脫無減十二度知見無減十三古世之事悉知見十四來世之事悉知見十五今世之事悉知見十六攬衆身行化以始所知十七攬衆言行化以始所知十八攬衆意行化以始所知是爲佛十八不共之法十神力者佛悉知見深微隱遠是處非處明審如有一力也佛悉明知來今往古所造行地其受報處二力也佛悉分別天人衆生彼彼異念三力也佛知衆生若干種語及度世語四力也佛悉了知世間雜種無量情態五力也佛能現禪解脫定行除衆勞諍六力也佛知欲縛知欲解要在所宜行七力也佛智如海善言無量追識一切宿命所更八力也佛天眼淨見人物死神所出生善惡殃福隨行受報九力也佛漏已盡無復縛著神眞叡智自知見證究暢道行可作能作無餘生死其智明審是爲佛十神力也四無所畏者佛神智正覺無所不知愚人惑言佛不悉知至於梵魔衆聖皆莫能論佛之智故獨步不懼一無畏也佛漏盡悉止愚惑相言佛漏未盡至梵魔衆聖莫能論佛之志故獨步不懼二無畏也佛說經戒天下誦習愚惑相言佛經可遏至梵魔衆聖莫能論毀

佛之正經故獨步不懼三無畏也佛現道義
言眞而要能度苦厄愚惑相言不能度苦至
梵魔衆聖莫能論佛正道故周行不懼四無
畏也佛得是意一切智見坐自念言是實微
妙難知難明甚難得也高而無上廣不可極
淵而無下深不可測大包天地細入無間養
育衆生如視赤子承事諸佛積德無量累劫
勤苦不亡其功今悉得之喜自頌曰

作福之報快　衆願皆得成　速疾入衆寂
皆得至泥洹　今覺佛極尊　棄婬淨無漏
一切能將導　從者必歡喜

是時佛在摩竭提界善勝道場貝多樹下德
力降魔覺慧神靜三達無礙度二賈客提謂
波利授三自歸及與五戒爲清信士念昔錠
光剪我爲佛汝後百劫當得作佛名釋迦文
如來至眞等正覺明行足爲善逝世間解無
上士道法御天人師號佛世尊度脫衆生如
我今也吾從是來建立弘誓奉行六度四等
四恩三十七品善權隨時一切諸法積累不
倦高行殊異忍苦無量功報不遺大願果成

佛說經已一切衆會皆大歡喜爲佛作禮而
去

修行本起經卷下

音釋

僂力主切脊僂背曲也　喘尺兗切疾息也　𩓐音又顫𩓐也　掉徒弔切搖也　顫之膳切四肢寒掉也　懾之涉切懼也　脆此芮切物易斷也　胮脹胮匹絳切脹之亮切　髑髏髑徒谷切髏郎侯切髑髏項骨也　脛胡項切脚脛也　鱓時演切曲鱓蚯蚓也　鵄稱脂切怪鳥也　鵂虛尤切鵂鶹也　鞁

平義切被鞍也**舐**甚爾切以舌取物也**歔欷**歔休居切欷香依切歔欷悲泣氣咽而抽息也**榻**託盍切牀狹而長者曰榻**憺怕**憺徒濫切怕白各切憺怕安靜也**穀**古候切取牛乳也**湩**覩勇切乳汁也**氍氀**氍強魚切氍氀毛席也氀力朱切氀毲毛布也**鶻鴠**鶻胡葛切鴠音旦鶻鴠並鳥名**傴**委羽切僂也**熊羆**熊胡弓切羆班麋切熊羆並猛獸名**兕**序姊切獸似牛一角曰兕**擭**居縛切與攫同**軯**披耕切車聲也**蘖**魚列切斫木餘也

太子瑞應本起經

吳月支優婆塞支謙譯

清刻龍藏佛說法變相圖

太子瑞應本起經卷上

吳月支優婆塞支謙譯

佛言吾自念宿命無數劫時本爲凡人初求佛道以來精神受形周徧五道一身死壞復受一身生死無量譬喻盡天下草木斬以爲籌計吾故身不能數矣夫極天地之始終謂之一劫而我更天地成壞者不可稱載也所以感傷世間貪意長流沒於愛欲之海吾獨反其源故自勉而特出是以世世勤苦不以爲勞虛心樂靜無爲無欲捐巳布施至誠守戒謙卑忍辱勇猛精進一心思惟學聖智慧仁活天下悲窮傷厄慰沃憂慼育養衆生救濟苦人承事諸佛別覺眞人功勳累積不可得記至于昔者定光佛興世有聖王號名制勝治在鉢魔大國民多壽樂天下太平時我

爲菩薩名曰儒童幼懷聰叡志大包弘隱居山澤守玄行禪聞世有佛心獨喜歡被鹿皮衣行欲入國道經丘聚聚中道士有五百人菩薩過之終日竟夜論道說義師徒皆悅臨當別時五百人各送銀錢一枚菩薩受之入城見民欣然忽忽平治道路灑掃燒香即問行者用何等故行人答曰今日佛當來菩薩大喜自念甚快今得見佛當求我願語頃王家女過厥名瞿夷挾水瓶持七枚青蓮華菩薩追而呼曰大姊且止請以百銀錢雇手中華女曰佛將入城王齋戒沐浴華欲上之不可得也又請曰姊可更取求雇二百三百不肯即探囊中五百銀錢盡用與之瞿夷念華極直數錢乃雇五百貪其銀寶與五莖華自留二枚迴別意疑此何道士披鹿皮衣裁蔽形體不惜銀錢寶得五莖華熙怡非恒追呼男子以誠告我是華可得不者奪卿菩薩雇曰買華從百錢至五百已自交決何宜相奪女曰我王家人力能奪卿菩薩匿然曰欲以上佛求所願耳瞿夷曰善願我後生常爲君妻好醜不離必置心中令佛知之今我女弱不能得前請寄二華以獻於佛菩薩許焉須臾佛到國王臣民皆迎拜謁各散名華華悉墮地菩薩得見佛前散五莖華皆止空中當佛上如根生無墮地者後散二華又挾住佛兩肩上佛知至意讚菩薩言汝無數劫所學清淨降心棄命捨欲守空不起不滅無猗之慈積德行願今得之矣因記之曰汝自是後九十一劫劫號爲賢汝當作佛名釋迦文（天竺語釋迦爲能文爲儒義名能儒）菩薩已得決言疑解望止霍

然無想寂而入定便逮清淨不起法忍即時輕舉身昇虛空去地七仞從上來下稽首佛足見地濯濕即解皮衣欲以覆之不足掩泥乃解髮布地令佛蹈而過佛又稱曰汝精進勇果後得佛時當於五濁之世度諸天人不以爲難必如我也菩薩承事定光至于泥曰奉戒護法壽終即生第一天上爲四天王畢天之壽下生人間作轉輪聖王飛行皇帝七寶自至一金輪寶二神珠寶三紺馬寶朱髦鬣四白象寶朱髦尾五玉女寶六賢監寶七聖導寶八萬四千歲壽終即上生第二忉利天上爲天帝釋壽盡又昇第七梵天爲梵天王如是上作天帝下爲聖主各三十六反終而復始及其變化隨時而現或爲聖帝或爲儒林之宗國師道士在所現化不可稱記菩薩於九十一劫修道德學佛意通十地行在一生補處後生第四兜術天上爲諸天師功成志就神智無量期運之至當下作佛託生天竺迦維羅衛國父王名白淨聰叡仁賢夫人曰妙節義溫良迦維羅衛者三千日月萬二千天地之中央也佛之威神至尊至重不可生邊地地爲傾斜故處其中周化十方往古諸佛興皆出於此菩薩初下化乘白象貫日之精因母晝寢而示夢焉從右脅入夫人夢寤自知身重王即召問太卜占其所夢卦曰道德所歸世蒙其福必懷聖子菩薩在胎清淨無有臭穢於是羣臣諸小國王聞大王夫人有娠皆來朝賀菩薩於胎中見外人拜如蒙羅縠而視陰以手攘之攘之者意不欲擾人也自夫人懷妊天爲獻飲食自然日至

夫人得而享之不知所從來不復饗王厨以爲苦且辛到四月八日夜明星出時化從右脇生墮地即行七步擧右手住而言曰天上天下唯我爲尊三界皆苦何可樂者是時天地大動宫中盡明梵釋神天皆下於空中侍四天王接置金机上以天香湯浴太子身身黄金色有三十二相光明徹照上至二十八天下至十八地獄極佛境界莫不大明當此日夜天降瑞應三十有二一者地爲大動丘墟皆平二者道巷自淨臭處更香三者國界枯樹皆生華葉四者苑園自然生奇甘果五者陸地生蓮華大如車輪六者地中伏藏悉自發出七者中藏寶物開現精明八者篋笥衣被在椸架九者衆川萬流停住澄清十者風霽雲除空中清明十一天爲四面細雨

澤香十二明月神珠懸於殿堂十三者宫中火燭爲不復用十四日月星辰皆住不行十五沸星下現侍太子生十六天梵寶蓋彌覆宫上十七八方之神奉寶來獻十八天百味食自然在前十九寶甕萬口懸盛甘露二十天神牽七寶交露車至二十一五百白象子自然羅住殿前二十二五百白師子從雪山出羅住城門二十三天諸婇女現妓女肩上二十四諸龍王女遶宫而住二十五天萬玉女把孔雀尾拂現宫墻上二十六天諸婇女持金瓶盛香汁列住空中侍二十七天樂皆下同時俱作二十八地獄皆休毒痛不行二十九毒虫隱伏吉鳥翔鳴三十漁獵怨惡一時慈心三十一境内孕婦産者悉男聾盲瘖瘂癃殘百疾皆悉除愈三十二樹神人現

低首禮侍當此之時疆埸左右莫不雅奇歎未曾有夫人即褁以白氎乳母抱養字名悉達王告夫人子生非凡吾國有道人名阿夷年百餘歲耆舊多識明曉相法今欲共行相子可乎夫人曰佳即嚴駕白象導妓樂出詣道人賜黃金白銀各一囊道人不受披氎相太子見三十二相軀體金色頂有肉髻其髮紺青眉間白毫項出日光目睫紺色上下俱眴口四十齒齒白齊平方頰車廣長舌七合滿師子臆身方正脩臂指長足跟滿安平趾手内外握合縵掌手足輪千輻理陰馬藏鹿腨腸鉤瑣骨毛右旋一一孔一毛生皮膚細軟不受塵水胷有卍字阿夷見此乃增歎流淚悲不能言王與夫人懼拜首而問有不祥乎願告其意舉手答曰吉無不利敢賀大王得生此神人昨暮天地大動其正爲此矣我相法曰王者生子而有三十二大人相者處國當爲轉輪聖王王四天下七寶自至行即能飛兵仗不用自然太平若不樂天下而棄家爲道者當爲自然佛度脱萬姓傷我年已晚暮當就後世不覩佛興不聞其經故自悲耳王深知其能相爲太子起宫室作三時殿各自異處雨時居秋殿暑時居涼殿寒雪時居溫殿選五百妓女擇取端正不肥不瘦不長不短不白不黑才能巧妙各兼數技皆以白珠名寶瓔珞其身百人一番迭代宿衛其殿前列種甘果樹樹間浴池池中奇華異類之鳥數千百種嚴飾光目趣悦太子意不欲令學道宫墻牢固門開閉聲使聞四十里太子生日王家青衣亦生蒼頭廐生白駒及黃

羊子奴名車匿馬名揵陟王後常使車匿侍從白馬給乘適生七日其母命終以懷天師功福大故上生忉利封受自然菩薩本知母人之德不堪受其禮故因其將終而從之生及年七歲而索學書乘羊車詣師門時去聖久書缺二字以問於師師不能達反啓其志至年十歲妙才益顯太子有從伯仲之子二昆弟長名調達其次曰難陀調達雖有高世之才自然難槩然而自憍常懷嫉意請戲後園的附鐵鼓俱挽强而射之太子每發中的徹鼓二人不如以爲鄙恥久後又請手撲於王前要不如者灌之以水太子慈仁雖躃昆弟不令身痛二人久後又請捔力難前鼻象掣之至庭調達力壯挽而撲之太子含笑徐前接象舉擲墻外使無踒傷於是二人乃覺不如王與左右益知非恒至年十四啓王出遊欲觀施爲王令左右百官導從始出東城門天帝化作病人身瘦腹大倚門壁而喘息太子問曰此爲何人其僕曰病人也何謂爲病對曰凡病者皆由風寒或熱或冷此人必以飲食不節臥起無常故得此病太子曰一何苦哉吾處富貴飲食快口亦有不節當復有病與此何異即迴車還悲念人生俱有此患豈以豪强獨得免耶遂憂不食自念不能嬰此病也王問其僕太子出寧樂乎對曰逢見病人以此不悅王即增五百妓女晝夜娛樂之王心愁憂恐其學道數年小差即復白王閉於宫中其日致久思欲出遊王不忍拒預勑國中太子當出無令疾病諸不潔淨在道側也太子駕乘出南城門天帝復化作老

人頭白背僂拄杖羸步太子問曰此爲何人其僕曰老人也何如爲老曰年耆根熟形變色衰飲食不化氣力虛微坐起苦極餘命無幾故謂之老太子曰有何樂哉日月流邁時變歲移㧊生於春秋冬枯悴老至如電身安足恃迴車而還悲念人生丁壯不久有病有老其痛難忍吾不能久居天下嬰此苦也又憂不食王悔令出復增五百妓女以娛樂之數年小差復欲出遊王曰汝每出觀還輙不樂唯憂消瘦又出何爲太子曰念彼苦耳年大當差王勑國中太子當出莫使老病諸不潔淨在道側也太子駕乘出西城門天帝復化作死人室家男女持旛隨車啼哭送之太子又問此爲何人其僕曰死人也何如爲死曰死者盡也壽有長短福盡命終氣絕神逝形骸銷索故謂之死人物一統無生不終太子曰夫死痛矣精神劇矣生當有此老病死苦莫不熱中迫而就之不亦苦乎吾見死者形壞體化而神不滅隨行善惡禍福自追富貴無常身爲僞成是故聖人常以身爲患而愚者保之至死無猒吾不能復以死受生往來五道勞我精神迴車而還慜念天下有此三苦憂不能食王益不樂曰國是汝有當理人物何爲遠慮以自疲苦復增五百妓女以娛樂之太子至年十七王爲納妃簡閱國中名女數千無可意者最後一女名曰瞿夷端正好潔天下第一賢才過人禮義備舉是則宿命賣華女也太子雖納久而不接婦人之情欲有附近太子曰常得好華置我中間共視之寧好乎瞿夷即具好華又欲近之太子

曰却此華有汁汙於牀席久後復曰得好白氎置我中間兩人觀之不亦好乎婦即具氎又有近意太子曰却汝有汙垢必汙此氎婦不敢近傍側侍女咸有疑意謂不能男太子以手指其妃腹曰却後六年爾當生男遂以有娠於是太子復啓遊觀出北城門天帝復化作沙門法服持鉢視地而行太子問曰此爲何人其僕曰沙門也何謂沙門對曰蓋聞沙門之爲道也捨家妻子捐棄愛欲斷絕六情守戒無爲其道清淨得一心者則萬邪滅矣一心之道謂之羅漢羅漢者眞人也聲色不能汙榮位不能屈難動如地已免憂苦存亡自在太子曰善哉唯是爲快即迴車還齋思不食念道清淨不宜在家當處山澤研精行禪瞿夷心疑知其欲去坐起不離其側至年十九四月八日夜天於窻中叉手白言時可去矣太子仰而答曰迫有侍衛欲去無從天神即魔其妻諸妓女輩皆令卧息太子徐起聽妻氣息視衆妓女皆如木人百節空中譬如芭蕉中有亂頭倚鼓委擔伏琴更相荷枕臂脚垂地鼻涕目淚口中流涎琴瑟箏笛樂器縱橫鵁鶄鴛鴦譬備之鳥皆悉淳昏而卧太子徧觀旋視其妻具見形體髮爪髓腦骨齒髑髏皮膚肌肉筋脉肪血心肺脾腎肝膽腸胃屎尿涕唾外爲革囊中盛臭處無一可奇强熏以香飾以華彩譬如假借當還不得久計百年之壽卧消其半又多憂患其樂無幾婬泆敗德令人愚癡非彼諸佛別覺眞人所稱譽也故曰貪婬致老瞋恚致病愚癡致死除此三者乃可得道一心念是已便

起瞻沸星夜其過半見諸天於上叉手勸太子去即呼車匿徐令鞁馬褰裳跨之徘徊於庭念開門當有聲天王惟睒聞知其意即使鬼神捧舉馬足并接車匿踰出宮城到於王田閻浮樹下明日宮中騷動不知太子所在千乘萬騎駱驛而追王因自到田上遥見太子坐於樹下日光赫烈樹爲曲枝隨蔭其軀王悚然寤驚乃知其神不識下馬爲作禮時太子亦即前拜曰自我爲子希曾出國今一適此大王何宜枉來願用時還今我所以欲離世者以目所見恩愛如夢室家歡娛皆當別離貪欲爲獄難得勉出故曰以欲網自蔽以愛蓋自覆自縛於獄如魚入笱口爲老死所伺如犢求母乳吾恒以是常自覺悟願求自然欲除衆苦諸不度者吾欲度之諸不解者吾欲解之諸不安者吾欲安之未見道者欲令得道故欲入山求我所願得道當還不忘此誓王知其志固惘然不知所言便自還宮謂瞿夷曰如吾子心清白難動如地不以富貴不慕於天下唯道是欲自期必還於是太子攀樹枝見耕者墾壤出蟲鳥隨啄吞感傷衆生魚鱗相咀其不仁者爲害滋甚死墮惡道求出良難諸天雖樂而亦無常福盡則懼罪至亦怖禍福相承生死彌久觀見人間上至二十八天貴極而無道皆與地獄對門三惡道處痛酷百端歡樂暫有憂畏延長天地之間無一可奇也吾不能復爲欲惑矣即起上馬將車匿前行數十里忽然見主五道大神名曰賁識最獨剛强左執弓右持箭腰帶利劍所居三道之衢一曰天道二曰人道

三曰三惡道此所謂死者魂神所當過見者也太子到問何道可從貢識惶懅投弓釋箭解劒逡巡示之天道曰是道可從行數十里逢兩獵客太子自念我已棄家在此山澤不宜如凡人被服寶衣有慾態也乃脫身寶裘與獵者貿鹿皮衣到前下馬遣車匿還車匿長跪曰今隨大天不可獨還太子曰汝徑歸上白大王及謝舍妻今求無爲大道勿以我爲憂即脫寶冠及著身衣悉付車匿於是白馬屈膝舐足淚如連珠車匿悲猛隨路而啼顧視太子被鹿皮衣變服去矣車匿步牽馬還宫都中外莫不惆悵瞿夷啼哭自投殿下曰我望太子如渴欲飲汝今與馬反獨空歸前抱馬頸問太子所在車匿曰太子上白大王及謝舍妻今求無爲大道得道當還勿以我爲憂瞿夷啼哭曰一何薄命生亡我所天爲在何許當那求之拊馬背曰太子乘汝出汝何獨來歸舉國人民莫不歔欷王悲嗢咿涕淚交流謂瞿夷曰如吾子所覺老病死苦實爲大患此神人也其生之日上帝親下方神侍衛符瑞光相非世所見阿夷相言若不樂天下而棄家爲道者當爲自然佛度脫萬姓今辭學道乃自然乎王欲解瞿夷意亦自感結即選國中豪賢得數千人擇有累重多子孫者取五人現之王曰汝等於家長子抱孫獨曰歡耶吾有一子未曾出門一旦捨我遠涉深山溪谷嶮岨吉凶之難寒暑飢渴誰得知者煩卿五人各遣一子追求索之得必隨侍如有中道委而還者吾滅汝族屬於是阿若拘隣等五人受命追太子及於深山隨

侍數年太子不與語自行如故陟涉山崗蔓
踰深谷五人苦之言此狂人耳何道之有行
不擇路奚可隨也設委還者王滅吾家不如
止此五人所止有好泉水甘果不乏太子自
去踰越名山經摩竭界瓶沙王出畋獵遥見
太子行山澤中即與諸耆長大臣俱追見之
王曰太子生多奇異形相炳著當君四天下
爲轉輪聖王四海顒顒冀神寶至何棄天位
自放山藪必有異見願聞其志太子答曰以
吾所見天地人物出生有死劇苦有三老病
死痛不可得離計身爲苦器憂畏無量若在
尊寵則有憍逸貪求快意天下被患此吾所
猒故欲入山以修其志諸耆長曰夫老病死
自世之常何獨預憂乃棄美號隱遁潛居以
勞其形不亦難乎太子答曰如諸君言不當
預憂使吾爲王老到病至若當死時寧有代
吾受此厄者不如無有代胡可勿憂天下有
慈父孝子愛徹骨髓至病死時不得相代若
此僞身苦至之日雖居高位六親在側如爲
盲人設燭何益於無目者乎吾覩衆行一切
無常皆化非眞樂少苦多身非已有世間虚
無難得久居物生有死事成有敗安則有危
得則有亡萬物紛擾皆當歸空精神無形躁
濁不明行致死生之厄非直一受而已但爲
貪欲蔽在癡網没生死河莫之能覺故吾欲
一心思四空淨度色滅恚斷求念空無所適
莫是將反其源而歸其本始出其根如我願
得乃可大安缾沙王喜曰善哉菩薩志妙世
間難有必得佛道願先度我太子嘿然而逝
當度尼連禪河天神爲止流令水暫乾度河

行數十里見三梵志各與弟子索居溪邊過問其道自稱言吾事梵天奉於日月日修火祠唯水是淨菩薩答曰是故生死道耳水不常滿火不久熱日出則移月滿則虧道在清虛水焉能使人心淨傷之而去行起慈心徧念衆生老耄專愚不免病疾死喪之痛欲令解脫以一其意而起悲心愍傷一切皆有飢渴寒熱得失罪咎艱難之患欲令安隱以一其意而起喜心念諸世間皆有憂苦恐怖遭逢之患欲令恬惔以一其意而起護心欲度五道八難之生愚弊蒙闇不見正道念欲成濟使得無爲以一其意得善不喜逢惡不憂捨世八事利衰毀譽稱譏苦樂不以傾動既歷深山到幽閑處見貝多樹四望清淨自念我已棄家在此山澤不宜復飾髮如凡人意以有櫛梳湯沐之念則失淨戒正定慧解度知見意非道之淳汙清淨行當作沙門如菩薩法天神奉剃刀髮墮天受而去菩薩即拾槀草以用布地正基而坐叉手閉目一心誓言使吾於此肌骨枯腐不得佛終不起天神進食一不肯受天令左右自生麻米日食一麻一米以續精氣端坐六年形體羸瘦皮骨相連玄清淨漠寂嘿一心內思安般一數二隨三止四觀五還六淨遊止三四出十二門無分散意神通微妙棄欲惡法無復五蓋不受五欲衆惡自滅念計分明思想無爲譬如健人得勝怨家意以清淨成一禪行心自開解却情欲意無惡可改不復計視念思已滅譬如山頂之泉水自中出盈流於外溪谷雨潦無緣得入恬惔守一欣然不移成二禪行

又棄喜意惟見無婬外諸好惡一不得入內亦不起心正身安譬如蓮華根在土中華合未開根莖華葉潤漬水中以淨見眞成三禪行棄苦樂意無憂喜想心不依善亦不附惡正在其中如人沐浴潔淨覆以鮮好白氈中外俱淨表裏無垢喘息自滅寂然無變成四禪行譬如陶家和埴調軟中無沙礫任作何器精進開發無所不能已得定意不捨大悲智慧方便究暢要妙通三十七道品之行所謂四意止四意斷四神足念五根五力七覺八道周而復始無復瑕穢意在三向一惟向空念滅不散無操無捨二向無想心定不起好惡不思三向不願不樂三界不復生苦便得三活一離貪婬二離瞋恚三離愚癡無復罣礙於是第六化應聲天天上魔王見菩薩清淨無欲精思不懈心中煩毒飲食不甘妓樂不御念是道成必大勝我欲及其未作佛壞其道意魔子薩陀前諫父曰菩薩行淨三界無比已得自然神通衆梵諸天億百皆往禮侍此非天王所當沮壞無爲興惡自虧福也魔王不聽召三玉女一名欲妃二名悅彼三名快觀使行壞菩薩意三女皆被羅縠之衣服天名香瓔珞珠璣極爲妖冶巧媚之辭欲亂其意菩薩心淨如琉璃珠不可得汙三女復曰仁德至重諸天所敬應有供侍故天獻我我等好潔年在盛時天女端正莫有妹我者願得晨起夜寐供侍左右菩薩答曰汝宿有福受得天身不惟無常而作妖媚形體雖好而心不端譬如畫瓶中盛臭毒將以自壞有何等奇福難久居婬惡不善自亡其本

死即當墮三惡道中受鳥獸形欲脫致難汝輩亂人正意非清淨種革囊盛屎而來何爲去吾不用其三玉女化成老母不能自復魔王益忿更召諸鬼神合得一億八千萬衆皆使變爲師子熊羆虎兕象龍牛馬犬豕猴猨之形不可稱言蟲頭人軀蚖蛇之身黿鼉之首而六目或一頸而多頭齒牙爪距擔山吐火雷電四遶擭持戈矛菩薩慈心不驚不怖一毛不動光顏益好鬼兵退散不能得近魔王自前與佛相難詰其辭曰

比丘何求坐樹下　樂於林藪毒獸間
雲起可畏杳冥冥　天魔圍遶不以驚
古有眞道佛所行　恬惔爲上除不明
其誠最勝法滿藏　吾求斯坐快魔王
汝當作王轉金輪　七寶自至典四方
所受五欲最無比　斯處無道起入宮
吾觀欲盛吞火同　棄國如唾無所貪
得王亦有老死憂　去此無利勿妄談
何安坐林而大語　委國財位守空閑
不見我與四部兵　象馬步兵億八千
已見猴猨師子面　虎兕毒蛇豕鬼形
皆持刀劒擭戈矛　超躍哮呼滿空中
設復億姟神武備　爲魔如汝來會此
矢刃火攻如風雨　不先得佛終不起
魔有本願令我退　吾亦自誓不虛還
今汝福地何如佛　於是可知誰得勝
吾曾終身快布施　故典六天爲魔王
比丘知我宿福行　自稱無量誰爲證
昔吾行願從定光　受莂爲佛釋迦文
恕畏想盡故坐斯　意定必解壞汝軍

我所奉事諸佛多　財寶衣食常施人
仁戒積德厚於地　是以脱想無患難
菩薩即以智慧力　伸手案地是知我
應時普地轟大動　魔與官屬顛倒墮
魔王敗績悵失利　惽迷却踞前畫地
其子又曉心乃寤　即時自歸前悔過
吾已不復用兵器　等行慈心却魔怨
世用兵器動人心　而我以等如衆生
若調象馬雖已調　然後故態會復生
若得最調如佛性　已如佛調無不仁
諸天見佛擒魔衆　忍調無想怨自降
諸天歡喜奉華臻　非法王壞法王勝
本從等意智慧力　慧能即時攘不祥
能使怨家爲弟子　當禮四等道之證
面如滿月色從容　名聞十方德如山
求佛像貌難得比　當稽首斯度世仙

太子瑞應本起經卷上

音釋

縠　胡谷切縐紗也
疆場　疆居良切場夷益切疆場界畔也
睫　即葉切目旁毛也
眴　輸閏切目動也
揵陟　揵渠焉切陟竹力切
踒　烏卧切足跌也
魘　幺琰切睡魘也
脾　婢彌切土藏也
腎　是忍切水藏也
睒　失冉切
笱　舉后切捕魚器也
攓　丘虔切取也
懅　其去切懼也
賁　彼義切
逡　七倫切逡巡却退貌
噢咿　噢乙六切咿於夷切噢咿內悲痛念聲也
岨　壯所切與阻同
櫛　側瑟切梳比之總名

太子瑞應本起經卷下

吳月支優婆塞支謙譯

菩薩累劫清淨之行至儒大慈道定自然忍力降魔鬼兵退散定意如故不以智慮無憂喜想是日初夜得一術闓自知宿命無數劫已來精神所更展轉受身不可稱計皆識知之至二夜時得二術闓悉知衆生心中所念善惡殃福生死所趣至三夜時得三術闓漏盡結解自知本昔久所習行四神足念精進定欲定意定戒定得變化法所欲如意不復用思身能飛行能分一身作百作千至億萬無數復合爲一能徹入地石壁皆過從一方現俯没仰出譬如水波能身中出水火履水行虛身不陷墜坐卧空中如鳥飛翔立能及天手捫日月欲身平立至梵自在眼徹視耳洞聽意預知諸天人龍鬼神蚑行蠕動之類身行口言心所動念悉見聞知諸有貪婬無貪婬者有瞋恚無瞋恚者有愚癡無愚癡者有愛欲無愛欲者有大志行無大志行者有內外行無內外行者有念善不念善者有一心無一心者有解脱意無解脱意者一切悉知菩薩觀見天上人中地獄畜生鬼神五道先世父母兄弟妻子中外姓字一一分別一世十世百千萬億無數世事至乎天地一劫崩壞空流之時一劫始成人物興時能知十劫百劫至千萬億無數劫中內外姓字衣食苦樂壽命長短死此生彼展轉所趣從上頭始諸所更身生長老終形色好醜賢愚苦樂一切三界皆分別知見人魂神各自隨行生五道中或墮地獄或墮畜生或作鬼神或生

天上或入人形有生豪貴富樂家者有生卑鄙貧賤家者知諸衆生惑五陰自蔽一色像二痛癢三思想四行作五魂識皆習五欲眼貪色耳貪聲鼻貪香舌貪味身貪細滑牽於愛欲惑於財色思望安樂從是生諸惡本從惡致苦能斷愛習不隨婬心大如毛髮受行八道則衆苦滅譬如無薪亦無火是謂無爲度世之道菩薩自知已棄惡本無婬怒癡生死已除種根已斷無餘栽蘖所作已成智慧已了明星出時廓然大悟得無上正眞道爲最正覺得佛十八法有十神力四無所畏佛十八法者謂從得佛至乎泥曰一無失道二無空言三無忘志四無不靜意五無若干想六無不省視七志欲無減八精進無減九定意無減十智慧無減十一解脫無減十二度知見無減十三古世之事悉知見十四來世之事悉知見十五今世之事悉知見十六攬衆身行化以始所知十七攬衆言行化以始所知十八攬衆意行化以始所知是爲佛十八不共之法十神力者佛悉見知深微隱遠是處非處明審知有一神力也佛悉明知來今往古所造行地所受報應二神力也佛悉分別天人衆生彼彼異念三神力也佛悉知衆生若干種語及度世語四神力也佛悉了知世間雜種無量情態五神力也佛能現禪解脫定行除衆勞諍六神力也佛知欲縛知縛解要在所宜行七神力也佛智如海善言無量追識一切宿命所更八神力也佛天眼淨見人物死神所出生善惡殃福隨行受報九神力也佛漏已盡無復縛著神眞叡智自

知見證究暢道行可作能作無餘生死其智明審是爲佛十神力也四無所畏者佛神智正覺無所不知愚惑相言佛未悉知至於梵魔衆聖皆莫能論佛之智故獨步不懼一無畏也佛漏已盡悉知愚惑相言佛漏未盡至梵魔衆聖莫能論佛之志故獨步不懼二無所畏也佛説經戒天下誦習愚惑相言佛經可過至梵魔衆聖莫能論毀佛正經故獨步不懼三無所畏也佛現道義言眞而要能度苦厄愚惑相言佛不能度苦至梵魔衆聖莫能論佛正道故周行不懼四無所畏也佛得定意一切知見坐自念言是實微妙難知難明甚難得也高而無上廣不可極淵而無下深不可測大包天地細入無間昔定光佛時剃我爲佛名釋迦文今果得之從無數劫勤苦所求適今得耳自念宿命諸所施爲慈孝仁義禮敬誠信中正守善虛心學聖柔弱淨意行六度無極布施持戒忍辱精進一心智慧習四等心慈悲喜護育養衆生如視赤子承事諸佛積德無量累劫勤苦不忘其功今悉自得喜自説曰

今覺佛極尊　棄婬淨無漏　一切能將導
從者必歡豫　夫福之報快　妙願皆得成
愍疾得上寂　吾將逝泥洹

佛初得道自知食少身體虛輕徐起入水洗浴畢欲上岸天按樹枝得攀而出旋住樹下有五百青雀飛來遶佛三帀而去復有長者女始嫁有願生子男者當作百味之糜祠山樹神後生得男喜即作糜盛以金鉢其女寫糜釜杓不汙女益珍敬即與數女俱入山中

望見好樹即遣婢先往掃除樹下婢見佛不知何神還報女言有神在樹下坐女令婢戴百味之糜置頭上前長跪上食并金鉢佛言汝等有善意必以現世得福見諦衆女遥拜而退佛便食糜念先三佛得道之時皆有獻百味之食并上金鉢如此器者今皆在文隣龍所佛即擲鉢水中自然逆流上水七里隨前三鉢上四器共累相類如一龍王歡喜知復有佛佛定意七日不動不揺樹神念佛新得道快坐七日未有獻食者念我當求人令飯佛時適有五百賈客從山一面過車牛皆躓不行中有兩大人一名提謂二名波利怖還與衆人俱詣樹神請福神現光像言今世有佛在此優留國界尼連禪水邊未有獻食者汝曹幸先能有善意必獲大福賈人聞佛名大喜言佛必獨大尊天神所敬非凡品也即和麨蜜俱詣樹下稽首上佛佛念先古諸佛哀受人施法皆持鉢不宜如餘道人手受食也四天王即遥知佛當用鉢如人屈伸臂頃俱到頞那山上如意所念石中自然出四鉢香潔無穢四天王各取一鉢還共上佛願哀賈人令得大福方有鐵鉢後弟子當用食佛念取一鉢不快餘王意便悉受四鉢累置左手中右手按之合成一鉢令四際現佛受麨蜜告諸賈人言當歸命於佛歸命於法方有比丘衆當豫自歸即便受教各三自歸佛起於異處食畢呪願賈人言今所布施欲使食者得充氣力當令施家世世得願得色得力得瞻得喜安快無病終保年壽諸邪惡鬼不得嬈近以有善心立德本故諸善鬼神常

當擁護開示道地得利諧偶不使遮蹇無復艱患人有見正以信喜敬淨潔不悔施道德者福德益大所隨轉勝吉無不利日月五星二十八宿天神鬼王常隨護助四天大王賞別善人東提頭賴南維睒文西惟樓勒北拘均羅當護汝等令不遭橫能有慧意研精學問敬佛法衆棄捐衆惡不自放恣終受吉祥種福得福行道得道以先見佛一心奉承當爲從是致第一福現世獲祐快解見諦富樂長壽自致泥洹時麨蜜冷佛腹内風起帝釋即知應時到閻浮提樹上取藥果呵梨勒來白佛言是果香美可服最除内風佛便食之風即除去起到文隣瞽龍無所提水邊坐定七日不喘不息光照水中龍目得開自識如前見三佛光明目輙得視龍王歡喜沐浴名香栴檀蘇合出水見佛相好光影如樹有華前遶佛七帀身離佛圍四十里龍有七頭羅覆佛上欲以障蔽蚊虻寒暑時雨七日龍自一心不飢不渴七日雨止佛悟龍王化作年少道人著好服飾稽首問佛得無寒無熱得無蚊虻所嬈近耶佛時答言

久得在屏處　思道其福快
昔所願欲聞　今已悉知快
不爲彼所嬈　能安衆生快
度世三毒滅　得佛泥洹快
生世得覩佛　聞受經法快
得與辟支佛　眞人會亦快
不與愚從事　得離惡人快
有黠別眞僞　知信正道快

佛告龍王汝今當復自歸於佛自歸於法自歸於比丘僧即受三自歸諸畜生中是龍爲先見佛佛以神足移坐石室自念本願欲度

衆生思惟生死本從十二因緣法起法起故便有生死法起法滅者生死乃盡作是故自得是不作是是便息一切衆生意爲精神窈窈冥冥恍惚無形自起識想隨行受身身無常主神無常形神心變化躁濁難猜自生自滅未曾休息一念去一念來若水中泡一適滅一復興至乎三界欲色無色九神所止皆繫於識不得免苦昧昧然不自覺故謂之癡莫知要道佛道至妙虛寂無念不可以凡世間意知世間道術九十六種各信所事孰知其惑皆樂生求安貪欲嗜味好於聲色是故不能樂佛道佛道清淨空無所有凡計身萬物不可得常有設當爲說天下皆苦空無所有誰能信者枯苦我耳意欲黙然不爲世間說經便入定意佛放眉中光上照七天大梵知佛欲般泥洹悲念三界皆爲長衰終不得知度世之法死即當復墮三惡道何時當得脫天下久遠乃有佛耳佛難得見若優曇華今我當爲天人請命求哀於佛令止說經即語帝釋將天樂般遮下到石室佛方定意教般遮彈琴而歌其詞曰

聽我歌十力　棄蓋寂禪定　光徹照七天
德香逾栴檀　上帝神妙來　歎仰欲見尊
梵釋賫敬意　稽首欲受聞　佛所本行願
精進百劫勤　四等大布施　十方受弘恩
持戒淨無垢　慈儒度衆生　勇慧入禪智
大悲敷度經　苦行積無數　功勳成於今
戒忍定慧力　動地魔已擒　德普蓋天地
神智過靈皇　相好特無比　八聲震十方
志高於須彌　清妙莫能論　永離婬怒癡

無復老死患　惟哀從定覺　愍傷諸天人
爲開法寶藏　敷慧甘露珍　令從憂畏解
危厄得以安　迷惑見正道　邪疑覩眞言
一切皆願樂　欲聽受無猒　當開不死法
垂化於無窮

佛意悉知便從定覺梵天白佛言從久遠以來適復見佛耳諸天喜踊欲聞佛法當爲世間說經願莫般泥洹衆生愚闇無有慧眼惟加慈導令得解脱諸天人中多有賢善好道易解亦有精進能受法戒畏於地獄三惡道者願開法藏爲現甘露受者必多天下無佛時我見餘道人俱有三毒自意入作經典人尚學其不至誠道何況佛之清淨無婬怒癡願佛說法使衆生得聞至誠之道佛言善哉善哉梵天欲廣施安救諸世間撫利寧濟樂使解脱我念世間貪愛嗜欲墮生死苦少能自覺本從十二因緣起癡緣癡行緣行識緣識名像緣名像六入緣六入更樂緣更樂痛緣痛愛緣愛受緣受有緣有生緣生老死憂悲苦悶心惱大患具有精神從是轉受生死欲得道者當斷貪愛滅除情欲無爲無起然則癡滅癡滅則行滅行滅則識滅識滅則名像滅名像滅則六入滅六入滅則更樂滅更樂滅則痛滅痛滅則愛滅愛滅則受滅受滅則有滅有滅則生滅生滅則老死憂悲苦悶心惱大患皆盡是謂得道惟佛覺此微妙難明夫此清淨無愚癡想不可以世間凡夫意知天下道術九十六種各有所事或事天地日月五星或事水火鬼神龍神皆樂生求安貪欲嗜味好於聲色故不能樂佛道不聞佛

經不知要法凡人意異計身萬物謂可常有設當爲說目之所見萬物無常有身皆苦身爲非身空無所有親戚家屬悉非人所正言似反誰肯信者吾爲枯苦不如取泥洹故欲不言耳梵天復偈請曰

從無數劫　人在世間　生死惟佛　經難得聞
從佛在世　能度極者　今以得願　人中難有
尊極無佛比　是故稽首禮
世間縛著　爲久在冥　今十力與　神智無量
當開法藏　施慧光明　照諸天人　令得開解
佛能度一切　是故願自歸
從本發意　誓爲苦人　勞謙積德　行願已成
無明老死　長衰可悲　當施法藥　救諸病痛
慈哀無過佛　是故稽首請

佛便已可梵天之念誰可度者昔日父王遣五人侍我今在山中即復道還五人見佛自相謂言是人來者慎莫與語也佛到五人皆起不覺作禮時佛言卿等持心何無牢固屬言莫起何以作禮五人不對願爲弟子佛即手摩其頭以爲沙門還道樹下坐各思惟佛又復念此間有優爲迦葉大明勇健有好名字國王吏民皆共事之與五百弟子在尼連禪水邊欲先開化令解歡喜信樂佛法爾乃餘人當隨而學即往從之迦葉見佛來起迎讚言幸甚大道人善來相見消息安否佛答言

無病第一利　知足第一富　善友第一厚
無爲第一安

迦葉曰有何勑使佛言欲報一事儻不瞋恚煩借火室一宿之間曰不愛也中有毒龍恐

相害耳佛言無苦龍不害我重借至三迦葉言然大道人德高能居中者大善佛即洗浴前入火室持草布地適坐須臾毒龍瞋恚身中出煙佛亦身中出煙龍大忿怒身皆火出佛亦現神身出火光龍火佛火於是俱盛石室盡燃其焰煙出如失火狀迦葉夜起相視星宿見火室洞然噫噫言咄是大沙門端正可惜不隨我言竟爲毒龍所害佛知其意於其室内以道神力滅龍恚毒降伏龍身化置於鉢中迦葉惶懼令五百弟子人持一瓶水就擲滅火而一瓶者更成一火師徒益怖皆言咄咄殺是大道人明旦佛持鉢盛龍而出迦葉驚喜問大道人乃尚活耶器中何等佛答言然吾自活耳是鉢中者可言毒龍衆人所畏不敢入室者今者降之已受戒矣迦葉自以得道謂佛非眞顧語弟子是大沙門極神雖神未及於道不如我已得羅漢也佛復移近迦葉坐一樹下夜第一四天王俱下聽佛說經四王光影明如盛火迦葉夜起占候見佛邊有四火晨旦行問大道人而事火乎佛言不事火也昨日夜此間乃有四火是何火也佛言昨夜四天王來下聽經是其光耳迦葉念言是大沙門極神雖神尚不得道不如我得羅漢也佛止樹下第二天帝釋夜復來下聽佛說經帝釋光影甚益大明迦葉夜起占候見佛邊火光倍於昨明心念言是大沙門續事火也明日復行問大道人得無事火佛言不也昨天帝釋來下聽經是其光也迦葉念言是大沙門乃大神聖雖然未及於道不如我得羅漢也後夜第七梵天又下聽

經梵之光影倍於帝釋迦葉夜起占候見火光益大明明日問大道人事火乎答言不事火昨夜火光倍益明大是何光也佛言昨夜梵天來下聽經是其光耳迦葉復念是大沙門神則神矣然未得道不如我已得羅漢也迦葉五百弟子人事三火合千五百火明旦然之火了不然怪而白師師言疑是大沙門所爲也即行問佛我五百弟子凡事千五百火今旦然之火皆不然是大道人之所爲乎佛言卿今欲使火然不問之至三答曰願欲使然佛言可去火自當然應聲皆然迦葉復念是大沙門神則神矣然未得道不如我已得羅漢也迦葉身自事三火明旦然火又不可然即心念言復是大沙門所爲也即行問佛我自事三火今旦然之了不可然續念是大道人所爲耶佛言卿欲使火然乎問之至三答曰願欲使然佛言可去火自當然三火即然迦葉復念是大沙門神則神矣然未得道不如我已得羅漢也火然之後迦葉欲滅之火不可復滅五百弟子及諸事火者助共滅之而了不滅皆言大沙門所爲也迦葉復行問佛火既然矣今不可滅佛言欲使滅乎答曰欲使滅佛言可去火自當滅應聲即滅迦葉故念是大沙門雖神乃爾不如我道眞也迦葉復白佛言願大道人留此不須復遠行我自供給飯食還勑家中明日好作飯施牀座便已食時自行請佛佛言便去今隨後到迦葉適去佛如人屈伸臂頃東適弗于逮界上數千億萬里取樹果名閻蔔盛滿鉢還迦葉未至佛已坐其牀迦葉到問大道人從

何道來佛言卿適去後我東到弗于逮界上取閻蔔果香美可食便取食之佛飯已去迦葉續念是大沙門雖神不如我道眞也明日食時迦葉復請佛佛言便去今隨後到迦葉適去佛便南行極閻浮提界上數千萬里取呵梨勒果盛滿鉢還迦葉未歸佛已坐其牀迦葉至問佛何緣先到佛言卿適去後我即南行極此地界取呵梨勒果亦香且美便取食之佛飯已去迦葉續念是大沙門雖神不如我道眞也明日迦葉復行請佛佛言便去今隨後到迦葉適去佛西適拘耶尼界上數千億里取阿摩勒果盛滿鉢還先迦葉到坐其牀上迦葉後至問大道人從何而來佛言卿適去後我西適拘耶尼地取阿摩勒果香美可食之便取食之佛飯已去迦葉復念是大沙門雖神故不如我道眞也明日迦葉復請佛佛言便去今隨後到迦葉返顧忽然不見佛佛以神足北適鬱單越界上數千億里取自然粳米滿鉢而還先迦葉至坐其牀上迦葉後至問大道人復從何所來乎佛言卿去後從北方鬱單越地取此成熟粳米香美且香卿試取食之佛飯已去迦葉復念是大沙門雖神故不如我道眞也明日食時佛持鉢自到迦葉家受飯而還於屛處食已念欲澡漱天帝知佛意即便來下以手指地水出成池令佛得用迦葉晡時彷徉聚中見有泉水怪而問佛何緣有此佛言吾朝得卿飯食於此食已念欲澡漱天帝釋指地令有水出汝當名此爲指地池迦葉復念是大沙門雖神故不如我道眞也佛還樹下道見地棄弊

衣取欲浣之天帝釋知佛意即到頞那山上取正四方成治好石來置池邊即白佛言可用浣衣佛欲曬衣天帝釋復行取六方石來給用曬衣迦葉見池邊有兩好石又問何緣有此佛言吾欲浣濯及欲曬衣天帝釋到頞那山取此石來給用浣曬迦葉復念是大沙門雖神故不如我道眞也佛後入指地池澡浴畢欲出無所攀池上素有樹名曰迦和絶大脩好其樹自然曲下就佛佛攀而出迦葉見樹曲下垂蔭怪而問曰佛言吾入池浴出無所攀是故樹神爲我曲枝迦葉復念是大沙門雖神故不如我道眞也時摩竭國王及諸吏民以歲節會禮詣迦葉所共相娛樂七日迦葉念佛神聖明智衆人見者必俱捨我而共事之當令其去七日快也佛知其意即隱七日迦葉後又念間者我有節會飯食甚多得大沙門來飯之快也佛遥知之即時來到迦葉喜言大道人來一何善也我適欲相供養中間何爲七日不現佛言間者王與吏民來會七日卿意念言是大沙門實神聖明智衆人見者必俱捨我而共事之當令其去七日快也是故我去卿今念我故復來耳迦葉復言是大沙門乃知人意雖然故不如我道眞也爾時迦葉五百弟子適俱破薪各一舉斧皆不得下懼共白師師言是大沙門所爲也即行問佛我諸弟子向共破薪斧皆舉而不下佛言可去斧當下斧即便下既下之後斧皆著薪舉之不舉復行白佛令斧適下又皆不舉佛言可去令使斧舉即舉得用迦葉復念是大沙門雖神故不如我道眞也時

尼連禪水長流駛疾佛以自然神道斷水令住使水隔起高出人頭令底揚塵佛行其中迦葉恐佛爲水所漂即與弟子俱乘船索佛見水隔斷中央塵起佛行其間迦葉呼言大道人乃尚活耶佛言然吾自活耳又問佛欲上船不佛言大善佛即作念令當現神令子心伏即從水中貫船底入無有穿迹迦葉復念是大沙門神則神矣然未得道故不如我已得羅漢也佛語迦葉汝非羅漢亦不知眞道胡爲虛妄自稱貴乎於是迦葉心驚毛竪自知無道即稽首言大道人實神聖乃知我意志寧可得從大道人禀受經戒作沙門乎佛言且還報汝弟子報之大善卿是大長者國中所承望今欲學大道可獨自知乎迦葉受教還告諸弟子汝曹知不我自所見意始信解當除鬚髮被服法衣受佛經戒作沙門汝等欲何趣五百弟子曰我等所知皆大師恩師所尊信必不虛妄願皆隨從得爲沙門於是師徒脫身裘氍及取水瓶杖屣之屬諸事火具悉棄水中俱共詣佛稽首白佛今我五百人以有信意願欲離家除去鬚髮受佛經戒佛言可諸沙門來迦葉及五百弟子鬚髮自然墮皆成沙門也優爲迦葉有二弟次曰那提迦葉幼曰竭夷迦葉二弟各有二百五十弟子廬舍居水邊見諸梵志衣被什物諸事火具皆隨水流二弟驚愕恐兄五百人爲惡人所害大水所漂即與五百弟子逆水而上見兄師徒皆作沙門怪問大兄年百二十智慧高遠國王吏民所共宗事我意以兄爲是羅漢今反捨梵志道學沙門法此非小

事佛豈獨大其道勝乎迦葉答曰佛道最勝
其法無量雖我世學未曾有得道神智如佛
者也其有經戒甚清淨我今以見慈心度人
以三事教化一者道定神足變化自然二者
智慧知人本意三者經道正行隨病與藥二
弟各顧謂諸弟子汝等欲何趣合五百人俱
同聲言願如大師即皆稽首求作沙門佛言
沙門來二弟及五百弟子皆除鬚髮即隨佛
後復成爲沙門也佛便有千沙門俱到波羅
柰夷縣叢樹下坐佛諸弟子皆顧梵志佛爲
諸弟子現威神變化一者飛行二者說經三
者教誡諸弟子見佛威神莫不歡喜作禮奉
行

太子瑞應本起經卷下

音釋

躓（職利切跲也）麨（尺沼切乾糧也）頞（烏葛切）迍蹇（迍株倫切迍邅也蹇九件切屯難也）晡（奔謨切申時也）浣（合管切衣垢也）曬（所賣切日乾也）駛（爽士切疾也）毼（何葛切罽也）

過去現在因果經

宋三藏求那跋陀羅譯

清刻龍藏佛說法變相圖

過去現在因果經卷第一

宋三藏求那跋陀羅譯

如是我聞一時佛在舍衛國祇樹給孤獨園爾時世尊與諸比丘住於竹林是諸比丘於晨朝時著衣持鉢入城乞食還歸所住食竟澡漱各攝衣鉢集在講堂悉欲共說過去因緣爾時世尊以淨天耳超於世間聞諸比丘語論之聲即從座起到講堂上於衆中坐問諸比丘汝等共集欲說何法時諸比丘即白佛言世尊我等食竟澡漱巳訖故共集此各欲聞說過去因緣是時世尊語諸比丘汝等樂聞過去因緣者諦聽諦聽善思念之今爲汝說比丘白言唯然世尊願樂欲聞佛言比丘過去無數阿僧祇劫爾時有一仙人名曰善慧淨修梵行求一切種智爲欲成就此大

智故樂處生死周徧五道一身死壞復受一身生死無量譬如盡天下草木斬以爲籌數其故身不能窮盡夫極天地之始終謂之一劫而其經天地成壞者不可稱載也所以感傷羣生躭惑愛欲沉流苦海起慈悲心欲拔濟之又作此念今諸衆生沒於生死不能自出皆由貪欲瞋恚愚癡樂著色聲香味觸法故我當決定斷其此病雖生諸趣不忘斯念於諸衆生怨親平等以布施攝貧窮持戒攝毀禁忍辱攝瞋恚精進攝懈怠禪定攝亂意智慧攝愚癡如是長夜增益衆生普爲一切而作歸依於諸如來恭敬供養樂欲聽法亦爲他說常以四事奉給衆僧於佛法衆尊重守護如是諸行不可稱計爾時有王名曰燈照城名提播婆底其國人民壽八萬歲安隱豐樂極爲熾盛所欲自在猶如諸天時彼國王正法治世不枉人民無有殺戮楚撻之苦視諸人民有如一子時燈照王始生太子端嚴無比威德具足有三十二相八十種好初生之日四方皆明日月珠火不復爲用王見太子有如此瑞即現諸臣共集議言太子初生有此奇特當爲太子作何等名諸臣答言應名太子以爲普光又召相師而占相之相師答言今觀太子若在家者爲轉輪王統四天下若出家者爲天人尊成薩婆若王及夫人後宮婇女聞相師言於此太子深生愛念亦爲天龍夜叉乾闥婆阿脩羅迦樓羅緊那羅摩睺羅伽人非人等供養恭敬尊重讚歎是時太子在於後宮爲夫人婇女說種種法太子年至二萬九千歲捨轉輪王位啓其父

毋求欲出家既不聽已乃至三請猶尚不許太子慈悲志存拯濟忍其小違以成大順即便往詣山林樹下剃除鬚髮被著法服勤修苦行滿六千歲成阿耨多羅三藐三菩提爲諸天人及八部衆轉於法輪此輪微妙一切世間天人魔梵所不能轉以三乘法敎化衆生所可利益不可稱數爾時父王及其夫人後宮婇女聞太子普光成阿耨多羅三藐三菩提心大歡喜踊躍無量爾時羣臣國內人民婆羅門等聞太子道成心各念言太子普光捨轉輪王位剃除鬚髮被著法服出家修道得成正覺我等今者亦當出家作此念已悉皆往詣普光佛所爾時普光如來即觀其心隨其因緣而爲說法大臣婆羅門等有四千人成阿羅漢國中人民及餘四方諸來會衆有八萬人亦得無著法忍爾時普光如來與八萬四千諸阿羅漢往諸國界遊行敎化父王聞已心大歡喜即勑國中平治道路香水灑地懸諸繒綵寶幢旛蓋散衆名華如是莊嚴滿十二踰闍那又復擊鼓唱令國內諸有華者不得私賣悉輸與王并勑人民不得先我供養於佛即遣大臣并作妓樂燒香散華而往請彼普光如來爾時善慧仙人在於山中得五奇特夢一者夢卧大海二者夢枕須彌三者夢海中一切衆生入其身內四者夢手執日五者夢手執月得此夢已即大驚寤心自念言我今此夢非爲小緣當以問誰宜入城內問諸智者作是念已披鹿皮衣手執水瓶及杖繖蓋行入城邑路過外道所止住處有五百人而爲上首善慧念言我今當

以所夢問之并得觀其所修之業即共諸人講論道義破其異見時五百人即便受屈求爲弟子於善慧所深生恭敬各以銀錢一枚而以上之復有五百外道既見善慧辯才聰明亦生隨喜時諸外道自共議言今普光如來出興于世善慧仙人聞斯語已舉體毛竪心大歡喜踊躍無量便與外道分別而去外道問言師何所趣答言我今當往普光佛所欲施供養外道白言師若去者願樂隨從善慧答曰我今有緣宜應先行爾時善慧賫五百銀錢緣路而去諸外道衆悲戀懊惱辭别而歸善慧至前見王家人平治道路香水灑地列幢旛蓋種種莊嚴即便問言何因緣故而作是事王人答言世有佛興名曰普光今燈照王請來入城所以忽忽莊嚴道路善慧即復問彼路人汝知何處有諸名華答言道士燈照大王擊鼓唱令國内名華皆不得賣悉以輸王善慧聞已心大懊惱意猶不息苦訪華所俄爾即遇王家青衣密持七莖青蓮華過畏王制令藏著瓶中善慧至誠感其蓮華踊出瓶外善慧遥見即追呼曰大姊且止此華賣不青衣聞已心大驚愕而自念言藏華甚密此何男子乃見我華求索買耶顧看其瓶果見華出生奇特想答言男子此青蓮華當送宮内欲以上佛不可得也善慧又言請以五百銀錢雇五莖華青衣意疑復自念言此華所直不過數錢而今男子乃以銀錢五百求買五莖即問之言欲持此華用作何等善慧答曰今有如來出興於世燈照大王請來入城故須此華欲以供養大姊當知諸

佛如來難可值遇如優曇鉢華時時乃現青衣又問供養如來爲求何等善慧答曰爲欲成就一切種智度脱無量苦衆生故爾時青衣得聞此語心自念言今此男子顏容端正披鹿皮衣裁蔽形體乃爾至誠不惜錢寶即語之曰我今當以此華相與願我生生常爲君妻善慧答言我修梵行求無爲道不得相許生死之縁青衣即言若當不從我此願者華不可得善慧又曰汝若決定不與我華當從汝願我好布施不逆人意若使有來從我乞求頭目髓腦及與妻子汝莫生礙壞吾施心青衣答言善哉善哉敬從來命今我女弱不能得前請寄二華以獻於佛使我生生不失此願好醜不離必置心中令佛知之爾時燈照王與其諸子及衆官屬婆羅門等持好香華種種供具而出奉迎普光如來舉國人民亦皆隨從是時善慧五百弟子共相謂言今日國王及諸臣民悉皆往詣普光佛所大師今者亦當已去我等宜應往彼禮敬作此言已即共俱行在道未遠逢見善慧師徒相遇喜悦無量即共同詣普光佛所見燈照王已到佛前最得在初供養禮拜如是次第至諸大臣亦各禮敬并散名華華悉墮地于時善慧與五百弟子見諸人衆供養畢已諦觀如來相好之容又欲濟拔諸苦衆生亦欲滿足一切種智故即散五華皆住空中化成華臺後散二莖亦止空中來佛兩邊爾時國王及其眷屬一切臣民天龍夜叉乾闥婆阿脩羅迦樓羅緊那羅摩睺羅伽人非人等見此奇特歎未曾有於是普光如來以無礙智讚

善慧言善哉善哉善男子汝以是行過無量阿僧祇劫當得成佛號釋迦牟尼如來應正徧知明行足善逝世間解無上士調御丈夫天人師佛世尊當於善慧受記之時無量天龍夜叉乾闥婆阿脩羅迦樓羅緊那羅摩睺羅伽人非人等散衆妙華滿虛空中而發誓言善慧將來成佛道時我等皆願爲其眷屬是時普光如來即記之曰汝等皆當得生其國爾時如來旣授記已猶見善慧作仙人髻披鹿皮衣如來欲令捨此服儀即便化地以爲淤泥善慧見佛應從此行而地濁濕心自念言云何乃令千輻輪足蹈此而過即脫皮衣以用布地不足掩泥仍又解髮亦以覆之如來即便踐之而度因記之曰汝後得佛當於五濁惡世度諸天人不以爲難必如我也于時善慧聞斯記已歡欣踊躍喜不自勝即時便解一切法空得無生忍身昇虛空去地七多羅樹以偈讚佛

今見世間導　令我開慧眼　爲說清淨法
去離一切著　今遇天人尊　令我得無生
願將來獲果　亦如兩足尊

是時善慧說此讚已從空中下到於佛前五體投地而白佛言唯願世尊哀愍我故聽我出家爾時普光如來答言善哉善來比丘鬚髮自落袈裟著身即成沙門爾時有二貧窮老人各與親屬一百人俱覩佛相好威德嚴顯自傷貧乏無以供養是時如來愍其心至即化前地生諸草穢令二貧人見地不淨發歡喜心而便灑掃普光如來而記之曰汝過無量阿僧祇劫釋迦牟尼佛出興於世汝等

爾時當作第一聲聞弟子爾時普光如來記貧人已與八萬四千比丘及燈照王并婆羅門諸臣民等前後圍遶入提播婆底城時燈照王與其眷屬以四事供養普光如來并及八萬四千比丘經四萬歲王即捨位以付其子與其眷屬及夫人眷屬各八萬四千人同於佛法出家修道得陀羅尼諸法三昧善慧比丘亦隨普光如來受王供養滿四萬歲於諸法中得深三昧敎化衆生不可稱數爾時善慧比丘白普光如來言世尊我於昔日在深山中得五奇特夢一者夢卧大海二者夢枕須彌三者夢海中一切衆生入我身內四者夢手執日五者夢手執月唯願世尊爲我解說此夢之相爾時普光如來答言善哉汝若欲知此夢義者當爲汝說夢卧大海者汝身即時在於生死大海之中夢枕須彌者出於生死得般涅槃相夢大海中一切衆生入身內者當於生死大海爲諸衆生作歸依處夢手執日者智慧光明普照法界夢手執月者以方便智入於生死以清涼法化導衆生令離惱熱以此夢因緣是汝將來成佛之相善慧聞已歡喜踊躍不能自勝禮佛而退爾時普光如來復經少時入般涅槃善慧比丘護持正法滿二萬歲以三乘法敎化衆生所利益者不可稱計爾時善慧比丘於彼命終即便上生爲四天王以三乘法化諸天衆盡彼天壽下生人間爲轉輪王王四天下七寶具足一金輪寶二白象寶三紺馬寶四神珠寶五玉女寶六主藏臣寶七主兵臣寶千子具足皆悉勇健能伏怨敵以正法治無諸憂

惱常以十善化諸人民於此壽終生忉利天爲彼天主壽終下生爲轉輪聖王終其壽命乃至生於第七梵天上爲天王下爲聖主各三十六反其間或爲仙人或爲外道六師或爲婆羅門或爲小王如是變現不可稱數爾時善慧菩薩功行滿足位登十地在一生補處近一切種智生兜率天名聖善慧爲諸天主說於一生補處之行亦於十方國土現種種身爲諸衆生隨應說法期運將至當下作佛即觀五事一者觀諸衆生熟與未熟二者觀時至與未至三者觀諸國土何國處中四者觀諸種族何族貴盛五者觀過去因緣誰最眞正應爲父母觀五事已即自思惟今諸衆生皆是我初發心以來所成熟者堪能受於清淨妙法於此三千大千世界此閻浮提迦比羅斾兜國最爲處中諸族種姓釋迦第一甘蔗苗裔聖王之後觀白淨王過去因緣夫妻眞正堪爲父母又觀摩耶夫人壽命脩短懷抱太子滿足十月太子便生生七日已其母命終既作此觀又自思惟我今若便即下生者不能廣利諸天人衆仍於天宮現五種相令諸天子皆悉覺知菩薩期運應下作佛一者菩薩眼現瞬動二者頭上華萎三者衣受塵垢四者腋下汗出五者不樂本座時諸天衆忽見菩薩有此異相心大驚怖身諸毛孔血流如雨自相謂言菩薩不久捨於我等爾時菩薩又現五瑞一者放大光明普照三千大千世界二者大地十八相動須彌海水諸天宮殿皆悉震搖三者諸魔宮宅隱蔽不現四者日月星辰無復光明五者天人八

部身皆震動不能自禁是時兜率諸天見菩薩身已有五相又復覩外五希有事皆悉聚集到菩薩所頭面禮足白言尊者我等今日見此諸相舉身震動不能自安唯願爲我釋此因縁菩薩即便答諸天言善男子當知諸行皆悉無常我今不久捨此天宮生閻浮提于時諸天聞此語已悲號涕泣心大憂惱舉體血現如波羅奢華或有不復樂於本座或有棄其莊嚴之具或有宛轉迷悶於地或有深歎無常苦者爾時有一天子即說偈言

菩薩在於此　開我等法眼　今者遠我去
如盲離導師　又如欲渡水　忽然失橋船
亦似嬰孩兒　喪亡其慈母　我等亦如是
失所歸依處　方漂生死流　了無有出縁
我等於長夜　爲疑箭所射　既失大醫王
誰當救我者　滯卧無明牀　長没愛欲海
永絶尊者訓　未見超出期

爾時菩薩見諸天子悲泣懊惱又復聞說戀慕之偈即以慈音而告之曰善男子凡人受生無不死者恩愛合會必有别離上至阿迦膩吒天下至阿毗地獄其中一切諸衆生等無有不爲無常大火之所煎炙是故汝等不應於我獨生戀慕我今與汝皆悉未離生死熾火乃至一切貧富貴賤皆不免脱於是菩薩即說偈言

諸行無常　是生滅法　生滅滅已　寂滅爲樂

爾時菩薩語諸天子言此偈乃是過去諸佛之所共說諸行性相法皆如是汝等今日勿生憂惱我於生死無量劫來今者唯有此一生在不久當得離於諸行汝等當知今是度

脫衆生之時我應下生閻浮提中迦比羅旆兠國甘蔗苗裔釋姓種族白淨王家我生彼已遠離父母棄捨妻子及轉輪王位出家學道勤修苦行降伏魔怨成一切種智轉於法輪一切世間天人魔梵所不能轉亦依過去諸佛所行法式廣利一切諸天人衆建大法幢傾倒魔幢竭煩惱海淨八正路以諸法印印衆生心設大法會請諸天人汝等爾時亦當皆同在於此會飡受法食以是因緣不應憂惱爾時菩薩以偈頌曰

我於此不久　當下閻浮提　加比羅旆兠
白淨王宮生　辭父母親屬　捨轉輪王位
出家行學道　成一切種智　建立正法幢
能竭煩惱海　閉塞惡趣門　淨開八正道
廣利諸天人　其數不可計　以是因緣故
不應生憂惱

爾時菩薩舉身毛孔皆放光明諸天子等聞菩薩言又復見身出大光明歡喜踊躍離諸憂苦各心念言菩薩不久當成正覺爾時菩薩觀降胎時至即乘六牙白象發兠率宮無量諸天作諸妓樂燒衆名香散天妙華隨從菩薩滿虛空中放大光明普照十方以四月八日明相出時降神母胎于時摩耶夫人於眠寤之際見菩薩乘六牙白象騰虛而來從右脇入身現於外如處瑠璃夫人體安快樂如服甘露顧見自身如日月照心大歡喜踊躍無量見此相已廓然而覺生希有心即便往至白淨王所而白王言我於向者眠寤之際其狀如夢見諸瑞相極爲奇特王即答言我向亦見有大光明又復覺汝顏貌異常汝

可爲說所見瑞相夫人即便具說上事以偈頌曰

見有乘白象　皎淨如日月　釋梵諸天衆
皆悉執寶幢　燒香散天華　并作衆妓樂
充滿虛空中　圍遶而來下　來入我右脇
猶如處瑠璃　今以現大王　此爲何瑞相

爾時白淨王見摩耶夫人說瑞相已歡喜踊躍不能自勝即便遣請善相婆羅門以妙香華種種飲食而供養之供養畢已示夫人右脇并說瑞相白婆羅門言願爲占之有何等異時婆羅門即占之曰大王夫人所懷太子諸善妙相不可具說今當爲王略言之耳大王當知今此夫人胎中之子必能光顯釋迦種族降胎之時放大光明諸天釋梵執侍圍遶此相必是正覺之瑞若不出家爲轉輪聖王王四天下七寶自至千子具足時王聞此婆羅門言深自慶幸踊躍無量即以金銀雜寶象馬車乘及以村邑而用供給此婆羅門時摩耶夫人以其婇女并及珍寶亦以奉施自從菩薩處胎以來摩耶夫人日更修行六波羅蜜天獻飲食自然而至不復樂於人間之味三千大千世界常皆大明其界中間幽冥之處日月威光所不能照亦皆朗然其中衆生各得相見共相謂言此中云何忽生衆生菩薩降胎之時三千大千世界十八相動清涼香風起於四方諸抱疾者皆悉除愈貪欲瞋癡亦皆休息爾時兜率天宫有一天子作是念言菩薩已生白淨王宫我亦當復下生人間菩薩成佛我得在先爲其眷屬供養聽法作此念已即便下生王舍城中明月種

姓旃陀羅及多王家復有天子生舍衛國王家復有天子生偷羅厥叉國王家復有天子生犢子國王家復有天子生跋羅國王家復有天子生盧羅國王家復有天子生德叉尸羅國王家復有天子生拘羅婆國王家復有天子生婆羅門家復有天子生長者居士毗舍首陀羅家復有五百天子生釋種姓家有如是等諸天子衆其數凡有九十九億下生人間又從他化自在天乃至四天王所下生者不可稱計復有色界天王與其眷屬亦皆下生而作仙人菩薩在胎行住坐卧無所妨礙又不令母有諸苦患菩薩晨朝於母胎中爲色界諸天說種種法至日中時爲欲界諸天亦說諸法於日晡時又復爲諸鬼神說法於夜三時亦復如是成熟利益無量衆生菩薩在胎天人婇女有來禮拜而供養者或復有來作是願言當令得成轉輪聖王菩薩聞已心不喜樂或復有來作是願言當令得成一切種智菩薩聞已心大歡喜菩薩處胎垂滿十月身諸肢節及以相好皆悉具足亦使其母諸根寂定樂處園林不喜憒閙時白淨王心自思惟夫人懷妊日月將滿而不見其有生產相作此念時會遇夫人遣信白王我今欲出園林遊觀時王聞此益懷歡喜即勑於外令淨掃灑藍毗尼園更使栽植諸妙華果流泉浴池令悉清潔欄楯階陛皆以七寶而爲莊嚴翡翠鴛鴦鸞凰鵁鶄異類衆鳥鳴集其中懸繒旛蓋散華燒香作諸妓樂猶如帝釋歡喜之園又勑中間所經行處皆令嚴淨種種莊飾又勑嚴辦十萬七寶車輦一一

車輦雕玩殊絶又復勑外嚴辦四軍象兵馬兵車兵歩兵又復選取後宮婇女顔容端正不老不少氣性調和聰慧明了其數凡有八萬四千以用給侍摩耶夫人又復擇取八萬四千端正童女著妙瓔珞嚴身之具賫持香華先往住彼藍毗尼園王又勑諸羣臣百官夫人去者皆悉侍從於是夫人即昇寶輿與諸官屬幷及婇女前後導從往藍毗尼園爾時復有天龍八部亦皆隨從充滿虚空爾時夫人既入園已諸根寂靜十月滿足於四月八日日初出時夫人見彼園中有一大樹名曰無憂華色香鮮枝葉分布極爲茂盛即舉右手欲牽摘之菩薩漸漸從右脇出于時樹下亦生七寶七莖蓮華大如車輪菩薩即便墮蓮華上無扶侍者自行七步舉其右手而師子吼我於一切天人之中最尊最勝無量生死於今盡矣此生利益一切人天説是言已時四天王即以天繒接太子身置寶机上釋提桓因手執寶蓋大梵天王又持白拂侍立左右難陀龍王優波難陀龍王於虚空中吐清淨水一温一涼灌太子身身黄金色有三十二相放大光明普照三千大千世界天龍八部亦於空中作天妓樂歌唄讃頌燒衆名香散諸妙華又雨天衣及以瓔珞繽紛亂墜不可稱數爾時摩耶夫人生太子已身安快樂無有苦患歡喜踊躍止於樹下前後自然忽生四井其水香潔具八功德爾時摩耶夫人與其眷屬隨所欲須自恣洗漱復有諸夜叉王皆悉圍遶守護太子及摩耶夫人當爾之時閻浮提人乃至阿迦膩吒天雖離喜

樂皆亦於此歡喜讚歎一切種智今出於世無量衆生皆得利益唯願速成正覺之道轉於法輪廣度衆生唯有魔王獨懷愁惱不安本座當爾之時所感瑞應三十有四一者十方世界皆悉大明二者三千大千世界十八相動丘墟平坦三者一切枯木悉更敷榮國界自然生奇特樹四者園苑生異甘果五者陸地生寶蓮華大如車輪六者地中伏藏悉自發出七者諸藏珍寶放大光明八者諸天妙服自然來降九者衆川萬流恬靜澄清十者風止雲除空中明淨十一者香風芬芳從四方來細雨潤澤以斂飛塵十二者國中疾病皆悉除愈十三者國内宫舍無不明曜燈燭之光不復爲用十四者日月星辰停住不行十五者吡舍佉星下現人間侍太子生十六者諸梵天王執素寶蓋列覆宫上十七者八方諸仙人師奉寶來獻十八者天百味食自然在前十九者無數寶瓶盛諸甘露二十者諸天妙車載寶而至二十一者無數白象子首戴蓮華列住殿前二十二者天紺馬寶自然而來二十三者五百白師子王從雪山出息其惡情心懷歡喜羅住城門二十四者諸天妓女於虚空中作妙音樂二十五者諸天玉女執孔雀拂現宫墻上二十六者諸天玉女各持金瓶盛滿香汁列住空中二十七者諸天歌頌讚太子德二十八者地獄休息毒痛不行二十九者毒蟲隱伏惡鬼善心三十者諸惡律儀一時慈悲三十一者國内孕婦産者悉男其有百疾自然除愈三十二者一切樹神化作人形悉來禮侍三十三者諸

餘國王各賫名寶同來臣服三十四者一切人天無非時語爾時諸婇女衆見此瑞相極大歡喜自相謂言太子今生有如此等吉祥之事唯願長壽無諸病苦勿令我等生大憂惱作此言已以天細氎裹抱太子至夫人所時四天王在虚空中恭敬隨從釋提桓因執蓋來覆有二十八大鬼神王在園四角守衛奉護爾時有一青衣聰慧明了從藍毗尼園還入宫中到白淨王所而白王言大王威德轉更增進摩耶夫人已生太子顔貌端正有三十二相八十種好墮蓮華上自行七步舉其右手而師子吼我於一切天人之中最尊最勝無量生死於今盡矣此生利益一切人天有如是等諸奇特事非可具說時白淨王聞彼青衣説此語已歡喜踊躍不能自勝即脱身瓔珞而以賜之爾時白淨王即嚴四兵眷屬圍遶并與一億釋迦種姓前後導從入藍毗尼園見彼園中天龍八部皆悉充滿到夫人所見太子身相好殊異歡喜踊躍猶如江海諸大波浪慮其短壽入懷怵惕譬如須彌山王難可動摇大地動時此山乃動彼白淨王素性恬靜常無歡慼今見太子一喜一懼亦復如是摩耶夫人爲性調和既生太子見諸奇瑞倍增柔軟爾時白淨王叉手合掌禮諸天神前抱太子置於七寶象輿之上與諸羣臣後宫婇女虚空諸天作諸妓樂隨從入城時白淨王及諸釋子未識三寶即將太子往詣天寺太子既入梵天形像皆從座起禮太子足而語王言大王當知今此太子天人中尊虚空天神皆悉禮敬大王豈不見如

此耶云何而令來此禮我時白淨王及諸釋子羣臣內外聞見是已歎未曾有即將太子出於天寺還入後宮當爾之時諸釋種姓亦同一日生五百男時王廐中象生白子馬生白駒牛羊亦生五色羔犢如是等類數各五百王家青衣亦生五百蒼頭爾時宮中五百伏藏自然發出一一伏藏有七寶藏而圍遶之又有諸大國賈人從海採寶還迦比羅旆兜國彼諸賈人各賫奇寶而來獻王時白淨王問諸賈人汝等入海採諸珍寶悉皆吉利無苦惱不及諸伴侶無遺落耶彼諸賈人答言大王所經道路極自安隱王聞此言甚大歡喜即遣請諸婆羅門等婆羅門衆皆悉集已設諸供養或與象馬及以七寶田宅僮僕供養畢已抱太子出即便白諸婆羅門言當爲太子作何等名諸婆羅門即共論議而答王言太子生時一切寶藏皆悉發出所有諸瑞莫非吉祥以此義故當名太子爲薩婆悉達說此語時虛空天神即擊天鼓燒香散華唱言善哉諸天人民即便稱曰薩婆悉達爾時八王亦於是日與白淨王同生太子彼諸國王各懷歡喜我今生子有諸奇異而不知是薩婆悉達之瑞相也皆集婆羅門各爲太子制好名字王舍城太子名曰頻毗婆羅舍衛國太子名波斯匿倫羅拘吒國太子名拘臘婆犢子國太子名優陀延跋羅國太子名鬱陀羅延盧羅國太子名曰疾光德叉尸羅國太子名弗迦羅婆羅拘羅婆國太子名拘羅婆爾時白淨王普勑羣臣令訪聰明多聞智慧善知占相爲諸世人所知識者羣臣聞

已四方推覓時王即便於後園中起一大殿窻牖欄楯七寶莊飾爾時羣臣得五百婆羅門聰明知相見諸奇瑞欲來詣王會王遣信疾速而至諸臣白王知相婆羅門今者已到王聞歡喜即勑令前請入殿坐設諸供養彼婆羅門即白王言我聞大王新生太子有諸相好奇持之瑞願令我等悉得見之時王即勑抱太子出諸婆羅門既見太子相好威嚴歎未曾有王即問言今占太子其相云何婆羅門言一切衆生皆欲一好大王今者所生太子是大珍異勿生憂怖即又白言所生太子大王雖言是王之子乃是世間人天之眼王復問言云何得知婆羅門言我觀太子身色光焰猶如眞金有諸相好極爲明淨若當出家成一切種智若在家者爲轉輪王領四天下譬如江河海爲第一衆山之中須彌最勝凡諸光曜日爲無上一切清涼唯有明月天人世間太子爲尊王聞此語心大歡喜離諸怵惕彼婆羅門又白王言有一梵仙名阿私陀具足五通在於香山彼能爲王斷諸疑惑諸婆羅門說此語已辭別而去爾時白淨王心自思惟阿私陀仙人居在香山途徑險絶非人所到當以何方詣來至此王可作此心念之時阿私陀仙人遙知王意又復先見諸奇瑞相深解菩薩爲破生死故現受生以神通力騰虛而來到王宮門時守門者入白王言阿私陀仙人乘虛空來今在門外王聞歡喜即勑令前王至門上自奉迎之既見仙人恭敬禮拜而即問言尊者既來住門不進爲守門者不聽前也仙人答言無見止者既

來相詣宜須先白王便隨從入於後宮敬請令坐而問訊言尊者四大常安和不仙人答言蒙大王恩幸得安樂時白淨王白仙人言尊者今日能來下降我等種族方大熾盛從今已去日就吉祥爲是經過故來此耶仙人答言我在香山見大光明諸奇特相又知大王心之所念以是因緣故來到此我以神力乘虛而至聞上諸天説王太子必當得成一切種智度脱天人又王太子從右脇生墮於七寶蓮華之上而行七步舉其右手而師子吼我於天人之中最尊最勝無量生死於今盡矣此生利益一切天人又復諸天圍遶恭敬聞有如此大奇特事快哉大王宜應欣慶太子今者可得見不即將仙人至太子所王及夫人抱太子出欲禮仙人時彼仙人即止

王曰此是天人三界中尊云何而令禮於我耶時彼仙人即起合掌禮太子足王及夫人白仙人言唯願尊者爲相太子仙人言善即便占相具見相已忽然悲泣不能自勝王及夫人見彼仙人悲泣流淚舉身顫怖生大憂惱如大波浪動於小船問仙人言我子初生具諸瑞相有何不祥而悲泣耶爾時仙人歔欷答言大王太子相好具足無有不祥王又問言願更爲我占視太子有長壽相不得轉輪王位王四天下不我年既暮欲以國土皆悉付之當隱山林出家學道所可志願唯在於此尊者爲觀必定果耶爾時仙人又答王言大王太子具三十二相一者足下安平立如奩底二者足下千輻網輪輪相具足三者手足相指長勝於餘人四者手足柔軟勝餘

身分五者足跟廣具足滿好六者足指合縵綱勝於餘八七者足趺高平好與跟相稱八者伊泥延鹿腨腨纖好如伊泥延鹿王九者平住兩手摩膝十者陰藏相如馬王象王十一者身縱廣等如尼俱盧樹十二者一一孔一毛生青色柔軟右旋十三者毛上向靡青色柔軟右旋十四者金色相其色微妙勝閻浮檀金十五者身光面一丈十六者皮薄細滑不受塵垢不停蚊蚋十七者七處滿兩足下兩手中兩肩上項中皆滿字相分明十八者兩腋下滿如摩尼珠十九者身如師子二十者身廣端直二十一者肩圓好二十二者四十齒二十三者齒白齊密而根深二十四者四牙最白而大二十五者方頰車如師子二十六者味中得上味咽中二處津液流出

二十七者舌大軟薄能覆面至耳髮際二十八者梵音深遠如迦陵頻伽聲二十九者眼色如金精三十者眼睫如牛王三十一者眉間白毫相軟白如兜羅綿三十二者頂髻肉成具有如此相好之身若在家者年二十九爲轉輪聖王若出家者成一切種智廣濟天人然王太子必當學道得成阿耨多羅三藐三菩提不久當轉清淨法輪利益天人開世間眼我今年壽已百二十不久命終生無想天不覩佛興不聞經法故自悲耳又問仙人尊者向占言有二種一當作王一成正覺而今云何言決定成一切種智時仙人言我相之法若有衆生具三十二相或生非處又不明顯此人必爲轉輪聖王若三十二相皆得其處又復明顯此人必成一切種智我觀大

王太子諸相皆得其所又極明顯是以決定知成正覺仙人爲王說此語已辭別而退爾時白淨王既聞仙人決定之說心懷愁惱慮恐出家即擇五百青衣賢明多智爲作妳母養視太子其中或有乳者或有抱者或有浴者或有浣濯者如是等比供給太子皆悉具足又復別爲起三時殿溫涼寒暑各自異處其殿皆以七寶莊嚴衣裳服飾皆悉隨時王恐太子棄家學道使其城門開閉之聲聞四十里又復擇取五百妓女形容端正不肥不瘦不長不短不白不黒才能巧妙各兼數技皆以名寶瓔珞其身百人一番迭代宿衛於其殿前列樹甘果枝葉蔚映華實繁茂又有浴池清流澄潔池邊香草雜色蓮華綺靡芬敷不可稱計異類之鳥數百千種光麗心目

趣悅太子太子既生始滿七日其母命終以懷太子功德大故上生忉利封受自然太子自知福德威重無有女人堪受禮者故因將終託之而生爾時太子姨母摩訶波闍波提乳養太子如母無異時白淨王勑作七寶天冠及以瓔珞而與太子太子年漸長大爲辦象馬牛羊之車凡是童子所玩好具無不給與爾時舉國人民皆行仁惠五穀豐熟風雨以時又無盜賊快樂安隱皆是太子福德力故時王又以青衣所生是車匿等五百蒼頭給侍太子至年七歲父王心念太子已大宜令學書訪覓國中聰明婆羅門善諸書藝請使令來以教太子爾時有一婆羅門名跋陀羅尼與五百婆羅門以爲眷屬來受王請即白婆羅門言欲屈尊者爲太子師此可爾不

婆羅門言當隨所知以授太子時白淨王更爲太子起大學堂七寶莊嚴牀榻學具極令精麗卜擇吉日即以太子與婆羅門而令教之爾時婆羅門以四十九書字之本教令讀之于時太子見此事已問其師言此何等書閻浮提中一切諸書凡有幾種師即黙然不知所答又復問言此阿一字有何等義師又黙然亦不能答内懷慙愧即從座起禮太子足而讚歎言太子初生行七歩時自言天人之中最尊最勝此言不虛唯願爲説閻浮提書凡有幾種太子答言閻浮提中或有梵書或佉樓書或蓮華書有如是等六十四種此阿字者是梵音聲又此字義是不可壞亦是無上正眞道義凡如此義無量無邊爾時婆羅門深生慙愧還至王所而白王言大王太子是天人中第一之師云何而欲令我教耶爾時父王聞婆羅門言倍生歡喜歎未曾有即厚供養彼婆羅門隨意所須凡諸技藝典籍議論天文地理筭數射御太子皆悉自然知之

過去現在因果經卷第一

音釋

繖 蘇旱切繖絲綾爲蓋也 裔 以制切苗裔種類也 瞬 輸閏切目動也 鶵 崇芻切鶵鶵鳥名 鷖 煙奚切鷗也 佉 去迦切 怵惕 怵丑律切惕他的切怵惕恐懼也 賞 尸羊切行賞曰賞 奩 離鹽切匣也 妳 奴買切乳

過去現在因果經卷第二

宋三藏求那跋陀羅譯

爾時太子年至十歲諸釋種中五百童子皆亦同年太子從弟提婆達多次名難陀次名孫陀羅難陀等或有三十相三十一相者或復雖有三十二相相不分明各閑技藝有大筋力時提婆達多等五百童子既聞太子諸藝皆通名徹十方共相謂言太子雖復聰明智慧善解書論至於力膂詎勝我等欲與太子校其勇健爾時父王又訪國中善知射者而召之來令教太子即往後園欲射鐵鼓提婆達多等五百童子亦悉隨從時師即便授一小弓而與太子太子含笑而問之言以此與我欲作何等射師答言欲令太子射此鐵鼓太子又言此弓力弱更求如是七弓將來師即授與太子便執七弓以射一箭過七鐵鼓時彼射師往白王言大王太子自知射藝以一箭力射過七鼓閻浮提中無能等者云何令我爲作師耶爾時白淨王聞此語已心大歡喜而自念言我子聰明書論算數四遠悉知而其射藝四方人民未有知者即勑太子及提婆達多等五百童子又復擊鼓唱令國界太子薩婆悉達却後七日當出後園欲試武藝諸人民中有勇力者可悉來此到第七日提婆達多與六萬眷屬最先出城于時有一大象當城門住此諸軍衆皆不敢前提婆達多問諸人言何故住此而不前耶諸人答言有一大象當門而立舉衆畏之故不敢前提婆達多聞此言已獨前象所以手搏頭即便躃地於是軍衆次第得過爾時難陀又

與眷屬亦欲出城其諸軍衆徐步漸前難陀即問何故行遲諸人答言提婆達多手搏一象躃在城門妨行者路以是故遲難陀即便前至象所以足指挑象擲著路傍無數人衆聚共看之爾時太子與十萬眷屬前後圍遶始出城門見於路傍人衆聚看即便問曰此諸人輩爲何所看從人答言提婆達多手搏一象躃在城門妨人行路難陀次出以足指挑擲著於此是故行人悉聚看之於是太子即自念言今者正是現力之時太子便即以手執象擲著城外還以手接不令傷損象又還甦無所苦痛時諸人民歎未曾有王聞此已深生奇特如是太子及提婆達多并與難陀四遠人民皆悉來集在彼園中爾時彼園種種莊嚴施列金鼓銀鼓鍮石之鼓銅鐵等鼓各有七枚爾時提婆達多最先射之徹三金鼓次及難陀亦徹三鼓諸來人衆悉皆雅歎爾時羣臣白太子言提婆達多及與難陀皆已射訖今者次第正在太子唯願太子射此諸鼓如是三請太子曰善而語之言若欲使我射諸鼓者此弓力弱更覓強者諸臣答言太子祖王有一良弓今在王庫太子語言便可取來弓既至已太子即牽以放一箭徹過諸鼓然後入地泉水流出又亦穿過大鐵圍山爾時提婆達多又與難陀共相撲戲二人力等亦無勝者太子又前手執二弟躃之於地以慈力故不令傷痛爾時四遠諸人民衆既見太子有如此力高聲唱言白淨王太子非但智慧勝一切人其力勇健亦無等者莫不歎伏益生恭敬爾時白淨王即會諸臣

而共議言太子今者年已長大智慧勇健皆悉具足今宜應以四大海水灌太子頂又復勑下餘小國王却後二月八日灌太子頂皆可來集至二月八日諸餘國王并及仙人婆羅門等皆悉雲集懸繒旛蓋燒香散華鳴鍾擊鼓作諸妓樂以七寶器盛四海水諸仙人衆各各頂戴授婆羅門如是乃至徧及諸臣悉已頂戴傳授與王時王即以灌太子頂以七寶印而用付之又擊大鼓高聲唱言今立薩婆悉達以爲太子爾時虚空天龍夜叉人非人等作天妓樂異口同音讚言善哉當於迦比羅旆兜國立太子時餘八國王亦於是日同立太子爾時太子啓王出遊王即聽許時王即與太子并諸羣臣前後導從案行國界次復前行到王田所即便止息閻浮樹下看諸耕人爾時淨居天化作壞蟲烏隨啄之太子見已起慈悲心衆生可愍互相吞食即便思惟離欲界愛如是乃至得四禪地日光昕赫樹爲曲枝隨蔭太子爾時白淨王四面推求問覓太子從人答曰太子今在閻浮樹下時王即便與諸羣臣往彼樹所未至之間遥見太子端坐思惟又見彼樹曲蔭其軀深生奇特時王即前執太子手問言汝今何故在於此坐太子答言觀諸衆生更相吞食甚可傷愍王聞此語心生憂惱慮其出家宜急婚娉以悦其意即便呼之俱共還國太子答言願停於此王聞其語心即念言彼阿私陁往日所説太子今者將如其言王即流淚重唤還國太子既見父王如此即便隨從歸於所止王恐愁憂不樂在家更增妓女而娱樂

之爾時太子至年十七王集諸臣而共議言太子今者年已長大宜應爲其訪索婚所諸臣答言有一釋種婆羅門名摩訶那摩其人有女名耶輸陀羅顏容端正聰明智慧賢才過人禮儀備舉有如是德堪太子妃王即答言若如卿語便爲納之王還宮內即勑宮中聰明有智舊宿女人汝可往至摩訶那摩長者之家瞻看其女容儀禮行爲何如耶可停於彼至滿七日受王勑已即便往彼長者之家於七日中具觀此女還答王言我觀此女容貌端正威儀進止無與等者王聞其言極大歡喜即便遣人語摩訶那摩言太子年長欲爲納妃諸臣並言汝女淑令宜堪此舉今欲相屈時摩訶那摩答王使言謹奉勑旨王即令諸臣擇採吉日遣車萬乘而往迎之既至宮已具足太子婚姻之禮又復更增諸妓女衆晝夜娛樂爾時太子恒與其妃行住坐卧未曾不俱初自無有世俗之意於靜夜中但修禪觀時王日日問諸婇女太子與妃相接近不婇女答言不見太子有夫婦道王聞此語愁憂不樂更增妓女而娛樂之如是經時猶不接近時王深疑恐不能男爾時太子聞諸妓女歌詠園林華果茂盛流泉清淨太子忽便欲出遊觀即遣妓女往白王言在宮日久樂欲暫出園林遊戲王聞此語心生歡喜而自念言太子當是不樂在宮行夫婦禮所以求出園林去耳即便聽之勑諸羣臣整治園觀所經道路皆令清淨太子即便往至王所頭面禮足辭出而去時王即便勑一舊臣聰明智慧善言辯者令從太子爾時太子

與諸官屬前後導從出城東門國中人民聞太子出男女盈路觀者如雲時淨居天化作老人頭白背傴拄杖羸步太子即便問從者言此爲何人從者答曰此老人也太子又問何謂爲老答曰此人昔日曾經嬰兒童子少年遷謝不住遂至根熟形變色衰飲食不消氣力虛微坐起苦極餘命無幾故謂爲老太子又問唯此人老一切皆然從者答言一切皆悉應當如此爾時太子聞是語已生大苦惱而自念言日月流邁時變歲移老至如電身安足恃我雖富貴豈獨免耶云何世人而不怖畏太子從本以來不樂處世又聞此事益生猒離即迴車還愁思不樂時王聞已心懷煎憂恐其學道更增妓女以娛樂之爾時太子復經少時啓王出遊王聞此言心生憂慮而自念言太子前出逢見老人憂愁不樂今者云何而復求出王愛太子不忍違異僶俛從之即集諸臣而共議言太子前者出城東門逢見老人還輒不樂今者已復求出遊觀吾不能免遂復許之諸臣答言當更嚴勑外諸官屬修治道路懸繒旛蓋散華燒香皆使華麗無令臭穢諸不淨潔及以老疾在道側也爾時迦比羅斾兜城四門之外各有一園樹木華果浴池樓觀種種莊嚴皆悉無異王問諸臣外諸園觀何者爲勝諸臣答言外諸園觀皆等無異如忉利天歡喜之園王又勑言太子前出已從東門今者可令從南門出爾時太子百官導從出城南門時淨居天化作病人身瘦腹大喘息呻吟骨消肉竭顏貌痿黃舉身顫掉不能自持兩人扶腋在於

路側太子即問此爲何人從者答曰此病人也太子又問何謂爲病答曰夫謂病者皆由嗜欲飲食無度四大不調轉變成病百節苦痛氣力虛微飲食寡少眠卧不安雖有身手不能自運要假他力然後坐起爾時太子以慈悲心看彼病人自生愁憂又復問言此人獨爾餘皆然耶答曰一切人民無有貴賤同有此病太子聞已心自念言如此病苦普應嬰之云何世人躭樂不畏作此念已深生恐怖身心顫動譬如月影現波浪水語從者言如此身者是大苦聚世人於中横生歡樂愚癡無識不知覺悟今者云何欲往彼園遊觀嬉戲即便迴車還入王宮坐自思惟愁憂不樂王問從者太子今出寧有樂不從者答言始出南門逢見病人以此不樂即迴車還王聞此語心大愁憂慮其出家時王即便問諸臣言太子前者出城東門逢見老人愁憂不樂以此事故吾勑卿等淨治道路無令老病在於巷側云何今出於城南門而復致有疾病人耶又令太子逢值見之諸臣答言近受王勑嚴命外伺勿使有諸臭穢老病在於道側互相撿覆無敢懈怠不知何緣忽有病人非是我等之罪咎也爾時王問諸從者言汝等並見病人在路何從而至從者答曰無有蹤跡不知何來時王深於太子生猶豫心恐其學道更增妓女而悦其意又復欲使於五欲中生戀著心爾時有一婆羅門子名憂陀夷聰明智慧極有才辯時王即便請來入宮而語之言太子今者不樂在世受於五欲恐其不久出家學道汝可與之共作朋屬具説

世間五欲樂事令其心動不樂出家時憂陀夷即便答言太子聰明無與等者所知書論皆悉淵博並是我今所未曾聞云何見使誘說之耶譬以藕絲欲懸須彌我亦如是終不能迴太子之心大王既勑令作朋友要當自竭我所知見時憂陀夷受王勑已隨從太子行住坐卧不敢遠離時王又復選諸妓女聰明智慧顏容端正善於歌舞能惑人者種種莊飾光麗悅目皆悉遣往給侍太子爾時太子復經少時啓王出遊王聞此語心自念言彼憂陀夷既與太子共為朋友今若出遊或勝於前無復猒俗樂出家心作是念已即便聽許時王又復集諸大臣悉語之言太子今者復求出遊我不忍違已復聽之太子前出東南二門已見老病還輒憂愁今者宜令從西門出我心慮其還又不樂然憂陀夷是其良友冀令出還不復應爾卿等好令修治道路園林臺觀皆使嚴整香華旛蓋數倍於前無令復有老病臭穢在道側也臣受勑已即語外司嚴治道路并及園林光麗倍常王又先送諸妙妓女置彼園中又復勑語憂陀夷言若當路側有不祥事可以方便誘悅其心并勑諸臣隨從太子皆令伺察若有不吉遽驅逐之爾時太子與憂陀夷百官導從燒香散華作衆妓樂出城西門時淨居天心自念言先現老病於二城門舉衆皆見令白淨王瞋責從者并及外司太子今出王制嚴峻我今現死人若皆見者增王忿怒必加罰戮枉及無辜我於今日所現之事唯令太子及憂陀夷二人見耳使餘官屬不受責也作此念

已即便來下化爲死人四人舉輿以諸香華布散屍上室家大小號哭送之爾時太子與憂陀夷二人獨見太子問言此爲何人而以華香莊飾其上復有人衆號哭相送時憂陀夷以王勑故默然不答如是三問淨居天王威神之力使憂陀夷不覺答言是死人也太子又問何謂爲死憂陀夷言夫謂死者刀風解形神識去矣四體諸根無所復知此人在世貪著五欲愛惜錢財辛苦經營唯知積聚不識無常今者一旦捨之而死又爲父母親戚眷屬之所愛念命終之後猶如草木恩情好惡不復相關如是死者誠可哀也太子聞已心大戰怖又問憂陀夷言唯此人死餘亦當然即復答言一切世人皆應如此無有貴賤而得免脫太子素性恬靜難動既聞此語不能自安即以微聲語憂陀夷世間乃復有此死苦云何於中而行放逸心如木石不知怖畏即勑御者可迴車還御者答言前出二門未到園所中路而返致令大王深見瞋責今者豈敢復如此耶時憂陀夷語御者言如汝所說不應便歸即復前行至彼園中香華幡蓋作衆妓樂衆妓端正猶如諸天婇女無異於太子前各競歌舞異以姿態悅動其意太子心安不可移轉即止園中蔭息樹間除其侍衛端坐思惟憶昔曾在閻浮樹下遠離欲界乃至得於第四禪定爾時憂陀夷到太子所而作此言大王見勑令與太子共爲朋友朋有得失互相開悟朋友之法其要有三一者見有過失輒相諫曉二者見有好事深生隨喜三者在於苦厄不相棄捨今獻誠言

願不見責古昔諸王及今現在皆悉受於五欲之樂然後出家太子云何永絕不顧又人生世宜順人行無有棄國而學道者唯願太子受於五欲令有子息不絕王嗣爾時太子而答之言誠如所說但我不以捐國故爾亦復不言五欲無樂以畏老病生死之苦故於五欲不敢愛著汝向所言古昔諸王先經王欲然後出家此諸王等今在何許以愛欲故或在地獄或在餓鬼或在畜生或在人天以有如是輪轉苦故是以我欲離老病苦生死法耳汝今云何令我受之時憂陀夷雖竭才辯勸獎太子不能令迴即便退坐歸於所止太子仍勑嚴駕還宮諸妓女衆及憂陀夷愁憂慘慼顏貌顰蹙如人新喪所愛親屬太子到宮惻愴倍常時白淨王呼憂陀夷而問之言太子今出寧有樂不憂陀夷言出城不遠逢見死人亦不知其從何而來太子與我同時見之太子問言此爲何人我亦不覺答是死人時王即復問諸從者汝等皆見城西門外有死人不從者答言我等不見王聞此語神意豁然而自念言太子憂陀夷二人獨見此是天力非諸臣咎必定當如阿私陀言作此念已心大苦惱復增妓女以娛樂之日日遣人慰誘太子而語之言國是汝有何故愁憂而不樂耶王又嚴勑諸妓女衆悅太子意勿捨晝夜時白淨王雖知天力非復人事愛重太子不能不言心自思惟太子前已出三城門今者唯有北門未出其必不久更求出遊當復莊嚴彼外園林倍令光麗勿使有諸不可意事如所思惟具勑諸臣時王又復心

自願言太子若出城北門時唯願諸天勿復現於不吉祥事復令我子心生憂惱既心願已逆勑御者太子若出當令乘馬使得四望見諸人民光麗莊飾是時太子啓王出遊王不忍違便與憂陀夷及餘官屬前後導從出城北門到彼園所太子下馬止息於樹除去侍衛端坐思惟念於世間老病死苦時淨居天化作比丘法服持鉢手執錫杖視地而行在太子前太子見已即便問言汝是何人比丘答言我是比丘太子又問何謂比丘答言能破結賊不受後身故曰比丘世間皆悉無常危脆我所修學無漏聖道不著色聲香味觸法永得無爲到解脱岸作此言已於太子前現神通力騰虛而去當爾之時諸從官屬皆悉覩見太子既已見此比丘又聞廣說出家功德會其宿懷猒欲之情便自唱言善哉善哉天人之中唯此爲勝我當決定修學是道作此語已即便索馬還歸宮城於時太子心生欣慶而自念言我先見有老病死苦晝夜常恐爲此所逼今見比丘開悟我情示解脱路作此念已即自思惟方便求覓出家因縁爾時白淨王問憂陀夷言太子今出寧有樂不時憂陀夷即答王言太子向出所經道路無諸不祥既到園中太子獨自在於樹下遥見一人剃除鬚髮著染色衣來太子前而共言語言語既畢騰虛而去竟亦不知何所論說太子因是嚴駕而歸當爾之時顏容歡悅還至宮中方生憂愁時白淨王既聞此語心生狐疑亦復不知是何瑞相深懷懊惱而自念言太子決定捨家學道又其納妃久而

無子我今應勑耶輸陀羅當思方便莫絶國嗣復應警誡勿使太子去而不知旣作是念如所思惟即便勑於耶輸陀羅耶輸陀羅聞王勑已心懷慙愧默然而住行止坐卧不離太子時王復增諸妙妓女以娛樂之爾時太子年一十九心自思惟我今正是出家之時而便往至於父王所威儀庠序猶如帝釋往詣梵天傍臣見已而白王言太子今者來大王所王聞此言憂喜交集太子旣至頭面作禮爾時父王即便抱之而勑令坐太子坐已白父王言恩愛集會必有别離唯願聽我出家學道一切衆生愛别離苦皆使解脱願必垂許不見留難時白淨王聞太子語心大苦痛猶如金剛摧破於山擧身顫掉不安本座執太子手不復能言啼泣流淚嘘唏哽咽如是良久微聲而言汝今宜應息出家意所以者何年旣少壯國未有嗣而便委我曾不迴顧爾時太子旣見父王流淚不許還歸所止思惟出家愁憂不樂爾時迦比羅旆兜國諸大相師並知太子若不出家過七日後得轉輪王位王四天下七寶自至各以所知往白王言釋迦種姓於此方與王聞是語心生歡喜即勑諸臣并釋種子汝聞相師如此言不皆應日夜侍衛太子於城四門門各千人周帀城外一踰闍那内羅置人衆而防護之復勑耶輸陀羅并諸内宫倍加警誡過於七日勿使出家時王又來至太子所太子遥見即往奉迎頭面禮足問訊起居王語太子我昔旣聞阿私陀説及衆相師并諸奇瑞必定知汝不樂處世國嗣旣重屬當相係唯願爲我

生汝一子然後絕俗不復相違爾時太子聞父王言心自思惟大王所以苦留我者正自爲國無紹嗣耳作是念已而答王言善哉如勑即以左手指其妃腹時耶輸陀羅便覺體異自知有娠王聞太子如勑之言心大歡喜當謂太子七日之內必未有兒若過此期轉輪王位自然而至不復出家爾時太子心自念言我年已至一十有九今是二月復是七日宜應方便思求出家所以者何今正是時又於父王所願已滿作此念已身放光明照四天王宮乃至照於淨居天宮不令人間見此光明爾時諸天見此光已皆知太子出家時至即便來下到太子所頭面禮足合掌白言無量劫來所修行願今者正是成熟之時於是太子答諸天言如汝等語今正是時然父王勑內外官屬嚴見防衛欲去無從諸天白言我等自當設諸方便令太子出使無知者諸天即便以其神力令諸官屬皆悉淳卧爾時耶輸陀羅眠卧之中得三大夢一者夢月墮地二者夢牙齒落三者夢失右臂得此夢已眠中驚覺心大怖懼白太子言我於眠中得三惡夢太子問言汝夢何等耶輸陀羅即便具說所夢之事太子語言月猶在天齒又不落臂復尚在當知諸夢虛假非實汝今不應橫生怖畏耶輸陀羅又語太子如我自忖所夢之事必是太子出家之瑞太子又答汝但安眠勿生此慮要不令汝有不祥事耶輸陀羅聞此語已即便還眠太子即從座起徧觀妓女及耶輸陀羅皆如木人譬如芭蕉中無堅實或有倚伏於樂器上臂腳垂地更

相枕卧鼻涕目淚口中流涎又復徧觀妻及妓女見其形體髮爪髓腦骨齒髑髏皮膚肌肉筋脉肪血心肺脾腎肝膽腸胃屎尿涕唾外爲革囊中盛臭穢無一可奇强熏以香飾以華綵譬如假借當還亦不得久百年之命卧消其半又多憂惱其樂無幾世人云何恒見此事而不覺悟又於其中貪著婬欲我今當學古昔諸佛所修之行急應遠此大火之聚爾時太子思如是已至於後夜淨居天王及欲界諸天充滿虚空即共同聲白太子言内外眷屬皆悉惛卧今者正是出家之時爾時太子即便自往至車匿所以天力故車匿自覺而語之言汝可爲我鞁揵陟來爾時車匿聞此言已舉身顫怖心懷猶豫一者不欲違太子命二者畏王勑旨嚴峻思惟良久流淚而言大王慈勑如是之嚴且又今者非遊觀時又非降伏怨敵之日云何於此後夜之中而忽索馬欲何所之太子又復語車匿言我今欲爲一切衆生降伏煩惱結使賊故汝今不應違我此意爾時車匿舉聲號泣欲令耶輸陀羅及諸眷屬皆悉覺知太子當去以天神力惛卧如故車匿即便牽馬而來太子徐前而語車匿及以揵陟一切恩愛會當别離世間之事易可果遂出家因緣甚難成就車匿聞已默然無言於是揵陟不復噴鳴爾時太子見明相出放身光明徹照十方師子吼言過去諸佛出家之法我今亦然於是諸天捧馬四足并接車匿釋提桓因執蓋隨從諸天即便令城北門自然而開不使有聲太子於是從門而出虚空諸天讚歎隨從爾時

太子又師子吼我若不斷生老病死憂悲苦惱終不還宮我若不得阿耨多羅三藐三菩提又復不能轉於法輪要不還與父王相見若當不盡恩愛之情終不還見摩訶波闍波提及耶輸陀羅當於太子說此誓時虛空諸天讚言善哉斯言必果至于天曉所行道路已三踰闍那時諸天衆既從太子至此處已所爲事畢忽然不現爾時太子次行至彼䟦伽仙人苦行林中太子見此園林寂靜無諸諠閙心生歡喜諸根悅豫即便下馬撫背而言所難爲事汝作已畢又語車匿馬行駿疾如金翅鳥王汝恒隨從不離我側世間之人或有善心而形不隨或運形力而心不稱汝今心形皆悉無違又世間人處富貴者競隨奉事我既捨國來此林中唯汝一人獨能隨我甚爲希有我今既已至閑靜處汝便可與揵陟俱還宮也爾時車匿聞此語已悲號啼泣迷悶躃地不能自勝於是揵陟既聞被遣屈膝舐足淚落如雨車匿答言我今云何忍聽太子如此言耶我於宮中違大王勑輙鞁揵陟以與太子致令今日來至於此父王及摩訶波闍波提失太子故必當憂惱宮中內外亦應騷動又復此處多諸險難猛獸毒蟲交橫道路我今云何而捨太子獨還宮耶太子即便答車匿言世間之法獨生獨死豈復有伴又有生老病死諸苦我當云何與此作侶吾今爲欲斷諸苦故而來至此苦若斷時然後當與一切衆生而作伴侶我於即時諸苦未離云何而得爲汝作侶車匿又曰太子生來長於深宮身體手足皆悉柔軟眠卧牀

褥無不細滑如何一旦履藉荊棘瓦礫泥土止宿樹下太子答言誠如汝語設我住宮乃可免此荊棘之患老病死苦會自見侵車匿既聞太子此語悲泣垂淚默然而住于時太子即就車匿取七寶劒而師子吼過去諸佛爲成就阿耨多羅三藐三菩提故捨棄飾好剃除鬚髮我今亦當依諸佛法作此言已便脱寶冠髻中明珠以與車匿而語之曰以此寶冠及以明珠致王足下汝可爲我上白大王我今不爲生天樂故亦復非不孝順父母亦無忿恨瞋恚之心但以畏彼生老病死爲除斷故來至此耳汝應助我隨喜欣慶勿於吉祥更生悲愁父王若謂我今出家未是時者汝以我語上啓大王老病死至豈有定時人雖少壯焉得免此父王若復而責我言本

要有子當聽出家今未有子云何而去及出宮時不啓聞者汝可爲我具啓父王耶輸陀羅久已有娠王自問之昔勑如此非爲專輒往古有諸轉輪聖王猒國位者入於山林出家求道無有中途還受五欲我今出家亦復如是未成菩提終不還宮内外眷屬皆當於我有恩愛情可以汝辯爲解釋之勿使於我横生憂惱太子又復脱身瓔珞以授車匿而語之言汝可爲我持此瓔珞奉摩訶波闍波提道我今爲斷諸苦本故出宮城求滿此願勿復於我反更生苦又脱身上餘莊嚴具以與耶輸陀羅亦復語言人生於世愛別離苦我今爲欲斷此諸苦出家學道勿以我故恒生愁憂并諸親屬皆亦如是爾時車匿聞此語已倍增悲絶不忍違於太子勑令即便長

跪受取寶冠明珠瓔珞及嚴飾具垂淚而言我聞太子如此志願舉身顫掉設令有人心如木石聞此語者亦當悲感况我生來奉侍太子聞此誓言而不感絶唯願太子捨於此志勿令父王及摩訶波闍波提耶輸陀羅并餘親屬生大悲苦若使決定不迴此意勿於是處而復棄我我今歸依太子足下終不見有違離去理設當還宫王必責我云何獨委太子而歸欲令何言上答大王太子答言汝今不應作如此語世皆離别豈常集聚我生七日而母命終母子尚有死生之别而况餘人汝勿於我偏生戀慕可與揵陟俱還宫也如是再勑猶不肯去爾時太子便以利劒自剃鬚髮即發願言今落鬚髮願與一切斷除煩惱及以習障釋提桓因接髮而去虚空諸天燒香散華異口同音讚言善哉善哉爾時太子剃鬚髮已自見其身所著之衣猶是七寶即心念言過去諸佛出家之法所著衣服不當如此時淨居天於太子前化作獵師身被袈裟太子既見心大歡喜而語之言汝所著衣是寂靜服往昔諸佛之幖幟也云何著此而為罪行獵者答言我著袈裟以誘羣鹿鹿見袈裟皆來近我我得殺之太子又言若如汝説著此袈裟但欲為殺諸鹿故耳非求解脱而服之也我今持此七寶之衣與汝貿易吾服此衣為欲攝救一切衆生斷其煩惱獵者答言善哉如告即脱寶衣而與獵者自被袈裟依過去諸佛所服之法時淨居天還復梵身上昇虚空歸其所止于時空中有異光明車匿見此心生奇特歎未曾有今此瑞

應非爲小緣車匿既見太子剃除鬚髮身著法服定知太子必不可迴悶絶於地倍增煩惱爾時太子而語之言汝今宜應捨此悲慼便還宮城具宣我意太子於是即徐前行車匿歔欷頭面作禮乃至遠望不見太子然後方起擧體顫掉不能自勝顧看犍陟及莊嚴具嗚咽悲哽涕泗交流即牽犍陟執持寶冠嚴身之具車匿號咷犍陟悲鳴緣路而還爾時太子即便前至跋伽仙人所住之處時彼林中有諸鳥獸既見太子皆悉矚目端住不瞬跋伽仙人遥見太子而自念言此是何神爲日月天爲帝釋耶便與眷屬來迎太子深生敬重而作是言善來仁者太子既見諸仙人衆心意柔軟威儀庠序太子即便前其住處諸仙人等無復威光皆悉同來請太子坐

太子坐已觀察彼諸仙人之行或有以草而爲衣者或以樹皮樹葉以衣服者或有唯食草本華果或有一日一食或二日一食或三日一食如是行於自餓之法或事水火或奉日月或翹一脚或卧塵土或有卧於荆棘之上或有卧於水火之側太子既見如此苦行即便問於跋伽仙人汝等今者修此苦行甚爲奇特皆欲求於何等果報仙人答言修此苦行爲欲生天太子又問諸天雖樂福盡則窮輪迴六道終爲苦聚汝等云何修諸苦因以求苦報太子即便心自歎言賓人爲實故入大海王爲國土興師相伐今諸仙人爲生天故修此苦行作是歎已默然而住跋伽仙人即問太子仁者何意默然不言我等所行非眞正耶太子答言汝等所行非不至苦然

求果報終不離苦太子與諸仙人設此議論言語往復乃至日暮太子即便停彼一宿旣至明旦復更思惟此諸仙人雖修苦行皆非解脱眞正之道我今不應止住於此即與仙人辭别欲去時諸仙人白太子言仁者來此我皆歡喜令我人衆威德增盛今者何故而忽欲去爲是我等失於威儀爲此衆中相犯觸耶以何因緣不住於此太子答言非是汝等有如是失賔主之儀亦無所少但汝所修增長苦因我今學道爲斷苦本以此因緣是故去耳諸仙人衆自共議言其所修道極爲廣大云何我等而得留之爾時有一仙人善知相法語衆人言今此仁者諸相具足必當得於一切種智爲天人師即便俱往詣太子所而作是言所學道異不敢相留若欲去者可向北行彼有大仙名阿羅邏迦蘭仁者可往就其語論我觀仁者亦當不必住於彼處於是太子即便北行諸仙人衆見太子去心懷懊惱合掌隨送極望絶視然後乃還爾時太子旣出宫已至於天曉耶輸陁羅及諸婇女從眠而覺不見太子悲號啼泣即便往啓摩訶波闍波提今旦忽失太子所在摩訶波闍波提聞是語已迷悶躃地如是展轉乃至達王王聞此言屹然無聲失其情魄若喪四體舉宫内外皆亦如是時諸大臣即入撿視太子住處案行宫城見城北門自然已開又復不見車匿揵陟即問門司誰開此者互相推撿皆云不知并問防人亦云不解此門開意于時大臣心自思惟北門旣開太子必當從此而出宜速尋覓太子所在即勑千乘萬

騎駱驛四出追求太子以天力故迷失道徑不知所之即便還歸白大王言推尋太子不知所在爾時車匿步牽揵陟及莊嚴具悲泣嗚咽隨路而還舉邑人民見此驚愕無不懊惱悉皆競來問車匿言汝送太子置於何處今與揵陟而獨還耶車匿既得諸人此問倍更悲絶不能答之此諸人民雖見揵陟被帶鞍勒七寶莊嚴不見太子猶若死人飾以華綵於是車匿前入宮城揵陟悲嘶諸廐群馬一時哀鳴外諸官屬白摩訶波闍波提及耶輸陀羅言車匿唯與揵陟俱還聞此言已死轉于地而自念曰今者唯聞車匿揵陟相隨俱還而不聞道太子歸聲摩訶波闍波提即作是言我養太子至年長大一旦捨我不知所在譬如果樹結華成實臨熟落地又如飢人遇百味饌臨欲食之忽然翻倒耶輸陀羅又自言曰我與太子行住坐卧不相遠離今者捨我莫知所趣古昔諸王入山學道皆將妻子不暫相棄世間之人一過相識別不相忘夫婦之情恩愛之深而乃反更如是之薄詰車匿言寧與智者而作怨讎不共愚人以爲親厚汝癡頑人盜送太子置於何處今此釋族不復熾盛又責揵陟汝載太子出此王宮近去之時寂然無聲今者空返何意悲嘶爾時車匿即便答言勿責於我及以揵陟所以者何此是天力非人所爲當於爾夕夫人婇女皆悉惛卧太子勑我令起鞁馬我於爾時以大高聲而諫太子欲使夫人及諸婇女聞此驚悟及鞁揵陟都無覺者城門每開聞四十里當爾之時自然而開又無一聲如此

之事豈非天力出城之時天令諸神手捧馬足并接於我虛空諸天隨從無數我當云何而能止耶時天既曉行三踰闍那至彼跋伽仙人住處又復有奇特異事願聽我說太子旣至跋伽仙人苦行林中卽便下馬手撫馬背并勑於我令還宮城我於此時隨從太子求無歸意太子見遣終不聽住又復就我取七寶劒而自唱言過去諸佛爲成就阿耨多羅三藐三菩提故捨於飾好剃除鬚髮我今亦當依諸佛法唱此言已卽脫寶冠及以明珠悉付我還置王足下又以瓔珞與摩訶波闍波提餘莊嚴具以與耶輸陀羅我於爾時雖聞此誨猶侍左右無有歸情于時太子便以利劒自剃鬚髮天於空中隨接而去卽便前行逢於獵者以身所著七寶妙衣而與獵人貿易袈裟於是虛空有大光明我見太子形服旣變深知其意必不可迴我卽悶絕心大懊惱太子前至跋伽仙人所住之處我便於彼辭別而歸此諸奇特皆是天力非復人事願勿責我及犍陟也時摩訶波闍波提及耶輸陀羅旣聞車匿說此事已心小醒悟默然無聲爾時白淨王悶絕始醒勑喚車匿而語之言汝云何令諸釋種姓生大苦惱我有嚴制勑內外官屬守護太子畏其出家汝復何意輒鞁犍陟而與太子令密去耶車匿聞已生大怖懼而啓王言太子出城實非我咎唯願大王聽我具說卽以寶冠及髻中明珠置王足下太子令我以此冠珠置王足下七寶瓔珞與摩訶波闍波提餘莊嚴具與耶輸陀羅王見諸物倍增悲絕雖復木石猶尚有

感況乃父子恩愛之深車匿具以前事而啓王言太子勑我父王若謂本要有子當聽出家今未有子云何而去臨去之時又不啓者汝可爲我具答父王耶輸陀羅久已有娠王宜問之昔勑如此非爲專輙王聞此言即便遣問耶輸陀羅太子云汝久已有娠實如此不耶輸陀羅即答信言當於大王來此宮時太子指我即覺有娠王聞其語生奇特心憂惱暫歇而自念言我前所以許令有子聽出家者七日之中必無子理轉輪王位自然而至不謂七日未滿而便有娠深自咎悼智慧淺短所爲方便不能住之輕作此約重增悔恨太子神略出人意表今日之事亦復兼是諸大天力我今不應責車匿也時白淨王心自思惟太子出家必不可迴設使更作諸餘方便亦不能留雖復棄國出家學道然已有子不絕種嗣我今應勑耶輸陀羅好令將護所懷之子時白淨王愛念情深語車匿言我今當往尋求太子不知即時定在何許其今既已捨我學道我復何忍獨生獨活便當追逐隨其所在爾時王師及與大臣聞王欲出尋求太子二人俱共來諫王言大王不應自生憂惱所以者何我觀太子見其相貌過去世中久已修習出家之業設復令爲釋提桓因亦當不樂況復今者轉輪王位而能留耶大王不憶太子初生而行七步舉手住言我生已盡是最後身諸梵天王釋提桓因悉來下從如此奇特云何樂世又復白王阿私陀仙音相太子年十九出家學道必當成就一切種智今時既到大王何故而生愁苦又復

大王嚴勑內外守護太子慮恐出家而諸天來導引出城如是之事非復人力唯願大王當生歡喜勿懷愁惱不須自出若憶太子猶不已者我今當與大臣尋求所在王聞此語心自念言我知太子雖不可迴未忍便捨不復追之今當試令師及大臣更一尋也即便答師及大臣言善哉可去舉宮內外心皆苦惱佇遲速還於是王師大臣即便辭出追尋太子

過去現在因果經卷第二

音釋

膂兩舉切脊肉也 膊伯各切擊也 僶俛僶彌盡切俛美辯切僶俛勉強也 痿邕危切痺濕病也 忖取本切思也 慓熾慓卑遥切熾昌志切 號咷號乎刀切咷徒刀切號咷哭聲也 翹祈堯切企也 嘶先齊切馬鳴也 歔欷音虛希歔欷者悲泣氣咽而抽息也

過去現在因果經卷第三

宋三藏求那跋陀羅譯

爾時白淨王發遣王師及大臣已即以太子瓔珞與摩訶波闍波提而語之言此是太子所服瓔珞付車匿還令以與汝摩訶波闍波提見瓔珞已倍增悲絕而自念言四天下人極爲薄福失此明智轉輪聖王又送餘莊嚴具以與耶輸陀羅而語之曰太子以此嚴身之具令持與汝耶輸陀羅既見此物悶絕躃地王又遣人勑耶輸陀羅令自愛敬無使胎子不安隱也爾時王師及以大臣至跋伽仙人苦行林中除去從人及諸儀飾便前仙人所住之處仙人請坐互相問訊於是王師語仙人言我是白淨王師今所以來至於此者彼白淨王足相太子猒惡生老病死之苦出家學道路由此林大仙見不跋伽仙人答王師言我近於此見一童子顏容端正相好具足來入此林共我議論遂經一宿不知乃是王之太子鄙薄我等所修之道從此北行詣彼仙人阿羅邏迦蘭爾時王師大臣聞此言已即便疾往彼仙人所而於中路遥見太子在於樹下端坐思惟相好光明踰於日月即便下馬除却侍衛脫諸儀服前太子所坐於一面互相問訊於是王師白太子言大王見使尋求太子欲有所說太子答言父王遣汝來欲何所道王師即言大王久知太子深樂出家此意難迴然王於太子恩愛情深憂愁盛火常自熾然須太子歸以滅之耳願便迴駕還返宮城雖有物務不令太子全棄道業靜心之處不必山林摩訶波闍波提耶輸陀

羅內外眷屬皆悉没於憂惱大海思太子還而拯救之爾時太子聞王師語以深重聲答王師言我豈不知父王於我恩情深耶但畏生老病死之苦是以來此爲斷除故若令恩愛終日合會又無生老病死苦者我復何爲來至於此我今所以違遠父王欲爲將來和合故耳父王憂愁大火今雖熾然我與父王唯除今生有此一苦將來自當永絕斯患若如汝言令吾處宮修道業者如七寶舍滿中焰火當有人能止此室不如雜毒食設有飢人終不食之我既棄國出家修道云何令我復還宮城修學道也世間之人在大苦中爲小樂故尚復躭湎不能暫捨況我在此極寂靜處無諸苦患而能捐棄還就於惡古昔諸王入山學道無有中路還受欲者父王若欲必令我歸便是違於先王之法爾時王師白太子言誠如太子今之所說然諸仙聖一言未來定有果報一言定無此二仙聖尚不能如未來世中必定有無太子云何欲捨現樂而求未來不定果報生死果報尚不可知決定有無云何乃欲求解脫果唯願太子便還宮也太子答言彼二仙人說未來果一者言有一者言無皆是疑心非決定說我今終不隨順彼教不應以此而見難詰所以者何我今不爲希慕果報而來至此以目所見生老病死必應經之故求解脫免此苦耳令汝不久見我道成我此志願終不可迴還啓父王說如此也爾時太子作此言已即從座起與王師大臣辭別北行詣阿羅邏迦蘭仙人于時王師大臣見太子去啼泣懊惱一者念太

子情深二者奉受王使來太子所而復不能移轉其意徘徊路側不能自返互共議言既被王使而無力効今者空歸云何奉答我等當留所從五人聰明智慧心意柔軟爲性忠直種族强者審令伺察看其進止作此言已顧看其傍見憍陳如等五人而語之言汝等悉能留止此不五人答言善哉如勑進止去來當審伺察即便辯別趣太子所王師大臣還歸宮城爾時太子往彼阿羅邏迦蘭仙人住處度於恒河路由王舍城既入城已諸人民衆見太子顔貌相好殊特歡喜愛敬舉國皆悉奔馳瞻視如是諠譁徹頻毗娑羅王王便驚問此是何聲諸臣答言白淨王太子名薩婆悉達昔諸相師記其應得轉輪王位王四天下又復記其若出家者必當成就一切種智其人今者來入此城外諸人民馳競來看以是之故所以諠鬧時頻毗娑羅王既聞此語心大歡喜踊躍徧身即勑一人令往伺察太子所在使者受勑尋求太子見在般荼婆山於一石上端坐思惟時使即歸具白大王王便嚴駕與諸臣民詣太子所至般荼婆山遥見太子相好光明踰於日月即便下馬除却儀飾及諸侍衛前坐問訊太子四大悉調和不我見太子心甚歡喜然有一悲太子本是日之種姓累世相承爲轉輪王太子今者轉輪王相皆悉具足云何捨之來入深山踐藉沙土遠至此也我見是故所以悲耳太子若以父王今在故欲不取聖王位者當以我國分半治之若謂爲少我當捨國盡以相奉臣事太子若復不取我此國者當給四兵

可自攻伐取他國也太子所欲甚不相違爾時太子聞頻毗娑羅王說此語已深感其意即答王言王之種族本是明月性自高良不爲鄙事所爲所作無不清勝今發是言未足爲奇然我觀王中情懇至倍於前後王今便可於身命財修三堅法亦不應以不堅之法勸獎餘人我今既捨轉輪王位亦復何緣應取王國王以善心捨國與我猶尚不取何緣以兵伐取他國我今所以辭別父母剃除鬚髮捨於國者爲斷生老病死苦故非爲求於五欲樂也世間五欲如大火聚燒諸衆生不能自出云何勸我貪著之耶我今所以來至此者有二仙人阿羅邏迦蘭是求解脫最上導師欲往彼處求解脫道不宜久停在於此也我既違王初始之言喜心賜我勿致嫌恨王今當以正法治國勿枉人民作此言已太子即起而與王別時頻毗娑羅王見太子去深大惆悵合掌流淚而作是言初見太子心大踊躍太子既去倍生悲苦汝今爲於大解脫故而欲去者不敢相留唯願太子所期速果若道成者願先見度太子於是辭別而去時王奉送次於路側極目瞻矚不見乃返爾時太子即便前至彼阿羅邏仙人之所于時諸天語仙人言薩婆悉達棄捨國土辭別父母爲求無上正眞之道欲拔一切衆生苦故今者已來垂至於此時彼仙人既聞天語心大歡喜俄爾之頃遥見太子即出奉迎讚言善來倶還所住請太子坐是時仙人既見太子顏貌端正相好具足諸根恬靜深生愛敬即問太子所行道路得無疲耶太子初生及

以出家又來至此我悉知之能於火聚自覺而出又如大象於罥索中而自免脫古昔諸王盛年之時恣受五欲至於根熟然後方捨國邑樂具出家學道此未足奇太子今者於此壯年能棄五欲遠來至此真爲殊特當勤精進速度彼岸太子聞已即答之曰我聞汝言極爲歡喜汝可爲我說斷生老病死之法我今樂聞仙人答言善哉善哉即便說曰衆生之始始於冥初從於冥初起於我慢從於我慢生於癡心從於癡心生於染愛從於染愛生五微塵氣從五微塵氣生於五大從於五大生貪欲瞋恚等諸煩惱於是流轉生老病死憂悲苦惱今爲太子略言之耳爾時太子即便問曰我今已知汝之所說生死根本復何方便而能斷之仙人答言若欲斷此生死本者先當出家修持戒行謙卑忍辱住空閑處修習禪定離欲惡不善法有覺有觀得初禪除覺觀定生入喜心得第二禪捨喜心得正念具樂根得第三禪除苦樂得淨念入捨根得第四禪獲無想報別有一師說如此處名爲解脫從定覺已然後方知非解脫處離色想入空處滅有對想入識處滅無量識想唯觀一識入無所有處離於種種想入非想非非想處斯處名爲究竟解脫是諸學者之彼岸也太子若欲斷於老病死患者應當修學如此之行爾時太子聞仙人言心不喜樂即自思惟其所知見非究竟處非是永斷諸結煩惱即便語言我今於汝所說法中有所未解今欲相問仙人答言敬從來意即問之曰非想非非想處爲有我耶爲無我耶若

言無我不應言非想非非想若言有我我爲有知我爲無知我若無知則同木石我若有知則有攀緣既有攀緣則有染著以染著故則非解脱汝以盡於麤結而不自知細結猶存以是之故謂爲究竟細結滋長復受下生以此故知非度彼岸若能除我及以我想一切盡捨是則名爲眞解脱也仙人默然心自思惟太子所説甚爲深妙爾時太子復問仙人汝年至幾而出家耶修梵行來復幾許年仙人答言我年十六而便出家修梵行來一百四年太子聞已而心念言出家以來乃如是久而所得法正如此乎于時太子爲求勝法即從座起與仙人别爾時仙人語太子言我久遠來習此苦行而所得果正如此耳汝是王種云何而能修苦行耶太子答言汝所修法非爲苦也别有最苦難行之道仙人既見太子智慧又觀志意堅固不虧知決定成一切種智白太子言汝若道成願先度我於是太子答言善哉次至迦蘭所住之處論議問答亦復如是太子即便前路而去時二仙人見太子去各心念言太子智慧深妙奇特乃爾難測合掌奉送絶視方還爾時太子調伏阿羅邏迦蘭二仙人已即便前進伽闍山苦行林中是憍陳如等五人所止住處即於尼連禪河側静坐思惟觀衆生根宜應六年苦行而以度之思惟是已便修苦行於是諸天奉獻麻米太子爲求正眞道故淨心守戒日食一麻一米設有乞者亦以施之爾時憍陳如等五人既見太子端坐思惟修於苦行或日食一麻或日食一米或復二日乃至七

日食一麻米時憍陳如等亦修苦行供奉太子不離其側既見此已即遣一人還白王師及以大臣具說太子所行之事爾時王師大臣俱還宮門顏貌愁悴身形萎熟猶如有人喪其所親葬送既畢抑忍而歸時守門者而白王言師與大臣今在門外王既聞已氣奔聲絶身首裁動時守門人解王此意即呼令前王與相見悲不能言如是良久微聲而問太子既是我之性命卿等今者獨作此歸我之性命云何而存王師答言我奉王勑尋求太子便至跋伽仙人住處訪覓太子仙人語我太子所在并說太子所言之事我便前行而於中路遇見太子在於樹下端坐思惟相好光明踰於日月即向太子具說大王摩訶波闍波提及耶輸陀羅憂苦之情太子即以深重之聲而見答言我豈不知父王親戚恩情深耶但畏生死愛別離苦爲欲斷除故來此耳如是種種言詞所說志意堅固如須彌山不可移動捨我而去如棄草芥爾時即便選擇五人隨從給侍伺察所在所遣人中有一人還說言太子當至阿羅邏迦蘭仙人之所路由恒河以天神力而得度水至王舍城時頻毗娑羅王來詣太子方便譬說不應出家分國共治及以全與并欲與兵令伐他國太子亦復皆悉不受即又前行達仙人所而爲說法降伏其心又至伽闍山苦行林中尼連禪河側靜坐思惟日食一麻一米爾時白淨王聞王師大臣說彼使人如此語已心大悲惱舉體顫掉身毛皆竪即語王師及大臣言太子遂捨轉輪王位父母親屬恩愛之樂

遠在深山修此苦行我今薄福生失如此珍寶之子王即復以使人所言向摩訶波闍波提及耶輸陀羅而爲說之時白淨王即便嚴駕五百乘車摩訶波闍波提及耶輸陀羅亦復相與辦五百乘一切資生皆悉具足即喚車匿而語之言汝送太子遠放深山今復令汝領此千乘載致資粮送與太子隨時供養勿使乏少盡更來請車匿受勑即領千乘疾速而去至太子所見形消瘦皮骨相連血脉悉現如波羅奢華頭面禮足悶絶於地良久乃起銜淚而言大王憶念太子不捨日夜今故遣我領此千乘載資生具以餉太子于時太子答車匿言我違父母及捨國土遠來在此爲求至道云何當復受此餉耶爾時車匿聞此語已心自思惟太子今者既不肯受如此資供我當別覓一人領此千乘還歸王所我住於此奉事太子即差一人領車而去於是車匿密侍太子不離晨昏爾時太子心自念言我今日食一麻一米乃至七日食一麻米身形消瘦有若枯木修於苦行垂滿六年不得解脱故知非道不如昔在閻浮樹下所思惟法離欲寂靜是最眞正今我若復以此羸身而取道者彼諸外道當言自餓是般涅槃因我今雖復節節有那羅延力亦不以此而取道果我當受食然後成道作是念已即從座起至尼連禪河入水洗浴洗浴既畢身體羸瘠不能自出天神來下爲案樹枝得攀出池時彼林外有一牧牛女人名難陀波羅時淨居天來下勸言太子今者在於林中汝可供養女人聞已心大歡喜于時地中自然

而生千葉蓮華上有乳糜女人見此生奇特心即取乳糜至太子所頭面禮足而以奉上太子即便受彼女施而呪願之今所施食欲令食者得充氣力當使施家得色得力得捨得喜安樂無病終保年壽智慧具足太子即復作如是言我爲成熟一切衆生故受此食呪願訖已即受食之身體光悅氣力充足堪受菩提爾時五人旣見此事驚而怪之謂爲退轉各還所住菩薩獨行趣畢波羅樹自發願言坐彼樹下我道不成要終不起菩薩德重地不能勝于時步步地爲震動出大音聲爾時盲龍聞地動響心大歡喜兩目開明曾見先佛有此瑞應作是念已從地涌出禮菩薩足時有五百青雀飛騰虛空右遶菩薩雜色瑞雲及以香風而隨映拂爾時盲龍以偈讃曰

菩薩足踐處　地皆六種動　發大深遠音
我聞眼開明　又見虛空中　青雀遶菩薩
瑞雲極鮮映　香風甚清涼　此等諸瑞相
悉同過去佛　以是知菩薩　必定成正覺

於是菩薩即自思惟過去諸佛以何爲座成無上道即便自知以草爲座釋提桓因化爲凡人執淨軟草菩薩問言汝名何等答名吉祥菩薩聞之心大歡喜我破不吉以成吉祥菩薩又言汝手中草此可得不於是吉祥即便授草以與菩薩因發願言菩薩道成願先度我菩薩受已敷以爲座而於草上結跏趺坐如過去佛所坐之法而自誓言不成正覺不起此座我亦如是發此誓時天龍鬼神皆悉歡喜清涼好風從四方來禽獸息響樹不

鳴條遊雲飛塵皆悉澄淨知是菩薩必成道相爾時菩薩在於樹下發誓言時天龍八部皆悉歡喜於虛空中踊躍讚歎時第六天魔王宮殿自然動搖於是魔王心大懊惱精神躁擾聲味不御而自念言沙門瞿曇今在樹下捨於五欲端坐思惟不久當成正覺之道其道若成廣度一切超越我境及道未成往壞亂之爾時魔子薩陀見父慘悴而往白言不審父王何故憂慼魔王答言沙門瞿曇今在樹下其道將成超越於我今欲壞之魔子即便前諫父言菩薩清淨超出三界神通智慧無不明了天龍八部咸共稱讚此非父王所能摧屈不煩造惡自招禍咎魔王三女形容儀貌極爲端正妖冶巧媚善能惑人於天女中最爲第一熏以名香佩好瓔珞一名染欲二名能悅人三名可愛樂三女俱前白其父言不審今者何故憂愁父即寫心語諸女言世間今有沙門瞿曇身被法鎧執自在弓鏃智慧箭欲伏衆生壞我境界我若不如衆生信彼皆悉歸依我土則空是故愁耳及未成道欲往摧挫壞其橋梁於是魔王手執强弓又持五箭男女眷屬俱時往彼畢波羅樹下見於牟尼寂然不動欲度生死三有之海爾時魔王左手執弓右手調箭語菩薩言汝刹利種死甚可畏何不速起宜應修汝轉輪王業捨出家法習於施會得生天樂此道第一先聖所行汝是刹利轉輪王種而爲乞士此非所應今若不起但好安坐勿捨本誓我試射汝一放利箭苦行仙人聞我箭聲莫不驚怖惛迷失性況汝瞿曇能堪此毒汝若速

起可得安全魔説是語以怖菩薩菩薩怡然不驚不動魔王即便挽弓放箭并進天女菩薩爾時眼不視箭箭停空中其鏃向下變成蓮華時三天女白菩薩言仁者至德人天所敬應有供侍我等今者年在盛時天女端正無踰我者天今遣我以相供給晨昏寢卧願侍左右菩薩答言汝植小善得爲天身不念無常而作妖媚形體雖美而心不端婬惑不善死必當墮三惡道中受鳥獸身免之甚難汝等今者欲亂定意非清淨心今便可去吾不相須時三天女變成老姥頭白面皺齒落垂涎肉消骨立腹大如鼓拄杖羸步不能自復魔王既見如是堅固心自思惟我昔曾於雪山之中射摩醯首羅即便恐懼退其善心而今不辯動於瞿曇既非比箭及我三女所能移轉今生憂恚當復更作他餘方便即以軟語誘菩薩言汝若不樂人間受樂今者便可上昇天宫我捨天位及五欲具悉持與汝菩薩答言汝於先世修少施因今故得爲自在天王此福有期要還下生沉溺三塗出濟甚難此爲罪因非我所須魔語菩薩我之果報是汝所知汝之果報誰復知者菩薩答言我之果報唯此地知説此語已于時大地六種震動於是地神持七寶瓶滿中蓮華從地涌出而語魔言菩薩昔以頭目髓腦以施於人所出之血浸潤大地國城妻子象馬珍寶而用布施不可稱計爲求無上正真之道以是之故汝今不應惱亂菩薩魔聞是已心生怖懼身毛皆竪時彼地神禮菩薩足以華供養忽然不現爾時魔王即自思惟我以强弓

利箭并及三女兼以方便和言誘之不能壞亂此瞿曇心今當更設諸種方便廣集軍衆以力迫愶作是念時其諸軍衆忽然來至充滿虛空形貌各異或執戟操劒頭戴大樹手執金杵種種戰具皆悉備足或猪魚驢馬師子龍頭熊羆虎兕及諸獸頭或一身多頭或面各一目或衆多目或大腹長身或羸瘦無腹或長脚大膝或大脚肥腨或長牙利爪或頭在胷前或兩足多身或大面傍面或色如灰土或身放烟焰或象耳擔山或被髮裸形或復面色半赤半白或脣垂至地或上褰覆面或身著虎皮或師子蛇皮或蛇遍纏身或頭上火然或瞋目怒臂或傍行跳躑或空中旋轉或馳步吼嚇有如是等諸惡類形不可稱數圍遶菩薩或復有欲裂菩薩身或四方烟起炎焰衝天或狂風奮發震動山谷風火烟塵暗無所見四大海水一時涌沸護法天人諸龍鬼等悉忿魔衆瞋恚增盛毛孔血流淨居天衆見此惡魔惱亂菩薩以慈悲心而愍傷之於是來下則塞虛空見魔軍衆無量無邊圍遶菩薩發大惡聲震動天地菩薩心定顏無異相猶如師子處於鹿羣皆悉歎言嗚呼奇哉未曾有也菩薩決定當成正覺是諸魔衆互相催切各盡威力摧破菩薩或角目切齒或橫飛亂擲菩薩觀之如童子戲魔益忿懟更增戰力菩薩以慈悲力故令抱石者不能勝舉其勝舉者不能得下飛刀舞劒停於空中雷電雨火成五色華惡龍吐毒變成香風諸惡類形欲毀菩薩不能得動魔有姊妹一名彌伽二名迦利各各以手執髑髏

器在菩薩前作諸異狀惱亂菩薩是諸魔衆種種醜身欲怖菩薩終不能動菩薩一毛魔益憂愁空中有神名曰負多隱身而言我於今者見牟尼尊心意泰然無怨恨想是諸魔衆起於毒心於無怨處而横生忿是癡惡魔徒自疲勞永無所得今日宜應捨恚害心汝口乃可吹須彌山令其崩倒火可令冷水可令熱地性堅强可令柔軟汝不能壞菩薩歴劫修習善果正思惟定精勤方便淨智慧光此四功德無能斷截爲作留難不成正覺如千日照必能除闇鑽木得火穿地得水精勤方便無求不得世間衆生没於三毒無有救者菩薩慈悲求智慧藥爲世除患汝今云何而惱亂之世間衆生癡惑無智悉著邪見今設法眼修習正路欲導衆生汝今云何惱亂導師是則不可譬如在於曠野之中而欲欺誑賈人導師衆生墮大黒闇之中茫然不知所止住處菩薩爲然大智慧燈汝今云何欲吹令滅衆生今者没生死海菩薩爲修智慧寶船汝今云何欲令沉溺忍辱爲芽堅固爲根無上大法以爲大果汝今云何而欲攻伐貪恚癡鎖縛諸衆生菩薩苦行欲爲解之今日決定於此樹下結跏趺坐成無上道此地乃是過去諸佛金剛之座餘方悉轉斯處不動堪受妙定非汝所摧汝今宜應生欣慶心息憍慢意修知識想而奉事之是時魔王聞空中聲又見菩薩恬然不異魔心慙愧捨離憍慢即便復道還歸天宮羣魔憂慼悉皆崩散情意沮悴無復威武諸鬪戰具縱横林野當於惡魔退散之時菩薩心淨湛然不動天

無烟霧風不搖條落日停光倍更明盛澄月映徹衆星爍朗幽隱闇瞑無復障礙虛空諸天雨妙華香作衆妓樂供養菩薩爾時菩薩以慈悲力於二月七日夜降伏魔已放大光明即便入定思惟眞諦於諸法中禪定自在悉知過去所造善惡從此生彼父母眷屬貧富貴賤壽夭長短及名姓字皆悉明了即於衆生起大悲心而自念言一切衆生無救濟者輪迴五道不知出津皆悉虛僞無有眞實而於其中橫生歡樂作是思惟至初夜盡爾時菩薩既至中夜即得天眼觀察世間皆悉徹見如明鏡中自覩面像見諸衆生種類無量死此生彼隨行善惡受苦樂報見地獄中拷治衆生或鎔銅灌口或抱銅柱或卧鐵牀或以鐵鑊而煎煑之或於火上而加串炙或爲虎狼鷹犬所食或有避火依於樹下樹葉墜落皆成刀劒割截其身或以斧鋸解剔肢體或擲熱沸灰河之中或復擲於糞屎坑中受如是等種種諸苦以業報故命終不死菩薩既見如此事已而心思惟此等衆生本造惡業爲世樂故而今得果極爲大苦若人有見如此惡報無復更應作不善想爾時菩薩復觀畜生隨種種行受雜醜形或復有爲骨肉筋角皮牙毛羽而受殺者或復爲人負荷重擔飢渴乏極人無知者或穿其鼻或鉤其首常以身肉而供於人還與其類更相食噉受於如是種種之苦菩薩既見生大悲心即自思惟斯等衆生恒以身力而供於人又加楚撻飢渴之苦皆是本修惡行果報爾時菩薩次觀餓鬼見其恒居黑闇之中未曾暫覩

日月之光還是其類亦不相見受形長大腹如太山咽頸若針口中恒有大火熾然常爲飢渴之所燋迫千億萬歲不聞食聲設值天雨灑其身上變爲火珠或時遇臨江海河池水即化爲熱銅燋炭動身舉歩聲如人牽五百乘車肢體節節皆悉火然菩薩既見受如是等種種諸苦起大悲心而自思惟斯等皆爲本造慳貪積財不施故令今者受斯罪報若人見彼受此苦痛宜應惠施勿生悋惜設使無財亦應割肉以用施人爾時菩薩次復觀人見從中陰始欲入胎父母和合以顛倒想起於愛心即以不淨而爲已身既處胎已在於生熟二臟之間熏炙身體如地獄苦至滿十月然後方生初生之時而爲外人之所抱執麤澀苦痛如被刀劒如是不久復歸老死更爲嬰兒輪轉五道不能自悟菩薩見已起大悲心而自思惟衆生皆有如斯之患云何於中躭著五欲横計爲樂而不能斷顛倒根本爾時菩薩次觀諸天見彼天子其身清淨不受塵垢如眞瑠璃有大光明兩目不瞬或有居在須彌山頂或復居在須彌四鎮或復居在虛空之中心常歡悦無不適事奏天美樂以自娛樂不識晝夜四方諸趣無不絶妙視東躭著彌歲忘轉瞻西躭湎經年不迴乃至南北皆亦如是飲食衣服應念即至雖有如此適意之事猶爲欲火之所煎燋又見彼天福盡之時五死相現一者頭上華萎二者眼瞬三者身上光滅四者腋下汗出五者自然離於本座其諸眷屬見天子身五死相現心生戀慕天子亦復自見已身有五死相

又見眷屬戀慕於己當爾之時生大苦惱菩薩既見彼諸天子有如此事起大悲心而自思惟此諸天子本修少善得受天樂果報將盡生大苦惱既命終已捨彼天身或有墮於三惡道中本造善行爲求樂報而今所得少樂多苦譬如飢人噉雜毒食初雖爲美終成大患云何智者貪樂此耶色無色界諸天不見壽命長短便謂常樂既見變壞生大苦惱即起邪見謗無因果以此事故輪迴三塗備受諸苦菩薩以天眼力觀察五道起大悲心而自思惟三界之中無有一樂如是思惟至中夜盡爾時菩薩至第三夜觀衆生性以何因緣而有老死即知老死以生爲本若離於生則無老死又復此生不從天生不從自生非無緣生從因緣生因於欲有色有無色有業生又觀三有業從何而生即知三有業從四取生又觀四取從何而生即知四取從愛而生又復觀愛從何而生即便知愛從受而生又復觀受從何而生即便知受從觸而生又復觀觸從何而生即便知觸從六入生又觀六入從何而生即知六入從名色生又觀名色從何而生即知名色從識而生又復觀識從何而生即便知識從行而生又復觀行從何而生即便知行從無明生若滅無明則行滅行滅則識滅識滅則名色滅名色滅則六入滅六入滅則觸滅觸滅則受滅受滅則愛滅愛滅則取滅取滅則有滅有滅則生滅生滅則老死憂悲苦惱滅如是逆順觀十二因緣第三夜分破於無明明相出時得智慧光斷於習障成一切種智爾時如來心自思

惟八正聖道是三世諸佛之所履行趣般涅槃路我今已踐智慧通達無所罣礙于時大地十八相動遊雲飛塵皆悉澄淨天鼓自然而發妙聲香風徐起柔軟清涼雜色瑞雲降甘露雨園林華果榮不待時又雨曼陀羅華摩訶曼陀羅華曼殊沙華摩訶曼殊沙華金華銀華瑠璃等華七寶蓮華繞菩提樹滿三十六踰闍那是時諸天作天妓樂散華燒香歌唄讚歎執天寶蓋及以幢旛充塞虛空供養如來龍神八部所設供養亦復如是當爾之時一切衆生皆悉慈愛無瞋害想歡喜踊躍如見聖跡無怖畏情其心調柔離憍慢意亦無慳嫉諂誑之心五淨居天離喜樂相亦皆歡悅不能自勝地獄苦痛暫得休息生大歡喜一切畜生相食噉者無復惡心餓鬼飽滿無飢渴想世界之中幽闇之處日月威光所不能照而皆大明其中衆生悉得相見各作是言此中云何忽有衆生大聖法王出興於世以大法光破非法闇故令一切皆悉明朗甘蔗先王棄國學道得五通仙又行十善得生天者皆乘神通到菩提樹在虛空中歡喜合掌而讚歎言於我甘蔗種族之中能斷諸漏成一切智爲世間眼甚爲奇特一切莫不歡喜踊躍唯有魔王心獨憂愁爾時如來於七日中一心思惟觀於樹王而自念言我在此處盡一切漏所作已竟本願成滿我所得法甚深難解唯佛與佛乃能知之一切衆生於五濁世爲貪欲瞋恚愚癡邪見憍慢諂曲之所覆障薄福鈍根無有智慧云何能解我所得法今我若爲轉法輪者彼必迷惑不

能信受而生誹謗當墮惡道受諸苦痛我寧默然入般涅槃爾時如來以偈頌曰

聖道甚難登　智慧果難得　我於此難中
皆悉已能辦　我所得智慧　微妙最第一
衆生諸根鈍　著樂癡所盲　順於生死流
不能反其源　如斯之等類　云何而可度

爾時如來作此念已大梵天王見於如來聖果已成默然而住不轉法輪心懷憂惱即自念言世尊昔於無量億劫爲衆生故久在生死捨國城妻子頭目髓腦備受衆苦始於今者所願滿足成阿耨多羅三藐三菩提云何默然而不說法衆生長夜沉没生死我今當往請轉法輪作是念已即發天宮猶如壯士屈伸臂頃至如來所頭面禮足遶百千帀却住一面胡跪合掌而白佛言世尊往昔爲衆生故久住生死捨身頭目以用布施備受諸苦廣修德本始於今者成無上道云何默然而不說法衆生長夜没溺生死墮無明暗出期甚難然有衆生過去世時親近善友植諸德本堪任聞法受於聖道唯願世尊爲斯等故以大悲力轉妙法輪釋提桓因乃至他化自在天亦復如是勸請如來爲諸衆生轉大法輪爾時世尊答大梵王及釋提桓因等言我亦欲爲一切衆生轉於法輪但所得法微妙甚深難解難知諸衆生等不能信受生誹謗心墮於地獄我今爲此故默然耳時梵天王等乃至三請爾時如來至滿七日默然受之梵天王等知佛受請頭面禮足各還所住爾時世尊受梵王等請已又於七日而以佛眼觀諸衆生上中下根及諸煩惱亦下中上

滿二七日爾時世尊又復思惟我今當開甘露法門誰應在先而得聞者阿羅邏仙人聰慧易悟又先發願道成度我作是念時空中有言阿羅邏仙人昨夜命終爾時世尊即復答彼空中聲言我亦知其昨夜命終又自思惟迦蘭仙人利根明了亦應先聞空中又言迦蘭仙人昨夜命終爾時世尊即復答言我亦知其昨夜命終爾時世尊又自思惟彼王師大臣所遣憍陳如等五人瞻視我者皆悉聰明又過去世於我發願應先聞法我今宜當爲此五人先開法門又自思惟古昔諸佛轉法輪處皆悉在於波羅奈國鹿野苑中仙人住處又此五人所止住處亦在於彼我今應往至其住處轉大法輪思惟是已即從座起詣波羅奈國爾時有五百賈人二人爲主一名跋陀羅斯那二名跋陀羅利行過曠野時有天神而語之言有如來應供正遍知明行足善逝世間解無上士調御丈夫天人師佛世尊出興於世最上福田汝今宜應最前設供時彼賈人聞天語已即答之曰善哉如告又問天言世尊今者爲在何許天又報言世尊不久當來至此於是如來與無量諸天前後導從到多謂婆跋利村時彼賈人既見如來威相莊嚴又見諸天前後圍遶倍生歡喜即以蜜麨而奉上佛爾時世尊心自思惟過去諸佛用鉢多羅而以盛食時四天王知佛心念各持一鉢來至佛所而以奉上於是世尊而自念言我今若受一王鉢者餘王必當生於恨心即便普受四王之鉢累置掌上按令成一使四際現爾時世尊即便呪願今

所布施欲令食者得充氣力當令施者得色得力得捨得喜安快無病終保年壽諸善鬼神恒隨守護飯食布施斷三毒根將來當獲三堅法報聰明智慧篤信佛法在在所生正見不昧現世之中父母妻子親戚眷屬皆悉熾盛無諸災怪不吉祥事門族之中若有命過墮惡道者當令以今所施之福還生人天不起邪見增進功德常得奉近諸佛如來得聞妙說見諦得證所願具足爾時世尊呪願訖已即便受食食既畢竟澡漱洗鉢即授賓人三歸一歸依佛二歸依法三歸依將來僧授三歸竟因與之别而便前行威儀庠序步若鵝王路逢外道名優波伽既見如來相好莊嚴諸根寂定歎爲奇特即說偈言

世間諸衆生　皆爲三毒縛　諸根又輕躁
馳蕩於外境　而今見仁者　諸根極寂靜
必到解脫地　決定無有疑　仁者所學師
其姓字何等

爾時世尊以偈答曰

我今已超出　一切衆生表　微妙深遠法
我今已具知　三毒五欲境　永斷無餘習
如蓮華在水　不染濁水泥　自悟八正道
無師無等侶　以清淨智慧　降伏大力魔
今得成正覺　堪爲天人師　身口意滿足
故號爲牟尼　欲赴波羅柰　轉甘露法輪
是天人魔梵　所可不能轉

爾時優波伽聞此偈言心生歡喜歎未曾有合掌恭敬圍遶而去迴顧瞻矚不見乃止爾時世尊即復前行次到阿闍婆羅水側日暮止宿而便入定當於爾時七日風雨時彼水

中有大龍王名目眞鄰陀見佛入定即以其身圍遶七帀滿七日已時彼龍王化爲人形頭面禮足而白佛言世尊在此七日之中不至乃甚患風雨耶爾時世尊以偈答曰

諸天及世人　所歡於五欲　比我禪定樂
不可爲譬喻

時彼龍王聞佛此偈歡喜踊躍頭面禮足還歸所止爾時世尊即復前行往波羅柰國至憍陳如摩訶那摩跋波阿捨婆闍跋陀羅闍所止住處時彼五人遥見佛來共相謂言沙門瞿曇棄捨苦行而還退受飲食之樂無復道心今既來此我等不煩起迎之也亦勿作禮敬問所須爲敷坐處若欲坐者自隨其意作此語竟而各默然爾時世尊來既至已五人不覺各從座起禮拜奉迎互爲執事或復有爲持衣鉢者或有取水供盥漱者或復有爲澡洗脚者各違本誓猶故稱佛以爲瞿曇爾時世尊語憍陳如言汝等共約見我不起今者何故違先所誓而即驚起爲我執事時彼五人聞佛此語深生慙愧即前白言瞿曇行道得無疲倦爾時世尊語五人言汝等云何於無上尊而以高情稱喚姓耶我心如空於諸毀譽無所分别但汝憍慢自招惡報譬如有子稱父母名於世儀中猶尚不可況我今是一切父母時彼五人又聞此語倍生慙愧而白佛言我等愚癡無有智慧不知今者已成正覺所以者何往見如來日食麻米苦行六年而今還受飲食之樂我以是故謂不得道爾時世尊語憍陳如言汝等莫以小智輕量我道成與不成何以故形在苦者心則

惱亂身在樂者情則樂著是以苦樂兩非道因譬如鑽火澆之以水則必無有破暗之照鑽智慧火亦復如是有苦樂水慧光不生以不生故不能滅於生死黒障今者若能棄捨苦樂行於中道心則寂定堪能修彼八正聖道離於生老病死之患我已隨順中道之行得成阿耨多羅三藐三菩提時彼五人旣聞如來如此之言心大歡喜踊躍無量瞻仰尊顏目不暫捨爾時世尊觀五人根堪任受道而語之言憍陳如汝等當知五盛陰苦生苦老苦病苦死苦愛別離苦怨憎會苦所求不得苦失榮樂苦憍陳如有形無形無足一足二足四足多足一切衆生無不悉有如此苦者譬如以灰覆於火上若遇乾草還復燒然如是諸苦由我爲本若有衆生起微我想還復更受如此之苦貪欲瞋恚及以愚癡皆悉縁我根本而生又此三毒是諸苦因猶如種子能生於芽衆生以是輪迴三有若滅我想及貪瞋癡諸苦亦皆從此而斷莫不悉由彼八正道如人以水澆於盛火一切衆生不知諸苦之根本者皆悉輪迴在於生死憍陳如苦應知集當斷滅應證道當修憍陳如我已知苦已斷集已證滅已修道故得阿耨多羅三藐三菩提是故汝今應當知苦斷集證滅修道若人不知四聖諦者當知是人不得解脱四聖諦者是眞是實是苦實是苦集實是集滅實是滅道實是道憍陳如汝等解未憍陳如言解已世尊知已世尊以於四諦得解知故故名阿若憍陳如當佛三轉四諦十二行法輪時阿若憍陳如於諸法中遠塵離垢

得法眼淨時虛空中八萬那由他諸天亦離塵垢得法眼淨爾時地神見於如來在其境界而轉法輪心大歡喜高聲唱言如來於此轉妙法輪虛空天神旣聞此言又生踊躍展轉唱聲乃至阿迦膩咤天諸天聞已欣悅無量高聲唱言如來今日於波羅㮈國鹿野苑中仙人住處轉大法輪一切世間天人魔梵沙門婆羅門所不能轉爾時大地十八相動天龍八部於虛空中作衆伎樂天鼓自鳴燒衆名香散諸妙華寶幢旛蓋歌唄讚歎世界之中自然大明阿若憍陳如於弟子中以始悟故爲第一弟子時彼摩訶那摩等四人聞佛轉法輪已阿若憍陳如獨悟道跡心自念言世尊若更爲我說法我等亦當復得悟道作此念已瞻仰尊顏目不暫捨爾時世尊知四人念即便重爲廣說四諦于時四人於諸法中亦離塵垢得法眼淨時彼五人見道跡已頂禮佛足而白佛言世尊我等五人已見道跡已證道跡我等今者欲於佛法出家修道唯願世尊慈愍聽許於時世尊喚彼五人善來比丘鬚髮自落袈裟著身即成沙門爾時世尊問彼五人汝等比丘知色受想行識爲是常爲無常耶爲是苦爲非苦耶爲是空爲非空耶爲有我爲無我耶時五比丘聞佛說是五陰法已漏盡意解成阿羅漢果即便答言世尊色受想行識實是無常苦空無我於是世間始有六阿羅漢佛阿羅漢是爲佛寶四諦法輪是爲法寶五阿羅漢是爲僧寶如是世間三寶具足爲諸天人第一福田

過去現在因果經卷第三

音釋

獎子兩切縱臾之也　罥規縣切綱也　餉式亮切饋也　羸瘠羸倫為切瘠秦昔切羸瘠瘦弱也　鎧可亥切甲也　鏃作木切箭鏃也　慴迮業切以威力相恐也　裸郎果切赤體也　躑直炙切躑躅也　嚇郝格切怒也　⿰土則塞⿰土則察色切遏遮也塞悉則切充滿也　懟徒對切怨也　丳炙丳楚限切燔肉器也炙之石切炮肉也　剔他歷切解也　唄薄邁切梵音也

過去現在因果經卷第四

宋三藏求那跋陀羅譯

爾時有長者子名曰耶舍聰明利根極大巨
富閻浮提中最爲第一服天冠瓔珞著無價
之寶屐其於中夜與諸妓女相娛樂已各還
寢息忽從眠覺見諸妓女或有伏卧或有仰
眠頭髮蓬亂涎唾流出樂器服玩顛倒縱横
既見是已生猒離心而自念言我今在此穴
怪之内於不淨中妄生淨想作是念時以天
力故空中光明門自然開尋光而去趣鹿野
苑路由恒河高聲唱言苦哉怪哉佛言耶舍
汝便可來我此今有離苦之法耶舍聞已所
著寶屐價直閻浮提即便脱之度於恒河往
詣佛所見三十二相八十種好顏容挺特威
德具足心大歡喜踊躍無量五體投地頂禮
佛足唯願世尊救濟於我佛言善哉善男子
諦聽諦聽善思念之如來即便隨順其根而
爲説法耶舍色受想行識無常苦空無我汝
知之不是時耶舍聞説此語即於諸法遠塵
離垢得法眼淨於是如來重説四諦漏盡意
解心得自在成阿羅漢果即答佛言世尊色
受想行識實是無常苦空無我爾時如來猶
見耶舍著嚴身具即説偈言

雖復處居家　服寶嚴身具　善攝諸情根
猒離於五欲　若能如此者　是爲眞出家
雖身在曠野　服食於麤澀　意猶貪五欲
是爲非出家　一切造善惡　皆從心想生
是故眞出家　皆以心爲本

爾時耶舍既聞如來説此偈已心自念言世
尊所以説此偈者正當以我猶著七寶我今

宜應脫如此服即便禮足而白佛言唯願世尊聽我出家佛言善來比丘髮鬚自落袈裟著身即成沙門爾時耶舍父既至天曉求覓耶舍不知所在心大懊惱悲號涕泣緣路推尋到恒河側見其子屐心自思惟我子正當從此道去即尋其跡至於佛所爾時世尊知其爲子故來至此若使即得見耶舍者必生大苦或能命終便以神力隱耶舍身其父即便前到佛所頭面禮足退坐一面於是如來即隨其根而爲說法善男子色受想行識無常苦空無我汝知之不時耶舍父聞說此言即於諸法遠塵離垢得法眼淨而荅佛言世尊色受想行識實是無常苦空無我爾時如來既已知其見於道跡恩愛漸薄而問之言汝何因緣而來至此其即荅言我有一子名

曰耶舍昨夜之中忽失所在今但推求見其寶屐在恒河側追尋之跡故來至此爾時世尊攝其神力其父即便得見耶舍心大歡喜語耶舍言善哉善哉汝爲此事眞實快也既能自度又能度他汝今在此故令我來得見道跡即於佛前受三自歸於是閻浮提中唯此長者爲優婆塞最初獲得供養三寶爾時又有耶舍朋類五十長者子聞佛出世又聞耶舍於佛法中出家修道各自念言世間今者有無上尊長者子耶舍聰慧辯了才藝兼人乃能捨其豪族棄五欲樂毀形守志而爲沙門我等今者復何顧戀不出家耶作是念已共詣佛所未至之間遥見如來相好殊特光明赫弈心大歡喜舉體清涼敬情轉至即前佛所合掌圍遶頭面禮足諸長者子宿植

德本聰達易悟如來即便隨其所應而爲說法善男子色受想行識無常苦空無我汝知之不說此語已諸長者子於諸法中遠塵離垢得法眼淨即答佛言世尊色受想行識實是無常苦空無我唯願世尊聽我出家佛言善來比丘鬚髮自落袈裟著身即成沙門爾時世尊又爲廣說四諦時五十比丘漏盡意解得阿羅漢果爾時始有五十六阿羅漢是時如來告諸比丘汝等所作已辦堪爲世間作上福田宜各遊方教化以慈悲心度諸衆生我今亦當獨往摩竭提國王舍城中度諸人民諸比丘言善哉世尊爾時比丘頭面禮足各持衣鉢辤别而去爾時世尊即便思惟我今應度何等衆生而能廣利一切人天唯有優樓頻螺迦葉兄弟三人在摩竭提國學於仙道國王臣民皆悉歸信又其聰明利根易悟然其我慢亦難摧伏我今當往而度脱之思惟是已即發波羅㮈趣摩竭提國日將昏暮往優樓頻螺迦葉住處于時迦葉忽見如來相好莊嚴心大歡喜而作是言年少沙門從何所來佛即答言我從波羅㮈國當詣摩竭提日既晚暮欲寄一宿迦葉又言寄宿止者甚不相違但諸房舍悉弟子住唯有石室極爲潔淨我事火具皆在其中此寂靜處可得相容然有惡龍居在其内恐相害耳佛又答言雖有惡龍但以見借迦葉又言其性兇暴必當相害非是有惜佛又答言但以見借必無辱也迦葉又言若能住者便自隨意佛言善哉即於其夕而入石室結跏趺坐而入三昧爾時惡龍毒心轉盛舉體烟出世尊

即入火光三昧龍知是已火焰衝天焚燒石室迦葉弟子先見此火而還白師彼年少沙門聰明端嚴今爲龍火之所燒害迦葉驚起見彼龍火心懷悲傷即勑弟子以水澆之水不能滅火更熾盛石室融盡爾時世尊身心不動容顏怡然降彼惡龍使無復毒授三歸依置於鉢中至天明已迦葉師徒俱往佛所年少沙門龍火猛烈將無爲此之所傷耶沙門借室我昨所以不相與者正爲此耳佛言我内清淨終不爲彼外灾所害彼毒龍者今在鉢中即便舉鉢以示迦葉迦葉師徒見於沙門處火不燒降惡毒龍置於鉢中歎未曾有語弟子言年少沙門雖復神通然故不如我道眞也爾時世尊語迦葉言我今方欲停止此處迦葉答言善哉隨意是時如來於第

二夜坐一樹下時四天王夜來佛所而共聽法各放光明照踰日月迦葉夜起遥見天光在如來側語弟子言年少沙門亦事於火至明日曉往詣佛所問言沙門汝事火耶佛言不也有四天王夜來聽法是其光耳於是迦葉語弟子言年少沙門有大神德然故不如我道眞也至第三夜釋提桓因來下聽法放大光明如日初昇迦葉弟子遥見天光在如來側而白師言年少沙門定事火也至於明日往詣佛所問沙門言汝定事火佛言不也釋提桓因來下聽法是其光耳于時迦葉語弟子言年少沙門神德雖盛然故不如我道眞也至第四夜大梵天王來下聽法放大光明如日正中迦葉夜起見有光明在如來側沙門必定事於火也明日問佛汝定事火佛

言不也大梵天王夜來聽法是其光耳於是迦葉心自念言年少沙門雖復神妙然故不如我道眞也爾時迦葉五百弟子各事三火於晨朝時俱欲然火火不肯然皆向迦葉具說此事迦葉聞已心自思惟此必當是沙門所爲即與弟子來至佛所而白佛言我諸弟子各事三火旦欲然之而火不然佛即答言汝可還去火自當然迦葉便還見火已然心自念言年少沙門雖復神妙然故不如我道眞也諸弟子衆供養火畢而欲滅之不能令滅即向迦葉具說此事迦葉聞已心自思惟此亦當是沙門所爲即與弟子來至佛所而白佛言我諸弟子朝欲滅火而火不滅佛即答之汝可還去火自當滅迦葉便歸見火已滅心自念言年少沙門雖復神妙然故不如我道眞也爾時迦葉自事三火晨朝欲然火不肯然即自思惟此必復是沙門所爲即往佛所而白佛言我朝然火而不肯然佛即答言汝可還去火自當然迦葉便歸見火已然心自念言年少沙門雖復神妙然故不如我道眞也於時迦葉供養火畢而欲滅之不能令滅心自思惟此必當是沙門所爲即往佛所而白佛言我朝然火今欲滅之而不肯滅佛即答言汝可還去火自當滅迦葉便歸見火已滅心自念言年少沙門雖復神妙然故不如我道眞也爾時迦葉諸弟子衆晨朝破薪斧不肯舉即向迦葉具說此事迦葉聞已心自思惟此必復是沙門所爲即與弟子來至佛所而白佛言我諸弟子朝欲破薪斧不肯舉佛即答言汝可還去斧自當舉迦葉便

歸見諸弟子斧皆得舉而自念言年少沙門雖復神妙然故不如我道眞也迦葉弟子即得舉斧復不肯下還向迦葉具說此事迦葉聞已心自思惟此亦當是沙門所爲即與弟子往至佛所而白佛言我諸弟子旦欲破薪斧既得舉復不肯下佛即答言汝可還去當令斧下迦葉既歸見諸弟子斧皆得下心自念言年少沙門雖復神妙然故不如我道眞也爾時迦葉於晨朝時自欲破薪斧不得舉心自思惟此亦當是沙門所爲即詣佛所而白佛言我旦破薪斧不肯舉佛即答言汝可還去斧自當舉迦葉既還斧即得舉心自念言年少沙門雖復神妙然故不如我道眞也迦葉斧既舉已又不肯下心自思惟此亦當是沙門所爲即詣佛所而白佛言我斧已舉復不肯下佛即答言汝可還去斧自當下迦葉即歸斧即得下心自念言年少沙門雖復神妙然故不如我道眞也爾時迦葉即白佛言年少沙門可止住此共修梵行房舍衣食我當相給于時世尊默然許之迦葉知佛許已還其所住即勑日日辦好飲食并施牀座至明食時自行請佛佛言汝去我隨後往迦葉適去俄爾之間世尊即便至閻浮洲取閻浮果滿鉢持來迦葉未至佛已先到迦葉後來見佛已坐即便問言年少沙門從何道來而先至此佛以鉢中閻浮果以示迦葉而語之言汝今識此鉢中果不迦葉答言不識此果佛言從此南行數萬踰闍那彼有一洲其上有樹名曰閻浮緣有此樹故言閻浮提我此鉢中是彼果也於一念頃取此果來極爲

香美汝可噉之於是迦葉心自思惟彼道去此極爲長遠而此沙門乃能俄爾已得往還神通變化殊自迅疾然故不如我道眞也迦葉即便下種種食佛即呪願

婆羅門法中　奉事火爲最　一切衆流中
大海爲其最　於諸星宿中　月光爲其最
一切光明中　日照爲其最　於諸福田中
佛福田爲最　若欲求大果　當供佛福田

佛食已畢還歸所住洗鉢漱口坐於樹下明日食時復往請佛佛言汝去我隨後往迦葉適去俄爾之間世尊即便至弗婆提取菴摩羅果滿鉢持來迦葉未至佛已先到迦葉後來見佛已坐即便問言年少沙門從何道來而先至此佛以鉢中菴摩羅果以示迦葉而語之言汝今識此鉢中果不迦葉答言不識

此果佛言從此東行數萬踰闍那到弗婆提取此果來名菴摩羅極爲香美汝可食之迦葉聞已心自念言彼道去此極爲長遠而此沙門乃能俄爾已得往還覩其神化所未曾有然故不如我道眞也迦葉即便下種種食佛即呪願

婆羅門法中　奉事火爲最　一切衆流中
大海爲其最　於諸星宿中　月光爲其最
一切光明中　日照爲其最　於諸福田中
佛福田爲最　若欲求大果　當供佛福田

佛食已畢還歸所止洗鉢漱口坐於樹下明日食時復往請佛佛言汝去我隨後往迦葉適去俄爾之間世尊即便至瞿陁尼取呵梨勒果滿鉢持來迦葉未至佛已先到迦葉後來見佛已坐即便問言年少沙門從何道來

而先至此佛以鉢中呵棃勒果以示迦葉而語之言汝今識此鉢中果不迦葉答言不識此果佛言從此西行數萬踰闍那到瞿陀尼取此果來名呵棃勒極爲香美汝可食之迦葉聞已心自念言彼道去此極爲長遠而此沙門乃能俄爾已得往還覩其神通所未曾有然故不如我道眞也迦葉即便下種種食佛即呪願

婆羅門法中　奉事火爲最　一切衆流中
大海爲其最　於諸星宿中　月光爲其最
一切光明中　日照爲其最　於諸福田中
佛福田爲最　若欲求大果　當供佛福田

佛食已畢還歸所止洗鉢漱口坐於樹下明日食時復往請佛佛言汝去我隨後往迦葉適去俄爾之間世尊即便至欝單越取自然粳米飯滿鉢持來迦葉未至佛已先到迦葉後來見佛已坐即便問言年少沙門從何道來而先至此佛以鉢中粳米飯以示迦葉而語之言汝今識此鉢中飯不迦葉答言不識此飯佛言從此北行數萬踰闍那到欝單越取此自然粳米飯來極爲香美汝可食之迦葉聞已心自念言彼道去此極爲長遠而此沙門乃能俄爾已得往還雖復神通難可測量然故不如我道眞也迦葉即便下種種食佛即呪願

婆羅門法中　奉事火爲最　一切衆流中
大海爲其最　於諸星宿中　月光爲其最
一切光明中　日照爲其最　於諸福田中
佛福田爲最　若欲求大果　當供佛福田

佛食已畢還歸所止洗鉢漱口坐於樹下明

日食時復往請佛佛言善哉即共俱行既到其舍下種種食佛即呪願
婆羅門法中　奉事火爲最　一切衆流中
大海爲其最　於諸星宿中　月光爲其最
一切光明中　日照爲其最　於諸福田中
佛福田爲最　若欲求大果　當供佛福田
爾時世尊呪願既畢即便取食獨還樹下食竟心念須水釋提桓因即知佛意如大壯士屈伸臂頃從天來下到於佛前頭面禮足即便以手指地成池其水清涼具八功德如來即便得而用之澡漱既畢爲釋提桓因說種種法釋提桓因既聞法已歡喜踊躍忽然不現還歸天宫是時迦葉於中食後林間經行心自念言年少沙門今日受食還歸樹下我當往彼而看視之即詣佛所忽見樹側有一大池泉水澄淨具八功德怪而問佛此中云何忽有此池佛即答言旦受汝供還歸此食訖須水澡漱洗鉢釋提桓因知我此意從天上來以手指地而成此池爾時迦葉既見池水復聞佛言心自思惟年少沙門有大威德乃能如此感致天瑞然故不如我道眞也爾時世尊别於他日林間經行見糞穢中有諸弊帛即便拾取欲浣濯之心念須石釋提桓因即知佛意如大壯士屈伸臂頃往香山中取四方石安置樹間即白佛言可就石上浣濯衣也佛復心念今應須水釋提桓因又往香山取大石槽盛清淨水置方石所釋提桓因所爲事畢忽然不現還歸天宫爾時世尊浣濯已竟還坐樹下是時迦葉來至佛所忽見樹間有四方石及大石槽即自思惟此

中云何有此二物心懷驚怪而往問佛年少沙門汝此樹間有四方石及以石槽從何而來於是世尊即答之言我向經行見地弊帛取欲浣之心念須此釋提桓因知我此意即往香山而取之來迦葉聞已歎未曾有而自念言年少沙門雖有如是大威神力能感諸天然故不如我道眞也爾時世尊又於他日入指地池而自洗浴洗浴訖已心念欲出無所攀持池上有樹名迦羅迦枝葉蔚映臨於池上樹神即便按此樹枝令佛攀出還坐樹下于時迦葉來至佛所忽然見樹曲枝垂蔭怪而問佛此樹何故曲枝垂蔭佛即答言我於向者入池洗浴出無所攀樹神致感爲我曲枝於是迦葉見樹曲枝又聞佛言歎未曾有而自心念年少沙門乃有如此大威德力

能感樹神然故不如我道眞也爾時迦葉心自念言明日摩竭提王及諸臣民婆羅門長者居士等當來就我作七日會年少沙門若來在此國王臣民婆羅門長者居士等見其相好及以神通威德力者必當捨我而奉事之願此沙門於七日中不來我所佛知其意即便往詣北鬱單越七日七夜停彼不見過七日已集會訖畢國王辭去迦葉心念年少沙門近於七日不來我所善哉快哉我今既有集會餘饌欲以供之其若來者善得時宜於是世尊即知其意從鬱單越譬如壯士屈伸臂頃來到其前于時迦葉忽見如來心大驚喜即問佛言汝近七日遊行何處而不相見佛即答之摩竭提王及諸臣民婆羅門長者居士於七日中就汝集會汝起心念不欲

見我是故我往北鬱單越以避汝耳汝今心念欲令我來所以今者故來請汝迦葉聞佛說此言已心驚毛竪而作此念年少沙門乃知我意甚爲奇特然故不如我道眞也爾時世尊又於他日心自思惟優樓頻螺迦葉根緣漸熟今者正是調伏其時思惟是已即趣尼連禪河既到河側是時魔王來詣佛所而白佛言世尊今者宜般涅槃善逝今者宜般涅槃何以故所應度者皆悉解脫今者正是般涅槃時如是三請世尊爾時答魔王言我今未是般涅槃時所以者何我四部衆比丘比丘尼優婆塞優婆夷未具足故所應度者皆未究竟諸外道衆悉未降伏爾時如來亦復三答魔王聞已心懷愁惱即還天宮世尊即便入尼連禪河以神通力故令水兩開佛所行處步步塵出使兩面水皆悉涌起迦葉遥見謂佛沒溺即與弟子乘船而來既至河側見佛行處皆悉塵起歎其希有而自念言年少沙門雖有如此神通之力然故不如我道眞也是時迦葉即問佛言年少沙門欲上船不佛言甚善于時世尊即以神力貫船底入結跏趺坐迦葉見佛從船底入而無穿漏歎其希有心自念言年少沙門乃有如是自在神力然故不如我得眞阿羅漢也佛即語言迦葉汝非阿羅漢亦復非是阿羅漢向汝今何故起大我慢迦葉聞說如此語時心懷愧懼身毛皆竪而自念言年少沙門善知我心即白佛言如是沙門如是大仙善知我心唯願大仙攝受於我佛即答言汝既年耆百二十歲又復多有弟子眷屬又爲國王臣民

所敬若欲決定入我法者先與弟子熟共論詳迦葉答言善哉善哉如大仙勑然我内心非不決定爲當還與弟子論耳作此語已即還本處集諸弟子而語之言年少沙門住此以來見其種種神通變化極爲奇特智慧深遠性又安庠我今便欲歸依其法汝等云何弟子答言我等所知皆尊者恩年少沙門既爲尊者之所歸信豈當有虚我等亦見有諸奇異尊者若欲必受其法我等亦願隨從歸依于時迦葉聞諸弟子作是言已即便相與俱詣佛所而白佛言我及弟子今定歸依唯願大仙時攝我等佛言善來比丘鬚髮自落袈裟著身即成沙門爾時世尊即隨所應廣說四諦于時迦葉聞說法已遠塵離垢得法眼淨乃至漸漸成阿羅漢爾時迦葉五百弟子既見其師已爲沙門心生願樂亦欲出家即白佛言我等大師已爲大仙之所攝受今成沙門我等亦樂隨大師學唯願大仙聽我出家佛言善來比丘鬚髮自落袈裟著身即成沙門於是世尊即爲轉於四諦法輪時五百弟子遠塵離垢得法眼淨成須陁洹果漸漸修行乃至亦得阿羅漢果爾時迦葉及五百弟子以其事火種種之具悉皆捐棄尼連禪河師徒相與隨佛而去爾時迦葉二弟一名那提迦葉二名伽耶迦葉各有二百五十弟子在尼連禪河側居兄下流忽見其兄并及弟子所事火具悉逐流來心大驚愕而自念言我兄今者有何不祥事火之具今隨水流將非惡人之所害耶是時二弟奔競相就而共議言我兄今者若復不爲惡人所害諸

物何緣從水而來苦哉怪哉我等宜速共至兄所即便相與逆流而上至兄住處空寂無人心大悲絶不知其兄及諸弟子之所在處四向推尋遇見舊人而問之言我仙聖兄及諸弟子不知所在汝見之不舊人答言汝仙聖兄與諸弟子棄事火具皆悉往於瞿曇之所出家學道是時二弟聞此語已心大懊惱怪未曾有又自念言云何棄於阿羅漢道而復更求他餘法耶即便馳往至其兄所到已見兄并及眷屬剃除鬚髮身被袈裟即便跪拜而問兄言兄本既是大阿羅漢聰明智慧無與等者名聞十方莫不宗仰何故於今自捨此道還從人學此非小事爾時迦葉答其弟言我見世尊成就大慈大悲有三事奇特一者神通變化二者慧心清徹決定成就一切種智三者善知人根隨順攝受以此事故於佛法中出家修道我今雖復國王臣民所見宗敬世論機辯無能折者然非永斷生死之法唯有如來所可演說能盡生死既值如是大聖之尊而不自勵師彼高勝則是無心亦爲無眼二弟白言若如兄語決定是成一切種智我所知得皆是兄力兄今既已從佛出家我等亦願隨順兄學即各語其諸弟子言我今欲同大兄於佛法中出家修道汝意云何時諸弟子即答師言我等所以得有知見皆大師恩大師若欲於佛法中而出家者亦願隨從於是那提迦葉伽耶迦葉各與二百五十弟子至於佛所頭面禮足而白佛言世尊唯願慈哀濟度我等佛言善來比丘鬚髮自落袈裟著身即成沙門時那提迦葉伽

耶迦葉又白佛言我諸弟子今皆欲於佛法出家唯願世尊垂愍聽許佛即答言善哉善哉爾時世尊便呼善來比丘鬚髮自落袈裟著身即成沙門爾時世尊即爲那提迦葉伽耶迦葉及諸弟子現大神變又應其心而爲說法語言比丘當知世間皆爲貪欲瞋恚愚癡猛火之所燒炙汝等往昔奉事三火既能絕棄除此外惑今三毒火尚猶在身宜速滅之時諸比丘聞佛此語於諸法中遠塵離垢得法眼淨世尊又爲廣說四諦皆悉得於阿羅漢果爾時世尊心自念言頻毗娑羅王往昔於我有約誓言道若成者願先見度今日時至宜應往彼滿其本願作此念已即與迦葉兄弟及千比丘眷屬圍遶往王舍城詣頻毗娑羅王所爾時頻毗娑羅王昔以聚落給

優樓頻螺迦葉者既見迦葉及其弟子悉爲沙門即還啓王說如此事王與諸臣既聞此語心大驚怪默然無聲時外人民聞此語已各相謂言優樓頻螺迦葉智慧深遠無與等者年又耆老已得阿羅漢云何反爲瞿曇弟子終無此理乃可說言沙門瞿曇爲弟子耳爾時世尊漸近王舍城住於杖林時優樓頻螺迦葉即便遣其常所使人白頻毗娑羅王言我今於佛法中出家修道今隨從佛來至杖林大王宜先禮拜供養王聞來信說此言已方決定知優樓頻螺迦葉爲佛弟子即勑嚴駕與諸大臣婆羅門及人民衆往詣佛所至杖林外王即下輿除却儀飾步至佛前爾時空中有天而語王言如來今者在此林中是諸天人最上福田大王宜應恭敬供養又

應宣示國中人民皆悉令其供養如來時王既聞彼天語已心大歡喜倍增踊躍便進林中遥見如來相好莊嚴又見優樓頻螺迦葉兄弟三人并其弟子前後圍遶如盛滿月處衆星中步步踊悅不能自勝既至佛所頭面禮足而白佛言我是月種摩竭提王名頻毗娑羅世尊知不佛即答言善哉大王於是頻毗娑羅王却坐一面時婆羅門及以大臣諸人民衆皆悉就坐爾時世尊既見來衆皆安坐已即以梵音慰問頻毗娑羅王言大王四大常安隱不統理民務無乃勞耶王即答言蒙世尊恩幸得安隱爾時頻毗娑羅王及餘大學婆羅門長者居士大臣人民既見迦葉爲佛弟子自相謂言嗚呼如來有大神力智慧深遠不可思議乃能伏於如此之人以爲弟子爾時復有諸餘人衆心自念言優樓頻螺迦葉有大智慧普爲世人之所歸信云何當爲沙門瞿曇而作弟子心懷狐疑爾時世尊知彼心念即語迦葉汝今宜應現諸神變于時迦葉即昇虚空身上出水身下出火身上出火身下出水或現大身滿虚空中或復現小或分一身爲無量身或現入地還復踊出於虚空中行住坐卧舉衆見已歎未曾有悉皆稱言第一大仙爾時迦葉現此變已即從空下到於佛前頭面禮足而白佛言世尊實是天人之師我今實是尊之弟子如是三說佛即答言如是如是迦葉汝於我法見何等利棄捨火具而出家耶於是迦葉以偈答曰

我於昔日中　所事火功德　得生天人中

受於五欲樂　恒如是轉輪　没於生死海
我見此過患　所以棄捨之　又復事火福
得生天人中　增長貪恚癡　是故我遠離
又復事火福　爲求將來生　既已有生故
必有老病死　已見如此事　是故棄火法
施會修苦行　及以事火福　雖得生梵天
此非究竟處　以是因緣故　所以棄事火
我見如來法　離生老病死　究竟解脱處
是故今出家　如來眞解脱　爲諸天人師
以是因緣故　歸依大聖尊　如來大慈悲
現種種方便　及諸神通力　而以引導我
云何而復應　奉事於火法

爾時頻毗娑羅王及諸大衆聞優樓頻螺迦葉說此偈言心大歡喜於如來所深生敬信決定得知如來必成一切種智審知迦葉是佛弟子爾時諸天於虛空中雨衆天華作妙妓樂異口同音唱言善哉優樓頻螺迦葉快說此偈爾時世尊知諸大衆心意決定無復狐疑又觀其根皆已成熟即爲說法大王當知此五陰身以識爲本因於識故而生意根以意根故而生於色而此色法生滅不住大王若能如是觀者則能於身善知無常如此觀身不取身相則能離我及於我所若能觀色離我我所即知色生便是苦生若知色滅便是苦滅若人能作如此觀者是名爲解若人不能作斯觀者是名爲縛法本無我及以我所以倒想故横計有我及以我所無有實法若能斷此倒惑想者則是解脱爾時頻毗娑羅王心自思惟若謂衆生言有我者而名爲縛一切衆生皆悉無我既無有我誰受果

報爾時世尊知彼心念即語之言一切衆生所爲善惡及受果報皆非我造亦非我受而今見有造作善惡受果報者大王諦聽當爲王說大王但以情塵識合於境生染累想滋繁以是緣故馳流生死備受苦報若於境無染息其累想則得解脫以情塵識三事因緣共起善惡及受果報更無別我譬如鑽火因手轉燧得有火生然彼火性不從手生及以燧出亦復不離手及燧鑽彼情塵識亦復如是時頻毗娑羅王又自思惟若以情塵識和合故而有善惡受果報者便爲常合不應離絕若不常合是則爲斷爾時世尊知王心念即便答言此情塵識不常不斷何以故合故不斷離故不常譬如緣於地水因彼種子而生芽莖種子既謝不得名常生芽莖故不得名斷離於斷常故名中道三事因緣亦復如是爾時頻毗娑羅王聞此法已心開意解於諸法中遠塵離垢得法眼淨八萬那由他婆羅門大臣人民亦於諸法遠塵離垢得法眼淨九十六萬那由他諸天又於諸法遠塵離垢得法眼淨時頻毗娑羅王即從座起頂禮佛足合掌白佛快哉世尊能捨轉輪聖王之位出家學道成一切種智我昔愚癡欲留世尊臨治小國今觀慈顏又聞正法方懷慙愧追悔昔過唯願世尊以大慈悲受我懺悔我便於昔日白世尊言若得道時願先度我今日始蒙宿願成遂荷世尊恩得履道跡我從今日供養世尊及比丘僧當令四事不使有乏唯願世尊住於竹園令摩竭提國長夜獲安佛即答言善哉大王乃能捨於三不堅法

求於三堅報當令王願得滿足也時頻毗娑羅王知佛受請住竹園已頂禮佛足辭退而去王還城已即勑諸臣令於竹園起諸堂舍種種莊飾極令嚴麗懸繒旛蓋散華燒香悉皆辦已即便嚴駕往至佛所頭面禮足而白佛言竹園僧伽藍修理始畢唯願世尊與比丘僧哀愍我故往住彼也爾時世尊與諸比丘及無量諸天前後圍遶入王舍城當於如來蹈門閫時城中樂器不鼓自鳴門狹更廣門下更高一切丘墟皆悉平坦臭穢塵垢自然香淨聾者得聽瘂者能言盲者得視狂者得正拘躄疾病普皆除愈枯木發華腐草榮秀涸池增瀾香風清靡鳳雀孔翠鳧鴈鴛鴦異類衆鳥繽紛翔集出和雅音有如是等種種祥瑞既入城已與頻毗娑羅王俱往竹園爾時諸天滿虛空中時王即便手執寶瓶盛以香水於如來前而作是言我今以此竹園奉上如來及比丘僧唯願哀愍爲我納受作此言已即便捨水爾時世尊默然受之說偈呪願

若人能布施　斷除於慳貪　若人能忍辱
永離於瞋恚　若人能造善　則遠於愚癡
能具此三行　速至般涅槃　若有貧窮人
無財可布施　見他修施時　而生隨喜心
隨喜之福報　與施等無異

爾時婆羅門大臣及餘人民見王奉施如來僧伽藍皆悉踊躍生隨喜心爾時頻毗娑羅王施僧伽藍已心大喜歡頭面禮足退還所住閻浮提中諸王見佛頻毗娑羅最爲其首諸僧伽藍竹園僧伽藍最爲其始爾時世尊

與諸比丘住竹園僧伽藍于時王舍城中有二婆羅門聰明利根有大智慧於諸書論無不通達辯才論議莫能摧伏一姓拘栗名優婆室沙母名舍利故舉世喚爲舍利弗二姓目揵連名目揵羅夜那各有一百弟子普爲國人之所宗仰二人互共以爲親友極相愛重咸共誓言若先得聞諸妙法者要相開悟無得恪惜爾時阿捨婆耆比丘著衣持鉢入村乞食善攝諸根威儀庠序路人見者皆生恭敬時舍利弗忽於路次逢見阿捨婆耆善攝諸根威儀庠序彼舍利弗善根既熟見阿捨婆耆心大歡喜踊躍遍身停步瞻視不能暫捨即便問言我意觀汝似新出家而能如此攝諸情根欲有所問唯願見答汝今大師其名何等有所教誡演說何法時阿捨婆耆即便安庠而答之言我之大師得一切種智是甘蔗種天人之師相好智慧及神通力無與等者我既年幼學道日淺豈能宣說如來妙法然以所知當爲汝說即說偈言

一切諸法本　因緣生無主　若能解此者
則得眞實道

時舍利弗聞阿捨婆耆說此偈言即於諸法遠塵離垢得法眼淨見道跡已心大踊躍身諸情根皆悉悅豫而自念言一切衆生悉著於我所以輪迴在於生死若除我想即於我所亦皆得離譬如日光能破於闇無我之想亦復如是悉能破於我見闇障我從昔來所可修學皆爲邪見唯今所得是眞正道作此念已禮阿捨婆耆足還歸所止時阿捨婆耆至前乞食訖還竹園時舍利弗還至住處時

目揵羅夜那善根已熟見舍利弗諸根寂定威儀庠序顏容怡悅異於常日即便問言我今觀汝諸根顏貌與常有異必當已得甘露妙法我昔與汝共結誓言若聞妙法要相啓悟汝有所得願爲我說時舍利弗即答之言我今實已得甘露法目揵羅夜那聞已歡喜無量歎言善哉時爲我說舍利弗言我今出行逢一比丘執持衣鉢入村乞食諸根寂靜威儀庠序我既見已深生恭敬既到其所而問之言我意觀汝似新出家而能如此攝諸情根欲有所問唯願見答汝今大師其名何等有所教誡演說何法時阿捨婆耆即便安庠而見答言我之大師得一切種智是甘蔗種天人之師相好智慧及神通力無與等者我既年幼學道日淺豈能宣說如來妙法然以所知當爲汝說即說偈言

一切諸法本　因緣生無主　若能解此者
則得眞實道

爾時目揵羅夜那聞舍利弗說此語已即於諸法遠塵離垢得法眼淨爾時舍利弗與目揵羅夜那各於佛法得甘露已共相謂言我等已於佛法各得利益今者宜應共往佛所求索出家作此語已各喚弟子而語之言我等今者已於佛法得甘露味唯有此法是出世道我今欲往求佛出家汝等云何諸弟子等答其師言我等今者有所知見皆大師力師若出家我悉隨從於是二人即將二百弟子往詣竹園既入門已遥見如來相好莊嚴諸比丘衆前後圍遶心大歡喜踊躍遍身爾時世尊見舍利弗及目揵羅夜那與諸弟子

相隨來已告諸比丘汝等當知今此二人將諸弟子來至我所欲求出家一名舍利弗二名目揵羅夜那當於我法中爲上弟子舍利弗者於智慧中最爲第一目揵羅夜那者於神通中復爲無上至佛所已頭面禮足而白佛言我於佛法已得道跡樂欲出家願時聽許爾時世尊即便喚言善來比丘鬚髮自落袈裟著身即成沙門時彼二百弟子既見其師成沙門已俱白佛言我等亦欲隨師出家唯願世尊垂愍聽許於是世尊即復喚言善來比丘鬚髮自落袈裟著身即成沙門爾時世尊爲舍利弗及目揵羅夜那廣說四諦二人即得阿羅漢果又復爲彼二百弟子廣說四諦即於諸法遠塵離垢得法眼淨乃至亦成阿羅漢果爾時世尊即與一千二百五十比丘皆大阿羅漢於摩竭提國廣利衆生諸比丘中多有人名目揵羅夜那世尊故名此目揵羅夜那爲大目揵羅夜那爾時偷羅厥叉國有一婆羅門名曰迦葉有三十二相聰明智慧誦四毗陀經一切書論無不通達極大巨富善能布施其婦端正舉國無雙二人自然無有欲想乃至亦不同宿一室久於往昔種善根故不樂在家受五欲樂日夜思惟猒離世間精勤求訪出家之法如是推尋不能得已即捨家事入於山林心念口言諸佛如來出家修道我今亦當隨佛出家即便脫去金縷織成珍寶之衣而著價直百千兩金壞色納衣自剃鬚髮爾時諸天於虛空中既見迦葉自出家已而語之言善男子甘蔗種族白淨王子其名薩婆悉達出家學道成一

切種智舉世號爲釋迦牟尼佛今者與千二百五十阿羅漢在王舍城竹園中住爾時迦葉聞天語已歡喜踊躍身毛皆竪即便往趣竹園僧伽藍爾時世尊知其當來而自思惟觀其善根宜往度之作是念已即行逆之到于兠婆而逢迦葉時彼迦葉既見相好威儀特尊即便合掌而作此言世尊實是一切種智實是慈悲濟衆生者實是一切所歸依處即便五體投地頂禮佛足而白佛言世尊今者是我大師我是弟子如是三說佛即答言如是迦葉我是汝師汝是我弟子佛又語言迦葉當知若人實非一切種智而欲受汝爲弟子者頭則破裂以爲七分又復告言善哉迦葉快哉迦葉當知五受陰身是大苦聚于時迦葉聞此言已即便見諦乃至得於阿羅漢果爾時世尊即與迦葉俱還竹園以此迦葉有大威德智慧聰明是故名之爲大迦葉爾時世尊告諸比丘普光如來出興世時善慧仙人豈異人乎即我身是緣路所遇五百外道所共論議及隨喜者今此會中優樓頻螺迦葉兄弟及其眷屬千比丘是時賣華女者今耶輸陀羅是善慧仙人髮布地時傍有二人掃佛前地及二百人隨喜助者今此會中舍利弗大目揵羅夜那并二百弟子比丘是虚空諸天見善慧仙人以髮布地悉皆隨喜而讃歎者我初得道鹿野苑中始轉法輪八萬天子及頻毗娑羅王所將眷屬八萬那由他人及九十六萬那由他天是汝等當知過去種因經無量劫終不摩滅我於往昔精勤修習一切善業及發大願心不退轉故於

今者而得成就一切種智汝等宜應勤修道行無得懈怠時諸比丘聞佛所説歡喜頂戴作禮而退

過去現在因果經卷第四

音釋

屐竭戟切屩也 蹈徒到切踐也 閫苦本切門限也 躄必益切足不能也 毹濡夫切氍毹也

佛說柰女耆域因緣經

後漢安世高譯

清刻龍藏佛說法變相圖

佛說柰女耆域因緣經

後漢安世高譯

如是我聞一時佛在羅閱祇國與大比丘千二百五十人俱菩薩摩訶薩天龍八部大衆集會說法時世人民施者無量有一貧人唯有一爛壞手巾意欲布施懼此物惡猶豫未決爾時坐中有一比丘尼名曰柰女即從座起整服作禮長跪叉手白佛言世尊我自念先世生波羅柰國爲貧女人時世有佛名曰迦葉時與大衆圍遶說法坐聞經歡喜意欲布施顧無所有自惟貧賤心用悲感詣他園圃求乞果蓏當以施佛時得一柰大而香好擎一盂水并柰一枚奉迦葉佛及諸衆僧佛知至意呪願受之分布水柰一切周普緣此福祚壽盡生天得爲天后下生世間不由胞

胎九十一劫生柰華中端正鮮潔常識宿命今值世尊開示道眼爾時柰女以偈頌曰

三尊慈潤普　慧度無男女　水果施弘報
緣得離衆苦　在世生華中　上則爲天后
自歸聖衆祐　福田最深厚

比丘尼柰女禮已還坐佛在世時羅耶梨國國王苑中自然生一柰樹枝葉繁茂實又加大既有光色香美非凡王寶愛此柰自非中宮尊貴美人不得噉此柰果國中有梵志居士財富無數一國無雙又聰明博達才智超羣王重愛之用爲大臣請梵志飯食食畢以一柰實與之梵志見柰香美非凡乃問王曰此柰樹下寧有小栽可得乞不王曰大多小栽吾恐妨其大樹輒除去之卿若欲得今當相與即以一柰栽與梵志梵志得歸種之朝夕漑灌日日長大枝條茂好三年生實光彩大小如王家柰梵志大喜自念我家資財無數不減於王惟無此柰以爲不如今已得之爲無減王既取食之而大苦澀了不可食梵志大愁惱乃退思惟當是土無肥潤故耳乃捉取百牛之湩以飲一牛復取一牛湩煎之爲醍醐以灌柰根日日灌之到至明年實乃甘美如王家柰而樹邊忽復生一瘤節大如手拳日日增長梵志心念忽有此瘤節恐妨其實適欲斫去恐復傷樹連日思惟遲徊未決而節中忽生一枝正指上向洪直調好高出樹頭去地七丈其杪乃分作諸枝周圍傍出形如偃蓋華葉茂好勝於本樹梵志怪之不知枝上當何所有乃作棧閣登而視之見枝上偃蓋之中乃有池水既清且香又有衆

華彩色鮮明披視華中有一女兒在池華中梵志抱取歸長養之名曰柰女至年十五顏色端正天下無雙宣聞遠國有七國王同時俱來詣梵志所求娉柰女以爲夫人梵志大恐怖不知當以與誰乃於園中架一高樓以柰女著上出謂諸王曰此非我所生自出於柰樹之上不知是天龍鬼神女耶鬼魅之物今七王俱來求之我設與一王六王當怒不敢愛惜也女今在園中樓上諸王便自平議有應得者便自取去非我所制也於是七王口共爭之紛紜未決至其夕夜萍沙王從伏竇中入登樓就之共宿明晨當去柰女白曰大王幸枉威尊接逮於我今復相捨而去若其有子則是王種當何所與王曰若是男兒當以還我若是女兒便以與汝王則脫手金鐶之印以付柰女以是爲信便出語羣臣言我已得柰女一宿亦無奇異故如凡人故不取耳萍沙軍中皆稱萬歲曰我王已得柰女六王聞之便各還去萍沙王去後遂便有娠時柰女勑守門人言若有求見我者當語言我病後日月滿生一男兒顏貌端正兒生則手持針藥囊梵志曰此國王之子而執醫器必醫王也時柰女即以白衣裹兒勑婢持棄著巷中婢即受勑抱往棄之時王子無畏清旦乘車往欲見大王遣人除屏道路時王子遥見道中有白物即住車問傍人言此白物是何等答言此是小兒問言死活答言故活王子勑人抱取是兒乳母養之以活梵志將此小兒還付柰女名曰耆域至年八歲聰明高才學問書疏越殊倫匹與隣比小兒 遊戲

心常輕諸小兒以不如已諸兒共罵之曰無父之子婬女所生何敢輕我耆域愕然默而不答便歸問母曰我視子曹皆不如我而反罵我言無父之子我父今者爲在何許母曰汝父者正蓱沙王是也耆域曰蓱沙王乃在羅閱祇國去此五百里何緣生我即如母言何以證之母則出印鐶示之曰此則汝父鐶也耆域省之見蓱沙王印文便奉持此鐶往到羅閱祇徑入宫門門無訶者即到王前爲王作禮長跪白王言我是王子柰女所生今年八歲始知是大王種類故持鐶印信遠來歸家王見印文覺憶昔之誓知是其子愴然矜之以爲太子涉歷二年會阿闍世王生耆域因白曰我初生時手把針藥囊是應當爲醫也王雖以我爲太子非我所樂王今自有嫡子生矣應襲尊嗣我願得行學醫術王則聽之王曰汝不爲太子者不得空食王禄應學醫道王即命勑國中諸上手醫盡術教之而耆域但行嬉戲未嘗受學諸師責謂之曰醫術鄙陋誠非太子至尊所宜當學然大王之命不可違廢受勑已來積有日月而太子初不受半言之方若王問我我何以對耆域曰我生而有醫證在手故白大王捐棄榮豪求學醫術豈復懈怠須師督促直以諸師之道無足學者故耳便取本草藥方針脉諸經具難問師師窮無以答皆下爲耆域作禮長跪叉手曰今日益知太子神聖實非我等所及也向所問諸事皆是我師歷世疑義所不能通願太子具悉説之開解我曹生年之結耆域便爲解説其義諸醫歡喜皆更起頭面

作禮承受其法爾時耆域即自念言王勑諸醫都無可學者誰當教我學醫道時彼聞德叉尸羅國有醫姓阿提棃字賓迦羅極善醫道彼能教我爾時耆域童子即往彼國詣賓迦羅所白言大師我今請仁者以爲師範從學醫術經七年已自念言我今習學醫術何當有已即往師所白言我今習學醫術何當有已時師即與一籠器及掘草之具汝可於德叉尸羅國面一由旬求覓諸草有非是藥者持來時耆域即如師勑於德叉尸羅國面一由旬求覓非是藥者周竟不得非是藥者所見草木一切物善能分別知所用處無非藥者彼即空還往師所白如是言師今當知我於德叉尸羅國求非藥草者面一由旬周竟不見非藥者所見草木盡能分別所入用處師答耆域言汝今可去醫道已成我於閻浮提中最爲第一我若死後次復有汝於是耆域便行治病所治輒愈國内知名後欲入宫於宫門前逢一小兒擔樵耆域望視悉見此兒五臟腸胃縷悉分明耆域心念本草經説有藥王樹從外照内見人腹臟此兒樵中得無有藥王耶即往問兒賣樵幾錢兒曰十錢便雇錢取樵下樵置地便闇冥不見腹中耆域更心思惟不知束中何所爲是藥王便解兩束一一取之以著小兒腹上無所照見輒復更取如是盡兩束樵最後有一小枝裁長尺餘試取以照具見腹内耆域大喜知此小枝定是藥王悉還兒樵兒既已得錢樵及如故歡喜而去爾時耆域自念我今先當治誰此國既小又在邊方我今寧可還本國始

開醫道於即還歸婆伽陀城婆伽陀城中有大長者其婦十二年中常患頭痛衆醫治之而不能瘥時耆域聞之即往其家語守門人言白汝長者有醫在門外時守門人即入白門外有醫長者婦問言醫形貌何似答言是年少彼自念言老宿諸醫治亦不瘥況復年少即勑守門人語言我今不須醫守門人即出語言我已爲汝白長者長者婦言今不須醫耆域復言汝更白汝長者婦但聽我治若瘥者隨意與我物時守門人復白之醫作如是言但聽我治若瘥隨意與我物長者婦聞已自念言若如是無所損勑守門人喚入時耆域入詣長者婦所問言何所患苦答言患如是如是復問病從何起答言從如是如是起復問病來久近答言病來爾許時彼問已

語言我能治汝彼即取好藥以酥煎之灌長者婦鼻病者口中酥唾俱出時病人即器承之酥便收取唾別棄之時耆域見已心懷愁惱如是少酥不淨猶尚慳惜況能報我病者見已問耆域言汝愁惱耶答言實爾問言何故愁惱答言我自念言此少酥不淨猶尚慳惜況能報我以是故愁耳長者婦答言爲家不易棄之何益可用然燈是故收取汝但治病何憂如是彼即治之後病得瘥時長者婦與四十萬兩金并奴婢車馬時耆域得此物已還王舍城詣無畏王子門語守門人言汝往白王言耆域在外守門人即入白王王勑守門人喚入耆域入已前頭面禮已在一面住以前因緣具白無畏王子言以今所得物盡用上王王子言且止不須便爲供養已汝

自用之此是耆域最初治病爾時拘睒彌國有長者子輪上婍戲腸結腹内食飲不消亦不得出彼國無能治者彼聞摩竭國有大醫善能治病即遣使白王拘睒彌長者子病耆域能治願王遣來時蓱沙王喚耆域問言拘睒彌長者子病汝能治不答言能若能汝可往治之時耆域乗車詣拘睒彌耆域始至長者子已死妓樂送出耆域聞聲即問言此是何等妓樂鼓聲傍人答言是汝所爲來長者子已死是彼妓樂音聲耆域善能分别一切音聲即言語使迴還此非死人語已即便迴還時耆域即下車取利刀破腹披腸結處示其父母諸親語言此是輪上嬉戲使腸結如是食飲不消非是死也即爲解腸還復本處縫皮肉合以好藥塗之瘡即愈毛還生與無瘡處不異時長者子即報耆域四十萬兩金婦亦與四十萬兩金長者父母亦爾各與四十萬兩金耆域念言夫爲師者須報其恩今持一百六十萬兩金與德叉尸羅國大師賓迦羅念已持金詣師所頭面禮師足奉上此金唯願大師哀愍納受師曰便爲供養已我不須此寶耆域慇懃至到賓迦羅乃受此金耆域奉辭禮足而去爾時國中有迦羅越家女年十五臨當嫁日忽頭痛而死耆域聞之往至其家問女父曰此女常有何病乃致夭亡父曰女小有頭痛疾日月增甚今朝發作尤甚於常以致絶命耆域便進以藥王照視頭中見有刺蟲大小相生乃數百枚鑽食其腦腦盡故死便以金刀劂破其頭悉出諸蟲封著甖中以三種膏塗瘡一種者補蟲所食

骨間之瘡一種生腦一種治外刀瘡告女父曰好令安靜慎莫使驚七日當愈平復如故到日我當復來耆域適去女母便更啼哭曰我子爲再死也豈有剫破頭腦當復活者父何忍使人取子爾耶父止之曰耆域生而把針藥棄尊榮位行作醫師但爲一切人命此乃天之醫王豈當妄耶囑語汝言慎莫使驚而汝今反啼哭以驚動之將令此兒不復得生母聞父言止不復哭共養護之寂靜七日七日晨明女便吐氣而寤如從卧覺曰我今者了不復頭痛身體皆安誰護我者使得如是父曰汝前已死醫王耆域故來護汝破頭出蟲以得更生便開䙊出蟲示之女見大更驚怖深自僥倖耆域神乃如是我促得報其恩父曰耆域與我期言今日當來於是須臾耆域便來女歡喜出門迎頭面禮足長跪乂手曰願爲耆域作婢終身供養以報更生之恩耆域曰我爲醫師周行治病居無常處何用婢爲汝必欲報恩者與我五百兩金我亦不用此金所以求者凡人學道法當謝師師雖無以教我我嘗爲弟子今得汝金當以與之女便奉五百兩金以上耆域耆域受以與師因白王暫歸省母到維耶棃國爾時國中復有迦羅越家男兒好學武事作一木馬高七尺餘日日學習飜上初學適得上馬久久益習忽過去失據躃地而死耆域聞之便往以藥王照視腹中見其肝反戾向後氣結不通故死復以金刀破腹手探料理還肝向前畢以三種神膏塗之其一種補手所攪持之處一種通利氣息一種主合刀瘡畢囑語父

曰慎莫令驚三日當愈父承教勑寂靜養視至於三日兒便吐氣而寤狀如卧覺即便起坐須臾耆域亦來兒歡喜出門迎頭面作禮長跪白言願得爲耆域作奴終身供養以報再活之恩耆域曰我爲醫師周行治病病者之家爭爲我使當用奴爲我母養我勤苦我未有供養之恩報母卿若欲謝我可與我五百兩金以報母恩於是取金以上柰女還歸羅閱祇國耆域治此四人馳名天下莫不聞知又南有大國去羅閱祇八千里萍沙王及諸小國皆臣屬之其王疾病積年不瘥恒苦瞋恚睚眥殺人人舉目視之亦殺低頭不仰亦殺使人行遲亦殺疾走亦殺左右侍者不知當何措手足醫師合藥輒疑恐有毒亦殺之前後所殺傍臣宫女及醫師之輩不可稱數病日增甚毒熱攻心煩滿短氣如火燒身聞有耆域即爲下書勑萍沙王徵召耆域耆域聞此王多殺醫師大以恐怖萍沙又憐其年小恐爲所殺適欲不遣畏見誅伐父子相守晝夜愁憂不知何計爾時萍沙王乃將耆域俱往佛所頭面禮足而白佛言世尊彼王性惡惟恐殺醫師爲可往不佛告耆域汝宿命時與我約誓俱當救護天下我治内病汝治外病今我得佛故如本願會生我前此王病篤遠來迎汝如何不往急往救護之好作方便令病必愈王不殺汝耆域便承佛威神往到王所診省脉理及以藥王照之見王五臟及百脉之中血氣擾擾悉是虵蠆之毒周帀身體耆域白王王病可治治之保愈然宜入見太后諮議合藥若不見太后藥終不成

王聞此語不解其故意甚欲怒然患身病宿聞耆域之名故遠迎之冀必有益且是小兒知無他姦忍而聽之即遣青衣黃門將入見太后耆域白太后王病可治今當合藥宜密啓其方不可宣露宜屏左右太后即逐青衣黃門耆域因白太后向省王病見身中血氣悉是蚖蠆之毒似非人類王為定是誰子太后以實語我我能治之若不語我我則不治病不得愈太后曰我昔於金柱殿中晝卧忽有物來壓我上者我時怳惚若夢若覺狀如魘夢遂與通情忽然而寤見有大蠆長三尺餘從我上去則覺有娠王實是蠆子也我羞耻此未曾出口童子今乃覺之何若神妙當用何藥耆域曰唯有醍醐耳太后曰咄童子慎莫道醍醐而王大惡聞醍醐之氣又惡聞醍醐之名前後出口道醍醐而死者數千百人汝今道此必當殺汝以此飲王終不得下願更用他藥耆域曰醍醐治毒毒病惡聞醍醐王病若微及是他毒為有餘藥可以愈之蠆毒既重又已帀身體自非醍醐終不能消今當煎鍊化令成水無氣無味王意不覺自當飲之藥下必愈無可憂也便出見王曰向入見太后已啓藥方今當合之十五日當成今我有五願王若聽我病可即愈若不聽我病不可愈王問五願盡何等事耆域曰一者願得王甲藏中新衣未歷軀者與我二者願得令我獨自出入宮門門無訶者三者願得日日獨入見太后及王后莫得禁訶我四者願王飲藥當一仰令盡莫得中息五者願得王八千里白象與我乘之王聞大怒曰兒子

何敢求是五願促具解之若不能解今棒殺汝汝何敢求我新衣爲欲殺我便著我衣詐我身耶耆域曰合藥宜當精潔齋戒而我來日久衣被皆塵垢故欲得王衣以之合藥王意解曰如此大佳汝何故欲得自出入宫門令無禁訶欲因此將兵來攻殺我耶耆域曰王前後使諸師醫皆嫌疑之無所委信又誅殺之不服其藥羣臣皆言王當復殺我而王病已甚恐外人生心作亂若令我自入不見禁訶外人大小皆知王信我必服我藥病必當愈則不敢生逆亂之心王曰大佳汝何故日日獨入見我母及我婦欲作婬亂耶耆域曰王前後殺人甚多臣下大小各懷恐怖皆不願王之安隱無可信者今共合藥因我顧眄之間便投毒藥我所不覺則非小故思惟可信者恩情無二惟有母與婦故敢入見太后王后與共合藥當煎十五日乃成故欲日日入伺候火齊耳王曰大佳汝何故使飲藥一仰令盡不得中息爲欲内毒恐我覺耶耆域曰藥有劑數氣味宜當相及若其中息則不相繼王曰大佳汝何故欲得我象乘之此象是我國寶一日行八千里我所以威伏諸國正怙此象汝欲乘之爲欲盜以歸家與汝父攻我國耶耆域曰乃南界山中有神妙藥去此四千里王飲藥宜當即得此草重復服之故欲乘此象詣往採之朝去暮還令藥味相及王意大解皆悉聽之於是耆域煎鍊醍醐十五日成化如清水凡得五升便與太后王后俱捧藥出白王可服願被白象置殿前王即聽之王見藥但如水初無氣味不知是

醍醐又太后身自臨合信其非毒便如本要一飲而盡耆域便乘象徑去還羅閱祇國爾時耆域適行三千里耆域年小力脅尚微不堪疾迅頭眩疲極便止息盱到日過中王噫氣出聞醍醐臭便更大怒曰小兒敢以醍醐中我我恠兒所以求我白象正欲叛去王有勇士之臣名曰烏神足步行能及此象即呼烏曰汝急往逐取兒來生將以還我欲目前搥殺之汝性常不廉貪於飲食故名為烏此醫師輩多喜行毒若兒為汝設食慎莫食也烏受勑便行及之於山中曰汝何故以醍醐中王而云是藥王故令我追呼汝還汝急隨我還陳謝自首庶可望活若故欲走今必殺汝終不得脫耆域自念我方便求此白象復不得脫今當復作方便何可隨去乃謂烏言我朝來未食還必當死寧可假我須臾得於山間敢果飲水飽而就死乎烏見耆域小兒畏死懼怖言辭辛苦憐而聽之曰促食當去不得久留耆域乃取一棃齧食其半以毒藥著爪甲中以分餘半便置於地又取一盃水先飲其半又行爪下毒於餘水中復置於地乃歎曰水及棃皆是天藥既清香且美其飲食此者令人身安百病皆愈氣力兼倍恨其不在國都之下百姓當共得之而在深山之中人不知也便進入山索求他果烏性既貪不能忍於飲食又聞耆域歎為神藥亦見耆域已飲食之謂必無毒便取餘棃食盡飲餘水便下痢痢如注水躃地而盱起輒眩倒不能復動耆域曰王服我藥病必當愈然今藥力未行餘毒未盡我今往者必當殺我汝無

所知起欲得我以解身負故使汝病病自無苦愼莫動摇三日當瘥若起逐我必死不疑便上象而去耆域則過墟聚語長伍曰此是國王使令忽得病汝等急往舁取歸家好養護之厚其床席給與糜粥愼莫令死死者王滅汝國語畢便去遂歸本國長伍承勑迎取養護三日毒歇下絶烏便歸見王叩頭自陳曰我實愚癡違負王敎信耆域言飲食其餘水果爲其所中下痢三日始今旦瘥自知當死比烏還三日之中王病已瘥王自追念悔遣烏行見烏來還且悲且喜曰賴汝不即將兒來當我恚時必當搥殺我得其恩命得生活而反殺之逆戾罪不細也即料前後所枉殺者悉更厚葬復其家門賜與錢財思見耆域欲報其恩即遣使者奉迎耆域耆域雖知

王病瘥猶懷餘怖不復欲往爾時耆域復詣佛所接足頂禮而白佛言世尊彼王遣使來喚爲可往不佛告耆域汝本宿命已有弘誓當成功德何得中止今應更往汝已治其外病我亦當治其內病耆域便隨使者去王見耆域甚大歡喜引與同坐把持其臂曰賴蒙仁者之恩今得更生當何以報當分國土以半相與宮中婇女庫藏寶物悉當分半幸願仁者受之耆域曰我本爲太子雖是小國亦有民人珍寶具足不樂治國故求爲醫當行治病當用土地婇女寶物爲皆所不用王前聽我五願外病已愈今若聽一願內病可復除愈王曰唯聽仁教請復聞一願之事耆域曰願王請佛從受明法因爲王說佛功德巍巍特尊王聞大喜曰今欲遣烏臣以白象迎

佛可得致不耆域曰不用白象佛皆一切遥知人心所念但宿齋戒清淨供具燒香遥請向佛作禮長跪白請佛必自來王如其言佛明日與千二百五十比丘俱來飯食已畢為王說經王意開解便發無上正真道心舉國大小皆受五戒恭敬作禮而去又柰女生既奇異長又聰明從父學問博知經道星曆諸術殊勝於父加達聲樂音如梵天諸迦羅越及梵志家女合五百人皆往從學以為大師柰女常從五百弟子讃授經術或相與遊戲園池及作音樂國人不解其故便生譏謗呼為婬女五百弟子皆號婬黨又柰女生時國中復有須曼女及波曇女亦同時俱生須曼女者生於須曼華中國有迦羅越家常笮須曼以為香膏笮膏石邊忽作瘤節大如彈丸日日長大至如手拳石便卒破見石節之中有聚聚如螢火射出墮地三日而生須曼又三日成華華舒中有小女兒迦羅越取養之名曰須曼女長大姝好及才明智慧亞次柰女爾時又有梵志家浴池中自然生青蓮華華特加大日日長益如五斗瓶華舒中見有女兒梵志取養之名波曇女長大又好才明智慧如須曼女諸國王聞此二女顏容絕世交來求娉之二女曰我生不由胞胎乃出草華之中是與凡人不同何宜當隨世人乃復嫁耶聞柰女聰明容貌絕世無與譬者人生與我同體皆辭父母往事柰女求作弟子明經智慧皆勝此五百人爾時佛入維耶梨國柰女便率將弟子五百人出迎佛頭面作禮長跪白言願佛明日到我園中飯食佛嘿然

受之柰女還歸辦其供具佛進入城國王又出宮迎佛禮畢長跪請佛願明日到宮飲食佛言柰女向已前請王後之矣王曰我爲國王至心請佛必望依許柰女但是婬女日日將從五百婬弟子行作不軌何爲捨我而應其請爾時世尊即告王曰此女非婬女其宿命有大功德已供養三億佛昔又曾與須曼女俱爲姊妹柰女最大須曼次之波曇最小生於大姓家財寶饒富姊妹相率供養五百比丘尼日日施設飲食及作衣服隨所乏無皆悉供足盡其壽命三人常發誓言願我後世逢佛得自然化生不由胞胎遠離穢垢今如本願生值我時又昔雖供養比丘尼然其作豪富家兒言語憍逸時時或戲笑比丘尼曰諸道人於悒日久必當欲嫁迫有我等供養撿押不得放恣情意是故今者受此餘殃雖日讀經行道而虛被誹謗此五百弟子時亦并力相助供養同心歡喜今故會生果復相隨耆域爾時爲貧家作子柰女供養意甚慕樂而無資財乃常爲比丘尼掃除掃除潔淨已輒發誓念言令我能掃除天下人身病穢如是快耶柰女憐其貧窮又加其勤力常呼爲子其比丘尼有疾病時常使耆域迎醫及合湯藥曰令汝後世與我共獲是福耆域迎醫所治悉愈乃誓曰願我後世爲大醫王常治一切人身四大之病所向皆愈皆宿日因緣今故爲柰女作子皆如本願王聞佛語乃長跪悔過却期後日佛明日便與諸比丘到柰女園具爲說本願功德三女聞經開解并五百弟子同時歡喜出家修行精勤不懈

皆得阿羅漢道佛告阿難汝當受持爲四衆說莫令斷絶一切衆生愼身口意勿生憍慢放逸柰女往昔時調戲比丘尼故今被婬謗汝當修行身口意業恒發善願聞者隨喜信樂受持莫生誹謗墮於地獄餘報畜生經百千劫後報爲人貧窮下賤不聞正法邪見家生恒值惡王身不具足汝當修行受持讀誦盡未來際常使不絶爾時阿難從座而起稽首禮足長跪合掌白佛言世尊此法之要當名何經佛語阿難此經名曰柰女耆域因緣經修行法用如上供養比丘比丘尼施藥迎醫隨喜發誓今獲果報如是受持佛說經已大衆人民天龍八部聞佛所說歡喜奉行

佛說柰女耆域因緣經

音釋

蓏 郎果切果蓏木生曰果蔓生曰蓏　擎 渠京切舉也　祚 存故切祿也　啖 徒濫切食也　溉 居代切灌注也　湩 覩勇切乳汁也　瘤 力求切疣贅也　杪 弭沼切木末也　棧 仕限切棚也　竇 大透切穴也　鐶 胡關切指鐶也　瘥 楚懈切病除也　㓖 疋美切㓖剝也　賏 幺莖切長頸瓶也　騗 匹見切躍上馬也　攫 厥縛切　睚眥 睚牛懈切眥士懈切睚眥瞋目貌　診 止忍切候脈也　蠆 丑邁切毒蟲也　睍 研計切邪視也　劑 才詣切藥劑也　胘 縈絹切瞑眩也　噫 乙界切飽食息也　齧 倪結切噬也　舁 羊諸切共舉也　笮 側格切壓也

佛説柰女耆婆經

後漢安世高譯

清刻龍藏佛說法變相圖

佛說柰女耆婆經

後漢安世高譯

佛在世時維耶離國王苑中自然生一柰樹枝葉繁茂實又加大旣有光色香美非凡王實愛此柰自非宮中尊貴美人不得噉此柰果其國中有梵志居士財富無數一國無雙又聰明博達才智超羣王重愛之用爲大臣王請梵志飯食畢以一柰賞與之梵志見柰香美非凡乃問王曰此柰樹下寧有小栽可得乞不王曰大多小栽吾恐妨其大樹輒除去之卿若欲得今當相與即以一柰栽與梵志得歸種之朝夕灌漑日日長大枝條茂好三年生實光彩大小如王家柰梵志大喜自念我家資財無數不減於王唯無此柰以爲不如今已得之爲無減王即取食之而大苦

澀了不可食梵志更大愁惱乃退思惟當是土無肥潤故耳乃捉取百牛之乳以飲一牛復取一牛乳煎爲醍醐以灌柰根日日灌之到至明年實乃甘美如王家柰而樹邊忽復生一瘤節大如手拳日日增長梵志心念忽有此瘤節恐妨其實適欲斫去復恐傷樹連日思惟遲迴未決而節中忽生一枝正指上向洪直調好高出樹頭去地七丈其杪乃分作諸枝周圍傍出形如偃蓋華葉茂好勝於本樹梵志怪之不知枝上當何所有乃作棧閣登而視之見枝上偃蓋之中乃有池水旣清且香又有衆華彩色鮮明披視華下有一女兒在池水中梵志抱取歸長養之名曰柰女至年十五顔色端正天下無雙宣聞遠國有七國王同時俱來詣梵志所求娉柰女以爲夫人梵志大恐怖不知當以與誰乃於園中架一高樓以柰女著上出謂諸王曰此女非我所生自出於柰樹之上亦不知是天龍鬼神女耶鬼魅之物今七王俱來求之我設與一王六王當怒不敢愛惜也女今在園中樓上諸王便自共議有應得者便自取去非我所制也於是七王口共諍之紛紜未決至其夕夜萍沙王從伏竇中入登樓就之共宿明晨當去柰女白曰大王幸枉威尊接近於我今復相捨而去若其有子則是王種當何所付王曰若是男兒當以還我若是女兒便以與汝王即脱手金鐶之印以付柰女以是爲信便出語羣臣曰我已得柰女與共一宿亦無奇異故如凡人故不取耳萍沙軍中皆稱萬歲曰我王已得柰女六王聞之便各還

去柰女後生得男兒兒生之時手中抱持針藥囊出梵志曰此國王之子而執持醫器必是醫王名曰耆婆至年八歲聰明高才學問書疏越殊倫匹與比隣小兒遊戲心常輕諸小兒以不如已諸小兒共罵之曰無父之子婬女所生何敢輕我耆婆愕然默而不答便歸問母曰我視子曹皆不如我而反罵我言無父之子我父今者爲在何許母曰汝父者正萍沙王是也耆婆曰萍沙王乃在羅閱祇國去此五百里何緣生我若如母言何以爲證母即出印鐶示之曰此則汝父鐶也耆婆省之見有萍沙王印文便奉持此鐶往到羅閱祇國徑入宮門門無訶者即到王前爲王作禮長跪白王言我是王子柰女所生今年八歲始知是大王種類故持指鐶印信遠來歸家王見印文憶昔日之誓知是其子悵然憐之以爲太子涉歷二年後阿闍世王生耆婆因白王曰我初生時手持針藥囊是應當爲醫也王雖以我爲太子非我所樂王今自有嫡子生矣應襲尊嗣我願得行學醫術王即聽之王曰汝不爲太子者不得空食王禄應學醫道王即命勑國中諸上手醫盡術教之而耆婆但行嬉戲未曾受學諸師責謂之曰醫術鄙陋誠非太子至尊所宜當學然大王之命不可違廢受勑以來積有日月而太子初不受半言之方王若問我我當何對耆婆曰我生而有醫證在手故白大王捐棄榮豪求學醫術豈復懈怠須師督促直以諸師之道無足學者故耳便取本草藥方針脉諸經具難問師師窮無以答皆下爲耆婆作禮

長跪叉手曰今日審知太子神聖實非我等所及也向所問諸事皆是我師歷世疑義所不能通願太子具悉説之開解我等生年之結耆婆便爲解説其義諸醫歡喜皆悉更起頭面作禮承受其法於是耆婆便行治病所治輒愈國内知名後欲入宫於宫門前逢一小兒擔樵耆婆望視悉見此兒五臟腸胃縷悉分明耆婆心念本草經説有藥王樹從外照内見人腹臟此兒樵中得無有藥王耶即往問兒賣樵幾錢兒曰十錢便雇兒十錢兒下樵置地則更闇冥不復見其腹中耆婆心更思惟不知束中何者爲是藥王便解兩束一一取之以著兒腹上無所照見輒復更取如是盡兩束樵最後有一小枝裁長尺餘試取以照即復具見腹内耆婆大喜知此小枝定是藥王悉還兒樵兒即已得錢樵又如故歡喜而去爾時國中有迦羅越家女年十五臨當嫁日忽頭痛而死耆婆聞之往至其家問女父此女常有何病乃至致死父曰女小有頭痛疾日月增甚今朝發作尤甚於常以致絶命耆婆便進以藥王照視頭中見有刺蟲大小相生乃數百頭鑚食其腦腦盡故死便以金刀披破其頭悉出諸蟲封著甕中以三種神膏塗瘡一種者補蟲所食骨間之傷一種生腦一種治外刀瘡告女父曰好令安靜愼莫使驚七日當愈平復如故到其日我當復來耆婆適去女母便啼哭曰我子爲再死也豈有披破頭腦當復活者父何忍令他人取子那爾父止之曰耆婆生而把持針藥棄國尊位行作醫師但爲一切人命故耳

此乃天之醫王豈當妄耶囑語汝言愼莫使驚而汝今反啼哭以驚動之將令此兒不復得生耶母聞父言止不復哭共養護之寂靜七日七日晨明女便吹氣而寤如從卧覺曰我今者了不復頭痛身體皆安誰護我者使得如是父曰汝前已死醫王耆婆故來護汝破頭出蟲以得更生便開見出蟲示之女見便大驚怖深自僥倖曰耆婆神乃如是我以何報其恩父曰耆婆與我期言今日當來於是須臾耆婆便來女大歡喜出門奉迎頭面作禮長跪叉手曰願爲耆婆作婢終身供養以報更生之恩耆婆曰我爲醫師周行治病居無常處何用婢爲汝必欲報恩者與我五百兩金我亦不用此金所以求者凡人學道法當謝師師雖無以教我我現曾爲弟子今得汝金當以與之女便奉五百兩金以上耆婆耆婆便受以與師因白王暫歸省母到維耶離國國中復有迦羅越家男兒好學武事作一木馬高七尺餘日日習學騙上初學適得上馬久久益習忽過去失踞躃地而死耆婆聞之便往以藥王照視腹中見其肝反戾向後氣結不通故死復以金刀破腹手探料理還肝向前畢以三種神膏塗之其一種補手所攫持之處一種通利氣息一種主合刀瘡畢囑語其父曰愼莫令驚三日當愈父承敎勅寂靜養視至於三日兒便吐氣而寤狀如卧覺即便起坐須臾耆婆亦來兒歡喜出門迎頭面作禮長跪白言願爲耆婆作奴終身供養以報再活之恩耆婆曰我爲醫師周行治病病者之家爭爲我使何用奴爲我母

養我勤苦我未有供養之恩報母卿若欲謝我恩者可與我五百兩金以報我母恩於是取金以上柰女還歸羅閱祇國耆婆活此兩人馳名天下莫不聞知又南方有大國去羅閱祇八千里萍沙及諸小國皆臣屬之其王疾病積年不瘥恒苦瞋恚睚眥殺人人舉目視之亦殺低頭不仰亦殺使人行遲亦殺疾走亦殺左右侍人不知當何措手足醫師合藥輙嫌有毒亦殺之前後所殺宫女傍臣及醫師之輩不可稱數病日增甚毒熱攻心煩滿短氣如火燒身聞有耆婆名即爲下書勑萍沙王徵召耆婆耆婆聞此王多殺醫師大以恐怖萍沙又憐其年小恐爲所殺適欲不遣畏見誅伐父子相守晝夜憂愁不知何計爾時萍沙王乃將耆婆俱往問佛佛告耆婆汝宿命時與我約誓俱當救護天下人病我治内病汝治外病今我得佛故如本願會生我前此王病篤遠來迎汝如何不往急往救護之好作方便令病必愈王不殺汝耆婆便承佛威神往到王所診省脉理及以藥王照之見王五臟及百脉之中血氣擾擾悉是蚖蠆之毒周帀身體耆婆白王王病可治治之保愈然宜得入見於太后諮議合藥若不見太后藥終不成王聞此語不解其故意甚欲怒然患身病宿聞耆婆之名故遠迎之冀必有益且是小兒知無他奸忍而聽之即遣青衣黄門將入見太后耆婆白太后王病可治今當合藥宜密啓其方不得宣露宜顧屏左右太后即遣青衣黄門去耆婆因問太后向省王病見王身中血氣悉是蛇蠆之毒似非

人類王爲定是誰子太后以實語我我今能治若不語我我則不治病不得愈太后曰我昔曾於金柱殿中晝卧忽有物來壓我身上我時恍惚若夢若覺狀如魘夢遂與情通忽然而寤見有大蠆長三尺餘從我上去則覺有胎王實是此蠆子也我羞恥此未曾出口童子今乃覺之何若神妙若病可治願以王命委囑童子今耆治之當用何藥耆婆曰唯有醍醐耳太后曰咄童子慎莫道此醍醐而王大惡聞醍醐之氣又惡聞醍醐之名前後坐口道醍醐而死者數百千人汝今道此必當殺汝以此飲王終不得下願更用他藥耆婆曰醍醐治毒毒病惡聞醍醐是也王病若微及是他毒爲有餘藥可以愈之蠆毒既重又已帀王身體自非醍醐終不能消今當煎鍊化令成水無氣無味王意不覺自當飲之藥下必愈無可憂也便出見王曰向入見太后已啓藥方今當合之十五日當成今我有五願王若聽我病即可愈若不聽我病不得愈王問五願盡何等事耆婆曰一者願得王甲藏中新衣未歷軀者與我著之二者願令我得獨自出入宮門門無訶者三者願得日日獨入見太后及王皇后莫禁訶我四者願王飮藥當一時令盡莫得中息五者願得王八千里白象與我乘之王聞大怒曰鼠子何敢求是五願促具解之若不能解今打殺汝汝何故求我新衣爲欲殺我便著我衣詐作我身耶耆婆曰合藥宜當精潔齋戒而我來日經久衣服皆被塵垢固欲得王衣著之以合藥也意便解曰如此大佳汝何故復欲自

出入宮門令無禁訶欲因此將兵來攻殺我耶耆婆曰王前後使諸醫師皆嫌疑之無所委信又誅殺之不服其藥羣臣大小皆言王當復殺我而王病已甚恐外人生心作亂若令我自出入不見禁訶外人大小皆知王信我必服我藥病必當愈則不敢生逆亂之心也王曰大佳汝何故欲日日獨入見我母及見我婦欲作婬亂耶耆婆曰王前後殺人甚多臣下大小各懷恐怖皆不願王之安隱無可信者令共合藥因我顧晛之間便投於毒藥我所不覺即非小事因思惟天下可信者恩情無二唯有母與婦固欲入見太后皇后與共合藥當煎十五日乃成固欲日日得入伺候火齊耳王曰大佳汝何故使我飲藥一時令盡不得中息爲欲内毒恐我覺耶耆婆曰藥有齊數氣味宜當相及若其中息則氣不相繼王曰大佳汝何故欲得我白象乘之此象是我國寶一日行八千里我所以威伏諸國正怙此象汝欲乘之爲欲盜以歸家與汝父攻我國耶耆婆曰乃南界山中有神妙藥草去此四千里王服藥宜當即得此草重復服之固欲乘此白象詣往採之朝去暮還令藥味相及也王意大解皆悉聽之於是耆婆煎鍊醍醐十五日成化如清水凡得五升便與太后皇后俱捧藥出白王可服願軟白象預置殿前王即聽之王見藥但如清水初無氣味不知是醍醐又太后皇后身自臨合信其非毒便如本約一服而盡耆婆便乘象徑歸其本國適行三千里耆婆年小力勢尚微不堪疾迅頭眩疲極便止山間卧息到日

過中王噫氣出聞醍醐臭便大怒曰小鼠子以醍醐中我我怪鼠子所以求我白象正欲以叛去耳王有勇士之臣名曰爲烏唯烏神足步行能及此象即呼烏曰汝急往逐取鼠來生將以還我自目前捶殺之汝性常不能廉貪於飲食故名爲烏此醫師輩多喜行毒若鼠爲汝設食慎莫食之烏受勑便行及之於山中烏曰汝何故以醍醐中王而言是藥王故令我追呼汝還汝急隨我還陳謝自首庶可望活汝若欲走今必殺汝終不得脫耆婆自念我雖作方便求此白象復不得脫今當復作方便何可隨去乃謂烏曰我朝來未食還必當死寧可假我須臾得於山間噉果飲水飽而就死乎烏見耆婆小兒畏死懼怖言辭辛苦矜而聽之曰促食當去不得久留耆婆乃取一棃齧食其半以毒藥著爪甲中以分餘半便置於地又取一盃水先飲其半又行爪下毒於餘水中復置於地乃歎曰此水及棃皆是天藥既清香且美其飲食此者令人身安百病皆愈氣力兼倍恨其不在國都之下百姓當共得之而在深山之中人不知也便進入山索求他木果烏性既貪不能忍於飢渴又聞耆婆歎爲神藥亦見耆婆已飲食之謂必無毒便取餘棃噉盡飲餘水即便下痢痢如注水躃地而卧起輙眩倒不能復動耆婆往語之曰王服我藥病必當愈然今藥力未行餘毒未盡我今往者必當殺我汝無所知起欲得我以解身負固使汝病病自無苦慎莫動搖三日當瘥若遂起逐我必死不疑便上象而去耆婆則過墟聚語伍長

曰此是大國王使令忽得病汝等急往舁取歸家好養護之厚其牀席給與糜粥愼莫令死若令死者王滅汝國語畢便去遂歸本國伍長承勑迎取養護三日毒歇下絶烏便歸見王叩頭自陳曰我實愚癡違負王敎信耆婆言飲食其餘果水爲毒所中下痢三日始今旦瘥自知當死比烏還三日之中王病已瘥王目追念悔遣烏行見烏來還且悲且喜曰賴卿不即將兒還當我恚時必當捶殺我得其恩命得生活而反殺之逆戾罪不細也即悔前後所枉殺者悉更厚葬復其家門賜與錢財思見耆婆欲報其恩即遣使者奉迎耆婆耆婆雖知王病已瘥猶懷餘怖不欲復往耆婆復詣佛所接足頂禮白佛言世尊彼土遣使來喚可往不佛告耆婆汝本宿命已有弘誓當成功德何得中止今應更往汝已治其外病我亦復當治其內病耆婆便隨使者去王見耆婆而大歡喜引與同坐把持其臂曰賴蒙仁者之恩今得更生當何以報當分國土以半相與宮内婇女庫藏寶物悉當分半幸願仁者受之耆婆曰我本爲太子雖是小國亦有人民珍寶具足不樂治國故求爲醫當行治病當用土地婇女寶物爲皆所不用王前聽我五願外病得愈若重復聽我一願内病可復除愈王曰唯聽仁敎請復聞一願之事耆婆曰願王請佛從受明法便爲王説佛之功德巍巍特尊王聞大喜曰今欲遣烏臣白象迎佛可得致不耆婆曰不用白象也佛解一切遙知人心所念但宿齋戒清淨供具燒香遙請向佛作禮長跪白請佛必

自來王如其言佛明日與千二百五十比丘俱來飲食已畢爲王說經王意開解便發無上正眞道心舉國大小皆受五戒各各恭敬作禮而去又柰女生旣奇異長又聰明從父學問博知經道星曆諸術殊勝於父加達聲樂音如梵天諸迦羅越及梵志家女合五百人皆往從學以爲大師柰女常從五百弟子講受經術或相與遊戲園池及作音樂國人不解其故便生謗議呼爲婬女五百弟子皆號婬黨又柰女生時國中復有須曼女及波曇女亦同時俱生須曼女者生於須曼華中國有迦羅越家常笮須曼以爲香膏笮膏石邊忽作瘤節大如彈丸日日長大至如手拳石便爆破見石節之中耿耿如螢火光射出墮地三日而生須曼又三日成華華舒中有小女兒迦羅越取養之名曰須曼女長大姝好才明智慧亞次柰女時又有梵志家浴池中自然生青蓮華華特加大日日益長如五斗瓶華舒見中有女兒梵志取養之名曰波曇女長大又好才明智慧如須曼女諸國王聞此二女顏容絶世交來求娉之二女曰我生不由胞胎乃出草華之中是與凡人不同豈宜當隨世人乃復嫁耶聞柰女聰明世無與等又生與我同體皆辭父母往事柰女求作弟子明智博達皆勝五百人佛時遊維耶離國柰女便將弟子五百出城迎佛頭面作禮長跪白言願佛明日到我園中飯食佛默然受之柰女還歸供具佛進入城國王又出宮迎佛禮畢長跪請佛願佛明日到宮佛言柰女向已前請王後之矣王曰我爲國王至

心請佛必望哀許柰女但是婬女日日將從五百婬弟子行作不軌佛何爲捨我而應其請佛言此女非婬其宿命有大功德巳供養三億佛昔柰女又常與須曼波曇俱爲姊妹柰女最大須曼次之波曇最小生於大姓家財寶饒富姊妹相率共供養五百比丘尼日日施設飲食及作衣服隨所乏無皆悉供之盡其壽命三人常誓言願我後世逢佛得自然化生不由胞胎遠離垢穢今如本願生值我時又昔雖供養比丘尼然其豪富家兒言語憍逸時時或戲比丘尼曰諸道人於邑日久必當欲嫁也迫有我等供養撿押不得放恣情意耳故今者受此餘殃雖日讀經行道而虛被誹謗生此五百弟子時亦并力相助供養同心歡喜今故會此果復相隨耆婆時爲貧家作子見柰女供養意甚慕樂而無資財乃常爲比丘尼掃除潔淨巳輙發念言令我能掃除天下人身病穢如是快耶柰女矜其貧窮又加勤力常呼爲子其比丘尼有疾病常使耆婆迎醫及合湯藥曰今汝後世與我共獲是福耆婆迎醫所治悉愈乃誓曰願我後世爲大醫王常治一切人身四大之病所向皆愈宿日因緣今故爲柰女作子皆如其本願王聞佛言乃長跪悔過却期後日佛明日便與諸比丘到柰女園具爲説本願功德三女聞經開解并五百弟子同時歡喜皆得阿羅漢道佛告阿難汝當受持爲四衆説莫令斷絶一切衆生愼身口意勿生憍慢放逸柰女往昔時調戲比丘尼故今被婬謗汝當修行身口意業恒發善願聞者隨喜信樂

受持莫生誹謗墮於地獄餘報畜生經一百千劫後報爲人貧窮下賤不聞正法邪見家生恒值惡王身不具足汝當修行受持讀誦盡未來際常使不絶

佛說柰女耆婆經

音釋

㓨七賜切與刺同　爆巴校切爆裂也

佛說生經

西晉三藏竺法護譯

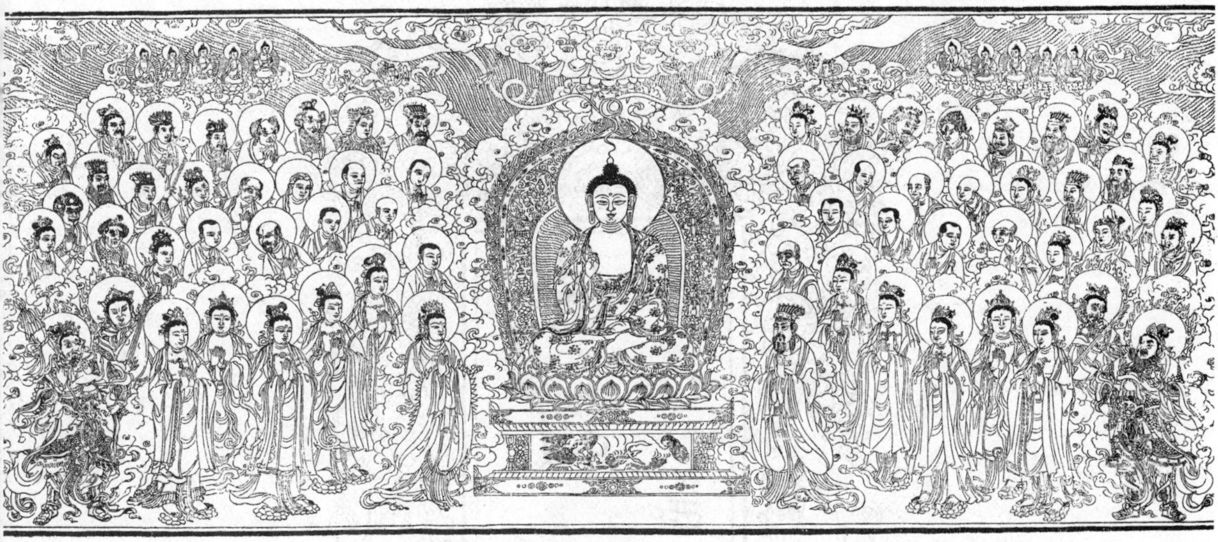

清刻龍藏佛說法變相圖

佛說生經卷第一

西晉三藏竺法護譯

佛說那賴經第一

聞如是一時佛遊舍衛國祇樹給孤獨園與大比丘衆千二百五十人俱爾時有族姓子棄家捐妻子捨諸眷屬行作沙門其婦端正姝好見夫捨家作沙門便復行嫁族姓子聞之心即生念與婦相娛樂時夫婦之禮戲笑放逸心常想此不去須臾念婦在前面類形貌坐起舉動愁憂憒惱不復慕樂淨修梵行便歸其家諸比丘聞便往啓佛世尊應時遣人呼比丘來輒即受教比丘至已爲佛作禮却坐一面佛即爲比丘蠲色欲念除癡愛失爲說塵勞之穢樂少憂多多壞少成無有節限惟有佛及諸弟子明智之人分別是耳愛

欲罪生不可稱限超越色欲休息衆想講閑居誦時族姓子尋時證明賢聖之法時諸比丘得未曾有各共議言且當觀此於是族姓子棄家牢獄鋃鐺杻械想著妻子而自繫縛不樂梵行於時世尊開示如來章句諸通慧句有目章句化人賢聖時諸比丘白世尊曰我等觀察是族姓子棄捐家居信爲沙門還念妻子形類舉動家事世尊爲説愛欲之瑕法律之德生死之難無爲之安使至聖證無著之界自非如來至眞等正覺孰能爾乎佛告諸比丘此比丘者不但今世心常在欲迷惑情色不能自制志縛在欲無能制者獨佛勸化除其所惑愛欲之著耳乃往過去久遠世時有一國王名方迹中宮婇女不可稱數顏貌端正色像難及與他人諍與婬蕩女離于慈哀或與婢使或與童子而或鬭諍各各鬭諍不肯共和適鬭諍已便出宮去王方迹聞之恚諸臣吏求諸婇女不知所趣愁憂不樂涕泣悲哀念諸婦女戲笑娛樂夫婦之義本現前時諸作妓樂思念舉動坐起之法反益用愁不能自解於時有一仙人與五神通神足飛行威神無極名曰那賴（此云無樂）見方迹王爲愛欲惑不能自解爲興慈哀欲爲蠲除愛欲之患飛在空中而現神足忽然來下住王殿上時王即見尋起迎逆讓之在牀則便就座問於王曰大王何故意在愛欲勞思多念思想情色不能自諫頓首實然宮中婇女共爭尊卑上下之叙不能相和各馳捨去是以憂慼不能自解於是仙人爲説愛欲之難離欲之德世人求欲不知猒足假使一人得

一切欲無猒無足以偈頌曰

一切世間欲　非一人不猒　所有有危害
云何自喪已　一切諸衆流　悉皆歸于海
不以爲滿足　所愛不猒爾　假使得爲梵
致尊豪難及　所欲復超彼　不以爲猒足
假使閻浮提　樹木諸草葉　燒之不以猒
欲不足如是　設八輩男子　端正顏貌姝
一切加以欲　威力端正好　設爲言增惡
毀欲於丈夫　不以輕爲輕　求猒爲用猒
大王當知此　設習愛欲事　恩愛轉增長
譬如飲醎水　於時彼仙人　爲王方迹講
爲說辛苦偈　令意得開解

於時仙人爲方迹王以是法教而開化時王即開解無所慕樂出家爲道修四梵行斷除愛欲具足衆行壽終之後生于梵天佛告諸比丘欲知爾時方迹王者則此比丘是那賴仙人者則我身是爾時相遭今亦相遇佛說如是莫不歡喜

佛說分衛比丘經第二

聞如是一時佛遊舍衛祇樹給孤獨園與大比丘衆千二百五十人俱有一比丘普行分衛一一次第入婬蕩家舍於時婬女見比丘入至其家舍歡喜踊躍即從座起尋而奉迎稽首足下請屈就座又問比丘仁從何來比丘答曰吾主分衛故來乞匃於是女人即爲施設餚饌衆味盛之滿鉢而奉上之比丘即受自退而去彼時比丘得是美食甘美豐足心中歡喜不能自勝數數往詣婬蕩女舍時女心念計此比丘守法難及頻爲與設甘肥肥美之食而授與之往返不息學問未明所

作不辦未伏諸根見婬蕩女顔色妙好婬意爲動志在放逸著婬蕩女口出輭柔恩情之辭懷親附心與語周旋彼家日日不懈分衛比丘覩其好色聽聞音聲婬意爲亂迷惑憒錯不能自覺而佛經曰目見好色婬意爲動又世尊曰雖觀女人長者如母中者如姊少者如妹如子如女當内觀身念皆惡露無可愛者外如畫瓶中滿不淨觀此四大地水火風因縁合成本無所有時彼比丘不曉空觀但作色視婬意則亂爲婬女人而説頌曰

淑女年幼童清淨　顔貌端正姝妙好
一一觀容無等倫　吾意志願共和同

時婬蕩女見此比丘所説如是吾本不知兇惡貪婬反以清淨奉戒意待謂之仁賢喜犯罪釁隨其來言當折答之即時以偈而報頌曰

當持飲食來　香華好衣服　若干種供養
爾乃與仁俱

於是比丘以偈答女頌曰

吾無有財業　觀我行舉動　以乞匃而立
所得者相與

於是婬女以偈而頌曰

假使卿身無財業　何爲立志求難致
如卿所作無羞慚　馳走促出離我家

時逐出比丘遣至祇樹門諸比丘即來詣佛啓白世尊具説本末佛言此比丘宿命曾作水鼈婬女曾作獼猴故亦相好志不得果還自侵欺不入正教增益惱患於今如是志願婬女願不從心逆見折辱慚愧而去佛言乃往過去無數世時大江水中鼈所居遊其江

水邊樹木熾盛彼叢樹間有一獼猴止頓彼樹於時彼鼈從江水出遥見樹木有此獼猴而與談語稍稍前行欲親近之數數往返相見有日日日如是覩之不懈則起婬意心爲迷惑汙染穢濁不能自覺則時以偈而歎頌曰

顔貌赤黄眼而青　遊叢樹間戲枝挌

吾今欲問毛滑澤　欲何志求何所存

獼猴以偈答曰

吾今具知鼈本末　爲國王子有聰明

今卿何故而問我　我聞此言懷狐疑

於是鼈復以偈答曰

吾心常存志在卿　心懷恩愛思想爾

以是之故而相問　當以何法而得會

獼猴以偈報頌曰

鼈當知之我處樹　不應與吾共合會

假使欲得與我俱　在叢樹間相供養

於是鼈復以偈答曰

吾所服食以肉活　柔輭甘美勝果蓏

不當貪求不可獲　當爲汝致衆柰果

爾時獼猴以偈報曰

假使卿身不處樹　何爲求我不可致

如今觀我無羞慚　且自馳走不忍見

佛告諸比丘爾時獼猴今婬蕩女人是鼈者分衞比丘是彼時放逸而慕求之不得如願今亦如是佛說如是莫不歡喜

佛說和難經第三

聞如是一時佛遊舍衞國祇樹給孤獨園與大比丘衆千二百五十人俱爾時和難釋子多求眷屬不覩其人不察行跡有欲出家便

除鬚髮而爲沙門授成就戒不問本末何所從來父母姓字善惡好醜識與不識趣欲得人而下鬚髮授具足戒諸比丘呵不當爲此趣有來人輒爲沙門欲得眷屬不顧後患當問本末何所從來舉動安諦爲見侵欺後悔無及和難比丘都不受諫值得見人輒下鬚髮爾時之世有凶惡人博掩之子遥聞和難釋家之子有無央數衣被鉢器好求眷屬趣得來學不問本末所從來處便下鬚髮其身飢凍無以自活欲往誑詐心豫設計詣和難所恭敬肅肅稽首爲禮威儀法則坐起安詳無有卒暴和難釋子告其人曰沙門安隱無憂無患親近愛欲則非吉祥懈怠無行人不知者爲欲所壞而習愛欲致無央數憒惱之害貪著愛欲不能得度其人答曰我身不能棄捐愛欲而爲沙門和難又問子何以故不爲沙門沙門者多獲衆利子便降意出爲沙門所學德行吾悉供給其人答曰唯諾從命除諸憂患假使安隱便爲沙門則除鬚髮授成就戒雖作沙門受教易使故自示現恭順無失精進勤修未曾懈怠忍辱順教時和難見可信可保不觀内態不復狐疑信之如一以諸衣被及鉢震越諸供養具皆用託之出外遊行意中安隱不謂作態悉斂衣鉢諸供養具馳走藏竄獨在一處與博掩子俱共飲食時和難聞彼新弟子所在即時速還觀其室中多所竊取周帀普問今爲所湊權時不現但遥聞之彼博掩子落度凶暴佯作沙門欲欺詐卿竊取財物衆人答曰卿性倉卒不問本末便下鬚髮今所取物在於獨處博掩

子俱而共食飲以知在彼恐不禁制默聲内
惱諸比丘聞具足白佛於是大聖告諸比丘
此博掩子落度之人不但今世以異形貌閑
居之像有所竊欺前世亦然和難比丘不刈
續信之乃往過去久遠世時時王舍城有一
賢人入婬蕩家與婬女俱飲食歌戲而相娱
樂所有財業不久殫盡其財物彼婬女人悉
奪取之不復聽入其家婬女逐之數數發遣
都不肯去時婬女人驅出其家去更求財爾
乃來還求財不得用求財故到鬱單國雖到
彼國無所識知時鬱單國有大尊者多財饒
寶勢富無量伴現仁賢往詣尊者吾爲賈客
衆人之導從其國來多致財寶道遇惡賊悉
見劫奪皆失財業貧窮委厄無以自活纔得
濟命盡力奔走今歸尊者給侍左右於時尊
者見之如此威儀法則行步進止有威神德
此則佳人吾爲設計令與復故其人黠慧聰
明辯才舉動應機志不懈怠意性易悟極可
尊者而以自樂護慎其心未曾放逸所作成
辦無事不成身行清淨口言柔輭無有麤獷
巧談美辭衆人見者莫不歡喜尊者眷屬家
中大小悉共敬愛皆共讚譽尊者見然踊躍
慰勞咸以爲慶見其行跡無有漏失即時付
信於時尊者觀其人德内外表裏不覩瑕短
普勸助之其人所作有所成立第一恭敬未
曾輕慢最見篤信如弟如兄等無差別戒定
安諦無有欺誑稍稍付信以大財業即時竊
取出之在外車載財寶諸好物還至王舍城
與妖婬蕩女飲食相樂彼於異時其人不現
普徧行索不知所湊觀察藏中大亡財寶不

可稱計見無財寶遍行求索不知所湊乃從人聞此人還至王舍城與婬女俱飲食此愽掩子非是長者非仁賢人尊者心念以走遠近不可復得甚自瞋恨歎咤說偈

非是賢君子　外貌似好華　不可色信人
及柔輭美辭　觀察舉動行　外現如佳善
明者當遠慮　共止當察試　乃知志性惡
博掩子揚聲　吾時不棄捨　譬如雜毒食
云何無返復　亦復薄恩情　智者不與俱
雖救令當捨　我時適見之　信故見欺侵
非賢現賢貌　竊財而亡走

佛告諸比丘爾時尊者今和難比丘身是落度欺者今博掩子作沙門欺和難者是前世相侵今世亦然佛說如是莫不歡喜

佛說邪業自活經第四

聞如是一時佛遊舍衛祇樹給孤獨園與大衆比丘千二百五十人俱時和難釋子爲人說經論生活業但講飲食衣被之具爲人說經講福德事報應之果未曾講論道義之慧大獲衣被飲食諸饌攝取此已立離賢聖有若干事說俗經典世間飲食與起種種非宜之說不演度世無極之慧諸比丘見所行分衛在於人家但說俗事衣食之供即時訶諫轉相告令衆學聞之即共追隨呵諫所爲云何賢者世尊大聖已以聖通身最正覺講世妙法難及難了玄普道教無念無想其心離名安隱無患明者所達從無央數億百千劫本從諸佛聽聞奉持皆安隱度諸比丘聞以家之信離家爲道而返更說世俗經典多想多求與發諸事世俗飲食無益之義離聖賢

迹乃復講論世俗之事時比丘往啓世尊佛告比丘是非沙門此非具足出家之業因法生活但求衣食未曾教導時佛世尊以無數事訶之所作非道法教告諸比丘和難釋子愚騃丈夫非但今世以衣食利世俗經典廣說法也欲自顯名令衆供養前世亦爾乃往過去無數世時於異閑居多有神仙處在其中有一仙人愚冥無明心閉意塞爲國王太子及諸臣吏惟但講說飲食諸饌衣服之具不論經道處知時節見乘車馬逆爲說經或爲迷者而往說經或處罣礙而爲說經或獲衣食世俗諸饌爲歎說經由是之故致美飲食諸供養具時異學梵志見之如此爲國王子及諸大臣講說經典遥見乘騎時諸仙人往啓和尚及餘仙人聞之如斯皆共訶諫非之所爲於時和尚五通仙人問之菩薩即時呵譴不當如是其有犯此非義之事若有誹謗計此二人皆非善哉不爲奇雅爲說此經離聖賢住不應典籍其聽受者亦不應宜則兩墮落於是和難以偈頌曰

兩俱不解誼　計之兩墮落　說法不得理
聽經不解義　於世俗難值　神仙講道誼
以俗衣食供　無知歎說此　服食粳米飯
上美肉全供　以依聖賢誼　欲論解典籍
遊志在閑居　飯食採果糧　是名所歎樂
神仙歎此法　道德寂所歌　法利爲梵志
威儀自調伏　無得樂非法　知節而少求
捨家行分衛　寧以此業活　無得違經典

佛告諸比丘欲知爾時常以衣食諸饌說法不論道者今和難釋子是也淨諸梵行其和

上者今比丘衆是五通仙人我身是前世相遇今亦相值佛說如是莫不歡喜

佛說是我所經第五

聞如是一時佛遊舍衛國祇樹給孤獨園與大比丘衆千二百五十人俱爾時有一尊長者財富無量金銀珍寶不可稱數勤苦治生飢渴寒熱觸冒諸難憂慼諸患不以道理積此財業雖爲財富不自衣食不能布施不能供養奉事二親不能給足妻子僕使無益中外家室親里安能布施爲福德乎衣即麤衣食即惡食意中悋惜父母窮乏妻子裸凍家室内外不與交通各自兩隨常恐煩嬈有所求索所作慳貪悋惜如此少福無智第一矜矜無所齎持本治生時或能至誠或不至誠積累財寶不可稱計不能衣食於時壽終旣無子姓所有財寶皆沒入官世尊告比丘且聽愚冥下士得微妙寶不能衣食不供父母妻子奴客萬分之後無所復益而有減損比丘聞此具足啓佛唯然世尊有一長者名號曰某財寶無量不能衣食不供父母妻子僕使不能布施一旦壽終財物沒入官佛告諸比丘今此尊長者非但今世慳貪愛惜財寶前世亦然乃往過去無數世時有大香山生無央數華菱諸藥及胡椒樹華菱樹上時有一鳥名曰我所止頓其中假使春月藥果熟時人皆採取服食療疾時我所鳥喚呼悲鳴此果我所汝等勿取吾心不欲令人採之雖叫喚呼衆人續取不聽其聲彼鳥薄福愁憂叫呼聲不休絶緣是命過佛言如是如是比丘於是之間愚騃之子爲下士治行求財或

正或邪積累財寶一旦命盡財不隨身猶如彼鳥名我所者見華菱樹及諸藥樹且欲成熟叫喚悲鳴皆是我所人遂採取不能禁制於時世尊則說頌曰

有鳥名我所　處在於香山　諸藥樹成熟
叫喚是我所　聞彼叫喚聲　餘鳥皆集會
衆人取藥去　我所鳥懊惱　如是假使人
積聚無量寶　既不念食飲　不施如斯鳥
縣官及盜賊　怨家水火等　奪之或燒没
如我所藥果　不能好飲食　牀卧具亦爾
香華諸供養　所有皆如是　既致得人身
來歸於種類　命盡皆捨去　無一隨其身
是故當殖德　顧念于後世　人所作功德
後世且待人　無得臨壽終　心中懷湯火
吾前爲放逸　故當造德本

佛告諸比丘欲知爾時我所鳥者則今此尊長者是是故比丘當修學此不當慳惜除垢濁心常修清淨是諸佛教佛說如是莫不歡喜

佛說野雞經第六

聞如是一時佛遊舍衛國祇樹給孤獨園與大比丘衆千二百五十人俱爾時佛告諸比丘乃往過去無數世時有大叢樹大叢樹間有野猫遊居在產經日不食飢餓欲極見樹王上有一野雞端正姝好即行慈心愍哀一切蚑行喘息人物之類於時野猫心懷毒害欲危雞命徐徐來前在於樹下以柔輭辭而說頌曰

意寂相異姝　食魚若好服　從樹來下地
當爲汝作妻

於時野雞以偈報曰

仁者有四脚　我身有兩足　計鳥與野猫
不宜爲夫妻

野猫以偈報曰

吾多所遊行　國邑及郡縣　不欲得餘人
惟意樂在人　君身現端正　顏貌立第一
吾亦微妙好　行清淨童女　當共相娛樂
如雞遊在外　兩人共等心　不亦快樂哉

時野雞以偈報曰

吾不識卿耶　是誰何求耶　衆事未辦足
明者所不歎

野猫復以偈報曰

既得如此妻　反以杖擊頭　在中貪爲劇
富者如雨寶　親近於眷屬　大寶財無量
以親近家室　息心得堅固

野雞以偈答曰

息意自從卿　青眼如惡瘡　如是見鎖繫
如閉在牢獄

野猫以偈報曰

不與我同心　言口如刺棘　會當用何致
愁慼當思想　吾身不臭穢　流出戒德香
云何欲捨我　遠遊在別處

野雞以偈答曰

汝欲遠牽挽　凶弊如蛇虺　摟彼皮柔軟
爾乃得叙申

野猫以偈答曰

速來下詣此　吾欲有所諠　并當語親里
及啓於父母

野雞復以偈答曰

吾有童女婦　顏正心性好　順禁戒如法

護意不欲違

野猫以偈答曰

於是以棘杖　在家順正教　家中有尊長
以法戒爲益　楊柳樹在外　皆以時茂盛
衆共稽首仁　如梵志事火　吾家以勢力
奉事諸梵志　吉祥多生子　當令饒財寶

野雞以偈報曰

天當與汝願　以梵杖擊卿　於世何有法
云何欲食雞

野猫以偈答曰

我當不食肉　曝露修清淨　禮事諸天衆
吾爲得此智

野雞以偈答曰

未曾見聞此　野猫修淨行　卿欲有所滅
爲賊欲噉雞　木與果各別　美辭陽喜笑
吾終不信卿　安得雞不噉　惡性而卒暴
觀面赤如血　其眼青如藍　卿當食鼠蟲
終不得雞食　何不行捕鼠　面赤眼正青
呌喚言猫時　吾衣毛則豎　輒避自欲藏
世世欲離卿　何意今相振

於是猫復以偈答曰

面色豈好乎　端正皆童耶　當問威儀則
及餘諸功德　諸行當具足　智慧有方便
曉了家居業　未曾有我比　我當好洗沐
今著好衣服　起舞歌聲音　乃爾愛敬我
又當洗仁足　爲其梳頭髻　及當調譺戲
然後愛敬我

於是野雞以偈答曰

吾非不自愛　今怨家梳頭　其與爾相親
終不得壽長

佛告諸比丘欲知爾時野猫今梅遮比丘是也時野雞者我身是也昔者相遇今亦如是佛説如是莫不歡喜

佛説前世諍女經第七

聞如是一時佛遊舍衛國祇樹給孤獨園與大比丘衆俱爾時調達心念毒害誹謗如來自謂有道衆人呵之天龍鬼神釋梵四王悉共曉喻勿得懷害向於如來莫謗世尊佛爲一切三界之尊有三達智無所罣礙天上天下莫不歸命云何誹謗得罪無量卿欲毁佛猶如舉手欲擲日月如以一塵欲超須彌如持一毛度於虚空調達聞之其心不改時諸比丘具以啓佛調達有何重嫌懷結乃爾佛告諸比丘調達不但今世世世如是乃往久遠無數劫時有一梵志財富無數有一好女端正殊妙色像第一諸梵志法其豪姓者假使處女與明經者於時梵志請諸同學五百之衆供養三月察其所知時五百人中有一人最上智慧學於三經博達五典章句次第不失經義問者發遣無所疑難最處上座又年朽耄面色醜陋不似人類兩眼復青父母愁憂女亦懷惱云何當爲此人作婦何異惡鬼當奈之何於時遠方有一梵志年既幼少顔貌殊好聰明智慧綜練三經通達五典上知天文下覩地理災變吉凶皆豫能覩能知六博妖異蠱道懷妊男女産乳難易懸傷十方蜎飛蠕動蚑行喘息人物之類懷四等心慈悲喜護聞彼豪姓大富梵志請諸同學五百之衆供養三月欲處於女尋時往詣一一難問諸梵志等咸皆窮之無辭以對五百之

衆智皆不及年少梵志則處上座時女父母及女見之皆大歡喜吾求女壻其日甚久今乃獲願年尊梵志曰吾年既老久許我女以爲妻婦且以假我所得賜遺悉用與卿可置此婦傷我年高勿相毀辱年少答曰不可越法以從人情我應納之何爲與卿三月畢竟即處女用與年少梵志其年老者心懷毒惡卿相毀辱而奪我婦世世所在與卿作怨或當危害或加毀辱終不相置年少梵志常行慈心彼猶懷害佛告諸比丘爾時年尊梵志今調達是年少梵志我身是也其女者瞿夷是前世之結于今不解佛説如是莫不歡喜

佛説墮珠著海中經第八

聞如是一時佛在王舍城靈鷲山與大比丘衆五百人俱一切大聖神通已達時諸比丘於講堂上坐共議言我等世尊從無數劫精進不懈不拘生死五道之患欲得佛道救濟一切用精進故超越九劫自致無上正真之道爲最正覺吾等蒙度以爲橋梁時佛遥聞比丘所議起到講堂問之何論比丘白曰我等共議世尊功德巍巍無量從累劫來精進無猒不避諸難勤苦求道欲濟一切不中墮落自致得佛我等蒙度佛告比丘實如所言誠無有異吾從無數劫以來精進求道初無懈息愍傷衆生欲度脱之用精進故自致得佛超越九劫出彌勒前我念過去無數劫時見國中人多有貧窮愍傷憐之以何方便而令豐饒念當入海獲如意珠乃有所救撾鼓摇鈴誰欲入海採求珍寶衆人大會僉當上船更作教令欲捨父母不惜妻子投身没命

當共入海所以者何海有三難一者大魚長萬八千里二者鬼神羅刹欲翻其船三者振山故作此令使得無怨適更令已衆人皆悔時五百人心獨堅固便望風舉帆乘船入海詣海龍王從求頭上如意之珠龍王見之用一切故勤勞入海欲濟窮士即以珠與時諸賈客各各採寶悉皆具足乘船來還海中諸龍及諸鬼神悉共議言此如意珠海中上寶非世俗人所當獲者云何損海益閻浮利誠可惜之當作方計還奪其珠不可失之至於人間時龍鬼神晝夜圍繞若干之帀欲奪其珠導師德尊威神巍巍諸鬼神龍雖欲翻船奪如意珠力所不任於時導師及五百人安隱度海菩薩踊躍住於海邊低頭下手呪願海神珠繫頸時海龍鬼神因緣得便使珠墮海導師感激吾行入海乘船涉難勤苦無量乃得此寶當救衆乏於今海神反令墮海勑邊侍人促持器來吾⿱龠廾海水若至底泥不得珠者終不休懈即器⿱龠廾水以精進力不避苦難不惜壽命水自然趣悉入器中諸海龍神見之如是心即懷懼此人威勢精進之力誠非世有若今⿱龠廾水不久竭海即持珠來辭謝還之吾等聊試不圖精進力勢如是天上天下無能勝君導師者獲寶齎還國中觀寶求願使雨七寶以供天下莫不安隱爾時導師則我身是五百賈客諸弟子者是我所將導師精進行入於大海還得寶珠救諸貧窮于今得佛竭生死海智慧無量救濟羣生莫不得度佛說如是莫不歡喜

佛說梅闍摩暴志謗佛經第九

聞如是一時佛遊舍衛國祇樹給孤獨園與大比丘衆千二百五十人俱爾時國王波斯匿請佛及比丘衆於中宮飯佛出祇樹與大比丘及諸菩薩天龍神鬼眷屬圍遶釋梵四王華香伎樂於上供養香汁灑地於時世尊與大衆俱入舍衛城欲詣王宮有比丘尼名曰暴志木魁繫腹似如懷妊因牽佛衣君爲我夫從得有身不給衣食此事云何時諸大衆天人釋梵四王諸天鬼神及國人民莫不驚惶佛爲一切三界之尊其心清淨過於摩尼智慧之明超於日月獨步三界無能逮者降伏諸邪九十六種莫不歸伏道德巍巍不可爲喻虛空無形尚可汙染佛以過彼無有等侶此比丘尼旣佛弟子云何懷惡欲謗如來於是世尊見衆會心欲爲決疑仰瞻上方時天帝釋尋時來下化作一鼠齧繫魁繩魁即墮地衆會覩之瞋喜交集怪之所以時國王瞋此比丘尼棄家遠業爲佛弟子旣不能暢歎譽如來無極功德反還懷妬結謗大聖乎即勑侍者掘地爲深坑欲倒埋之時佛解喻勿得爾也是吾宿罪非獨彼殃乃往過去久遠世時時有賈客賣好眞珠枚數甚多旣團明好時有一女諧欲買之向欲諧偶有一男子遷益倍價獨得珠去女人不得心懷瞋恨有從請求復不肯與心盛遂怒我前買珠便來遷奪又從請求復不肯與汝毀辱我在在所生當報汝怨所在毀辱悔無所及佛告諸比丘國王及諸比丘買珠男子則我身是其女身者則暴志是因彼懷恨所在生處常欲相謗佛說如是衆會疑解莫不歡喜

佛說鼈獼猴經第十

聞如是一時佛遊舍衛國祇樹給孤獨園與大比丘千二百五十人俱時諸比丘會共議言有此暴志比丘尼者棄家遠業而行學道歸命三寶佛則爲父法則爲母諸比丘衆以爲兄弟本以道法而爲沙門遵修道誼去三毒垢供侍佛法及比丘僧愍哀一切行四等心乃可得度而反懷惡謗佛謗尊輕毀衆僧甚可疑怪爲未曾有時佛徹聽往問比丘屬何所論比丘具啓向所議意於時世尊告諸比丘此比丘尼不但今世念如來惡在在所生亦復如是吾自憶念乃往過去無數劫時有一獼猴王處在林樹食果飲水時念一切蚑行喘息人物之類皆欲令度使至無爲時與一鼈以爲知友親親相敬初不相誤鼈數往來到獼猴所飲食言談說正義理其婦見之數出不在謂之於外婬蕩不節即問夫壻卿數出爲何所至湊將無於外放逸無道其夫答曰吾以獼猴結爲親友聰明智慧又曉義理出輒往造共論經法但說快事無他放逸其婦不信謂爲不然又瞋獼猴誘訹我夫數令出入當圖殺之吾夫乃休因便佯病困劣著牀其壻瞻勞醫藥療治竟不肯差謂其夫言勿復勞意損其醫藥吾病甚重當得卿所親親獼猴之肝吾乃活耳其夫答曰是吾親友寄身託命終不相疑云何相圖用以活卿耶其婦答曰今爲夫婦同共一體不念相濟反爲獼猴誠非誼理其婦逼夫又敬重之往請獼猴吾數往來到君所頓仁不枉屈詣我家門今欲相請到舍小食獼猴答曰吾處

陸地卿在水中安得相從其鼈答曰吾當負卿亦可枉儀獼猴便從負到中道謂獼猴言仁欲知不所以相請吾婦病困欲得仁肝服食除病獼猴報曰卿何以故不早相語吾肝掛樹不齎持來促還取肝乃相從耳便還樹上跳踉歡喜時鼈問曰卿當齎肝來到我家反更上樹跳踉踊躍爲何所施獼猴答曰天下至愚無過於卿何所有肝而掛在樹共爲親友寄身託命而還相圖欲危我命從今已往各自別行佛告比丘爾時鼈婦則暴志是鼈者則調達是獼猴王者則我身是佛説如是莫不歡喜

佛説五仙人經第十一

聞如是一時佛遊王舍城與大比丘衆千二百五十人與諸菩薩俱佛告諸會者乃往久遠無數劫時有五仙人處於山藪四人爲主一人給侍供養奉事未曾失意採果汲水進以時節一日遠行採果水漿懈廢眠寐不以時還日以過中四人失食懷恨飢恚謂其侍者卿給使令何得如是如卿所行可爲殑呪不宜族姓侍者聞之憂慼難言退在樹下近水邊坐偏翹一脚思惟自責執勞積久今違四仙時食之供既失道教不順四等遂慼而死其足常著七寶之屐翹足而坐寶屐墮水而沒一隻命過之後即生外道爲殑呪子年十餘歲與其同輩戲于路側時有梵志過見戲童人數猥多遍觀察之見殑呪子特有貴相應爲王者顏貌殊異於人中上梵志命曰爾有王相不宜懊惱遊於衆內童子答曰吾殑呪子何有王相梵志又曰如吾經典儀容

形體與識書符合爾則應之深思吾語誠諦無欺斯國之王當用其月其日其時薨殞必禪爾位童子答曰惟勿廣之協令靜密設如仁信當重念恩不敢自憍梵志言畢尋逃遁走出之他國後日未幾王薨絕嗣娉求賢士以爲國胄羣臣議曰國之無主如人之無首宜速發遣使者勤求有德以時立之使者四布遥見斯童有異人之姿輒尋遣人還啓羣臣惟嚴王制威儀法駕幸來奉迎羣臣百僚莫不踊躍如使者所白嚴駕奉迎香湯洗沐五時朝服寶冠劒帶如先王之法前後導衛不違國典即位處殿南面稱制境土安寧民庶踊悦於時梵志仰瞻天文下察地理知已嗣立即詣宮門求覲門監啓曰外有梵志欲求覲尊王詔見之梵志進入占謝呪願又白

王曰如我所瞻今果前誓寧審諦乎王曰誠哉道人神妙蒙恩獲祚王曰道人豈欲半國分藏珍寶乎婦女美人車馬侍使恣所欲得梵志答曰一無所欲惟求二願一曰飲食進正衣服卧起與王一等相須勿有前後二曰衆議國事所決同意莫自專也王曰善哉思副二願此豈不易乎王修治國常以正法不枉萬民梵志受恩因自憍恣輕慢重臣羣臣忿怨俱進諫曰王尊位高宜與國臣耆舊衆誼偏信乞士遂令慠慢陵侮羣職鄰國聞之將爲所嗤以致殺難王曰吾少與之久有本誓安可廢耶臣諫不止若王食饌但勿須之則必改也王遂可之伺梵志出不復須還則先之食梵志恚曰本要云何今先獨食王曰雖吾先食卿出未歸豫别索饌卿自來晚梵

志罵曰咄殈呪子不顧義理而違本誓羣臣聞之臨臣毀君咸奏欲殺王詔羣臣以何罪罪之各各進曰或云甑蒸之或云煑之或云支解或云曰擣或云五杌截耳割舌挑目殺之王無所聽吾奉道法慈心愍哀衆生之類不害蠕動況危人命但給資粮驅令出國羣臣奉詔即給衣粮逐使出境獨涉遠路觸冒寒暑疲極憔悴無所似類而到他國詣異梵志家舊與親親又而問曰卿從何來何所綜習業何經典能悉念乎答曰吾從遠來飢寒見逼忘所誦習梵志心念此人所誦今已廢忘無所能化當今田作輒給奴子及犂牛耕見梵志耕種苦役奴子酷令平地走使東西奴子無聊欲自投水往到河側則得一隻七寶之屐心自念言欲與大家大家無恩欲與父母必賣噉食梵志困我役使無賴吾當奉承以屐上之可獲寛恣則齎屐還用上梵志梵志欣豫心自念言此七寶屐其價難貲吾違王意以屐奉之儻咎可解尋還王國以屐上王深自陳悔前之罪疊願得原赦王曰善哉王即納受内之幔裏别座坐之會諸羣臣則詔之曰卿等寧見前所逐梵志不耶答曰不見設使見者當如之何答曰當斷其手足截其耳鼻斷頭斬腰五毒治之王曰設使見者能識之乎臣曰不審王出寶屐以示羣臣命梵志出與臣相見致此異寶當共原之羣臣啓曰此梵志罪如山如海不可赦也獻屐一隻何所施補若獲一緉罪可除也王即可之重逐梵志令更求一隻梵志懊惱吾本呼嗟而轉加劇還故主人主人問曰卿至何所

而所從來梵志匿之不敢對説云偶行還則付犁牛奴子使令耕種如前於時梵志問奴子曰汝前寶屐本何從得奴子俱行示得屐處至于水側遍恣求之不知隻處奴子捨去梵志心念此之寶屐必從上流來下行求之不得即逆流上行見大蓮華順流迴波魚口銜之其華甚大有千餘葉梵志心念雖不得屐以此華上之儻可解過得復前寵便復執華則見四仙人坐於樹下前爲作禮問訊起居聖體萬福仙人曰然卿所從來答曰吾失王意雖獻一屐不足解過故逆流來求之未獲仙人告曰卿爲學人當知進退彼國王者是吾弟子存待愛敬同食坐起衆誼云何一旦罵之凶呪乎卿之罪重當相誅害今不相聞指示樹下則王先身爲侍者時供給仙時坐翹一脚感結而終寶屐墮水一隻著脚便自取去梵志取屐稽首謝過還到本國續以上之王即歡喜羣臣意解復其寵位佛告諸比丘爾時王者則吾身是四仙人者拘留秦佛拘那含文尼佛迦葉佛彌勒佛是也其梵志者調達是也佛説爾時莫不歡喜

佛説舅甥經第十二

聞如是一時佛遊舍衛國祇樹給孤獨園與大比丘衆俱佛告諸比丘乃昔過去無數劫時姊弟二人姊有一子與舅俱給官御府織金縷錦綾羅綺縠珍妙異衣見帑藏中綺寶好物貪意爲動即共議言吾織作勤苦不懈知諸藏物好醜多少寧可共取用解貧乏乎夜人定後鑿作地窟盜取官物不可貲數明監藏者覺物減少以啓白王王詔之曰勿廣

宣之令外人知舅甥盜者謂王多事不能覺察至于後日遂當慴伏必復重來且嚴警守以用待之得者收捉無令放逸藏監受詔即加守備其人久久則重來盜外甥教舅舅年尊體羸力少若爲守者所得不能自脫更從地窟却行而入如令見得我力强盛當濟免舅舅纔入窟爲守者所執執者喚呼諸守人捉甥不制畏明日識輙截舅頭出窟持歸晨曉藏監具以啓聞王又詔曰輿出其屍置四交路其有對哭取死屍者則是賊魁棄之四衢警守積日於時遠方有大賈來人馬車馳塡噎塞路奔突猥逼其人射鬧載兩車薪置其屍上守者明朝具以啓王王詔微伺伺不周密若有燒者收縛送來於是外甥將教僮豎執炬舞戲人衆總鬧以火投薪薪然熾盛守者不覺具以啓王王又詔曰若已蛇維更增守者嚴伺其骨來取骨者則是元首甥又覺之兼猥釀酒特令醲厚詣守備者微而沽之守者連宿飢渴見酒宗共沽飲飲酒過多皆共醉寐乎因酒瓶受骨而去守者不覺明復啓王王又詔曰前後警守竟不級獲斯賊狡黠更當設謀王即出女莊嚴瓔珞珠璣寶飾安立房室於大水傍衆人侍衛伺察非安必有利色來趣女者素教誡女得逆抱捉喚令衆人則可收執他日異夜甥尋竊來因水放株令順流下唱叫奔隱守者驚趣謂有異人但見株杌如是連宿數數不變守者杌搰睡眠不驚甥即乘株到彼女室女則執衣甥告女曰用爲牽衣可捉我臂甥素凶黠豫持死人臂以用授女女便放衣轉捉死臂而大

稱叫遲守者耎甥得脫走明具啓王王又詔曰此人方便獨一無雙久捕不得當柰之何女即懷妊十月生男男大端正使乳母抱行周遍國中有人見與有嗚噈者便縛送來抱兒終日無嗚就者甥爲餅師住餅爐下小兒飢啼乳母抱兒趣餅爐下市餅餔兒甥旣見兒即以餅與因而嗚之乳母還白王曰兒行終日無來近者飢過餅爐時賣餅者授餅乃嗚王又詔曰何不縛送乳母答曰小兒飢啼餅師授餅因而嗚之不憶是賊何因因之王使乳母更抱兒出及諸伺候見近兒者便縛將來甥酤美酒呼請乳母及微伺者就于酒家勸酒大醉眠卧便盜兒去醒悟失兒具以啓王王又詔曰卿等頑騃貪嗜狂水旣不得賊復忘失兒甥時得兒抱至他國前見國王占謝答對引經說義王大歡喜輒賜祿位以爲大臣而謂之曰吾之一國智慧方便無逮卿者欲以臣女若吾之女當以相配自恣所欲對曰不敢若王見哀其實欲索其國王女王曰善哉從所志願王即有名自以爲子遣使者往往令求彼王女王即可之王心念言續是盜魁前後狡猾即遣使者欲迎吾女遣其太子五百騎乘皆使齊整王即勑外疾嚴車騎甥爲賊臣即懷恐懼心自念言若到彼國王必被覺見執不疑使啓其王若王見遣當令人馬五百騎具衣服鞍勒一無差異乃可迎婦王然其言即往迎婦王令女飲食待客善相娛樂二百五十騎在前二百五十騎在後甥在其中跨馬不下女父自出屢觀察之王入騎中躬執甥出爾爲是非前後方便

捕何叵得稽首答曰實爾是也王曰卿之聰哲天下無雙隨卿所願以女配之得爲夫婦佛告諸比丘欲知爾時外甥則吾身是女父王者舍利弗是也舅者調達是也國王父輸頭檀是也母摩耶是婦拘夷是子羅云是佛說是時莫不歡喜

佛說生經卷第一

音釋

姝春朱切美也 憒古對切心亂也 鋃鐺鋃魯堂切鐺都郎切鋃鐺鎖也 杻械杻敕九切梏也械下戒切桎也 脃此芮切物易斷也 舋許刃切隙也 輭乳兖切柔也 果蓏蓏郎果切果蓏在木曰果在地曰蓏 竄取亂切匿也 殫都寒切竭也 黠胡八切慧也 騃語駭切癡也 讉詰戰切責也 裸魯果切赤體也 蚑去智切蟲行貌 喘尺兖切 虺許韋切蝮也 捼音那兩手相切摩也 噉徒覽切食也 譺魚記切啁也 耄莫報切惛忘也 蠱公土切惑也 妊汝鴆切孕也 蜎許玄切小飛也 蠕而兖切蟲動貌 撾側加切擊也 振除庚切觸也 𢍰俱願切抒滿也 齧倪結切噬也 訹雪律切誘也 藪蘇后切 ⿰歹凶音凶 薨呼肱切死也 殯必刃切殯殮也 胄直又切裔也 嗤充之切笑也 𡨥丘候切與冦同 甑子孕切甗也 杌五忽切 帑乃曩切金幣所藏也 噎一結切窒也 犇逋昆切與奔同 摺質涉切 噈子六切嗚噈口相就也 餔音步口飤也 叵普火切不可也

佛說生經卷第二

西晋三藏竺法護譯

佛說閑居經第十三

聞如是一時佛遊拘留國轉遊與大比丘衆五百人俱稍至城裏聚落有自然好音佛頓其中時彼聚落有梵志長者與無央數衆悉共普聞有大寂志姓曰瞿曇釋族姓子棄國轉遊城裏聚落與大比丘五百人俱彼佛大聖名稱普聞流徧十方莫不宣揚疑者肅驚戰戰兢兢莫不欣戴號曰如來至眞等正覺明行成爲善逝世間解無上士道法御天人師號佛世尊則以加哀天上人間諸魔梵天沙門梵志開化天人證以六通獨步三界所說經法初語亦善中語亦善竟語亦善分別其義微妙見諦淨修梵行得覲如斯如來至眞等正覺善哉蒙慶若能稽首敬受道教功祚無量於時梵志長者往詣佛所稽首足下却坐一面敬問占謝叉手白佛者揖讓者遥見黙者却住一面者於時世尊告梵志長者假使有人來問汝者何所沙門不當供養奉事答曰不及惟佛說之佛言其有沙門梵志眼著妙色耳貪五音鼻慕好香口存美味身猗細滑志于諸法不捨於欲貪嫉恩愛志求無猒焚燒之痛如是之比沙門梵志不當供養奉事尊敬白佛言有來問者當以是答乃含善義則應法化所以者何我等著色聲香味細滑之法恩愛之著貪求無猒斯輩之類迷于五陰或作六衰官爵俸禄財物富貴不以懈倦與俗無别以是之故不當奉供順此等類佛告梵志長者假使有人來問汝者當

供事奉敬尊重何所沙門梵志當云何乎白世尊曰其不著念五陰六衰婬怒癡習濟色聲香味細滑之念斯等積德溫雅和順正當供事如此之輩沙門梵志佛告城裏聚落梵志長者汝等何故說此言乎寧有比類安和沙門梵志已離婬怒癡又教人離及色聲香味細滑恩愛之著心惱之熱諸情無猒荅佛言吾等數見沙門梵志端正殊好捨色聲香味細滑所欲處在閑居若樹下坐塚間曠野棄諸瑕惡志無所求宴居獨處彼則求除色痛想行識諸法之念斷求念空常察此等沙門梵志離婬怒癡亦教人離捨色聲香味細滑之念聽聞如是以斯爲樂恩愛之著求以除盡可意色欲諸所慕求燿然已離則以時節供事所樂五陰六情亦復如是我觀此等沙門梵志處在閑居若樹下坐塚間曠野獨而宴處則已求除眼色耳聲鼻香口味身觸意法積衆德本恭順和雅如是比像我等觀之沙門梵志離婬怒癡及教人離我等今日自歸佛及法僧奉受五戒爲清淨士佛說如是莫不歡喜

佛說舍利弗般泥洹經第十四

聞如是一時佛遊王舍城迦蘭陀竹園中爾時賢者舍利弗在那羅聚落得疾困劣寢在于牀與諸賢者沙彌俱於時舍利弗尋般泥洹侍者諄那供養奉事如法已訖取鉢衣服就王舍城到竹林間已日昳時從宴處起取鉢衣服至阿難所稽首足下退坐一面諄那沙彌白阿難曰唯然仁者欲得知不賢者舍利弗已取滅度我今齎持和尚舍利及鉢衣

服賢者阿難報誶那曰便與我俱往詣佛所敬事修禮儻從世尊得聞要法誶那答曰唯然從命於時阿難與誶那俱往詣佛所稽首足下退坐一面叉手白佛我身羸極無復力勢柔弱疲劣不能修法所以者何誶那（此云碎末）沙彌來詣我所稽首足下爲我說言仁者欲知賢者舍利弗已取滅度并齋衣鉢及舍利佛告賢者阿難汝意誶那念舍利弗比丘齋於戒品而滅度定品慧品解脫品知見品而滅度乎又吾了是法致最正覺乃分別說及四意止四意斷四神足五根五力七覺意八聖道行佛所現信汝於今見舍利弗比丘又般泥洹而反愁慼涕泣悲哀不能自勝賢者白世尊曰舍利弗比丘不齋持戒定慧解脫知見品而滅度去也世尊以是分別斯法成最正覺分別說耳及四意止四意斷四神足五根五力七覺意八聖道行亦不齋此而滅度也阿難白佛唯然世尊舍利弗比丘奉戒眞諦有妙辯才講法無猒其四部衆聽之不倦說之不懈多所勸助開化未解令心欣豫莫不奉命知節止足常志精進志常定止有大聖智無極之慧卒問對之言辭應機發遣博達能了尋音答報一切能通智慧爲寶衆德具足舍利弗比丘巍巍如是以故我見舍利弗比丘取滅度去愁憂悲哀心懷慼慼不能自勝佛告阿難生者在世安可久存有諸思想緣起之法必當歸盡壞敗永沒法當崩敗法應當壞欲使不爾終不可得佛告阿難佛本自說一切恩愛皆當別離人生有終物成有敗合則有散應當滅盡壞敗欲使不爾

安得如意應當終沒歸于無常離別之法欲使不散安得可獲乎佛語阿難舍利弗所遊之處佛心則安不以爲慮應當別離壞敗無常欲使不至安可獲乎法起有滅物成有敗人生有終興盛必衰應當無常別離之法欲使不至末可獲也譬如大寶之山嵩高之頂一旦崩摧如是阿難舍利弗比丘在衆僧中今取滅度如寶山崩無常壞敗別離之法欲使不至安得如意佛告阿難猶大寶樹根芽莖節枝葉華實具足茂好大觚卒墮則現缺滅視之無威如是阿難舍利弗比丘存在衆僧今取滅度衆僧威滅應當滅盡無常衰耗欲使不至豈可得乎是故阿難從今日往自修身行已求歸依以法爲證歸命經典勿求餘歸云何比丘作是行乎於是比丘自觀身行內外非我當自觀察調御其心觀諸世間皆由無黠內觀痛癢觀外痛癢內外非我入于善哉調御其心察世無明內觀其心亦觀外心不得內外入于善哉自調其心觀世無黠觀上日月亦觀外法不倚內外入于善哉調御其心觀世無黠佛告阿難是爲修其身行自求歸依處於法地歸命于法不處他地不歸餘人佛告阿難其比丘比丘尼清信士清信女從我受教自修其身自求歸依處於法地歸於法地歸命于法不處他地不歸餘人出家比丘爲佛弟子順此教者則順佛教佛說如是阿難及沙彌諸比丘衆聞經歡喜受教而退

佛說子命過經第十五

聞如是一時佛遊舍衛祇樹給孤獨園爾時

舍衛城中有一異人息男命過父母愛重無不欲念視之無猒以子之憂狂亂失志奔走門戶中庭街路求子願來見我當於何所得覩汝形於時是人隨其門路出舍衛城至祇樹給孤獨園往詣佛所默然立前佛問其人汝何以故本制其心今者諸根變沒不常憔悴羸極其人白佛言用為問我諸根變異所以者何獨有一子舉家愛重莫不敬愛視之無猒今以命過以子之憂而發狂癡其心迷亂開軒窻及門戶求索子願來見我何所求子佛言其人恩愛之著別離則憂啼泣悲哀憂惱之患合會有離適有所愛必致惱患爾時其人聞佛所語心中忽然了世無常三世如幻即受佛戒稽首而退

佛說比丘各言志經第十六

聞如是一時佛遊於越祇音聲叢樹與尊比丘俱一切聖賢諸通已達皆悉耆年其名曰賢者舍利弗賢者大目連賢者迦葉賢者阿那律賢者離越賢者邠耨文陀弗賢者須菩提賢者迦旃延賢者優波離賢者離垢賢者名聞賢者牛呞賢者羅云賢者阿難如是之比大比丘衆五百人爾時賢者大目揵連及大弟子天欲向明從座起往詣賢者舍利弗所時舍利弗遥見諸大弟子相隨而來適覩此已至離越所而謂之曰離越且觀大聖衆來諸目連等賢者離越尋時往詣舍利弗所手執涼扇詣舍利弗所所以者何今日且當因舍利弗得聞講法與大弟子一時同心時舍利弗見大弟子尋以勞賀賢者阿難善來阿難能自枉屈為佛侍者親近世尊宣聖明

教當問阿難心所懷疑音聲叢樹爲甚樂乎威神巍巍華實茂盛其香芬馥柔輭悅人云何比丘在於音聲叢樹之間而現雅德阿難答曰常以時節修具足行分別其義成就微妙淨修梵行多所發起多所成就至於博聞曉了言教心意開解處于快見爲諸四輩講說經典粗舉要言濟諸曠野深谷之患如是舍利弗比丘應在音聲叢樹之間時舍利弗復問離越卿意云何賢者阿難所說辯慧由師子吼今問離越仁者覩此音聲叢樹爲快樂不威神巍巍華實茂盛其香芬馥柔輭悅人云何比丘在於音聲叢樹之間而現雅德離越答曰唯舍利弗假使比丘閑居宴坐樂于獨處除去家想而無愛欲在於衆人而不放逸不樂輕戲憺怕寂然其心不亂志在空行如是比丘應在音聲叢樹之間則現雅德又舍利弗復問賢者阿那律卿意云何在音聲叢樹爲快樂不威神巍巍華實茂盛其香芬馥柔輭悅人云何比丘在於音聲叢樹而現雅德阿那律答曰唯舍利弗假使比丘天眼徹視道眼清淨覩於天人三千大千佛之國土普見無礙譬如假喻有眼之人上高樓閣從上視下悉見所有人民行來出入進退居止屋舍如是舍利弗比丘天眼覩見三界無一罣礙在於音聲叢樹之間則現奇雅舍利弗問大迦葉曰卿意云何在音聲叢樹爲快樂不威神巍巍華實茂盛其香芬馥柔輭悅人云何比丘在於音聲叢樹而現雅德迦葉答曰惟舍利弗假使比丘自處閑居勸人閑居自修賢聖勸人賢聖自服弊衣勸人弊

衣自知止足勸人止足自身少求勸人少求自身寂然勸人寂然自身精進勸人精進自身制心勸人制心自身定意勸人定意自身專修勸人專修自身戒具三昧智慧解脱度知見慧勸人亦然自身教化勸發衆人聽受法義開化説經於法無猒勸人亦然如是舍利弗比丘在於音聲叢樹之間則現奇雅又舍利弗問大目揵連卿意云何在音聲叢樹爲快樂不威神巍巍華實茂盛其香芬馥柔輭悦人云何比丘在於音聲叢樹而現雅德目連答曰唯舍利弗假使比丘得大神足威聖無量普尊自由於其神足所念自在於變化示現無央數形能變一身至不可計則還合一於此牆壁山藪谿谷通過無礙出無間入無孔入地復出譬如入水履水不溺若行

陸地處於虛空結加趺坐若如飛鳥身出光燄如大火聚身中出水猶如流泉其身不輭令此日月威神光光照於天下從地舉手捫摸日月化大其身至于梵天如是舍利弗比丘在於音聲叢樹之間則現奇雅爾時目連問舍利弗曰卿意云何在音聲叢樹爲快樂不平威神巍巍華實茂盛其香芬馥柔輭悦人云何比丘在音聲叢樹而現雅德舍利弗答曰假使比丘制心自在不隨身教自於其室三昧正受發意之頃明旦日中日冥定意一心人定夜半後夜自由所行常得自在無所罣礙譬如長者若尊者子淨水洗沐著新好衣所有具足無所少乏隨其所欲欲得何衣衆寶瓔珞香華妓樂明晨日中向夜所欲止處衣裳服飾卧起牀榻悉得自在如是目

連制心不隨亂意明旦日中闇冥人定夜半後夜隨其所欲禪定三昧隨其所觀皆得自在比丘音聲叢樹則現奇雅爾時賢者舍利弗謂目揵連賢者巳説吾等之類盡各言志隨其辯才各宣其意寧可俱往詣佛大聖啓説此事如佛所説吾當奉行目連答曰惟命是從於是舍利弗前白世尊我等之類各演所知今故啓白得其理不於是世尊語舍利弗賢者阿難善哉善哉阿難所説所以者何比丘博聞則持不忘若有説法初善中善竟善分别其義微妙具足淨修梵行能分别此如是像法博聞普達觀之自在其心清淨降伏諸根皆能曉了則爲四輩粗略舉要演説經典各令得所善哉善哉離越若之所説所以者何假使比丘在於閑居其行寂然其心清淨分别空無善哉善哉阿那律爾之所説所以者何今卿天眼覩見三千大千佛國如於高樓上察見在下善哉善哉迦旃延爾之所説所以者何汝見四諦無復狐疑善哉善哉須菩提能解説空法以空爲本善哉善哉牛呞爾之所説所以者何畏生死苦樂於泥洹善哉邠耨分别經義演説佛典善哉善哉優波離分别罪福奉修法律善哉善哉離垢去三毒罪得三脱門善哉善哉名聞清淨善德并化衆人善哉善哉羅云守護禁戒無所違犯善哉善哉大迦葉樂在閑居勸他閑居以十二事常自修身亦勸他人善哉善哉目揵連得大神足無量大尊自在分一爲萬萬還合一能捫摸日月身至梵天善哉善哉舍利弗明旦日中日入人定夜半後夜禪定三

昧常得自在如長者子沐浴著衣以寶瓔珞晝夜三昧恣意所服佛告諸比丘汝等各説所知皆快順法無所違錯復聽吾言云何比丘在音聲叢樹爲快樂乎威神巍巍華實茂盛其香芬馥柔輭恱人在音聲樹而現雅德於是比丘明旦從其衣盋入于聚落若在異國處在樹下於是明旦著衣持盋入彼國邑若於聚落護諸根門分衛始竟飯食畢訖藏去衣盋洗其手足獨坐宴處結加趺坐正身直形安心在前則觀於世一切無常心自念言假使吾身漏盡意解乃從座起輙如所言諸漏不盡不從座起比丘如是在音聲叢樹則現奇雅於時世尊而説偈言

博聞持法微妙最　分別經典解法義
爲無央數而講説　有志閑居樂獨處
内自觀身外勸化　執銜樂禪身自行
遵修世尊博聞教　有在宴處若樹下
其目清淨無所著　蠲除身病四百四
覩見衆生若干種　宴處樹間德如斯
譬如師子遊山居　獨處閑居猗寂靜
止足解脱隨類教　處在宴處德如斯
若在天上及梵宫　若揵沓惒及人間
普能至彼無所礙　處在宴樹德如斯
淨妙智慧普解人　心得自在諸根定
一切知足棄諸惡　處在宴樹德如斯
如是上人説微妙　各各講法隨所知
所演善哉順上義　往詣世尊叙所説
其天中天無廢礙　音聲如梵寂志尊
其諸神通普平等　尊師應時開慧門
彼時世尊曰除雲　因此與教聽吾言

如諸比丘所應行　宴處樹間志奇雅
貪諸微妙多少求　最勝分別其心行
著衣持盋威儀則　其行如鳥遊虛空
其有能修如此妙　聖不與嫉無懷害
得至寂然去塵垢　處在宴樹德如斯

佛說如是諸大弟子天龍鬼神阿須倫聞經莫不歡喜

佛說迦旃延說無常經第十七

聞如是一時佛遊阿和提國爾時賢者迦旃延告諸比丘諸賢者聽一切合會皆當離別雖復安隱會致疾病年少當老雖復長壽會當歸死如朝露華日出即墮世間無常亦復如是年少强健不可常存譬如日出照於天下不久則沒如是賢者合會有別人生有死興盛必衰一切萬物皆歸無常壞敗歸盡如樹果熟尋有墮憂萬物無常亦復如是合會有離與者必衰譬如陶家作諸瓦器生者熟者無不壞敗如是賢者合會有離與者必衰生者有死恩愛離別所求所慕不得如意爾時則有惡應變怪現矣其病現前諸根危熟身得疹疾命轉向盡骨肉消滅以失安隱得大困疾懊惱叵言體適困極水漿不下醫藥不治神呪不行假使解除無所復益醫見如是尋退捨去最後命盡至於鞕軏與于凶危若使爲變命欲盡時則有六痛遭於苦毒鞕軏之惱衆患普集已所不欲自然來至轉向朽氣或塞不通但有出氣無有入氣出息亦極入息亦極諸脉欲斷失於好顔卧起須人人常飲飼雖得醫藥糜粥含之必復苦極不能消化欲捉虛空白汗流出聲如雷鳴惡露

自出身臥其上歸於滅處命盡神去初出野田或火燒之身體臭腐無所識知飛鳥所食骨節支解頭項異處連筋斷節消爲灰土一切無常當是之時身爲所在頭足手脚爲何所處初始死時出在塚間父母兄弟妻子皆共逐之親厚知識亦復如是啼哭愁憂悲哀呼嗟椎胷殟憫塟埋已訖各自還歸亦不能救身獨自當之棄捐在地猶如瓦石不聞聲香味細滑亦不見色及與五欲無所識知以是之故知身無常孝順供養父母恭敬沙門諸道士布施持戒齋肅守禁修行起住迎逆稽首作禮叉手自歸今諸賢者諦省察此當念無常苦空非身於是說偈曰

已見如此大恐怖　計求人身甚難得
當行精進救頭火　除諸勤苦立大安
往古佛時值不閑　莫計吾我及放逸
得無遇此無量苦　生死之患地獄酷
志在愛欲無爲惡　伏諸根本故說此
無得念惡及諸想　得至寂然如壞賊
無得念言是我所　於是無我亦無吾
無得不尊自謂勢　攝身諸事伏其心
常當羞慚知身時　捐棄軀命無所著
無得長夜在惡趣　愼莫爲此遭是患
勿復往至閻羅界　常當孝順供二親
積累功德爲後護　因是疾得賢聖路
勿求衆安而犯惡　無承邪教爲卒暴
觀察此已常與施　棄捐愛欲諸瑕穢
然後當求於父母　妻子親屬及知友
常承佛教不違命　將無不值就後世
假使疾病求父母　妻子親屬及知友

欲令救護不能得　功德智慧後世明

賢者迦旃延為諸比丘說法如此比丘歡喜即時受教

佛說和利長者問事經第十八

聞如是一時佛遊那難國波和奈樹間與大比丘衆五百人爾時和利長者往詣佛所稽首足下退坐一面佛告長者吾欲問汝假使魔來及魔官屬及無央數諸外異道問以時答當諦聽善思念之唯然世尊願樂欲聞於是長者與諸大衆受教而聽佛告長者何謂大魁長者白曰唯然世尊大魁有四何謂為四一曰地種二曰水種三曰火種四曰風種是曰四大魁佛言何謂地種答曰謂有五事立堅强不柔麤獷能往返者佛言善哉善哉長者能解彼諸地種永不現不長者答曰唯然世尊我身能知地種滅沒不可知佛言善哉復問何謂水種答曰唯然世尊水有五事津液通流細滑微碎無有形貌猶如羅網編至諸脉佛言善哉善哉長者汝乃能知水種滅沒不知處時答曰唯然世尊知歸無常永不現也佛告長者何謂火種長者答曰溫煗之類能令人熱有所消化而能焚燒光燄之類佛言善哉長者汝乃能知火種滅沒不復現耶答曰能知無常歸盡不現佛告長者何謂風種長者答曰風有五事寒冷之類輕飄駛疾有所飄吹出入得通有諸響聲佛言善哉善哉爾乃能知風種忽然滅沒不復現耶答曰唯然世尊能知風種自然歸盡佛言善哉善哉長者世尊又問豈不覩見其種寂聲答曰唯然知其種聲平等如稱其四大魁為

何所處答曰倚欲飲食恩愛又問其四大𩲃為何所倚答曰展轉相依又問為何所趣答曰趣色諸入又問諸入為何所歸答曰歸罪塵勞又問何因有罪塵勞答曰唯然世尊其識及身各自別異而各離散又問命盡身壞為何所趣答曰豈有所趣身無心意身識各別又問長者續以故識歸於所趣更得異識耶答曰唯然世尊不齋故識歸於所趣不離故識亦無異識云何長者見於法乎譬如世尊眼識非常耳識有異不共合同如是世尊没生死如是所見無猒而以存命佛言善哉善哉長者於今長者一切所問報答如應審實不虛寧見不實答曰不實所以者何如大聖說於是世間所與不實欲法悉虛我念世尊此世俗事皆以虛立未曾有法佛言善哉善哉長者假使有說世事皆虛悉未曾有則諸佛說所以者何世間悉虛無有一實於是世間皆未曾有佛說如是和利長者受教歡喜而退

佛說心總持經第十九

聞如是一時佛遊毚檀毚國濵近大海之邊佛所行樹於師子座與無央數諸天眷屬圍遶而為說法彼時世尊告安詳摩夷亘天及淨居身天子諸天子當知有總持名佛心之法過去如來至真等正覺所說為四部會最於後世救攝擁護令得自歸普獲特勝所生到處護一切義為諸菩薩學大乘者令蒙法恩使得普至一切所為則有超異以故說耳今者諸賢亦當受之持諷誦讀我滅度後最後世時四輩衆會學大乘者聞其名者當分

別說爲他人講心懷忍辱心得自在聞其音難設致其名超異德性如來所說而復攝護已願最上所見自在其有欲聞當爲說之衆會對曰唯然世尊當受聖教如佛所言終不敢違使如來教普然具足衆會又問何謂世尊佛心總持法乎世尊告曰今次第說無垢離垢造一切義皆已逮得所作諸德無有邊際三世平等一切十方具足諸慧示現一切諸所有藏諸法自在具足成就所作通達普了周帀除一切眼皆於三界普至十方寂然憺怕獲諸脫門分別法界究竟倚著皆念一切諸所作爲超度餘心已得解脫除結縛法普於虛空本性清淨無垢勸化三處過去當來現在平等三世斷除無餘離於所有第一度證所行如言所作成就一切大慈而興大哀於一切人而無所度佛告天子是爲佛心總持法也爲四輩說求菩薩乘其有諷誦懷在身心諦曉了識持此經者懷諸思想譬若如來立在于頂思則得見其有能見若有聞者能說經法若有持者未曾有忘究竟於學當復得住於道所住說經寂然以故講經所持當持未曾忽疑以是之故能忍總持一切所聞所得如海逮不起法忍於一切法而得自在無所罣礙至解脫門如意具足於現在法於我法教當受重任棄諸重擔此族姓子則爲見佛若覩此等當從聽受當觀其法莫察其形不當毀呰而輕易也摩夷亘天子白佛言唯然受教不敢違也普當宣傳如來之命然於後世以是經法爲四輩說及菩薩乘當爲分別若有誦得若有忘者當爲開示族

姓子汝當令得見及使聽聞護如來所說言
教我等亦當奉受如來所說此族姓子當成
大義佛告摩夷亘天子卿當奉行如今所言
是則佛教佛說如是摩夷亘天子淨居諸天
一切衆會天龍鬼神世人阿須倫聞經歡喜
怨家像知識　而强結親友　諸王所行多
則主於土地　其國多大臣　而常與鬪諍
當爲造弊眼　於是說如是
跎飢利尼　跎飽利尼
師比丘　跪羅陀　蒱偈陀　沙揄投陀漚
阿夷比兜波　眛癉翅那栴　跪離那波羅
翅提　尼陀槃尼　尼披散尼　摩呵曼那
嵬陀棃那
其有於是於我空耗所有財寶令逮得之若
過去則以是神呪當以手授重其手足擁護
於膝重於膑常皆見重爲脅見重使下見重
令頸見重使心見重令四部衆皆使見重悉
令平等所從來處風散其華
漚那提奴　漚那提陀　漚彌提屠　漚提
屠　取提鞬陀吒闍吒者
朱陀闍陀　波沙提　波沙檀尼耶醯迦彌
仇彌遮羅翅　朱羅鈴摩尼　阿提陀
浮彌羡那伊俞羅頭　耶翅祇禘彌　比闡
禘彌　薩披那樓彌檀嵬南模　摩迦尼
阿埽比耶　令所祝吉　梵天勸助

佛說護諸比丘呪經第二十

聞如是一時世尊遊於摩竭羅閱祇城東在
於柰樹間梵志丘聚從是北上鉀提山中天
帝石室爾時無數比丘各各馳走忽忽不安
如捕魚師布網捕魚魚都馳散世尊遥見無

數比丘各各馳散擾擾不安佛問比丘何爲馳散擾動如斯若魚畏網比丘對曰我曹患所在不安遇諸賊盜鬼神羅刹諸象及龍餓鬼師子及諸妖魅鬼魅非人熊羆諸邪溝邊溷鬼蠱道巫呪佛告比丘當爲汝說常當救濟一切擁護諦聽善思念之比丘答曰唯然受教佛言何等爲一切救濟擁護如是

阿軻彌　迦羅移　嘻隷嘻隷　般鉼

阿羅鉼　摩丘　披賴兜　呵頭沙

翅拘棃同提隷　者比丘披　漚羅須彌者

羅　難樓莊者羅

阿耆破者　阿羅因阿羅邪　邪勿遮坻鉼

移阿鉼

若不解脫我當勸解爲其擁護救濟令安吉祥無患若賊鬼神羅刹蠱道符呪護四百里周帀無敢嬈者其不恭順犯是呪者頭破七分所以者何佛告比丘今吾普觀天上世間若如是呪呪願擁護終無恐懼衣毛不豎除其宿命不請南無世尊所呪者吉梵天勸助是呪

佛說吉祥呪經第二十一

聞如是一時佛在舍衛城是名曰轉法輪莫能踰者是地廣普若有嬈者佛皆說之今當講誦大人聖賢具足歸彼時佛告賢者阿難吾爲汝說神呪之王汝當持之諸佛所說至誠行趣道行十二因緣行月行日行賢者行日月俱行諦聽善思念之阿難言受教而聽如是

休樓　牟樓　阿迦羅　鉼羅　莫迦垣羅

颰提　波羅鈴波芻阿尼呵　邪提　阿尼

邪提阿提　邪提頞祎末諦盧羅盧羅颰提
摩那羅羅波夷吒
無量總持諸印之王諸佛所說爲至誠行爲
修道行平等跡行日行月行如日月行佛語
阿難此總持句爲佛之句爲尊上句爲學句
賢聖之句得利義句所懷來句無兵仗句若
族姓子族姓女若入此句入無數解百千之
門能分別說佛告阿難雪山南脅有大女神
名設陀隣迦醯（此名攝聲）有五百子及諸眷屬彼
聞此經即自起往舉聲稱怨嗚呼痛哉嗚呼
何以剗平吾身本時取若千百衆生人精以
爲飲食害命服之於今不堪不能復犯沙門
瞿曇爲四部衆而設擁護所以者何若善男
子善女人受是神呪童男童女入於郡國縣
邑聚落持是吉祥呪若諷誦說無能嬈者所
以者何今沙門瞿曇所說神呪遣逐非人滅
除衆患常住於此而現於魔宮諸弊魔言天
王欲知沙門瞿曇已空汝界今諸天王當共
被鎧將諸群從暫勒兵衆譬如菩薩初坐樹
下魔被以鎧甲及諸兵衆往詣佛所於是世
尊告阿難曰是大女神設陀隣迦醯止於雪
山之南與五百子俱遥聞如來說是神呪總
持印呪恐怖懷懅衣毛爲豎及於諸魔一切
官屬及餘衆魔於時彼魔被其鎧鞘與眷屬
俱往詣世尊惡心欲詣沙門瞿曇彼時有菩
薩名曰降棄魔降魔及官屬還詣佛所稽首
聖足叉手歸佛白世尊言我已攝制於此弊
魔及諸官屬發遣諸兵并設陀隣迦醯大女
神而制伏之不敢爲非亦不敢嬈比丘比丘
尼清信士清信女不敢中害無所妨廢善哉

世尊願説總持法印爲四輩衆令皆得擁護使得安隱惟佛加哀普及人民令得安隱於是世尊爲是神呪應時欣笑阿難問佛世尊何故笑笑當有意佛告賢者阿難汝寧見降棄魔菩薩道行殊特降魔官屬設陀隣迦醯大女神技術皆以壞敗心懷憂慼於彼忽然没而不現到斯説是總持之印爾時世尊思此總持印王攝伏一切諸惡鬼神及諸妖魅除一切嬈伏鳩伏鳩休浮休樓阿祇提是總持印王呪其有鬼神女神鳩桓龍金翅鳥及諸弊獸一切衆魅至意有意在道斷他懷來爲食爲句跡甘甞爲月動揺善震動意爲心何況細微無不微也其大德總持無擇無冥而無所斷其心誦其十事讀於今笑當所作者亦無所選佛告阿難是無擇句總持句無所選句安隱句擁護句於諸衆人無所嬈句無所害句禁制句諷誦者句爲四部衆則設擁護人與非人不能犯也若卧出時所在寤寐無敢嬈者況佛所説其聞此呪莫不安隱

佛説如是歡喜而去

佛説總持經第二十二

聞如是一時世尊遊於摩竭在法閑居佛之道樹初成道時與萬菩薩俱一切成就普賢菩薩行於無願其行無餘及空無菩薩遵華藏菩薩寶藏菩薩行藏菩薩妙曜菩薩金剛藏菩薩力士藏菩薩無垢藏菩薩調定藏菩薩與一萬菩薩俱與一佛世界三千大千塵數菩薩俱各各從異佛國而來會此所從方來化師子座稽首佛足在於佛前坐師子座於時此等菩薩大士不計吾我清淨無瑕各

心念言於此何因不可思議諸佛世尊所有境界無能稱量諸佛世尊本之所願而有殊特何因諸佛如來感動何謂所爲不可思議無罣礙行云何世尊無念無想致此殊持於時世尊尋知此等諸菩薩之心所念諸坐菩薩諸佛無處亦無不住欲問如來諸佛威神一切光明佛威神德精進無踰而得皆立皆入諸佛諸總持法廣大聖覺是等所入殊特如此無所罣礙身之所入亦皆如此諸佛眷屬棄捐諸瑕諸佛之法而不可獲而常安隱於時蓮華藏菩薩入諸法所趣之心無所罣礙所念法門無諸弊礙諸菩薩行爲普賢願合集等行正住於願入諸佛法見十方佛加於大哀度於無極降伏衆生休息惡趣一切菩薩諸三昧定覩于本際諸佛之慧所行無盡莫不歸伏趣諸道慧皆照總持分別諸度蓮華之藏其諸菩薩承佛聖旨各自說言諸佛盡聽諸佛世尊所行無量極大變化隨其本相曉了諸法一切皆智諸佛超異都無陰蓋諸佛世尊普逮法界入于法界諸佛世界有無處所無所罣礙何爲十在兜術天現盡壽命忽沒無能禁制亦無有處入母腹中十月而生又棄捐家而樂出外心常欣悅坐佛樹下積累一切諸佛之法一時之頃普諸佛土示現如來感動瑞應常轉法輪悉殖德本分別解說當得佛時具成菩薩而以法成諸佛世尊求無住處在在智慧而建立之是爲佛子無有處所亦無所住復次佛子諸世尊有十教目何等十教化一切諸度無極皆除一切諸無智法常修大哀有十種力普轉法

輪教化羣黎禁制衆生成平等覺開通萌類
令無所住於此無行相法自歸巳得寂然亦
教他人至覺滅度是爲十復次佛子復有十
事疾見如來何等十適見諸佛則覩衆生便
棄一切諸所歸趣取要言之速疾具足福德
眷屬速受諸德之本即德清淨無所短乏便
除狐疑適見諸佛爲衆生等示于大乘令無
所畏尋得成就爲不退轉適得逮見諸佛世
尊疾求分別衆生之源而開度之便逮度世
淨衆生根適得逮見諸佛世尊便無弊礙是
爲十佛說如是諸菩薩聞經歡喜

佛說生經卷第二

音釋

爟音霍雲消皃　眣徒結切日側也　觚攻乎切　啁音詩　盔北末切與鉢同　揵沓愬梵語也此云香陰揵巨焉切愬音和　疹丑刃切病也　鞕軏鞕魚孟切與硬同軏胡浪切　杍丈呂切與杼同引而泄之也　飲飼飲於禁切以飲飲之也飼祥吏切以食食人也　殟烏沒切心悶也　駛爽士切疾也　㝹奴侯切　憺怕憺徒覽切怕白各切憺怕恬静無爲皃　跎知華切　蕱所交切　堬音俞　癉音丹　臏婢忍切膝蓋骨也　鞬居言切　褅大計切　鉼邊迷切　溷胡困切亂也　颰蒲末切　鎧可亥切甲也　懅其據切懼也

佛說生經卷第三

西晋三藏竺法護譯

佛說所欣釋經第二十三

聞如是一時佛遊舍衛祇樹給孤獨園與大比丘衆千二百五十人俱所欣釋子多所遊至出入無節所詣門族不可稱計或晨或冥或早入冥出於時阿難優陀薄拘盧等合會一處謂所欣釋子曰賢者何爲而多行來不知時節何不時出時入所詣之處不自節量所欣釋子尋罵衆賢出麤獷辭卿等無智擾擾搖動不能自安喧呼惡口卿等懈怠不爲衆僧有所與立吾今出入常爲衆僧嚴辦所當卿等能任如是勞乎爲諸衆僧有所辦耶勿得謂吾多有事理諸賢多務甚於吾身所欣釋子卿等且復有所合辦知何如吾辦衆僧事時諸比丘同共發意彼時三人言語柔輭威德殊妙依本福行多所獲致過踰於彼所欣釋子鈍愚男子以卒暴決愚騃自用强有所求不得如志有一異天詣長者家得滿大甖若干供養賢者阿難詣他長者以柔輭辭宿德堅强爲説經法令其家人歡喜踊躍從得分衛大獲供養隨意所施不强不求時諸比丘往啓佛具説本末佛告諸比丘於此四人不但今世爭功分衛唯有一人所獲薄少餘人得多阿難比丘衆人勸助一人所安往古久遠不可計時於他異土時有四人以爲親厚相斂聚會共止一處時有獵師射獵得鹿欲來入城各共議言吾等設計從其獵師當索鹿肉知誰獲多俱即發行一人陳辭出其獷言而自高傲咄卿男子當惠我肉欲

得食之第二人曰惟兄施肉令弟得食第三人曰仁者可愛以肉相與吾思食之第四人曰親厚損肉惟見乞施吾欲食之俱同飢渴時獵師察四人言辭各隨所言以偈報曰

卿辭甚麤獷　云何相與肉　其言如刺人　且以角相施

復以偈報第二人曰

此人為善哉　謂我以為兄　其辭如肢體　便持一脚與

復次以偈報第三人

可愛敬施我　而心懷慈哀　辭言如腹心　便以心肝與

復次以偈報第四人曰

以我為親厚　其身得同契　此言快善哉　以肉皆相施

於時獵師隨其所志言辭麤細各與肉分於時天頌曰

一切男子辭　柔輭歸其身　是故莫麤言　衰利不離身

爾時佛告諸比丘第一麤辭則所欣釋子第二人者颰陀和棃第三黒優陀第四阿難也天說偈者則吾身爾時相遇今亦如是佛說如是莫不歡喜

佛說國王五人經第二十四

聞如是一時佛遊舍衛祇樹給孤獨園與大比丘衆千二百五十人俱爾時諸尊比丘各發心言賢者舍利弗賢者阿那律賢者阿難輸輪及諸弟子五百之衆本俱一時棄家為道無所貪慕不志世榮悉為沙門時舍利弗嗟歎智慧最為第一斷衆狐疑和解鬪諍分

别道義無所不通如冥中有炬火多所照曜時阿那律嗟歎巧便爲衆人匠多所成就現若干術令人喜悅工巧第一於時阿難嗟歎端正色像第一顔貌殊妙見莫不欣衆人愛重一切尊敬歎爲佛有三十二相於時輸輪旣勤修習未曾有懈嗟歎精進世間無倫又能入海多所成辦如來世尊現生釋種棄國捐王得成佛道端正無比色像第一如星中月光明超日體長丈六三十二相八十種好其聲八部出萬億音所講說法天龍鬼神人物之類各得開解皆得其所佛諸兄弟伯叔之子雖各自譽皆歸命佛以爲弟子佛之功德不可稱限從無數百千億劫積累功德自致得佛爲一切人示其道路俱往詣佛問其本末誰爲第一我等聚會各各自歎已之所長佛告比丘此諸人等不但今世各自稱譽常歎已身第一無雙前世亦然生生所歸皆伏吾所吾尊無極所以者何乃往過去無數久遠世時有一國王名曰大船國土廣大羣僚大臣普亦具足其土豐熟人民熾盛王有五子第一智慧第二工巧第三端正第四精進第五福德各自嗟歎已之所長其智慧者嗟歎智慧天下第一以偈頌曰

智慧最第一　能決衆狐疑　分別難解義
和解久怨結　能以權方便　令人得其所
衆庶覩歡喜　悉共等稱譽

第二者嗟歎工巧以偈頌曰

工巧有技術　多所能成就　機關作木人
政能似人形　舉動而屈伸　觀者莫不欣
皆共歸遺之　所技可依因

第三人嗟歎端正以偈頌曰

端正最第一　色像難比倫　衆人觀顏貌
遠近莫不聞　皆來尊敬之　慎事普慇勤
家人奉若天　如日出浮雲

第四人嗟歎精進以偈頌曰

精進爲第一　精進入大海　能越諸患難
多致珍寶財　勇猛多所能　由是無所礙
家業皆成辦　親里敬欣戴

第五人嗟歎福德以偈頌曰

福德爲第一　所在得自然　富樂無有極
生生爲福田　福爲天帝釋　梵天轉輪王
亦得成佛道　具足道法王

各各自說已之所長各謂第一無能決者各自立意不相爲伏轉相謂言吾等各當自試功德現丈夫之相遠遊諸國詣他土地爾乃别知傑異之德誰爲第一時智慧者入他國土推問其國人民善惡穀米貴賤豪富下劣聞其國中有兩長者豪富難及舊共親親中共相失衆人構叛鬪使成怨積有年歲無能和解者其智慧者設權方便齎好饋遺百種飲食詣長者門求索奉現長者即見進其所齎饋遺之具以其長者名辭謝問訊前者相失以意不及衆人構叛遂成怨結積年違曠不得言會思一侍面敘其辛苦故遣飲食饋遺之物惟見納受無見譏責亦無父怨母讎故遣吾來以相喻意其長者聞欣然大悅吾欲和解其日久矣但無親親以相喻意乃復辱信枉屈相喻誠非所望同念厚意便順來旨不敢違命其智慧者解長者意懽然無疑辭出而退詣第二長者亦復如是解喻其意

如前所言便共剋期共會其處聚合衆人和解仇怨應時醼飲作諸妓樂共相娛樂各各相問本末和解意乃知此人以善權和解兩怨令親如故各自念言吾久相失一國中人不相和解乃使此人遠來相聞和解其恩難量非辭所盡各出百千兩金而奉遺之即持此寶與諸兄弟以偈頌曰

言辭所具足　辯能造經典　正士能博聞

安隱至究竟　觀我以智慧　致此若干寶

衣食自具足　并及布施人

時第二工巧者轉行至他國應時國王喜諸妓術即以材木作機關木人形貌端正生人無異衣服顏色黠慧無比能工歌舞擧動如人辭言我子生若干年國中恭敬多所饋遺國王聞之命使作妓王及夫人升閣而觀作妓歌舞若干方便跪拜進止勝於生人王及夫人歡喜無量便角眨眼色視夫人王遥見之心懷忿怒促勑侍者斬其頭來何以眨眼視吾夫人謂有惡意色視不疑其父啼泣淚出數行長跪請命吾有一子甚重愛之坐起進退以解憂思愚意不及有是失耳假使殺者我共當死惟以加哀原其罪釁時王恚甚不肯聽之復白王言若不活者願自手殺勿使餘人王便可之則校一肩楔機關解落碎散在地王乃驚愕吾身云何瞋於材木此人工巧天下無雙作此機關三百六十節勝於生人即以賞賜億萬兩金即持食出與諸兄弟令飲食之以偈頌曰

觀此工巧者　多所而成就　機關爲木人

過踰於生者　歌舞現妓樂　令尊者歡喜

得賞若干寶　誰爲最第一

第三端正者轉詣他國他國人民聞有端正者從遠方來色像第一世間希有人民皆往奉迎飲食百味金銀珍寶用上遺之其人作妓衆庶益悅瞻戴光顏如星中月憍貴之女多有財寶衆藏盈滿獻致珍異無數億寶得此寶已與諸兄弟以偈頌曰

善哉色如華　端正顏貌足　女人所尊敬
又得常安隱　衆人所觀察　猶如星中月
令致若干寶　自食并施人

第四精進者轉詣他國到一江邊見一栴檀樹隨流來下脫衣入水泅截接取國王家急求栴檀即載送上數斤得百萬奇異之寶不可稱計與諸兄弟以偈頌曰

精進最第一　勇猛能入海　致於衆珍寶
以給家親屬　賴我浮江水　接得妙栴檀
致金若干數　自食及施人

第五福德者轉詣大國時天暑熱臥于樹下日時昳中餘樹蔭移此人所臥樹蔭不動威神巍巍端正姝好猶如日月彼國王薨無有太子可嗣立者衆人議言當求賢士以爲國主募人四出選擇國內可應立者使者案行見一樹下有此一人於世希有臥於樹下樹蔭不移心自念言此非凡人應爲國主尋往徧啓國之大臣具說本末於時羣臣即嚴威儀導從騎乘印綬冠幘車駕衣服則往奉迎洗沐塗香衣冠被服佩帶畢訖皆拜謁稱臣昇車入宮南面立詔國即太平風雨時節即令勑外詔有四人一者智慧二者工巧三者端正四者精進召至中閤一時俱集令作侍

衞時福德王以偈頌曰

有福功德者　得爲天帝釋　帝王轉輪王
亦得爲梵王　智慧及工巧　端正并精進
皆詣福德門　侍立爲臣僕

時福德王遂以高位署諸兄弟各令得所佛告諸比丘爾時智慧者則舍利弗是工巧者則阿那律是端正者則阿難是精進者則輸輪是福德者吾身是此等爾時各自稱歎已之所長以爲第一於今亦然此等爾時皆不如吾而各自嗟歎吾成佛道三界之尊今皆歸吾以爲弟子依佛得度佛說如是莫不歡喜

佛說蠱狐烏經第二十五

聞如是一時佛遊舍衞祇樹給孤獨園與大比丘衆千二百五十人俱爾時佛告諸比丘調達凶危橫見嗟歎者不得其理拘迦利比丘嗟歎調達調達亦復歎拘迦利比丘其彼二人橫相嗟歎無義無理諸比丘聞往白世尊唯然大聖觀拘迦利比丘因依正典緣法律教以信出家而爲沙門橫歎調達以非爲是不得義理又彼調達嗟歎拘迦利比丘以非爲是以是爲非佛告諸比丘今此輩愚騃之等不但今世橫相嗟歎以非爲是以是爲非前世亦然乃往過去久遠世時黃門命過親里即取棄樗樹間彼時蠱狐烏烏來食其肉時共相嗟歎樹間烏爲狐說偈曰

君體如師子　其頭如仙人　脂猶鹿中王
善哉如好華

於時蠱狐即於樹間以偈讚曰

誰尊在樹上　其慧第一最　其明照十方

如積紫磨金
於時烏以偈報頌曰
君則大師子　欲見君故來　君脂如鹿王
善哉得利義
蠱狐復以偈報頌曰
誠信實相知　俱相歎至誠　合積紫磨金
所問服食此
爾時去彼不遠有大仙人處於閑居淨修爲
道聞狐及烏轉共相譽心自念言彼等之類
横相咨嗟彼言皆虛無一誠實以偈問曰
吾久見所興　至此俱兩舌　自藏於樹間
俱食於人肉
於時烏瞋恚以偈報仙人
師子及孔雀　共食於禽肉　於彼髡滅頭
次第而求活

仙人以偈答曰
樗樹臭下極　一切鳥所惡　衆鹿所依因
棄死黄門身　汝輩下賤物　俱來聚會此
食於黄門身　自稱爲上人
佛告諸比丘欲知爾時蠱狐者調達是烏者
拘迦利是仙人者則菩薩是爾時共俱相歎
以非爲是以是爲非於今亦然
佛說比丘疾病經第二十六
聞如是一時佛遊舍衛祇樹給孤獨園與大
比丘千二百五十人俱時一比丘疾病困篤
獨自一身無有等類無有視者亦無醫藥衣
被飯食不能起居惡露自出身卧其上四向
顧視無來救濟者便自歎息今日吾身無救
無護時阿難見往白佛唯然大聖吾身今日
得未曾有如來世尊大慈大哀有病比丘當

念救濟吾乃往世無數劫時救此比丘疾病之患今世亦然乃往過去久遠世時於空閑處多神仙五通學者在彼獨處各各相勸轉相佐助各各取果以相給足以作籌筭設使疾病轉相瞻療時有摩納學志有所緩急常馳走赴趣有一學志若有急緩疾病之厄初不視瞻時彼學志有急緩時無有救者則自獨立無伴無侶彼於異時身得疾病無療瞻者亦無持果授與食者是時五通仙人是彼和尚見之如是心自念言此人孤獨無有救護心愍念之即往到其所即問之曰摩納學志卿强健時頗有消息問訊不寧有親厚朋友乎即時報曰無也和尚亦無親厚知識之友我之父母家屬親里去此大遠又問曰此梵志共頓一處不與親友結爲知識耶答曰無也和尚答曰不結親友無有知識以何爲人卿見餘人展轉相敬展轉相事卿獨不也今日孤獨無有救護於時仙人扶接摩納使之令坐將詣自所頓處勸之安心將詣親友而以療治則頌偈曰

棄捐于妻子　出家無所慕　卿和尚爲父
等類則兄弟　頓與梵志俱　而不相供視
得疾病困篤　孤獨無所依　瘵子見此已
梵行爲親友　普行子恭敬　展轉相瞻視

時佛世尊往詣比丘而問之曰今得疾病有瞻視醫藥牀卧具乎白曰孤獨無瞻視者無醫無藥去家甚遠離於父母無有兄弟親里伴侶無供侍者世尊又問卿强健時頗瞻視問訊有疾者不答曰不也世尊告曰卿强健時不瞻視人不問訊疾病誰當瞻視卿乎善

惡有對罪福有報恩生往返義絶希踈佛爲一切三界之救救度五道當捨卿耶前世救卿今亦當然佛扶起之欲以水洗時天帝聞佛所言屈伸臂頃忽然來下欲洗浴之佛言拘翼卿在天上香潔之中安能救洗穢濁臭處天帝釋答曰向者世尊說此比丘本不瞻人不視疾病孤獨無救佛爲十方一切之救功德具足無所乏少尚瞻視之況我罪福未斷而不與福耶時佛手洗天帝水灌還復卧之欲其醫藥即時除愈爲說經法即時得道世尊以偈讚之曰

人當瞻疾病　問訊諸危厄　善惡有報應
如種果獲實　世尊則爲父　經法以爲母
同學者兄弟　因是而得度

佛說如是莫不歡喜

佛說審裸形子經第二十七

聞如是一時佛遊舍衛祇樹給孤獨園與大比丘衆千二百五十人俱爾時有國王因梵志女而生一子名曰至誠外道異學審裸形子而爲作字其裸形子智慧聰明有超異之慧有所講說多所降伏於諸經典無所不博普爲衆人共其國王博達衆義往詣世尊其尼揵有四姊弟因梵志生敬樂異學一名饕餮二名與貪三名金誠四名誠雪時裸形子遣詣佛所欲試世尊皆受法則悉知經誼具來我說爾時姊弟各相謂言吾等共詣沙門瞿曇所試其舉動行步進止取其長短便共往詣棄捐居家悉爲沙門受具足戒時佛世尊以往世踰而開化之導示本源諸根所從功德之本棄捐貢高除其憍慢皆得羅漢時

裸形子問諸姊弟所試云何諸女則以無央數誼嗟歎世尊稱譽經典法律之妙不可勝限時裸形子不受女言汝等以家事往欲試亂道反爲世尊所見攝取迷惑誑詐譬如有人行入水中洗去垢濁令身淨潔反溺水死汝等如是欲往試佛壞其道意視所舉動取其長短反爲瞿曇所見迷惑没溺自失不得濟已譬如有人行入果樹欲採好果反爲禽獸虎狼所食亡身不還汝等如是往試沙門瞿曇取其法則舉動長短以來語吾而反没溺爲彼瞿曇所見迷惑譬如蛇虺弊蟲凶惡之人尚可親近可信可樂可致吉祥安隱之法世尊瞿曇求是功德安隱之誼終不可得諸女答曰世尊道德去人四虺瑕穢之毒令人安隱寂然虛空尚可有瑕如來世尊未曾有短男女見之莫不安隱時爲我等說微妙誼咨歎道稱我等歡喜稽首歸命時比丘僧具足啓佛唯然世尊且觀外學裸形之子有異語誹謗佛道反譏諸女汝等何故歸命世尊觀其舉動當取長短而來語我反爲迷惑沉溺其身不能自濟佛告諸比丘裸形子遣四女人欲來試佛取其長短世尊無瑕何從取闕佛尋開化皆令得度至無著證乃往古久遠世時有一國王名曰迦隣與他國王結爲怨仇欲往壞之即遣四女端正姝妙姿顔無雙而往試之取其長短爲内匿賊詣阿脂王許時阿脂王有尊太后端正殊好無不尊敬威神巍巍殊德無量無有瑕穢柔和無獷名稱遠聞安詳柔和迦隣王女嗟歎阿脂王功德世之希有名稱遠聞八方上下莫不宣

揚我等父王諱爲迦隣故相遣來以相給侍奉在左右我父王辭曰其王德殊微妙難及無有瑕垢安詳不暴忍辱無穢與人語言才辯殊異聞名輒伏我不受言其國屬阿脂王爲大國主又國號曰虛空王所止處有一大臣名曰細那聰明智慧聖達難及卒慧尋答爲王輔臣時迦隣王不隨女言棄詣大國細那土界與大衆俱周帀圍繞王問傍臣當柰之何吾自開門而捨去入此他門傍臣對曰無得恐懼天王自安譬如師子處於林間不畏樹木今住於此亦復如是城郭則安得護無患以偈頌曰

以自開其門　反入此國界　阿蘭之大士
如師子林樹　安護而得護　自然無所畏
其欣踊國王　可以長安隱

人健論議其言流溢阿脂王聞其迦隣王以財利故及其名稱發意所趣則歎頌曰此事大佳微妙難量名德流布無有衆惡能堪任法將無於此有所詆訴又問曰其此仙人天帝之神皆遊迦隣國界威神廣大彼聞我德即當得勝其迦隣王便當破壞而自降伏時阿脂王心自念曰彼諸仙人終不妄語諸仙人曰吾當得勝功德無量所說如此諸臣報曰唯然大王仙人至誠終不虛言以偈頌曰

諸迦隣得勝　緣是而降伏　阿脂王失計
仙人說如是　善哉言質直　所與無所失
以故說此言　自然有聲音　天王當知之
言至誠于斯　所行無放逸　而當得勝去
又言阿脂王　而當復得勝　此云何至誠
更爲我解說

大臣答曰不曾聞乎失聖仙人剛強難化手執利劍像貌可畏丈夫男子以人民故承其德本而降伏之不言自歸其阿脂王爲大丈夫方便校計亦復如是又其眷屬和順承教無有異心志不離別所作無上威德巍巍假使阿脂王不得勝者今願天王目自覩之以王勇猛計策方便權㥯難及終不破壞設不相信且自目見以偈頌曰

方策尊雄計　知時強精進　勇猛有㥯略
察此則知勝　阿脂名德忍　開化諸瞋恚
阿脂王堪任　迦隣焉得勝

時王不用言興師起兵往詣阿脂國其欣踊兵大臣輔佐聰明智慧勇猛精進以無上心和不離別又阿脂王身自勇健其力聖強應時得勝迦隣王迦隣王伏自歸謁拜生捕收攝尋便放火於是天帝釋以偈頌曰

賢聖歎忍辱　開化諸瞋恚　降伏迦隣王
阿脂王獨勝

佛告諸比丘欲知時迦隣王者審裸形子是阿脂王者則我身是欣踊大臣則舍利弗是帝釋者阿難是爾時相隨以爲伴黨義理相化上下相承今亦如是佛說如是莫不歡喜

佛說腹使經第二十八

聞如是一時佛遊舍衛祇樹給孤獨園與大比丘衆千二百五十人俱爾時其國米穀踊貴人民飢餓佛諸比丘各欲散流去遊諸國以爲歲節賢者阿難博聞多智於法無猒辯才無礙佛所說經爲無數人護受經典精進難及心自念言假使世尊詣於餘國而造歲節處於他域無央數人失其德本坐具無所

乏少假使如來止此舍衛而爲歲節多所安隱爲成德本於時世尊愍傷羣黎欲救護之入舍衛城波斯匿王傍臣人民往詣國王阿難自往說此本末王波斯匿聞阿難言請佛三月及比丘衆若干種饌飲食具足病瘦給藥一切所安隨其所樂如是三月無所乏少佛比丘衆舍衛歲節時諸比丘心自念言賢者阿難功德難及得未曾有行權知時曉了誼理勸化國王波斯匿王供養世尊及比丘衆歲節三月皆令安隱令比丘衆九十日中無有憂慮一切施安所供無乏令比丘衆各自安隱不復遊馳至於他國時佛徹聽聞諸比丘共議此事尋即往到比丘衆所汝等向者何所講論諸比丘衆具足本末啓白如來佛告比丘賢者阿難非但今世行權知時前世亦然行權方便乃去往古久遠世時波羅柰國時有王名梵達王有大德名稱遠聞時國飢饉米穀踊貴人民飢餓乞者衆多無以可供王喜施與四面來乞集如浮雲十方皆至隨力所任而供給之布施如是無有休息穀米遂貴天轉旱酷不復降雨所種不收人民飢困乞者日滋詣王宮門倉庫虛竭時諸臣吏各共議言今此國王敢來乞者尋即施與不能逆人天旱不雨乞者遂甚米穀踊貴倉庫虛盡將欲壞國時諸大臣欲救護國往詣王所具足爲王啓說此議王所施與今可省息於法可依須後豐有爾乃復施王告之曰吾所施與不能懈止寡人有令志願布施焉違本心又來求者何忍逆之其不來者乃無所施時諸羣臣各共誼言吾等於宜當共

作計令諸窮士不得令來乞爾乃斷耳於時王施未曾懈廢心自願言令諸倉穀莫使消減時諸法明吏告勑四遠不得令往從王乞匃敢有乞者皆受誅罰棄命都市四遠乞者來詣其國聞此急教不敢行乞不得見王愁憂憒惱問諸大臣審有是命又問父母實有急教不得乞乎答曰有之不得行乞乞者又問假令遠方有諸使吏東西南北皆足廩價穀糧飲食令此臣吏獨欲飲食故出教勑諸四遠貧窮乞士不得詣門從王乞匃假使乞者罪皆應死惟遠方使得見食廩展轉相語衆人皆知諸臣所建非王所爲有一梵志飢窮經日欲行乞匃以救其命徧行求索給足妻子假使穀賤乞匃易得所獲無量設穀踊貴乞匃難獲馳走乞匃無所不至裁得活命

心懷憂悴不可復言其婦於時謂梵志言汝遭勤苦乞匃遇患無所不至而不能得何不詣王從其乞匃本聞國王敢有乞者不逆人意梵志答婦汝不聞耶國王有令不得令人詣王乞匃惟遠方使乃得進見給其廩價餘人乞者必當見斬梵志答婦我身今日欲得求安反見危害既依仰他復見毀辱其婦答曰如諸臣吏告勑四遠惟遠使得前不聽餘人卿欲安隱何不作使可爾言耳食乃可得於時梵志即受婦言執杖奉使著奉使冠詣王宮門門吏曰子所從來答曰從遠使來門吏白王唘其本末即時現之子所從來今十六國穀米踊貴各自守界何從自致從何國來吏具問是已梵志答曰聞服王德故被使來吏又問曰於是國界見彼國耶村落墟聚

足可達知假使爲己惟願天王獨爲己者所求易得欲見大王故來求現門吏問之其對如是王曰現之梵志即入王問之曰爲誰使來梵志對曰求不恐懼若見聽許乃敢啓王說所使來王告之曰便具自說原除恐難王又問言誰爲使來梵志啓曰大王欲知之我腹使來於時梵志即說頌曰

衆人求財利　或遇諸怨賊　我爲腹使來
國主惟願恕　誰爲最尊勢　誰其第一先
我實爲腹使　大王勿罪責　諸佛及緣覺
聲聞聖弟子　捨置寂然處　入城聚落乞
窮厄無所依　生身遭苦患　今我爲腹使
惟人尊見恕

於時王愍傷之則以偈報梵志曰

梵志當施卿　赤牸牛千頭　及與犢子俱
焉得不惠使　吾爲諸使者　給與所飢乏
爲使者作使　加施無恐懼

佛告諸比丘欲知爾時梵志者阿難是也梵達王者波斯匿王是爾時阿難開化令悅戴仰無量於是阿難今世在國復化波斯匿王穀米饑饉供養世尊及比丘衆三月之中無所乏少是故比丘當學善言柔和之辭當作巧辭方便之語是諸佛教佛說如是莫不歡喜

佛說弟子過命經第二十九

聞如是一時佛遊舍衛祇樹給孤獨園與大比丘衆千二百五十人俱爾時異比丘有弟子志性溫雅功德殊異意行仁賢至誠安隱身常侍從宿衛和尚恭順良謹精進難及順從法教不違師命於時短命宿世所種其壽

薄少幼小亡歿即生天上在忉利宫適生天上則觀天上不久堅固但觀大火吾本所志不得如意不至究竟與善師友不能相守今捨善師反隨惡友於是違遠至尊和尚及阿夷梨衆諸等類修梵行者四輩弟子比丘比丘尼清信士清信女有佛世尊普一切智其慧徧見號曰如來至眞正等覺今悉違遠大聖世尊和尚師友及諸同學無央數劫百千之數難值難見興于世間不可得遇講說經典深妙優奥難限未曾所念口不發言而爲安隱皆開化之分别智慧說諸緣起各各解了所從有因無央數劫所未聞見悉爲解決吾本遭遇和尚可值此經典法律棄家爲道得作沙門不至超異如是等類所當興立不得究竟今反當爲放逸行乎今吾寧可先詣

世尊諮受經義則自曉責感傷已身即以其夜威神光光明徹遠照往詣世尊稽首足下却住一面佛見其心眞正樂道純淑在法爲說四諦苦集盡道即見四諦於是世尊如其本根而爲分别得至果證歡喜踊躍受其嚴戒稽首佛足右繞三帀已忽然不現於時和尚心念弟子功德性行愁憂感結泣涕雨淚不能自解等類諫喻不能究思於時比丘往啓世尊世尊告曰呼比丘來問之比丘何爲憂惱不能自解比丘白曰弟子終歿佛言何故愁憂不能自解比丘白曰唯然世尊我彼弟子甚大良謹仁賢温雅名德難量未有究竟而中夭歿以故憂悒不能自寬佛告比丘勿復愁憂所以者何卿之弟子已至究竟得生天上今日夜半來至佛所威神巍巍光明

遠頫稽首足下却住一面吾爲天子講説經法具足廣普分別聖諦於是天子即於座上成至聖法佛爲比丘説此本末即時歡喜除其愁憂不復涕泣於時世尊教彼比丘除憂惱迷根諸比丘各心念言得未曾有大聖世尊以無上法藥療此比丘憂惱之患於彼弟子疾病命過愁憂懊惱無能解者見佛世尊衆患皆除眞爲如來至眞等正覺於億千劫歌頌佛德不可窮盡佛時遥聞諸比丘衆共議此事佛即往詣告諸比丘向者共會爲何所論比丘白佛唯然世尊向者共會歎佛功德聖尊無極度諸未度脫諸未脫滅諸未滅療治一切婬怒癡患爲無上醫常以法藥療諸心病向者蠲除比丘憂患以是踊躍不能自勝佛告諸比丘如汝所云今此比丘見弟子終愁憂感結不能自解獨佛世尊前世宿命亦復如是乃去往古久遠世時有異閑居一象生子墮地未久其母終亡去彼不遠仙人所處有上威神功德具足志懷大哀遥見象子其母命終裁能舉足東西遊佯不能自活即時扶將詣所止頓飲之以水將果飼之彼時象子仁和賢善功德殊妙樂于義理冀得安隱無有憂患除諸衆惱於時仙人卧起同處身形轉長衣毛鮮澤則以水漿供養仙人其好果蓏然後自食往反慇懃奉侍不懈彼時仙人愍哀象子觀其德行愛之如子視之無猒敬之無極時天帝釋則時發念今此仙人志在象子猗念無猒今我寧可別令愁感時帝釋示現試之化使象子忽然死地而血流離仙人見之象子死亡愁憂叵言涕泣

橫流不能自解餘仙人聞來諫曉之不能除
憂不復食飲時天帝釋自以其身住在虛空
即爲仙人而說偈曰

仁者已棄家　至此無眷屬　諸仙人之法
憂死非善哉　假使悲涕泣　能令死者生
皆當聚憫泣　假啼哭不活　已習共顚止
而與象子俱　則有愍恩情　不得不愁憂
死人哭於死　其有啼哭者　明智不懷憂
仙人慧何啼

時天帝釋令其仙人懷憂惱已即令象子使活如故於時仙人見象子尋大踊躍不能自勝不復愁憂天帝釋即尋爲仙人而說頌曰

以拔卿憂惱　心所懷愁慼　於今仁無患
而除子憂慼　令人離愁惱　及一切親屬
如卿今日歡　見象子起故

時天帝釋復以偈頌曰

吾愍傷卿故　欲除諸憂慼　故與此因緣
增益於塵勞　明者曉了斯　恩愛生苦患
則察其內外　無得與變化

佛告諸比丘欲知爾時仙人者則於今此和尚身是時象子者死弟子是天帝釋者則我身是也爾時相遇今亦如此佛說如是莫不歡喜

佛說生經卷第三

音釋

獷（古猛切惡也）甖（於耕切瓦器）眨（側洽切）楔（先結切櫼也）愕（逆各切錯愕也）泅（似由切浮行水上也）幘（側革切覆髻巾也）樗（抽居切木名）饕餮（饕他刀切餮他結切）偦（私呂切才智之稱也）

佛說生經卷第四

西晋三藏竺法護譯

佛說水牛經第三十

聞如是一時佛遊舍衛祇樹給孤獨園與大比丘衆千二百五十人俱爾時佛告諸比丘乃昔去世有異曠野閑居彼時有水牛王頓止其中遊行食草而飲泉水時水牛王與衆眷屬有所至湊獨在其前顔貌姝好威神巍巍名德超異忍辱和雅行止安詳有一獼猴住在道邊彼見水牛之王與眷屬俱心生忿怒興于嫉妬便即揚塵瓦石以坌擲之輕慢毁辱水牛黙然受之不報過去未久更有一部水牛之王尋從後而來獼猴見之亦復罵詈揚塵瓦石打擲後一部衆見前牛王黙然不報効之忍辱其心和悦安詳雅步受其毁辱不以爲恨是等眷屬過去未久有一水牛犢尋從後來隨逐羣牛於是獼猴逐之罵詈毁辱輕易見水牛犢懷恨不喜見前等類忍辱不恨亦復學効忍辱和柔去道不遠大叢樹間時有樹神遊居其中見諸水牛雖被毁辱忍而不瞋問水牛王卿等何故覩此獼猴猥見罵詈揚塵瓦石而反忍辱黙聲不應此義何趣有何等意又復以偈而問之曰

卿等何以故　忍放逸獼猴　過度於凶惡
等觀諸苦樂　後來亦仁和　坐起而安詳
皆能受忍辱　彼等尋過去　諸角黙過杖
建立衆墮落　又示恐懼義　黙無加報者

水牛報曰以說偈言

以輕毁辱我　必當加施人　彼當加報之
爾乃得疾患

諸水牛過去未久有諸梵志大衆羣輩仙人等順道而來時彼獼猴亦復罵詈毀辱輕易揚塵瓦石以坌擲之諸梵志等即時捕捉以脚蹋殺則便命過於是樹神即復頌曰

罪惡不腐朽　殃熟乃遭患　罪惡已滿足
諸殃不爛壞

佛告諸比丘欲知爾時水牛王者即我身是爲菩薩時墮罪爲水牛爲牛中王常行忍辱修四等心慈悲喜護自致得佛其餘水牛諸眷屬者諸比丘是也水牛之犢及諸梵志仙人者則清信士居家學者是其獼猴衆則外異道罵詈獼猴獼猴則得害尼揵師本末如是具足究竟各獲所行善惡不朽如影隨形響之應聲

佛說兔王經第三十一

聞如是一時佛遊於舍衛國祇樹給孤獨園與大比丘衆千二百五十人俱佛告諸比丘昔有兔王遊在山中與羣輩俱飢食果蓏渴飲泉水行四等心慈悲喜護教諸眷屬悉令仁和勿爲衆惡畢脫此身得爲人形可受道教時諸眷屬歡喜從教不敢違命有一仙人處在山林食噉果蓏而飲山水獨處修道未曾遊逸建四梵行慈悲喜護誦經念道音聲通利其音和雅聞莫不欣於時兔王往附近之聽其所誦經意中欣踊不以爲猒與諸眷屬共齎果蓏供養道人如是積日經月歷年時冬寒至仙人欲還到於人間兔王見之著衣取鉢及鹿皮囊并諸衣服愁憂不樂心懷戀恨不欲令捨來對之淚出問何所趣在此日日相見以爲娛樂飢渴忘食如依父母願

一留意住止莫發仙人報曰吾有四大當慎將護今冬寒至果蓏已盡山水冰凍又無巖窟可以居止適欲捨去依處人間分衞求食頓止精舍過冬寒已當復相就勿以悒悒兔王答曰吾等眷屬當行求果遠近募索當相給足願一屈意愍傷見濟假使捨去憂慼之戀或不自全設使今日無有供具便以我身供上道人道人見之慼惟哀念恕之至心當柰之何仙人事火前有生炭兔王心念道人可我是以黙然便自舉身投於火中火大熾盛適墮火中道人欲救尋已命過命過之後生兜術天於菩薩身功德特尊威神巍巍仙人見之爲道德故不惜身命愍傷憐之亦自剋責絶穀不食尋時遷神處兜率天佛告比丘欲知爾時兔王者則我身是諸眷屬者今者諸比丘是其仙人者錠光佛是吾爲菩薩勤苦如是精進不懈以經道故不惜軀命積功累德無央數劫乃得佛道汝等精勤無得放逸無得懈怠斷除六情如救頭然心無所著當如飛鳥遊於虛空佛説如是莫不歡喜

佛説無懼經第三十二

昔者有人作性仁賢修奉經戒精進守德每生自剋行無過惡一身遵行爲天下則行來四輩息意休穢行正不迷布施持戒忍辱精進一心智慧無所希望以法自衞行來同學無有異計者有法會輒往聽經不以猒倦念佛功德如來至眞等正覺明行成爲善逝世間解無上士道法御天人師爲佛世尊流布弘恩歎法之義惟志無爲法本柔潤法香普熏十方悉聞去惡就善居家爲穢出家無爲

志常思法以法爲務勤勤誦法猶服甘露法爲道藥多所療治法爲橋梁通諸往返法爲舟船度諸未度法爲日月晝夜照明去諸窈冥陰蓋消除覩於無形又信聖衆衆中學者猶如衆流遊於大海聖衆之中或得道跡或得往來或獲不還或成無著緣覺果證或行菩薩至不退轉一生補處無上正眞亦由是生此則無極至深道海菩薩所奉周旋往來度脱一切靡不與戴道慧高妙無所罣礙其人每行出入四輩弘宣三寶身自歸命并化一切常尊三事一曰興立功德修治佛寺二曰誦經念道宣布典教三曰一心定意而無放逸奉四等心慈悲喜護行空無相不願之法解了善權隨時化人使發道意其人年長命欲終時四輩衆學及諸親里五種諸家咸往問訊將無恐怖安心勿懼其人即以偈答衆人

吾棄捐衆惡　奉行諸功德　今身以是故
無一恐畏心　猶如有橋梁　柱强上下堅
如人乘牢船　欲渡至彼岸

衆人聞之悉共欣悦代之踊躍其人命盡壽終之後生兜術天稽首彌勒得不退轉與諸菩薩講經論法開化不逮

佛説五百幼童經第三十三

聞如是一時佛遊波羅柰國與大比丘衆千二百五十人及諸菩薩俱爾時五百幼童行步遊戲同心等意相結爲伴日日共行一體無異一日不見猶如百日甚相敬重彼時一日俱行遊戲近於江水興沙塔廟各自説言吾塔甚好卿効吾作其五百童雖有善心宿

命福薄時於山中天大卒雨積水流行江水大漲流溢出外漂沒五百諸戲幼童水中溺死墮于隨流衆人見之莫不歎惜各心念言可憐可憐父母舉聲悲哀大哭不能自勝求索死屍不知所在益用悲酷時衆人往反諸比丘具白佛意佛告衆人早豫知之宿命不請呼諸父母告之莫愁此兒五百世宿命應然今雖壽終生兜術天皆同發心爲菩薩行佛放威神顯其光明令其父母見子所在佛時遥呼五百童來尋時皆來住於虛空中散華供佛下稽首禮自歸命佛蒙世尊恩雖身喪亡得生天上見彌勒佛惟加慈澤化諸不逮佛言善哉卿等快計知道至眞興立塔寺因是生天既得生天見於彌勒諮受法誨佛爲說經咸然歡喜立不退轉各白父母勿復愁憂人各有命不可稽留努力精進以法自修人在三界猶如繫囚得道度世乃得自由歸命三寶脫于三流發菩薩心乃得長久遊四使水度脫四瀆父母聞之悉從其教皆發道意時諸天子稽首足下繞佛三帀作禮而退忽然不現還兜率天佛說如是莫不歡喜

佛說毒草經第三十四

昔者一國有大叢樹樹木參天無折傷者中有樹神明達義理出入行節與衆不同四方來趣經歷樹木時樹神悅豫恣人所欲菜果薪草不以爲恨蔭涼泉水服者大安時有一鳥他方口含弊惡毒草飛過此樹因投其上適墮上枝毒侵其樹尋枯其半時叢樹神心自念言此毒最凶適墮樹上須臾之間令半樹枯日未至中未盡冥頃如是悉枯未滿十

日恐皆毀死此叢樹木當柰之何去斯毒害時虛空中有天神曰如是不久有明人來歷遊道路過斯叢樹卿取樹間所藏金雈掘此毒樹盡其根株令無有餘爾乃永安設不爾者日未冥頃毒樹盡枯悉及叢樹樹神聞之因化人形住於路側待之以到即語其人吾有金藏當以相賜願掘毒樹窮索其根其人聞得重金藏寶即言唯諾便前掘之盡其根源樹神喜悅尋與金藏其人取去家居致富樹神歡然得離毒難衆樹長安華果茂盛不慮毒患諸罪皆散佛言叢樹者謂三界樹神者謂發意菩薩也鳥從他方取毒來者謂魔事衆想從無明致虛空神者如來至眞等正覺也教諸學者不從魔法當順善友菩薩大士修同志者乃拔三垢衆勞之厄掘樹盡根謂消婬怒愚癡之冥設不爾者溺在三界罪蓋自覆無有威勢拯濟衆生生死之惱得賜藏者謂道法藏菩薩大士展轉相助成猶萬川流合于大海樹神欣然悉無憂患還處樹者以能逮得無所從生大哀法忍因住三界廣度一切得寶喜樂家居富者以得總持六度無極三十七品修四等心四恩十力相好四無所畏諸根寂定爲無限寶道富無量還歸家者解歸本淨眞道之際也示現佛身廣宣道化開度十方靡不蒙恩

佛說鼈喻經第三十五

昔者有一鼈王遊行大海周旋往來以爲娛樂時出海邊水際而卧其身廣長邊各六十里而在其上積時歷日寐息陸地而不轉移時有賈客從遠方來遥視見之謂是可依水

邊好處高陸之地五百賈客車馬六畜有數千頭皆止頓止炊作飯食破薪然火食諸牛馬騾驢駞駝行來卧起於時鼈王遭身火燒欻然擾動因即移身馳入于海遊走東西火害不息賈人見之謂地爲移海水流溢悲哀呼嗟今定死矣當柰之何鼈身苦痛不能復忍因没其身入大水中溺殺衆人牛馬六畜皆共并命菩薩時告諸弟子曰假喻引譬以解其意遠來賈客謂三界人五百羣衆謂五陰六衰諸入之難鼈身廣長各六十里者謂二六牽連十二因緣輪轉無際周流五趣無一懈息然火炊作爲食具者謂三毒熾盛情欲發興鼈馳走入大海水者謂犯十惡没溺三惡地獄餓鬼畜生之中苦不可言是故如來降其聖德無極大慧往返生死救濟危厄罪所覆蓋盲冥不解顯示法燿令心開闡咸發無上正真道意

佛説菩薩曾爲鼈王經第三十六

昔者菩薩曾爲鼈王生長大海教化諸類子民羣衆皆修仁德王自奉正行四等心慈悲喜護愍於衆生如母抱育愛于赤子遊行海中勸化不違皆欲使安衣食充備不令飢寒其海深長邊際難限而悉周至靡不更歷以化危厄使衆罪索於時鼈王出海於外在邊卧息積有日月其背堅燥猶如陸地高燥之土賈人遠來見之高好因上其止破薪然火炊作飲食繫其牛馬裝物積載車乘衆諸皆著其上鼈王見之被火焚燒焚炙其背車馬人從咸止其上困不可言欲趣入水畏害衆賈爲墮不仁違失道意適欲强忍痛不可言

便設權計入海淺水自漬其身除伏火毒不危衆賈㒳使無爲果如意念輒設方計衆賈恐怖謂海水漲潮水卒至吾等定死悲哀呼嗟歸命諸天釋梵四王日月神明願以威德惟見救濟鼈王見然心益愍之因報賈人慎莫恐怖吾被火焚故捨入水欲令痛息今當相安終不相危衆賈聞之自以欣慶知有活望俱時發聲言南無佛鼈與大慈還負衆賈移在岸邊衆人得脫靡不歡喜遥拜鼈王而歎其德尊爲橋梁多所過度行爲大舟載超三界設得佛道當復救脫生死之厄鼈王報曰善哉善哉當如來言各自别去佛言時鼈王者我身是也五百賈人五百弟子舍利弗等是追識宿命爲弟子說咸令修德

佛說毒喻經第三十七

昔者有一家家喜行毒一行毒已家中得富宿命罪福自令其然一國惡之不敢往來與共從事畏見危害一國遠之行求子婦無肯與者各各相令此行毒家世之最惡不順義理欲害人命設與婚姻行毒無處反來危人是故遠之猶離劇賊賊與人鬪手拳相加尚有强弱行毒之家默然以與人人卒被此害命不可救咸共令知皆遠離之無與從事其人困極徧求子婦無肯與者因行他國千餘里外求其子婦其人家富既復豪貴婦家貧陋且復不貴見彼家富貪與其女不行毒故益入財物尋迎婦來在家行禮威儀悉備不失婦禮出入應禮節時其家中耗損不諧當行毒害乃得富耳姑嫜勑婦令其行毒害殺某人吾家本業自應其然婦聞愁憂白姑嫜

曰我家行慈初無加害不任行毒死死不犯姑嫜罵詈不肯受教因語毒神令取此婦不行毒藥以加害人而不肯從當奈之何毒神答曰吾當化之令不違教毒神便往化爲毒蛇來趣其婦其婦恐怖不知所至或現頭上食現其前飲現器中臥現牀上行步逐後其婦恐怖不知所到羸瘦骨立不能飲食毒神勑之令行毒藥乃相置害窮困無計可之從教于時本土比舍有人到此國邑見其女身羸瘦不安以用愕然何故如是女具語意還到我家宣白父母令疾迎我不爾定死人還具說父母聞之愁慼憒憒父嚴車馬疾行迎女到其鄉土具喻姑嫜女母悲泣夙夜思女故遣迎之當聽相見不久來還姑嫜聽去父載女還便語姑嫜卿家行毒吾奪汝女不復相與設共諍者自有官法應得爾不此是滅門之憂不肯聽者棄行毒事乃相還婦夫婦共議此婦端正世之希有不可棄之寧棄毒業又官家聞便相危害便止毒業與其約誓不敢復犯遣棄毒神家中遂安其毒神者謂四魔行毒求富謂諸魔天惡鬼神輩日日迎婦國中人民不肯與者又謂其人不從魔教迎婦者行到他方求以爲入便取得歸魔者謂染法教使行毒不從言者覺知魔不墮五陰使人還歸語父母者謂從般若善權之教父報將歸謂從本無令其女壻止毒及與母者謂去三毒衆妄想求應四等因六度無極善權方便一切得度三界至於正眞無極之慧

佛說誨子經第三十八

昔者有人父早命過少小孤遺獨與母居未被教勑出入不節不拘禮教違失先聖典籍之誨不肯學問諮受經法惟以愚伴迷惑之衆以爲徒類嗜酒博戲高抗華飾有表無裏放恣情欲嘘天雅步不以孝順修德經心當用立身身犯衆惡口言麤獷心念毒害不念所生親之遺教惟以非法亂行爲業母甚患之因欲教勑示其至密威儀法節令改心行慎身護口奉先聖典修其祖父所生之則敬受世尊無極之道因以慈意演出妙誨而告子曰

子常行柔和　結伴從善友　恒宣喜勸助
長修正法化

子又問母曰

若常行柔和　以何爲爾乎　設結善友者
何用爲增益　假恒宣勸助　何爲修此義
長修正法化　何所有加施

母告子曰

若常行柔和　衆人所愛敬　設結善友者
堅住無能動　恒宣勸助者　致獲大財富
長修正法化　壽終生天上

子白母曰善哉親教其誨無上其法無限巍巍難量不可稱載吾之愚冥其日久矣背恩向僞不識至眞迷於容色惑於種姓自謂才智不明謂明不達謂達不別尊親之明誨賤善貴惡不惟孝養慈親之德捨厚就薄愚伴爲侶遂使致是癡惑日甚賴蒙親化顯以慈仁垂流愍澤乳養之本轉令興隆通于十方啓受項奉不敢遺忘子稽首謝修行親命終始無違于如法進常行柔和一國宗焉擇善

爲友無能侵焉恒行勸助合偶離别和合鬬諍大得供遺財寶無量稽首歸佛奉受五戒修行十善諸天衞護國主聞之召爲大臣王告之曰朕聞德行一國悅之故以相命國無良臣惟爲良輔使士清寧四國歸德爾乃顯榮其人曰諾不敢違聖惟恐薄德不副功効爲慚愧耳違負聖教黎庶怨望所以自難不敢順命王曰觀仁言行舉動進止果能辯之故相召耳其人默然立爲大臣王復告曰某許國王本時與吾親親無二猶如一體有傳口者兩頭相鬬令身相失年月時久各爾廢礙無能解者欲卿身躬自往和使如故當重相賜財寶重位其人曰諾因取家財供作美饌又齎寶物往詣彼國跪拜陳謝素自闇塞被蒙天潤爲王所使遣此飲食金銀珍寶以貢大王前者謬誤舉動不當相失聖意從來鬬别積累年載慚愧羞恥踧踖無顔故遣貢遺願恕殃釁原其罪過其王聞之心中欣然亦返責已吾久有意欲得和解無能發者使彼興意先來相謝是吾不逮之所致也便手執筆作書報之惟别歷載不得言面每思舊好何日捨懷中間隔絶不及所致不見忽捐復遣賢臣美供璝琦以相謝矣尅抱來意終始不忘願一同會及散久逈今寄琦珍是身所有貴致微心言而乃叙彼王得之歡然無量尅期會日快共相娛察本所失蓋不足言傳者過差乃致此患以爲比國友親意厚急緩相救自遣大臣名不可計實增益其位阿難白佛言毋之至教莫能大焉佛言至哉復問佛言將來之世皆承此教乎佛言有從不

從所以者何將來之世人民悖亂貴惡賤善放逸情意臣欲害君子殺二親弟子危師不念弘德乳養之恩欲令其没獨見奉事嫉妬其師猶如怨家罪莫大焉所以者何弟子後世在前陽供在後欲攻心不與同師出天下宣傳道化度脫一切反憎惡之罪中之罪不可爲喻後世德人時時有耳天下樹多香樹希有香草尠生少少山地出金寶耳好人行德亦復如是惡人行時伴黨相隨識眞者少彌勒佛時德人乃多貴善賤惡無有偏黨道德盈盈不可稱量修德無上不爲罪殃孝親敬君奉承師長歸命三寶三乘與隆三毒消索所度無量皆使得道阿難聞之悲喜交集將來末世乃有此患不如山野愚民癡人勝此輩者能知去就進退之宜稽首而退

佛說負爲牛者經第三十九

聞如是一時佛遊舍衞祇樹給孤獨園與大比丘衆千二百五十人俱及衆菩薩時佛明旦著衣手執應器入城分衞時遠方民將一大牛肥盛有力賣與此城中人城中人買出之欲以殺之在城門中與佛相遇其主見牛旣大多勢畏犇突故請十餘人將牛共行牛遇覩佛心中悲喜絶靷馳逸數十人救不能制之走趣如來如來則知憶本宿命阿難見之前欲搏耳逐之一面恐觸如來一切衆人亦懷恐懼畏來傷佛佛告阿難聽之來勿得呵之牛徑前往趣佛屈前兩脚而鳴佛足淚出交横口自演言唯然世尊加以大哀救濟危厄令脫此難今是其時大聖難遭億世時有所以出者爲衆生故惟垂弘慈一見濟拔

佛言善哉甚可愍哀意之迷人乃值斯患阿難從天龍鬼神人民莫不愕然甚怪所以畜生之類自歸天尊阿難長跪前問聖尊此牛見佛何故自歸本末云何佛言乃往過去久遠世時有轉輪王主四天下千子七寶治以正法不枉萬民天下太平人民安寧五穀豐盈又有四德視民如子民奉猶父沙門梵志長者人民莫不啓親身未曾病求得安寧四域宣德徹于十方時轉輪王遊觀四方還欲歸宫時見古世人親親人而爲債主所見拘繫縛在著樹而不得去時轉輪王七寶侍從停住不進怪之所以遥見故舊爲人所拘負五十兩金令不得去聖王報之解之令去當倍卿百兩金其人白曰吾復轉負某百兩金當以償之不能捨置聖王即勑諸臣下到宫與其百兩金臣下言諾即解債主得還歸家其人數數詣王宫門求金不得債主求之避不知處遂在生死周旋往來無數之劫不償所負至于今世墮此牛中所債所責數千兩金故來歸佛宿緣所牽佛語阿難時轉輪王則我身是其債主者此牛是佛爲聖王保之爲償竟不與之故來歸佛求索債故佛告牛主佛爲卿行分衞倍償牛主不肯還欲得牛佛復重告吾稱牛身斤兩輕重與若干斤金故不肯矣時釋梵天俱來下叉手白佛佛勿分衞所欲得金萬千億兩吾等致之布兩牛皮釋梵四王積累金寶滿兩牛皮爾乃各罷將牛到祇桓中入其中門觀察佛身及聖衆形諸菩薩德巍巍無量光光堂堂猶星中月威神照遠不可稱計因時思惟念佛法衆七

日命盡忽生天上尋憶自識宿命世尊功德來還人間散華供佛報其恩德稽首佛足佛爲說經即發無上正眞道意輒得立在不退轉地從無生忍乃還天上

佛說光華梵志經第四十

聞如是一時佛遊舍衛祇樹給孤獨園與大比丘衆俱千二百五十菩薩無央數人于時衆人無央數千皆來集會在於佛所悉下鬚髮行作沙門各自與五百羣從修治道德精進不懈成得神通生死根斷普獲道證周旋十方濟度衆生阿難白佛此等衆學宿有何行本修何德乃致此譽神通之慧然爲第一佛告阿難乃往過去久遠世時經歷劫數九十有一維衛佛時有一國王名曰旃頭城號旃頭摩提爾時有一梵志名光華博學衆經廣宣法典無義不達有五百衆侍從啓受數數往詣維衛如來聽受經典誘化羣黎開發愚冥勸示正眞行作沙門修德爲業時彼國中五百營從將五百人大臣羣僚亦作沙門有大長者化諸羣衆皆復捨家行作沙門奉行精進不犯禁戒命終之後得生天上天上壽盡來生人間如是上下終而復始九十一劫於此佛世皆作沙門悉會佛所爲佛作禮退坐一面諸天龍神乾沓和阿須倫迦留羅眞陀羅摩休勒人與非人靡不來到會於佛所稽首足下還住一面佛時便笑阿難問佛何因緣笑至眞世尊終不虛欣惟說其意佛告阿難見此衆人天龍鬼神來會者不答曰已見佛告阿難維衛佛時有一大國名旃頭摩提王名旃頭皆奉大法歸命三寶時有梵

志名光華總攝三達博綜衆經無義不達見維衛佛化於十方天上天下靡不啓親詣五百衆往詣佛所而作沙門咸受經戒時其國王棄國捐王與五百衆亦作沙門有大長者亦化羣從五百之衆行作沙門普受道化進獲神通奉四等心慈悲喜護九十一劫不歸惡趣生天上人間今得人身悉來會此亦普出家行作沙門啓受經戒皆得道證欲知爾時所行梵志豈異人乎勿作斯觀則吾身是國王人民及大長者之衆皆是維衛如來至眞同時學者彼種此獲功不唐捐皆自得之佛說是時無央數人皆發無上正眞道意應時立不退轉地一生補處亦不可計得成羅漢亦復如是佛說是時莫不歡喜

佛說變悔喻經第四十一

聞如是一時佛遊舍衛祇樹給孤獨園與大比丘衆俱爾時有一居士猒世苦患萬物非常身之所有財物如幻寄居天地猶如過客無一可貪惟道眞正未可常存因便出家行作沙門精進不懈志本不達則便入山山中修行夙夜不廢不惜身命布施持戒忍辱精進一心智慧守志不動不得道證心欲變悔還作白衣學道積年勤務不休然心冥冥不知所趣本在人間數蒙謗議口舌流盈今在山中復無所獲進退無宜不知所湊不如脫衣還就吾業猶豫未定時山樹神覩之惜其功夫方欲成就反欲還家志在瑕穢代之恨恨不可爲喻因則化作比丘尼身興化亂意欲發道心堅固其志其比丘尼身著珠寶面色光榮非世所有復現女人顏貌端正色像

第一姿曜煒煒衆類無逮俱相謂言卿比丘尼何故身著寶瓔珞脣口妙好猶如赤真珠比丘尼曰寶如幻化脣如彩畫端正踰膏有何可貪如卿今身色雖端正猶如春華身若果落不久著樹四大合散無有正主惟心爲本在三界中獨來獨去無一隨者禍福追身如影隨形三界皆空無一可賴爲罪所覆五陰六蓋心閉意塞不解三昧比丘聞之心即覺了知審如言識别四大本因緣合會身自害剖判本空猶如寄居觀十方人無有親疎則心了意解諸漏得盡生死已斷悉無起分出入自由不著垢塵爾乃達知山樹有故化如除浮雲神歡之樹神跪拜自陳辛苦周旋三界五陰所覆十二牽連忽始相因惟見愍哀救濟此雲即爲說經使心開解奉受五戒修行十善塞惡三塗道心稍前遂至無極入佛正真於時世尊告諸比丘解其本末執心當堅無得後悔佛說如是莫不歡喜

佛說馬喻經第四十二

昔有長者畜一好馬初得之時志操犇突不可御調適欲被騎前兩脚跳騎上遊逸四出横走不從徑路入於溝渠突樹墻壁其主長者甚懷瞋恨還歸在家鞭撾酷毒不與水草獨令窮困飢餓心惱而自剋責心中無計不知何施空中聲出則告之曰順從其主時無患難時馬心解明日長者故乗騎馬被著鞍勒馬即受之不復跳踉騎上鞍住亦不爲態牽東西南北行從而不違與穀飲之隨時消息令飽滿肥盛氣力後騎將行轉遂調柔日日成就後生二子至數歲長者乗之復不順

從跳踉橫走斷絶羈絆捶杖加之不以改行還歸餓之乃思已殃食以甲草飲以濁泉自作已受何所復怨夜行見母長跪問言今者大家獨見憎毒不得水草撾鞭甚酷母獨高處不念親慼行來欣欣一身喜樂高望遠視猶若鴻鵠不憂子孫獨遇此酷其母答曰是卿身過何所怨責長者授勒被鞍即受騎汝隨順東西從之便見愛耳斯事極易而卿反之故獲此殃子聞母教明日即從長者試之安然順之騎之授身令行即行令住尋住長者大喜馬即調良飲食隨時與母無異假以爲喻長者謂佛馬喻學人不受佛教放心恣意不從道化故爲說法令知去就跳踉走行不可制者加以捶杖爲演五戒十善生天人中罪者示以地獄餓鬼畜生勤苦之難三界之患往來輪轉無一可安設不犯惡五戒十善乃開化之四等六度神通之行在於十方諸佛共會三毒消除去諸陰蓋其子從母長跪問曰前聞其師所行法則師說深淺之行皆有意故五戒十善因爲天人說空無相願六度無極四等四恩不在生死不住滅度乃入正眞勇果之徒處神通乘周旋三界度脱一切

佛說比丘尼現變經第四十三

昔者舍衛之城城名拘薩國中有諸蕩逸婬亂之衆專爲凶惡不隨徑路一國患之以爲酷苦伴黨相追共爲惡逆官家求取馳走叵得於時國中諸比丘尼俱共遊行樹下精思專惟正道不捨心懷衆比丘尼智慧第一名曰差摩神足第一名蓮華鮮各各有德行威

神巍巍時天小熱俱行欲洗指流水側凶衆遥見即生惡心婬意隆崇欲以犯之候比丘尼適脫衣被入水洗浴尋前掣衣持著遠處欲牽犯之時比丘尼見發逆意意中愴然愍之爲愚因脫兩眼著其掌中以示諸逆卿所愛我惟愛面色以盲無目何所可好復示腸胃身體五藏手脚各異棄在一面謂凶衆言好爲所在逆凶見此忽然恐怖知世無常三界如寄其身化成骨血不淨無可貪者尋還衣被稽首悔過所作無狀反逆無義願捨其殃長跪叉手各受五戒將至佛所稽首于地自責其罪盲冥無知迷來日久作惡不罷不覺世世當受禍危今蒙大聖垂恩救濟乃感比丘尼威德化眼去罪罪輕稍近無爲佛言善哉惡趣已離轉當成就如樹華枝果實已茂行亦從斯諸人欣然求作沙門佛即聽之正心爲本尋時出家守護諸根衆殃求除五蓋不存三毒消滅爲佛子孫以斷生死自然神通爾乃識別佛之大恩

佛說孤獨經第四十四

昔有一人幼少孤苦獨一身居種作廣田益有犁牛得收五穀乳酪醍醐衆果菜茹不可限量供給遠近諸食之者往來每與窮困名德流布普通十方時衆喻解語其意當得伴黨獨不可諧衆人咸來皆共居止在其人邊居家遂多更立城邑取婦生子子大衆多父轉年大教告諸子當可施行護身口意布恩施德子各違錯不從其教言父今已老何不寂然安有所教誰當受之父得子惱心自念言吾本一身所豐施遠近下及不逮今得諸

子亂我身心不從其教不如無子佛言人本立神一而清明能有所詣奉於正行强有所觀不解本無自見有身因生五陰六衰之惑反爲所迷不至正眞後解三界一切皆空五陰悉除三毒自滅乃至無上之正眞道佛說如是莫不歡喜

佛說生經卷第四

音釋

坌（蒲悶切塵坋也）陿（胡夾切隘也）踧踖（踧子六切踖資昔切踧踖恭而不自安貌）璝琦（璝姑回切璝偉也琦渠宜切珍琦也）尠（息淺切少也）軔（以忍切車軔也）跳踉（跳田聊切踉呂張切）䩭靽（䩭居宜切與羈同靽音半）

佛說生經卷第五

西晉三藏竺法護譯

佛說梵志經第四十五

聞如是一時佛遊舍衛祇樹給孤獨園與千二百五十比丘俱爾時世尊晨旦著衣持鉢入舍衛城分衛次第求食即時轉行到梵志舍時彼梵志遥見世尊威神巍巍諸根寂定其心湛靜降伏諸根無復衰入如日之昇出于山崗如月盛滿衆星獨明如帝釋宫處於忉利如梵天主在諸梵中如高山上而大積雪現於四遠如樹華茂其心澹泊如水之清三十二相莊嚴其身八十種好徧布其體威神光光不可稱限覩之如日即從座起與眷屬俱前行奉迎稽首佛足請坐別牀佛便就座時梵志梵志婦心懷踊躍若干種食香潔之饌手自斟酌供養無極飯食畢訖舉鉢洗手更取卑榻聽佛說經於時世尊即爲梵志及妻子僕從下使講說經道開解其心分別其義諸佛之法隨其本源而演分別布施持戒忍辱精進一心智慧應病與藥尋而心解苦集盡道於時梵志妻子僕從下使即於座上逮四聖諦取要言之則天眼歸佛法衆奉受五戒於是梵志即從坐起稽首佛足白世尊曰大聖弘恩得現利義今日所獲度於衆患皆是如來至眞等正覺之所救濟由如大雲同於虛空普雨天下多所潤澤世尊如是常以大哀無極之慈廣說大法佛告諸比丘汝等寧聞梵志今所宣揚口所說乎比丘對曰唯然世尊已見已聞佛言今此梵志與諸眷屬皆獲大利如是具足吾於異世令此梵

志得獲廣普乃往過去久遠世時波羅㮈城有一尊者名曰所守是梵志種也黠慧聰明識解義理卒對之辭口言柔美爲王所敬常可王心其國多有蒲萄酒漿飲食之具王及人民飲食快樂彼時梵志作異技術多所娛樂令王欣愕王大歡喜多所賜遺恣其所欲梵志白王我當歸家自問其婦欲何志求王即可之梵志便還到家問婦我興異術令王歡喜許我所願汝何所求以誠告我爲卿致來婦問梵志君何所願其夫答曰我願一縣其婦答曰用縣邑求我願得百種瓔珞傅飾臂釧步揺之屬種種衣服婢奴乳酪醍醐飲食於時梵志復問其子汝何所求其子答曰我之所願不用步行得乘車馬與王太子大臣俱遊於時梵志復問其女欲何志願其女對曰我所求者欲得珠寶以自嚴身上妙被服千女中央而獨姝好用餘異願乎於時梵志又問奴婢欲何志求奴言欲得車牛覆田耕具婢曰欲得碓磨舂粟磑麵以安四大人不得食則不悅喜無以自安於時梵志還詣王所具足爲王本末説此妻子奴婢所可求也復以偈重歌曰

大王願聽之　所願各各異　我家心不同
婦索百瓔珞　男求車馬乘　女願珠寶飾
吾前畜奴婢　求田及磑磨

於時王以偈答曰

隨汝之所欲　則與不違心　應時使梵志
皆得歡喜悅　其王皆以賜　各各如志願
如意得具足　歡喜無一恨

佛告比丘欲知爾時國王者則吾身是爾時

梵志則令梵志身是其妻者令梵志妻是子則子女則女奴則奴婢則婢是佛說如是莫不歡喜

佛說君臣經第四十六

聞如是一時佛遊王舍城靈鷲山與大比丘千二百五十人俱爾時諸比丘心自興念承佛威神諸天感之得未曾有於是世尊常以慈愍調達而反害意向於如來佛以大哀弘意得之或復比丘而說此言往者世尊豈不察知調達凶惡心懷諂害而捨除其頭髮或有比丘各各議言佛以預知調達凶惡心懷危諂或有議言誰令調達除頭鬚髮作沙門佛遙聞之諸比丘衆共議此事便到其所告諸比丘調達凶惡不可稱量舉要言之言不可竟佛言如是如是其比丘調達者常以害心向於如來未曾和悅吾以慈心而降伏之昔者過去久遠世時已來難量從是以來佛久知之調達凶惡心懷危諂吾以慈心而降伏之續知如此故爲沙門欲令建立攝取善德以是爲本由因出家緣得救護欲計調達不但今世求吾之便而懷害心吾常至眞心弘普而降伏之及往去久遠世時不可勝計波羅柰城有國王號曰大猶以法治國不枉萬民王有大臣名害善財智慧聰明無所不通名德超異與世不同其性吉祥殊妙和雅安隱無患常懷慈心多所愍哀志懷柔潤其王無愍釋子哀心志不懷慈常伺人過欲得其便心懷凶惡無一快於時彼王與害善財大臣俱大猶王告大臣人何所食說何所言多所安獲不致危害而得長益應時以偈而

歌頌曰

食言少獲多　不忍得長大　忍辱致損過
蜜善財云何
蜜善財大臣以偈報王曰
大王是瞋種　恚恨心所爲　無害無瞋怒
則正本所行
王復以偈問曰
以何得安寐　何行無憂患　以何至一法
蜜行致善財　賢聖何所歎　至滅能不憂
誰能保此事　除愁令無患
大臣以偈答曰
棄瞋得安寐　除恚無憂患　怒者毒之本
大王當知此　聖賢之所歎　緣此無憂患
以此義答王　嗟歎忍辱行　毀呰千瞋恨
以此義答之　分别令降伏　不推得其便
凶惡不能加　立之平等德

佛告比丘衆欲知爾時國王大猶則調達是大臣蜜善財者則我身是以得佛道具演本末佛説如是莫不歡喜

佛説拘薩國烏王經第四十七

聞如是一時佛遊舍衛祇樹給孤獨園與大比丘衆千二百五十人俱爾時世尊明旦著衣持鉢入城分衞國王波斯匿有四大臣拜爲四將合四部兵欲伐他方小國於時四臣遥見世尊與衆僧俱即詣佛所稽首足下退住一面世尊問之諸仁者等欲何所湊諸臣對曰王波斯匿遣臣等行舉四部兵欲詣他國攻伐小國唯然世尊我等之身爲此國王多所興立及餘衆勞常畏危命今當遠行當戰鬬有所攻伐如是發行世尊讚曰善哉

善哉諸賢難及所作難及是爲報恩而有反覆設行少所所作不失汝等之身受王俸禄所作當然此事佳善爲愼儀像則成正仕報大神恩則有反覆諸賢聽之不但今世爲此國王有所興立成就功效所作難及昔者過去久遠世時沙竭之國大有諸鳥衆而來集會止頓其國彼有鳥王名曰甘蔗王八萬鳥在中獨尊鳥王有婦名曰舊樂尼於時懷軀有阻惡食心念如是欲得鹿王肉食至誠白王欲得此食於今我身小發此念欲得善柔鹿王肉食乃活不爾者死沙竭國王欲得善柔鹿王肉而食噉之獵者亦募而行求之捕求之將來於時鳥王聞其音聲合會鳥衆汝等當行沙竭國王有大善鹿王形貌名須具夜欲得其肉彼時四鳥應募吾等堪任取善柔肉用國王故不惜身命當辦此事無令餘鳥逐我後行於時四鳥數數往至大衆會所各自議言以何方便而得取之彼時其人國王使者往告太子說鳥數來則遣守護所遊至處不得如願然後復遣大鳥之衆求願具之肉今現在此便遊隨彼即時取肉舉之而去時國王子見大鳥衆恐懼馳走還白國王具說本末國王問之鳥所從來乃至於此太子白曰我見四鳥色像若斯數數來至於彼鹿苑吾亦數往然後四鳥來到時沙竭王即勑外人令捕鳥師致鷹將來四鳥見之畏在危命故往取來即時受教轉遣鳥師應往以若干變觀其所趣造立便張羅捕鳥輙以獲之生上國王於沙竭國王問其四鳥而呵罵之汝等何故數來至此犯吾境界四鳥答曰

唯然天王非我所樂不願至此又有王名曰安住與八萬鳥俱以爲眷屬之尊師其婦舊黎尼懷妊受胎發此阻極而以惡食欲得食噉須具善柔鹿肉彼王遣來受其君教不惜身命自投沉歿而奉謹敬非吾所願時國王聞得未曾有愕然怪之彼自食心莫作此食自受王教作此方計不惜身命爲其王投棄軀命令之所爲誠非所及於世希有欲求俗人有此反覆受君父教尚不可得況鳥獸乎奉宣其命難及難及實未曾有於是諸鳥爲王說偈言

唯願大國王　我止沙竭國　我等王安住
與八萬衆俱　婦名舊黎尼　欲思善柔肉
是大王鹿苑　具足爲王食　於是國王心
自念言此事　難得爲未曾　有於時國王
我等國王使　奉命來至此　受君之敬命
不敢自至此

告諸鳥曰赦汝罪過在汝所湊常得解脱勿有拘制

佛告諸臣欲知爾時四鳥身不今汝等四臣則是安住國王今波斯匿王是也今者國王諸侯兵臣吏卿等所將八萬鳥是爾時得脱不見危害今亦如是佛說如是四臣兵吏及比丘僧莫不歡喜

佛說蜜具經第四十八

聞如是一時佛遊舍衛國給孤獨園與大比丘俱爾時梵志迷惑異道術不信佛法欲亂佛教行於城中遥見佛來惡不欲覩竊入他舍得無世尊瞿曇見我於時大聖愍傷憐之尋到其所住於目前欲得避去來不能得又

欲馳走不能自致來詣佛所彼時世尊爲說經法尋時歡喜善心生焉輙歸命佛及法衆僧奉受戒禁繞佛三帀稽首而退還歸其家即取應器盛滿中蜜兩手擎之來詣佛所而欲奉上佛告諸比丘取是鉢蜜而布與衆僧時一鉢蜜佛及衆僧皆得滿足鉢滿如故即復授佛佛告梵志汝取是蜜投著大水無量之流梵志又問何故佛言具足水中蟲螺黿鼉魚鼈悉蒙其味梵志受教即投水中還至佛所或驚或疑踊躍悲喜於時世尊尋以欣笑五色光從口出上至梵天普照五道靡不周徧還繞身三帀授菩薩決光從頂入授緣覺決光從口入授聲聞決光從臂肘入說上天福光從齋入說受人身光從膝入說地獄餓鬼畜生光從足入於時阿難從坐起整衣服右膝著地長跪叉手而白佛言佛不妄笑笑會有意佛告阿難汝見梵志以蜜奉佛布比丘僧餘蜜投水對曰唯然今此梵志然後來世歷二十劫不墮惡趣過二十劫當得緣覺名曰蜜具諸比丘對曰唯然世尊我等悉見於此梵志以一鉢蜜多所饒益而得緣覺佛告比丘於是梵志非但今世以一鉢蜜多所饒益前世宿命亦復如是乃往過世不可稱計有一婆羅門往入閑居寂寞之處見有神仙多所博愛或有人說今此仙人往古難及當住啓受有人報言用爲見此養身滿腹之種爾時有仙人得五神通見心所念即於樹下閑居之處踊在空中住其人前其人見之歡喜踊躍善心生矣即還其家盛滿鉢蜜而奉授之時仙人受飛在虛空緣是施德後

作國王名曰審具以政法治國治國積年壽終之後得生天上佛告比丘欲知爾時五通仙人則我身是爾時梵志今梵志是爾時施審受天人福縁是今世亦復施佛後致縁覺於是賢者阿難以偈讚佛

至尊多哀憐　自然至誠度　爲諸天人世
懷衆獄繫者
故爲諸天世閒尊　於法自在雨法教
以歡悦心多所勸　出家上天無數千
勝令無利皆得利　其有悦心歸命佛
恭肅慇懃造少薩　臨命壽終見趣安

爾時世尊讚賢者阿難曰善哉善哉審如所云復次阿難造若干行乃成所立佛救一切如母念子佛說如是莫不歡喜

佛說雜讚經第四十九

聞如是一時佛遊舍衛祇樹給孤獨園與大比丘俱爾時有一比丘尼子捨家爲道喜諂家家與諸白衣雜錯麤獷行不純一毋數訶之勿得爾也行有節限若有法會講經說義乃可行耳無得校進爲俗閒事父亦呵之亦不肯受父母之法教在於人間家居造亂但與惡人不成就子共相追隨遇諸兇人共撾捶之加得手拳今欲投火中久乃置耳叫呼得脫捨去諸比丘聞而往救之得還歸家諸比丘衆而往白佛說其本末佛告比丘此人不但今世不隨家居教迷惑其行乃往過去久遠世時有諸鳥櫟賔近家居人數喜探欲捕取之烏妻謂烏無得近人家作櫟莫信於人得無取卿加之苦毒其烏聞之雖欲捨去心懷戀戀不能避去衆人數數共觸嬈之故

不捨去衆人捕得盡滅其毛羽荆棘繫頸天
時霖雨泥溺叵行又不能飛徐徐自伸歸到
其樔妻時以偈歌頌問曰
誰皆滅毛羽　今天復降雨　被荆棘爲鎧
而立戶何謂
烏以偈答婦曰
我身吉祥有所緣　於今天時大霖雨
汝促開戶無違我　且持食來活我命
其婦以偈答曰
我如所念如所造　卿所讒哳多所貪
今遭殆危如得華　後方當更獲其實
我之所頌亦可受　具足成酪致醍醐
值此懃苦衆惱已　當詣屏猥處閑居
去彼不遠有一神仙梵志道人遥聞其聲而
歌頌曰
不覩惡罪果　緣是遭苦患　以故莫作罪
將無受大惱
佛告諸比丘欲知爾時烏妻不乎今此比丘
尼是也其烏夫出家子爲沙門被打滅者是
也爾時仙人則吾是也昔日相遇今世相值
佛說如是莫不歡喜
佛說草驢馳經第五十
聞如是一時佛遊舍衛祇樹給孤獨園與大
比丘俱爾時有一比丘新學遠來客至此國
諸比丘欲求猗籌今觀於子行不具足舉動
不詳將無於此造損耗業爾時新學不得猗
籌復詣餘處求索猗籌彼諸比丘不問本末
速授猗籌前比丘聞即往問言卿何以故不
問本末便與猗籌比丘答曰吾授猗籌有固
不安當奉事我供養以時有新比丘安詳雅

步舉動不暴入出進退不失儀法類如佳人不以凶惡主比丘獨在不出新學比丘復取衣鉢取主比丘撾捶榜笞就地縛束搏繫其口將無所喚人聞其聲即於其夜馳迸行走天欲向曉諸比丘衆適聞其聲皆來趣之解其繫縛則問其意時彼比丘本末爲説諸比丘當共分布行求索之使我還得衣鉢諸比丘答曰吾等語卿莫得妄信勿與猗籌將無見枉自在放恣不用吾語所可作者今可自省時諸比丘具啓世尊佛言諸比丘此比丘者不但今世爲是凶人所見侵枉不知本末而妄信也而在相遇輒爲所侵乃往過去有梵志名草驢馳載瓦器有持門戶行於道路遥見一奴住於道傍遥觀梵志稍來近之心欲劫奪與之相見梵志信之此人見我來奉

事我有所施與來親附我彼時梵志以偈頌曰

汝處於四衢　顏貌有反覆　人未知本末　不選擇觀察　其道人覩此　淨修行最法　無有衆殑惡　當施供事我

爾時餘梵志道共侶行皆共謂言莫信此人將無欺卿撾奪財物以偈頌曰

梵志無得趣見人　於四衢路莫妄信　搖動其耳面無理　定將撾卿奪卿物

彼時梵志不信伴語反信賤奴未有所益佐助供養於時彼奴向於夜半見人斷絶即奔走前撾捶梵志破傷脚膝眼眩躃地奪其財物草驢馳梵志亡失所有又復破其膝躃地啼泣由如小兒稱怨呼嗟時有一天名淨修梵行以偈頌曰

其求財於利　而行於愍哀　憹悏而自用
不從尊師教　皆當得是惡　如彼梵志苦
從遇不慎路　獲罪如梵志

佛告諸比丘爾時梵志草驢馳者今此比丘授新學比丘猗籌者是髮鉗惡奴新比丘心懷惡依猗籌緣是劫盜者是也彼時諸異梵志今諸比丘難被比丘者是也爾時淨修梵行天者吾是爾時相遇今亦相值佛説如是莫不歡喜

佛説孔雀經第五十一

聞如是一時佛遊舍衛祇樹給孤獨園與大比丘衆千二百五十人俱諸比丘悉共集會皆共嗟歎心念世尊得未曾有一人與世號曰如來至眞等正覺毀壞一切諸外異學忽然幽冥無復光曜未有佛時致妙供養衣被飲食牀卧之具莫不恭事自歸之者佛現世間是等之類言誨不行佛以道耳適聽比丘所共講議即到其所問諸比丘向者何論諸比丘具足自啓説我等集會平等正覺適興于世諸外異學便没不現忽然幽冥無復光曜佛告諸比丘吾未興世外學熾盛如無日月燭火爲明日月適出燭光無明今佛興世異學皆没無復威曜獨佛慧明無所不照不但今世有殊異行也前世亦然未曾有法乃往過去久遠世時有一大國在于北方邊地之土號曰智幻智幻土人齎持烏來至彼遮棃國其土國界無有此烏亦無異類奇妙之禽時彼國人見持烏來歡喜踊躍不能自勝供養奉事飲食果蓏日日月月而消息之遠方之烏而覺見之皆來集會不可稱數一國

普共供養奉事尊敬無量於彼異時有一賈人復從他國賫三孔雀來時衆又見微妙殊好羽翼殊絭行步弘雅所未曾有衆人共覩聽其音聲心懷踊躍又加於前千億萬倍皆棄捨烏不復供事烏無威曜忽然無色如日之出燭火不現求無復心在諸烏許普悉愛敬於彼孔雀視之無猒前所敬養諸烏之具皆以供養孔雀之形尊敬自歸諸烏皆没不知處所於時有天即歎頌曰

未見日光時　燭火獨爲明　諸烏本見事
水飲及果蓏　由音聲具足　日出上樹間
諸烏所見供　於今悉求無　當觀此殊勝
無尊卑見事　尊上適興現　卑賤無敬事

於是賢者阿難縁世尊教心懷踊躍以頌讃曰

如佛不興出　導師不現世　外沙門梵志
皆普得供養　今佛具足音　明白講説法
諸外異學類　求失諸供養

佛告諸比丘欲知爾時孔雀者我身是也烏者諸外異學也天者阿難也於時在世雖論經法未除三毒生老病死不能究竟除塵勞垢淨修梵行於今如來興于世間如來至眞等正覺明行成爲善逝世間解天人師無上士道法御號佛世尊於今説法具足究竟淨修梵行離諸塵垢除婬怒癡生老病死獨步三界而無所畏降伏諸邪衆外異學莫不歸伏一切蒙度佛説是時莫不歡喜

佛説仙人撥劫經第五十二

聞如是一時佛遊王舍城靈鷲山與大比丘千二百五十人俱爾時錦盡手長者至舍利

弗所諷誦經還歸其家猒所居處下其鬚髮而爲沙門未得羅漢一切所造皆已備足時諸比丘往見世尊今我等察錦盡手啓首面見聞説法律尋時出家而爲沙門博聞多智講若干法言談雅麗詳緒無獷興起禪思故復還家世尊如是隨其所應未得羅漢無根無著法以未成就覩見生死周旋迴轉不得解脱如佛所教如來至眞等正覺所獲安隱佛告諸比丘何足爲怪吾成無上正眞道爲最正覺錦盡手爲舍利弗雖見教化度於四患吾於異世以凡夫身廣説經法度諸懃苦乃爲殊特往昔過去久遠世時有一仙人名曰撥劫得五神通時爲國王所見奉事愛敬無量神足飛行往反王宮彼時國王供養仙人一切施安坐在王邊日日如是王奉仙人

布髮而行手自斟酌百種飲食積有年歲供養無限於時彼王有小縁務王有一女端正殊好於世希有王甚敬重重之無量女未出門王告女曰汝見吾不供養仙人奉事慇懃不敢失意女則白曰唯然以見王告之曰今吾有事當遠遊行汝供養之亦當如我奉莫失意時彼仙人從空中飛下至王宮内王女見來以手擎之坐著座上適以手擎觸體柔輭即起欲意適起欲心愛欲興盛尋失神足故不能飛行思惟經行欲復神足故不能獲時彼仙人見國王女貪欲意起不能從志步行出宮如是所爲其音暢溢莫不聞知時無央數人皆來集會王行事畢還入其宮聞于仙人失于無欲墮恩愛中失神足故不能飛行王時夜至其宮獨竊自行往見仙人稽首

足下以偈頌曰

吾聞大梵志　卒暴皆貪欲　爲從何所教
何因習色欲

時撥劫仙人以偈答王曰

吾實爾大王　如聖之所聞　已墮於邪徑
以王遠吾教

王以偈問曰

不審慧所在　及善惡所念　假使發欲心
不能復本淨

時撥劫仙人復以偈答王曰

愛慾失義利　婬心鬱然熾　今日聞王語
便當捨愛慾

於時國王教告仙人仙人羞慚剋心自責宿夜精懃不久即還復神通佛告諸比丘爾時仙人撥劫今舍利弗是國王者吾身是佛說如是莫不歡喜

佛說清信士阿夷扇持父子經第五十三

聞如是一時佛遊舍衛祇樹給孤獨園與大比丘千二百五十人俱有一清信士有子聰明智慧辯才在在所與無所不博能自豎立而無懈怠明了殊絶又曉家業買賣之利多獲財寶供養父母佛威神護諸天宿衛無央數人所共愛敬不可父意不愛念之常憎惡見驅使出舍數加捶杖不能復堪馳至他國在於異土賈作治生方便計校興造時節不失不廢所業多積財寶清信士聞多積財寶遥遣人呼使來歸子不肯還清信士復遣人行設使不來遣財物來慇懃諫曉都不肯遣其子報曰父困苦我不可復計至使今我不能受心所遣遺也復難自往時清信士對比

丘衆自訟説意其子有病不順父母諸比丘具以啓佛世尊告曰此清信士不但今世與子不和前世亦然福德殊異有所造行無所違失不可其心比丘且觀於此其子智慧殊特德不可量不可其心不欲聞其聲復欲思得佛告諸比丘乃往過去久遠世時有一人名曰阿夷扇持爲獼猴師教於獼猴舉動法則技術戲笑多所悦豫於衆人民以此技術蒙無央數人悉共愛敬遠近皆來觀其技術蒙是之恩多獲財利其阿夷扇持前後獼猴大得衆物撾捶搏蹋其人異日將彼獼猴入於城中縛於柱者撾捶毒痛毀辱折伏於時獼猴竊得嘿出馳走入山閑居獨處近附仙人依之止頓採取果蓏供養仙人復自食之阿夷扇持聞之走在其處空閑山中而遣人使呼之來還獼猴不肯還報之曰吾今續念前困毒我衆患難量前時我父横無過罪而見加毒毀辱叵言今故馳走來入山中阿夷扇持便自往謂獼猴言來歸還家嘿聲不肯仙人報曰亦可原置答仙人曰吾置之耳仙人報曰敢可强致小勸諭之然後持行假使强欲致之儻不能也其人答曰假使方便欲致之去不肯往者吾當作計即時以偈而歌頌曰

卿賢柔善子　譬如鹿就蔭　便從樹枝下
得無飢渴死

爾時獼猴以偈答曰

不仁和生我　我自知志性　從何所覩聞
獼猴爲柔賢　我到諸方面　未有中間念
假使有邪長　終不能制意　吾今續念之

君阿夷扇持　將我入城中　縛柱加毒痛
於今不忘之　撾捶我苦毒　我已得自在
不能就君困

佛告諸比丘欲知爾時阿夷扇持子今清信士子是也清信士則父也其仙人者我身是也如是具足當分別說佛說如是莫不歡喜

佛說夫婦經第五十四

聞如是一時佛遊舍衛祇樹給孤獨園與大比丘千二百五十人俱有清信士其婦端正面貌殊好威光巍巍威德無倫聰明智慧言語辯才多所悅豫衆人所敬於時夫壻不敬重之憎惡不歡不欲見之反更敬愛不急老嫗僕使爲妾而敬重之其婦見壻心異不和志在下使便謂其夫假使卿心不相喜者儻當見聽出家爲道作比丘尼數數如是壻便聽之即便出家爲比丘尼晝夜精進行道未久證得羅漢然於後時其清信士所敬女人歸非常沒時清信士便行求索得前時所妻爲比丘尼呼之歸家比丘尼不肯隨之吾已出家則爲他人更生異世罪福不同時比丘尼聞往白世尊說其本末佛告諸比丘是清信士前世毀辱此有德之人不但今世又此女人生生有德有殊特之志比人常壞亂之今比丘尼已入三大路復欲毀之不得從願

佛告比丘乃古無數世時有一梵志婦名蓮華端正殊好面貌殊妙色像第一於世希有名德難及其梵志有一婦婢使而親近之愼敬於婢不肯恭敬蓮華之妻不喜見之反用婢語將婦出舍至于山間上優曇鉢樹採諸熟果而取食之棄諸生果而用與婦其婦問

曰君何故獨噉熟果生者棄下而持相與其夫答曰欲得熟者何不上樹而自取之其婦答曰卿不與我我不能得當從夫命婦即上樹夫見婦上樹尋時下樹以諸荊棘遮樹四面欲使不下置在樹上捨之而去欲令使死於時國王與諸大臣共行遊獵過彼樹下見其女人端正殊好顔貌殊異世所希有即問女人卿何爲人爲所從來其婦本末爲彼國王説所戀國王見女人女相具足無有衆瑕心自念言其彼梵志愚騃無智非是丈夫而不敬喜于此女人除棘載去至其宮内立爲王后其后智慧辯才難及互用摴蒱及以六博書疏通利遠近女人來共博戲王后輙勝無能當者於時梵志遥聞彼王有后端正工於博戲其有來者王后得勝無不歸伏莫能勝者心自念言且是我前婦非是異人其我前婦博戲第一又彼梵志亦工博戲欲詣王現其技術時王后聞一梵志形像如此及其顔貌長短好醜即心念言是我前夫於時梵志詣王宮門王即現之遥試博戲侍人名齒

於時梵志以偈頌曰

髮好長八尺　其貌若如畫　柔輭上第一
當念熟果蓏

於是王后以偈答曰

徃時婢自在　其志好其所　敬重爲第一
劫取爲第一

時梵志復以偈答王后曰

詣閑居龍處　龍象常所遊　於彼相娛樂
當念熟果蓏

王后以偈答梵志曰

獨自噉熟果　生者棄與我　是吾宿因緣
梵志所劫取
於時梵志心中懷恨即自剋責悔無所及佛告諸比丘爾時梵志今清信士是其婦者今婦是彼國王者吾身是爾時起亂今亦如是佛説如是莫不歡喜

佛説譬喻經第五十五

過去無數劫時有獨女賣麻油膏爲業時有比丘日日於是母許取麻油膏爲佛然燈積有年數佛後授比丘決汝後當作佛諸天國王人民悉往賀比丘比丘言我受恩獨母聞比丘授決便到佛所白言此比丘然麻油膏者我所有願佛復授我決佛言此比丘作佛時汝當從其受決佛告舍利弗是時比丘者提惒竭佛是時獨母我身是也昔維耶離國有一長者聞佛來化即詣佛所稽首禮足白佛言意欲請佛一時三月佛默可之即攝衣持鉢就長者家餘人請者不能復得皆興恚意圖害長者便剋日舉兵圍舍數重長者怖懅至心於佛無復他想佛爲説法若干要語長者及眷屬皆逮不起法忍佛從坐起出解外人説恚害之苦報嘆和慈之福若干要言衆人意解八萬四千發無上正眞道意諸比丘白佛今此大會見佛意解爲是遭時也爲宿有因緣乎佛言今此衆會一時度者皆宿與佛有因緣故比丘白言願佛本末説之聞者增益功德佛言昔有一國居近大海時王名薩和達以慈治國視民如子國有大災三年不雨人民飢餓王召梵志道士問當雨不占者答曰滿十年乃有雨耳王聞是語恐人

民死盡愁憂不樂當作何計以濟國人乎復念曰惟當身施以救衆生耳便齋戒清淨叉手向十方曰以我前後所作善行若有福報者願生海中作大身魚以肉供養衆便閉口不食七日命終得生爲魚身長四千里具識宿命便墮海岸上正像黒山民人見山怪那得是山皆往視之乃知大魚舉國皆往乃解取食得免飢困國遂還復豐熟如故告諸比丘爾時魚者我身是也爾時食我肉者今維耶離國人是如來往者以肉活衆生一世中耳今以道慧救護識神還復本無長離三界衆苦永滅矣菩薩勤苦具足三施何謂三施外施内施大施是爲三施衣食珍寶國土妻子是爲外施肢體骨肉頭目髓腦是爲内施四等六度四諦非常十二部經爲衆生說是爲大施求道之法三施具足乃疾得佛佛説是時無數衆生皆發無上正眞道意首達耆年尊教化五十人惟先年少其智深遠行諸國土教化六萬人展轉與首達共會首達弟子見惟先智慧勇猛悉欲往崇之首達謂諸學者惟先年幼其慧薄少惟先竊聞其言菩薩法者當相供養行諸國土視若見佛今我無護而起同法之意惟先其夜默然而去其國土所以者何欲令學者供養首達首達者用誹謗惟先故墮摩呵泥犂六十劫既出得爲人無舌六十劫所以者何不制心口意故而失菩薩法罪盡已後逮前功德自致得佛號字釋迦文佛告諸學者其首達者則吾身是惟先者今現阿彌陀佛是其坐中一切皆悉言其失小耳得其罪大佛告諸會者身口

意不可不護其有信者奉行而得道所作過惡能自覺改悔首其過可得微輕昔無數劫時有一人大興布施供養外道梵志無數千人數年之中諸梵志法知經多者得爲上座中有梵志年耆多智會中第一時儒童菩薩亦在山中學諸經術無所不博時來就會坐其下頭次問所知展轉不如乃至上座問長老梵志所知亦不如儒童十二年向已欲滿知經多者當以九種物以用施之九種物者金馬銀鞍勒及端正女金澡盥及金澡槃金銀牀席皆絶妙好如是之比有九種物長老梵志便自思惟吾十二年中無係我者而此年少欻乃勝吾人可羞恥物不足言失名不易便語儒童所施九物盡當相與卿小下我使吾在上儒童答曰吾自以理不强在上若我知劣我自在下無所恨也梵志懊惱避坐與之七寶交飾極爲精妙長老梵志因問儒童卿之學問何所求索答言吾求阿惟三佛度脫萬姓長老梵志心毒恚生內誓願言吾當世世壞子之心令不得成若故作佛亦亂之不宜復念言善惡殊塗恐不相值唯當大修德爾乃相遇耳便行六度無極兼修諸善恒無廢捨之意於是別去施生九物與諸梵志使各分之已各減一銀錢追與儒童不受九物使吾之等普分得之儒童受已各自別去菩薩道成調達恒與菩薩相隨俱生俱死共爲兄弟恒壞菩薩爾時長老梵志調達是也儒童者釋迦文佛是以本誓故恒不相離是其本末也師言學當有善知識昔有驢一疋其主恒令與馬相隨飲食行來常與馬俱

馬行百里亦行百里馬行千里亦行千里衣毛鳴呼與馬相似後時與驢相隨飲食行來與驢共侶驢行百里亦行百里驢行千里亦行千里毛衣頭軀悉爲似驢鳴呼唉痾純爲是驢遂至老死不復作馬學者亦如是隨善知識則日精進精進者得道馶隨惡知識則日懈怠懈怠者是爲長没也昔者外國婆羅門事天作寺舍好作天像以金作頭時有盜賊登天像挽取其頭都不動便稱南無佛便得頭去明日婆羅門失天頭天頭若去衆人聚會天神失頭是爲無有神神著一婆羅門賊人取我頭不能得便稱南無佛諸天皆驚動是故得我頭諸婆羅門言天不如佛皆去事佛不復事天賊稱南無佛得天頭去何況賢者稱南無佛十方尊神不敢當但精進勿

得懈怠昔有沙門晝夜誦經有狗伏牀下一心聽經不復念食如是積年命盡得人形生舍衛國中作女人長大見沙門分衛便走自持飯與歡喜如是後便追沙門去作比丘尼精進得應眞道也昔有國王於城外大作妓樂國中人民皆共觀之城中有一家其父有疾不能行步家室共扶將令彊行出城便止樹下不能自致語家中言汝行觀來還乃將我歸時天帝釋作一道人過其邊便呼病人汝隨我去我能令汝病愈人聞大喜便起隨去釋遂將上天至天帝宮見金珍寶非世所有意中生念欲從求乞有人語言可從求瓶病人便前詣釋言我欲去願乞此瓶釋便與之語之言此中有物在汝所願病人即時持歸室家相對共探之輒得心中所欲金銀珍

寶恣意皆得因大會宗親諸家内外共相娛樂醉飽已後因取瓶跳之我受汝恩令我富饒跳踉不止便墮地破之所求不能復得佛之經戒譬如寶瓶初聞精進所願必得後小懈慢忘經失戒譬如瓶破無所復得也法家婦女著金銀珠環有四事上生天上一者著金銀珠環若有明經者聞經歡喜脫持布施是一福得生天上二者若見遠方沙門興起塔寺歡喜脫金銀布施勸助是二福得生天三者若貧窮困厄人聞佛說布施第一行便解布施三福得生天四者得病疾臨命終時脫持布施救助我命自自見施是人命盡歡喜不懼得上生天是以法家婦女有四事行著金銀寶環得上於天

佛說生經卷第五

音釋

釧樞絹切臂鐶也　碓都内切杵臼也　磑五對切䃰也　肘陟柳切臂節也　樔鉏交切正作巢　讒哳讒鉏咸切譖也哳陟轄切嘲哳也　榜笞榜蒲庚切捶也笞趄之切擊也　摶祖本切　迸北諍切走逸也　眩熒絹切目無常主也　躃毗亦切倒也　儱悷儱力董切悷郎計切儱悷多惡不調也　嫗於武切老婦之稱　摴蒱摴抽居切蒱薄胡切摴蒱摶戲也　盥古玩切澡手也　唉痾唉音哀痾於何切

蓱沙王五願經
瑠璃王經
佛說海八德經
佛說法海經

吳月支優婆塞支謙譯
晉三藏竺法護譯
姚秦三藏法師鳩摩羅什譯
西晉沙門釋法炬譯

清刻龍藏佛說法變相圖

四經同卷

蓱沙王五願經

吳月支優婆塞支謙譯

聞如是一時佛在王舍國鷄山中與五百比丘俱時王舍國王號名蓱比沙少小作太子意常求五願一者願我年少爲王二者令我國中有佛三者使我出入常往來佛所四者常聽佛說經五者聞經心疾開解得須陀洹道是五願蓱比沙王皆得之時王舍國北方有異國國名德差伊羅其國王名弗迦沙甚高絕妙宿命時曾更見佛受佛經道學身中

六分經何等六分一者身中有地二者身中有水三者身中有火四者身中有風五者身中有空六者身中有心身中凡有是六分蓱比沙王與弗迦沙王生未曾相見遥相愛敬如兄弟常書記往來相問遺不絶蓱比沙王意常念令我得絶奇好物以遺弗迦沙弗迦沙王亦常意念令我得絶奇好物以遺蓱沙王弗迦沙王國中奄生一蓮華一枚有千葉皆金色遣使者以遺蓱比沙王蓱沙王見華大歡喜言弗迦沙王遺我物甚奇有異蓱比沙王作書與弗迦沙王言我國中有金銀珍寶甚多我不用爲寶令我國中生一人華人華字佛紫磨金色身有三十二相弗迦沙王讀書聞佛聲大歡喜踊躍毛衣皆竪宿命曾巳見佛故毛爲竪弗迦沙作書與蓱比沙王願具聞神佛所施行教戒當所奉行願具答意弗迦沙王却後數日自念言人命不可知在呼吸間我不能復待蓱比沙報書不如便自行見佛弗迦沙王主九十九小國小國王曰來朝弗迦沙勑諸小國王及群臣百官諸兵皆悉嚴駕發行到王舍國佛所道逢蓱比沙王書書上言佛教人棄家捐妻子斷愛欲當除鬚髮著法衣作沙門所以者何人愚癡故不當爲者而爲之便爲癡從癡爲行從行爲識從識爲名色從名色爲六入何等爲六入一者眼二者耳三者鼻四者口五者身六者心是爲六此六事皆外向眼向色耳向聲鼻向香口向味身向細軟心向欲是爲六向從六向爲合從合爲痛樂從痛樂爲愛從愛爲受從受爲有從有爲生從生爲老死憂悲

苦不如意惱如是合大苦陰隨習凡合此勤苦合名人智者自去愚癡愚癡盡衆惡消除惡消除便行盡行盡識盡識盡名色盡名色盡六入盡六入盡合盡合盡痛樂盡痛樂盡愛盡愛盡受盡受盡有盡有盡生盡生盡老死盡老死盡已憂悲苦不如意惱如是合大苦陰隨習爲盡便不復生不生即得泥洹道無爲弗迦沙王讀書竟自思念夜人定後群臣百官士衆皆卧出寂然無聲竊起亡去入丘墓間便自剃頭被法衣作沙門無飯食應器便取冢間久死人髑髏淨刮洗以爲應器持是髑髏應器轉行到王舍萍比沙王國止於城外舉頭視日念今日至佛所晚明日乃行弗迦沙王前報窯家願寄一宿窯家言大善我舍幸寬有宿止處弗迦沙王於外取小草蓐入於一屏處布座坐其上自思惟五内佛以天眼從鷄山中遥見弗迦沙王來到王舍國止於城外窯家佛念弗迦沙王命盡明日恐不復生相見佛即飛行就到窯家門外佛報窯家願寄一宿窯家報言我舍幸大可得相容屬者有一沙門來寄宿自與相報相便安者便可止宿佛即前至弗迦沙王所言我從主人寄一宿云當報卿卿寧肯令我一宿耶弗迦沙言我適有小草蓐纔足坐耳此舍幸寬卿便自在所欲宿耳佛便自左右取小草蓐於一處坐佛端坐過三夜弗迦沙亦端坐佛自念是弗迦沙坐安諦寂寞不動不摇佛意試欲前問用何等故作沙門受何經戒喜何等經佛起到弗迦沙前問言卿師受誰道用何等故作沙門弗迦沙報言我聞有

佛姓瞿曇父字悅頭檀白淨王也其子鬚頭鬚作沙門得佛道我師事之我用佛故作沙門佛所說經入我心中我甚喜之佛問寧曾見佛不弗迦沙言未曾見設使見者寧能識是佛不弗迦沙言見之不能識佛念是賢者爲用我故作沙門續當爲子說宿命時所知經爾乃解疾耳佛語弗迦沙言我爲卿說經上語亦善中語亦善下語亦善爲卿說身中六分事善聽之弗迦沙言大善佛言合此六事能成爲人身人身凡六事有所覺知人志用十八事轉動人意凡有四事道人所當奉行奉行已志不復轉志不復轉者便得道得道已不復生不復老不復病不復於今世死亦不復於後世死亦不復愁亦不復憂亦不復怒亦不復思亦不復愛是爲度世之道請解六事合爲人熟聽之一者地二者水三者火四者風五者空六者心何等爲地地有二品身地外地何等爲身地者謂髮毛爪齒皮肉筋骨脾腎肝肺腸胃身中諸堅者皆爲地身地外地同合爲地身地外地非我地適無所復貪愛知者當熟思惟是以自解何等爲水水有二品身水外水何等爲身水者謂淚洟唾膿血汗肪髓腦小便身中諸輭者皆爲水身水外水同合爲水身水外水非我水適無所復貪愛知者當熟思惟以自解何等爲火火有二品身火外火何等爲身火者謂身中溫熱腹中主消食身中諸熱者皆爲火身火外火同合爲火身火外火非我火適無所復貪愛知者當熟思惟以自解何等爲風風有二品身風外風何等爲身風者謂土氣風

下氣風骨間風腹中風四肢風喘息風身中
諸起者皆爲風身風外風同合爲風身風外
風非我風適無所復貪愛知者當熟思惟以
自解何等爲空空有二品身空外空何等爲
身空者謂眼空耳空鼻空口空喉空腹空腸
空食所出入空是爲身空身空外空同合爲
空身空外空非我空適無所復貪愛知者當
熟思惟以自解智者學道能自別知身中五
分餘一分者心心清淨無欲自念我清潔如
是若願欲上第二十五空慧天恐於二十五
天上壽數千劫不得脫若復願上第二十六
識慧天壽復倍於二十五天上恐爲不得脫
若復願欲上第二十七無所念慧天壽復倍
二十六天上恐復不得脫若復願欲上第二
十八無思想天壽八十四千萬劫恐復不得
脫志便猒苦壽久不得脫便取泥洹道何等
爲六事名合者謂目合於色耳合於聲鼻合
於香舌合於味身合於細滑心合於知是爲
六合何等爲志十八轉者謂目爲好色轉爲
惡色轉爲中色轉耳爲好聲轉爲悲聲轉爲
惡聲轉鼻爲好香轉爲惡香轉爲臭香轉舌
爲美味轉爲惡味轉爲無味轉身爲細軟轉
爲麤堅轉爲寒溫轉心爲善事轉爲惡事轉
爲世事轉爲志十八轉何等爲四事堅制人
者一爲至誠二爲等愛三爲智慧四爲消滅
諸惡是爲四堅志目所貪愛得之因快樂快
樂離人自覺過去從苦致苦能知爲苦苦已
去自知爲脫苦人行苦難得樂當思惟斷諸
惡事因得不苦不樂自知遠離諸苦譬如兩
木相揩生火因別兩木各著一面火亦滅木

亦冷恩愛合便得苦棄捐恩愛自知爲脫譬如鍛金師得好金自在欲作何等奇物臂環耳璫步揺花光及百種皆能作之道人持心當如是鍛金師自在欲生不假令欲生二十五天二十六天二十七天二十八天然審皆有是雖久會當壞皆當過去無有常知當復過去意不復向不復念不復思不復愛是名爲無爲智者自思惟如是乃爲高耳人遠離諸惡乃爲智耳目所見萬物皆當過無有常無爲亦不復去亦不復來道人知是者便信於道無爲最爲至誠未得道時所喜愛樂身心所生得道已皆棄捐之人棄所在恩愛是名爲無爲志在婬泆故不得脫志在瞋怒故不得脫志在愚癡故不得脫道人知是者因棄婬泆之心棄瞋怒之心棄愚癡之心拔恩愛之本斷其枝條截其根莖不復生滋是名無爲自念有我志復動無我志復動我端正志復動我不端正志復動人豫自念如是是爲病是爲劇是爲痛是爲不脫是故不欲多念是謂諸苦之要弗迦沙本不知是佛得第三阿那含道能知爲佛耳即起以頭面著佛足言我實愚癡無狀失於禮敬佛便自現光景威神弗迦沙便自悔過言我愚癡人佛言若能自悔過爲善令若過除弗迦沙言願持我作沙門佛問若作沙門衣鉢具不弗迦沙言未具佛言沙門衣鉢不具不得作沙門弗迦沙言諾請行具之佛言大善弗迦沙起爲佛作禮遶佛三帀弗迦沙明日即入城入城未遠城中有少齒牸牛犇走巳角觸抵弗迦沙諸比丘展轉聞之白佛言佛昨日可於窯

家爲說經沙門辭行具衣鉢爲犇牛所抵殺
如是當趣何道佛言是大長者我爲說經皆
悉心受奉行之即得第三道須陀洹斯陀含
阿那含便棄五蓋一者婬泆二者瞋怒三者
睡眠四者戲樂五者悔疑不正之心今生十
六天上阿那含中便自於天上得阿羅漢度
世去令諸比丘共取弗迦沙身好收葬之於
其上起塔諸比丘即共承受佛教即爲起塔
佛說經已諸比丘皆叉手爲佛作禮

蓱沙王五願經

瑠璃王經

晋三藏竺法護譯

聞如是一時佛遊迦維羅衛釋氏精舍尼拘類樹下與五百比丘侍者阿難金剛力士樓由俱於城中有舍夷貴姓五百長者共為世尊造立講堂自相與誓講堂成已當請正覺於上設供沙門梵志長者居士群黎人民不得先佛妄昇此堂若違要者罪在不測舍衛國王時有太子名維樓黎產育之初與瑠璃寶俱因以為號領衛士定省外氏方來入城見視講堂高廣嚴淨都雅殊妙世所希有則於其上頓止息涼監講堂者往白諸貴姓言舍衛太子來止講堂貴姓聞之興怒罵曰吾等家產有何異德敢登此堂本造斯殿乃為佛舉當具上饌延屈世尊至真聖衆供養畢訖然後吾等乃宜自處而微者前尊置體于此尋遣使者而罵辱之催逐發遣令不久滯所蹈之地剗去足跡所履寶階輒更貿易時瑠璃太子聞其罵音姿色變動心懷毒恚勑太史曰深憶記之須吾為王當誅此類太史阿薩陀（此名無信）能觀天文占究災怪令書此狀內于帶中挾惡識非嚴退還歸不復前至朝覲外家太子父王名波斯匿與后末利駕乘導從詣祇樹園下車却蓋免冠解劍屏拂脫屣除四種兵步涉小徑與末利俱五體投地稽首為禮却坐一面瑠璃太子時歸還宮無所瞻覲問左右曰父王太后今為所在奏曰造佛太子聞問欣率所領不復解嚴遂至精舍曰宜知是時於是太子逼害翼從王之近臣五百餘人一時夷滅却王冠幘蓋劍拂履

服乘諸飾外無白者於時世尊爲王及后說世無常愛欲合會别離法句王立不退轉后得覩道迹佛說經已王稽首退不見侍輔而僵屍狼籍惟王衣冠二人得免逃入樹間還與王遇王問之曰群僚所在二人答曰太子率勤所統憎將還宮王謂末利子造不順謀逆如斯素知此吾當避以國付之精舍左右族姓愍王及后體柔狀樂不堪步涉濟以車乘弊陋難處遂昇進邁至于城門先時太子列五百人置門鎮衛勑門監曰若父王來勿聽使入王曰若不得入吾將焉如曰詔大王當令出境時王波斯匿涕泣哽咽以偈歎曰

誠哉世尊教　所演審而諦　興衰與貴賤
一切無常住　寧守戒念道　不貪厚俸祿
僥聞講法會　不願億國土　王據國恣情
饕餮違所欲　聞法蒙解脫　塵垢用銷除

爾時觀者無數千人聞王歎音八百人發大道意皆立不退憂色不悅王后末利白王曰幸勿愁憒可共俱逝還我父國即便進發七日七夜到迦維羅衛兜薩聚值冥門閉亦不得入各共飢渴無所向仰求乞無地止於水傍人洗菜處得逆羅蔔食之臚脹腹痛而薨王后悲動舉聲大哭守聚者問曰何人乎曰吾王后也又問王爲在何乎后曰痛哉王薨水側聚守門者即馳白舍夷諸貴姓貴姓聞凶奔波驚愕尋皆來出賵贈殯棺闍維如法咸皆號悼莫不摧感爾時貴族釋摩男者瞿夷之父也與諸豪右以偈歎曰

有子有財　思惟波波　我自非我　何有子財
愚癡自怙　豪尊有終　太子用國　殪入地獄

釋氏貴姓二百五十深惟無常得不退轉五百女人未出家者得不起法忍於是瑠璃太子聞父王薨即在殿稱制爲王異道太史出帶中書證案本狀記惡之忘聞之大怒心意憒踊召四種兵伐迦維羅衛佛知其意從精舍出止于路要坐於萎枯樹下斯須之頃太子軍至時瑠璃王遥見世尊即便下象車稽首于地長跪問佛惟天中天有菩提附差尼拘類秘鉢優蠱鉢薩羅怛羅揵尼赦羅有此七樹其蔭高大有德茂盛何因棄捨處枯槁多刺樹耶佛告瑠璃王雖有七樹樹蔭茂盛豈有常吾坐刺樹以爲安隱用哀愍傷親屬故也王心念言先古所載藏室秘讖用兵征旅遇沙門者轉迴軍還況今值佛焉得進乎稽首佛足即便返旅還于舍衛來日未久

侍者阿難力士樓由翼從世尊還尼拘類園令阿難敷座宣告四輩皆令集會時佛尊顔姿容無耀項無光明衣服變色阿難察坐以定則整衣法服右膝投地叉手白言侍尊積年未覩三變佛告阿難却後七日迦維羅衛釋氏貴姓皆當傷斃現斯變者爲家中持服故也大目揵連前白世尊是何足言我之神力正覺所究能以右掌舉舍夷國跳置空中上不至天下不至地瑠璃王殺焉能得乎佛告目連知汝威德通足如斯宿命之罪誰當代受又曰能以鐵文籠疏遮此國上又以鉢覆使無形俟擲置他方異土又以四披須彌山南内著于山然後合之各得所安又大海水深廣之量三百三十六萬里我以此國浮置中央令諸人民無往來想又以此國倚須

彌山頂復能倒覆令無毀害又下没之金剛地際又打擲于瑠璃王衆四種之兵置大鐵圍山表使兩怨敵不相討伐佛言善哉世尊信汝此十威力能辦此舉舍夷貴戚宿世殃罪孰堪畢償而代受者阿難白佛寧有譎詭祐護此國令安隱乎佛言若舍夷人能同心不與外讎有往來緣國可全也太史三諫王宜用時進討舍夷王聞赫怒興軍勒衆世尊知之還坐枯樹如是至三王亦三還第四征時佛不遂屬精銳四品之兵到舍夷國界釋氏豪姓右亦多集衆出而禦之族黨驍勇強盛善射射四十里者射二十里者十里者七里者在其本德御飛破的箭不虛發能折一髮以爲七分去有里數射盡中之尋聲應弦曾無遺漏於是交戰射瑠璃王軍穿幡折幢裂蓋摧杠截轅韅碟決鎧帶鞘絕弓弩弦不害象馬牛畜之命射珥臂指環釧瓔珞而不中肌翦除鬢髮左右眉鬚髮毛睫亦不害體瑠璃怖駭問臣下曰敵去此幾何而箭所至傷毀若茲答曰或四十里二十里十里近者七里王聞加悸不能自寧將破敵軍即悸退還太史諫曰大王莫懼愼無敗却舍夷人民皆奉佛戒爲清信士慈仁不殺以箭恐人無傷害意寧自喪身不夭生命且更整陣并心撲討將牢持重剋捷不久諸臣啓曰察敵軍射陷遠無形非力所拒懼被摧折永令臣等爲糜戮之虜箭不可當置時安據小史之謀不足專從各各心動志存迸徂王大奮怒催勑進戰舍夷外衆奔走堡城閉門自固列陣圍繞至于七日示悟去就招懷誘納唱令内

冠冝時歸命若不出降殄滅爾類釋氏共議當堅城守禦當閉門稽顙當竊潛奔竄躊躇狼狽則各賦籌驗定衆心受籌者多不受者少以少從多開門助惡成禍内與外應欲令敵勝勸善者少得開門入格殺門衛五百人斬害不訾生縛貴姓三萬人埋著于地但令頭現驅迫群象比足蹈殺然後駕犂而耕其頁值此酷者皆須陁洹釋摩男者波斯匿之舊好也自謂國人諦觀無常苦毒之對宿罪當償勿懷怨恨生現尋死存者怱終若干之痛斧解五杌喟然悲歎食福同時而受禍一處豪族七萬餘生復見見生獲鐵鏁其頸貴姓女千人以槊貫之羅竪道側貴姓年少嬰兒置于格上而射殺之時瑠璃王見釋摩男與衆辛苦顧謂臣曰是何人乎答曰釋摩男

釋摩男來欲有所乞王曰現之釋自陳曰王之大王存遇隆厚聽納所啓當具以聞王識委曲恣其所説願節威怒惟權止兵無令放逸多所殘害我入池中斯須當還與王密議立見策也待我出水乃復曜旅王心與口言人在水中勢不得久即聽所白於是摩男爲國人民遭大厄故辭行入池解髮繫樹自沉于水良久不還王大恠焉遂遣左右往求撩索於樹根下得其屍喪出殯池側王甚憐之有慈哀心用門族故自沉而死其義若茲吾爲國主不忍小忿豈當急戰使所害彌熾乎前三億人畢對并命次三億人蒙自次之救得皆視息奔突走脱得全濟命又三億人修家供養歡醼熈怡妓樂自娱不知外有并命之厄亦不聞有奔波之怖安雅如常一無所

豫瑠璃王厚葬摩男存寵其後王平舍夷更立長安慰畢訖還舍衛國佛與弟子至迦維羅衛見諸人民傷殘者多又察衆女人杌無手足耳鼻肢體身形裸露委存坑壍無用自蔽世間苦痛如是不仁之人相害甚酷佛言諸比丘彼瑠璃王肆意惡逆罪盛乃爾却後七日有地獄火當燒殺之現世作罪便現世受太史奏讖怪與佛同王大恐怖乘船入海冀得自免停住海中至于七日期盡水中則有自然火出燒船及王一時灰滅世尊哀愍諸裸露者即以威神動忉利天紫紺之殿帝釋及后首耶之等無數天子各齎天衣俱共來下以服覆徧裸露戹者佛爲衆女而說偈曰

諸仁目所見　現在變如是　畢故莫造新　後可長度脫

佛歎偈已復爲說法諸來觀者天龍鬼神阿須倫迦留羅真陀羅摩休勒梵志居士長者人民無央數千聞佛所說五百比丘漏盡意解五百梵志其餘現人見國荒毀傷殘之痛出家遵道皆爲沙門五百天子立不起法忍二百阿須倫千龍王皆發無上正真道意溝坑五杌裸形男女命盡得上生忉利天千五百人得見道迹千人得不還證佛說此已一切徧聞稽首而退

瑠璃王經

佛說海八德經

姚秦三藏法師鳩摩羅什譯

聞如是一時佛遊無勝國時在河邊常以十五日為諸沙門說戒經佛坐靜默久而無言阿難整服長跪白曰沙門坐定樂聞清法世尊默然阿難三起白夜已半可說戒經世尊乃曰諸沙門中有穢濁者心邪行違言與法乖沙門之戒威神致重非彼下賤所能執行清濁相違故吾不說尊德目連一心入定道眼淨觀具見彼心有可棄之行矣目連即與謂之曰起非爾俗人所應坐處也彼不肯起牽臂使出曰爾無至德心懷六邪何敢以臭溷之體坐天香之座爾是棄人非沙門矣目連即還就清淨座佛告目連子何一愚好偷不出牽臂乃去佛告沙門靜聽吾言諸沙門曰唯然受教觀彼巨海有八美德其廣即汪洋無涯其深則有不測之底稍入稍深無前所礙斯一德也海潮不過期先際斯二德也海含衆寶靡所不包死屍臭朽海不容焉神風吹漂上岸之邊期三德也海懷衆珍黃金白銀瑠璃水精珊瑚龍玫明月神珠千奇萬異無求不得斯四德也普天之下有五大河流行注海西流者名恒南流者名邪云東流者兩河一名沙陸一名阿夷越北流名墨五河流邁俱入于海皆去舊名合為海斯五德也五河萬流霖雨終時立天地來雨落河注海水如故益無增減期六德也海有衆魚巨軀巍巍第一魚身長四千里第二魚身長八千里第三魚身長萬二千里第四魚身長萬六千里第五魚身長二萬里第六魚身長二

萬四千里第七魚身長二萬八千里斯七德也海水通鹹邊中如一斯八德也以斯之故質亮神龍欣心樂之吾經妙典亦有景德讀之無盡其義日深梵魔帝釋無能測度猶海廣遠甚深難測以斯之故諸沙門樂之斯一德矣吾諸弟子更相檢率誦經坐禪禮儀景式不失其時也猶海之潮不過期先際斯二德也吾法清潔志在憺怕衣食供已不畜微餘若有沙門志趣穢濁以法彈遣不得處廁猶海弘裕不容臭屍斯三德也吾道衆經其義備悉沙門潛思練去心垢貪婬恚嫉愚癡衆穢猶若磨鏡瑩垢盡之又蕩微翳照無不覩一坐自思存惟往古生死之源得無不知二惟天地萬物若幻夫有合會必當別離三常慈心愍世愚惑作行顛倒不自知誤四自精思既知往古又照未然衆生魂神所當趣向吾向道以心淨爲珍寶沙門去穢得淨行者其心喜之猶彼質亮樂海衆寶斯四德矣吾道弘大合衆爲一帝王種梵志種君子種下賤種來作沙門者皆棄本姓以道相親明愚相進意如兄弟猶彼衆流合名曰海以斯之故沙門樂之斯五德矣吾道微妙經典淵奧上士得之一號溝港二號頻來三號不還四號應真應真之道其心清淨猶夫明珠垢藏之德分身散體存亡自由住壽無極亦不老病猶彼巨海有神龍魚以斯之故沙門樂之吾之經籍義美甘露仙聖所不聞梵釋所希覩往古來今無物不記邊中皆正猶海通鹹亦以斯故沙門樂之夫見吾經者意皆趣無爲矣海有八德吾經亦然阿難又起稽首

白曰東旦欲明願説重戒世尊曰自今之後吾不復説重戒之經戒之不從恐彼神雷威怒加之也吾以斯故不説戒經自今以往更相檢率以十五日會説戒經諸比丘起爲佛作禮

佛説海八德經

佛說法海經

西晉沙門釋法炬譯

聞如是一時佛遊瞻波國漢呿利池上與大比丘衆俱月十五日時應說戒佛生集已久而如來默然不說戒侍者阿難更整衣服跪而白佛初夜向竟中夜將至大衆集久世尊將無疲倦願以時說戒佛猶默然衆坐既久時有比丘名曰阿若都盧更整衣服長跪白佛初夜中夜已過雞將向鳴世尊得無疲倦衆僧集久願佛說戒世尊復默然又復白言明星已出時將過矣佛言比丘且聽衆僧之中有不淨者故吾不得說戒耳賢者大目揵連心念吾當定意觀之誰不淨者目連白佛我欲定意觀誰不淨者不淨者命令出衆世尊告曰卿欲定意觀不淨者令其出衆此言大善便可觀之目連即定意觀之見其弟子犯于重戒目連從定意起至犯戒比丘前而數之曰汝爲沙門奉戒爲本戒猶人之頭首沙門戒行宜令清白如氷如玉此如來之座賢聖之會度世者之聚清淨道德者之所集處此座猶如旃檀之林卿以伊蘭臭穢亂于真正目連手自引其弟子出卿是棄捐之人不得豫如來大衆之清淨集也無以穢濁廁豫大僧大集大海不受穢屍卿自思之無穢賢衆穢人既出目連白曰穢濁之人即以棄遠衆已清淨惟願世尊以時說戒世尊猶復默然目連怪之四向觀察見座上向比丘已復在座目連重勑之曰卿爲棄人何爲不自引罪穢重坐此座爲目連重遣之乃出座去目連復白世尊穢人已出大衆已淨無復穢

惡惟願世尊以時說戒令衆僧得修淨業佛告目連吾自今後不復說戒汝等可自共說戒若我說戒人於衆中犯戒默然不自引罪而豫如來座者此爲默然妄語默然妄語頭破七分如來於大衆說戒甚爲不易自今以後汝自說戒目連白佛弟子聞道如來先化之爲非弟子自悟而成道也如來聖德厚重天地言眞而要弟子誦習得成道果如來猶天雨百穀草木無不仰榮弟子德淺道小人不服信世尊哀愍聾俗使一切獲安得信得正以濟其志目連慇懃苦請至三四五世尊告目連曰汝爲一切請求如來慇懃乃至四五吾今當爲汝等說之吾僧法猶如大海有八德汝等聽之大海之水無滿不滿吾法如之無滿不滿此第一之德大海潮水尋以時而來不失常處吾四部衆受吾戒者不犯禁戒違失常法此第二之德大海之水惟有一味無若干味無不以鹹爲味吾法如是禪定之味志求寂定致神通故四諦之味志求四道解結縛故大乘之味志求大願度人民故此第三之德大海既深而廣無能限者僧法如是無不深妙八方之大莫大於僧法僧法最爲弘大此第四之德大海之中金銀瑠璃水精珊瑚硨磲碼碯摩尼之妙無不備有吾僧法之中三十七品道寶之妙神足住壽飛騰十方靡所不適瞬息之間周旋無量佛界到殊勝之刹能以其道化導群生淨已佛土此第五之德大海之中神龍所居娑竭龍王阿耨達難頭和羅摩那私伊羅末如此諸龍妙德難量能造天宮品物之類無不仰之吾

僧法亦復如是四雙八輩之士十二賢者菩薩大士教化之功彌茂彌美此第六之德大海呑受百川萬流江恒之水無不受之終日終夜無有盈溢減盡之名吾僧法之中亦如是梵釋之種來入僧法四姓族望或釋或梵王者之種捨世豪尊來入正化或工師小姓亦入正化種族雖殊至於服習大道同爲一味無非釋子此第七之德大海清淨不受死屍無諸穢濁惟海之類而受之耳吾僧法清淨亦如大海不受穢惡犯戒違禁非清淨梵行者一不得受棄之遠之猶海不受死屍此第八之德佛告目連如來大衆惟清淨爲禁戒業不純非釋種子故吾不說戒耳卿等善相勑戒無令正法有毀佛說如是諸比丘歡喜受行

佛說法海經

音釋

蓱蒲丁切 髑髏髑音獨髏音婁髑髏首骨也 刮古滑切刷刮也 窯餘招切燒瓦器竈也 鬄他計切與剃同 脾頻彌切土藏也 腎時賑切水藏也 胃于貴切穀府也 揩丘皆切摩也 鍛都玩切治金曰鍛 泆弋質切淫放也 剗楚限切削也 貿莫候切 僵居良切仆也 哽咽哽古杏切咽一結切哽咽悲塞也 賵芳貢切贈死曰賵 殪於計切死也 萎於危切蔫也 斃毗祭切死也 譎詭譎古穴切詭古委切譎詭誑詐也 驍堅堯切健也 韅音顯牛駕具在背曰韅 韘失涉切射決也 鞘胡犬切刀鞘也 睫即涉切目旁毛也 悸其季切心動也 躊躇躊除留切躇陳如切躊躇猶豫也 槊色角切矛屬 塹七豔切坑也 呿去伽切 圂胡困切廁也 玫謀杯切玫瑰珠也 憺怕憺徒覽切怕白各切憺怕恬靜無爲貌

佛說義足經

吳優婆塞支謙譯

清刻龍藏佛說法變相圖

佛說義足經卷上一部合十六章

吳 優婆塞支謙譯

桀貪第一

聞如是佛在舍衛國祇樹給孤獨園時有一梵志祇樹間有大稻田巳熟在朝暮當收穫梵志晨起往到田上遥見禾穟心内歡喜自謂得願視禾不能捨去佛是時從諸比丘入城求食遥見梵志喜樂如是便謂諸比丘汝曹見是梵志不皆對言見佛默然入城食後各還精舍即日夜天雨大雹皆殺田中禾梵志有一女亦以夜死梵志以是故愁憒憂惱啼哭無能止者明日衆比丘持應器入城求食便聞梵志有是災害啼哭甚悲非沙門梵志及國人所能解其憂者比丘食竟還到佛所作禮白梵志意狀如是言適竟梵志啼哭

來到佛所勞佛竟便坐佛邊佛知其本憂所念即謂梵志言世有五事不可得避亦無脫者何等爲五當耗減法欲使不耗減是不可得當亡棄法欲使不亡棄是不可得當病瘦法欲使不病瘦是不可得當老朽法欲使不老朽是不可得當死去法欲使不死去是不可得凡人無道無慧計見耗減亡棄老病死法來即生憂憒悲哀拍髀熱息耗身無益何以故坐不聞知諦當如是梵志我聞有抱諦者見耗減法之棄老病死法來不以爲憂何以故已聞知諦當如是是不獨我家耗世悉亦爾世與耗俱生我何從獨得離慧意諦計我今已耗至使憂之坐羸不食面目痿色與我怨者快喜與我厚者代憂慘慼家事不修計耗不可復得已諦如是見耗減亡棄老病死法來終不復憂也佛以是因緣爲梵志説偈

不以憂愁悲聲　多少得前所亡
痛憂亦無所益　怨家意快生喜
至誠有慧諦者　不憂老病死亡
欲快者反生惱　見其華色悦好
飛響不及無常　珍寶求解不死
知去不復憂退　念行致勝世實
諦知是不可追　世人我卿亦然
遠憂愁念正行　是世憂當何益

佛復爲梵志極説經法次説布施持戒現天徑欲善其惡無堅固佛知梵志意輭向正使見四諦梵志意解便得第一溝港道如染淨繒受色即好便起頭面著佛足叉手言我今見諦如引鏡自照從今已後身歸佛歸法歸

比丘僧受我爲清信士奉行五戒盡形壽淨潔不犯戒便起繞佛三帀而去衆比丘便白佛言快哉解洗梵志意乃如是至使喜笑而去佛語諸比丘不但是返解是梵志憂過去久遠是閻浮利地有五王其一王名曰桀貪治國不正大臣人民悉患王所爲便共集議言我曹家家出兵皆拔自到王前共謂王寧自知所爲不正施行貪害萬姓不急出國去不者必相害傷王聞大恐怖戰慄衣毛悉竪以車騎而出國去窮厄織草[illegible]賣以自給大臣人民取王弟拜作王便正治不枉萬姓故王桀貪聞弟與將爲王即内歡喜計言我可從弟有所乞可以自活便上書具自陳說便從王乞一隳可以自給王即與之愍傷其厄得一隳便正治復乞兩隳四五至十隳二十三十四十五十至百隳二百至五百隳便復乞半國王即與之便正治如是久遠桀貪生念便與半國兵攻弟國即勝便自得故國復生念我今何不悉與一國兵攻二國三國四國便往攻悉得勝復正治四國復生念今我何不與四國兵攻第五國便往攻即復得勝是時陸地盡四海内皆屬王便改號自立爲大勝王天帝釋便試之寧知猒足不便化作小童梵志姓駒夷欲得見王被髮拄金杖持金瓶住宮門守門者白王言外有梵志姓駒夷欲見王王言大善便請前坐相勞問畢却謂王言我屬從海邊來見一大國豐樂人民熾盛多有珍寶可往攻之王審足復欲得是國王言我大欲得天王謂言可益裝船與兵相待却後七日當將王往適言天王便化去

到其日便大興兵盜裝船不見梵志來是時王愁憂不樂拍髀如言怨哉我今以亡是大國如得駒夷不堅獲如期反不見是時一國人民迴坐向王王啼亦啼王憂亦憂王處憂未嘗止聞識經偈便生意而說言

增念隨欲　已有復願　日感爲喜　從得自在

王便爲衆人說欲偈意有能解是偈義者上金錢一千時坐中有少年名曰鬱多鬱多即白王言我能解是義相假七日乃來對到七日白母言我今欲到王所解王憂母謂子子且勿行帝王難事如然火其教如利刀難可親近子言母勿愁憂我力自能證王偈義當復得重謝可以極自娛樂便到王所言我今來對其義即說偈言

增念隨欲　已有復願　已放不制　如渴飲湯

悉以世地　滿馬金銀　悉得不猒　有黠正行

如角距生　日長取增　人生亦爾　不覺欲增

飢渴無盡　日日復有　金山拄天　狀若須彌

悉得無猒　有黠正行　欲致痛冥　未嘗聞之

願聞遠欲　猒者以黠　猒欲爲尊　欲漏難離

黠人覺苦　不隨愛欲　如作車輪　能使致堅

稍稍去欲　意稍得安　欲得道定　悉捨所欲

王言知意悉治世地盡四海內無不至屬是亦可爲猒乃復遠欲貪海外國大勝王即謂鬱多言

童子若善　以尊依世　說欲甚痛　慧計乃爾

汝說八偈　偈上千錢　願上大德　說義甚哀

鬱多以偈報言

不用是寶　取可自給　最後說偈　意遠欲樂

家母大王　身羸老年　念欲報母　與金錢千

令得自供

大勝王便上金錢一千使得供養老母佛語諸比丘是時大勝者即種稻梵志是也時童子鬱多者則我身是也我是時亦解釋是梵志痛憂我今亦一切斷是梵志痛憂已終不復著苦佛以是本因演是卷義令我後學聞是說欲作偈句爲後世作明令我經法久住

義足經

增念隨欲　已有復願　日增爲喜　從得自在
有貪世欲　坐貪癡人　既亡欲願　毒箭著身
是欲當遠　如附蛇頭　違世所樂　當定行禪
田種珍寶　牛馬養者　坐女繫欲　癡行犯身
倒羸爲强　坐服甚怨　次冥受病　船破海中

故說攝意遠欲勿犯精進求度載船至岸佛說義足經竟比丘歡喜

優塡王第二

聞如是佛在舍衛國祇樹給孤獨園時有一比丘在句叅國石澗土室中長鬚髮爪被壞衣時優塡王欲出遊觀到我迹山侍者即勑治道橋還白王已治道王可出王但從美人妓女乘騎到我迹山下車步上有一美人經行山中從崎至崎顧見石澗土室中有一比丘長髮鬚爪衣服裂敗狀類如鬼便大聲呼天子是中有鬼是中有鬼王便遥問何所在美人言近在石澗土室中王即拔劒從之見比丘如是即問汝何等人對言我是沙門王問汝何等沙門曰我是釋家沙門王言是應眞耶曰非也寧有四禪耶復言無有也寧三禪二禪耶復言無有寧至一禪耶對曰言實一禪行王便恚內不解顧謂侍者黄門以婬

意念是沙門凡俗人無眞行柰何見我美人便勑侍者急取斷絃蠭來齧是人侍者便去山神念是比丘無過今當恐死我可擁護令脫是厄便化作大猪身徐走王邊侍者即白王大猪近在王邊王便捨比丘拔劒逐猪比丘見王去遬便走出到舍衛祇樹給孤獨園中爲諸比丘說本末比丘即白佛佛是時因是本變有義生命我比丘悉知經卷出語爲後世學作明令我經道久住是時佛說義足經

繫舍多所願　住其邪所遮　以遮遠正道
欲念難可惠　坐可繫胞胎　繫色堅難解
不觀去來法　惠是亦斷本　貪欲以癡盲
不知邪利增　坐欲被痛悲　從是當何依
人生當覺是　世邪難可依　捨正不著念
命短死甚近　展轉是世苦　生死欲溪流
死時乃念怨　從欲詆胎極　自可受痛身
流斷少水魚　以見斷身可　三世復何增
力欲於兩面　彼可覺莫著　莫行所自怨
見聞莫自洿　覺想觀度海　有我尊不計
力行拔未出　致使乃無疑

佛說是義足經比丘皆歡喜

須陀利第三

聞如是佛在舍衛國祇樹給孤獨園爲國王大臣及理家所待敬事遇不懈飯食衣被卧具牀疾藥供所當得是時梵志自坐其講堂共議言我曹本爲國王大臣人民理家所待遇今棄不復用悉反事沙門瞿曇及諸弟子今我曹當共作方便敗之耳便共議今但當求我曹部伍中最端正好女共殺之以其死

屍埋於祇樹間爾乃毀傷沙門瞿曇及諸弟子令惡名遠聞待遇者遠離不復敬之學者悉不復得衣食皆當來事我曹我曹便當為世尊壞瞿曇世無能勝我曹者即共行謂好首言汝寧知我曹今棄不復見用反以沙門瞿曇為師汝寧能忿為衆作利不好首言作利云何曰惟捨壽命死耳答言我不能也曰汝不能爾者從今以後終不復内汝著數中也女聞大不樂即言諾是我職當也衆學言善哉便共教女言從今以後朝暮到佛所數往祇樹間悉令萬姓見知汝如是我曹共殺汝埋著祇樹間令瞿曇得毀辱不小女即承教數數往來沙門所令衆人知女如是便取女殺埋著祇樹間衆梵志便相聚會到王宮門稱怨言我曹學中有一女獨端正華色無雙今生亡不知處王謂言女行來常在何所共對言常往來沙門瞿曇所王言爾者當於彼求便從王乞吏兵王即與之尋求行轉到祇樹間便掘出死尸著牀上共持於舍衛四道悉遍里巷稱怨言衆人觀沙門瞿曇釋家子常稱言德戒弘普無上如何私與女人通殺埋藏之如是當有何法何德何戒行乎食時衆比丘悉持應器入城乞食衆理家人民遥見便罵言是曹沙門自稱言有法德戒子曹所犯若此當有何善柰何復得衣食衆比丘聞如是持空應器出城洗手足盛藏應器到佛所作禮悉住不坐如事具說是時佛說偈言

無想放意妄語　衆鬭被箭忍痛
聞凡放善惡言　比丘忍無亂意

佛告比丘我被是妄謗不過七日耳是時有清淨女字惟闍於城中聞比丘求食悉空還甚卹念佛及比丘僧便疾行到祇樹至佛所頭面作禮遶佛坐一邊佛爲廣說經法惟闍聞經竟起叉手白佛言願尊及比丘僧從我家飯七日佛默然受之惟闍便遶佛三帀而去至七日佛告阿難汝與衆比丘入城悉於里巷四徼街道說偈言

常欺到邪冥　說作身不犯　重冥行欺具
自怨到彼苦　修地利分具　不守怨自賊
惡言截頭本　常關守其門　常尊及與毀
尊空無戒人　從口內衆憂　嫉心衆不安
愽掩利人財　力欺亦可致　是悉皆可忍
是最以亡寶　有怨於正人　世六餘有五
惡有道致彼　坐意行不正　欺咤有十萬

阿難即受教俱入城於里巷四街道說如佛所言即時舍衛人民及諸理家皆生意言釋家子實無惡學在釋家終不有邪行是時衆異梵志自於講堂有所訟中有一人言露子曹事於外出聲言汝曹自共殺好首而怨佛及弟子乎大臣聞是聲便入啓王王即召衆梵志問汝曹自共殺好首不便言實爾王怒曰當重罰子曹柰何於我國界自稱爲道而有殺害之心即勑傍臣悉收子曹遍徇舍衛城里巷遍逐出國界去佛以食時從諸比丘皆持應器入城時有清信士名阿須利遥見佛便往作禮揚聲白佛言聞者不識四方名心甚悲所聞經法不能復誦聞佛及比丘僧怨被惡名佛謂阿須利言不適有是宿命因緣佛便說偈言

亦毀於少言　多言亦得毀　亦毀於惡言
世惡無不毀　過去亦當來　現在亦無有
誰盡壽見毀　盡形尚敬難
佛廣爲阿須利説經便到須達家直坐正座須達便爲佛作禮叉手言我屬者悲身不識方面所聞經法不能復誦聞佛及比丘僧怨被惡名佛是時説偈言
我如象行鬬　被瘡不著想　念我忍意爾
世人無善念　我手無瘡痍　以手把毒行
無瘡毒從生　善行惡不成
佛廣爲須達説經便到惟閻家直坐正座惟閻作禮竟叉手言屬者我悲身不識方面所聞經法不能復誦聞佛及比丘僧怨被惡名佛因爲惟閻説偈言
無曉欲使惱　内淨外何汙　愚人怨自誤
向風揚細塵
惟閻是時快飯食佛比丘僧竟澡水與下座聽佛説經佛爲説守戒淨行悉見諸道便而去時國王波私匿具從車騎以王威法出城到祇樹欲前見佛故乘騎未到下車步入逕見佛便却蓋解冠却諸侍從脱足金屣便前爲佛作禮就坐叉手白佛言屬者甚悲身不識方面所聞經法不復誦聞佛及比丘僧怨被惡名佛即爲王説偈言
邪念説彼短　解意諦説善　口直次及尊
善惡捨不憂　以行當那捨　棄世欲自在
抱至德不亂　制欲人所詰
舍衛一國人民悉生念疑佛及比丘僧從何因緣致是惡名聲戹共視佛威神甚大巍巍如星中月適無敢難佛悉知其所念便説是

義足經言

如有守戒行人　問不及先具演
有疑正非法道　欲來學且自淨
以止不拘是世　常自說著戒堅
是道法黠所信　不著綺行教世
法不匿不朽言　毀尊我不喜恐
自見行無邪漏　不著想何瞋喜
所我有以轉捨　鮮明法止著持
求正利得必空　以相空法本空
不著餘無所有　行不願三界生
可瞋冥悉巳斷　云何行有處所
所當有悉裂去　所道說無愛著
巳不著亦可離　從行拔悉捨去

佛說是義足經竟比丘歡喜

摩竭梵第四

聞如是佛在舍衛國祇樹給孤獨園時有一梵志字摩竭卒死講堂同學便著牀上共以出於舍衛里巷四街道舉聲言見摩竭者悉得解脫今見死屍亦解脫後聞名者亦解脫諸比丘食時悉持應器入城求食時見梵志說摩竭功德如是食竟悉澡應器還到佛所作禮竟皆就坐即爲佛本末說如是佛因是本演是卷令我弟子悉聞解廣爲後世作明令我經道久住說是義足經

我見淨無有病　信見諦及自淨
有知是悉可度　苦斷習證前形
見好人以爲淨　有慧行及離苦
黠除凶見淨徑　斷所見證如前
從異道無得脫　見聞持戒行度
身不汙罪亦福　悉巳斷不自譽

悉棄上莫念後　有是行度四海
直行去莫念苦　有所念意便縛
常覺意守戒行　在上行想彼苦
捨本念稍入行　不矯言審有黠
一切法無有疑　至見聞亦所念
諦見聞行力根　誰作世是六衰
不念身不念尊　亦不願行至淨
恩怨斷無所著　斷世願無所著
無所有爲梵志　聞見法便直取
婬不婬著汙婬　已無是當著淨

佛説是義足經竟比丘悉歡喜

鏡面王第五

聞如是佛在舍衛國祇樹給孤獨園衆比丘以食時持應器入城欲求食自念言今入城甚早我曹寧可到異梵志講堂與相勞俠便就坐是時諸梵志自共爭生結不解轉相謗怨我知是法汝知何法我所知合於道汝所知合何道我道法可倚行汝道法難可親當前説著後説當後説反前説多説法非與重擔不能舉爲汝説義不能解汝定知汝極無所有汝迫復何對以舌戟轉相中害被一毒報以三諸比丘聞子曹惡言如是亦不善子言亦不證子曹正各起坐到舍衛求食食竟舉藏應器還到祇樹入園爲佛作禮悉坐一面便如是事具説念是曹梵志學自苦何時當得解佛言是曹梵志非一世癡冥過去久遠是閻浮利地有王名曰鏡面時勑使者令行我國界無眼人悉將來至殿下使者受勑即行將諸無眼人到殿下以白王王勑大臣悉將是人去示其象臣即將到象廐一一示

之令持象有持足者尾者尾本者腹者脅者背者耳者頭者牙鼻者悉示已便將詣王所王悉問汝曹審見象不對言我悉見王言何類中有得足者言明王象如柱得尾者曰如掃箒得尾本者言如杖得腹者言如埵得脅者言如壁得背者言如高岸得耳者言如大箕得頭者言如臼得牙者言如角得鼻者言如索便復於持前共諍訟象諦如我言王是時說偈言

今爲無眼會　空諦自謂諦　見一言餘非　坐一象相怨

佛告諸比丘是時鏡面王者即我身是時無眼人者即講堂梵志是是時子曹無智坐空諍令子曹亦冥空諍無所益佛是時生是義具檢此卷令弟子悉解爲後世作明令我經道久住說是義足經

自冥言是彼不及　著癡曰漏何時明
自無道謂學悉爾　但亂無行何時解
常自覺得尊行　自聞見行無比
已墮繫世五宅　自可奇行勝彼
抱癡住望致善　已邪學蒙得度
所見聞諦受思　雖持戒莫謂可
見世行莫悉修　雖黠念亦彼行
與行等亦敬待　莫生想不及過
是已斷後亦盡　亦棄想獨行得
莫自知以致黠　雖見聞但行觀
悉無願於兩面　胎亦胎捨遠離
亦兩處無所住　悉觀法得正止
意受行所見聞　所邪念小不想
慧觀法竟見意　從是得捨世空

自無有何法待　本行法求義議
但守戒未爲諦　度無極衆不還

佛說是義足經竟比丘悉歡喜

老少俱死第六

聞如是佛在婆掃國城外安延樹下時有一行車人出城未到安延樹車轂道敗便下道一面抱愁而坐佛是時持應器從阿難入城求食道見車轂敗壞其主下道坐抱愁不樂即說是優檀經

如行車於道　捨平就邪道　至邪致憂患
如是壞轂輪　遠法正亦爾　意著邪行痛
愚服生死苦　亦有壞轂憂

佛便入城城中時有一梵志壽年百二十死復有一長者子年七歲亦死兩家俱送喪皆持五綵旛諸女弱皆被髮親屬啼哭悲淚佛見因問阿難是何等人聚會悲哀聲甚痛阿難即如事對佛因是本有生是義令我弟子悉解檢是卷爲後世作明令我經法久住時佛說是義足經

是身命甚短　減百年亦死　雖有過百年
老從何離死　坐可意生憂　有愛從得常
愛憎悉當別　見是莫樂家
死海無所不漂　宿所貪愛有我
慧願觀諦計是　是無我我無是
是世樂如見夢　有識寤亦何見
有貪世悉亦爾　識轉滅亦何見
聞是彼悉巳去　善亦惡令不見
悉捨世到何所　識神去但名在
既悲憂轉相嫉　復不捨貪著愛
尊故斷愛棄可　遠恐怖見安處

比丘諦莫忘念　欲可遠身且壞
欲行止意觀意　已垂諦無止處
無止者亦尊行　愛不愛亦嫉行
在悲憂亦嫉行　無輭沾如蓮華
已不著亦可望　見聞邪吾不愛
亦不從求解脫　不汙婬亦何貪
不相貪如蓮華　生在水水不干
尊及世亦爾行　所聞見如未生

佛說是義足經竟比丘悉歡喜

彌勒難第七

聞如是佛在王舍國多鳥竹園中時衆老年比丘在講堂坐行内事轉相問法采象子字舍利弗亦在坐中聞說内事律法難問問不隨律言亦無禮敬是時賢者大句私亦在坐中便謂舍利弗言無弟勿於老年比丘有所疑隨所言恭敬先學廣爲舍利弗說定意經如有賢者子發道久在家至意復念淨法便除鬚髮已信捨世事被法衣作沙門精進行附正離邪已證爲行自知已度時賢者彌勒到舍利弗家舍利弗便爲彌勒作禮便就坐彌勒即如法律難問舍利弗宜於是事不能對彌勒便起去入城求食竟已澡藏應器還到佛作禮畢就坐以偈問佛言

婬欲著女形　大道解癡根　願受尊所戒
得教行遠惡　意著婬女形　亡尊所教令
亡正致睡卧　是行失次第　本獨行求諦
後反著色亂　犇車亡正道　不存捨正邪
坐值見尊敬　失行亡善名　見是諦計學
所婬遠捨離　且思色善惡　已犯當何致
聞慧所自戒　痛慚却自思　常行與慧合

寧獨莫亂俱　著色生邪亂　無勢亡勇猛
漏戒懷恐怖　受短爲彼負　已著入羅網
便欺出奸聲　見犯因緣惡　莫取身自負
堅行獨來去　取明莫習癡　遠可獨自處
諦見爲上行　有行莫自憍　無倚泥洹次
遠計念長行　不欲色不色　善說得度痛
悉世婬自食

佛說義足經竟比丘悉歡喜

㦸辭梵志第八

佛在舍衛國當留三月竟一時於祇樹給孤獨園中是時墮沙國諸長者子共賃一梵志名㦸辭使之難佛取勝謝金錢五百梵志亦一時三月諷五百餘難難中有變自謂無勝已者佛三月竟從衆比丘欲到墮沙國轉行郡縣說經次到墮沙猴猨溪邊高觀殿中諸長者子即聞佛衆比丘到國即相聚會合五百餘人梵志言佛已到吾國宜早窮難梵志即悉從長者子往到佛所相勞問便坐一面長者子中有爲佛作禮者向佛叉手者默然者悉就坐梵志熟視佛威神甚大巍巍不可與言便內恐怖懾不能復語佛悉知梵志及長者子共議作便說是義足經

自說淨法無上　餘無法明及我
著所知在極快　因緣諦住邪學
常在衆欲願勝　愚放言轉相遠
意念義忘本語　轉說難慧所言
於衆中難合義　欲難義當竟句
在衆窮便瞋恚　所難解衆悉善
自所行便生疑　自計非後意悔
語稍疑妄意想　欲邪難正不助

悲憂痛所言短　坐不樂臥唶咋
本邪學致辯意　語不勝轉下意
已見是向守口　急開閉難從生
意在難見對生　出善聲爲衆光
辯悅好生意喜　著歡喜彼自彼
自大可惰漏行　彼不學從何增
已學是莫空諍　不從是善解脫
多倚生痛行同　行求輩欲與難
敵從來去莫慚　今當誰與汝議
抱冥柱欲難日　汝邪諦自守癡
汝行華不見果　所出語當求義
越邪度轉求明　法義同從相傷
於善法敵何言　彼善惡受莫憂
行意到來到闡　意所想去諦思
舉大將俱義軍　螢火上遍明照

佛說是義足經竟比丘悉歡喜

摩因提女第九

佛在句留國縣名悉作法時有一梵志字摩因提生女端正光世少雙前後國王亦太子及大臣長者來求之父皆不應得人類我女者乃與爲婦佛時持應器於縣求食食竟盥澡藏應器出城到樹閒閑靜處坐摩因提食後出行園田道經樹閒便見佛金色身有三十二相如日月王自念言持女比是大尊如此人比我女便還家謂婦言兒毋寧知得所願不今得壻踰於女毋聞亦喜即莊飾女衆寶瓔珞父母俱將女出城母見佛行跡文現分明謂父言寧知空出終不得壻何故婦說偈言

婬人曳踵行　恚者斂指步　癡人足蹋地

是跡天人尊

父言癡人莫還爲女作恚女必得壻即將女到佛所左手持臂右手持瓶因白佛令以女相惠可爲妻女見佛形狀端正無比以三十二相瓔珞其身如明月珠便婬意繫著佛佛知其意如火然佛即時說是義足經言

我本見邪三女　尚不欲著邪婬
今奈何抱屎尿　以足觸尚不可
我所說婬不欲　無法行不内觀
雖聞惡不受猒　内不止不計苦
見外好筋皮裹　尊云何當受是
内外行覺觀是　於黠邊說癡行
亦見聞不爲黠　戒行具未爲淨
不見聞亦不癡　不離行可自淨
有是想棄莫受　有莫說守口行
彼五惱鬧見棄　慧戒行莫望淨
世所見莫行癡　無戒行彼想有
可我有墮冥法　以見可誰有淨
諦見聞爾可謂　諦意取可向道
往到彼少不想　令奈何口欺尊
等亦過亦不及　巳著想便分別
不等三當何諍　悉巳斷不空計
有諦人當何言　巳著空誰有諍
邪亦正悉無有　從何言得其短
捨欲海度莫念　於聚縣忍行黠
欲巳空止念想　世邪毒伏不生
悉遠世求敗善　尊言離莫與俱
如水華淨無泥　重塵土不爲萎
尊安爾無所貪　於世俗無所著
亦不轉所念想　行如度不墮識

三不作墮行去　捨不教三世事
捨不想無有縛　從黠解終不懈
制見想餘不取　便猒聲步三界

佛說是義足經竟比丘悉歡喜

異學捔飛第十

聞如是佛在王舍國多鳥竹園中爲國王大臣長者人民所敬事以飯食衣被卧牀疾藥共所當得時梵志六世尊不蘭迦葉俱舍摩却黎子先跪鳩墮羅知子稽舍令陂黎羅謂娑加遮延尼烏若提子是六尊亦餘梵志共在講堂議言我曹本爲世尊國王人民所待敬云何今棄不復見用悉反承事沙門瞿曇及弟子念是釋家子年尚少學日淺何能勝我曹但當與共試道乃知勝弱耳至使瞿曇作一變我曹作二瞿曇作十六我曹作三十二轉倍之耳便共與頻沙王近親大臣語重謝令達我曹所議變意大臣即便宣白王如語王聞大瞋恚數諫通語臣已便還歸里舍衆梵志忽見佛獨得待敬巍巍便行到王宮門上書具說變意王即現所尊六人向瞋恚大罵王已見諦得果自證終不信異學所爲便謂傍臣急將是梵志釋逐出我國界去梵志見逐便相將到舍衛國佛於王舍國教授竟悉從衆比丘轉到郡縣次還舍衛國祇洹中梵志等不忍見佛得敬巍巍便聚會六師從諸異學到波私匿王所具說其變意王即聽之便乘騎到佛所頭面著佛足竟一面坐叉手求願諾世尊道德深妙可現變化使未聞見者生信意已聞見者重解使異學無餘語佛語王言却後七日當作變化王聞歡喜

繞佛三帀而去至期日便爲作十萬座牀亦復爲不蘭等作十萬座牀息時舍衞人民悉空城出觀佛出威神時梵志等便各就坐王起白佛諾世尊可就座現威神是時般識鬼將軍適來禮佛聞梵志欲與佛捔道便作飄風雨吹其座復雨沙礫上至梵志膝者至髀者佛便出小威神使其座中悉火然餤動八方不蘭等見佛座然如是悉歡喜自謂道德使然佛現神竟餤然則滅梵志等乃知非其神所爲便向内憂有悔意佛即起師子座中有一清信女有神足起叉手白佛言世尊不宜勞神我欲與異學俱現神佛言不須自就座吾自現神足貧賤清信士須達女作沙彌名尊華色與目犍蘭俱往白佛世尊不宜勞威神我今願與之共捔道佛言不須且自還坐我自現神足佛意欲使衆人得福安隱悉愍人天令得解脱復伏梵志等亦爲後世學者作慧使我道於未來時得住留佛時現大變神足從師子座飛起往東方虛空中步行亦箕坐倚右脅便著火定神足出五色光悉令作雜色下身出火上身出水上身出火下身出水即滅乃從南方來復滅乃從西方來復滅乃從北方虛空中住變化所作亦如上說坐虛空中兩肩各出一百葉蓮華頭上出千葉蓮華華上有佛坐禪光明悉照十方天人亦在空中散華佛上皆言善哉佛威神悉動十方佛即攝神足還師子座是時梵志等默然無顏皆低頭如鴟睡時持和夷鐵便飛於虛空見餤炯然可畏但使梵志等見耳適現子曹便大恐怖戰慄衣毛皆豎各走佛

便爲兩衆人廣説經法説布施持戒善見天徑薄説愛欲好痛説其災害著苦無堅固佛以慧意知衆人意輙住不轉便爲説四諦中有身歸佛者歸法者歸比丘僧者有長跪者受戒者有得溝港者得頻來者得不還者是時人民皆共生意疑何因緣棄家爲道復有鬬訟佛即知子曹疑便化作一佛著前端正有三十二相衣法衣弟子亦能作化人化人語弟子亦語佛語化人默然化人語佛默然何以故正覺直度正所意故化佛即右膝著地向佛叉手以偈難問言

鬬訟變何從起　致憂痛轉相嫉
起妄語轉相毀　本從起願説佛
坐憂可起變訟　轉相嫉致憂痛
欲相毀起妄語　以相毀鬬訟本

世可愛何從起　轉世間何所貪
從置有不復欲　從不復轉行受
本所欲著世愛　以利是轉行苦
不捨有從是起　以故轉後復有
隨世欲本何起　從何得别善惡
從何有起本末　所制法沙門説
亦是世所有無　是因緣便欲生
見盛色從何盡　世人悉分别作
所從欺有疑意　亦是法兩面受
念從何覺慧跡　願解法明學説
所有無本從何　無所親從何滅
盛亦滅悉一義　願説是解現本
有亦無著細輭　去來滅無所有
盛亦滅義從是　解現賢本盡是
世細輭本從何　著世色從何起

從何念不計著　何緣因著可色
名色授著細輭　本有有色便起
寧度癡得解脫　因緣色著細輭
從何得捨好色　從衆愛從何起
所著心寧悉盡　諦行知如解脫
不想想不色想　非無想不行想
一切想斷不著　因想本虧隨苦
我所問悉已解　今更問願復說
行埀悉成具足　設無不勝尊德
是極正有何邪　向經神得果慧
尊行定樹林間　無有餘最善說
知如是一心向　尊已著不戒行
疾行問度世間　斷世捨是彼身

佛說是義足經竟比丘悉歡喜

佛說義足經卷上

音釋

穫（胡郭切刈禾也）穟（音遂禾秀也）髀（部禮切股也）痿（於危切痿黃也）薪（古開切草名）𨻳（慈庾切與聚同邑落也）蛾（牛何切蟲名）詆（典禮切訶也）洿（烏故切穢也）卹（雪律切愍也）徼（古吊切境也）咤（丑亞切詐也）勞倈（勞郎到切倈洛代切答其勤曰勞撫其至曰倈）戟（訖逆切矛戟也）廐（居又切象馬舍也）箒（止酉切篲也）㪌（余隴切與勇同健也）賃（女禁切傭也）懾（質涉切懼也）咋（側革切）捔（訖嶽切校也）颹（于鬼切大風貌）烔（徒紅切赤貌）罸（音伐小罪也）

佛說義足經卷下

吳　優　婆　塞　支　謙　譯

猛觀梵志第十一

聞如是佛在釋國迦維羅衛樹下從五百比丘悉應眞所作已具已下重擔閒義已度所之生胎滅盡是時十方天下地神妙天來佛所欲見尊德及比丘僧是時梵四天王相謂言諸學人寧知佛在釋國迦維羅衛樹下從五百眞人復十方天地諸神妙天悉來禮佛欲見尊威神及諸比丘我今何不往見其威神四天王即從第七天飛下譬如壯士屈伸臂頃來到佛邊去不遠便俱往禮佛及比丘僧各就座一梵天就座便說偈言

今大會於樹間　來見尊皆神天
今我來欲聽法　願復見無極衆

二梵天適就座便說偈言

在是學當制意　直學行知身正
如御者善兩轡　護眼根行覺意

三梵天就座便說偈言

力斷七伏邪連　意著止如鐵根
捨世觀淨無垢　慧眼明意而攝

四梵天就座便說偈言

有以身歸明尊　終不生到邪冥
捨人形後轉生　受天身稍離患

是時座中有梵志名爲猛觀亦在大衆中意生疑信因緣佛知猛觀梵志所生疑是時便作一佛端正形類無比見者悉喜有三十二大人相金色復有光衣法大衣亦如上說便向佛叉手以偈歎言

人欲念彼亦知　各欲勝慧可說

有能知盡是法　遍行求莫偶解
取如是便生變　癡計彼我善慧
至誠言云爲等　一切是善言説
不知彼有法無　冥無慧墮彼黠
冥一切痛遠黠　所念行悉彼有
先計念却行説　慧已淨意善念
是悉不望黠滅　悉所念著意止
我不据是悉上　愚可行轉相牽
自見謹謂可諦　自已癡復受彼
自説法度無及　以自空貪來盗
已入冥轉相冥　學何故一不道
一諦盡二有無　知是諦不顛倒
謂不盡諦隨意　以故學一不説
何諦是餘不説　當信誰盡餘説
饒餘諦當何從　從何有生意識

諦無餘何説饒　從異想分別擇
眼所見爲著可　識若欺盡二法
聞見戒在意行　著欲黠變訟見
止校計觀何羞　是以癡復授彼
癡何從授與彼　彼綺可善黠我
便自署善説已　有訟彼便生怨
堅邪見望師事　邪黠酷滿綺具
常自恐語不到　我常戒見是辟
見彼諦邪慚藏　本自有慚藏黠
以悉知黠分別　癡悉無合黠行
是爲諦住乃説　悉可淨自所法
如是取便亂變　自因緣痛著汙
從異行得解淨　彼雖淨不至盡
是異學聞坐安　自貪俱我堅盛
自已盛堅防貪　有何癡爲彼説

雖教彼法未淨　生計度自高妙
諍住釋自在作　雖上世亦有亂
棄一切所作念　妙不作有所作

佛說是義足經竟比丘悉歡喜

法觀梵志第十二

聞如是佛在釋國迦維羅衛樹下與五百比丘俱皆應眞所作已具已下重擔以義自證會胎生盡爾時十方天地神妙天亦來禮佛欲見尊德及比丘僧是時第七天四天王相謂言諸學人寧知佛在釋國迦維羅衛樹下從五百眞人復十方天地神妙天悉往禮欲見尊威神及比丘我曹今何不往見其威神四天王即從第七天飛下譬如壯士屈伸臂頃來到佛邊去尊不遠便俱往禮佛及比丘僧各就座一梵天就座便說偈言

今大會於樹間　來見尊皆神天
今我來亦聽汝　願復見無勝衆

二梵天就座便說偈言

在是學當制意　眞覺行知身正
如馭者善持轡　護眼根行覺意

三梵天就座便說偈言

力斷七拔邪連　意著止如鐵根
捨世觀淨無垢　黠根明意服輭

四梵天就座便說偈言

因是身歸明尊　終不生到邪冥
捨人形轉後尊　受天身稍離患

是時座中有梵志名法觀亦在大衆中因緣所計見於泥洹脫有者肢體以故生意疑信因緣佛知法觀梵志所生疑是時便作一佛端正形類無比見者悉喜有三十二大人相

金色復有光衣法大衣亦如上說便向佛又手以偈歎言

如因緣見有言　如巳取悉說喜
一切彼我亦輕　亦或致在善緣
少自知有慚羞　諍變本說兩果
見如是捨變本　願觀安無變處
一切平亦如地　是未嘗當見等
本不等從何同　見聞說莫作變
倚著是衆可惡　可見聞亦所念
兩出淨誰爲明　愛未除身復身
以戒攝所犯淨　行諦祥巳具住
於是寧經至淨　可恐世在善說
巳離諦更求行　悉從罪因緣受
亦如說力求淨　自義失生死苦
行力求亦不說　明如行亦思惟
死生無盡從是　如是慧亦如說
戒彼行一切捨　罪亦福捨遠去
淨亦垢不念覺　無玷汙淨哀受
修是法度彼一　說無行爲遠欺
受如是便增變　各因諦世邪利
自所法便稱具　見彼法詰爲漏
無等行轉相怨　自見行不墮汙
凡所說黠代恐　無於法有所益
無慧衆異說淨　所繫著住各堅
各尊法如聞止　演如解自師說
無法行但有言　彼所淨因一心
言如是彼亦說　一所見從淨墮
便自見怨所作　坐勝慧自大說
所攝著求便脫　念所信無所住
本所因在好說　淨行在彼未除

觀世人見名色　以其智如受知
欲見多少我有　不從是善淨有
有慧行累無有　知亦見正以取
見無過是法行　度是亂不更受
慧意到無所至　不見堅識所覺
知關閉制所著　但行觀無取異
尊斷世所受取　取與生不應堅
靜亦亂在觀捨　在是惡哀凡人
棄故城新不造　無所欲何所著
脫邪信勇猛度　悉已脫世非生
一切法無所疑　悉見聞亦何念
捨重擔尊正脫　不願過常來見

佛說是義足經竟比丘悉歡喜

堄勒梵志第十三

聞如是佛在王舍國於黎山中爾時七頭鬼將軍與鵙摩越鬼將軍共約言其有所治處生珍寶當相告語爾時鵙摩越鬼將軍所治處池中生一蓮華千葉其莖大如車輪皆黃金色鵙摩越鬼將軍便將五百鬼來到七頭鬼將軍所便謂七頭言賢者寧知我所治池中生千葉蓮華但莖大如車輪皆黃金色七頭鬼將軍即報言然賢者寧知我所治處亦生神珍寶如來正覺行度三活所說悉使世人民得安雄生無上法藥堅無比已生寶何如賢者實復以月十五日說戒解罪鵙摩越鬼將軍報七頭言

今十五大淨　夜明如日光　求尊作何方
不著在何處　尊今在王舍　教授摩竭人
一切見斷苦　洞視是現法　從苦復苦生
斷苦不復生　徑聞八通道　無怨甘露欲

今往具禮敬　即是我所尊　行意學以作
一切有無止　寧有憎愛不　所念意乃隨
意堅於行住　已止無所有　憎愛無所在
念空無所隨　寧貪不與取　寧依無惱害
寧捨有直行　寧恚無所著　捨貪不與取
愍哀及蠕動　斷念不邪著　覺痛當何親
寧守口不欺　斷嫉無麤聲　守正不讒人
無念鬬亂彼　守口心不欺　不嫉麤聲斷
守行何讒人　悉空彼何亂　寧不染愛欲
意寧淨無穢　所著寧悉盡　在法寧恚計
寧度至三活　所行悉已淨　一切斷不著
寧至無胎世　三活諦已見　所行淨無垢
行法悉成就　從法自在止　尊德住悉善
身口悉已上　尊行定樹間　俱往觀瞿曇
眞人鹿蹲膓　少食滅邪貪　疾行問度法
斷痛從何脫　觀瞻如師子　恐怖悉無有

七頭鬼將軍及鴟摩越等各從五百鬼合爲千衆俱到佛所皆頭面禮佛住一面鴟摩越鬼將軍便白佛言

眞人鹿蹲膓　少食行等心　尊行定樹間
吾人問瞿曇　是痛從何滅　從何行脫痛
斷疑問現義　云何脫無苦　斷苦痛使滅
行是痛苦盡　捨疑妙說持　如義無有苦
誰造作是世　誰造作可著　誰造世所有
誰造爲世苦　六造作是世　六造作可著
六造世所有　六造爲世苦　誰得度是世
晝夜流不止　不著亦不懸　深淵誰不沒
一切從持具　從慧思想行　內念著意識
是德無極度　已離欲世想　色會亦不往
不著亦不懸　是乃無沒淵　從何還六向

何可無有可　誰痛亦想樂　無餘滅盡去
是六還六向　是生不復生　名滅已無色
已盡有何餘　大喜步徃道　大將軍七頭
會當報重恩　開導現大尊　法施無有上
今鬼合千衆　悉能叉手住　一切身自歸
爲世尊大歸　今已辤求過　各還國政治
今悉禮正覺　念法歸尊法

爾時座中有梵志名㕧勒亦在衆中便生意於泥洹脫者肢體因緣因是便意生疑佛即知㕧勒意生所疑便化作一佛端正形好無比見莫不喜者形類過天身有三十二大人相紫磨金色衣大法衣弟子亦作化人化人適言弟子亦言弟子適言化人亦言佛所作化人化人言佛默然佛言化人默然何故一切制念度故化佛便叉手偏袒以偈歎言

願問賢神逾曰　遠可靜大喜足
從何見學得滅　悉不受世所有
本是欲多現我　從一綺便悉亂
所可有內愛欲　從化壞常覺識
莫用是便自見　不及滅若與等
雖見譽衆所稱　莫貢高蹶彼住
如所法爲已知　若在內若在外
强力進所在作　無所得取無有
且自守行求滅　學莫從彼求滅
以內行意著滅　亦不入從何有
在處如海中央　無潮波安平正
一切止住亦爾　覺莫增識與意
願作大慧眼視　已證法復現彼
願作光仁善恕　諸檢式從致定
且攝眼左右羞　不受言開閉聽

戒所味莫貪著　我無所世所有
身所有若麤細　莫還念作悲思
所可念便生願　有來恐惠莫畏
所得糧及飲漿　所當用若衣被
取足止莫慮後　從是止餘莫貪
常行定樂樹間　捨是理無戲犯
若在坐若在卧　閑靜處學力行
莫自恐捐睡卧　在學行常嚴事
棄晻忽及戲謔　欲世好悉遠離
捨兵鑿曉解夢　莫觀宿善惡現
莫現慧於胞胎　悉莫鑿可天親
莫造作於賣買　莫於彼行欺利
莫作貪止縣國　莫從彼求欲利
莫樂行不誠說　悉莫行兩面辭
盡壽求慧所行　眞持戒莫輕漏
横來詰莫起怨　見尊敬莫大語
所貪棄不可嫉　捨兩舌恚悲法
所欲言學貪著　莫出聲麤邪漏
無著慚莫從學　所施行莫取怨
聞麤惡不善聲　從同學若凡人
善開閑莫與同　慧及應不過身
知如來諦已正　不戲作著意作
從宴淨見已滅　不戲疑瞿曇教
自致慧不亡法　證法無數已見
常從慧如來學　好不著從是慧

佛說是義足經竟比丘悉歡喜

蓮華色比丘尼第十四

聞如是佛在忉利天上當竟夏月波利質多樹華適盛好坐柔軟石上欲爲母說經及忉利天上諸天爾時天王釋到佛所爲佛作禮

便白佛言今當用何時待遇尊佛告天王用閻浮利時待我天王得教即禮佛歡喜而去爾時賢者摩訶目揵連亦在舍衛亦竟夏月於祇樹給孤獨園中爾時四輩悉到目揵連所比丘輩比丘尼清信士清信女四輩悉禮目揵連各一面住便共問目揵連今世正眼爲在何所竟是夏三月目揵連便告四輩今佛在忉利天上當竟夏三月念母懷妊勤苦故留說經及忉利諸天在波利質華樹下柔輭石上樹高四千里布枝二千里樹根下入二百八千里所坐石按之即陷入四寸捨便還復摩訶目揵連廣復爲四輩說經法便默然諸四輩聞經歡喜著念便禮目揵連悉去至竟夏三月復衆四輩皆悉來到目揵連所頭面禮竟悉就坐共白目揵連善哉賢者學中獨多神足願煩威神到佛所爲人故禮佛足以我人語白佛閻浮利四輩飢渴欲見尊善哉我佛愍念世間人願下閻浮利目揵連聞如是默然可四輩復以經法戒四輩悉歡喜目揵連辭四輩悉起禮復起繞目揵連而去爾時目揵連便取定意如壯士屈伸臂頃從閻浮利滅便徃天上去佛不遠是時佛在無央數天中央坐說經法目揵連便生想如來在天衆中譬如閻浮利佛即知目揵連意想所念告目揵連言不與世間等迅去即便去欲使來即來去來隨我意所念目揵連白佛言是天衆多好甚樂天中有先世一心自歸於佛壽盡來生天上或有自歸法者或自歸僧者壽盡皆來生天上或有先世淨心樂道壽盡來生天上佛言目揵連如是是天中

先世一心歸佛歸法歸僧心樂道壽盡皆來生天上爾時天王釋坐在佛前意尊佛語及目揵連所言即言賢者目揵連所說實如是先世有身歸佛歸法歸比丘僧及淨心樂道皆來生天上是時有八萬天坐在天王釋後諸天悉欲尊佛所言及目揵連亦其王所言便言賢者目揵連可所說者實如賢者言其有先世作人時身歸三正淨心樂道壽盡皆來生天上爾時八萬天因緣目揵連各各自陳我得溝港目揵連便前作禮頭面著佛足便白佛言諸閻浮利四輩飢渴欲見佛善哉願尊愍念世間以時下到閻浮利佛便告目揵連汝且下語世間四輩佛却後七日當從天上來下安詳會於優曇滿樹下目揵連言諾受教便起作禮繞佛三帀便取定意譬如壯士屈伸臂頃便滅於忉利天即住閻浮利地上悉告世間人佛却後七日當從天上來下安詳會於優曇滿樹下佛於天上便取定意如力士屈伸臂頃佛於忉利天上至豔天爲諸天說經滅於豔天即至兜術天復從兜術天滅即至不憍樂天化應聲天梵衆天梵輔天大梵天水行水微天無量水天水音天約淨天遍淨天淨明天守妙天玄妙天福德天德淳天近際天快見天無結愛天已說經悉使大歡悅便與天上色天俱下住須大施天從上下悉從二十四天上至第三天上住悉斂上有色天悉復斂有欲天來至第二天須彌巔上住是時有天子墮彼遲被王教意便化作三階一者金二者銀三者瑠璃佛從須彌巔下至瑠璃階住梵天王及諸有色天

悉從佛右面隨金階下天王釋及諸有欲天從佛左面隨銀階下佛及諸無數有色天釋亦諸無數有欲天悉下到閻浮利安詳會優曇滿樹下是使無數人民悉來會欲見佛欲聞法是時蓮華色比丘尼化作金輪王服七寶導前從衆力士兵飛來趣佛是大衆人民及長者帝王遥見金輪王悉下道不敢當前廣作徑路蓮華色比丘尼到佛所是時天亦見人人亦悉見天以佛威神天爲下地爲高人悉等天亦無貪意在人人亦無貪意在天時有人貪著樂金輪王是時有一比丘坐去佛不遠便箕坐道身意著檢戒比丘見天樂會亦人樂會自生念言是一切無常一切苦一切空一切非我何貪是何願是已是何有比丘即在座得溝港道已自證佛知人知天知彼比丘生意所念說偈言

有利得人形　持戒得爲天　於世獨爲王
見諦是獨尊

是時蓮華色比丘尼適到佛前便攝神足七寶及兵衆悉滅不現獨住無髮衣法衣便頭面著佛足佛因到優曇滿樹下坐成布席座適坐便爲大衆人民廣說經法說布施持戒善現天徑說欲五好痛說具惡佛知人意稍輭離麤便現苦諦集盡道諦中有身歸佛歸法歸比丘僧者中有隨力持戒者中有得溝港自證頻來至不還道自證是時賢者躬自在座便起偏袒向佛叉手面於佛前以偈讃佛言

今恭敬雄遍觀　見諦現說彼度
常慈哀見福想　然人天得何讃

度無極復道彼　捨恐怖就安樂
廣說法遍照世　閒毎樂不死安
尊戒海廣無度　義深大善行明
無穢淨垢不著　慧船大度三界
無闕傷無減增　尊不著已行捨
從戒尊三界師　從見世去無還
心住賢無過尊　自在定人天雄
明慧力致金色　何人天不禮尊
師觀世兩衆會　雖觀捨不著過
意觀意無垢心　三界空尊所空
是世行拔後根　定至定趣甘露
今神天服於尊　悉叉手觀覺身
已無疑樂法賢　悉知識人天心
亦如行蟲獸心　宴淨然愍苦槖
自恣化在天上　正真定收取易

意制念伏彼信　天人世覺獨尊
道德妙與誰雙　觀尊形何時猒
於三界獨步行　戒義堅若寶山
垂綺願三界怨　捨嫉念無恩愛
慧在定明如日　無瑕穢夜月光
著淨戒現淨行　有淨慧善過淨
住淨法現淨光　高山雪見照然
十五夜星中月　今觀尊人天雄
法悉照明人天　身相現珞真珠
諦復諦猛善說　自行致本無師
釋家子獨見妙　慧千眼去瘡疣
言盛輭意無麤　出聲悲人天坐
聞尊語甜美法　渴飲飽如流海
取法爾有何非　審奉行到彼安
說議斷後不思　聞尊聲眼毎滅

慧現徑直無邪　涉先迹致故城
顩念後告冥者　如梵王悉照空
神天尚念世人　神行義無所比
從法計捨世念　尊繫著無餘處
是時賢者舍利弗在衆中座便起坐偏袒叉手以偈歎曰
未嘗見有是者　未嘗聞有說者
尊如是威神天　從兜術來至是
天人世悉擁護　重受俗如身眼
一切安不為轉　樂獨行著中央
無憂覺我善行　到上教復還世
饒心解壞欲身　惡行出有善義
若比丘有猒心　行有敗有空坐
在樹下若曠野　在深山于室中
若高處下牀卧　來恐怖凡幾輩
行何從悉不畏　或久後所行處
世幾輩彼來聲　若往來在方面
比丘處不著意　所止處寂無響
口已出善惡響　在行處當何作
持戒住行不捨　比丘學求安詳
云何學戒不漏　獨在行常無伴
欲洗冥求目明　欲鼓鞴吹內垢
佛謂舍利弗意有所猒惡及有所著在空牀卧行欲學如法今說令汝知聽
無恐怖慧不畏　至心學遠可欲
勤蚱蜢亦蚑蟲　人惡聲四足獸
非身法意莫識　無色聲光無形
悉非我悉忍捨　莫聞善貪隙縣
所被痛不可身　恐若各悉受行
是曹苦痛難忍　以精進作巨杵

顧綺想念莫隨　掘惡栽根拔止
著愛可若不可　有已過後莫望
存黠想熟成善　越是去避麤聲
忍不樂坐在行　四可忍哀悲法
常何止在何食　恐有痛云何止
有是想甚可悲　學造棄行遠可
有未有苦樂苦　知其度取可止
聞開閉縣國行　麤惡聲應莫顧
舉眼之莫妄瞻　與禪會多莫卧
觀因緣意安詳　止妄念疑想斷
取莫邪與無欺　慈哀視莫怨氣
如對見等心行　冥無明從求鮮
被惡語莫增意　故怨詰於同學
放聲言輭若水　愧慚法識莫想
若爲彼見尊敬　有行意離莫受

若色聲若好味　香細滑是欲捐
於是法莫媟著　學制意善可脫
戒遍觀等明法　行有一舊棄冥

佛說義足經竟比丘悉歡喜

子父共會第十五

聞如是佛在釋國從千弟子梵志故道人皆老年悉得應眞六達所求皆具佛從教授縣國轉到迦維羅衛城外尼拘類園中迦維羅衛諸釋聞佛從老年應眞千比丘轉行教授已到是國近在城外園中便轉相告語先雞鳴悉當會自共議言語賢者正使太子不樂道當作遮迦越王我曹悉當爲其民耳今棄七寶作道自致作佛我人今悉取長者家出一人亦從佛求作沙門諸釋如是衆爲復增便從迦維羅衛城出欲見尊德欲聞明法諸

釋女人亦復聚會俱到佛所欲聞明法爾時佛取神足定意適定便在空中步行爾時諸釋見佛步行虛空中悉歡喜生敬愛心爾時悅頭檀王便以頭倚著佛足作禮竟便一面住迦維羅衛民悉不平王爲佛作禮是何法以還禮子王即聞民悉平已如是王便言諸賢者是太子生時地大動現大光明悉照一切生便行七步無所抱倚便左右視出聲言三界甚苦何可樂者諸天於空中持白蓋覆散摩尼華復鼓五百樂復雨香水灌浴太子諸民爾時我第一爲太子作禮諸賢者太子在園閻浮樹下晨起往坐便得卧樹枝葉悉在太子東作陰禺中至晡樹枝葉悉復在西爲太子作陰樹尚不違太子身諸民爾時我第二爲太子作禮王爾時說偈言

今爲三勇猛黠　以頭禮遍觀足
初生時動天地　坐樹陰身不露

佛爾時攝神足下坐比丘僧前咸坐上諸釋及釋諸女人皆頭面禮佛各就座王亦就座即偈歎佛言

象馬駕金車　乘行臺閣間　今足蹈遍地
足云何生胝　神足爲我車　恣心無限度
乘是神妙車　世車安可久　素被細輭衣
既服身形好　金露被身行　是服有何好
王法爲我衣　念世行教授　是服先學造
我已覺如來　本樂高殿舍　隨時造閣樓
今獨宿樹間　恐怖當何依　瞿曇世無怨
造仇婬已斷　脫欲念無憂　無仇當何恐
本食恣意味　金器食香美　今丐乃得食
麤惡有何樂　我先飯法味　棄貪從苦空

悉斷四飯本　哀世故行丐　浴尊以華香
妓女樂從行　起止山樹間　誰當浴明者
樂法戒爲河　淨黠悉在中　闓極徃浴淨
遊度不復還

爾時佛爲王及諸釋女人廣説經法先現布施持戒現天徑微説善痛道其苦導現達世近親三十七品從可得安如佛以道意知悅頭檀王意滿喜巳往輭無亂縛解可爲説善度法便説苦諦集盡道諦佛説是四諦法王即在坐開解三毒垢除於法中得諦眼譬如淨繒投於染中即受色好王亦入法如是爾時王見諦疑斷在法開解便起坐向佛叉手白言巳近巳近巳遠巳遠今我身歸佛法及比丘僧受我爲清信士盡形壽悉不犯巳淨故釋中亦有身歸佛者歸法者有歸僧者釋諸女人自歸亦如是中有持不殺戒者持不盜戒持不婬戒持不欺戒中有遠酒不飲酒戒爾時悅頭檀王見法甚明見諦無疑在法勇猛便起坐向佛叉手以是義足偈歎言

有戒具當何見　云説言從陰苦
願瞿曇解此説　問正意世雄生
先巳行棄重恚　亦不著後求願
來現在亦不取　亦不受尊敬空
未來想不著愛　久遠想亦不憂
行遠可捨細輭　邪見盡少無有
巳去恐無畏怖　不可動信無疑
無嫉心樂彼與　行如是愛尊命
能自守不多望　自多得恵無嫉
不惡醜不嫚冶　不兩舌捨戲疑
意悉脫無所著　棄自見無綺妄

安詳行能解對　亦不欲斷欲想
不學求所樂欲　悉無有亦不憂
無怨恚捨愛欲　不爲味所可使
不自高我無等　得對毀橫得敬
當行觀止意念　見善惡非次望
去所在無所止　觀向法當何著
欲色空亦無色　從黠計不欲脫
愛巳滅乃巳息　三界空無樂意
悉解離何從得　多彼海度無憂
不願生見有子　列地行願寶增
來不生去不到　欲何索從何得
悉無能說到處　衆學沙門逝心
悉令求所在處　如觸冐知如去
亦不嫉亦無貪　雖在高尊不樂
不樂中下不樂　從法生非法捨
是悉空亦無有　從不得亦不求
莫欲世邪樂人　意巳止便到盡

佛說是義足經比丘與悅頭檀王及釋人民悉歡喜

惟樓勒太子第十六

聞如是佛在舍衛國祇樹給孤獨園爾時迦維羅衛諸釋新起大殿成未能久諸釋悉共言從今以後莫使沙門梵志釋中衣冠及長者子得先入是殿中先使佛次及比丘僧入餘人乃當從後入耳爾時舍衛國王子惟樓勒以事到釋國未及入城便至新成殿中宿明日入城所欲取竟使還其國諸釋聞太子惟樓勒在新殿中宿便大不樂瞋恚不解便出聲罵今奈何令婢子先入是殿便共掘殿中土棄深七尺所更取淨土復其處便復取

牛湩洗四殿惟樓勒太子聞諸釋不淨惡我掘殿中土七尺所更以新土復其處悉以湩洗四殿復罵我爲婢子汙是新殿聞内結悲著心我後把國政者當云那治諸釋從是不久舍衛國王崩大臣集議徵太子拜爲王惟樓勒王即問傍大臣者有不淨惡國王者其罪何至傍臣白言如是罪至死王言然諸釋不淨惡我諸釋是佛親家至使佛有恩愛在諸釋者終不能得治子曹罪臣下即白言佛棄世欲無恩愛在親屬欲治諸釋罪無所難王聞白如是即勑興四種兵象兵馬兵車兵步兵出城引號當攻迦維羅衛城佛以食時持應器入舍衛城求食食竟出城下道於釋樹下薄枝葉少陰涼在其下望王興兵行大道遥見佛在薄陰樹下坐即下車到佛所禮竟住一面白佛言諸今有餘大樹枝葉茂盛多陰涼大樹名爲加旃迦維羅衛多優曇鉢尼拘類佛何以不坐是陰何爲坐是小釋樹少枝葉無陰樹下有何涼佛報言愛其名樂其涼故坐其下王自念言如是者佛續爲有恩愛在諸釋續有助意即從其處而還兵歸其國佛教授舍衛人民生意欲到迦維羅衛國便從諸比丘即到釋國於尼拘類園中教授久頃舍衛國王便復問傍臣左右言若有不淨惡國王者其罪何至諸臣對言如是罪至死王復言諸釋致惡我子曹皆是佛近親佛當有顧念在諸釋我終不得子曹勝臣下復白言我曹悉聞諸沙門言瞿曇婬欲已斷有何恩愛在近親王欲治其罪無以爲難王聞諸臣下白如是即勑興四種兵引號出城

到諸釋國行至冥已近去釋城四十里所因止宿諸釋悉聞舍衛國王興四種兵欲來攻是國近去城數十里恐明日來到即遣輕足上騎到佛所道是願佛教我曹作何方便佛即告諸釋堅閉城門王終不能得勝開門內者惟樓勒王即殺諸釋不疑是騎人聞佛教便禮佛上馬如去是時賢者摩訶目揵連在佛後住便白佛言明慧莫以諸釋爲憂我今欲舉一釋國移置異天地間若以鐵籠籠之悉一天下共者當奈之何佛即告摩訶目揵連言耐能爾當奈其罪何目揵連言但說有形事無奈無形罪何佛爾時說偈言

作善惡終無腐　從福樂在冥苦
善惡栽向日出　久遠來身受止

舍衛國王即摩飾鬬具俱便前當攻釋城諸釋悉共興四種兵象兵馬兵車兵步兵亦出城欲拒扞惟樓勒王諸釋亦復摩飾兵當與舍衛國王及兵共鬬尚未相見諸釋便引弓以利刃箭射斷車當應亦射斷車軛亦射斷車轂亦截車軸射斷髦亦射斷人身珠寶無所傷害舍衛國王大恐怖顧問左右汝曹寧知諸釋已出城迎鬬死我曹終不得其勝不如早還傍臣即白王言我曹先日聞諸釋皆持五戒盡形壽不犯生至使當死不敢有所傷害有所傷害爲犯戒但前自可得其勝王即引兵而前突釋兵陣諸釋見王前甚進便入城閉門爾時舍衛王以遣人語諸釋舅氏與我有何仇怨而不開門小欲有所借入即出城不久留諸釋中信佛所言本行經法無疑向道便言不須開門釋中未淨心歸佛歸

法歸比丘僧無諦有疑便以爲可開門復共言我人不得爾恐是中有外對我曹悉坐者老行籌不受籌者爲當不欲内王受籌者爲欲内王多者我又當隨適行籌悉受不受者少耳衆人言當開門内王諸釋便開門内惟樓勒王適入迦維羅衛城便生取諸釋當將出城殺之爾時釋摩男白舍衛王願天子與我小願王言將軍欲何願我願令沒是池中頃以其時令諸釋得出城走諸大臣白言王當與釋摩男願令在水中能幾頃王即與其所願釋摩男即沒池中以髮繞樹根而死王怪在水甚久便令使者案視釋摩男在水中何等作如王言往案視之見釋摩男在水底死便還白王天子寧知釋摩男持髮繞樹根而死王即絞城中餘釋復問所生得釋悉死未臣白言悉已象踏殺之王便從處還國佛以晡時悉告諸比丘俱到逝心須加利講堂所諸比丘悉言諾佛即與衆比丘俱到逝心講堂道經過諸釋死處釋中尚有能語者遥見佛舉聲稱怨佛聞諸釋悲哀甚痛佛即謂比丘愚癡人惟樓勒所作罪不小佛便至諸釋地中化出自然無數牀佛及比丘悉坐佛爲諸釋廣說經法竟謂比丘言汝曹意何趣屠者以是作是業以是自生活從是因緣寧可得樂乘聖象神馬七寶車不比丘對曰終不得佛言善哉意亦如是不見不聞屠以是業自立可得富樂何以故屠者無慈心哀意觀瞻諸獸故佛復言比丘汝曹意何趣魰獵者及屠牛者以是故作以是業以是自生活寧得乘神象聖馬寶車恣意富樂不比丘對

曰終不得佛言善哉我亦不聞不見魰獵屠牛是業自活可致富樂何以故子曹遠哀無慈觀瞻猒以是遠樂柰何道此愚癡人乃於向道得果者傷害之乃知是子亦遠善當生見其從是七日當爲水所漂比丘以故當慈心莫學傷害心至見燒柱亦莫生害意佛以是本以是因緣以是義生令弟子悉解爲曹卷語檢爲後世作明使我經道久住世間佛爾時說是義足經

從無哀致恐怖　人無世從黠聽
令欲說義可傷　我所從捨畏怖
展轉苦皆世人　如乾水斷流魚
在苦生欲害意　代彼恐疲眞樂
一切世悉然燒　悉十方亂無安
自貢高不捨愛　不見故持癡意
莫作縛求冥苦　我悉觀意不樂
彼致苦痛見刺　以止見難可忍
從刺痛堅不遺　懷刺走悉徧世
尊適見拔痛刺　苦不念不復走
世亦有悉莫受　邪亂本捨莫依
欲可猒一切度　學避苦越自成
住至誠莫忘舉　持直行空兩舌
滅恚火壞散貪　捨惱解黠見度
捨蹙瞢莫睡卧　遠無度莫與俱
綺可惡莫卧住　著空念當盡滅
莫爲欺可牽挽　見色對莫爲服
彼綺身知莫著　戲著陰求解難
久故念捨莫思　亦無望當來親
見在亡不著憂　雖四海疾事走
我說貪大猛弊　見流入乃制疑

從因緣意念繫　欲染壞難得離
捨欲力其輩寡　悉數世其終少
捨不没亦不走　流巳斷無縛結
乘諦力黠巳駕　立到彼慧無憂
是胎危疾事護　勤力守可至安
巳計遠是痛去　觀空法無所著
從直見廣平道　悉不著世所見
自不計是少身　彼無有當何計
以不可亦不在　非我有當何憂
本癡根枝爲淨　後栽至亦無養
巳在中悉莫取　不須伴以棄仇
一切巳棄名色　不著念有所收
巳無有亦無處　一切世無與怨
悉巳斷無想色　一切善悉與等
巳從學説其教　所來問不恐對
不從一致是慧　所求是無可學
巳猒捨無因緣　安隱至見滅盡
上不驕下不懼　住在平無所見
止靜處無怨嫉　雖乘見故不驕

佛説是義足經竟比丘悉歡喜

佛説義足經卷下

音釋

䏲丁腰切　䏝市充切腓腸也　槖他各切囊槖也　鞴步拜切吹火囊也　蚱蜢蚱音責蜢音猛蚱蜢蟲名　蜕輸芮切　媟私列切媟嬻也　嫚縈緣切與娟同美容也　湩覩勇切乳汁也　扜侯肝切抵也　髶音毛車髮也　鮁牛居切捕魚也　甍瞢甍都鄧切瞢母亘切甍瞢不明也

鬼問目連經

後漢安息三藏安世高譯

雜藏經

東晉釋法顯譯

餓鬼報應經 出雜藏經

失譯人名附東晉錄

清刻龍藏佛說法變相圖

三經同卷
鬼問目連經
雜藏經
餓鬼報應經

鬼問目連經

後漢安息三藏安世高譯

聞如是一時佛住王舍城迦蘭陀竹園爾時目連晡時從覺遊恒水邊見諸餓鬼受罪不同時諸餓鬼見尊者目連皆起敬心來問因緣一鬼問言我一生已來恒患頭痛何罪所致目連答言汝爲人時好以杖打衆生頭今受華報果入地獄又一鬼問言我一生已來資財無量而樂著弊衣何罪所致目連答言汝爲人時布施作福還復悔惜今受華報

果入地獄又一鬼問言我一生已來宿無常處恒倚巷陌何罪所致目連答言汝爲人時客來投止不肯安處見他止客亦復瞋恚今受華報果入地獄又一鬼問言我食不噉一斛而不得飽何罪所致目連答言汝爲人時飯飼衆生初不令足今受華報果入地獄又一鬼問言我一生已來腹大如甕咽細如針孔不得下食何罪所致目連答言汝爲人時作聚落主自恃豪强輕欺百姓强打拍人索好美食今受華報果入地獄又一鬼問言我一生已來恒患男根瘡爛痛不可言何罪所致目連答言汝爲人時佛圖精舍清淨之處行於婬欲今受華報果入地獄又一鬼問言我一生已來多有兒子皆端正可喜而皆早死念之斷絶痛不可言何罪所致目連答言汝爲人時見兒殺生助喜噉肉殺故短命喜故痛毒今受華報果入地獄又一鬼問言我一生已來有一狗體大牙利兩目赫赤常來噉我何罪所致目連答言汝爲人時喜將狗獵殘害衆生無有慈心今受華報果入地獄又一鬼問言我一生已來有一人持諸利刀常割我肉肉盡便去須臾復生而復來割痛不可言何罪所致目連答言汝爲人時喜屠割衆生初無慈心今受華報果入地獄又一鬼問言我一生已來恒患身體處處皆痛不可得忍何罪所致目連答言汝爲人時好漁獵所網得魚投之沙土令其苦死今受華報果入地獄又一鬼問言我一生已來頑無所知何罪所致目連答言汝爲人時强勸人酒令其顛倒今受華報果入地獄又一鬼問言

我一生已來恒患熱渴行見恒河異入其中以除熱渴方入其中身體焦爛肌肉離骨渴欲飲之一口入腹五藏焦爛痛不可言何罪所致目連答言汝爲人時喜焚燒山澤殘害衆生今受華報果入地獄又一鬼問言我一生已來恒患飢渴欲至廁上取糞噉之廁上有大力鬼以杖打我初不得近何罪所致目連答言汝爲人時作佛圖主有客比丘來慳惜不與食待客去後乃行舊僧慳惜僧物故今受華報果入地獄又一鬼問言我一生已來恒處不淨臭惱纏身不能得離飢渴之時還食此不淨何罪所致目連答言汝爲人時作婆羅門子有一道人中後來就汝乞食汝爾時當作是方便令此道人不復來乞便取其鉢盛糞著底以飯覆之道人得鉢還至本處著一面澡漱既訖攝鉢欲食鉢中臭穢不可得近以是之故墮在地獄汝將來世墮糞屎彌黎地獄又一鬼問言我一生已來肩上有銅瓶盛滿洋銅一手提瓶以杓取之還灌其頭痛不可言何罪所致目連答言汝爲人時作僧維那知僧事有一瓶酥藏著餘處不行與客僧待客去後乃行與舊僧此酥是招提僧物一切有分慳惜僧物故今受華報果入地獄又一鬼問言我一生已來或登刀山劒樹地獄或墮火坑鑊湯地獄種種受苦無復休已何罪所致目連答言汝爲人時作天祠主烹殺三牲祭祀天神血肉灌灑四方語衆人言汝等祠祀大得吉利作此魔邪之言妖孽之師汝輕欺百姓誑惑父母以是之故果入地獄又一鬼問言我一生已來常吞鐵

雜藏經

東晋釋法顯譯

佛弟子諸阿羅漢諸行各爲第一如舍利弗智慧第一樂説微妙法目連神足第一常乗神通至六道見衆生受善惡果報還來爲人説之目連又一時至恒河邊見五百餓鬼群來趣水有守水鬼執鐵杖馳驅令不得近於是諸鬼徑詣目連所禮目連足各問其罪因緣有一鬼白目連言大德我受此身常患熱渴先聞此恒水清且涼美歡喜趣之入中洒浴而便沸熱舉身爛壞若飲一口五藏焦爛臭不可當何因緣故受如此罪目連答言汝先世時作相師相人吉凶少實多虚或毁或譽自稱審諦以動人心詐惑欺誑以求利養迷惑衆生失如意事是故今日雖聞此水清涼且美到不如意此是惡行華報後方受地獄苦報復有一鬼白目連言我常爲大狗利牙赤目來噉我肉遺有骨在風還吹起肉續復生狗復來噉我常此苦何因緣故爾也目連答言汝前世時作天祠主常教衆生殺牛以血祀天汝自食肉是故今日以肉償之此是惡行華報後方受地獄苦果億百千倍也復有一鬼白目連言大德我常身上有糞徧塗漫亦復噉之何因緣故受如是罪目連語言汝前世時作婆羅門惡邪不信罪福有乞食道人意不欲使更來即取其鉢盛滿中糞以飯著上持與道人道人得已持還本處以手食飯糞汙其手是故今日受如此罪此惡行華報後方受地獄苦報果復有一鬼白目連言大德我腹極大如甕咽喉手脚甚細如

丸何罪所致目連答言汝爲人時作沙彌子取淨水作石蜜漿石蜜堅大盜打取少許衆僧未食盜食一口故以是因緣果入地獄汝將來世世常吞鐵丸爾時目連與諸餓鬼說徃昔因緣經竟還來在耆闍崛山一切大會聞佛所說稽首奉行

鬼問目連經

針不得飲食何因緣故受如此苦目連答言汝前世時作聚落主自恃豪貴飲酒縱橫輕欺餘人奪其飲食飢困衆生由是因緣受如此罪此是華報地獄苦果方在後也復有一鬼白目連言我常趣溷欲食糞有一羣鬼捉杖驅我不得近廁口中爛臭飢困無賴何因緣故受如此罪目連答言汝前世時作佛圖主有諸白衣賢者供養衆僧共設食具若有客僧來汝便粗設麤供客僧去已自食細者以是因緣故糞尚叵得何況好食此是華報耳後當受地獄果復有一鬼白目連言我身上徧滿生舌斧來斫舌斷續復生如此不已何因緣故爾目連答言汝前世時作道人衆僧差作蜜漿石蜜塊大難消以斧斫之盜心噉一口以是因緣故斧還斫舌也復有一鬼白目連言我常有七枚熱鐵丸直入我口入腹五藏焦爛出還復入何因緣故受如此罪目連答言汝前世時作沙彌行果蓏子到師所敬其師故偏心多與實長七枚是故受如此罪此是華報後受地獄果也復有一鬼白目連言常有二熱鐵輪在我兩腋下轉身體焦爛何因緣故目連答言汝前世時與衆僧作餅盜心取二番挾兩腋底是故受如此罪此是華報後方受地獄果也復有一餓鬼白目連我丸極大如甕行時擔著肩上住則坐上進止患苦何因緣故目連答言汝前世時作市令常以輕秤小斗而與重秤大斗而取常自欲得大利於巳侵尅餘人是故受如此罪是華報地獄苦果方在後也復有一鬼白目連言我常兩肩有眼胷有口鼻無有頭何

因緣故目連答言汝前世時恒作魁膾弟子若殺罪人時汝常有歡心以繩著結挽之以是因緣故受如此罪此是惡行華報地獄苦果方在後也復有一鬼白目連言我常有熱鐵針入出我身受苦無賴何因緣故爾目連答言汝前世時作調馬師或作調象師象馬難制汝以鐵針刺脚有時牛遲亦以針刺是故受罪如是此惡行華報地獄苦果方在後也復有一鬼白目連言我身常有火出焦熱懊惱何因緣故爾目連答言汝前世時作國王大夫人更一夫人王甚幸愛常生妬心伺欲危害值王卧起去時所愛夫人眠猶未起著衣即生殺心正值作餅有熱麻油即以灌其腹其腹爛即死以是因緣受罪如此復有一鬼白目連言常有旋風迴轉我身不得自在隨意東西心常惱悶何因緣故爾目連答言汝前世時常作卜師或時實語或時妄語迷惑人心不得隨意是故受如此罪此是華報地獄苦果在後復有一鬼白目連言我身常如塊肉無有手脚眼耳鼻等恒爲蟲鳥所食罪苦難堪何因緣故爾目連答言汝前世時常與他藥墮他身胎是故受如此罪此是華報地獄苦果方在後耳復有一鬼白目連言常有熱鐵籠籠絡我身焦熱懊惱何因緣故受如此罪目連答言汝前世時常以羅網掩捕魚鳥是故受如此罪此是惡行華報苦果在後耳復有一鬼白目連言我以物自蒙籠頭亦常畏人來殺我心常怖懼不可堪忍何因緣故爾目連答言汝前世時婬犯外色常畏人見或畏其夫主捉縛打殺或畏官法

戮之都市常懷恐怖相續是故受此罪此是惡行華報後方受地獄果耳復有一鬼問曰我受此身肩上常有銅瓶滿中洋銅手捉一杓取自灌頭舉體焦爛如是受苦無數無量有何因縁罪咎如此目連答言汝前身時出家為道人典僧飲食以一酥瓶私著飲處有客道人來者不與之去已出酥行與舊僧此酥是招提僧物一切有分如此藏隱雖與不等由是縁故受此罪也目連復見一天女坐一蓮華上縱廣百由旬此華獨妙殊於餘者所欲資生之具宮殿飲食隨念欲得盡從華出進止隨身目連問言作何善行受報如此天女答言迦葉佛滅度後遺零舍利諸弟子輩建七寶塔高廣四十里時我作女人出見寶塔中佛像相好信敬情發念佛功德脱頭上華奉獻於像以是因縁故受報獨妙如此

舍利弗夏盛熱時遊行至菴羅園中有一客作人汲井水漑灌於樹此人於佛無有大信見舍利弗發小信心喚舍利弗言大德來脱衣樹下坐我當以水澆之不失漑灌兼相利益於是舍利弗脱衣受澆身得安樂隨意遊行此客作人其夜命終即生忉利天上有大威力次釋提桓因便自念言我何因生此自觀宿命信心微薄因略漑灌計水洒浴舍利弗我若信心純厚知必有報故設浴具以為供養自惟為功雖少以遇良因獲報得甚多即詣舍利弗所散華供養舍利弗因其淨信之心即為說法得須陀洹道目連復見一神身體極大有金色手五指常流甘露若有行人所須飲食資生之具盡從指出恣而與之

目連問言汝是何天福報功德奇特乃爾天王答言我非忉利天王乃至非第六天王亦非梵天王我是大鬼神乃依其國大城住爲遊行觀看故來至此目連問言汝作何善行得如此報答言彼國大城名曰羅樓我昔在中作貧女人又織毛縷囊賣以自活居計轉貧屋舍壞盡遂至陌頭近一大富好施長者家織囊自活日欲中時若有沙門婆羅門持鉢乞食問我言某長者家爲在何處我心眞實無有虛妄歡喜舉手指示其家言彼處去日時過勿復餘求以是因緣故得如是貧女人以隨喜心助行施者得報如此況實行布施者也佛在世時有五大國王迦葉佛時爲善知識出家爲道釋迦文佛出世皆得道迹今說一王時得道因緣國名槃提王名憂達那其國殷富人民熾盛王有二萬夫人第一夫人字月明容儀端正王甚愛敬王時大會作衆妓樂命月明舞月明夫人衣以上服金銀名寶瓔珞其身舞甚奇雅悅衆歡情王善能相見其夫人將終相現不過半歲奄然殞逝恩愛離苦憂感不視月明怪而問之王以死事大故恐其憂惱隱而不說慇懃重問王便答言汝壽命短將終不久愛離之情是故愁耳月明白言夫生有死自世之常何獨憂耶若顧隆念但相告示見放出家王善其言聽其入道王欲證明果報增益信心與之結誓語言汝若出家持戒思惟設未成道必生天上生天上已還至我所聽汝出家月明即許其誓於是喚諸比丘尼即度將去以貴重能捨五欲多來問訊恭敬供養妨其道業是

故遊行諸國從出家日數滿六月持戒清淨勤思惟道猒惡世間得阿那含道於一聚落命終即生色天上觀昔因緣於王有要要赴本誓觀王沒於五欲憪悷難化直爾而往無以感發宜以恐逼爾乃降伏便自變身作大羅刹衣毛振竪執五尺刀因王夜靜卧去之不遠在虛空中王覺已甚大怖畏語言汝雖有士衆千萬今唯屬我不得自在死時已至何緣得濟王即報言我無因緣惟恃本所作善修心清淨死生善處天可之言如此因緣最爲可恃更無餘理王便問言汝是何神使我大怖畏退縮天答我是月明夫人王放出家思惟離欲生色天上今來赴約王言汝雖說此我猶不信復汝本形爾乃可信天即變形如本月明衣裳服飾如本在王邊立王欲心發即起欲捉月明念言此人欲態不淨何可近之於是即還上昇虛空爲王說法語王此身無常彈指叵保譬如朝露日出則滅不惟無常貪著於身王不見盛壯華色老所吞滅諸根朽邁目視不明耳聽不聰形敗腐朽無所復直譬如醞酒緛取淳味糟無所直王身既老無可貪樂遺有死在是身既生死常與俱王不見胎中死者出胎死者壯時死者老時死者是身危脆死賊常隨須臾叵信身心火然但是衆苦者是衆生心有三毒憂惱身有寒熱飢渴衆患而不生猒貪著我身宫人妓女華色五欲國財妻子悉非我有死至之時無一隨去身自尚棄何況餘物生死憂喜無一可奇凡細愚闇迷沒五欲迴流生死莫知出路王是智人何不猒離出家求道王

時善心生許其出家月明重化之曰君當出家當求好師當聞妙法聞妙法已受而修行日夕精進翹勤勿懈說此語已忽然不現王至天明禪位太子捨離五欲投迦旃延出家爲道時人以其國王捨重榮利求正眞道臣吏人民多來供養恭敬問訊妨修道業於是遊行至摩竭國佛爲說法得阿羅漢道諸根淨默無所求欲執持瓦鉢入王舍城乞得宿飯齋還林中坐草而食蓱沙王出遊遇見詣林問訊汝本爲王出入榮從槌鍾鳴鼓人民聚落貲輸庫藏珍奇資生自然今作乞兒獨行乞食豈可樂耶汝還罷道相與分半國治道人答言我大國王聚落甚多今復何緣捨大就小非我所宜蓱沙王復問汝本食以上味盛以寶器今執瓦鉢乞殘宿飯不亦難乎汝本爲王勇夫將士侍衛今日單獨豈不恐怖汝本在深宮夫人后妃妓女娛樂好聲妙色盈悅耳目坐以寶牀敷以綩綖細褥今日飄然獨宿林野卧敷草蓐豈不苦哉道人報言我以此知足無所貪樂蓱沙王言汝是可憐之人道人答曰汝是可憐人非我也所以者何汝爲五欲所纏恩愛所驅使不得自在我今心意靜悅無欲自在快樂種種爲蓱沙王說法已王即還去問曰此四衆皆好佛道欲行菩薩三事有欲一日一夜行者有欲七日行者乃有終身行者爲得幾許福耶答曰此問甚深我不能答惟佛能知此福多少自捨如來不能了也如月氏國王欲求佛道故作三十二塔供養佛相一一作之至三十二時有惡人觸王王心退轉如此惡人云何可

度即時迴心捨生死向涅槃作三十二佛圖以求解脫由是因緣成羅漢道是故此寺名波羅提木叉（此言解脫生死）自爾已來未滿二百年此寺今在吾亦見之寺寺皆有好形像王去世後一人得菴羅樹華其色如金是人得好華欲爲首飾即自惟念此頭無常壞時狐狗食噉糞土同流何用嚴飾即持入佛塔見佛像相好心生念言此是釋迦牟尼佛像相好續念佛功德佛是一切智人大慈大悲十力四無畏等功德念已心熱毛竪即以華上佛上佛已念言雖聞佛說一華供養佛得大報不知齊限多少即出見勸化道人問言以一華散佛得幾許福德答言我猒世苦捨五欲出家受戒而已不讀經書如此深事我不能知當問讀經聰明者即往問讀經道人答言我如畫師隨所聞見無有天眼神通不能知見善惡果報即示坐禪道人可往問坐禪道人上座是六通羅漢必知此事即便往問念佛功德心熱毛竪以一華散佛得幾福德阿羅漢即爲觀之捨此身已次第受天上人中福德一世至千萬億世從一大劫乃至八萬大劫福猶不盡過是以往不能復知阿羅漢自以衆所推舉一華果報云何不知即語此人小住語已遣化身至兜率天上詣彌勒所具稱賢者所說表之彌勒得幾許果報彌勒答言不能知正使恒河沙等一生補處菩薩尚不能知況我一身所以者何佛有無量功德福田甚良於中種種果報無盡待我將來成佛乃能知之

雜藏經

餓鬼報應經 出雜藏經

失譯人名附東晉錄

尊者大目揵連從佛在耆闍崛山遊恒水邊見諸餓鬼甚多受罪不同見尊者目連皆起敬心來問因由一鬼問言我常苦頭痛不知何罪所致目連答言汝本爲人時不能修善以杖打衆生頭今受華報果在地獄一鬼問言我常患瘡痛何罪所致目連答言汝爲人時無有慈心焚燒山林殘害衆生今受華報果在地獄一鬼問言我舉身瘡爛痛不可堪何罪所致答言汝爲人時生燖猪羊今受華報果在地獄一鬼問言我食無有足時初不得飽何罪所致答言汝爲人時雖飯食衆生初不令足今受華報果在地獄一鬼問言我苦頭痛治之叵差何罪所致答言汝爲人時不敬道德加以罵辱今受華報果在地獄一鬼問言我生男女皆悉端正而皆早死念之斷絕何罪所致答言汝爲人時見兒殺生助其歡喜共噉其肉殺故短命喜故痛毒今受華報果在地獄一鬼問言我有一夫而畜多婦我應直宿而不見納何罪所致答言汝爲人時不敬夫主邪婬無禮今受華報果在地獄一鬼問言我常頭痛而男根瘡爛何罪所致答言汝爲人時於塔廟清淨之處行婬今受華報果在地獄一鬼問言我得此身麤澁不淨何罪所致答言汝爲人時不尊有德輕賤善人而以沙土撒坌沙門今受華報果在地獄一鬼問言我食不啻一斛而常不足何罪所致答言汝爲人時本作比丘爲僧求物而以自食今受華報果在地獄一鬼問言我

受此形脚腫項癭何罪所致答言汝爲人時使人及諸畜生負重無道今受華報果在地獄一鬼問言我受此身常患熱渴何罪所致答言汝爲人時喜好漁獵以所得魚投之沙土令其苦死今受華報果在地獄一鬼問言我受此身癡狂無知何罪所致答言汝爲人時以酒施人今受華報果在地獄一鬼問言我所生子皆反噉我何罪所致答言汝爲人時不修孝養今受華報果在地獄一鬼問言我食常吐何罪所致答言汝爲人時有人中後索食者汝瞋詈而與今受華報果在地獄一鬼問言我今一生資財無乏而樂著弊故何罪所致答言汝爲人時雖好布施施後尋悔今受華報果在地獄一鬼問言我今一形恒倚巷陌宿無常處何罪所致答言汝爲人時客來投止而不安隱見他客止而復瞋罵今受華報果在地獄一鬼問言我得此形非男非女何罪所致答言汝爲人時而無慈心好犍六畜今受華報果在地獄一鬼問言我得此身躄不能行何罪所致答言汝爲人時好行無道拘繫於人及以禽獸令不得行今受華報果在地獄一鬼問言我此一身常患熱渴行見恒河清涼甚好入中洒浴冀得涼樂以除熱苦方入其中舉身爛壞渴欲飲之一口入咽五藏焦爛肌肉離骨何罪所致答言汝爲人時好爲相師相人吉凶少實多虛或毀或譽自稱有德以動人心以求利養又於父母兄弟宗親諂僞不實今受華報果在地獄憂苦叵言說不可盡也一鬼問言我受身已來常有一狗體大牙利兩目赫赤晝夜

常來而噉我身命未盡項肉便復生復受此苦痛不可堪忍何罪所致答言汝爲人時作天祠主於天祠中取牛羊血以祀於天自食其肉語衆人言汝等祠祀大得吉利作惡邪罪以惑百姓今受華報果在地獄一鬼問言我受此身常處不淨舉身塗漫有所噉食皆是不淨恒受此苦不能得離臭惱纏身憂患叵計何罪所致答言汝爲人時作婆羅門不信佛法不樂供養沙門道人客來乞求恒不欲見時有一道人來從汝乞汝作是念當作方便令不復來即取鉢盛屎著下以飯覆上持與道人得已還至本處持著一面淨洒手訖坐而執鉢取飯食之鉢中不淨臭不可近以是因緣受此臭惱今受華報果在地獄當吞鐵丸身體爛壞苦不可言一鬼問言我受此身處處舌出有自然斧而斬截之如是無數何罪所致答言汝爲人時作小道人爲僧所差取清淨水作石蜜漿分與衆僧石蜜堅大打取少許而盜食之一口盜僧物故今受華報果在地獄吞於洋銅苦不可說一鬼問言我受此身常苦飢餓往至廁上欲取屎食廁上有大力鬼以杖打我初不得近何罪所致答言汝爲人時曾作道人爲佛圖主營護僧物不以好食供養衆僧常以麤惡與之或時欲作好食見客比丘來便止不作待去乃設惡心慳惜今受華報果在地獄一鬼問言我受此身腹大如瓮餘身分皆小咽如針孔不得下食何罪所致答言汝爲人時作聚落主自恃豪强欺凌人民常以無道索人飲食以苦百姓今受華報果在地獄一鬼問言我

受此身肩上有銅瓶滿中洋銅手捉一杓以酌取之自灌其頭舉身焦爛如是無數苦痛無量何罪所致答言汝爲人時出家修道知僧飲食取一酥瓶藏著餘處客道人來而不與之客去出酥瓶行與舊僧此酥是招提僧物一切有分以隱匿僧物與不平等以是因緣得如是苦今受華報果在地獄苦痛難計一鬼問言我受此身常有人來持諸刀鋸剥刺我身又破我腹出其五藏肉盡筋斷痛不可忍受須臾之間肉生平復尋復來割何罪所致答言汝爲人時作婆羅門不信正法常生邪見奉事天神恒以牛羊禱祀以是罪故今受此苦此是華報果在地獄一鬼問言我受此身常有人來持諸刀鋸割剥我身又破其腹出其五藏肉盡筋斷苦切叵忍須臾之間肉生平復尋復來割何罪所致答言汝爲人時常作魁膾主知殺人無有慈心歡喜行之有如是罪得此苦痛今受華報果在地獄一鬼問言我受此身兩腋下恒有熱鐵輪行時輪轉火熱逼身兩腋下焦爛何罪所致答言汝爲人時出家學道與僧種種餅僧未下食汝時貪心盜取僧餅藏著腋下屏處食之以是因緣得如是苦今受華報果在地獄受苦難量一鬼問言我受此身常有自然赤鐵丸從空中下入口至腹或左出右入右出左入舉身焦爛無量何罪所致答言汝爲人時出家爲沙彌爲僧煮菴羅果僧中行之至和上前長與七枚以是因緣故得惡苦今受華報果在地獄一鬼問言我受此身意欲行來發動迴還猶如旋風初不得前愁惱悶苦不

可稱計何罪所致答言汝爲人時作卜問師詭誑他人令心幻惑或喜或怖皆不眞實由此因緣得如是惡今受華報果在地獄一鬼問言我受此身內常有熱猶懷湯火復來燒煑苦痛萬端何罪所致答言汝爲人時作國王第一夫人時王偏敬小夫人汝常生嫉心作惡方便求欲殺之伺其卧時煑酥令熱注著腹上其人得此苦痛無量遂致命終由是因緣得如是苦今受華報果在地獄一鬼問言我受此身性多恐怖常畏人來收閉繫縛加諸楚毒初無歡心何罪所致答言汝爲人時好行邪婬犯人婦女常畏發覺心不自寧今受華報果在地獄或卧鐵牀或抱銅柱如是之罪不可稱計一鬼問言我受此身自然熱鐵而有籠網纏絡我身燒熱焦爛痛毒叵言何罪所致答言汝爲人時常持罥網殺諸魚獸籠取飛鳥以是因緣得如是苦切今受華報果在地獄一鬼問言我受此身無有手足如一段肉在於曠野狐狼虎豹鵰鷲衆鳥競來摶撮爭共食之苦痛叵言何罪所致答言汝爲人時作惡方便若已若他妊娠之時即便與藥令胎消化由是因緣得如是苦今受華報果在地獄又三鬼一時來問言我受此身常有鐵釘從空中下釘我身上入肌破骨痛毒徹髓何罪所致答言汝爲人時一人作馬師一人作牛師一人作象師苟貪他財鍼刺無道使受痛苦而不除痛由是因緣得如是苦今受華報果在地獄一鬼問言我受此身無有頭首眼耳鼻口盡在胷前何罪所致答言汝爲人時若見殺人與之捉頭歡喜

而挽無有慈心由是因緣得如是身今受華報果在地獄目連荅諸鬼已皆生敬心走前懺悔目連見其歡喜更爲說法諸鬼聞已皆大歡喜

餓鬼報應經

音釋

孽魚列切妖孽變怪也 䴵必郢切麪餈也 殞羽敏切殁也 醞委粉切釀也 緳練結切紾也 月氏氏音支月氏西域國名 燖音尋火熟物也 摵才六切打甚貌 啻施智切不啻謂不止也 癭於井切頸腫病也 躄必益切足不能行也 鴌烏貢切罌也 搏撮搏伯各切擊也撮七活切取也 娠失人切孕也 鍼諸深切與針同

佛說四十二章經

迦葉摩騰共竺法蘭奉詔譯

宋真宗皇帝註

清刻龍藏佛說法變相圖

佛教西來玄化應運略録

宋正議大夫安國軍節度使開國侯程輝編

准五分律説釋迦牟尼佛生中印土迦維羅城刹帝利家父名白淨飯王母號摩耶右脇而生紫磨金色不紹王位十九踰城至雪山中六年苦行日食麻麥又至象頭山學不用處定三年知非遂捨又至鬱頭藍學非想定三年知非亦捨即以無心意而受行悉摧伏諸外道世尊時年三十於二月八日明星出時成等正覺於鹿野苑中度憍陳如等五人爲教興之始也又准周書異記説周昭王二十四年甲寅歲四月八日有光來照殿前王問太史蘇由對曰西方當有大聖人生後一千年教流此土至後漢孝明帝永平七年正月十五日

帝夜夢金人身長丈六赫奕如日來詣殿前曰聲教流傳此土帝旦集群臣令占所夢時通人傅毅對曰臣覽周書異記云西方有大聖人出世滅後千載當有聲教流傳此土陛下所夢將必是乎帝遂遣王遵等一十八人西訪佛法至月氏國遇摩騰竺法蘭二菩薩將白氈上畫釋迦像及四十二章經一卷載以白馬同回洛陽時永平十年丁卯十二月三十日也因以騰蘭譯經之所名白馬寺後六年摧伏異道二菩薩踊身虛空爲王説偈曰

狐非獅子類　燈非日月明　池無巨海納　丘無嵩岳榮　法雲垂世界　法雨潤群萌　顯通希有事　處處化群生

四十二章經序

昭文館大學士中奉大夫掌諸路頭陀教特賜圓通玄悟大禪師頭陀僧溥光奉勅撰

伏聞無上法王爲一大事因緣出現世間隨機接物演河沙妙義設無量行門運神通四十九年度衆生百千萬億將般涅槃囑累國王大臣宣揚正法續佛慧命斯乃爲未來世衆生作無窮之利益大慈遠被其至矣乎欽惟聖上道貫百王智周庶品每萬機之暇弘崇三寶景仰一乘思所以咨列聖在天之靈
皇太后鞠育之恩既創建大招提博施諸貝典又以爲四十二章經乃
釋迦如來初成正覺大弟子衆記諸聖言沙門釋子臣寮士庶率可遵行適有以前代注本爲進者特勑有司一新板本遍須朝野將使或緇或素若見若聞頂戴奉行咸登覺地其深心願心廣大心非聰明睿智孰與於此
詔頭陀僧臣溥光爲之序臣溥光幸在空門忝爲佛子夙承隆眷不敢以固陋辭竊惟能仁所演三藏十二分一切脩多羅數等塵沙如華嚴般若寶積大集涅槃等部文富義博事備理周在龍宮海藏爛若日星而騰蘭東邁獨持此經適符漢明西迓聲教之運而大振玄風于天下後世是其可以常情卜度擬議哉意其必有冥數潛通諸佛密證爲震旦萬世五乘之大本五性之通達妙道至理存乎其間者歟研其義味蓋爲佛者在日用修進之際造次顛沛不可須臾離之要旨乎明
明天子流布宣揚其猶捧佛日而曲照昏衢霈法雨而普滋羣槁上不負如來之囑累下廣開叔世之津梁娑婆界中莫大之良因也

昔唐太宗勅書手十人録遺教經遍付諸郡用伸勸勉方之今辰其有間矣臣歎詠不足無任歡喜踴躍焚香再拜書于經之首云皇慶元年正月　日上

註四十二章經序

宋　真　宗　皇　帝　製

夫至真不宰豈隔於含靈群動無明自迷於正覺是以慈悲之上聖因談歸救之妙門接物而利生隨機而演教布法雲而潤物揭智炬以燭幽示忘言之言爲無說之說四十二章經者蓋能仁訓戒之辭也自騰蘭之傳譯即華夏以通行朕嘗以餘閑潜加覽閱冀協宣揚之誼因形注釋之詞晦朔屢更簡編俄就導群氓之耳目雖愧精深資衆善之筌蹄庶符利益其有相傳之疑誤累句之難分亦用辨明庶臻演暢粗題篇首以達予衷云爾

佛說四十二章經

佛者梵語佛陀此云爲覺蓋覺悟之義也覺有三義一者自覺勝凡夫凡夫汨沒生死無暫覺者故二者佛能覺他勝聲聞緣覺二乘人不能覺他故三者覺行圓滿勝諸菩薩爲菩薩雖行二利行未滿故至佛果位三覺方滿佛口所宣故云佛說四十二章經者即下文佛因事誡約勸諸弟子成曰十二章也經者梵語云修多羅此云爲經經訓常也常者言其真常不易之法也

迦葉摩騰共竺法蘭奉詔譯

宋真宗皇帝註

爾時世尊既成道已作是思惟離欲寂靜是最爲勝住大禪定降諸魔道

夫愛欲長於貪癡禪定資於智慧故世尊首言離欲之最勝次勸住禪而降魔

今轉法輪度衆生於鹿野苑中爲憍陳如等五人轉四諦法輪而證道果

鹿野苑中證道之淨土憍陳如等聞法之弟子四諦即苦集滅道也

時復有比丘所說諸疑陳佛進止世尊教詔一開悟合掌敬諾而順尊勅爾時世尊爲說真經四十二章

接物度生隨機演教開彼疑惑示其戒勅敘以輪貫乃成四十二章焉

佛言

凡經首標佛言者皆是弟子阿難等結集之時敘佛平生所說故云佛言

辭親出家爲道識心達本解無爲法名曰沙門

沙門梵語合云沙迦門曩已略其二字此云勤息謂能勤修衆善勤息諸惡又云息惡取止息之義也蓋謂辭其親出其家息諸惡勤諸善乃爲道人也故名曰沙門

常行二百五十戒爲四真道行進志清淨成阿羅漢

二百五十戒其條目具載大藏中小乘律四分戒此不繁云四真道行即知苦斷集證滅修道爲四諦真實道行也若堅持清淨進志不退即漸成聖果也

佛言阿羅漢者能飛行變化住壽命動天地

梵語阿羅漢此云應應具三義也一應斷煩惱障二應不受後有身三應受人天妙供養既成此聖果能以六通飛行往来又變化形體凡俗莫測壽命者或生或滅延促自在若要住世久長則經劫不滅又能以神通震動天地蓋妙用難測也

次爲阿那含阿那含者壽終魂靈上十九天於彼得阿羅漢

梵語阿那含此云不還言得此果位斷盡欲界分別更不還来生欲界也故此一報命終生於色界一十九天十九天者謂初禪三天二禪三天三禪三天四禪九天於彼十九天中斷

盡煩惱當得阿羅漢果次爲斯陀含斯陀含者一上一還即得阿羅漢梵語斯陀含此云一來唯一生天上一還人間乃得阿羅漢果次爲須陀洹須陀洹者七死七生便得阿羅漢梵語須陀洹此云預流言此果位斷盡三界分别煩惱初預聖流也七生七死者於七度生死中斷盡煩惱即得阿羅漢愛欲斷者譬如四支斷不復用之愛欲斷盡而得聖果者譬如斷其四支更不可續聖流斷其愛欲更不再生惑也

佛言出家沙門者斷欲去愛識自心源達佛深理悟佛無爲内無所得外無所求心不繫道亦不結業無念無作無修無證不歷諸位而自崇最名之爲道夫能斷愛欲則心源自明善達深理則法本超悟趣或歸當道匪外求是以不繫道而道有不結業而業解念作修證復何爲哉

佛言剃除鬚髮而爲沙門受佛法者去世資財乞求取足日中一食樹下一宿慎不再矣剃除鬚髮蓋欲睹形猒俗飢寒之患求乞度時故知日中一食樹下一宿自然身心澄靜貪欲不生則可日進其道法也使人愚蔽者愛與欲也夫不絕愛欲即爲前境所轉既爲前境所轉則愛欲習氣依然復生故使真智蒙蔽無由證覺矣

佛言衆生假衆緣依故曰衆生以十事爲善亦以十事爲惡何者爲十身三口四意三身三者殺盜婬口四者兩舌惡罵妄言綺語意三者嫉恚癡夫爲善者不殺不盜不邪行是爲身之三善不兩舌不惡口不妄言不綺語是爲口之四善不嫉不恚不癡是爲意之三善若背此者即讒構離間謂之兩舌呪詛毀謗謂之惡罵語無誠實謂之妄言謟諛巧詐謂之綺語妬賢掩善名之爲嫉憤彼嫉怨謂之爲恚不憂生死惟恣貪欲謂之爲癡也不信三尊以邪爲真三尊者佛法僧也優婆塞行五事不懈退梵語優婆塞此云清信男五事即五戒也謂不殺不盜不邪行不妄語不飲酒懈退者謂行之不專也或中道而廢也至十事必得道也十事即上文十善也得道謂精勤不退乃證道也

佛言人有衆過而不自悔頓止其心罪來歸身猶水歸海自成深廣何能免離愚迷之人自作衆罪既無追悔惡積于心致百殃之及身若衆流之朝海積彼歲時自成深廣有惡知

非改過得善罪日消滅後會得道也夫人善自知非能改其過日新之善漸積過去之惡潛消即於後會得明道也

佛言人愚以吾為不善吾以四等慈護濟之四等慈謂慈悲喜捨謂之四無量心以護濟愚人重以惡來者愚人不知恩復以惡意來相侵也吾重以善往我亦復以善心誠之福德之氣常在此也害氣重殃反在于彼我常以德報怨故福德之氣常在於我彼惟以惡行重凌善人故害氣重殃彼自貽也有愚人聞佛道守大仁慈以惡來以善往故來罵佛佛嘿然不答愍之癡冥狂愚使然愚人聞佛守大仁慈乃忿惡辱罵於佛佛即嘿然不答蓋惜彼癡愚使如是也罵止愚人止其罵也問曰子以禮從人其人不納實理如之乎佛乃問之子者男子之通稱也此佛問彼之辭也曰持歸此愚人答也今子罵我我亦不納子自持歸禍子身矣惡人罵止佛問曰如子施禮於人彼若不納即子所施禮其理如何愚人對曰我自持歸佛復告曰汝今罵我我亦不納子自持歸禍及汝身猶響應聲影之追形終無免離

慎為惡也

佛言惡人害賢者猶仰天而唾唾不汙天還汙已身逆風坋人塵不汙彼還坋于身賢者不可毀禍必滅已也姦惡之人害於賢者猶如怨天仰唾徒汙於已逆風坋人惟坋自身如彼害賢之人禍終滅已

佛言夫人為道務博愛博行愛人博哀施見彼危厄博哀而撒之德莫大施言施之德最為大也守志奉道其福甚大夫學道之人既能博愛哀施加以精進則其福彌大覩人施道助之歡喜亦得福報見彼行施奉道而能為彼歡喜讚歎亦獲福報質曰彼福不當減乎佛言猶如炬火數千百人各以炬來取其火去熟食除冥彼火如故福亦如之質曰者求質其疑也言助之歡喜亦獲其福疑謂減彼哀施福報佛乃答曰猶如一炬之火有數千百人各以炬來求之或熟飲食或照冥闇而本之一炬亦不減火故哀施福報亦猶於此

佛言飯凡人百不如飯一善人飯善人千不

如飯持五戒者一人飯持五戒者萬人不如
飯一須陀洹飯須陀洹百萬不如飯一斯陀
含飯斯陀含千萬不如飯一阿那含飯阿那
含一億不如飯一阿羅漢飯阿羅漢十億不
如飯辟支佛一人飯辟支佛百億不如飯一
佛學願求佛欲濟衆生也此十等校量盖德有大小嘆有厚薄
故飯之者福報不同又梵語辟支佛陀此云獨覺故言飯百億獨覺不如飯一佛何者盖
運大慈普濟群生其福深廣不可思議而供佛之報亦最大也飯善人福最
深重此言飯七世善人福亦深重凡人事天地鬼神不如
孝其二親二親最神也然善人中有二種或能事天地鬼神或能
孝養父毋比量福報不及能事親者
佛言天下有二十難貧窮布施難凡人貪乏自逼飢寒
而能賙已濟人斯亦難矣豪貴學道難豪貴恣逸無諸苦惱而能猒其塵累
折節求道故為難矣判命不死難不字當為必字盖傳之訛也若世人明達
因果决志判命或捨命身飼其猛鷙濟彼魚鼈乃至忠臣烈士以死殉義斯皆難也何知

當為必字緣佛言二十難並說凡夫境界非論不生不滅之理其義明矣又據西戎南蠻
語音呼必為不得覩佛經難凡人不具信根罔憂生死則出世之教安得見
聞生值佛世難夫人若不結勝因不修衆善則諸佛出世豈得遭遇實知
難矣忍色離欲難六塵之中多為情欲所惑而能制伏妄念防其越逸甚為
難矣見好不求難彼之所好此或于求遂之貽貪冒之名違之招忿戾之患
故能不求為難矣有勢不臨難勢利之人威福之地而能唯道是從不形
趨附亦為難矣被辱不瞋難不忍小忿則興諍端非理相干能以情恕斯亦
難矣觸事無心難心求清淨觸境而興若能遇事不徇物情斯為難矣廣
學博究難急情則陷無明多聞則有饒益若能廣究詮理以資智慮斯為難矣
不輕未學難凡曰羣生同禀真性而以能格物俗之常情故不輕未學為難
也除滅我慢難愚冥徇情彼我慢生違善興諍罔不由茲若能除滅故為
難叅會善知識難感物生情理茲染習善惡之性由是而遷故知識之善者
亦難矣見性學道難性本澄湛迷於妄情道本真常昧於愛欲能復本而
見性背僞而學道為難矣對境不動難前塵妄境致惑真性故情之而寂照
對之而不動者難矣善解方便難常懷大慈以視衆生種種方便以為饒益

者難矣隨化度人難衆生之性亦有利鈍能於高下之中隨化而度之者亦難矣心行平等難癡寃之類含塵皆真若能寃親彼我一皆平等斯爲難矣不說是非難兩舌妄言世尊所戒衆生無明而有差別若能平等不搆是非者難矣

有沙門問佛以何緣得道奈何知宿命佛言道無形相真如之性與虛空等故言無形相知之無益夫知而不學與不知同必假修證乃可得道要當守志行譬如磨鏡垢去明存即自見形斷欲守空即見道真知宿命矣夫欲通宿命者當須志行清淨常在禪寂久則塵障盡消潛通宿命如磨鏡去垢乃見形矣苟非斷欲守空何以得證道真也

佛言何者爲善惟行道善佛言何者蓋各引一設之義惟精進行道漸至證聖最爲善也何者最大志與道合大斷諸攀緣得無漏智志道潜合最爲寂大何者多力忍辱最健忍者無惡必爲人尊忍辱之人不懷讎怨如彼勇健多力之人能拒彊敵內不懷惡終爲人所尊也何者最明心垢除惡行滅內清淨無瑕如白圭無玷晴空絕雲心之最明也未有天地逮于今日極言其遠大也十方所有未嘗不見得無不知無不見無不聞得一切智可謂明矣此已證果位付一切種智故於三世具正徧知明之至也

佛言人懷愛欲不見道者譬如濁水以五彩投其中濁水譬染心五欲喻五彩心欲相投交錯其中也致力攪之濁水五彩已不可分仍用力攪之喻世人妄想貪愛錯亂其五欲也衆人共臨水上無能覩其影愛欲交錯心中爲濁故不見道若人漸解懺悔來近知識水澄穢除清淨無垢即自見形濁水之上雖衆臨之無能覩影愛欲交亂真心眛惑豈得明道若穢濁盡去心歸清淨即自然見道也猛火著釜下中水踊躍以布覆上衆生照臨亦無覩其影者心中本有三毒湧沸在內五蓋覆外終不見道釜者喻染心水踊躍者喻染心中貪嗔癡三毒煩惱踴躍也以布覆上者喻凡夫被五蓋蒙翳終不得見道也五蓋謂一貪欲二嗔恚三癡四掉舉惡作五昏沉睡眠俱爲蓋覆也

惡心垢盡乃知魂靈所從來生死所趣向諸佛國土道德所在耳精勤堅固漸證果位於禪定中乃知魂靈之所從來乃無常報盡生諸國土道德所在矣

佛言夫爲道者譬如持炬火入冥室中冥闇也其冥即滅而明猶存猶字當爲獨猶字殊無義學道見諦愚癡都滅無不明矣夫已見道愚癡自滅漸證佛智德無不明猶如持火入諸闇室冥闇都滅而明獨存也

佛言吾何念念道佛訓誘弟子言我常念道更無雜念吾何行行道應物利生常行於道吾何言言道佛所言說惟誘於道利益有情吾念諦道不忘須臾也念真諦聖道未嘗須臾忘也

佛言覩天地念非常覩山川念非常覩萬物形體豐熾念非常執心如此得道疾矣夫對天地觀山川及萬物形體雖然豐盛當念皆是有爲生滅終歸無常脩行之人若常如此起念即證聖必速矣

佛言一日行謂終一日念念修行也常念道行道遂得信根其福無量若人於一日之中而能修習常念於道憶持不忘或於一日而常行道修習不怠乃能成就信等諸根得無量福一日尚然而況多日其福彌盛

佛言熟自念身中四大名自有名都爲無吾我者寄生亦不久其事如幻耳有情之身假是四大假合以成其形仍假虛名凡且地水火風是名四大以要言之即骨肉毛髮是地津液精血是水煖觸是火四支百脉搖動是風各以假名成此幻身若熟念之何者爲我寄生浮世幾忽而滅都如幻夢耳

佛言人隨情欲求花名譬如燒香衆人聞其香然香以薰自燒愚者貪流俗之名譽不守道真花名危已之禍其悔在後時凡世之人但恣情欲惟求虛花之名不憂生滅罔慕真實之道譬如上妙之香被人所焚雖得遠近普聞其如形質速盡亦同愚者徒慕虛名而喪道真及禍至危已悔在後時也

佛言財色之於人譬如小兒貪刀刃之蜜甜不足一食之美然有截舌之患也夫耽嗜財色少時快心及惡積禍來沉淪六趣亦如小兒刀刃之蜜其甜味至少徒截舌之禍爾

佛言人繫於妻子寶宅之患甚於牢獄桎梏桹檔牢獄有原赦牢獄之苦或值赦免妻子情欲雖有虎口之禍已猶甘心投焉其罪無赦夫世人為妻子羇絆寶宅縈心禍患難免甚於牢獄

佛言愛欲莫甚於色色之為欲其大無外世間諸欲纏縛難解者莫甚於色故知色欲之過其大無比也賴有一矣假其二同普天之民無能為道者滋生死障涅槃唯色欲一端楞嚴亦云淫心不除塵不可出

佛言愛欲之於人猶執炬火逆風而行愚者不釋炬必有燒手之患貪婬恚怒愚癡之毒處在人身不早以道除斯禍者必有危殃猶愚貪執炬自燒其手也凡世有貪婬恚怒愚癡之毒處人心中若有智者須早以道消去乃免危殃之禍猶如愚人不早釋逆風之炬必自燒其手也

時有天神獻玉女於佛欲以試佛意觀佛道天神者主天界之神也玉女天女也蓋天欲試佛之意觀佛之道如何也佛言革囊眾穢爾來何為以可誑俗難動六通去還去吾不用爾天神愈敬佛如皮囊中貯諸穢惡難惑六通之佛也六通謂神境通天眼通天耳通他心通宿住通漏盡通因問道意佛為解釋即得須陀洹天既知神通不可惑亂因問道意佛為說法得證初果

佛言夫為道者猶木在水尋流而行不左觸岸亦不右觸岸不為人所取不為鬼神所遮不為洄流所住亦不腐敗吾保其入海矣木喻於人海喻於道人為道不為情欲所惑修行之人堅持戒行不被情欲所惑如木在流不為二岸所觸不為眾邪所誑正見之人堅持操行不被眾邪誑惑如沿流之木免其人鬼所取精進無疑吾保其得道矣木無眾滯自至於海如人之精進免其誑惑必得其道矣

佛告沙門慎無信汝意汝意終不可信言當慎守正心勿信縱邪意若信縱之即為煩惱牽惑也慎無與色會色會即禍生惟舉色者蓋色能惑亂入生死苦海為禍根最大者也得阿羅漢

道乃可信汝意耳緣阿羅漢煩惱斷盡任縱其意必不入邪見也
佛告諸沙門愼無視女人若見無見愼無與
言熟視其色當生欲情若每見之想如無見仍誡勿與交言也若與言者
勑心正行若不護已爲緣事故須至言語者即默自誡如下文曰默語也
吾爲沙門處于濁世當如蓮花不爲泥所汙
若欲發言先正其心自誡之曰我持淨戒處茲濁世當如蓮花雖在淤泥不爲所汙老
者以爲母長者以爲姊少者以爲妹幼者子
敬之以禮凡見女人當作此觀想仍皆接之以其禮意殊當諦惟
諦審也惟思也言當審思之觀自頭至足自視內意殊者謂情熾
盛用前觀想未能息者即想自已頭至足收視於內也彼身何有唯盛
惡露諸不淨種以釋其意既內視當想身中盛諸不淨穢惡之
物露泄不止即邪意當息彼身自謂此身也
佛言人爲道去情欲當如草見大火來已劫
道人見愛欲必當遠之佛誡修道之人去其情欲當如枯草已被
大火焚劫言急切遠避之

佛言人有患婬情不止踞斧刃上以自除其
陰佛謂之曰若使斷陰不如斷心心爲功曹
若止功曹從者都息功曹主者之稱從者謂功曹之從人在上位者
若嚴率其下則從者自然凜懼故以心喻功曹欲情喻從者若自淨其心欲情豈得生也
邪心不止斷陰何益斯須即死佛言世俗倒
見如斯癡人
有婬童女與彼男誓至期不來而自悔曰欲
吾知爾本意以思想生吾不思想爾即爾而
不生佛行道聞之謂沙門曰記之此迦葉佛
偈流在俗間過去諸佛知衆生罪業皆從妄想生起妄想若息即無諸惡故
迦葉佛曾作此偈流傳於後及釋迦佛因行道聞此女自悔而誦故今沙門記之
佛言人從愛欲生憂從憂生畏無愛即無憂
不憂即無畏夫爲前境所誘乃起愛欲既爲愛欲所惑憂畏從之而生若本
無愛欲即憂畏何由而至矣
佛言人爲道譬如一人與萬人戰夫一人敵敵萬人者

勇往之極也譬修道之徃發精進果決之志矣被甲操兵出門欲戰意怯膽弱迺自退走或半道還或格鬭而死意怯膽弱乃自退走以至半道而還皆喻修行之人中路退心也格鬭而死譬學道之人無堅剛之志斃於諸魔也或得大勝還國高遷夫將兵者或立殊勳而施則爵賞自然超於衆也夫人能牢持其心精銳進行不惑於流俗狂愚之言者欲滅惡盡必得道矣夫被精進甲仗智慧鋼堅持戒行魔障盡滅證無漏智乃得道矣

有沙門夜誦經其聲悲緊欲悔思返佛呼沙門問之汝處于家將何修爲對曰常彈琴佛言弦緩何如曰不鳴矣弦急何如曰聲絕矣急緩得中何如曰諸音普調佛告沙門學道猶然執心調適道可得矣佛聞聲悲將施誨誘乃詢其在家所爲既對彈琴故佛因以琴聲急緩喻之夫修行之人必使妄念不生身心虛寂則自然調適可得道果矣

佛言夫人爲道猶所鍛鐵漸深垂去垢垂字當作盡字垢乃鐵中滓也成器必好學道以漸深去心垢精進就道異即身疲身疲即意惱意惱即行退行退即修罪異者謂不能盡去心垢精進成道故使身心疲倦則煩惱煩惱則戒行退戒行退則斷成罪

佛言人爲道亦苦不爲道亦苦惟人自生至老自老至病自病至死其苦無量心惱積罪生死不息其苦難說夫求道之人不憚衆苦尋師訪道不避寒暑不憚驅馳晝夜不卧修習禪定或捨身判命救一切苦此則學道之士雖有此苦及證果之後乃出沒三界逍遙自在若塵世之徒淫恣三毒不思出離輪迴六趣無有休息生老病死常在蓋纏罪業報應其苦無量

佛言夫人離三惡道得爲人難三惡道謂地獄餓鬼畜生故言免此三惡而得人身知其難也既得爲人去女即男難女人之業經中具載得轉男身斯爲難也既得爲男六情完具難既得男身六根具足免諸殘廢之疾亦爲難矣六情已具生中國難邊部之地多諸障難生在中國實爲難也既處中國值奉佛道難夫人

得生中土而能奉道勤修者鮮矣既奉佛道值有道之君難既勤修奉而時值明主則自在精進無諸障難故爲難也既值有道之君生菩薩家難既生菩薩家以心信三尊值佛世難得生正見之家復有信心乃值佛世誠哉難矣

佛問諸沙門人命在幾間對曰在數日間佛言子未能爲道復問一沙門人命在幾間對曰在飯食間去子未能爲道復問一沙門人命在幾間對曰呼吸之間佛言善哉子可謂爲道者矣此佛誨誘學者令知念念無常在於呼吸自然絶諸妄想密密精進若謂命在數日或在食頃則自寬其限妄念隨生涉於懈怠安得成道也

佛言弟子去離吾數千里意念吾戒必得道佛勸弟子若處生死事大堅持戒行雖別師數千里其心如一必得道也若在吾側意在邪終不得道其實在行近而不行何益萬分耶若學者雖在師左右而其意染邪必不成道何者其要在聞而行之雖常近師而不能修習無益於萬分之一也

佛言人爲道猶若食蜜中邊皆甜吾經亦爾其義皆快行者得道矣佛言我所説經由如蜜味若人食之中外盡甜更無二味慕道之士若悟經深旨身心快樂當證道矣

佛言人爲道能拔愛欲之根譬如擿懸珠一一擿之會有盡時惡盡得道也夫欲出生死若得大自在必須堅持戒行斷盡愛欲如高處懸珠一一擿之苟心無懈怠即珠必有盡時若修行之徒銷其衆惡積諸善行久而不退即諸惡斷盡乃得道也

佛言諸沙門行道當如牛負行深泥中疲極不敢左右顧趣欲離泥以自蘇息沙門視情欲甚於彼泥直心念道可免衆苦言沙門直心行道欲出生死苦海須念念相應勿起妄念如牛負重於深泥中求避泥淖以自蘇息亦念念憂懼不敢左右顧也

佛言吾視王侯之位如塵隙視金玉之寶如瓦礫視紈素之服如弊帛視大千世界如一訶子視四耨水如塗足油視方便如筏寶聚

視無上乘如夢金帛視求佛道如眼前花視求禪定如須彌柱視求涅槃如晝夜寤視倒正者如六龍舞視平等者如一真地視興化者如四時木夫至聖圓通道無不在豈於世諦而有分別哉蓋以大慈利生隨機悟物謂王侯之貴不可恃金帛之實不以足貪故與塵隙瓦礫之喻以制其欲心又以方便之門無上之乘佛道禪定之名涅槃平等之類可循而不可致滯可習而不可迷方因廣去就之喻以防執縛之蔽也聞道之士可以叩寂而悟之焉諸太比丘聞佛所說歡喜奉行

佛說四十二章經

題焚經臺詩

唐太宗文皇帝製

門徑蕭蕭長綠苔一回登此一徘徊青牛謾說函關去白馬親從印土來確定是非憑烈焰要分真僞築高臺春風也解嫌狼藉吹盡當年道教灰

此臺在洛陽臺者壇也考此燒經比論之壇乃後漢明帝築也元此四十二章經皆有來乃因是永平七年明帝夜夢一人體有金色項有日光飛空而至殿前明旦宣問羣臣有通人傅毅占夢奏曰臣聞西域有得道者號曰佛輕舉能飛具六神通今應此夢帝悟大悅即遣羽林郎蔡愔博士秦景王遵等十二人望葱嶺而往尋西土求迎佛法行至中路月支國衆乃駭然得睹迦葉摩騰共竺法蘭二梵僧圓頂方袍之異相乘白馬携釋迦真像白㲲之圖并此四十二章一卷同朝時永平十年也帝喜躬親迎奉宣委鴻臚以陳國禮勑令彩畫釋迦頂相於清涼臺因建白馬寺請此二尊者住院與帝說法至冬值歲旦五岳道士賀正之次道士褚善信費叔才等共六百九十人互相語曰帝棄我道教遠求胡教乃自率衆各將所持道經共上表願與胡佛教比試其真僞帝遂降勑尚書令宋庠引入長樂宮前宣曰道士與僧就元宵日駢集白馬寺南門外立兩壇至期試之西壇燒道經六百餘卷頃刻燒盡唯取得若子道經一卷是真其餘是杜光庭撰今云杜撰也帝觀東壇佛像并此四十二章燒不能壞但見五色神光天雨寶花天樂自振歎未曾有帝共羣臣稱悅太傅張行語諸道士曰既試無驗可就佛法其道士褚費等深有慚恧皆氣盛自死餘有呂惠通等六百二十人皆棄冠帔投佛出家因此流通佛教州縣建寺敬僧始從四十二章自後人續去取五千餘卷至今益顯于世間三界之中含識之類蒙恩受賴綿綿不絕也

音釋

讒 士衒切侫也

構 音遘架也

讟 音讀謗痛怨也

坋 房粉切塵也

輟 音拙止也

鷙 音至猛鳥也

殉 辟閏切以人送死身亡從物爲殉

徇 似閏切從也

溜 正作腦合無波際貌弭盡切

桎 音執在足曰桎

梏 音穀在手曰梏

桹 音郎

檔 音當

擿 音責手取也

淖 音閙溺也泥也

礫 音力石也